CB049857

Título do original inglês:
Daughter of the Forest
Copyright © 1999 by Juliet Marillier

Filha da Floresta
Copyright © Butterfly Editora Ltda. 2012
Direitos autorais reservados.
É proibida a reprodução total ou parcial, de qualquer forma ou por qualquer meio, salvo com autorização da Editora.
(Lei nº 9.610, de 19 de fevereiro de 1998.)

Coordenador editorial: Ronaldo A. Sperdutti
Tradução: Yma Vick
Capa, projeto gráfico e editoração: Ricardo Brito | Estúdio Design do Livro
Imagens da capa: CAP53 | Getty Images
Seamartini | Dreamstime
Preparação: Larissa Wostog Ono
Revisão: Katycia Nunes
Erika Alonso
Impressão: Cromosete

Dados Internacionais de Catalogação na Publicação (CIP)
(Câmara Brasileira do Livro, SP, Brasil)

Marillier, Juliet.
 Filha da floresta / Juliet Marillier ; tradução Yma Vick. – São Paulo : Butterfly Editora, 2012. – (Trilogia Sevenwaters ; 1)

 Título original: Daughter of the forest.
 ISBN 978-85-88477-97-1

 1. Ficção neozelandesa   I. Título   II. Série

12-08662   CDD-823

Índice para catálogo sistemático:
1. Ficção : Literatura neozelandesa em inglês 823

Butterfly Editora Ltda.
Av. Porto Ferreira, 1031 - Parque Iracema
CEP 15809-020 - Catanduva-SP
17 3531.4444
www.flyed.com.br | flyed@flyed.com.br
www.boanova.net | boanova@boanova.net

Impresso no Brasil.

7-8-21-1.000-30.000

Filha da Floresta
Juliet Marillier

Tradução
YMA VICK

BUTTERFLY
EDITORA

CONFORME NOVO ACORDO ORTOGRÁFICO

São Paulo – 2012

Para as mulheres fortes de minha família:
Dorothy, Jennifer, Elly e Bronya.

Legenda

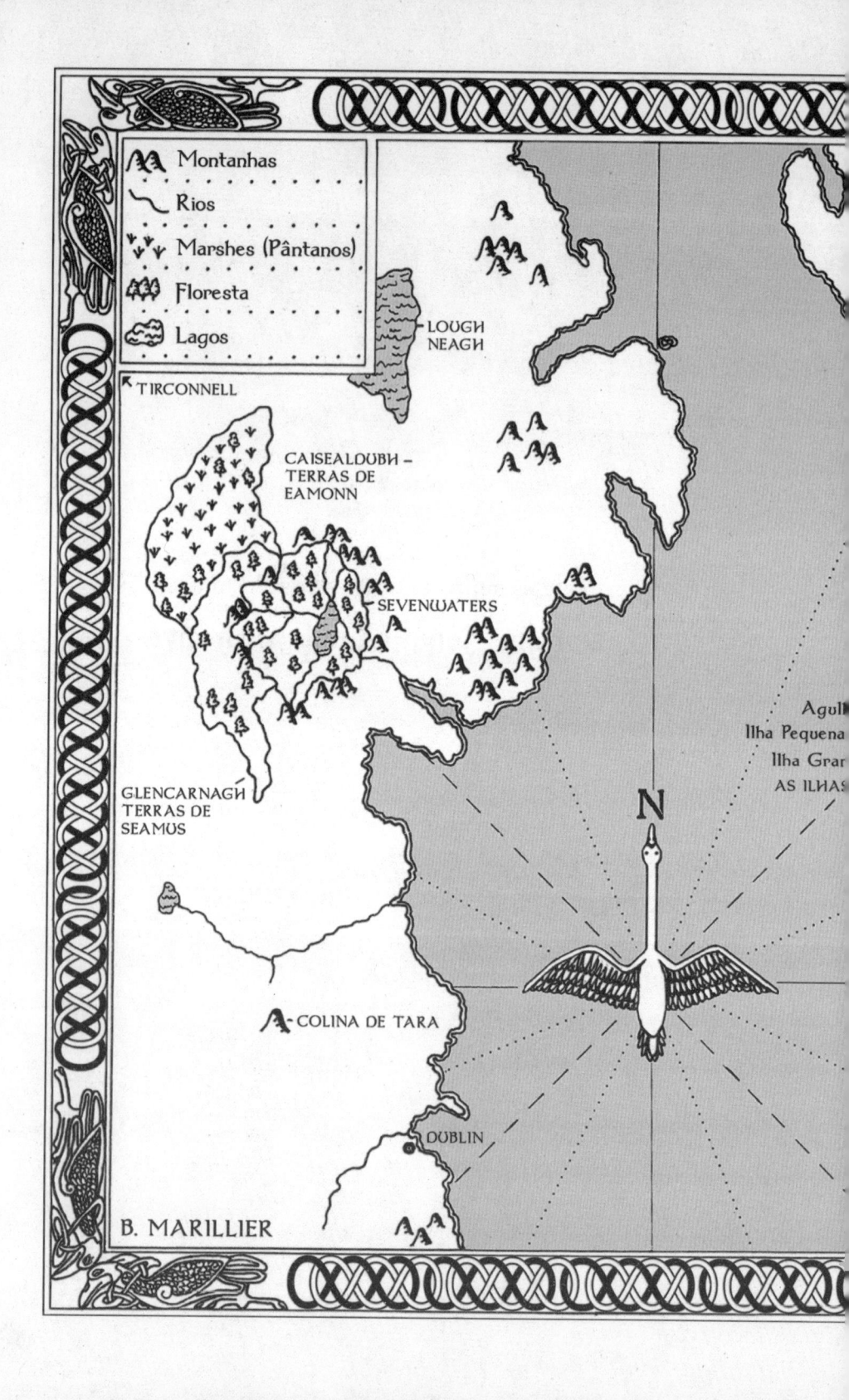

- ▲▲ Montanhas
- ～ Rios
- ᵥᵥᵥ Marshes (Pântanos)
- 🌲🌲 Floresta
- ☁ Lagos

TIRCONNELL

LOUGH NEAGH

CAISEALDUBH – TERRAS DE EAMONN

SEVENWATERS

GLENCARNAGH TERRAS DE SEAMUS

Agulh
Ilha Pequena
Ilha Gran
AS ILHAS

N

COLINA DE TARA

DUBLIN

B. MARILLIER

ALBA

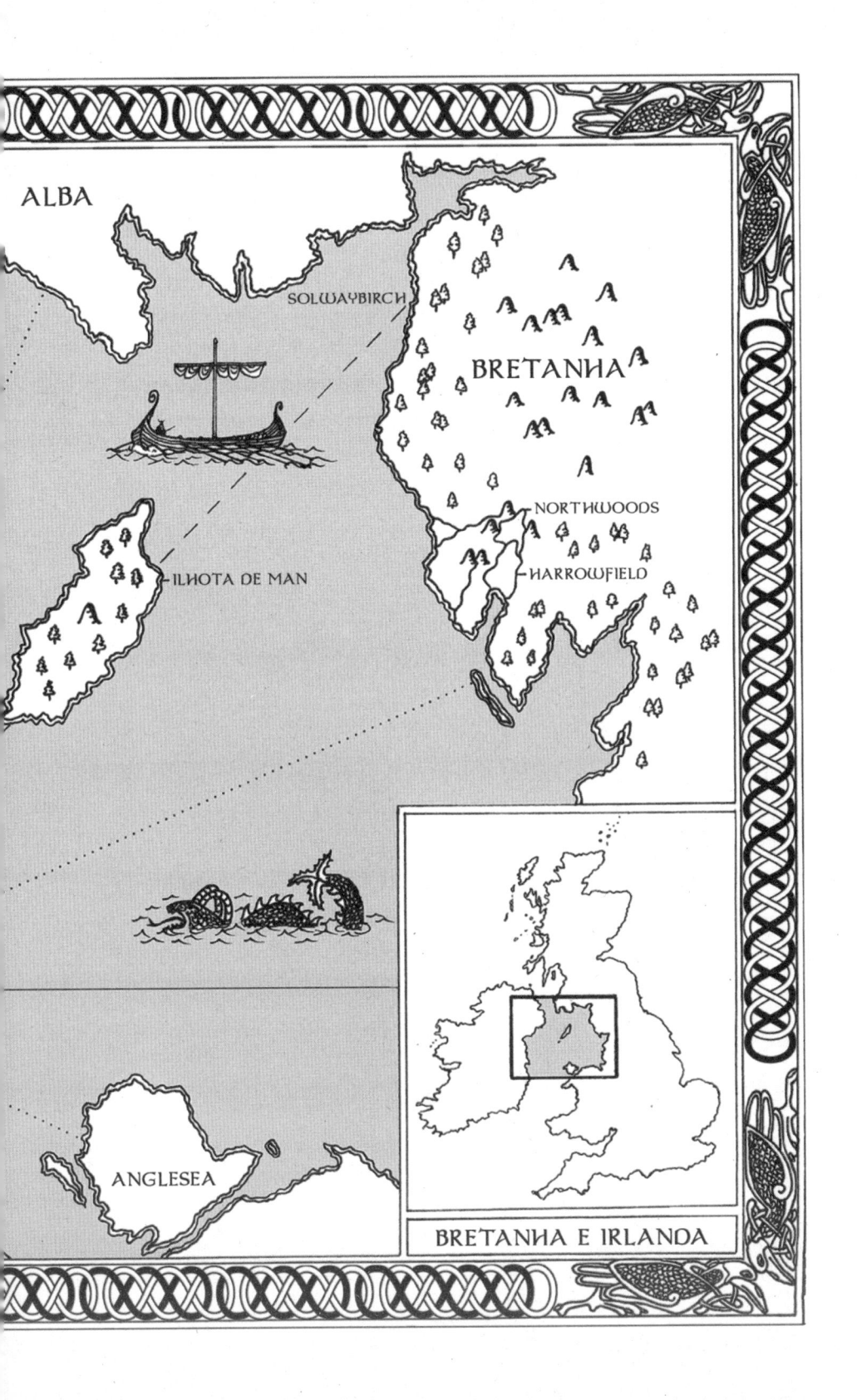

SOLWAYBIRCH

BRETANHA

NORTHWOODS

HARROWFIELD

ILHOTA DE MAN

ANGLESEA

BRETANHA E IRLANDA

Nota da autora

Filha da Floresta é um romance baseado no conto germânico dos Irmãos Grimm, *Os Seis Cisnes*[1]. Além dos clássicos elementos das fábulas (a madrasta perversa, eventos que causam transformação interior e grandes obstáculos a serem vencidos), o romance descreve uma história de coragem vinda de perdas e de vidas modificadas para sempre. Com a imagem dos cisnes e o cenário da floresta, a história germânica se encaixa perfeitamente na paisagem irlandesa e apresenta até mesmo alguns traços de influência celta, bastante comum nos contos europeus a partir do século 13. Em alguns contos irlandeses, como "As Crianças de Lir" e o de Aengus Og, pessoas se transformam em cisnes e depois retornam à forma humana em um passe de mágica.

Em minha história, abordo dilemas humanos dentro de um contexto de fantasia, pois o objetivo dos contos é descrever experiências difíceis e mostrar o que há de melhor e de pior no ser humano. Honra, confiança, coragem, amor verdadeiro e também perversidade, falsidade, covardia e ódio. O que nos faz sentir bem e o que nos choca, o que nos faz rir e o que nos faz chorar. As verdades mostradas nos

---

[1]. No Brasil, também foi publicado como *Os cisnes selvagens*.

contos tocam o mais fundo de nosso ser e nos mostram como é sutil a diferença entre o mundo tangível em que vivemos e o eterno Outro Mundo. E mais importante: reavivam em nós o sentido de mistério e do lado inexplorado do ser, a eterna dança do nascimento, da morte e do renascimento.

Para facilitar a leitura, apresento uma descrição de nomes e termos do Irlandês Gaélico antigo usados no livro, seguidos das respectivas pronúncias:

Diarmid — / *Diarmid* /

Eamonn — / *Aimon* /

Eilis — / *Ailish* /

Padriac — / *Padric* /

Seamus — / *Chaimus* /

Sorcha — / *Sorca* /

A passagem do ano na história é marcada por oito datas festivas do calendário druida. Algumas dessas datas comemorativas são as mesmas adotadas pelo calendário cristão, provavelmente por uma questão de praticidade. Por exemplo: Lugnasad (Lammas) e Imbolc (Candelária), em 1º de agosto. Há quatro eventos principais, chamados de festivais, além dos solstícios e equinócios[2]:

Samhain / *Sow-an* / — 1º de novembro

Meán Geimhridh / *Myawn gev-ree* / — 21 de dezembro (solstício de inverno)

Imbolc / *Imulc* / — 1º de fevereiro

Meán Earraigh / *Myawn ah-ree* / — 21 de março (equinócio de primavera)

---

2. Datas referentes ao hemisfério norte.

Beltaine / Bal-te-na / — 1º de maio

Meán Samhraidh / Myawn sour-ee / — 21 de junho (solstício de verão)

Lugnasad / Loonasa / — 1º de agosto

Meán Fómhair / Myawn foh-wer / — 21 de setembro (equinócio de outono)

Outros termos utilizados:

— *Túath*, uma comunidade tribal da antiga Irlanda Cristã governada por um rei ou nobre.

Sevenwaters é diferente das comunidades da época porque Lorde Colum tinha poucos parentes homens, além de seus filhos, e por isso regia sozinho, sem um grupo consanguíneo. Há somente uma cidadela principal com uma fortaleza em sua *túath*. No entanto, as *túaths* da época normalmente possuíam diversos fortes controlados pelos parentes do rei ou pelos nobres, que tinham direito a um castelo e a serviços militares ou sociais.

— *Brithem*, segundo as antigas leis irlandesas, era aquele que atuava como juiz na comunidade.

— *Finn-ghaill*, bons estrangeiros (os vikings), ao contrário dos *dubh-ghaill*, estrangeiros perigosos, que eram os dinamarqueses.

— *Ogham* — alfabeto secreto dos druidas, com 25 letras, cada uma indicando uma planta, árvore ou elemento. Os símbolos *ogham* eram gravados em troncos de árvores, em pedras ou indicados por gestos. Os druidas não tinham linguagem escrita. Utilizavam esse alfabeto apenas para expressar símbolos, e não para enunciações e textos.

Capítulo 1 ❀ 15

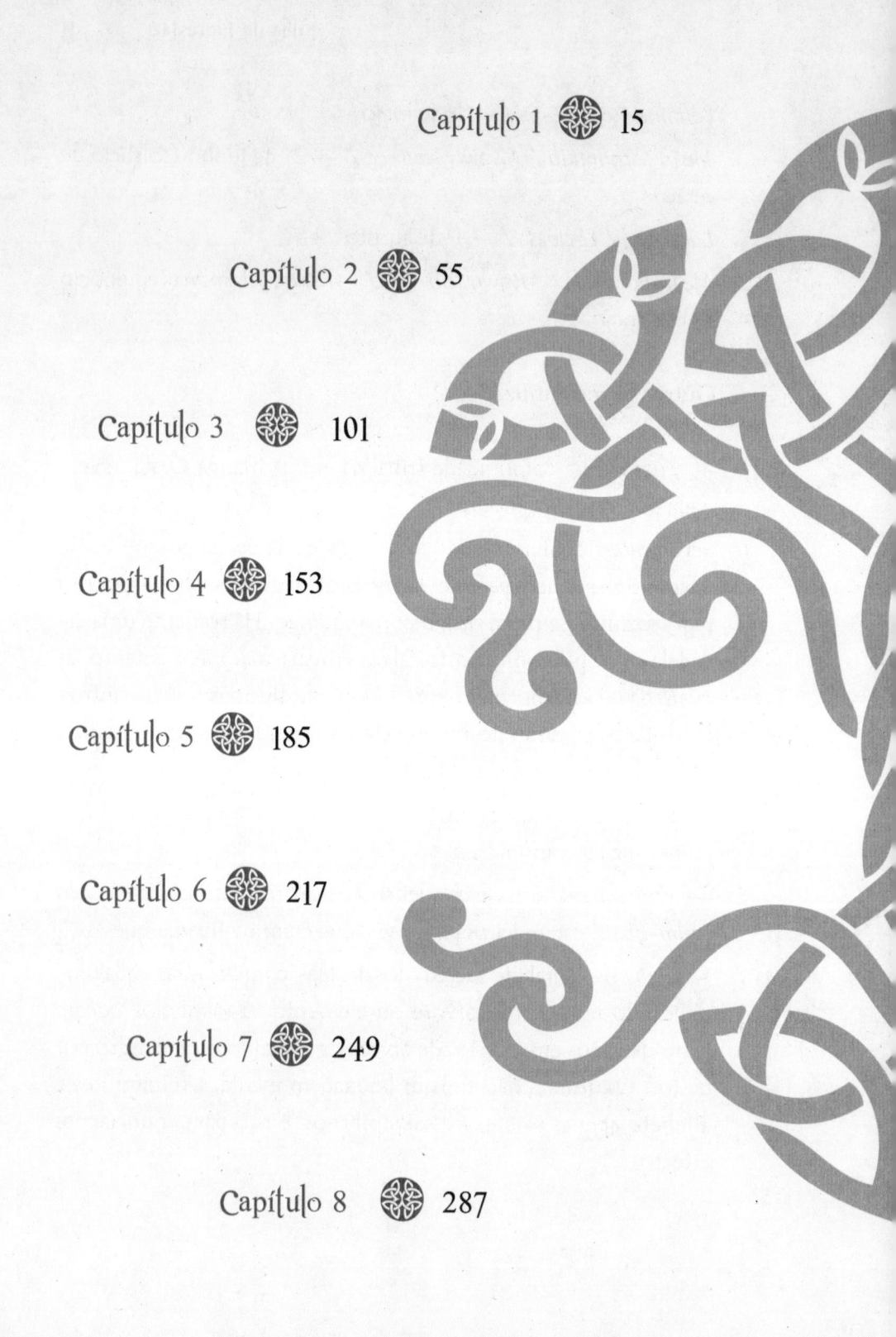

Capítulo 2 ❀ 55

Capítulo 3 ❀ 101

Capítulo 4 ❀ 153

Capítulo 5 ❀ 185

Capítulo 6 ❀ 217

Capítulo 7 ❀ 249

Capítulo 8 ❀ 287

335 ❀ Capítulo 9

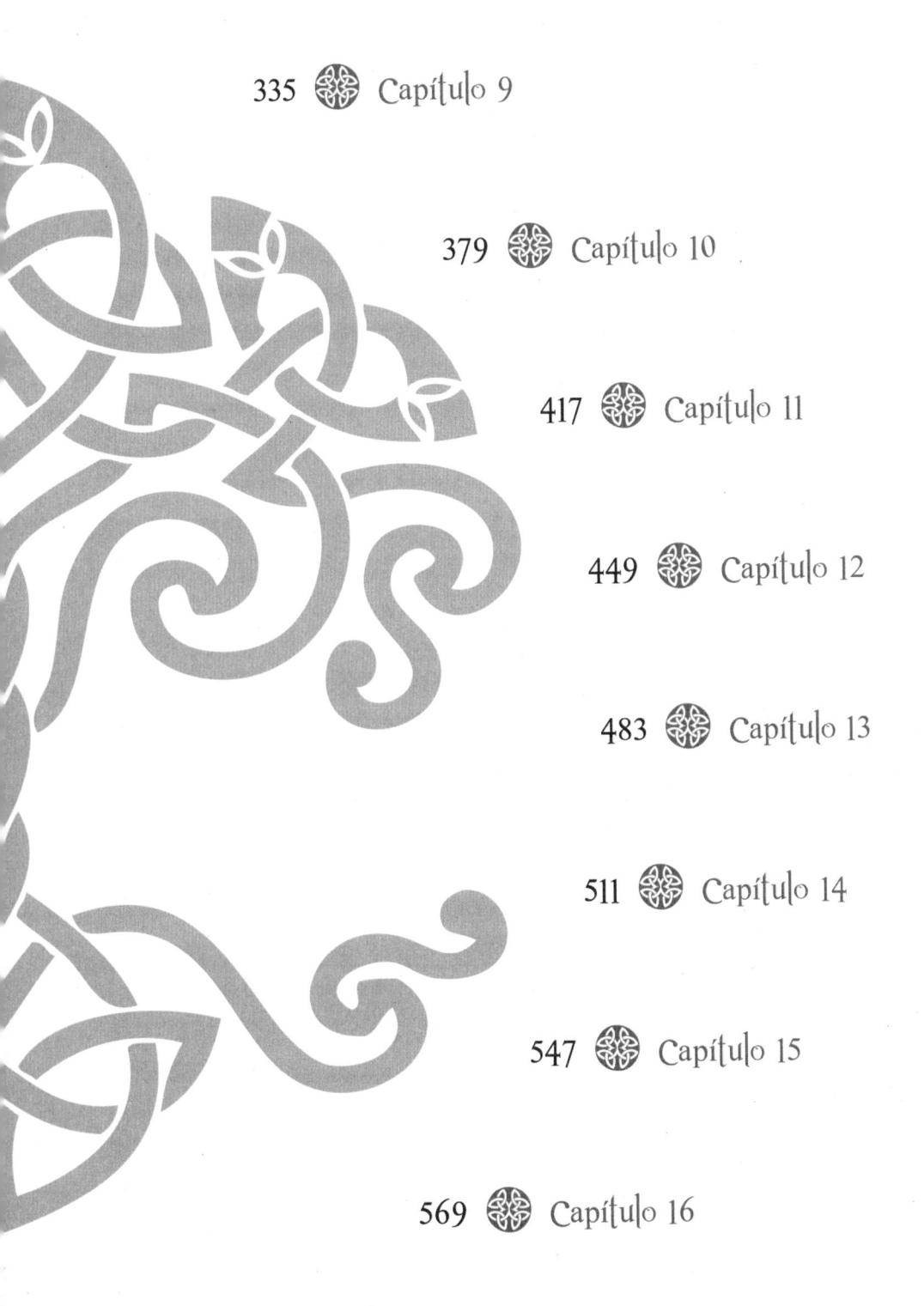

379 ❀ Capítulo 10

417 ❀ Capítulo 11

449 ❀ Capítulo 12

483 ❀ Capítulo 13

511 ❀ Capítulo 14

547 ❀ Capítulo 15

569 ❀ Capítulo 16

Capítulo 1

Três crianças deitadas sobre as pedras na beira da água. Uma menina de cabelos negros e dois meninos mais velhos. É uma imagem que ficou gravada em minha mente e me acompanha por toda a vida, como uma espécie de criatura frágil preservada em âmbar. Meus irmãos e eu. Lembro-me nitidamente da sensação da água passando entre meus dedos.

— Não se debruce desse jeito, Sorcha — disse Padriac. — Você pode cair.

Ele era apenas um ano mais velho que eu, mas fazia questão de usar toda a autoridade que essa pequena diferença de idade lhe conferia, algo compreensível, uma vez que outros cinco irmãos, em um total de seis, eram mais velhos do que ele.

Eu ignorei seu comentário e continuei a me esticar em direção à água, interessada em explorar suas profundezas.

— Ela pode cair, não pode, Finbar?

Um longo silêncio. Ficamos os dois olhando para Finbar, deitado de costas sobre a pedra morna. Não estava dormindo. Seus olhos, abertos, refletiam o tom acinzentado do céu de outono. Seu cabelo se esparramava pela rocha em um emaranhado negro. Seu jaquetão tinha um buraco na manga.

— Os cisnes estão chegando — disse ele, finalmente. — Devem chegar esta noite.

Atrás dele, uma brisa balançava suavemente os galhos das árvores e espalhava folhas em tom de bronze sobre o chão. O lago cercava três colinas cobertas de vegetação alta, protegidas da visão externa.

— Como você sabe? — perguntou Padriac. — Como pode ter tanta certeza? Podem chegar amanhã ou depois. Ou podem ir para outro lugar. Você fala como se soubesse.

Não me lembro de Finbar ter respondido, mas, naquele mesmo dia, perto do anoitecer, ele me levou novamente para a beira do lago. E com as últimas luzes do pôr do sol vimos os cisnes voltando para casa, com suas asas brancas, voando em formação na brisa fria e pousando suavemente. Passaram perto de nós e pudemos ouvir o bater das asas e a vibração no ar. Um a um, pousaram na água, com sua superfície prateada pronta para recebê-los. E quando a tocavam, o barulho lembrava o som do meu nome, repetido várias e várias vezes: *Sorcha, Sorcha*. Peguei a mão de Finbar e ficamos ali, contemplando a vista até o escurecer. Então, ele me levou para casa.

Quem tem a sorte de crescer em um lugar como o que eu cresci possui sempre muitas lembranças. Mas nem todas são tão boas. Em um dia de primavera, três de meus seis irmãos e eu fomos ao lago para caçar os pequenos sapos que apareciam com o calor da manhã, mas fizemos tanto barulho dentro da água que acabamos afastando qualquer criatura que estivesse por perto. Conor assobiava uma velha canção. Cormack, seu irmão gêmeo, seguia atrás dele, tentando se livrar de algumas folhas que haviam caído em sua gola. Depois, os dois foram para a margem e começaram a brincar, lutando e rindo. E Finbar. Finbar estava um pouco mais longe, em uma parte mais calma do lago. Não virara as pedras para achar sapos; preferia encontrá-los, permanecendo em silêncio e observando para vê-los aparecer.

Eu estava com uma das mãos cheia de flores do campo, violetas e ervas que tinha colhido. Então, vi na margem do lago uma planta bonita, com flores verdes em formato de estrela e folhas que pareciam penas cinza. Cheguei mais perto e subi nas pedras para apanhar uma das flores.

— Sorcha! Não toque nessa planta! — gritou Finbar.

Parei, assustada, e olhei para ele. Finbar jamais me deu ordens. Se fosse Liam, o mais velho, ou Diarmid, o segundo filho, eu entenderia. Finbar largou os sapos e veio correndo em minha direção. Mas eu nem prestei atenção. Por que deveria? Ele não era o mais velho, e eu só queria pegar uma flor. Não havia problema. Ele gritou mais uma vez:

— Sorcha, não! — enquanto meus pequenos dedos se aproximavam do caule e agarravam os espinhos.

A dor era terrível. Sentia como se minha mão estivesse em chamas. Contorci o rosto, saí correndo e gritando, e deixei cair todas as flores que havia colhido. Finbar me alcançou, me segurou não muito delicadamente pelos ombros e olhou minha mão.

— Estrela d'água[3] — disse, pegando minha mão, que já estava vermelha e inchando. Ao ouvir meus gritos, os gêmeos vieram correndo. Cormarck, o mais forte, me segurou, pois eu estava muito agitada com a dor. Conor rasgou uma tira de sua camisa encardida. Finbar pegou dois galhinhos finos de planta e, usando-os como pinça, foi tirando um por um os espinhos da estrela d'água que haviam ficado em minha mão. Lembro-me até hoje da pressão das mãos de Cormack em meus braços enquanto eu gritava e chorava, e da voz calma de Conor falando ao mesmo tempo em que Finbar tirava os espinhos com suas mãos habilidosas.

"... e seu nome era Deidre, a Deusa da Floresta, mas ninguém jamais a viu durante o dia, somente à noite, entre as árvores. É uma figura

---

[3]. Startwort, *Callitriche palustris*. (Nota da Tradutora)

alta, envolta em um manto azul-escuro, de cabelos longos e escuros esvoaçando ao seu redor, e tem na cabeça uma pequena coroa de estrelas..."

Quando Finbar terminou, eles envolveram minha mão com a faixa improvisada e algumas pétalas de marigold. Na manhã seguinte já estava bem melhor. E nenhum dos três comentou com meus irmãos mais velhos a bobagem que eu havia feito.

Daquele dia em diante, eu entendi o que era a estrela d'água e quis conhecer melhor as plantas e seus efeitos. Uma criança criada em meio à natureza pode aprender facilmente os segredos das plantas por meio de lógica e observação. Cogumelos benéficos ou venenosos, líquens, musgos e trepadeiras, folhas, flores, raízes e lascas de troncos estão por toda parte. A floresta oferece uma variedade infinita de opções. Com o tempo aprendi onde encontrar, quando colher e como usar cada planta para fazer unguentos, pomadas e infusões. Mas só este conhecimento não me satisfez. Fui falar com as mulheres mais velhas da aldeia, insisti para que me ensinassem, li tudo o que encontrei sobre o assunto e fiz diversas experiências. Havia sempre algo mais a aprender, e eu tinha tempo de sobra.

Mas qual é o verdadeiro início de minha história? Quando meu pai conheceu minha mãe, apaixonou-se perdidamente e decidiu se casar por amor? Ou pode-se dizer que foi quando nasci? Era para eu ser o sétimo filho de um sétimo filho, mas a deusa resolveu brincar com nosso destino e eu nasci menina. E minha mãe morreu no parto.

Meu pai não se entregou ao desespero. Era forte demais para isso. No entanto, sua luz e seu entusiasmo pela vida pareceram morrer com ela. Passou a se ocupar somente das reuniões com o conselho e de estratégias militares, sempre fechado em seu escritório quando estava em casa. Era tudo o que lhe importava. Meus irmãos cresceram livres, correndo pela floresta dentro dos limites seguros de Sevenwaters. E talvez eu não fosse o sétimo filho de um sétimo filho como nos contos, dotado de poderes mágicos e protegido pelos Seres da Floresta, mas cresci entre meus irmãos, que me educaram da melhor maneira que puderam.

O nome de nossa província[4] vinha das sete correntes de água que desciam das montanhas em direção ao lago rodeado pelas árvores. Era um lugar isolado, guardado pelo exército de homens que se moviam silenciosamente pela floresta, vestidos de cinza e com armas afiadas. Meu pai, Lorde Colum de Sevenwaters, não permitia que corrêssemos qualquer risco. Sua *túath* era a mais segura e reclusa de Tara. Todos o respeitavam e muitos o temiam. Do outro lado, fora da floresta, ninguém vivia em segurança. Os líderes das províncias e os reis permaneciam em constante batalha. E também havia os saqueadores que vinham pelo mar. As casas, escolas e igrejas dos povoados eram invadidas, e os moradores eram mortos ou obrigados a se juntar aos bandos. Até os sacerdotes, em desespero, muitas vezes se armavam e lutavam para se defender. A fé havia desaparecido. Os escandinavos tomaram posse de nossa costa marítima e montaram um acampamento permanente em Dublin. Não havia mais segurança em lugar algum. Eu mesma cheguei a ver o resultado dos ataques, em uma ruína em Killevy, onde os saqueadores mataram as freiras e destruíram seu santuário. Fui até lá apenas uma vez. Era como se o lugar estivesse coberto por uma sombra. Ao andar pelos escombros, quase se ouvia os gritos daquelas mulheres.

Mas meu pai era diferente. Sua autoridade era absoluta. Dentro de seu território, entre as montanhas cobertas pela floresta, tínhamos toda a segurança de que precisávamos naqueles tempos difíceis. Para quem não respeitava ou não conhecia a floresta, ela era impenetrável. Um homem ou uma tropa que não conhecesse muito bem o caminho se perderia facilmente na névoa entre as árvores e as aparentes trilhas que não levavam a lugar algum. Ou seria vítima de outras coisas que

---

4. Sevenwaters (as sete águas). (N.T.)

um viking ou um bretão jamais entenderiam. A floresta nos protegia. Em nossas terras não entravam saqueadores ou mesmo vizinhos que desejassem se apoderar delas para ampliar suas posses. Temiam o território de Sevenwaters e se mantinham afastados.

Lorde Colum, no entanto, não tinha muito tempo para pensar nos escandinavos ou nos picts[5], pois tínhamos nossa própria guerra para nos preocupar. Era com os bretões, mais especificamente com o feudo de uma família, chamado Northwoods, um feudo muito antigo, mas eu não me preocupava muito com eles quando criança, pois era apenas uma garotinha e achava mais interessante me ocupar de outras coisas. E jamais tinha visto um bretão, um escandinavo ou um pict pessoalmente. Eles eram menos reais para mim do que criaturas de contos, dragões ou gigantes.

Meu pai passava muito tempo fora, estabelecendo alianças com vizinhos, verificando os postos dos guardas e recrutando soldados. Eu gostava mais desses dias quando podia explorar a floresta, subir nos gigantescos carvalhos, passear no lago e ficar acordada a noite toda para conversar com meus irmãos. Aprendi a encontrar amoras, maçãs silvestres e avelãs, a fazer uma fogueira mesmo com a floresta molhada depois de uma chuva e a assar abóboras ou cebolas no carvão. E também a fazer um abrigo com plantas e a manejar uma balsa.

Adorava estar fora de casa e sentir o vento em meu rosto. Continuei a estudar a arte da cura com ervas. Meu coração me dizia que este seria o meu verdadeiro trabalho.

Sabíamos ler fluentemente, mas Conor era o mais letrado entre nós. Nossa casa era de pedra e em um quarto, no andar de cima, havia diversos manuscritos guardados. Minha sede de conhecimento me levou a devorar todos, o que me parecia perfeitamente natural, uma vez que aquele era o único mundo que eu conhecia. Não sabia que as

---

[5]. Um povo celta. (N.T.)

meninas de doze anos só aprendiam a fazer bordados finos, tranças e penteados umas nas outras, a cantar e dançar. Não imaginava que a maioria sequer aprendesse a ler ou que os documentos que tínhamos em nossa casa eram verdadeiros tesouros em uma época de pilhagem e destruição. Protegido pelas árvores guardiãs e escondido do mundo por forças mais velhas que o tempo, nosso lar era realmente um lugar único.

Quando meu pai estava em casa, as coisas eram diferentes. Não que prestasse muita atenção em nós. Suas visitas eram breves e ele passava a maior parte do tempo em reuniões com o conselho, mas sempre observava meus irmãos em seus treinos de espada, de montaria e de defesa. Nunca se sabia os pensamentos de meu pai. Seus olhos não revelavam qualquer expressão. Era um homem alto, forte, de porte austero, e todos os seus gestos revelavam disciplina. Vestia-se de maneira simples, mas sua postura indicava, à primeira vista, que se tratava de um líder. Seus cabelos castanhos estavam sempre presos e bem penteados. A todo lugar que ia, do quarto aos estábulos, seus dois cães de caça o seguiam. Eram os únicos a quem fazia concessões. Mas até eles tinham utilidade.

Cada vez que voltava para casa, papai fazia questão de nos cumprimentar um por um e observar nosso progresso, como um fazendeiro que observa a plantação para verificar se está pronta para a colheita. Odiávamos esse ritual. Para os meninos ficou mais fácil com o tempo, quando entraram na adolescência, e papai os via como homens úteis. Éramos chamados à sala principal da casa, depois de os servos tentarem nos fazer parecer bem-arrumados. Papai ficava sentado em sua grande cadeira de carvalho, com seus homens a certa distância e os cães deitados aos seus pés, relaxados, mas atentos a tudo que acontecia.

Chamava os meninos um por um e os cumprimentava cordialmente, começando por Liam e seguia até o mais jovem. Fazia algumas perguntas sobre seu progresso e suas tarefas desde sua última visita.

A cerimônia levava um bom tempo, pois éramos sete. Como eu não conhecia outra forma de relacionamento entre pais e filhos, aceitava aquilo com naturalidade. Se houve um tempo em que fora diferente, meus irmãos nunca comentaram comigo.

Os meninos cresceram rápido. Aos doze anos, Liam já era submetido a intenso treinamento na arte da guerra e passava cada vez menos tempo no mundo alegre e indisciplinado em que vivíamos como crianças. Pouco tempo depois, a habilidade de Diarmid com a lança lhe conferiu um lugar ao lado dele e os dois começaram a cavalgar com os guerreiros de meu pai.

Cormack esperava ansiosamente o dia em que poderia participar de verdade da guarda. O treinamento que recebia do mestre de armas de meu pai não satisfazia sua sede de desenvolvimento. Padriac, o mais jovem dos meninos, tinha um talento especial para lidar com animais e fazer reparos. Aprendeu, como os demais, a cavalgar e a manejar a espada, mas passava a maior parte do tempo ajudando nos partos dos bezerros ou a curar bois feridos em brigas.

Quanto ao restante de nós, éramos diferentes. Conor era gêmeo de Cormack, mas seu temperamento era oposto ao dele. Adorava aprender e, ainda menino, fez um acordo com padre Brien, um eremita cristão que morava em uma caverna ao sul do lago. Levava para ele peixe fresco e pão, que pegava escondido das cozinhas, e em troca aprendia a ler. Lembro-me bem daquela época. Conor passava horas sentado em um banco ao lado do eremita, enfronhado em discussões sobre gramática ou filosofia, enquanto Finbar e eu ficávamos escutando, sentados no chão, de pernas cruzadas e em absoluto silêncio. Absorvíamos as informações como verdadeiras esponjas, pois, no mundo isolado em que vivíamos, acreditávamos que receber instruções daquele tipo em nossa idade era algo absolutamente normal. Aprendemos, por exemplo, a língua de nossos inimigos, os bretões, que nos pareceu rústica e sem musicalidade. Porém, com ela aprendemos também sobre a história deles.

Um dia foram um povo como nós, fortes, orgulhosos de suas raízes, ricos de canções e história, mas suas terras, abertas e vulneráveis, foram invadidas tantas vezes que seu sangue havia se misturado com o dos romanos e dos saxões. E quando a paz parecia finalmente surgir no horizonte, a raça original da região já não existia mais, e em seu lugar havia um povo novo, que se estabeleceu por toda a região. O padre nos ensinou tudo isso.

Todos tinham uma história para contar sobre os bretões. Eram conhecidos por seus cabelos claros, por sua estatura alta e por sua falta de caráter. Estabeleceram seu feudo tomando posse de uma terra tão preciosa e sagrada para nosso povo que até hoje chorávamos a perda. Esse era o motivo de nossa guerra. A Pequena Ilha, a Grande Ilha e a região da Agulha eram locais sagrados, de grande mistério, e representavam o coração de nossa fé. Os bretões não tinham o direito de pisar naquelas terras, e não descansaríamos enquanto não os tirássemos de lá. Isso foi o que crescemos ouvindo.

Conor demonstrava, cada vez mais, não ter talento para guerrear. Mas, como não era o único filho, meu pai acabou, a contragosto, aceitando a ideia. Pensou, talvez, que um estudioso na família pudesse ser útil. Havia sempre muitos registros, contabilidade e mapas para se fazer, e o escriba de meu pai já estava envelhecendo. Conor aceitou a tarefa com prazer. Passava o dia ocupado, mas sempre achava tempo para ficar com Finbar e eu. Com isso, acabamos nos aproximando mais, unidos por nossa sede de conhecimento e por uma afinidade cada vez maior, que não necessitava de palavras.

Já Padriac poderia se dedicar a qualquer coisa, porém sua paixão era descobrir como tudo funcionava. Fazia tantas perguntas que nos deixava zonzos. Era o único que ousava invadir a barreira que nosso pai estabelecia em relação a nós. Às vezes, quase se via um esboço de sorriso no rosto dele quando olhava para o filho mais novo. Papai nunca sorria para Finbar ou para mim. Finbar dizia que ele agia assim porque éramos muito parecidos com nossa mãe. Tínhamos os cabelos cacheados como os dela. Meus olhos verdes, tais como os dela. E Finbar havia herdado sua habilidade de permanecer quieto durante horas. Além disso, eu a matei ao nascer. Não era de se estranhar o fato de ele ter certa dificuldade de se relacionar comigo. E quando falava com Finbar, seus olhos eram frios como o inverno.

Houve um incidente certa vez. Foi pouco antes de *ela* chegar e nossas vidas se modificarem para sempre. Finbar tinha quinze anos, ainda não podia ser considerado um homem adulto, mas com certeza já não era mais criança. Ele nos chamou para a sala principal e fomos até lá. Finbar se colocou diante da cadeira de Lorde Colum, costas eretas como as de um soldado, pronto para o questionamento de sempre. Liam e Diarmid já eram praticamente adultos agora e, portanto, dispensados do cerimonial. Contudo, faziam questão de estar presentes na sala, pois sabiam que isso ajudava a nos sentirmos melhor.

— Finbar, tive uma conversa com seus instrutores.

Silêncio. Os grandes olhos cinzentos de meu irmão pareciam estar distantes, atravessando a figura de papai.

— Eles me disseram que você está indo bem. Isso é bom.

Apesar do elogio, os olhos e o tom de voz estavam frios como sempre. Liam e Diarmid olharam um para o outro, pensando "lá vem o discurso".

— Sua postura, no entanto, parece ainda muito distante do ideal. O que me disseram é que você atingiu um bom nível de desenvolvimento, porém sem demonstrar muito interesse ou dedicação, e que falta aos treinamentos com frequência e sem motivo.

Mais uma pausa. Neste momento, o melhor seria que ele dissesse alguma coisa ou desse uma desculpa para evitar problemas. Um simples "sim, pai" já seria suficiente. Mas seu silêncio e sua absoluta imparcialidade deixavam a situação ainda mais tensa.

— Que explicação você tem para me dar, garoto? Nem pense em continuar com esse ar insolente. Quero uma resposta!

Papai se inclinou para frente, seu rosto aproximando-se do de Finbar, e sua expressão me fez tremer e ir em direção a Conor. Seu olhar amedrontava qualquer homem adulto.

— Você já tem idade para passar mais tempo comigo e com seus irmãos mais velhos, pelo menos enquanto eu estou na casa, e em breve deverá nos acompanhar em nossas jornadas. Mas não há espaço para essa insolência imbecil em um campo de batalha. Um homem deve aprender a obedecer sem questionar. Agora responda! Qual o motivo para o seu comportamento?

Finbar, no entanto, não responderia. "Jamais falo quando não tenho nada a dizer", era o que estava pensando. Apertei a mão de Conor. Já tínhamos visto papai irritado. Tirá-lo do sério era brincar com fogo.

— Pai — disse Liam, dando um passo à frente. — Talvez...

— Chega! — ordenou meu pai. — Seu irmão não precisa que falem por ele. Tem uma língua e uma mente para isso. Deixe que se explique.

Finbar manteve a postura. Externamente, parecia calmo. Somente eu, que o conhecia como a palma de minha mão e sentia cada emoção em seus momentos de tristeza ou alegria como se fossem meus, sabia quanta coragem ele precisou ter para falar naquele momento.

— Sim, vou responder — disse ele, em tom calmo. — Não vejo problema em aprender a cavalgar e usar uma espada. Usarei de bom grado essas habilidades para me defender ou a qualquer de meus irmãos em um momento de perigo. Mas pode me dispensar de suas campanhas de guerra. Não vou participar delas.

Meu pai não acreditava no que ouvira. Estava chocado demais para se irritar. Seus olhos, porém, mostravam uma frieza glacial. Esperava qualquer coisa, menos uma confrontação dessas. Liam tentou falar novamente, mas papai o fez calar com um simples olhar.

— Ah, sim? Fale mais sobre isso — disse em tom neutro, como um predador que encaminha sutilmente a presa para a armadilha.

— Você não tem mesmo consciência da ameaça que paira sobre nossas terras e nossas vidas? Já não se cansou de ver meus homens voltarem feridos das batalhas e os problemas que os bretões causam a todos nós? Seus irmãos se sentem orgulhosos em lutar ao lado do pai para que vocês continuem aqui, vivendo em paz e prosperidade. Arriscam suas vidas para retomar a posse de nossas terras mais preciosas, invadidas por essa ralé. Será que o esforço e a opinião de seus irmãos não contam para você? De onde tirou essas ideias? *Campanhas de guerra?*

— Falo pelo que vejo — respondeu Finbar. — Enquanto vocês estão fora, perseguindo os inimigos por terra e mar, o povo de nossas vilas está adoecendo e morrendo sem ter a quem recorrer. Os inescrupulosos exploram os mais fracos, as plantações não são bem cuidadas, os rebanhos estão abandonados. A floresta nos oferece proteção mais que suficiente. Caso isso não fosse verdade, há muito tempo já teríamos perdido as terras em que vivemos para os Finnghaill.

Papai respirou fundo. Seus homens se moveram, inquietos.

— Continue, por favor — disse ele, em uma voz ainda mais fria. — Pelo que vejo, você sabe muito sobre os escandinavos.

— Talvez... — Liam tentou mais uma vez.

— Silêncio! — gritou papai, interrompendo Liam antes mesmo de ele terminar a primeira palavra. — Isso é entre mim e seu irmão. Continue, garoto! Em que mais, segundo sua sábia visão, tenho errado na administração de minhas terras? Quero saber com detalhes, já que você consegue explicar tão bem!

— Isso tudo não basta? — desta vez senti uma leve oscilação na voz de Finbar. Afinal, ele ainda era um garoto. — O senhor dá tanta importância à guerra contra os inimigos a ponto de negligenciar sua própria casa? Fala dos bretões como se fossem monstros. Eles não são gente como nós?

— Não se pode chamar esse povo de gente — disse papai, finalmente disposto a responder. No entanto, sua voz mostrava que fazia um esforço para não se irritar ainda mais. — Eles se apropriaram como bárbaros de algo que era nosso. Já imaginou sua irmã exposta a esses selvagens? Esta casa sendo invadida e destruída? Seu discurso mostra que você não conhece mesmo os fatos, que sua fina educação não serve para nada. Para que serve a filosofia quando se está diante de um inimigo prestes a atacar? Acorde, garoto. Existe um mundo real lá fora, cheio de bretões com as mãos sujas do sangue de nosso povo. É minha tarefa, e também sua, buscar vingança e recuperar o que é nosso por direito.

Os olhos de Finbar fitavam diretamente os de papai, sem se desviar por um instante.

— Não sou tão ignorante assim — ele disse calmamente. — Os picts e os vikings já causaram muitos estragos por aqui. Deixaram uma marca em nosso espírito, mas não conseguiram nos destruir. E os bretões também sofreram nas mãos deles. Podemos não saber exatamente qual é o propósito deles ao tomar nossas ilhas e estabelecer um feudo. E seria muito mais inteligente nos unirmos a eles para lutar contra os inimigos que temos em comum. Mas não. Sua estratégia, assim como a deles, é matar e mutilar sem fazer perguntas. Perdem seus filhos e irmãos em uma batalha infinita e sem objetivos. Para vencer essa guerra é preciso conversar com o inimigo, conhecê-lo. Se continuar simplesmente atacando, ele sempre contra-atacará e um dia poderá vencer. Esse caminho só leva à morte, ao sofrimento e ao arrependimento. Muitos podem segui-lo, mas não conte comigo. Eu não irei.

Suas palavras eram de uma frieza, que me arrepiou. Senti que eram a mais pura verdade.

— Não vou mais ouvir essa bobagem! — gritou papai, levantando-se. — Você fala como um idiota sobre assuntos que nem conhece. É muito triste saber que tenho um filho tão mal informado e arrogante. Liam.

— Sim, pai.

— Quero este menino armado e pronto para nossa viagem ao norte. Providencie tudo. Ele quer conhecer melhor nosso inimigo. A melhor maneira de fazer isso é vendo o sangue pessoalmente.

— Sim, pai — respondeu Liam, no tom neutro de quem já havia aprendido a não questionar. Mas olhou Finbar com carinho sem papai perceber.

— E agora quero falar com minha filha.

Avancei, relutante, e passei por Finbar, esbarrando de leve minha mão na dele. Sua face estava vermelha, mas seus olhos não se desviavam dos de nosso pai. Parei diante dele com o coração cheio de sentimentos que não compreendia. Um pai não deveria amar seus filhos? Será que não percebia quanta coragem Finbar tinha para falar com ele assim? Finbar via coisas que nenhum de nós conseguia ver. E Lorde Colum deveria ter percebido, pois era um dom que nossa mãe também possuía. Se prestasse um pouco mais de atenção, perceberia com certeza. Finbar via longe e podia nos avisar de perigos que sequer imaginávamos. Era um dom raro, incômodo e perigoso. Alguns o chamavam de Visão.

— Venha até aqui, Sorcha.

Estava furiosa com meu pai. Mas ao mesmo tempo queria que me amasse, que me desse atenção. Não conseguia apagar esse desejo dentro de mim.

Se meus irmãos me amavam tanto, por que ele também não podia? Essa era a pergunta que eu me fazia enquanto me aproximava dele. Em sua mente eu provavelmente não passava de uma figurinha patética, magricela e mal-arrumada, de cabelos caindo sobre os olhos e os ombros.

— Onde estão seus sapatos, menina? — perguntou ele. Mostrava estar cada vez mais impaciente.

— Não preciso de sapatos, pai — respondi sem pensar. — Meus pés são duros — levantei a perna e mostrei a sola encardida. — Não é preciso que um animal morra para que eu tenha calçados.

Era um argumento que eu usava tanto com meus irmãos que eles acabavam se cansando e me deixavam andar descalça.

— Qual é a ama responsável por ela? — respondeu ele, entediado. — Ela não tem mais idade para andar por aí como um, como um moleque. Quantos anos você tem, Sorcha? Nove, dez?

Como ele não sabia? Meu nascimento não coincidia com a morte daquela a quem ele mais amou neste mundo? Foi no dia do solstício de inverno. Eu nem bem completara um dia de vida quando ela se foi. Todos disseram que eu tive sorte. Fat Janis, nossa cozinheira, tinha um bebê e ainda estava amamentando. Só sobrevivi porque ela tinha leite bastante para os dois. Mas para evitar o sofrimento e a solidão noite após noite, dia após dia depois que ela morreu, meu pai provavelmente preferiu parar de contar o tempo.

— Faço treze este ano, no solstício de inverno, pai — respondi, esticando-me para parecer mais alta. Quem sabe se me achasse crescida o bastante começaria a falar comigo direito, como fazia com Liam ou Diarmid. Ou a quase sorrir como fazia com Padriac, que era pouco mais velho do que eu. Por um instante seus olhos escuros e intensos olharam nos meus e eu retribuí, feliz, mas consciente de que provavelmente meus olhos verdes lembravam demais os de minha mãe.

— Já chega — disse ele de repente em um tom de dispensa. — Levem estas crianças daqui. Temos trabalho a fazer.

Virou-se, então, e foi para a grande mesa de carvalho onde os homens estavam desenrolando um mapa. Somente Liam e Diarmid podiam ficar. Eram homens agora e conheciam as estratégias secretas de meu pai. Para o resto de nós era hora de sair da sala.

Por que lembro tão bem dessa cena? Penso que, talvez, meu pai ficou tão desapontado ao ver a maneira como estávamos sendo criados que tomou uma decisão que desencadearia uma série de acontecimentos terríveis e que nenhum de nós poderia prever. Claro, nosso bem-estar foi uma das desculpas que ele usou para trazê-la para Sevenwaters. Não fazia muito sentido, mas isso não é o mais importante.

Ele devia saber, no fundo, que Finbar e eu éramos fortes e que estávamos mental e espiritualmente prontos para a vida, apesar de nossa pouca idade, e que nos fazer obedecer a outra pessoa seria tão difícil quanto mudar o curso das marés ou impedir o crescimento das plantas em uma floresta. Mas foi influenciado por forças que não compreendia. Minha mãe as reconheceria facilmente. Às vezes, fico imaginando se ela já não sabia qual seria nosso futuro. A Visão nem sempre mostra aquilo que se quer ver, mas com certeza ela sabia, quando se despediu, qual seria o caminho estranho e difícil que seus filhos iriam percorrer.

Assim que papai nos dispensou, Finbar desapareceu e foi em direção aos degraus de pedra da torre. Enquanto eu me virava para sair, Liam piscou para mim. Podia ser agora um grande guerreiro, mas ainda era meu irmão. E Diarmid sorriu ao me olhar, porém retomou a expressão séria e respeitosa assim que se virou para papai.

Padriac saiu rapidamente. Tratava de uma coruja ferida e a mantinha no estábulo. Dizia que estava aprendendo muito sobre os princípios e técnicas de voo com aquela experiência. Conor estava trabalhando com o escriba de meu pai. Ajudava com os cálculos e com todo o trabalho e quase não o víamos. Cormack foi direto pegar sua espada e praticar com os soldados. Segui, então, sozinha para a sala na torre, subindo as escadas de pedra com meus pés descalços. Dali era possível subir em uma extensão do telhado, que possuía uma ameia mais baixa ao redor, protegendo-a. Não que fosse forte o suficiente para amparar uma queda, mas isso nunca nos impediu de subir ali. Era nosso lugar de histórias, de segredos, onde costumávamos ficar juntos em silêncio.

Ele estava onde eu imaginara, na ponta mais perigosa do telhado, com as pernas encolhidas e os braços ao redor dos joelhos. Sua expressão era impenetrável enquanto ele observava os pastos cercados por muros de pedra, os celeiros, os currais, as casas, e sua visão se estendia até a floresta verde-azulada ao longe. A água do lago brilhava em tom de prata. O vento frio soprava minhas saias enquanto eu subia no telhado e me sentava ao lado dele. Finbar continuou imóvel, e não precisei olhar seu rosto para saber o que ele estava sentindo, pois conseguia ler sua mente como se fosse um livro aberto.

Ficamos em silêncio por um bom tempo, sentindo o vento nos cabelos e observando um grupo de gaivotas que passavam, chamando umas às outras. Ouvíamos vozes distantes e barulho de metal. Eram os homens de papai praticando técnicas de defesa no pátio, e Cormack estava com eles. Lorde Colum devia estar contente com o desempenho de seu filho.

Aos poucos, Finbar foi retornando do mundo de seus pensamentos. Pegou uma mecha de cabelo e começou a deslizá-la entre seus longos dedos.

— O que você sabe sobre as terras de além-mar, Sorcha? — perguntou calmamente.

— Não muito — respondi surpresa. — Liam diz que os mapas não mostram toda a região. Há lugares que nem ele conhece ou ouviu falar. E papai diz que os bretões são perigosos.

— Ele teme aquilo que não entende — disse Finbar. — E o padre Brien e seu grupo? Vieram do leste, pelo mar, e tiveram muita coragem para vir até aqui. Com o tempo, foram aceitos por nosso povo e nos ensinaram muito. Papai não procura conhecer seus inimigos nem saber o que eles querem. Enxerga apenas a ameaça e os insultos, persegue e mata sem perguntar. Para quê?

Fiquei pensando por alguns instantes.

— Mas você também não os conhece — concluí. — E não é apenas nosso pai que os acha perigosos. Liam disse que se as campanhas não cobrirem os territórios até o norte e até o litoral do mar do leste, poderemos ser invadidos e perder tudo o que temos, as ilhas e até Sevenwaters. Nossa cultura seria destruída para sempre. É o que ele diz.

— E ele não está totalmente errado — respondeu Finbar, para minha surpresa. — Mas toda luta tem dois lados. Começa sempre com algo pequeno, como um comentário infeliz, um gesto mal interpretado, e toma proporções descabidas. Ambos os lados podem ser injustos. Ambos podem ser cruéis.

— Como você sabe?

Finbar não respondeu. Fechou sua mente para mim. Não consegui ler seus pensamentos nem trocar imagens mentais, como fazíamos sempre, algo muito mais rápido e fácil do que usar palavras. Fiquei pensativa e não soube o que dizer. Finbar puxou uma mecha dos cabelos longos, que mantinha sempre presos na altura da nuca, e começou a mastigá-la de leve. Seus cabelos eram escuros, cacheados e rebeldes como os meus.

— Creio que nossa mãe nos deixou uma coisa importante — disse ele, depois de mais uma longa pausa. — Uma parte dela em cada um de nós, começando por Liam e Diarmid. É isso que impede que nos tornemos parecidos com nosso pai.

Captei o sentido do que ele queria dizer, embora não tivesse entendido totalmente as palavras.

— Liam é um líder — ele continuou — como nosso pai, mas com estilo diferente. É mais ponderado. Sabe como avaliar um problema sob diversos ângulos. Muitos homens morreriam por ele, e provavelmente morrerão. Diarmid também tem carisma. As pessoas o seguirão até o fim do mundo pelo simples prazer de sua companhia.

Fiquei pensativa. Lembrei-me de Liam me defendendo diante de papai e de Diarmid me ensinando como caçar sapos e depois soltá-los.

— Cormack é um guerreiro — arrisquei um palpite —, mas é generoso. Tem bom coração. — Lembrei-me da história do cãozinho. Uma das cadelas do grupo de cães de guarda de papai havia escapado e cruzado com um cão sem raça. Quando os filhotes nasceram, ele ordenou que fossem afogados, mas Cormack conseguiu salvar um deles, uma cadelinha magrinha e malhada, e lhe deu o nome de Linn.

Seu gesto foi recompensado com o amor e a devoção que somente um cão consegue oferecer a alguém. — E Padriac também é especial.

Finbar se sentou mais para trás, encostou-se nas telhas e fechou os olhos.

— Padriac irá longe — disse. — Mais longe do que qualquer um de nós.

— Conor é diferente — eu disse, mas não conseguia descrevê-lo em palavras. Era simplesmente diferente.

— Conor é intelectual — disse Finbar. — Todos nós adoramos histórias, mas ele faz questão de conhecer todas elas. Mamãe contava histórias muito boas, e também piadas. Nunca sabíamos se estava falando sério. Conor herdou dela essa paixão pelos contos e pelas ideias. Ele é... simplesmente ele.

— Como você se lembra de tudo isso? — eu perguntei, pensando que ele estava inventando aquelas coisas só para me agradar. — Era quase um bebê quando ela morreu. Tinha apenas três anos.

— Lembro-me, sim, e muito bem — respondeu ele, olhando a paisagem novamente. Queria que ele falasse mais. Adorava ouvir histórias sobre minha mãe, pois não a conheci. Mas ele voltou a ficar em silêncio. A tarde estava chegando ao fim. As sombras das árvores ficavam cada vez mais longas sobre o gramado.

Desta vez o silêncio foi tão longo que pensei que ele adormecera. Movimentei os dedos dos pés. Estava ficando frio. Talvez eu precisasse mesmo usar sapatos.

— E quanto a você, Finbar? — Nem seria preciso perguntar. Ele era muito diferente. Diferente de todos nós. — O que mamãe deixou em você?

Ele se virou para mim e sorriu. A curva de sua boca longa transformava completamente seu rosto quando ele sorria.

— Fé em mim mesmo — ele disse. — Fazer sempre o que é certo e jamais o que é errado, mesmo que seja difícil.

— Hoje foi difícil — eu disse, lembrando-me do olhar frio de papai e da reação de Finbar.

"E vai ficar muito pior." Não sei se a frase veio de minha mente ou da de meu irmão, mas me fez arrepiar.

Então ele disse:

— Quero que se lembre, Sorcha, que estarei sempre ao seu lado, não importa o que aconteça. Lembre-se sempre disso. Agora vamos, é hora de descer.

De todas as lembranças que tenho de minha infância, a que mais me marcou foi a da árvore que ficava no lado sul da floresta, próximo à beira do lago. Íamos sempre até lá, os sete. Quando eu era pequena, Liam ou Diarmid me carregavam nas costas. Depois, já um pouco mais crescida, dois deles me davam a mão e me ajudavam a caminhar mais rápido, muitas vezes me levantando, balançando e contando "um, dois, três" enquanto o resto dos meninos corria à frente. Era muito divertido. À medida que nos aproximávamos da árvore, ficávamos em silêncio. Era um local de grande poder e magia, e por isso falávamos baixo, sussurrando.

Demonstrávamos respeito porque se tratava de um portal para o outro mundo, para o reino dos espíritos, dos sonhos e dos Seres da Floresta. A região em que nascemos guardava tanta magia que ela praticamente fazia parte de nossa vida diária. Era comum encontrarmos um desses seres quando íamos colher frutas ou pegar água no poço. Muitas pessoas contavam histórias do amigo de um amigo que tinha se aventurado floresta adentro e desaparecido, voltando depois de algum tempo completamente modificado. Coisas incríveis podiam acontecer em lugares assim. Pessoas desapareciam durante cinquenta anos e voltavam tão jovens quanto no dia em que sumiram, ou se perdiam durante poucas horas e voltavam velhos, enrugados e arcados. Eram histórias que nos fascinavam, mas não nos amedrontavam. Se algo tivesse que acontecer, aconteceria, quer quiséssemos ou não.

Mas aquela imensa árvore de bétula era diferente. Tinha a energia de nossa mãe. Foi plantada por meus irmãos no dia em que ela morrera, a pedido dela. Seguiram todas as suas instruções. Diarmid e

Liam, que tinham cinco e seis anos na época, levaram pás até o local exato que ela havia descrito, cavaram a terra fofa e plantaram a semente próximo à margem do lago. Com suas ágeis e encardidas mãozinhas, os mais novos ajudaram a cobrir o buraco e a carregar água para regar. Um dia, quando eu tinha idade suficiente para sair da casa, eles me levaram até o local. Visitavam a árvore juntos todos os anos, no solstício de verão e no solstício de inverno. Passei a ir com eles desde então.

Os animais podiam ter comido a árvore enquanto ainda era broto e os ventos fortes de outono poderiam tê-la destruído, mas ela tinha sua força mágica e se desenvolveu plenamente, forte e bela tanto sob o frio intenso do inverno quanto sob o sol do verão. Ainda tenho nítida em minha mente a imagem de nós sete, sentados ao redor dela, de pernas cruzadas, sem nos tocarmos, porém mais unidos do que se estivéssemos de mãos dadas. Já éramos mais velhos, porém ainda crianças. Eu devia ter uns cinco anos, e Finbar, uns oito. Liam esperou até que tivéssemos idade para entender e só então nos contou esta história.

"... havia algo estranho no quarto. Tinha um cheiro diferente, esquisito. Nossa irmãzinha, que havia nascido naquele dia, foi levada para outra parte da casa. As pessoas entravam e saíam apressadas, com as roupas manchadas de sangue. Mamãe estava deitada, muito pálida, os cabelos negros espalhados no travesseiro. Entregou a semente a Diarmid e a mim, dizendo: 'Levem e plantem na beira do lago. No momento em que eu me for, ela vai germinar. Então estarei sempre com vocês, meus filhos. Quando estiverem perto da árvore, sentirão a grande energia que nos une. Nossa força vem dessa magia, da terra e do céu, do fogo e da água. Voem alto, nadem nas águas profundas e devolvam à terra a energia que ela lhes dá...'.

Fez uma pausa. Estava fraca, perdendo muito sangue, mas sorriu para nós. Tentamos sorrir também, entre lágrimas, sem entender muito bem o que ela havia dito, mas conscientes de que era algo importante. 'Diarmid', disse então, 'cuide de seus irmãos. Divida sua alegria com eles'. Sua voz foi ficando cada vez mais fraca. 'Liam, meu querido. Sei que vai ser difícil para você, especialmente nos primeiros anos. Sendo o mais velho, você é o líder e o guia deles, apesar de ser tão jovem para uma tarefa assim'.

'Eu consigo', respondi, enxugando as lágrimas.

O quarto estava cheio de gente. O médico resmungava baixinho, balançando a cabeça; as mulheres saíam, levando as toalhas ensanguentadas, e traziam outras, limpas. Em determinado momento quiseram nos tirar do quarto, mas mamãe não permitiu. Pediu a todos que saíssem por alguns instantes e nos fez chegar mais perto da cama para que pudesse se despedir. Papai ficou lá fora. Até mesmo naquele instante preferiu guardar a dor para si. Mamãe estava cada vez mais fraca, sua voz agora era um sussurro. Os gêmeos estavam cada um de um lado da cama, imagem exata um do outro, olhos cinza como o céu de outono, cabelos brilhantes, castanho-escuros.

'Conor, meu pequeno. Você se lembra do poema da gazela e da águia?' Conor fez que sim com a cabeça, olhando para ela com semblante sério. 'Recite para mim'.

'Meus pés tocam o solo da floresta, leves como os de uma gazela', começou ele, a testa franzida, fazendo esforço para se concentrar. 'Minha mente, clara como a água do poço sagrado. Meu coração, forte como o grande carvalho. Meu espírito abre suas asas de águia e alça voo. Este é o caminho da verdade'.

'Muito bom', ela disse. 'Lembre-se sempre dele e o ensine à sua irmã quando estiver mais crescida. Pode fazer isso por mim?'

Ele fez que sim com a cabeça, solenemente.

'Não é justo!', gritou Cormack, com lágrimas de raiva rolando pelo rosto. Estendeu os braços e a abraçou. 'A senhora não pode morrer! Não quero que morra!'

Ela acariciou seus cabelos e o acalmou aos poucos. Conor se aproximou, pegou a mão do irmão gêmeo e o consolou. Diarmid levantou Padriac para que mamãe pudesse abraçar os dois. Finbar, próximo à cabeceira, estava tão quieto que nem se percebia sua presença. Mamãe então se despediu de nós, um por um. E se virou para ele ao final, desta vez sem dizer nada. Apontou apenas para o cordão com uma pedra entalhada, que usava no pescoço, e indicou a Finbar que deveria retirar do dela e colocar no seu. Como ele ainda era pequeno, o cordão ficou comprido, abaixo de sua cintura. Ele pegou o amuleto e o segurou com força. Entre os dois não havia necessidade de palavras.

'Minha filha', ela disse, por fim, quase sem voz. 'Onde está minha Sorcha?' Saí e chamei Fat Janis, que trouxe o bebê e o colocou em seus braços, agora tão fracos que quase não conseguiam segurá-lo. Finbar se aproximou, ajudando com suas mãozinhas a segurar a pequena Sorcha, embrulhada em mantas de lã. 'Minha filha será forte', disse ela. 'A magia está presente com muita força nela e em todos vocês. Sejam bons consigo mesmo e uns com os outros'.

Então ela encostou a cabeça no travesseiro, fechou os olhos e nós saímos em silêncio. Não assistimos o momento de sua morte. Plantamos a semente e a árvore cresceu. Mamãe morreu, mas, através da árvore, ela pode continuar a nos transmitir sua força, que é a força de todos os seres vivos".

Meu pai tinha aliados e inimigos. Toda a região norte era recortada por *túaths* como a nossa, algumas maiores, outras menores. E todas tinham seus lordes, que viviam em relativa trégua com alguns de seus vizinhos. Ao sul de Tara viviam o rei e sua esposa. Mas vivíamos isolados em Sevenwaters, imunes à sua autoridade, e eles à nossa. Muitas alianças eram estabelecidas nas reuniões do conselho e também por casamentos, mas muitas eram quebradas em disputas por gado ou terras. Meu pai se envolvia em muitas batalhas e campanhas, mas não contra nossos vizinhos, que sempre o tiveram em alta consideração. Havia uma espécie de pacto que os mantinha unidos contra os bretões, os picts e os escandinavos que sempre tentavam atacar nossa orla com seu idioma estranho e seus modos bárbaros. No entanto, nossa maior diferença era com os bretões.

Alguns prisioneiros eram levados e mantidos em nossa propriedade de tempos em tempos, mas ficavam em celas reclusas e eram tão bem vigiados que nem notávamos sua presença. Meus irmãos nunca falavam sobre o assunto, nem mesmo Finbar, o que era estranho, já que ele mantinha a mente aberta para mim quase o tempo todo, e eu nunca escondia dele meus pensamentos e conhecia seus medos e alegrias. Dividíamos sem palavras tudo o que sabíamos sobre os recantos mais escondidos da floresta, sobre a energia da deusa que a habitava e sobre tudo o que acontecia na natureza em cada estação. Mas havia uma parte dele a qual nunca tive acesso. Talvez ele fizesse isso para me proteger. Portanto, os prisioneiros eram um mistério para mim. Nossa casa era rodeada por altos soldados, sempre armados, saindo e chegando em grupos. Mesmo quando estava fora (a maior parte do tempo), papai sempre fez questão que Donal, seu chefe de armas, permanecesse e controlasse tudo com mão de ferro.

Esta era a atividade principal de nossa casa. O aspecto doméstico era secundário. Os criados executavam bem suas tarefas, e os habitantes do povoado também. Era necessário fazer a manutenção dos muros de pedra e cuidar da plantação, dos engenhos e da produção de leite e seus derivados, levar os rebanhos para os lugares altos no verão, para o melhor aproveitamento dos pastos, e retirar da floresta a madeira de galhos de árvores caídos para as fogueiras e lareiras. As mulheres também cuidavam da fiação e da tecelagem. Um dia, nosso escriba ficou doente, com febre intermitente, e morreu. Conor passou então a cuidar de todo o dinheiro e da contabilidade enquanto nosso pai estava fora. Aos poucos foi conquistando a confiança de todos e acabou praticamente assumindo o comando da casa. Mesmo tendo apenas dezesseis anos, sua postura sóbria e seu bom-senso faziam que todos o obedecessem, até mesmo os soldados. Em pouco tempo ficou claro que ele não seria apenas o escriba. Discretas mudanças começaram a ocorrer nos períodos em que Lorde Colum se ausentava: uma provisão de feno e trigo passou a ser guardada para os aldeões usarem no inverno, um dos cômodos próximo à cozinha foi adaptado e transformado em uma espécie de laboratório para que eu pudesse guardar e manipular minhas ervas curativas e uma criada ficou encarregada de me ajudar e de levar os unguentos e remédios para os doentes.

Quando o marido de Madge Smallfoot, uma de nossas aldeãs, morreu afogado ao cair entre as pedras do lago (e o local passou a ser chamado de Smallfoot's Leap), foi Conor quem a trouxe para trabalhar em nossa casa, ajudando a enrolar e preparar massa nas cozinhas e depenando aves. Eram mudanças pequenas, mas já se faziam notar.

Finbar não foi para a campanha de outono naquele ano. Apesar das ordens de papai, foram Liam, Diarmid e Cormack (o qual adorou a ideia) que partiram rápido certa manhã. O chefe de armas convocou os soldados mais cedo que o habitual naquele dia. Por coincidência, tínhamos convidados em casa, coisa que raramente acontecia. Eram nossos vizinhos, Seamus Redbeard de Glencarnagh e seus familiares. Seamus era o maior aliado de Sevenwaters. Porém, nem ele entrava na floresta sem ser escoltado por nossos homens, que o esperavam na divisa de suas terras e o traziam em segurança até Sevenwaters.

Seamus trouxera sua filha, que tinha quinze anos e longos cabelos tão cacheados, cheios e ruivos quanto os dele. Mas, apesar da aparência vívida, Eilis era uma menina quieta, rechonchuda e de rosto rosado. Achei sua companhia um tanto entediante; preferia a dos meus irmãos. Nossos convidados estavam em casa há uns dez dias, mas Eilis não subia comigo nas árvores, não nadava no lago nem queria me ajudar com a preparação das ervas. Acabei me cansando de sua companhia e a deixei sozinha com seus passatempos. Não entendia como meus irmãos podiam se interessar tanto por aquela menina. Nas poucas vezes em que abria a boca para conversar só falava de futilidades. Eram assuntos aos quais eles normalmente não dariam a mínima atenção. Ainda assim, Liam, Diarmid e Cormack passavam o dia acompanhando-a em passeios pela casa, pelos jardins, aparentando estar fascinados com tudo o que ela dizia e pegando sua mão para ajudá-la a descer degraus que eu saltava sem a menor hesitação.

Era estranho, e ficou mais estranho ainda (embora eu tenha levado um bom tempo para perceber). Após alguns dias, ela começou a demonstrar certa preferência pela companhia de Liam. E ele, sempre o mais ocupado de todos, parecia arrumar todo o tempo do mundo para ela. Havia algo diferente em seu rosto, que agora já tinha traços de um homem adulto. Deixava claro para os irmãos que os queria longe, e eles pareciam obedecer. Eilis não gostava de passear comigo pela floresta, mas aceitava o convite dele sem pestanejar. E à mesa, apesar de suas maneiras discretas e recatadas, parecia sentir quando os olhos negros de Liam se fixavam nela do outro lado da sala. Levantava o olhar timidamente em sua direção e logo o baixava, convenientemente, os longos cílios cobrindo seus olhos azuis. Nesse instante, suas faces ficavam ainda mais vermelhas. Mas eu não entendi realmente o que estava acontecendo até a noite em que meu pai pediu a atenção de todos:

— Meus amigos! Meus bons vizinhos!

Os convidados pararam de conversar, puseram de lado as taças e olharam para ele. Apesar da atmosfera de expectativa que pairava no ar, pareciam já saber do que se tratava; somente eu fui pega de surpresa.

— É muito bom, apesar do momento turbulento que vivemos, poder nos reunir, beber e dividir o fruto de nossos pastos. E logo em breve, na lua cheia, deveremos partir e, quem sabe desta vez, garantir em definitivo a segurança de nossa costa marítima.

Houve aplausos e assobios, mas eles estavam claramente esperando algo mais.

— Enquanto isso, todos são meus convidados. Há muito tempo não temos uma festa nesta casa.

Seus olhos se anuviaram por um instante. Seamus Redbeard se inclinou um pouco para frente, as faces vermelhas.

— Você é um excelente anfitrião, Colum. Não há como negar — disse ele, a voz um pouco alterada pela bebida. Eilis foi ficando vermelha e baixou os olhos. Pelo canto dos olhos, flagrei Cormack oferecendo carne a Linn, que tinha se rastejando entre os convidados, com seu corpo longo e esguio, e se enfiado sorrateiramente sob a mesa. Ele segurava um pedaço de frango ou carne com naturalidade, como se fosse comer, e então um focinho longo aparecia e o engolia avidamente. Cormack olhava, então, tranquilamente para frente ou para os convidados como se nada estivesse acontecendo, sorrindo um pouco e mostrando as covinhas do rosto.

— Convido todos a fazer um brinde ao belo casal! Que sua união seja longa e fértil. Ela é o símbolo da amizade e da paz entre nós.

Achei que tinha perdido alguma parte do discurso. Liam se levantou, não conseguiu evitar o sorriso, apesar do semblante sempre sério, pegou a mão de Eilis e só então eu finalmente percebi, pela maneira que os dois se olharam, o que realmente estava acontecendo.

— Casamento? Liam? — eu disse, em voz alta, sem querer acreditar. — Com *ela*?

Mas todos estavam rindo e brindando. Até meu pai parecia quase feliz. Padre Brien se aproximou de Liam e Eilis e começou a falar em particular com eles em meio ao barulho. Engoli a tristeza e saí discretamente do salão iluminado, cheio de tochas e velas acesas. Fui para minha sala de ervas, que era um lugar só meu. Mas não fui para trabalhar. Sentei-me perto da janela, com um toco de vela aceso para me fazer companhia, e fiquei olhando para fora, no escuro, observando o jardim da cozinha. Havia uma lua fraca e algumas estrelas no céu.

Aos poucos fui enxergando melhor as formas do jardim, que eu conhecia como a palma de minha mão: a artemísia azul-esverdeada, que afasta os insetos; as pontas amarelas da atanásia; a lavanda cinza com suas pontas roxas e azuis brilhantes; as paredes de pedra onde a trepadeira crescia. Havia várias outras, tanto no jardim quanto em minhas prateleiras, seus óleos e suas essências guardados em frascos, potes e cadinhos, usados para cura ou para alívio dos sintomas. Havia também folhas secas e feixes pendurados no teto, organizados por efeito ou função. O cheiro curativo delas pairava delicadamente no ar. Inspirei profundamente. Era uma noite fria. Peguei um manto velho que havia deixado na sala, ajudou a aquecer um pouco, mas a umidade era de atravessar os ossos. O verão estava terminando.

Fiquei ali por um bom tempo, observando o quarto e meus objetos nele. Era o fim de um período de minha vida e eu não queria que terminasse. Mas não havia o que fazer. Tentei não chorar, mas não consegui me conter. Deixei as lágrimas caírem sem enxugá-las. De repente, ouvi passos e uma batida de leve na porta. Claro, um deles acabaria me encontrando. Éramos tão ligados uns aos outros, os sete, que nenhum sofrimento, fosse físico, emocional, real ou imaginário que um de nós tivesse passava despercebido ou ficava sem consolo.

— Sorcha? Posso entrar?

Achei que fosse Conor, mas era meu segundo irmão, Diarmid, que se curvou para passar sob a porta baixa e entrar, sentando-se em um banco perto da janela. Olhei para ele sob a luz fraca da vela. Seu rosto era uma versão mais jovem do de Liam, com seu nariz fino e reto. A única diferença eram os lábios grossos, sempre prontos para um sorriso. Mas agora ele estava sério.

— É melhor voltar para a festa — seu tom mostrava que ele também não gostava muito daquelas delicadezas sociais. — Já notaram sua ausência.

Engoli e esfreguei a ponta do velho manto. Comecei a sentir mais raiva do que tristeza.

— Por que as coisas têm que mudar? — resmunguei. — Por que não podemos continuar como vivemos até agora? Liam sempre foi feliz. Não precisa *dela*!

Percebendo o que eu sentia, Diarmid teve o bom-senso de não rir. Esticou as pernas no chão e pareceu ficar pensativo.

— Ele já é adulto — disse após alguns instantes. — Homens adultos se casam, Sorcha. Ele terá muitas responsabilidades aqui. Uma esposa pode ajudar muito.

— Ele tem a nós para ajudar — respondi irritada.

Diarmid sorriu, mostrando as covinhas, um charme característico tanto dele quanto de Cormack. Fiquei imaginando por que Eilis não tinha escolhido a ele em vez de Liam, que era sempre tão sério.

— Ouça, Sorcha. Não importa onde estivermos ou o que fizermos, nós sete jamais nos separaremos de verdade. Estaremos sempre prontos a ajudar uns aos outros. Mas estamos crescendo, e pessoas adultas se casam e se mudam. Outras pessoas passam a fazer parte da vida delas. Até você vai fazer isso um dia.

— Eu?! — respondi horrorizada.

— Você sabe que sim — ele se aproximou e pegou minha mão. Observei as dele, que agora eram grandes e fortes, mãos de homem. Ele já estava com dezessete anos. — Papai já está planejando seu casamento daqui a alguns anos. Você vai embora para viver com a família de seu marido. Nem todos nós ficaremos aqui.

— Ir embora? Eu jamais irei embora de Sevenwaters! Aqui é a minha casa! Prefiro morrer!

Comecei a chorar novamente. Sabia que estava sendo tola. Não era tão ingênua a ponto de não saber sobre os casamentos e as alianças que as famílias estabeleciam por meio deles. É que a notícia do noivado de Liam era um choque para mim. Meu mundo estava mudando e eu não estava preparada para isso.

— As coisas mudam, Sorcha — disse ele com uma sombra de tristeza. — E nem sempre da maneira que gostaríamos. Nem todos queríamos que Eilis tivesse escolhido Liam, mas é assim que as coisas são e é preciso aceitar.

— Mas por que ele quer se casar com *ela*, afinal? Ela é tão chata!

— Liam é um homem — disse Diarmid, parecendo querer deixar de lado os sentimentos. — E ela é uma mulher. O casamento dos dois estava planejado há muito tempo. E eles têm sorte de gostarem um do outro, pois foram prometidos independentemente de sua vontade. Ela vai ser uma boa esposa para ele.

— Pois eu não vou me casar por conveniência — respondi decidida. — Jamais! Como se pode passar a vida com alguém que se odeia ou com quem nem se tem o que conversar? Prefiro ficar solteira.

— E virar uma daquelas velhas magas curandeiras, rodeadas de plantas e poções? — brincou ele. — Você é mesmo feia como elas, sabia? Já dá até para ver algumas rugas no seu rosto, vovó!

Dei um tapa em seu braço, mas acabei rindo. Ele me abraçou forte; um abraço tão terno que me impediu de voltar a chorar.

— Agora venha — ele disse. — Lave o rosto, penteie os cabelos e vamos enfrentar a festa mais um pouco. Liam vai ficar preocupado se você não estiver lá. Ele quer sua aprovação, portanto, faça uma cara boa.

Não dancei naquela noite, apenas caminhei entre as pessoas, beijei a face rosada de Eilis e disse a Liam que estava contente por ele. Meus olhos vermelhos poderiam delatar meus sentimentos, mas em meio à fumaça das tochas e à quantidade de bebida que Liam já tomara, bem mais do que estava acostumado, provavelmente não percebeu. Quanto aos outros, observavam-me o tempo todo. Diarmid me trazia suco e não me deixava sozinha. Conor ficou mais quieto. Compreendia muito bem meus sentimentos naquele momento. Padriac e Cormack estavam aproveitando a rara oportunidade de ter moças visitando a casa e passaram a noite dançando com todas as amigas e familiares de Eilis. Pelas risadinhas e piscadas que se via no salão, meus irmãos estavam fazendo sucesso entre elas, apesar da pouca idade. Finbar passou horas conversando animadamente com um homem de cabelos grisalhos, um dos mais velhos da guarda de Redbeard. Meu pai estava à vontade, algo que não se via há muito tempo. Abrir a casa para receber convidados tinha sido difícil para ele, porém era necessário para estabelecer uma aliança mais forte com os vizinhos. Percebeu que eu voltara para o salão e, ao me ver conversando com a acompanhante de Eilis, chegou a acenar com a cabeça em um gesto de aprovação. Naquele instante pensei, com tristeza, que uma filha como Eilis era tudo o que ele queria: delicada, que cumpria ordens e não tinha opiniões ou vontade própria. Bem, eu podia estar representando naquela noite para agradar a Liam, mas ele podia desistir de me fazer mudar.

A noite se arrastava, as pessoas se encharcavam de cerveja e vinho de mel, bandejas de comida iam e vinham. Tudo era de primeira qualidade: porco assado, pão da mais pura farinha de trigo, frutas frescas e queijo de ovelhas. Os músicos (das terras de Redbeard) tocavam sem parar, muito alto e sem muita sutileza. O rapaz que tocava bodhran[6] tinha os trejeitos de um ferreiro, e o flautista parecia ter exagerado na dose de cerveja já no início da festa.

O barulho dos pés batendo no chão, dos assobios e da conversa era tão alto que demorou para os convidados perceberem a movimentação perto da grande porta principal, o barulho de metal e os gritos. Aos poucos, as pessoas foram se afastando para dar passagem ao grupo de homens de meu pai, que entraram vestidos com armaduras e com as espadas desembainhadas na mão. Aproximaram-se da cadeira de seu lorde arrastando um prisioneiro. Não pude ver seu rosto, mas seus cabelos, firmemente presos pela mão de um dos soldados, tinham um reluzente brilho dourado à luz das tochas.

— Lorde Colum! — anunciou o capitão. — Peço perdão por interromper sua festa.

---

[6]. Instrumento musical de percussão irlandês, semelhante ao tamborim. (N.T.)

— Com certeza — respondeu ele em tom de desagrado. — Somente um assunto de extrema urgência poderia justificar esta invasão. O que deseja? Não vê que tenho convidados aqui?

Estava visivelmente irritado com a interrupção, mas a mão já estava no cinto, pronta para sacar a espada. Lorde Colum conhecia bem seus homens. Sabia que não eram loucos a ponto de provocar sua ira sem motivo. Sua reação, aliada a uma grande dose autocontrole, demonstravam que ele era mesmo um líder nato. Ao seu lado, Seamus Redbeard continuou largado na cadeira, sorrindo e olhando para o nada. Tinha exagerado na bebida, mas o dono da casa estava absolutamente sóbrio.

— Um prisioneiro, meu Lorde, como pode ver. Estava na margem norte do lago, sozinho, mas certamente há outros. Não parece ser do tipo que é contratado, meu senhor.

Houve um movimento violento e o soldado parou de falar enquanto o prisioneiro tentava se desvencilhar das mãos que o seguravam. As pessoas se acotovelavam para ver o que acontecia e eu mal conseguia enxergar, pressionada por aquele emaranhado de gente, uma parte dos cabelos loiros do prisioneiro e a mão do homem que o segurava. Apesar de tudo, ele parecia manter-se em pé e altivo, como se fosse a única pessoa importante no mundo.

Enfiei-me por entre as pessoas, passei por um grupo de garotas que cochichavam e subi no banco de pedra que rodeava o salão. Dali me apoiei e subi na beira de um pilar. Tive então a melhor vista da cena, acima da cabeça de todos que se espichavam para ver. A primeira coisa que vi foi Finbar, empoleirado no mesmo ponto que eu, do outro lado da sala. Ele olhou rapidamente para mim e voltou a observar o que acontecia.

O prisioneiro era jovem. Estava com o rosto bem machucado, o nariz sangrando e os cabelos loiros grudados no suor e no sangue da testa. Mas os olhos faiscavam enquanto olhava para meu pai. Parecia enfurecido. Era a primeira vez que eu via um bretão.

— Quem é você e o que faz aqui? — quis saber meu pai. — Responda! Ficar em silêncio não vai ajudá-lo, isso eu garanto. A única coisa que fazemos com gente como você é matar, pois sabemos quais são suas intenções em nossas terras. Quem o mandou aqui?

O jovem se ergueu mais uma vez, lutando para soltar a corda que mantinha suas mãos presas nas costas. E acertou um cuspe certeiro nos pés de meu pai. Os guardas imediatamente apertaram a corda, torcendo ainda mais seus braços, e um deles socou seu rosto, deixando marcadas a boca e a face. Seus olhos demonstravam insulto e fúria, mas não emitiu um som sequer. Meu pai se levantou.

— Isto não é algo para ser presenciado pelas senhoras aqui presentes. É melhor encerrarmos a celebração. — Olhou ao redor, agradecendo e dispensando os convidados. — Homens, preparem-se para partirmos. Não podemos esperar até a lua cheia. E agora temos que descobrir o que este invasor tem a nos dizer. Chamem meus comandantes e, quanto aos demais, peço que se retirem. Lamento interromper nossa festa dessa maneira.

Em um instante a casa retornou à rotina militar de sempre. Os serviçais entraram e em segundos os cálices e pratos desapareceram. Eilis e as moças seguiram rapidamente para seus aposentos, assim como Seamus. Ficaram apenas Lorde Colum e seus homens de confiança. O prisioneiro foi arrastado para fora, em silêncio e ainda com expressão de ódio no rosto. Se meu pai tinha dado aos homens alguma ordem, não a ouvi.

As tochas também foram levadas e o salão ficou mais escuro. Finbar e eu permanecemos em cantos opostos, escondidos e em silêncio, algo que sabíamos muito bem como fazer. Não sei bem por que fiquei, mas algo me dizia que os acontecimentos a seguir mudariam nossos destinos.

— ... aqui, tão perto. Isso significa que já conhecem nossos planos e que podemos considerá-los uma ameaça...

— ... eliminá-los rápido, antes que as informações...

— Façam-no falar — ordenou Lorde Colum. — E deve ser esta noite, pois não há tempo a perder. Sairemos ao amanhecer. Digam aos homens que durmam por algumas horas e depois fiquem prontos. — Virou-se então para um deles. — Você, supervisione o interrogatório. Mas deixe-o vivo. Ele pode ser útil como refém após tirarmos dele as informações de que precisamos. Não parece um simples soldado. Pode até mesmo ser da família de Northwoods. Diga a eles que sejam firmes, mas sem exagero.

O homem fez que sim com um gesto de cabeça e saiu. Os demais continuaram a planejar os detalhes da viagem. Senti pena de Liam. Tinha acabado de ficar noivo e já sairia em campanha. Talvez fosse algo normal na vida de um homem, mas não parecia justo.

— Sorcha! — alguém sussurrou atrás de mim, e quase gritei. Era Finbar. Puxou minha manga e nos esgueiramos até o pátio.

— Não me assuste desse jeito! — disse baixinho. Ele colocou os dedos em meus lábios, fazendo-me ficar em silêncio, e só quando chegamos ao outro lado ele parou, olhou ao redor para verificar se estávamos mesmo sozinhos e falou.

— Preciso que me ajude — sussurrou. — Não queria envolvê-la nesse assunto, mas não tenho como fazer isso sozinho.

— Fazer o quê? — minha curiosidade se acendeu imediatamente mesmo sem eu saber do que se tratava.

— Não temos como agir agora — ele disse —, mas podemos soltá-lo de manhã se você me der o que preciso.

— Como assim? Não estou entendendo.

— Veneno — disse Finbar, puxando-me sob os arcos, em direção aos jardins. Como havíamos crescido andando pela floresta e pelos telhados da casa, conseguíamos nos mover silenciosamente e sem sermos notados em praticamente qualquer tipo de terreno. A vida quase selvagem nos dera diversas habilidades muito úteis.

Quando chegamos à sala de ervas, trancamos as portas de fora e de dentro e fiz Finbar se sentar e me explicar. Ele tinha no rosto aquela expressão característica de quando havia algo difícil a dizer. Tínhamos muitas habilidades incomuns, mas mentir não era uma delas.

— Vai ter que me explicar. Você me pede veneno e não quer dizer o motivo? Não se esqueça, tenho como saber o que está pensando. E tenho doze anos e meio. Estou crescida o suficiente para você confiar em mim.

— Confio em você, Sorcha. Não é isso. O problema é que, se me ajudar, você estará em perigo. Além disso, é... — ele interrompeu a frase e começou a enrolar a ponta dos cabelos entre os dedos, como fazia quando estava preocupado. Eu me concentrei em sua mente. Ele havia se esquecido de fechá-la e, em uma fração de segundo, vi na escuridão da sala a imagem de alguém sendo queimado com brasas e gritando muito. Dei um passo para trás, meu corpo tremendo inteiro. Olhamos um para o outro, horrorizados com a visão.

— Que tipo de veneno? — perguntei, com a voz trêmula, procurando na mesa uma vela para acender a candeia.

— Não é para matar. Preciso de algo que faça uma pessoa dormir por várias horas. É para quatro homens. E não pode ter gosto. Quero que bebam com a cerveja, sem perceber. E precisa ser antes do amanhecer. Eles tomam o café da manhã cedo, enquanto os guardas trocam de turno. Vou aproveitar esse instante. Você consegue fazer uma poção desse tipo?

Respondi que sim, relutante, sem olhar em sua direção. Não precisávamos falar ou olhar um para o outro para nos comunicarmos. Usávamos os olhos e ouvidos da mente.

— Você vai me explicar do que se trata — eu disse finalmente. — É para ajudar o prisioneiro, não é?

A vela ameaçou apagar e eu coloquei a mão em concha em volta da chama para protegê-la. Já era mais de meia-noite, mas ouvíamos lá fora o barulho de cavalos, de facas e espadas sendo afiadas e de passos. Eram os criados trazendo provisões. Estavam preparando tudo para a partida do grupo pela manhã.

— Você o viu — disse Finbar, os olhos fixos nos meus. — É apenas um garoto.

— Ele é mais velho do que você — não pude deixar de dizer. — Tem pelo menos uns dezesseis anos.

— Idade suficiente para morrer por uma causa — respondeu ele. Sua determinação e sua vontade de lutar pelo que era certo eram impressionantes. Se havia alguém que gostaria de mudar o mundo para melhor, esse era Finbar.

— O que você quer que eu faça? Ponha o bretão para dormir? — perguntei, enquanto vasculhava as prateleiras. O maço de ervas que eu procurava estava bem escondido.

— Ele se recusou a falar. E vai continuar se recusando, se for do tipo que estou imaginando. Isso vai lhe custar caro. Mas seja ele bretão ou não, merece uma chance de se libertar — disse Finbar com expressão séria. — Suas ervas podem lhe dar essa chance. Não há como evitar sua dor. É tarde para isso agora.

— Que dor? — no fundo, eu sabia qual era a resposta, mas minha mente se recusava a juntar as informações que eu havia recebido; a aceitar o inaceitável.

— As ervas são para os guardas — disse Finbar relutante. Era óbvio que ele queria que eu soubesse o mínimo possível. — Só precisa prepará-las. Eu faço o resto.

Minhas mãos encontraram sozinhas o que eu precisava: jurubeba. Se usada com moderação e bem misturada com certas ervas, induz a uma profunda letargia, mas não leva à morte. O segredo está na dose. Um pouco a mais e a vítima jamais despertará. Peguei as plantas e fiquei parada perto da mesa.

— Qual é o problema? — perguntou Finbar. — Por que está aí parada? Sorcha, preciso saber se você vai fazer o preparado ou não. Tenho outras coisas a fazer.

— O que vão fazer com ele, Finbar? Não é... não é o que fizeram na visão que eu tive, é?

— Você ouviu o que nosso pai disse. Ordenou que o mantivessem vivo. Deixe que eu me preocupo com isso, Sorcha. Só faça o preparado de ervas. Por favor.

— Mas como papai pode fazer algo assim...?

— Não é difícil. Faz parte do treinamento ver o inimigo como algo não humano. Basta pensar que se trata de alguém de uma raça inferior, de crenças inferiores. Então fica fácil tratá-lo como prisioneiro e fazê-lo dobrar-se à sua vontade — ele percebeu que eu estava horrorizada.

— Está tudo bem, Sorcha. Podemos salvar o prisioneiro, você e eu. Só faça o que eu pedi e deixe o resto por minha conta.

— O que você vai fazer? E se nosso pai descobrir?

— Perguntas demais! Não temos muito tempo. Vai fazer ou não vai?

Cruzei os braços e me encolhi. Estava tremendo, mas não era apenas o frio.

— Sei que você não mente, Finbar. E que posso acreditar no que está me dizendo. Mas jamais envenenei alguém, apenas curei.

Observei seu rosto, sua boca longa, seus olhos claros e acinzentados que pareciam olhar sempre para o futuro com uma certeza inabalável.

— Acontece — ele respondeu. — Faz parte da guerra. Às vezes eles falam. Às vezes se mantêm em silêncio. E, na maioria das vezes, morrem. É muito raro conseguirem escapar.

— É melhor você ir — respondi com uma voz que nem parecia a minha. Minhas mãos agiram automaticamente, procurando uma faca para cortar os ingredientes: meimendro, chapéu-de-bruxa e cogumelos azuis, também conhecidos como cogumelos do diabo. — Vá logo, Finbar.

— Obrigado — disse ele com aquele sorriso que iluminava seu rosto. — Somos uma boa dupla, trabalhamos bem juntos. O que pode dar errado?

Ele me abraçou por um instante. Senti a tensão em seu corpo e as batidas aceleradas de seu coração. Então saiu, movendo-se como um gato no escuro, rápido e silencioso.

A noite prometia ser longa. Trabalhei rápido, mas com toda atenção, ciente de que o menor erro poderia me transformar em uma assassina. Terminei o preparado antes do amanhecer e o coloquei em uma garrafinha de pedra, pequena e discreta o suficiente para caber na palma da mão. Limpei tudo, não deixando o menor vestígio na sala. Quando Finbar chegou, o movimento no pátio havia aumentado. Ouvia-se passos e conversas.

— Acho que é melhor você fazer essa parte também — ele disse. — Prestarão menos atenção em você do que em mim.

Lembrei-me então que papai havia ordenado a ele que o acompanhasse na próxima campanha de batalha. Mas estava preocupada demais para pensar nisso. Fui me esgueirando pelas cozinhas, seguindo as instruções de meu irmão. Os soldados comiam apressados e os criados iam e vinham embalando alimentos, vinho e água. Finbar me disse para despejar o preparado no bule de ferro que Fat Janis deixava sobre o fogão. Quando os homens trabalhavam à noite a cozinheira levava para eles, logo de manhã, uma bebida com cerveja que havia inventado. Diziam que tinha um efeito interessante. Fazia questão de servir um por um, pedindo alguns favores em troca.

— Que favores? — perguntei.

— Deixe para lá — ele respondeu. — Só não deixe que ela a veja.

Dentre as minhas habilidades duas se destacavam: preparar poções e passar despercebida entre as pessoas, quando me convinha. Foi fácil despejar o preparado no bule. Janis virou as costas por um instante, rindo de alguma bobagem que um dos soldados falou enquanto engolia um último pedaço de linguiça e saía pela porta, afivelando o cinto da espada. Quando se virou novamente eu já estava longe. "Essa foi fácil", pensei. "Havia umas quinze pessoas ali e ninguém me viu." Mas quando já estava lá fora, algo me fez olhar para trás. Do outro lado da cozinha estava Conor, parado com uma lista em uma das mãos e uma pena de escrever na outra. Seus olhos se encontraram com os meus. Seu assistente estava de costas, colocando mantimentos no bojo de uma sela. Parei, petrificada. De onde estava, ele podia ter visto tudo. Como eu não o vi? Fiquei ali, parada, pensando se saía correndo ou se me preparava para dar explicações. Mas ele baixou a cabeça e continuou a ler sua lista, como se eu fosse invisível. O alívio foi imenso. Saí correndo como um coelho, tremendo da cabeça aos pés. Finbar também havia desaparecido. Fui para o lugar mais escondido que me passou pela cabeça: o antigo estábulo em que meu irmão mais novo, Padriac, abrigava os animais doentes e machucados que encontrava. Encontrei logo um canto quentinho entre a palha macia e as costas de um burrico velho que estava deitado ali e que reclamou um pouco por ter que ceder espaço enquanto eu me ajeitava. Confusa, com fome e exausta como estava, acabei adormecendo.

Capítulo 2

Mas não há como contar nossa história sem mencionar padre Brien, o eremita que nos deu aulas em troca de pão e frutas. Era bem mais do que um simples eremita. Padre Brien já lutara em guerras e matara muitos, entre eles alguns vikings. Saiu de Armorica, atravessado os mares, para colocar seus conhecimentos de escrita a serviço da igreja cristã em Kells. Mas agora, já com certa idade, provavelmente uns cinquenta anos, morava sozinho. Seus cabelos ralos e grisalhos e seu rosto calmo eram de alguém que havia sobrevivido a muitas experiências.

Ir até o lugar em que ele morava, uma colina ao sul do lago, era uma verdadeira aventura; um motivo a mais para gostarmos de visitá-lo. Em determinado trecho precisávamos atravessar por cima da correnteza, pendurados em uma corda, balançando entre as árvores. Cormack caiu uma vez, por sorte durante o verão. Em outro trecho, escalávamos uma passagem estreita e íngreme de pedra que quase sempre deixava estragos em nossos joelhos e cotovelos, para não dizer em nossas roupas. Nosso caminho era cheio de passagens escondidas. Podia-se chegar lá na metade do tempo de carroça, pela estrada, mas gostávamos mesmo era de ir pela floresta. Às vezes, padre Brien não estava em casa. Apagava a lareira e deixava tudo limpo e em ordem. Segundo Finbar, que o conhecia bem, o padre tinha o hábito de ir até o pico do monte Ogma, uma distância e tanto para um homem de sua idade, e ficar lá, sentado em uma pedra, olhando para o mar, ao leste, para a terra dos bretões, ou em direção às Ilhas. Não era possível ver as Ilhas daquele ponto, mas bastava perguntar a qualquer homem ou mulher da região onde elas ficavam e eles imediatamente apontavam para o leste, um pouco ao sul, com precisão absoluta. É como se tivessem um mapa impresso em suas almas que nem o tempo nem a distância conseguiam apagar.

Quando o padre estava em casa, ficava feliz em nos receber para conversar e trocar seus conhecimentos por alimentos, condimentos e pequenas coisas de que precisava. Era um homem culto. Falava muitas línguas e conhecia as ervas e seu poder curativo. E também era muito bom em curar fraturas. Aprendi com ele os rudimentos de minha arte de cura, mas minha obsessão em aprender sobre as ervas me levou a estudar ainda mais. Em pouco tempo, conhecia bem mais do que ele. Às vezes, ajudávamos um ao outro para cuidar dos doentes. Ele tinha força para colocar juntas e músculos de volta ao lugar e sabia enfaixar bem. E eu preparava as loções e os unguentos para cada tipo de doença ou disfunção. Ajudamos muitas pessoas, e os aldeões acabaram se acostumando com o fato de eu, mesmo sendo criança ainda, examinar seus olhos, suas gargantas e prescrever chás e preparados. Ficavam curados, e para eles isso era tudo o que importava.

Alguns casos eram difíceis de tratar. Quando os Seres da Floresta decidiam interferir na vida dos aldeões, não havia muito o que fazer. Uma moça, por exemplo, perdeu seu namorado para a rainha da floresta. Os dois foram, desavisados, namorar perto das árvores à noite. Distraídos, entraram em uma área de fungos venenosos. A rainha levou apenas o rapaz, deixando a moça. Ela viu seu amado desaparecer por uma fresta de rocha e chegou a ouvir as risadas dos

Seres da Floresta. Veio nos pedir socorro, mas perdeu a lucidez. Nem as preces de padre Brien nem minhas melhores ervas para dormir a fizeram recuperar a paz ou a sanidade.

Padre Brien cuidava de todos. Tratava feitiços e problemas mentais com a mesma seriedade que cuidava de fraturas, cortes e queimaduras de lavradores e ferreiros. Tinha mãos fortes, uma voz suave e era muito prático em suas decisões. Ouvia muito e falava pouco. Não tentava impor sua religião, embora não faltassem oportunidades. Entendia que nosso povo seguia as tradições e crenças antigas, ainda que elas estivessem sendo, aos poucos, esquecidas depois da morte de minha mãe. Às vezes, Conor e ele passavam horas discutindo sobre as diferenças e também sobre os aspectos em comum entre a religião dele e a nossa. Os dois adoravam um debate. Eu ficava imaginando se a flexibilidade de padre Brien em relação a outras crenças não ser o motivo de ele ter deixado a casa de preces em Kells, pois se dizia que a fé cristã havia sido imposta pela espada e pelo fogo, transformando rapidamente as velhas crenças em simples lembranças.

Ele jamais tentou nos converter, mas sempre fazia orações antes de os soldados partirem para as campanhas. Dizia que, independentemente do motivo, nunca era demais abençoar os que iam para uma batalha.

O barulho de metal me fez acordar assustada. Levantei-me zonza, tirando a palha dos cabelos. O burrico estava em pé, comendo.

— Você perdeu a melhor parte — disse Padriac, trazendo palha fresca para dentro do estábulo. — Finbar se meteu em encrenca de novo. Sumiu hoje de manhã. Papai ficou muito zangado e levou Cormack em seu lugar. Você precisava ver o sorriso dele. De Cormack, quero dizer. Papai jamais sorriria. Bem, eles partiram logo cedo, depois de padre Brien dizer seus *padre-nossos* e seus *améns*. A casa já pode voltar ao normal. Mas eu não quero estar na pele de Finbar quando nosso pai voltar.

Pendurou o garfo de feno na parede e foi ver a coruja, que estava presa em um poleiro num canto mais escuro. A asa quebrada estava praticamente curada e logo poderia soltá-la. Admirava a persistência e a paciência de Padriac, mas não quis ficar para vê-lo alimentar a coruja com os ratos vivos que trouxera.

Finbar havia desaparecido. Mas era comum ele ir para a floresta ou para o lago, e as pessoas não comentavam sobre sua ausência. Não fazia ideia de onde ele poderia estar, mas não falei com ninguém sobre o assunto para não levantar suspeita sobre nossas atividades daquela noite. Também estava muito preocupada com o efeito do veneno que dei aos guardas, e foi um alívio ver os quatro saindo para o pátio naquela tarde, balançando a cabeça, bocejando muito e visivelmente alarmados. Na hora do jantar, chegou até nós a notícia de que o prisioneiro havia conseguido escapar entre a hora que papai partiu e a mudança de turno dos guardas. Todos estavam surpresos, pois se tratava de uma façanha praticamente impossível. Um homem já havia sido enviado para dar a má notícia a Lorde Colum.

— O bretão não vai longe — comentou Donal irritado. — Não no estado em que estava e muito menos em uma floresta como a nossa. Nem precisamos nos preocupar muito em procurá-lo.

༄

Dois dias depois, Eilis e sua comitiva partiram, escoltadas por seus seis homens e dois dos nossos. O tempo estava mudando. O vento frio chacoalhava as saias das moças e os mantos dos homens, e grandes nuvens passavam rápidas pelo céu.

Conor, o filho mais velho da casa naquele momento, e, portanto, responsável por sua administração, despediu-se formalmente de Eilis e a convidou a retornar assim que as coisas estivessem mais calmas. Ela agradeceu polidamente, mas não parecia animada. Fiquei imaginando quanto tempo levaria para que visse Liam novamente e se realmente se importava com isso. Mas, no fim do dia, já havia me esquecido dela. Na noite seguinte, Finbar surgiu para o jantar como se nunca tivesse se ausentado. Padriac, ocupado com suas funções, mal notou o sumiço do irmão. Conor não fez comentários. Fiquei olhando para Finbar, do outro lado da mesa, mas sua mente estava fechada e seus olhos, fixos no prato. Suas mãos se movimentavam com tranquilidade, partindo o pão e pegando o cálice. Esperei, inquieta, o jantar terminar. Finalmente, Conor se levantou, indicando que tínhamos permissão para sair. Segui Finbar até o lado externo, como uma sombra, e me aproximei quando estávamos sob as árvores do jardim.

— O que aconteceu? Onde você estava?
— Onde você acha?
— Levando o rapaz para algum lugar. Mas para onde?

Ele ficou em silêncio por um instante, provavelmente pensando em uma maneira de não me contar.

— Um lugar seguro. É melhor você não saber.
— Como assim?
— Pense, Sorcha. Com o pouco que sabe, você já está correndo riscos. Se papai ou Liam descobrirem o que fizemos, vão ficar muito zangados... não, zangados será muito pouco.
— Só salvamos alguém que estava sofrendo — respondi ciente de que era bem mais que isso.
— Mas para eles é traição. É como se os esfaqueássemos pelas costas. Libertamos o prisioneiro, Sorcha. Para eles não há meio-termo.
— De que lado você está, afinal?
— Se pensarmos bem, não existe essa história de lados. É tudo uma questão de ponto de vista. Os bretões não vêm aqui para explorar nossas terras, descobrir nossos segredos e destruir nosso modo de vida? Ajudá-los é trair nossa própria gente e tudo o que é sagrado para nós. É assim que a maioria das pessoas aqui vê a questão. E que talvez todos devêssemos ver.

Fiquei pensativa por um instante e respondi:
— Mas a vida é sagrada, não é?

Finbar riu.

— Você daria uma excelente *brithem*, Sorcha. Sempre encontra um argumento que eu não consigo rebater.

Olhei para ele, surpresa. Eu, uma simples menina descalça e descabelada, uma boa juíza? Muitas vezes sequer conseguia distinguir o certo do errado.

Ficamos em silêncio. Finbar se encostou a uma árvore e fechou os olhos. Sua figura escura se misturou com as sombras, como se fizesse parte dela.

— Então, por que fez isso, afinal? — perguntei. Ele demorou a responder. A noite estava ficando fria e úmida. Encolhi, com frio.

— Vista isto — disse Finbar, tirando seu blusão e o colocando sobre meus ombros. Ainda estava usando a mesma camisa. Era difícil acreditar que haviam se passado apenas três dias.

— Tenho a impressão de que é tudo parte de um grande esquema — ele disse. — Às vezes, sinto que não tenho muita escolha, que as coisas já estão predefinidas para mim e que eu simplesmente sigo um plano traçado para minha vida. Creio que mamãe já enxergava o que iria nos acontecer, talvez não com muitos detalhes, mas com uma boa ideia — ele segurou o amuleto que nunca tirava do pescoço.

— E, ao mesmo tempo, é tudo uma questão de escolha. Não seria mais fácil para mim ser como os meninos, conquistar a atenção de papai demonstrando habilidade com a espada e com o arco e a flecha? Seria bem mais fácil seguir ao lado dele, defender nossas terras e nossa honra, ter reconhecimento e me orgulhar disso. Mas escolhi outro caminho. Ou ele já estava predestinado para mim.

— E onde está o rapaz? Fugiu?

Como já mencionei, Finbar e eu tínhamos duas maneiras de conversar. Uma era com palavras, e a outra, de um modo que só nós sabíamos fazer. Enviávamos imagens, sentimentos e pensamentos diretamente um para o outro. Ele me mostrou, então, a carroça de padre Brien cheia de embrulhos, sacos e caixas seguindo lentamente pelo caminho até sua caverna. Senti dores em meu corpo a cada sacolejada, embora o padre tentasse manter o velho cavalo em um passo o mais lento possível. Em determinado trecho, uma das rodas emperrou e o jovem que estava com o padre desceu para colocá-la no lugar. Embora estivesse com o capuz do manto sobre a cabeça e eu não pudesse ver seu rosto, senti, por sua maneira de andar, com os pés um pouco abertos para fora, que era meu irmão Finbar. Então, eu os vi já em frente à caverna, retirando com cuidado uma trouxa grande e longa. E alguma coisa dourada brilhava entre os tecidos velhos e rasgados.

— Ele não podia mais andar — disse Finbar. — Mas está em boas mãos. E agora chega. Você não precisa saber mais, nem se envolver. Já coloquei muita gente em risco. Ao menos você pode ser poupada de agora em diante.

E foi tudo o que ele me deixou saber naquela noite. Finbar estava começando a fechar sua mente com muita frequência para mim. Não adiantava pedir nem tentar pegá-lo distraído. No entanto, suas previsões estavam totalmente equivocadas.

⚜

As coisas ficaram tranquilas por algum tempo. Com papai e meus irmãos mais velhos viajando, nossa rotina foi voltando ao normal, embora a guarda tivesse aumentado ao redor da casa e dos anexos. Conor administrava tudo com habilidade, servindo como juiz e apaziguador de disputas, como a de dois aldeões que brigavam pela custódia de um grupo de gansos nômades que estava na propriedade, controlando os estoques para o outono, a seleção de bezerros e as quantidades de carnes a serem salgadas para as provisões de inverno.

Para Finbar, Padriac e eu, era uma época tranquila.

Donal treinava os rapazes nas artes da espada e do arco e flecha, e eles também passavam horas com Conor, aprendendo sobre o dia a dia das terras e de sua administração. Eu assistia a essas aulas com frequência, pois eram interessantes e eu achava importante aprender. Graças à paciência e à dedicação de padre Brien, líamos e escrevíamos fluentemente. Mas só muito tempo depois descobri que isso não era comum e que a maioria das mulheres dependia da ajuda de um escriba até para fazer uma simples lista de estoque. E, para tarefas mais complexas como contratos, era preciso procurar um monge ou um druida.

Os druidas eram difíceis de encontrar e mais ainda de identificar. Devíamos muito ao padre Brien e à sua mente aberta. Graças a ele conhecíamos as runas, fazíamos cálculos, mapas e sabíamos muitas histórias, novas e antigas. Além disso, aprendemos a cantar, tocar flauta e até um pouco de harpa. Certa vez, um cantor e poeta passou o inverno conosco e nos ensinou, pois tínhamos em casa uma pequena harpa que fora de minha mãe. Era um belo instrumento, com figuras de pássaros entalhadas na madeira. Padriac, especialista em restaurar e consertar objetos, reparou os pinos quebrados e trocou as cordas antigas. Passávamos horas tocando na salinha da parte superior da casa, onde papai não nos ouvia. Sabíamos, mesmo sem falar com ele sobre o assunto, que o som da harpa seria uma lembrança de mamãe e que o incomodaria.

A coruja de Padriac já estava curada. Ele esperou até que a asa estivesse completamente boa e nos chamou, certa manhã, para ir com ele e soltá-la na floresta. A expressão em seu rosto era de pura alegria ao vê-la abrir as grandes asas branco-acinzentadas e voar em espiral para o alto, em direção ao topo das árvores. Eu não quis comentar, mas também havia lágrimas em seus olhos.

Finbar andava muito quieto. Estava planejando algo, mas não me dizia o que era. Quando não estava praticando arco e flecha ou montaria, escrevendo ou fazendo cálculos, fazia longas caminhadas sozinho e passava horas sentado no galho de sua árvore predileta ou no telhado, absorto em seus pensamentos. Eu procurava não incomodá-lo. Quando ele quisesse falar, sabia que eu estaria ali para ouvi-lo.

Enquanto isso, continuava com meu trabalho de colheita, destilaria e decocção de ervas. Precisava secar, triturar e estocar algumas espécies para as pessoas que viessem a adoecer no inverno.

Como mencionei, minha família morava em uma clareira rodeada e protegida pela imensa floresta, em uma construção de pedra que parecia uma mistura de casa e fortaleza. Havia uma torre alta e muros com fendas em locais estratégicos. Apesar dos jardins, do grande pátio e da farta horta que tínhamos próximo à cozinha, a aparência era de um forte. Mas Sevenwaters era mais do que isso. Sem nossos campos, nossos celeiros repletos de palha para acolher os rebanhos, nossos jardins e hortas com plantações de cenoura, pastinaca e feijão e nosso engenho, jamais sobreviveríamos isolados daquela maneira. Usávamos o mínimo possível as árvores da floresta, e quando o fazíamos era com todo respeito, embora uma parte dela, ao norte, já tivesse diminuído um pouco por causa dos aldeões, que utilizavam a madeira em suas fazendas e suas casas. Ainda assim, não havia necessidade de construirmos trincheiras ou muralhas para manter distantes os invasores. Também não precisávamos de passagens secretas ou de câmaras subterrâneas na casa. Tínhamos apenas algumas salas no subsolo para estocar manteiga e queijo no inverno, quando as vacas não produziam leite. Havia pequenos povoados, aqui e ali, dentro da *túath* de meu pai. Pagavam tributos e, em troca, recebiam proteção. Eram o povo de Sevenwaters, geração após geração. Aventuravam-se além da fronteira, às vezes, para comprar nos mercados ou acompanhar meu pai em suas campanhas, quando era necessário o serviço de ferradores de cavalos, veterinários ou ferreiros. E não tinham problemas para sair e entrar, pois eram moradores da floresta e conheciam o caminho. Mas nenhum estranho entrava sem uma escolta e uma venda nos olhos. Os poucos que se aventuravam simplesmente desapareciam. A floresta protegia a si mesma melhor que qualquer fortaleza.

Os aldeões de nosso povoado que trabalhavam em nossa casa, em nossos pastos e cuidavam de nossos rebanhos tinham suas casas próximo da borda da clareira, perto da correnteza que girava a roda do engenho. Todos os dias eu percorria o caminho até essas edículas para tratar os doentes. Linn era minha companheira inseparável. Desde que Cormack começou a ir para as campanhas, ela se apegou a mim e me acompanhava aonde quer que eu fosse. A qualquer sinal de ameaça, uma voz mais alta ou um porco atravessando o caminho à procura de alimento ela se colocava imediatamente entre mim e o perigo, rosnando e em posição de ataque. Ou outono avançava rápido e o tempo piorava. A chuva caía, intensa, transformando o caminho em um atoleiro. Conor já providenciara reparos nas casas mais antigas, feitas de madeira e barro, para que resistissem às intempéries dessa época do ano. O velho Tom, que vivia com os filhos e netos, sempre saía para me cumprimentar e agradecer quando eu passava.

— Que a mão da deusa se estenda sobre seu irmão e sobre a senhorita também. O jovem Conor é um dos grandes sábios, como seu pai poderia ter sido. Não há uma gota sequer de chuva dentro de minha casa. Consigo guardar em segurança os alimentos secos para o inverno.

— Como assim? — perguntei intrigada. — Um dos grandes sábios? Que sábios?

Mas ele já havia entrado na casa, ansioso para aquecer as juntas doloridas próximo à lareira. Uma fumaça saía pela chaminé.

Caminhei até a casa de uma jovem que havia dado à luz, com muita dificuldade, duas gêmeas. Ajudei as mulheres durante a noite do parto e visitava a moça diariamente, para garantir que estivesse tomando corretamente os chás que havia deixado para contrair seu útero e fazê-la ter leite. Mas escolhi um horário ruim para sair. A chuva caiu forte e gelada e me pegou no meio do caminho, encharcando-me completamente. Apressei o passo, mas a lama estava líquida e escorregadia. Como os trovões estavam fortes, não ouvi o ranger das rodas da carroça que se aproximava. Só percebi quando padre Brien gritou para mim em meio ao barulho da chuva:

— Venha, suba!

O cavalo estava ereto, com as orelhas para trás. Ele estendeu a mão e me ajudou a subir até o banco e a me sentar ao seu lado. Um saco velho cobria sua cabeça e seus ombros.

— Obrigada — respondi. Não adiantava tentar conversar com aquele barulho, então me ajeitei no banco e me encolhi sob o manto. Chegamos então a uma parte da trilha que era cheia de pinheiros, onde a chuva quase não penetrava. Os galhos mais baixos eram cortados para que as carroças pudessem passar. Era um abrigo em que podíamos parar. Padre Brien parou o cavalo e soltou um pouco as rédeas para que ele pudesse procurar algo para comer. Como o barulho da chuva ali era menor, pudemos conversar.

— Preciso de sua ajuda, Sorcha — ele disse.

Olhei para ele surpresa.

— Veio até aqui me procurar?

— Sim, e preciso voltar para casa ainda hoje. Não sairia com um tempo desses se não fosse por um bom motivo. Tenho um paciente que não consigo curar. Deus sabe o quanto tentei. Ele até melhorou um pouco, porém precisa de mais ajuda.

— De que ele precisa? Quer que eu faça uma infusão, uma decocção?

Ele suspirou e olhou para as mãos.

— Queria que fosse só isso. Já tentei lhe dar chás e poções. Algumas funcionaram bem. Usei várias técnicas que você me ensinou e algumas que conheço. Orei e pedi muita ajuda. Contudo, não tenho mais o que fazer. Ele está se esvaindo.

Eu não precisava perguntar quem era o paciente.

— Quero ajudar, com certeza. Mas não sei se vou conseguir. Só sei curar por meio das ervas. O senhor fala como se fosse algo mais.

Eu não tinha como perguntar diretamente qual era o problema. Era perigoso demais. Não sabia quanto da história ele conhecia ou o que podia ou não lhe contar.

— Você vai ver quando chegarmos lá — disse ele pegando as rédeas. — Não podemos demorar. Vamos apanhar suas coisas e seguir imediatamente. Dei a ele um preparado que irá fazê-lo dormir por muitas horas, mas temos que estar lá antes de ele acordar, caso contrário, fará algo que o prejudicará ainda mais.

— Não sei se Conor vai me deixar ir — disse a ele.

— Bem, vamos perguntar.

Conor estava sozinho, fazendo suas anotações. Padre Brien entrou e conversou um pouco, mas sem fazer menção a bretões ou ao prisioneiro. Explicou que queria minha opinião sobre um paciente. Meu irmão não pareceu demonstrar qualquer curiosidade sobre os detalhes. Concordou, desde que fosse apenas por alguns dias e que eu voltasse com Finbar, quando ele o mandasse me buscar. Deixei os dois conversando e fui até a sala de ervas para pegar algumas coisas. Não sabia exatamente com o que iria lidar. Queimaduras, ferimentos, febre, choque? O padre não havia me dado qualquer informação. Arrumei também algumas roupas e objetos para levar. Pendurei meu manto para secar perto dos fogões de uma das cozinhas e peguei um maior, de meus irmãos. Infelizmente, precisava admitir, a chegada do outono me obrigava a andar calçada. Enfiei meus pés gelados em um par de botas. Eram grandes para mim, mas esta era a vantagem de ser a irmã menor.

— Só alguns dias — disse Conor, enquanto eu caminhava até a carroça. — Finbar irá buscá-la. E tome cuidado na trilha. Vai estar escorregadio naquelas ladeiras.

Padre Brien já estava na carroça e fez que sim com um movimento de cabeça. Apesar de nossa breve parada, alguém trouxera da cozinha uma cesta cheia de pães, queijo e legumes para levarmos.

Conor me ergueu e me colocou no banco, sem muita cerimônia, e partimos.

A chuva diminuiu e ficou somente a garoa. Seguimos pelo caminho cheio de pedras junto ao lago. As águas estavam cinzentas, sem pássaros nem animais por perto.

— Você sabe quem é o rapaz, eu imagino — disse o padre, sem tirar os olhos da estrada.

— Sei o que ele é — respondi com cautela — e não exatamente quem. E tenho uma ideia do que pode ter lhe acontecido. O que não sei é o que posso fazer por ele. É melhor o senhor me dizer antes de chegarmos lá, para eu saber se serei útil.

Ele me olhou de lado, parecendo se divertir com minha resposta.

— Está certo — respondeu. — O rapaz está machucado; bastante machucado. Teria morrido se seu irmão não o tivesse tirado de lá.

— Com minha ajuda — respondi, um tanto ressentida por minha parte no resgate parecer já ter sido esquecida.

— Sim, já soube disso também — disse ele. — Foi arriscado.

— Conheço minhas dosagens — respondi.

— Com certeza, Sorcha. Conhece melhor do que qualquer um — e continuou. — Mas já dei a esse paciente todas as ervas, unguentos e preces possíveis. Ele foi... ele tem muitos ferimentos, e essa parte não foi tão difícil. Seu corpo jamais será o mesmo, mas vai se recuperar. Já sua mente, não posso garantir.

— Quer dizer que ele enlouqueceu por causa do que fizeram com ele? Como Fergal, um homem que trabalhava no engenho e ficou esquisito depois que os duendes o levaram para a floresta uma noite? Lembro-me até hoje de vê-lo agachado perto da lareira todo sujo, com a boca torta e tremendo muito.

— Eu não diria que está louco, não isso. Ele é bem mais forte do que Fergal. Apesar da pouca idade, é um guerreiro e seu instinto natural é lutar. Resistiu à tortura a noite toda e duvido que tenha deixado escapar uma palavra sequer. Mas o estrago foi grande. Ele teve febre muito alta e ferimentos que poderiam matar facilmente homens mais fracos. Lutou bravamente contra a morte e pensei que tinha vencido. Porém, a batalha que luta agora é a mais difícil: a batalha contra si mesmo. Apesar de tudo, ele ainda é muito jovem e não suportaria ver seu povo revoltado ao saber que ele falhou. E não consegue admitir que está ferido e com medo. Sua raiva se volta contra ele mesmo.

Fiquei pensativa, tentando entender.

— Isso significa que ele deseja morrer?

— Acho que ele nem sabe o que quer. Neste momento, a única coisa de que precisa é um pouco de paz, sem ódio nem desespero, para poder se recuperar. Pensei em enviá-lo para meus amigos no oeste, mas está fraco demais para uma viagem e seria perigoso deixá-lo com outras pessoas, mesmo que sejam de confiança.

Ficamos em silêncio durante algum tempo, ouvindo apenas o barulho da carroça e do vento entre as rochas. Já estávamos perto agora. A trilha ia ficando mais estreita e irregular, e o mato, mais fechado. Os grandes carvalhos estavam quase sem folhas agora, mas a floresta continuava densa e escura, crescendo e se renovando como sempre fez ao longo dos séculos. O velho cavalo conhecia bem o caminho e andava sem pressa.

— Padre, se o senhor não consegue curar o rapaz, eu também não vou conseguir. Como meus irmãos sempre dizem, ainda sou criança. Consigo tratar pessoas com asma, micoses e problemas menores, mas neste caso nem sei por onde começar.

A carroça passou sobre uma pedra e sacolejou com força. Ele esticou o braço e me segurou.

— Nada disso — ele disse com seu jeito calmo. — Se você não puder, ninguém mais pode. O próprio Conor sabe que você é a pessoa certa para me ajudar. Vai saber o que fazer quando o vir. E ele não terá medo de você como tem de mim. O medo é um grande obstáculo para a cura.

— Conor sabe? — perguntei atônita. — Conor sabe sobre o rapaz? Mas...

— Não se preocupe com Conor. Ele não irá revelar nosso segredo.

Paramos na parte externa, mais aberta da caverna. O padre desceu da carroça e me ajudou a descer.

— Vamos poder conversar bastante enquanto você estiver aqui. Mas vamos ver o rapaz primeiro. Aí você poderá decidir se consegue ou não ajudá-lo.

A caverna estava saturada com o cheiro de ervas. Logo identifiquei o que havia usado para fazer o rapaz dormir: calamita para proteção e coragem, tomilho para afastar pesadelos e alguns esporos de licopódio, difícil de distinguir pelo cheiro e extremamente perigosa. Fiquei surpresa de ele conhecer esta planta. Não era um composto para ser usado por muitas horas. Era preciso acordar o paciente que estivesse sob seu efeito para que enfrentasse seus medos, caso contrário, ele poderia se perder para sempre no lado escuro da mente.

A parte mais próxima da entrada era mais fresca e seca e tinha algumas aberturas nas pedras mais altas. Era o lugar que padre Brien usava quando levava pacientes para sua casa. As paredes tinham várias prateleiras, cheias de ervas secas, tigelas, potes e pilhas de panos limpos e dobrados. Duas enormes pranchas de carvalho, apoiadas sobre grandes pedras, serviam como mesa de trabalho. No canto, onde a parede de pedra fazia uma curva natural, ele montou uma espécie de sala com um colchão de palha sobre o qual estava o paciente, enrolado em mantas e encolhido, como se estivesse tentando se proteger.

O padre comia e dormia em uma minúscula edícula de pedra que ficava ao lado da entrada principal da caverna, sob as árvores. E parecia que vinha dormindo muito pouco, o rosto cansado e com grandes olheiras.

— As queimaduras estão cicatrizando bem — disse ele em voz baixa. — Ele teve alguns ferimentos internos, mas creio que esses eu consegui tratar. A febre estava alta, mas a fiz baixar com água fresca e infusões de carvalho branco. Ele teve alucinações, falou muito e provavelmente revelou mais sobre si mesmo do que desejava. Mas agora já sabe onde está e quase não conversa, mesmo quando falo em seu idioma. Não dá ouvidos a minhas preces nem a meus conselhos. Já tive que detê-lo duas vezes, pois vive tentando pegar facas e objetos de corte para se matar ou para me ferir. Ainda está muito fraco, mas vai tentar atacar se tiver chance — tentou segurar um bocejo. — Você pode descansar até ele acordar, então veremos o que fazer.

Olhei para seu rosto, pálido devido ao cansaço.

— Ele não vai acordar tão cedo — eu disse, olhando para a figura encolhida e imóvel do rapaz. Vou me sentar aqui e o senhor pode dormir um pouco.

— Não vou deixá-la sozinha com ele. Sei que está aqui para me ajudar, mas tenho ordens severas de não permitir que corra qualquer risco.

— De jeito nenhum — respondi, sentando-me em uma banqueta de três pernas que estava no fundo da sala. — Se acontecer qualquer coisa, tenho o sino que está ali na mesa e bons pulmões para gritar. E aprendi muito sobre defesa com meus seis irmãos. Vá se deitar, caso contrário não servirá para me ajudar quando eu precisar.

Padre Brien sorriu, mas até seu sorriso revelava exaustão.

— Muito bem, eu vou, mas me chame assim que ele acordar. Parece que seus irmãos lhe deram mesmo um bom treinamento.

Bem, o bom padre havia dito que eu saberia o que fazer quando visse o rapaz. E ali estava ele, encolhido como um cachorro com medo, em um descanso forçado, no limite de sua resistência. Suas pálpebras pesadas e seus cabelos dourados não pareciam ter vida. Fiquei imaginando como seria a hora que acordasse; olharia para mim como um bebê assustado ou pior: como um animal encurralado. Lembrei-me então de uma velha história que nos contavam, de um herói chamado Culhan, o Aventureiro, que andava pelas florestas silencioso como uma gazela. Encostei-me à parede de pedra e comecei a contar a história para mim mesma, baixinho. Era um daqueles contos antigos, passados de geração em geração verbalmente, que mudavam e aumentavam um pouco cada vez que eram contados.

Culhan tinha muitas aventuras, corria grandes riscos para ficar com sua amada e recuperar sua honra. Fiquei ali, envolvida com a história, falando sozinha enquanto o rapaz dormia.

Cheguei, então, à parte em que Culhan tinha que atravessar uma ponte feita de arpões para ir à ilha mágica onde sua amada estava aprisionada. Não lhe faltava coragem, mas os arpões afiados eram perigosos. Se vacilasse por um instante, seus pés seriam feridos e ele cairia sobre as finas pontas de metal.

— Então Culhan deu um passo, e mais um, e mais um. Seus olhos eram como fogo azul, e ele olhava para a margem distante. A ponte de metal brilhava ao sol, cegando seus olhos.

Fui ficando um pouco zonza com os vapores do pequeno braseiro com ervas soporíferas que padre Brien havia acendido. Mas, aos poucos, elas foram queimando e o ar ficou mais fresco.

— Do alto da torre, Lady Edan observava cada passo certeiro e decidido do herói. Então, de repente, um grande pássaro predador voou baixo em direção a ele.

Estava envolvida com a história, mas não tirava os olhos do paciente. Percebi que se movimentou levemente. Seus olhos continuavam fechados, mas ele havia acordado. Continuei a história, mas só então me dei conta do idioma em que estava falando.

— Enfurecido, o mago Brieden, disfarçado em forma de pássaro, atacou o jovem várias vezes, indo e voltando, tentando feri-lo com seu bico e suas unhas de ferro. O herói cambaleou por um instante e três gotas de seu sangue caíram nas águas agitadas do rio, tomando imediatamente a forma de três peixes vermelhos que nadaram rapidamente para se esconder entre as plantas. O pássaro gritou exultante. Mas Culhan respirou fundo, seguiu em frente e cruzou a ponte. O mago, frustrado e irritado, mergulhou na água. Não se sabe que fim teve, mas dizem que naquele rio vive um peixe de aparência horrível e força excepcional. Culhan conseguiu cruzar a ponte e resgatar Lady Edan, mas ficou para sempre com a cicatriz em seu pé direito, lembrança de um momento de hesitação. Seus filhos e netos possuem a mesma marca.

Terminei de contar a história, me levantei e fui até o jarro d'água. Percebi que ele me olhava com os olhos semicerrados, azul-escuros e hostis. Havia ainda um pouco daquela fúria que demonstrara diante de meu pai, mas seu rosto estava pálido, e seus olhos, fundos. Sua aparência era preocupante.

— Beba — disse em sua língua, ajoelhando-me ao lado do colchão e segurando a caneca com água. Era só água desta vez. Ele precisava conviver agora com os efeitos da dose de ervas fortes que havia ingerido até que o efeito passasse totalmente. Ficou me olhando em silêncio.

— Beba — repeti. — Dormiu muitas horas; seu corpo precisa de líquido. É só água.

Tomei um gole para mostrar a ele que não havia perigo. Devia estar com muita sede depois de um longo dia dormindo ao lado de um braseiro fumegante. Mas seu único movimento foi para se afastar de mim, sem tirar os olhos dos meus. Levei a caneca até sua boca e meu braço esbarrou de leve no dele enquanto me aproximava. Ele pulou para trás com violência, puxando a manta e se enrolando ainda mais nela, encostando-se o mais que pôde à parede, para ficar longe de mim. Senti nitidamente o medo exalando por todos os poros de seu corpo. Era como o tremor de um cavalo açoitado pelo chicote.

Minha mão se manteve firme, sem derramar uma gota, mas meu coração disparou. Coloquei-a ao lado do colchão e voltei para o banco.

— Beba quando quiser, então — disse, sentando-me e colocando as mãos no colo. — Você já ouviu a história do cálice de Isha? É uma história muito estranha, pois quando Bryn o encontrou, após vencer o gigante de três cabeças e entrar no castelo de fogo, ficou fascinado pelas esmeraldas e ornamentos de prata que o adornavam. O cálice falou com ele, então, em uma voz baixa, mas assustadora:

"Quem for puro de coração pode beber em mim". Bryn ficou assustado, mas o cálice silenciou, e então ele o pegou e o guardou no bolso de seu manto.

Continuei olhando para o bretão enquanto falava, mas ele permaneceu encostado à parede, segurando a manta que o envolvia.

— Bryn continuou caminhando e encontrou uma pequena fonte. Lembrando-se do cálice, decidiu usá-lo para beber. Mas, para sua surpresa, ao tirá-lo do bolso, viu que estava cheio de água límpida e pura. Colocou-o no chão e, antes que pudesse impedir, seu cavalo baixou a cabeça e tomou um longo gole. Porém, quanto mais o cavalo bebia, mais o cálice de Isha se enchia, mantendo-se sempre com água até a borda. O animal não pareceu ter qualquer reação adversa após beber. Ainda assim, Bryn não usou o cálice. Bebeu da fonte com as mãos. Imaginou que o cavalo, por ser um animal irracional, tinha o coração naturalmente puro. E que o cálice encantado só serviria ao homem mais puro da Terra, e não a um mero viajante. Como alguém tão simples como ele seria digno de beber em algo tão precioso?

O rapaz moveu a mão lentamente, fazendo em minha direção um sinal para afastar o mal. Já havia visto viajantes fazendo isso, mas jamais para mim.

— Não sou bruxa, apenas uma curandeira. Vim para ajudar a cuidar de você. Pode parecer difícil de acreditar, mas é verdade. Não precisa ter medo de mim ou do padre Brien. Não queremos lhe fazer mal.

Ele tossiu e tentou umedecer os lábios com a língua seca.

— Vocês ficam brincando — disse em um tom tão rancoroso que até me assustou. — Brincando de gato e rato. Por que não me matam logo e acabam com isso?

Sua voz estava fraca e eu mal conseguia distinguir as palavras. Mas só o fato de ele falar já era um bom sinal.

— Será que vocês não entendem que eu não vou falar? Terminem logo com isso, malditos!

O esforço foi muito grande e ele se encostou à cama, olhando para o nada, agarrado à manta. Escolhi as palavras com cuidado.

— Homens gostam de jogos — disse —, e foram homens que fizeram isso com você. Mas eu não estou pedindo para você dizer ou fazer qualquer coisa, a não ser melhorar. A caneca ao seu lado não é o cálice de Isha. Beba e vai ter o que seu corpo precisa agora. Além do mais, foi um de meus irmãos que o resgatou e eu o ajudei. Por que iria querer lhe fazer mal?

Ele se virou lentamente e me olhou com desdém.

— Um de seus irmãos — disse. —Quantos irmãos você tem?

— Seis.

— Seis — ele repetiu, zombando de mim. — Seis assassinos. Seis demônios do inferno. Mas você nem sabe. Não passa de uma criança.

Seu tom era de raiva e medo. Fiquei imaginando como padre Brien tinha aguentado aquilo. Provavelmente com ervas para acalmá-lo e poder tratá-lo sem que ele se rebelasse.

— Meu irmão se arriscou para ajudar você — respondi. — E eu também — "Mas você foi torturado em minha casa, por meu povo", pensei. — Meu irmão sempre faz o que é certo. Nunca revela um segredo. E eu posso parecer uma criança, mas sei o que estou fazendo. Foi por isso que me trouxeram. Não sei o que planejam, mas com certeza você será levado até um local seguro para depois ir para casa em paz.

Ele gargalhou com sarcasmo, desta vez tão forte que me assustei.

— Para casa? — Ele soltou a manta e fechou o punho. — Não tenho mais para onde ir. E quanto a você, para que se preocupar? Volte para suas bonecas e seus bordados. Foi uma ideia tola trazê-la aqui. Não sabem que posso facilmente matá-la? Basta um puxão nos cabelos, uma pequena virada brusca em seu pescoço... Fácil demais. Seu irmão não tem noção?

Contraiu ainda mais o punho.

— Bom — respondi, tentando manter a voz impecável. — Pelo menos está começando a pensar e a olhar em volta. E talvez meu irmão e padre Brien estejam errados ao esperar que alguém como você seja capaz de ser grato por um favor que lhe façam. Devem ter achado que existisse um código de honra em seu povo, como existe no nosso.

— Honra? Ah! — ele olhou direto para meus olhos e percebi que seu rosto podia ser belo (tanto quanto um bretão pode ser), não fosse a expressão de dor e exaustão. O nariz era longo e retilíneo, as maçãs bem desenhadas e fortes. — Você não sabe mesmo o que diz, garota. Peça a seu irmão para levá-la a uma vila depois de seus homens terem passado por ela, para ver o que restou. Pergunte a ele se nunca cuspiu em uma mulher grávida ou a tratou como se fosse um porco. Ou sobre o hábito de cortar lentamente os braços e pernas das vítimas enquanto ainda estão vivas, gritando e implorando que as matem de uma vez — sua voz foi se elevando. — Peça a ele que lhe explique sobre os diferentes usos de um ferro em brasa. Só depois venha falar comigo sobre códigos de honra.

Parou, então, subitamente, e começou a tossir. Fui até ele, sem pensar, peguei a caneca de água e levei até sua boca. Com seus movimentos agitados para tossir, tentar respirar e o tremor de minha mão, boa parte da água se espalhou pela cama, mas ele acabou engolindo um pouco.

Recuperou aos poucos o fôlego, respirando com dificuldade, e me observou por sobre a caneca por um instante, provavelmente prestando atenção ao meu rosto pela primeira vez.

— Vocês que vão para o inferno — disse, finalmente pegando a caneca e tomando o resto da água. — Todos vocês.

Padre Brien entrou nesse momento, olhou para mim e me ordenou que saísse. Fui me sentar sob as árvores, ouvindo os sons dos pássaros e insetos, e chorei por meu pai, por meus irmãos e por mim.

Só após um bom tempo consegui parar. Assoei o nariz, enxuguei as lágrimas e tentei esquecer o que o rapaz disse e me concentrar no que tinha ido fazer ali. Mas não era fácil. Estava lutando contra minhas próprias convicções.

Finbar é uma boa pessoa. Eu o conheço melhor que a mim mesma.

"*Mas por que não interveio antes? Por que esperou até que o estrago estivesse feito para só então resgatar o prisioneiro? E quanto aos outros? Não fizeram coisa alguma*".

Liam é meu grande irmão, o primeiro; nosso guia e protetor. Nossa mãe deixou para ele esta missão. Ele jamais praticaria atos de crueldade.

"*Liam é um assassino como seu pai. Assim como o sorridente Diarmid. Sorri para você, mas no fundo quer ser como os dois*".

E quanto a Conor? Ele não vai para as batalhas; é um rapaz justo, de grandes conhecimentos.

"*É mais um que poderia lutar pela justiça, mas não luta*".

Mas ele nos ajudou. Penso que sim, pois sabia sobre o rapaz, mas não me impediu de ajudá-lo.

"*Conor é um jogador ardiloso*".

Cormack ainda não sabe muito sobre guerras. Para ele, tudo é apenas um esporte, um desafio. Não aprovaria coisas como tortura.

"*Mas logo irá aprender. Também tem sede de sangue*".

E quanto a Padriac? Com certeza é o mais inocente de todos. Vive fechado em seu mundo, com seus animais e suas experiências.

"*Verdade. Mas por quanto tempo? E quanto a você, Sorcha? Você não é mais inocente*".

Estava em guerra comigo mesma. Não podia ignorar aquela voz dentro de mim. Mas era difícil crer que meus queridos irmãos, aqueles que cuidaram de mim durante a infância toda, me protegendo e tratando cada pequeno ferimento ou doença, me levando a todos os lugares e demonstrando tanta paciência, me deixando participar de todas as suas aventuras, podiam ser os homens cruéis e inescrupulosos que o rapaz descreveu? E se eram, onde ficávamos Finbar e eu em tudo isso? Eu não era tão ingênua, mesmo tendo somente doze anos, a ponto de acreditar que apenas um dos lados nesse conflito era capaz de torturar e matar. Será que aquele rapaz era mesmo um grande inimigo? E se, na verdade, ninguém fosse digno de confiança?

Padre Brien ficou cuidando do rapaz e eu continuei onde estava. Meu conflito interno foi aos poucos se dissipando, substituído pela calma que emanava das árvores antigas ao meu redor e do chão que as nutria. Era uma sensação que eu conhecia bem. Havia muitos lugares na floresta em que se podia beber dessa energia e deixar o coração se unir com a natureza. Se alguém estivesse preocupado ou com problemas, bastava ir a um desses lugares. Eu os conhecia, e Finbar também. Quanto aos outros, não saberia dizer, pois era com Finbar que eu costumava me sentar em silêncio perto de um grande carvalho ou sobre as pedras, olhando para a água enquanto eles corriam, subiam nas árvores ou nadavam no lago. Na verdade, eu estava descobrindo que sabia muito pouco sobre meus irmãos.

A chuva havia parado e o ar estava úmido e fresco. Os pássaros saíram de seus esconderijos e começaram a voar e cantar. Em momentos assim era comum eu ouvir vozes falando comigo. Sempre achei que eram as vozes dos espíritos da floresta ou das próprias árvores. Mas, naquele momento, as árvores estavam quietas e eu estava distraída, perdida em meus pensamentos, quando algo se moveu do outro lado da clareira e me chamou a atenção.

A mulher que surgiu à minha frente com certeza não era deste mundo. Era extremamente alta e esguia, tinha o rosto pálido como leite, os cabelos negros até a altura dos joelhos e um manto azul-escuro como o do anoitecer. Levantei-me devagar.

— Sorcha — disse ela, e sua voz tinha o som de música. — Você tem uma longa jornada pela frente. Não há tempo para chorar.

Sabia que devia fazer as perguntas certas enquanto tinha chance. Era difícil falar diante de uma visão como aquela, mas fiz um esforço tremendo e disse:

— Meus irmãos são mesmo tão perversos como aquele rapaz descreveu? Somos todos uma raça má?

Ela riu; um riso suave, mas com a força que um humano jamais teria.

— Ninguém é mau de verdade — ela disse. — Você irá descobrir por si mesma. A maioria das pessoas mente, ao menos de vez em quando, ou conta meias verdades para manipular as coisas a seu favor. Lembre-se sempre disso, Sorcha, a Curandeira.

— Uma longa jornada. O que devo fazer primeiro?

— Uma jornada muito mais longa do que se pode imaginar. Você já está no caminho, e o garoto Simon é uma importante parte dele. Apanhe um pouco de *goldenwood*[7] agora à noite e use para acalmá-lo.

— E o que mais?

— Você vai descobrir, filha da floresta. Através de dor e sofrimento, de grandes obstáculos, de traição e perda, você seguirá seu caminho.

Ela começou a desaparecer, o azul de seu manto aos poucos se fundindo com a cor e as sombras da folhagem ao redor.

— Espere — eu disse, indo em direção a ela.

— Sorcha? — Era padre Brien me chamando na caverna. Quando olhei novamente, ela já havia desaparecido. O padre veio para fora, secando as mãos em uma toalha.

— Vejo que temos visita — ele disse calmamente.

Olhei para ele e para os arbustos novamente. Nada.

Então, Linn surgiu na clareira, caminhando receosa, sem saber se era bem-vinda. Veio seguindo meu rastro até ali. Chamei-a e ela correu para mim, abanando o rabo e o corpo todo, fazendo festa, ansiosa por me ver e receber carinho.

— Vamos entrar — disse padre Brien. — Traga o cão. Será bom tê-lo por perto. Preciso conversar com você sobre o rapaz. O efeito do preparado que lhe dei já passou e eu não gostaria de repetir a dose.

---

7. Erva de nelizes, esperiariara. Nome científico *Milium Effusum 'Aureum'*. (N.T.)

Mas se ele não cooperar, não terei como continuar a tratar de seus ferimentos.

Virou-se e foi caminhando para dentro.

— Está melhor? Ele sabe como usar as palavras para ferir. É a única arma que lhe restou.

— Sim, estou bem — respondi, ainda aturdida com a visão. Passei a mão no pelo áspero de Linn e ela me lambeu. O toque de sua língua me trouxe de volta à realidade e me lembrou que nosso mundo continuava ali, diante de mim, tanto quanto o outro. — Estou bem.

O rapaz estava sentado no colchão, de costas para nós. E, apesar das palavras ásperas e do olhar de ódio que me dirigira enquanto eu estava com ele, seus ombros encolhidos agora pareciam simplesmente os de uma criatura sofrida e revoltada porque o mundo havia se virado contra ela.

— Precisamos limpar as feridas e trocar os curativos — disse padre Brien em nossa língua. — Consegui fazer isso com tranquilidade enquanto ele estava semi-inconsciente, mas agora...

— Ele não pode mais tomar essas ervas e precisamos fazer o efeito delas se dissipar completamente, se quisermos que ele volte para casa com a mente sã. O ar da caverna deve ficar limpo e devemos levá-lo para fora para tomar um pouco de sol durante o dia. Ele consegue andar?

O padre olhou para ele com uma mistura de receio e piedade.

— Não mexi muito nele, só limpei os ferimentos. Ainda sente muita dor. Não sei se vai aguentar ficar sem tranquilizantes. Não consegue dormir direito porque está com medo dos pesadelos.

Com a visão da Dama da Floresta ainda nítida em minha mente, tive a clara sensação de tudo que precisava fazer, embora ela só tivesse me dado algumas instruções práticas. Algo dentro de mim apontava o caminho.

— Amanhã — eu disse — nós o levaremos para tomar um pouco de sol e ar fresco. É necessário. E por enquanto só usaremos *goldenwood*, mas ela tem que ser colhida à noite. Vou fazer isso daqui a pouco. Por enquanto, que tal trocarmos os curativos?

Fui caminhando em direção à cama, mas Linn se adiantou, passou por mim e se aproximou dele. Ela sabia que não era Cormack, embora ele lembrasse um pouco seu porte. Colocou as grandes patas sobre o colchão e encostou o nariz frio em sua mão.

— Calma, Linn — eu disse na língua do rapaz.

Instintivamente ele fechou o punho, mas em seguida relaxou a mão e a cadela se pôs a lamber seus dedos, entusiasmada. Ele ficou olhando-a de lado, sem se mover.

Padre Brien pegou uma tigela com água morna, camomila, raiz de marshmallow[8], e também algumas toalhas. Parecia que já havia tentado começar a tarefa enquanto eu estava lá fora, pois a roupa de cama estava toda desarrumada e havia água espalhada em volta da cama.

— Já disse que não — disse resoluto o rapaz.

— Como soldado você deveria saber o que acontece com ferimentos que não são tratados. Atraem humor ruim[9], vão piorando e causam febre até que a pessoa começa a ter visões e morre. Quer acabar assim? — padre Brien foi falando com tranquilidade enquanto lavava bem as mãos e as enxugava.

— Então, deixe que ela faça isso — disse ele, olhando para mim sem virar a cabeça. — Deixe que veja o que seu povo faz para saber como é. Tudo que eu disse é a mais pura verdade. Meu corpo é prova disso.

— Não — respondeu o padre, demonstrando pela primeira vez um tom autoritário. — Sorcha ainda é uma menina. Não tem preparo para ver ferimentos desse tipo. É uma vergonha você pedir uma coisa dessas. É trabalho para homem, e eu vou fazer.

---

[8]. *Althaea officinalis.*

[9]. Humores: fluidos do corpo responsáveis pela saúde humana segundo a ciência da Idade Média. (N.T.)

— Encoste a mão em mim mais uma vez e eu mato os dois — disse ele em tom firme e decidido, de alguém que talvez naquele momento até tivesse forças para tentar. — Deixe a garota fazer ou então me esqueça. Já cheguei ao fundo do poço. Apodrecer até morrer não será mais humilhante.

— Você pode até querer, mas não está em condições de matar — eu respondi. — Posso tratar de você, mas com uma condição.

— Condição? — ele riu. — Que condição?

— Farei tudo o que for preciso — respondi com firmeza. — Mas você tem que cooperar. Vai ouvir o que eu digo e fazer o que peço. Tenho o poder de curá-lo.

Ele gargalhou estrondosamente.

— Que bruxinha arrogante você é! Creio que é melhor morrer de febre. E muito provavelmente é o que vai acabar acontecendo. O que você acha, velho?

— Não acho que seja uma boa ideia, Sorcha. Seus irmãos também não aprovariam. Deixe isso comigo.

— Então por que me trouxe aqui? — perguntei.

Ele ficou sem resposta.

— Saia — gritou o garoto, sentindo-se vitorioso. Padre Brien colocou de lado a tigela.

— Estarei aqui fora, Sorcha — disse ele em nossa língua. O rapaz parecia mesmo não entendê-la. — Mas dessa vez não demore a chamar, se precisar. Caso alguma coisa a incomode, deixe que eu venha e ajude. Apenas cuide dele como se estivesse tratando um animal doente. Não deixe que ele a faça se sentir culpada pelo que outras pessoas fizeram.

— Não vai haver problema — respondi, sentindo ainda a força da Dama da Floresta e ciente do que tinha que fazer.

Não preciso descrever com detalhes o que aconteceu. Despir-se na minha frente e se submeter ao tratamento foi uma experiência dolorosa, tanto física quanto mentalmente para ele. E ao ver seus ferimentos, conhecer a natureza vil da imaginação humana feriu tão fundo meu coração quanto os instrumentos de tortura feriram a ele. Seu corpo e seu espírito jamais voltariam a ser como antes. Não teria mais o espírito viril como o de meus irmãos, a alegria de lutar, de se divertir ou de flertar, coisas comuns para os rapazes; coisas que ninguém poderia fazer por ele. Enquanto tratava os ferimentos, fui contando para ele mais um trecho da história de Isha. Ajudou nós dois a esquecer um pouco a tarefa árdua. Linn continuou sentada ao lado da cama, lambendo delicadamente o punho fechado do bretão. Ele tremia quando eu tocava um ponto dolorido, mas cumpriu o trato e se manteve firme. Gritou apenas uma vez.

Então, depois de um bom tempo, finalmente terminei. Estava ensopada de suor e tinha o rosto coberto de lágrimas. Coloquei-o na posição mais confortável que seu corpo, agora quase todo enfaixado, permitia e o cobri com um lençol limpo e a manta. Mas, no momento em que me levantei para buscar o jarro de água, Linn subiu na cama e foi se aconchegando ao lado dele, o rabo balançando alegremente. Parecia achar que eu não perceberia.

— Muito bem, Simon — eu disse, segurando a caneca de água para ele beber. Exausto demais para recusar, ele aceitou. — Um de nós vai estar aqui, se você precisar. Linn! — chamei, estalando os dedos. — Desce!

— Não... — ele disse, com um fio de voz — Deixe. — E passou a mão sobre sua pelagem acinzentada.

Virei-me para sair. Ia falar com padre Brien. Estava cansada demais para sentir fome, mas meu trabalho ainda não tinha acabado naquele dia.

— Não.

Olhei para ele.

— Fique.

— Não sou como um cão, que fica à sua disposição — respondi. — Preciso comer, e você também.

— A história — respondeu ele, ainda com voz fraca. Fiquei surpresa. — Termine de contar a história. Bryn bebeu do cálice ou ficou em dúvida para sempre?

Sentei-me novamente.

— Sim, ele bebeu — respondi. Algo dentro de mim me dava forças para continuar, apesar do extremo cansaço. — Mas levou muito, muito tempo. Ele ainda viveu muitas aventuras e ouviu muitas histórias sobre os que morreram após tentar beber no cálice de Isha. Por isso, deixou-o na prateleira de sua pequena casa e se esqueceu dele. E lá o cálice permaneceu, com suas esmeraldas e rubis, guardado entre velharias de ferro e estanho, sem ser notado. Bryn continuou morando na casa, ao lado da floresta encantada, com seus emaranhados de espinhos, até ficar bem velho. Vigiava o local e ali ninguém entrava, fosse humano ou animal. Muitas moças o desejavam, mas ele as recusava educadamente. "Sou um homem simples", dizia, "não estou à altura de mulheres tão finas. Além disso, meu coração já pertence a alguém". Com o passar dos anos, surgiram várias oportunidades de ele se ausentar. Muitos o chamavam para ir lutar em guerras ou viajar para fazer comércio e ganhar dinheiro, mas ele preferia ficar onde estava. "Aqui é o meu posto, e vou morrer vigiando-o". Então, quando ele já estava bem velho, com a branca barba na altura das botas, a maldição se desfez e a parede de espinhos se dissolveu. Surgiu, então, uma velha senhora em um vestido branco, o rosto enrugado pelo tempo. Mas Bryn a reconheceu no mesmo instante. Era sua amada. Ele se ajoelhou e agradeceu por poder revê-la.

— Estou com sede — disse a senhora, com voz fraca (mas que para ele era um som celestial). — Poderia me trazer algo para beber, bravo soldado?

E como havia apenas um cálice em sua casa que poderia servir a tão nobre dama, tirou-o da prateleira empoeirada, e eis que ele estava cheio até a borda com a mais pura e limpa água. Com as mãos trêmulas, ofereceu-o àquela a quem tanto amava.

— "Beba primeiro", disse ela. Ele não tinha coragem de lhe negar um pedido. Tomou então um gole, e ela também o fez. As pedras preciosas do cálice começaram a brilhar como estrelas. Admirado, olhou para sua amada e ela estava com a mesma aparência, jovem e bela, do dia em que a conhecera. E olhando de novo para o cálice de Isha, o reflexo do metal mostrava longos cabelos negros e o sorriso jovem e belo de antes. "'Mas, mas sempre pensei que...". Ele mal podia crer no que estava acontecendo, mas seu coração batia descontrolado. Sua amada sorriu e pegou sua mão. "Você sempre poderá tomar deste cálice", ela disse, "pois somente um homem de coração puro lutaria e esperaria tanto por alguém que ama"'. Colocou então o cálice sobre uma pedra e os dois foram para a casa, onde viveram felizes pelo resto de suas vidas. O cálice de Isha? Continua sobre a pedra, entre as folhas e flores, esperando o próximo viajante encontrá-lo.

O rapaz estava quase dormindo. Pela primeira vez vi seu rosto mais tranquilo. Ainda assim estava atento. Falou baixinho:

— Se você não é uma bruxa, como sabe meu nome?

"Um ser da floresta me disse". Essa era a verdade, mas não podia esperar que ele acreditasse nisso. Pensei rápido. Como disse antes, mentir era uma habilidade que nunca tive, assim como meu irmão Finbar.

— Responderei no dia em que você estiver de pé e curado — foi a melhor resposta que encontrei. — Agora você precisa descansar. Vou ver o que padre Brien preparou para comermos. Até a pobre Linn deve estar com fome.

Mas quando a chamei, ela simplesmente enfiou o focinho entre as patas e me olhou como a implorar que eu a deixasse ficar ali. Simon estava acariciando seu pelo. Então deixei os dois e saí.

A partir daí se iniciou a fase mais estranha de minha vida, pois o que se sucedeu foi não apenas estranho, foi algo difícil de acreditar.

Na primeira noite fiz o que a Dama da Floresta havia dito. Entrei na floresta, subi até os galhos mais altos de um grande carvalho, onde as delicadas folhas de *goldenwood* se espalham como uma constelação. Usei uma pequena foice para cortar algumas delas. Padre Brien ficou com medo que eu caísse ou me cortasse com a foice. Expliquei a ele que se tratava de uma erva sagrada para nosso povo, pois seguíamos as tradições antigas. Era uma planta tão mística e poderosa que seu verdadeiro nome era secreto, jamais sendo dito em voz alta ou escrito. Nós a chamávamos de *goldenwood* e de outros nomes, apenas para não mencionar seu nome real. É uma planta diferente, que não segue as leis da natureza. Não cresce em direção à luz como as outras, mas em todas as direções: para cima, para baixo ou para os lados, como bem lhe convier. E também não se desenvolve no chão, somente nos galhos mais altos de árvores como carvalho, macieira, pinheiro ou álamo. Não segue as estações do ano. Amadurece e dá frutos, flores e folhas novas, tudo ao mesmo tempo. Há regras específicas para colhê-la, e tentei segui-las à risca, uma vez que tive permissão. Pode ser usada de várias maneiras, e fiz tudo o que sabia para ajudar o bretão. Entrelaçada em círculo e pendurada sobre sua cama ajudava a manter longe os pesadelos. Fiz também uma infusão e todos bebemos uma pequena quantidade. Parte do processo era fazer o corpo de Simon expelir as ervas que tinha tomado até aquele momento, importantes sem dúvida, mas era preciso que estivesse limpo e pronto para a etapa seguinte do tratamento. Como a lua estava crescente na noite em que colhi a *goldenwood* e havia um pouco de luz, consegui ver uma coruja voando ao redor, subindo e descendo. Talvez fosse alguma que eu conhecia.

Os dias que Conor me concedeu para ajudar o padre Brien se passaram e Finbar chegou. Veio em um pônei grande e forte, que poderia levar facilmente nós dois. Padre Brien estava em sua casinha, fazendo anotações, e Simon e eu estávamos sentados (ele deitado) na grama um pouco mais para baixo, próximo da colina. Levá-lo para fora era um pesadelo. Cada passo era uma agonia, mas ele se recusava a ser carregado por um velho ou por uma garotinha tagarela, como me chamava. Caminhava muito devagar, com os dentes cerrados, e eu quase conseguia sentir sua dor enquanto segurava seu braço e o acompanhava.

— Espero que você saiba o que está fazendo, Sorcha — dizia o padre, preocupado, mas deixava o tratamento em minhas mãos. Linn caminhava conosco e tentava refrear sua ansiedade de sempre, pois Simon se segurava em sua coleira para ajudar a manter o equilíbrio e ela parecia sentir que estava ajudando.

— Sim, sei o que estou fazendo.

Padre Brien confiava em mim.

No dia em que Finbar chegou, estávamos os três no gramado, Simon, Linn e eu. Ela tinha se levantado para farejar o chão em volta das árvores, provavelmente atrás de algum coelho. Conversávamos bastante, ou melhor, eu falava e Simon ouvia. Não tinha muita escolha. Eu não lhe fazia perguntas e ele não falava sobre si mesmo, então eu lhe contava as velhas histórias que ouvia desde criança e cantava algumas canções. Falava também sobre a floresta e as coisas estranhas que aconteciam nela. Em vários momentos ele era rude e cruel. Tive de ouvir muito sobre a natureza selvagem de meu povo e sobre tudo o que havíamos feito com o dele. Insultava constantemente padre Brien e eu. Para mim, era mais fácil lidar com os insultos do que com as histórias de guerra. Por isso, falava o tempo todo; isso o mantinha quieto. Seu humor era extremamente instável. Ia da passividade total, à fúria ou a crises de pânico, em questão de minutos. Cuidar dele drenava minhas forças. Era pior do que qualquer outro paciente que já havia cuidado.

Eu mesma trocava os curativos duas vezes ao dia, pois ele não permitia que Padre Brien se aproximasse. Era a única tarefa com a qual não consegui me habituar.

Com o passar dos dias, estabelecemos uma espécie de acordo. Embora ele risse de minhas histórias, sei que gostava de ouvi-las.

O ar fresco e as caminhadas, ainda que fossem difíceis para ele, ajudaram a melhorar sua saúde. Já não estava mais tão pálido e com olheiras. Passei a pentear seus cabelos e ele fazia mais escândalo enquanto eu desfazia os nós de seus cachos do que quando tocava em seus ferimentos. Mas eu encarava seu mau humor como um bom sinal. Qualquer coisa era melhor do que vê-lo olhar para o nada, esperando o dia passar ou acordar gritando com os pesadelos.

Mas Finbar finalmente chegou. Deixou o pônei a certa distância e fez o resto do trecho a pé. Como seu caminhar era, por hábito, absolutamente silencioso, não percebemos que se aproximava. Quando ele surgiu na clareira, Simon se pôs de pé em menos de um segundo. A respiração ruidosa foi a única indicação da imensa dor que deve ter sentido. Só senti o puxão em meus cabelos, para trás, e o contato da lâmina gelada em minha garganta.

— Mais um passo e eu corto a garganta dela.

Finbar estancou, pálido. Os únicos sons que se ouvia eram os de um pássaro cantando a distância e da respiração ofegante de Simon atrás de mim. Finbar esticou devagar as mãos para mostrar que estavam vazias e se sentou no chão, a coluna reta e os olhos fixos em nós. Suas sardas ficaram mais evidentes com o rosto pálido e sua boca agora era apenas uma fina linha. Sem saber o que se passava, padre Brien começou a cantarolar em sua casinha.

— É seu irmão?

— Um deles — respondi com um grunhido. Simon diminuiu a pressão da faca. — Foi Finbar quem o salvou e o trouxe até aqui.

— Por quê? — perguntou ele em tom frio.

— Acredito na liberdade — respondeu Finbar com admirável calma. — Tento consertar o que está errado, quando posso. Você não é o primeiro que eu ajudo a fugir. Só que no caso dos outros, não sei o que lhes aconteceu depois. Pode soltar minha irmã?

— Por que deveria acreditar em você? Quem, em sã consciência, jogaria a própria irmã nos braços do inimigo, protegida apenas por um velho sacerdote? Ou trairia a própria família? Que tipo de homem faria coisas assim? Quem me garante que você não tem uma tropa de guerreiros escondida entre as árvores, pronta para me pegar e terminar o que começaram?

A voz de Simon parecia perfeitamente calma, mas eu podia sentir a tensão em seu corpo. Sabia que estava fazendo um esforço sobre-humano para ficar em pé e me segurar daquela maneira. Não aguentaria muito tempo. Falei com Finbar, não com palavras, mas de mente para mente. "Deixe isso comigo. Confie em mim".

Ele piscou para mim e pareceu baixar a guarda por um instante. Li seus pensamentos e vi um misto de raiva e confusão que jamais havia sentido nele. "Não é em você que não confio. É nele".

Nunca tive as características de fragilidade típicas das mulheres. Apesar de minha estatura pequena e aparentemente delicada, sou uma pessoa forte e de grande resistência. Nunca imaginei que um dia me fingiria de frágil, mas arrisquei por adivinhar quais seriam as reações de Simon. Foi a única ideia que me passou pela cabeça naquele instante. Dei um gemido e fingi desfalecer. Simon poderia ter me cortado a garganta com a faca, mas deixou-a cair e me segurou antes de eu desabar ao chão. Continuei com os olhos fechados. Ouvi o grito de preocupação de Finbar e o som de Simon pegando a faca e o avisando para ficar longe. Em seguida, ouvi a voz de padre Brien. Ouvindo o barulho, ele veio correndo e já estava ao meu lado, limpando meu rosto com uma toalha úmida cheirando a lavanda. Abri um pouco os olhos, cuidadosamente, e vi que ele estava se controlando para não rir de minha farsa.

Virei a cabeça para o lado e vi que Finbar continuava sentado exatamente na mesma posição, com as pernas cruzadas, a coluna ereta e aquela expressão ensaiada de tranquilidade no rosto que ele sabia muito bem como usar em momentos assim. Olhei para o outro lado. Simon estava perto de mim, encostado em uma pedra, a faca solta em suas mãos. Senti que estava me olhando até então, mas desviou os olhos em direção às árvores. Não gostei de ver o suor que escorria em sua pele e da palidez em seu rosto, sintomas que já haviam regredido há dias.

Ficamos os quatro parados, sem saber o que aconteceria a seguir. De repente, Linn apareceu e resolveu o impasse. Cansada de caçar coelhos, voltou fazendo barulho e se surpreendeu ao ver tantos amigos de uma só vez. Pulou primeiro em Finbar, apoiando as patas em seus ombros e lambendo seu rosto com força. Depois veio em minha direção e, ignorando meu aparente estado frágil, pisou em minha barriga e saltou sobre mim. Correu até Simon, balançando a cauda e o corpo, louca para pular nele, mas se contendo para não machucá-lo.

— Bem, crianças — disse padre Brien, em tom solene, — vou trazer um pouco de vinho de mel, pois parece que todos aqui estamos precisando. Depois vamos conversar. Tentem não se matar enquanto isso, por favor.

Levantou-se, e Simon o deixou ir. Mas eu parecia ainda não ter permissão para me levantar, pois, assim que me sentei, senti sua mão agarrando firme meu braço. Ele parecia ter uma reserva de forças com a qual eu não contava.

Fez-se um silêncio constrangedor até o padre voltar trazendo um jarro e algumas canecas. Finbar começou a falar em nossa língua.

— Não! — eu disse, interrompendo-o. — Fale na língua que Simon entende. Chega de segredos. Embora sejamos inimigos, ainda podemos manter um nível mínimo de civilidade.

— Civilidade? — disse Finbar, as sobrancelhas erguidas. — O bretão até agora não demonstrou civilidade alguma.

— Calma — interveio o padre. — Podemos ao menos simular uma trégua e tentar resolver esse impasse. Finbar veio em paz. Está aqui para buscar a irmã e levá-la para casa.

— E, como pode ver, estou desarmado — completou Finbar, mostrando as mãos abertas sobre os joelhos. Uma mecha de cabelo caiu sobre seu rosto, mas ele não fez menção de afastá-la. Apenas olhou para mim. — Vim buscar Sorcha, só isso. Ia perguntar sobre sua saúde e saber se valeu a pena salvá-lo, mas não vou me preocupar com isso.

"Ele não tem intenção de me machucar, não percebe?"

Finbar ergueu as sobrancelhas para mim, sem acreditar no que eu dizia. Simon continuou em silêncio e não tocou a caneca na grama ao seu lado. Sentia sua mão queimando em minha pele, o calor passando pelo tecido fino do vestido. Linn veio cheirar o vinho.

— Notícias de seu pai, Finbar? — perguntou o padre, em tom casual.

— Ainda não. Deve demorar mais um pouco. Seu paciente estará a salvo até ir embora. Gostaria de poder dizer o mesmo sobre minha irmã. Para alguém que veio para ajudar, parece que ela não foi tão bem tratada. Creio que cheguei na hora certa.

A voz de Simon era cruel:

— O que você esperava? Uma festa de boas-vindas? Um gesto de gratidão? Dê-me um motivo sequer para eu agradecer por estar vivo!

Ficamos em silêncio.

— Filho — disse o padre. — O futuro pode parecer negro para você neste momento, e não há como saber o que virá. Mas há uma luz em todo caminho. Com o tempo você verá.

— Poupe-me dessas crendices — disse Simon. — Eu as desprezo, tanto quanto a você.

— Você não está em posição de ofendê-lo — disse Finbar com voz calma. — É em nome de sua fé que ele cuida de você e de seu povo. Sem ela, seria um matador como qualquer outro de minha raça. Ou talvez da sua.

— Já fui assim um dia. Conheço o poder de uma causa e sei como ela pode fazê-lo perder a noção da realidade. Finbar já tem consciência disso. Talvez sua missão seja aprender isso também — disse padre Brien pensativo.

— Não estou interessado em suas missões! Não sirvo para elas. Quanto mais sua irmã tenta me fazer melhorar, mais eu me deterioro. Em vez de meter o nariz onde não foi chamado, você devia ter me deixado onde eu estava. Eu teria morrido mais rápido.

A voz de Simon ainda se mostrava firme, mas seu corpo tremia convulsivamente. Abri a boca para falar, mas Finbar o fez primeiro.

— Vou levar minha irmã embora. Pensei que ela poderia ajudar, e realmente ajudou. Mas não vou deixar que seja magoada ou humilhada. Já fizemos o que podíamos e você não parece precisar mais de nossos préstimos.

Simon riu com desdém.

— Não é tão simples assim, irmãozinho. Ainda tenho uma faca e não estou tão mal a ponto de não poder usá-la. A bruxinha fica. Você a mandou aqui para me curar, agora deixe que cure. Ela parece acreditar no impossível. Quem sabe não consegue realizá-lo?

— Você esquece que ela é apenas uma criança — disse padre Brien.

— Criança? — disse ele, rindo. — Ela pode até ter a aparência de uma criança, mas é diferente de qualquer outra que já vi. Que criança conhece as propriedades das ervas, é capaz de contar tantas histórias diferentes e consegue...

Sua voz falhou por um instante. Finbar e padre Brien se entreolharam. Meu braço começou a doer muito no local em que Simon estava segurando.

— Não são vocês que decidem — disse eu, no tom mais firme que consegui. Olhei para os dois: Finbar, com seu rosto claro e olhos cinza, e padre Brien, com seu olhar brando e penetrante. Sentia o desespero e a dor de Simon enquanto ele apertava meu braço. — Tenho uma tarefa a cumprir aqui, e ela ainda não terminou. Em poucas horas vocês conseguiram estragar dias de tratamento. Finbar, vá para casa e me deixe trabalhar. Acredite, estou em segurança aqui. Chamo você quando tiver terminado.

"Ele precisa de mim, Finbar".

"Não vou deixá-la aqui". Ele tentava ocultar seus pensamentos de mim, mas não conseguia esconder a culpa e a confusão em sua mente. Isso me preocupava. Não era, dentre meus irmãos, o que estava sempre tão certo, que sempre sabia o que fazer?

"Deixe-me. É minha escolha".

Ele acabou cedendo. Por sorte, padre Brien parecia realmente confiar e acreditar no que eu estava fazendo e conseguiu convencer Finbar a me deixar sozinha com meu paciente alguns instantes para conversarmos. Simon deixou que os dois saíssem, e eles foram até a casa do padre. Assim que fecharam a porta, sua mão deixou de comprimir o meu braço, passando a usá-lo como suporte, e sua respiração se tornou mais ofegante. Linn e eu o ajudamos a voltar para a caverna e se deitar. Decidi quebrar minhas próprias regras e fiz para ele um preparado que lhe daria algumas horas de sono. Sentei-me, então, ao seu lado, sem falar nada muito importante, enquanto ele lutava com a dor e tentava não se mover muito. Após algum tempo, a infusão começou a fazer efeito e ele começou a relaxar, os olhos anuviados. Meu braço estava doendo bastante, então fui até as prateleiras de padre Brien para ver se encontrava algum unguento de raiz de malva ou de sabugueiro. Encontrei um pouco em um potinho raso e o levei até o banco para me sentar e esfregá-lo na mancha vermelha que havia se formado. O simples contato do remédio fresco já dava certo alívio.

Quando fui colocar a tampa no pote, algo me fez olhar para frente. Simon estava acordado, os olhos meio abertos, mostrando ainda um pouco da bela cor azul.

— Sua pele é muito sensível — ele disse com voz sonolenta.
— Não quis machucá-la.

Seus olhos se fecharam e ele dormiu. Linn foi até o colchão e se aninhou junto dele.

Aproveitei para me levantar e ir até a casinha. Havia muito que conversar. Deixamos a porta aberta para que Linn me avisasse caso

Simon acordasse. Padre Brien insistiu para comermos, mas nenhum de nós estava com fome.

Levamos um bom tempo para persuadir Finbar a ir para casa. Ele achava que eu corria perigo e afirmava que Conor não me deixaria ficar mais tempo. Usei, então, um de seus próprios argumentos: não se pode dizer que um bretão é mau somente por ter cabelos loiros, grande estatura ou por sua maneira estranha de falar. É um ser humano com defeitos e qualidade como todos nós. Finbar não disse isto tantas vezes, até mesmo para nosso pai?

— Mas ele ameaçou matá-la — disse ele irritado. — Colocou uma faca em sua garganta. Isso não significa alguma coisa?

— Ele está doente e com medo. E eu estou aqui para ajudá-lo. Além disso, me disseram... — não sabia como continuar.

Finbar me fitou com os olhos semicerrados.

— Disseram o quê?

Eu não conseguiria mentir.

— Disseram que é uma missão que tenho a cumprir. Que é o início de uma longa e difícil jornada. Só sei que é preciso continuar.

— Quem lhe disse isso, Sorcha? — perguntou padre Brien com voz branda. Os dois me olhavam, esperando uma explicação. Tentei escolher as palavras com cuidado.

— Lembram-se de quando Conor falava sobre Deirdre, a Dama da Floresta? Sinto que era ela.

Padre Brien conteve a respiração.

— Você a viu?

— Creio que sim — respondi surpresa. — Esperava qualquer reação dele, menos essa. — Ela me disse que é meu caminho e que devo segui-lo. Desculpe-me, Finbar.

— Este bretão — disse Finbar devagar — não é o primeiro que eu conheço ou com quem falo. Os outros eram mais velhos e também mais simplórios. Ficavam felizes pelo simples fato de serem libertados. Mas este não. Ele joga conosco, diverte-se em nos deixar confusos.

Se você recebeu mesmo uma ordem dessas, é preciso obedecer. Mas não acredito que esse rapaz não queira machucá-la. Não gosto da ideia de deixá-la aqui e sei que Conor também não irá gostar.

Pegou uma mecha de seus cabelos e começou a torcê-la entre os dedos. Estava menos pálido, mas seu semblante era de preocupação. Olhei séria para ele.

— Por que é Conor quem deve decidir? Pode ser o encarregado da casa agora, mas tem apenas dezesseis anos.

— Conor tem muita maturidade — disse padre Brien. — Nisso ele é igual a vocês. E também tem uma missão. Você pode pensar que não, mas há algo de muito especial em sua maneira de ser, sempre quieto, seguro e gentil. Ele tem muita sabedoria. Você o conhece menos do que imagina.

— Ele parece mesmo saber muitas coisas — concordei. — Coisas que surpreendem.

— Como o Ogham, por exemplo — disse Finbar. — Foi com Conor que aprendemos os símbolos, onde encontrá-los e seu significado. Foi ele quem nos ensinou.

— Mas onde ele aprendeu? — perguntei. — Não foi em livros, com certeza.

— Conor sabe muito sobre vários assuntos — disse padre Brien, olhando pela pequena janela. O sol do fim de tarde iluminava as finas mechas de cabelos brancos que emolduravam seu rosto calmo, formando uma auréola brilhante. — Algumas coisas aprendeu comigo, como vocês. E algumas lendo os manuscritos empoeirados da biblioteca de seu pai, assim como você, Sorcha, que aprendeu sobre as plantas e sua aplicação para a cura. À medida que ficarem mais velhos, vocês irão descobrir que, além de todo o conhecimento que absorveu, Conor tem habilidades ainda mais sutis. Herdou características de sua linhagem que foram esquecidas com o tempo. O povo do vilarejo o venera. Na ausência de seu pai, ele é um bom líder, e eles reconhecem e apreciam sua maneira de liderar. E reconhecem também suas habilidades incomuns.

Lembrei-me de algo, então.

— Um antigo morador do vilarejo, Velho Tom, que trabalhava construindo telhados quando era jovem, disse-me que Conor era um dos sábios e que papai também poderia ter sido. Não entendi o que ele quis dizer.

— A família de Sevenwaters é muito antiga; uma das mais antigas da região — disse padre Brien. — Este lago e esta floresta são lugares em que coisas estranhas acontecem e onde o inesperado é fato corriqueiro. A chegada de pessoas como eu, de uma religião diferente, modificou alguns hábitos, mas apenas superficialmente. No fundo, a magia continua tão forte e presente quando no tempo em que os Seres da Floresta vieram para o ocidente. As origens de muitas crenças podem conviver lado a lado e, eventualmente, se unir e adquirir uma força ainda maior. Você já viu por si mesma, Sorcha, e você, Finbar, sente que uma energia poderosa o impele a agir.

— E Conor? — perguntou Finbar.

— Seu irmão herdou um fardo pesado — disse padre Brien. — É um dom que escolhe em quem irá se manifestar. No caso de sua família, não foi o mais velho que o herdou, e sim o que teve mais forças para suportá-lo. Seu pai tinha essa força, mas não quis assumir seu dom. Conor será o líder da antiga fé para ajudar seu povo e o fará com discrição para que a magia possa continuar a existir, oculta e segura no seio da floresta.

— Quer dizer que Conor é... um druida? Como ele aprendeu isso? Em livros? — perguntei confusa. Será que conhecia tão pouco meu próprio irmão?

Padre Brien sorriu.

— Não, não foi por meio de livros. Essa sabedoria não é escrita. Os símbolos que ele lhe ensinou são somente uma forma de comunicação. Ele aprendeu, e continua a aprender, com outros como ele. São pessoas que mantêm seu dom em segredo para protegê-lo. E são em número cada vez menor. Seu irmão ainda tem um longo caminho a percorrer. Leva-se dezenove anos para aprender como usar essas habilidades e jamais se pode revelá-las.

— Entendo — disse Finbar. — Convivendo com os moradores do vilarejo, percebemos facilmente em quem eles confiam e por quais motivos. Isso explica por que ele sempre nos deixou livres para seguirmos nossos próprios caminhos.

— Por que o senhor diz que meu pai tinha o dom, mas desistiu dele? — perguntei. — Não consigo imaginar um homem tão rígido e obcecado pela guerra como alguém capaz de transmitir mensagens espirituais. Com certeza há algum engano.

— Tente entender, Sorcha — respondeu ele. — Seu pai nem sempre foi assim. Era uma pessoa totalmente diferente quando jovem; um rapaz belo e alegre, que gostava de cantar e de dançar, melhor que ninguém nas artes de luta e arqueria. Alguém, como se dizia, abençoado pelos céus.

— E o que o fez mudar? — perguntou Finbar.

— Com a morte do pai, Lorde Colum se tornou senhor de Sevenwaters. Mas não se sentia compelido a ser mais que isso, pois havia alguém mais velho e sábio que mantinha vivas as antigas crenças. Conheceu então sua mãe e, como sempre acontece em sua família, apaixonou-se imediata e perdidamente por ela. Não conseguiria mais viver se não fosse ao seu lado. Os dois foram extremamente felizes durante oito anos, até ela morrer.

Seu rosto mostrava uma tristeza profunda, aparentemente oculta há muito tempo.

— Você a conheceu? — perguntei.

Ele se virou para mim, e agora suas emoções pareciam mais contidas. Talvez fosse só minha imaginação.

— Sim, conheci. Vim morar em Sevenwaters com uma condição. Seu pai apreciava minhas habilidades de escriba, mas minhas ideias causavam certo desconforto entre seu povo. Então ele me disse que eu deveria escolher entre me adaptar à sua cultura ou viver sozinho. Já o conhecia dos tempos em que fui soldado. Quando saí da casa paroquial, ele me ofereceu este lugar, um ato de generosidade se considerarmos as diferenças entre nós. Conheci então sua mãe e vi a alegria e o amor que seu pai e ela compartilhavam. A morte dela apagou a chama de vida que havia nele.

— Mas ele ainda tinha a nós — disse Finbar com amargura. — Qualquer outro homem teria percebido que isso era mais do que motivo para continuar a viver, e bem.

— Creio que você está sendo duro demais — disse padre Brien em tom delicado. — Ainda não conhece o tipo de amor que atinge o coração como um raio; que toma conta de sua mente e se torna sua única razão de viver. Não desejo esse tipo de amor para quem quer que seja, homem ou mulher, pois ele pode tanto transformar a vida em um paraíso quanto destruí-la para sempre. Mas em sua família parece que todos amam assim. Quando sua mãe morreu, Colum precisou de todas as suas forças para suportar a perda. Sobreviveu, mas pagou um alto preço. Perdeu a capacidade de amar a vocês ou a qualquer pessoa.

— Mas ele teve uma escolha, não? — disse Finbar lentamente.

— Sim, poderia ter escolhido outro caminho depois que ela morreu. Poderia ter se tornado o líder que Conor será. O homem que mantinha vivas as antigas crenças; na época já estava com muita idade, e os sábios vieram falar com Colum, buscando alguém da mesma linhagem para substituí-lo. Ele devia ter mesmo muitas das características necessárias, do contrário jamais o procurariam. Como são muitos anos de treinamento, é bem mais fácil começar com uma criança ou com um rapaz ainda bem jovem. Ainda assim eles o queriam. Pórem, Colum estava desnorteado naquele momento. Não fosse a responsabilidade de administrar sua *túath* e de criar seus filhos, provavelmente teria dado fim à própria vida. Recusou o convite deles.

— Então eles escolheram Conor?

— Não naquela época. Conor ainda era muito criança. Eles esperaram e observaram vocês sete. O velho sábio, responsável por manter as tradições, adiou sua morte apesar da idade. Então os anos se passaram e eles continuaram a observar Conor à medida que ele aprendia a ler e escrever, a declamar poemas e contar histórias, e a ensinar vocês sobre a sabedoria das árvores e a cuidarem uns dos outros. Com o tempo, ficou claro que ele era o mais apropriado para a função e eles o escolheram.

Ficamos em silêncio por alguns instantes, absorvendo tudo aquilo, enquanto o sol se escondia e o ar ficava mais frio com a chegada da noite. A caverna estava silenciosa, nenhum som vindo dela. Torci para que Simon não tivesse pesadelos.

— Entendem o que transformou seu pai em um homem tão rígido? — perguntou o padre, então. — Cuidar de suas terras e recuperar as ilhas tomadas pelo inimigo se tornaram o único propósito de sua existência, uma vez que sua amada não está mais ao seu lado. Ocupando-se disso, ele consegue afastar as lembranças. E quando elas se tornam insuportáveis, ele parte para a guerra para aplacá-las com sangue. É um esforço contínuo e sobre-humano. Mas com isso acabou estabelecendo um ambiente de segurança para vocês e seus vizinhos e conquistou o respeito de toda a região norte do país com suas campanhas. Ainda não conseguiu as ilhas de volta, mas provavelmente planeja fazer isso quando todos os seus filhos estiverem crescidos.

— Pois fará isso sem mim — disse Finbar. — Sei que possuem um mistério espiritual mais profundo do que se possa imaginar e desejo de coração visitar essas grutas do conhecimento. Mas não vou matar só para ter esse privilégio. Isso é fanatismo.

— Como disse, uma causa pode levar um homem a perder a noção da realidade — disse o padre. — A luta por essas ilhas vem da época do trisavô de Colum, quando o primeiro bretão pisou naquele solo sem saber que se tratava do coração das crenças antigas do seu povo. Assim nasceu o novo feudo, à custa da felicidade e da vida de muitos. Por que Lorde Colum, o sétimo filho de seu pai, é o único herdeiro das terras? Porque todos os seus irmãos morreram lutando pela causa. E o pai deles deixou que se fossem, um a um.

— E hoje ele está levando seus filhos para o mesmo caminho — disse Finbar em tom amargo.

— Talvez — respondeu padre Brien. — Mas seus irmãos não partilham da obsessão de seu pai. Conor é diferente, e vocês também. Talvez seja o momento de uma mudança.

Minha mente dava voltas e voltas. Após algum tempo, eu perguntei:

— Quer dizer que Conor vai me deixar ficar aqui para tentar ajudar Simon, que entende o que a Dama da Floresta me disse, e que tudo isso é parte de um grande plano estabelecido para nós?

Padre Brien sorriu.

— Se há alguém que consegue mudar um plano estabelecido, esse alguém é você, filha. Mas o que disse sobre Conor está correto. Ele sabe muito bem qual o motivo de você estar aqui. E isso mostra sua força, sua magnitude e sua vontade de conciliar sua sabedoria e a administração dos bens de seu pai.

Franzi a testa.

— O senhor fala como se Conor devesse ser o chefe da família. Mas e quanto a Liam? Ele sempre foi nosso líder, desde o dia em que mamãe lhe pediu. Além disso, é nosso irmão mais velho.

— Há líderes e líderes, Sorcha — respondeu ele. — Não subestime nenhum de seus irmãos. Agora comam, pois o dia ainda está longe de acabar.

Mas nenhum de nós tinha apetite. O pão e o queijo ainda continuavam sobre a mesa quando Finbar se despediu e, ainda um pouco relutante, montou o pônei e falou comigo mentalmente.

"Ainda não confio nesse bretão. Dê um recado a ele por mim: se tocar em um fio de seu cabelo, terá de se ver comigo e com nossos cinco irmãos. Diga isso a ele".

Não consegui levar aquilo a sério. Finbar, ameaçando violência? Impossível.

"Não vou dizer a ele uma coisa dessas. Você está começando a se parecer com nossos irmãos. Agora vá e me deixe trabalhar. E não se preocupe comigo. Estou bem".

— Sei — resmungou em voz alta, naquele tom típico de irmão mais velho. — Já ouvi essa história antes. Acho que foi antes de você subir na cerca quando insistiu em afagar o touro premiado. Ou será que foi naquela vez em que você garantiu que conseguia pular o riacho atrás de Padriac com suas perninhas curtas? Lembra-se do que aconteceu em todas essas ocasiões?

— Chega! Vá andando — respondi, dando um tapa na traseira do pônei, que trotou para fora da clareira, levando meu irmão.

Linn começou a latir na caverna. Era hora de voltar ao trabalho.

Capítulo 3

Algumas coisas quebradas não têm conserto. Outras é possível consertar aos poucos, peça por peça, esperando que fique bom. Exige muita paciência.

E foi assim com Simon. A visita de Finbar estragou boa parte de meu trabalho, e eu precisava consertar primeiro o estrago para depois continuar o processo de cura. Simon havia cumprido sua parte no acordo e me deixava tratá-lo. E apesar de estar sem forças e sem vontade de viver, rangia os dentes e seguia minhas ordens.

Seis ou sete dias se passaram e o doloroso processo continuava. À noite era pior. Como ele não aceitava ajuda do padre, eu é quem tinha que fazer praticamente tudo. Ele me ajudava discretamente no que podia, deixando panos e unguentos sempre à mão, trazendo lençóis limpos e preparando a comida e a bebida de que precisávamos, embora eu quase não tivesse tempo livre para comer. Nunca havia sentido tanto cansaço.

Estava usando *goldenwood* nas mínimas doses possíveis agora. Ela ajudava Simon a dormir um pouco antes de os pesadelos começarem.

Assim que ele pegava no sono, eu dormia, pois era o único período em que conseguia descansar.

A cena se repetia todas as noites. Ele acordava assustado, gritando. Eu despertava também e o encontrava sentado, com as mãos sobre o rosto, tremendo e ofegante. Não me contava como eram os pesadelos, mas eu imaginava. Eu acendia a vela e pegava um pano seco para limpar o suor que encharcava os curativos, enquanto Linn saía da cama e ficava sentada na porta da caverna nos olhando e ganindo, ansiosa para voltar. Eu começava então a contar histórias e a cantar para acalmá-lo. Minha garganta ficava seca e dolorida de tanto falar. Em alguns momentos ele prestava atenção, em outros, parecia me ignorar. Às vezes, quando estava com muito medo, me deixava colocar os braços ao seu redor e cantar canções de ninar. E eu passava a mão em seus cabelos para acalmá-lo como se fosse uma criança assustada. Aos poucos ele voltava a dormir, e eu, de tão exausta, adormecia ali mesmo, com a cabeça na cama, segurando a mão dele. Mas o repouso durava pouco. Ele acordava quatro, cinco vezes por noite. Ficava muito tentada a lhe dar uma poção mais forte para garantir aos dois uma noite de sono, mas sabia que, para ficar curado, ele deveria receber cada vez menos doses de ervas, para limpar o organismo e aprender a lidar com seus medos, pois as lembranças e os pesadelos provavelmente o perseguiriam pelo resto da vida.

Outras vezes eu o odiava, embora não soubesse bem por quê. Acho que algo dentro de mim dizia que eu jamais seria a mesma depois daquela experiência. Além disso, ainda era uma menina de doze anos e em muitos momentos preferia estar em casa me divertindo, andando a cavalo com Padriac ou plantando açafrão para vê-lo florescer na primavera. Sentia saudades de meu pequeno jardim, tão bem cuidado, cheio de flores e ervas perfumadas.

Depois de oito ou nove noites sem descanso, padre Brien e eu parecíamos dois fantasmas, pálidos e sem forças. Então veio um dia de sol, mais quentinho. Fiz Simon se levantar e caminhar um pouco mais longe. Fomos ver as árvores e observar o lago entre as sombras verde-escuras da floresta.

— Nossa casa é ali embaixo — disse a ele. — Fica bem perto do lago, escondida entre as árvores. Deste lado, a floresta vai até a beira da água. E do outro há rochas. Dá para se deitar nelas e observar os peixes. E há várias trilhas na floresta, todas diferentes. Nós conhecemos bem os caminhos, mas quem não conhece pode se perder.

Fiquei pensando nisso por um instante. Como é que nunca nos perdíamos?

Simon se encostou ao tronco de um freixo e fechou os olhos.

— Tenho uma história para lhe contar — disse ele, para minha surpresa. — Não tenho o mesmo talento que você para contar histórias, mas ela é bem simples e será fácil.

— Bem, conte-me — respondi, sem saber bem o que esperar.

— Era uma vez dois irmãos — começou ele, sem muita expressão na voz. — Eram iguais fisicamente, em força e inteligência, porém um era alguns anos mais velho. É engraçado como poucos anos podem fazer diferença. O pai deles morreu e, por essa diferença de idade, o mais velho herdou todos os bens. O mais novo? Ficou com o pedacinho de terra que o outro não quis. O mais velho era amado por todos. Como havia nascido antes, teve alguns anos de vantagem para conquistar o coração daqueles ao seu redor. No entanto, jamais pensou em seu irmão mais novo, que, apesar de ter as mesmas características, nunca foi notado. O mais velho era um líder nato e seus homens o respeitavam muito. Jamais cometia erros e as pessoas lhe eram sempre leais. O mais jovem? Dava sempre o melhor de si, mas nunca parecia ser suficiente — Simon parou por um instante. Parecia sem forças para continuar.

— E o que aconteceu? — perguntei depois de alguns instantes.

Ele sorriu, forçado, mas seus olhos azuis continuavam frios.

— O mais jovem teve a chance de provar que era tão bom quanto o mais velho; de fazer algo que nem ele poderia deixar de reconhecer.

Assim os dois se igualariam, e o mais novo se destacaria até mais. Ele arriscou, mas falhou.

— E depois?

— Não sei, bruxinha. A história não termina. Que final você daria a ela? — perguntou, deitando-se cuidadosamente no chão.

Fui até ele para ajudá-lo a se acomodar em um galho que estava no chão. Linn estava se sentindo em casa, farejando o chão, as folhas de outono, correndo para todos os lados, voltando para nos olhar de vez em quando e saindo para farejar mais coisas.

Escolhi com cuidado as palavras.

— Esta parece ser uma daquelas histórias que têm algo para ensinar, se bem que nessas histórias geralmente há três irmãos. Eu diria que o irmão mais novo saiu pelo mundo, indo em busca de seu destino e deixando para trás o mais velho e todas as lembranças. Em seu caminho, encontrou três pessoas, ou três criaturas, são sempre três.

— Você tem resposta para tudo — disse Simon. — E depois?

— Bem, há várias possibilidades — eu respondi, preparando o terreno. — Digamos que ele encontra uma velha senhora. Está com fome, mas ainda assim dá a ela seu único alimento, um pedaço de bolo de aveia que tinha consigo. Ela agradece e ele continua seu caminho. Mais à frente ele encontra um coelho preso em uma armadilha e o liberta.

— Acho mais provável que ele o matasse e comesse — disse Simon —, já que deu o bolo à velhinha.

— Mas o coelho olha para ele e tem belos olhos verdes — respondi. — Ele não resiste e o deixa ir. Por último, encontra um gigante, que o desafia para uma luta. O jovem aceita, sentindo que não há o que perder. Os dois lutam por alguns instantes e o jovem desfere belos golpes até que o gigante o acerta em cheio e o derruba. Quando o rapaz se levanta, ele agradece gentilmente, pois foi o único viajante que se dignou a lhe dar atenção e alguns instantes de divertimento. Oferece-se então para seguir com ele e ser uma espécie de guarda-costas.

— Muito conveniente — comentou Simon. — E depois?

— Ele encontra um castelo, onde há uma jovem — respondi, pegando algumas folhas e pequenas frutas no chão ao meu redor para fazer uma guirlanda com elas enquanto continuava. — Ele a vê a certa distância, talvez enquanto ela cavalga graciosamente no momento em que ele passa pela estrada com seu amigo, o gigante. Ele se apaixona imediatamente e a deseja para si. Mas há um problema: para ter sua amada, ele deve realizar uma tarefa.

— Ou três.

Fiz que sim com a cabeça.

— É o mais comum. E assim ele tem que demonstrar suas habilidades. Pode ter que limpar completamente um grande estábulo antes de o sol nascer e a velha senhora aparece com uma vassoura mágica e faz o serviço em tempo. Ou precisa pegar um objeto, como uma esfera de ouro, dentro de uma caverna estreita ou de um longo túnel sob a terra. O coelho poderia ajudá-lo, então. E poderia haver também uma tarefa que exigisse força. É aí o gigante o ajudaria. Nosso herói consegue ficar com sua amada e os dois vivem felizes para sempre.

— E o irmão mais velho?

— O irmão? Bem, depois de viver todas as aventuras e conquistar o coração da bela jovem, ele nem lembra mais do irmão ou de como o invejava. Tem agora uma bela e longa vida pela frente.

— Não gostei. Tente outro final — disse Simon.

Fiquei pensando por alguns instantes.

— E se ele fosse para a guerra e, na volta, descobrisse que seu irmão havia morrido, ficando então com todas as terras?

Simon riu. Não gostou da ideia de um final tão trágico.

— Como você acha que ele iria se sentir?

— Confuso, creio eu. Consegue o que tanto desejava, que era tomar o lugar do irmão. Mas também fica pensando no enorme tempo que perdeu, invejando-o, em vez de tentar conhecê-lo melhor.

— O irmão não tinha interesse em ser amigo dele — respondeu Simon friamente.

Senti que estava me aproximando da verdade. Concentrei-me por um instante na guirlanda que fazia. Peguei mais folhas secas, amarelas e marrons, e fui tecendo. Algumas estavam frágeis e quebradiças agora que o verão havia terminado. Encontrei algumas frutas vermelhas, ainda frescas, e as adicionei ao arranjo. Ele ficou me observando.

— Sorcha — disse depois de alguns instantes. Era a primeira vez que me chamava pelo nome, e não de bruxa, criança ou coisa pior, como costumava fazer. — Você acredita mesmo nesses contos? Gigantes, fadas e monstros são coisas que existem apenas nas fantasias infantis.

— Algumas podem ser reais, outras não — respondi, passando uma folha mais longa pelo meio das outras e torcendo, para segurar. — Não faz diferença.

Ele se levantou e sua respiração indicava que sentia dores enquanto se movimentava, mas não emitia um som sequer. Silêncio era para ele sinônimo de controle.

— A vida não é como nessas histórias — ele disse. — Você vive em um pequeno mundo fechado. Não faz ideia do que existe lá fora. Eu gostaria muito... — e parou.

— Gostaria muito de quê? — perguntei.

— Gostaria muito que você jamais descobrisse — respondeu, olhando para o outro lado.

— Você concorda que eu já comecei a descobrir? — levantei-me, com a coroa em uma das mãos. — Estou vendo o que fizeram com você. Ouço suas súplicas e sinto o seu desespero. E você mesmo me contou histórias de grande crueldade, que acredito serem verdadeiras. Jamais teve intenção de me poupar.

— E você continua a se fechar em seu mundinho cheio de fábulas.

— Não é bem assim — respondi, e começamos a caminhar de volta para a caverna. — As fábulas ajudam a atenuar a realidade, só isso. Mas cedo ou tarde temos de lidar com ela. Você mesmo vai precisar falar sobre tudo que o aflige se quiser se curar totalmente e voltar para casa.

    Padre Brien fez uma bengala de madeira e Simon a usava para caminhar. Ainda sentia muitas dores e andava com lentidão, mas não precisava se apoiar em mim. O chão estava coberto com as folhas que caíam das árvores, e os galhos, agora sem elas, deixavam a luz passar e iluminá-las, refletindo seu tom amarelado. Linn estava alegre, correndo, cheirando e escavando. Os pássaros cantavam.

    — Será que vou conseguir voltar a dormir normalmente? — ele perguntou de repente.

    A pergunta me pegou de surpresa. Fiquei pensando no que responderia. Já vira várias pessoas que, depois de serem levadas pelos duendes da floresta, voltavam diferentes, insanas, e as lembranças jamais as deixavam em paz, fosse de noite ou de dia.

    — Pode levar algum tempo — disse. — Você já melhorou um pouco, mas não vou mentir: não é fácil se curar depois de tudo que lhe aconteceu. Você mesmo será o seu guia, se escolher o caminho certo.

    O corpo de Simon estava se recuperando. Era jovem, forte e resistente. E, aos poucos, vencia a batalha contra o estrago daquela noite e contra os humores que o atacaram depois. Começou a andar sem a bengala e a trocar algumas palavras com padre Brien, quase sem perceber. Eu celebrava a vitória. Cada palavra mais branda, cada tentativa de fazer algo novo e cada sorriso espontâneo era importante no caminho da cura. E, uma vez iniciada, a melhora foi acontecendo cada vez mais rápido. Agora eu tinha esperanças de vê-lo livre para voltar para o seu povo.

    Mas ele ainda precisava de cuidados. O outono estava terminando e as noites eram cada vez mais longas e frias. Simon ainda não conseguia espantar os demônios que o assombravam na escuridão.

A cada noite ele via os torturadores e lutava, fugia ou se entregava a eles, sem forças para se libertar. Essa luta toda acabou me rendendo um olho roxo. Padre Brien e eu normalmente conseguíamos segurá-lo, mas naquela noite seu braço escapou e senti toda a força dele em meu rosto. Ao me ver, no dia seguinte, ele não acreditava que fizera aquilo. E também me pegou desprevenida, certa vez. Acordou antes de mim, desesperado com os pesadelos, pegou uma faca em silêncio e já ia se cortar quando eu acordei. Não sei como cheguei tão rápido até ele. Agarrei seu pulso, segurei-o e gritei, chamando padre Brien. Ele veio e o seguramos, mas Simon chorou, desesperadamente, implorando que o matássemos e acabássemos logo com aquilo. Fui falando e cantando até que se acalmasse, mas não conseguiu dormir novamente. Seus olhos falavam comigo, e a mensagem era bem clara. Sabia o que o futuro lhe reservava e me perguntava por que eu não abreviava sua dor. Que direito eu tinha de recusar?

Eu havia lhe contado diversas histórias, mas não podia lhe contar o motivo pelo qual ele precisava continuar vivo. Se ele ria das histórias de Culhan e dos heróis antigos, das sagas dos povos do oeste e achava estranhas as dos duendes e seres das árvores (apesar de eu mesma ter testemunhado o que eles faziam), como podia esperar que ele acreditasse que nossos destinos estavam ligados, conforme a Dama da Floresta me dissera? Jamais acreditaria que eu a vira ali na clareira, com seu manto azul e as joias brilhando em seus cabelos. Simon era de um povoado onde as pessoas eram céticas e só acreditavam no que podiam ver. Ainda assim, se havia alguém que precisava que a magia e os mistérios antigos penetrassem seu espírito, esse alguém era ele. Eu usei todos os poderes que tinha para curá-lo mesmo sem ele saber, mas só podia ir até certo ponto. O resto dependia de ele recuperar a fé em si mesmo. Enquanto não descobrisse uma razão para viver, não podíamos deixá-lo partir, ainda que seu corpo estivesse curado. Ele não sobreviveria uma noite sequer sem a nossa ajuda. Eu tentava puxar o assunto, mas ele se recusava a falar de sua casa, de sua família ou de si mesmo. Creio que no início estava seguindo o treinamento militar, o mesmo que o fez crer que éramos povos inimigos e que o manteve em silêncio durante a tortura. Eu era o inimigo, portanto não podia ter informações que me colocassem em vantagem ou que pusessem em risco seu povo. Mas as longas noites de sofrimento que enfrentamos juntos, mesmo a contragosto, modificaram a nós dois.

No fim, ele reconhecia que eu agora fazia parte de seu mundo, mas eu sabia que não estava nem de um lado nem do outro nessa longa batalha.

Para ele eu era, com minhas ervas e histórias, um ser estranho e diferente, e aos poucos começou a confiar em mim.

Padre Brien tentava ajudar da melhor maneira possível. O tempo passava, mas os pesadelos continuavam a se repetir. As chuvas de inverno começaram, e eu não tinha como deixá-lo sair. Ele estava inquieto, sentindo-se preso na caverna e descontava toda sua raiva em mim. Discutia por qualquer motivo e se rebelava quando eu tentava fazê-lo comer ou beber na hora certa. Dizia que eu devia voltar para casa e brincar com minhas bonecas em vez de ficar fazendo experimentos com ele. E que não precisava fazer roupas novas para ele sair, já que era obrigado a passar os dias e as noites sendo atormentado por uma garota louca e um velho fanático. Deixava nós dois malucos, mas padre Brien ainda podia se dar ao luxo de ir à sua casinha para meditar ou escrever. Quanto a mim, fizera a Simon uma promessa e pretendia cumpri-la.

Uma tarde, estava sentada, tentando bordar, os olhos fixos no trabalho, quando Simon se aproximou.

— O que está fazendo aí? — perguntou, olhando mais de perto a túnica que eu estava costurando.

Mostrei a peça a ele.

— Sei que você não se preocupa, mas isto pode ajudar a protegê-lo. O símbolo desta árvore, chamada sorveira, é sagrado. O uniforme de guerra de todos os meus irmãos tem este bordado do símbolo da sorveira em formato de cruz.

O minúsculo bordado vermelho que eu havia feito parecia uma gota de sangue no linho de cor creme, algo imperceptível. Cortei a linha e dobrei a túnica.

— Não vou para a guerra — disse Simon. — Não sirvo mais para lutar. Talvez nunca tenha servido — adicionou, em voz baixa, virando-se e caminhando para o outro lado.

Guardei as agulhas e a linha na caixa de costura.

— Como assim? — perguntei.

— Eu... nada — ele respondeu, sentando-se na beira da cama e olhando para o chão.

Continuei sentada onde estava e ele olhou para mim, após alguns instantes, o rosto pálido.

— O problema — disse ele, com dificuldade — O problema é não saber. Não saber se... se fui forte o suficiente.

— Forte suficiente para quê? — perguntei, já adivinhando a resposta.

— Não consigo lembrar muito bem. Não me lembro de tudo — ele completou, seu corpo tremendo inteiro à medida que as lembranças voltavam. Era diferente dos pesadelos. Agora estava revivendo tudo em sua mente à luz do dia. — Tenho certeza de que aguentei firme... aguentei um bom tempo. Sei disso porque eles estavam zangados, muito zangados.

— Calma, Simon — eu disse, indo até ele e me ajoelhando ao seu lado. Peguei suas mãos. — Pode me contar.

Ele segurou minhas mãos com força, como se estivesse caindo e se apoiando nelas.

— Mas no final, quando eles... eles — fechou os olhos, o rosto contorcido com a lembrança da dor. — Aí não sei se... pode ser que eu tenha... — não conseguia completar o pensamento, como se lhe faltassem as palavras.

— Pensa que pode ter contado a eles algo que não devia, algo secreto?

Ele fez que sim com a cabeça, em um gesto de desalento.

— Eu lhe disse que ele havia falhado. Traiu os que confiavam nele, entregou seus homens ao inimigo. Como pode ir para casa depois de ter feito algo assim? — Soltou minhas mãos e se afastou. — Quem confiaria nele depois disso? Melhor seria se tivesse morrido.

— Não há como saber — respondi, escolhendo as palavras. — Acredito em você... quer dizer, nele...

— No irmão dele — disse Simon. — Lembra-se da história? O irmão dele fica esperando a tropa, mas ela não retorna. Envia então um homem para procurá-los. É um caminho longo, é preciso cruzar a água. O homem encontra o acampamento da tropa, mas estão todos mortos, os membros arrancados e os olhos abertos para os corvos se alimentarem. Traídos por alguém de sua própria espécie. O irmão o amaldiçoa e o proíbe de pisar novamente nas terras daqueles a quem causou tanto mal. Mas para o irmão mais jovem aquilo não foi de todo inesperado. Não era mesmo reconhecido pelos seus e já devia saber que isso jamais mudaria. O mais velho continuaria sendo o herói de todas as histórias, e ele, o perdedor.

— Que absurdo! — respondi. Fiquei tão irritada com aquilo que o peguei pelos ombros e o sacudi com força. — O fim da história quem faz é *você*, ninguém mais. Só você pode escolher. Há tantas formas de se tornar um herói quanto os galhos de uma grande árvore. Podem ser formas maravilhosas, terríveis, simples ou complicadas. Elas se unem, se separam e se interligam novamente, e você pode segui-las da maneira que desejar. Olhe para mim, Simon.

Ele olhou para mim com seus olhos azuis da cor da manhã, e eles me mostravam o ódio que ele sentia por si mesmo naquele instante.

— Eu acredito em você. É um homem de coragem e tenho certeza de que conseguiu guardar seus segredos naquela noite. Confio mais em você do que você mesmo. Poderia ter nos atacado e nos ferido, a mim e ao padre Brien, mas não o fez. Existe um futuro para você, Simon. Não despreze o dom de cura que tenho. Já chegamos até aqui, agora vamos continuar.

Ele ficou sentado em silêncio por um bom tempo. Levantei-me, fui buscar água e preparei as faixas e as ervas para trocar seus curativos. Quando já estava tudo pronto, ele finalmente respondeu:

— Fica difícil dizer não a um pedido assim.

— Você prometeu, lembra-se? Não pode dizer não.

— Quanto tempo vou precisar aguentar seu falatório? — ele perguntou, brincando. — Muitos anos?

— Bem... Meus irmãos me escutam desde que eu era bem pequena. É melhor ir se acostumando. Será assim até você ficar curado.

Iniciamos, então, o doloroso cerimonial de lavar, passar unguentos e enfaixar os ferimentos.

Contei a ele a história da rainha guerreira, que tinha todos os homens a seus pés, mas nunca se afeiçoou a um deles. Simon, que já ouvira o conto diversas vezes, fez seus comentários sarcásticos de sempre. Quando anoiteceu, já tínhamos terminado os curativos e padre Brien trouxe sopa e vinho de sabugueiro. Havia uma atmosfera de paz entre nós três quando nos sentamos juntos aquela noite, apreciando a comida simples e observando o fogo. Logo depois Simon adormeceu como uma criança, com a face apoiada na mão, sobre o travesseiro.

— Precisarei sair amanhã — disse padre Brien. — Vou até o vilarejo, pois um de meus irmãos irá até lá para pegar alguns papéis comigo. E também trarei mais suprimentos. Acredito que não vai precisar de mim. Tem se virado muito bem. Mas volto antes do anoitecer. Não vou deixá-la sozinha durante a noite.

— Ele está bem — eu disse. — Mais uma ou duas luas e estará pronto para ir, se bem que não sei para onde.

— Vou cuidar disso amanhã — respondeu o padre. — Os irmãos do oeste irão acolhê-lo, com certeza. E quando estiver pronto, o levarão em segurança para casa.

— Mas como?

— Daremos um jeito. Mas você está certa. Ele não pode ir para casa enquanto representar um risco para si mesmo. E não pode montar, por enquanto. Mas talvez aguente o sacolejar da carroça. Vou verificar todas as possibilidades até amanhã à noite.

Ele partiu logo pela manhã, aproveitando uma pausa na chuva persistente que caía.

Simon e eu dormimos bem. Ele só acordou duas vezes e seu rosto já não estava tão pálido. Ficamos na entrada da caverna, observando o padre sacolejar em sua carroça até ela desaparecer sob as árvores.

A manhã transcorreu tranquilamente. Uma fina garoa caía, intercalada por períodos de sol, como se o tempo estivesse indeciso. Prendi meus cabelos e me pus a trabalhar, preparando os unguentos de lavanda seca. Separei também óleo e cera de abelha. Simon me observava. Comemos então algumas maçãs e um resto de pão, que já estava endurecendo. Precisávamos mesmo de suprimentos. Fui ver se ainda havia farinha para fazer alguns pães.

Linn ouviu o barulho antes de nós. Suas orelhas se ergueram e ela soltou um pequeno grunhido. Olhei para ela, mas não ouvi sons lá fora. Então, uma mensagem veio à minha mente, rápida como um raio.

"Esconda-o, Sorcha. Rápido".

Sem tempo para explicar, peguei Simon pelo braço.

— Vem vindo alguém — disse. — Rápido, vá para a casinha. E tranque a porta.

— Mas...

— Não discuta. Vá. E se esconda. Vá, Simon!

Ele ficou me olhando por um instante, pois eu devia estar pálida. A mensagem de Finbar tinha um tom de extrema urgência. Linn latiu e saiu em direção à trilha, com o rabo balançando.

— Corra! — eu disse, empurrando Simon até a casa e jogando-o para dentro. Agora já ouvíamos o som de patas de cavalos. Eram vários, e subiam rápido pela trilha.

— Esconda-se! Vai estar em segurança aqui até eles partirem.

— Mas e...

— Feche a porta! Rápido!

Esperando que ele tivesse o bom-senso de fazer o que eu mandei, corri de volta para a caverna esfregando os pés no caminho lamacento para apagar as marcas de nossos passos.

Entrei com o coração aos pulos no momento exato em que eles surgiram na clareira, o som dos cascos dos cavalos se fundindo ao dos latidos. Primeiro surgiram três: Finbar, que veio na frente, mostrando certa apreensão no rosto, e dois soldados armados. E logo depois Liam, com sua figura alta e esguia, e Cormack. Era impressionante como havia crescido no curto período em que se ausentou.

Linn veio acompanhando o grupo, e quando Cormack desceu do cavalo sua alegria alcançou o êxtase. Pulava e batia as patas em seu peito, lambendo sua face e ganindo, feliz. Cormack ria e coçava sua cabeça. Mas o rosto dos demais não demonstrava bom humor. Os olhos de Finbar eram de apreensão enquanto caminhava para a entrada da caverna. "Onde está ele?"

Mas não houve tempo para eu responder.

— Entrem — eu disse. — Padre Brien foi para o vilarejo. A casa está trancada. Que surpresa vê-los aqui. Papai já voltou, tão cedo?

Tentava disfarçar meu nervosismo ao máximo. Minhas mãos tremiam, então as enfiei nos bolsos do avental.

— Temos notícias, Sorcha — disse Liam, reclinando-se para entrar e tirando o manto molhado das costas. Usava a túnica de batalha sobre a armadura, com o símbolo de Sevenwaters no peito.

Dois colares de metal torcido, seu significado era o de dois mundos que se entrelaçavam, o exterior e o interior, este mundo e o Outro Mundo. Porque as vidas no lago e na floresta se interligavam.

— Você precisa vir conosco agora mesmo — ele disse. — Houve mudanças e papai pede sua presença. Não gostou de saber que esteve fora tanto tempo, ainda que para ajudar com seus conhecimentos sobre a cura das ervas.

— Papai? — perguntei cética. — Que surpresa ele se preocupar em saber onde estou. Não tem coisas mais úteis para ocupar sua atenção?

Cormack estava falando com Linn, tentando acalmá-la e trazê--la para dentro. Ela balançava o rabo e o corpo todo, grunhindo, sem conseguir se conter.

— Ele não se opôs a você vir aprender com padre Brien, ou a dividir seus conhecimentos com ele — disse Finbar enfaticamente. — Provavelmente já tem algo em mente para o seu casamento, e este tipo de conhecimento é bastante útil para uma mulher. Mas agora... — ele parou, e senti certo desconforto em sua voz.

— Agora o quê?

Havia algo e nenhum deles parecia querer me dizer.

Liam pegou uma vela de cera de abelha da mesa e começou a brincar com ela, rolando-a entre os dedos. Cormack se sentou na beira da cama e Linn pulou ao lado dele, cheirando o colchão. Fiquei observando. Ela olhava para fora, esperando. Será que havia me esquecido de algo que pudesse denunciar a presença de Simon, como um par de botas ou um curativo com sangue? Não tive tempo de verificar. Olhei para Finbar. Ele parecia preocupado, e era com algo mais do que a possibilidade de alguém encontrar Simon.

— Papai voltou — disse Liam pausadamente — e trouxe com ele uma mulher que será sua esposa. Ela é das terras do norte e eles devem se casar dentro de alguns dias. Foi algo repentino e imprevisto. Ele quer todos os filhos presentes à festa de casamento.

— Uma noiva?

Depois de tudo que padre Brien havia nos dito, isso parecia impossível.

— É verdade — disse Cormack. — Quem diria que ele se casaria novamente? E ela é jovem, bela e gentil. Muito provavelmente irá dar a ele uma nova vida. Você precisa ver Diarmid. Ele a segue por toda parte; está encantado com ela.

Liam franziu a testa.

— Não é assim tão simples. Não sabemos muito sobre ela, apenas que seu nome é Lady Oonagh e que ele a conheceu enquanto estava hospedado na casa de Lorde Eamonn, dos Marshes. Ela também estava hospedada lá. Quase não fala de seu povo. Parece não querer nos dar muitas informações.

— Não acredito que ele vai se casar novamente — respondi, aliviada ao saber que eles não tinham vindo por causa de Simon e ao mesmo tempo chocada com a notícia. — Ele é tão, tão...

— Frio, insensível? — disse Finbar. — Não com ela. Essa mulher é diferente; deslumbrante e perigosa como uma cobra. Assim que a vir, irá entender por que ele tomou essa decisão.

— Conor não gostou dela — disse Cormack.

Liam se levantou.

— Devemos partir agora, Sorcha. Lamento que padre Brien não está. Queria falar com ele sobre esse assunto, pois nosso pai com certeza irá chamá-lo para realizar a cerimônia. E a casa está um alvoroço. Precisam de você por lá. Pegue suas coisas. Você pode vir no meu cavalo.

Partir? Deixar Simon sozinho, sem ao menos me despedir, sem explicar o que estava acontecendo? Enviei uma mensagem mental desesperada a Finbar. "Não posso sair assim. Ele ainda não está bem. Deixe-me ao menos..."

— Vá na frente, Liam — disse Finbar. — Vou ajudar Sorcha a arrumar as coisas e então a levo.

— Tem certeza? — Liam pegou o manto e o colocou sobre as costas, ansioso para partir. — Não demore, então. Há muito a fazer. Venha, Cormack. Essa sua cachorra boba com certeza vai ficar toda contente em vir com você.

Mas não foi bem assim. Quando os dois montaram na sela, ela foi em direção ao cavalo de Cormack, entusiasmada. Mas quando eles chegaram ao início da trilha, sob as árvores, ela parou, hesitante, e voltou, olhando ao redor e cheirando o ar. Uma chuva forte começou a cair.

— Linn! Venha! — Cormack chamou, parando o cavalo. — Venha!

Ela se virou e foi caminhando lentamente em direção a ele. Mas parou novamente e olhou para trás.

— Vá, Linn — eu disse, tentando não chorar por ela, por mim e por Simon. — Vá para casa!

Cormack assobiou e ela o seguiu, mas não parecia tão entusiasmada. O grupo desapareceu sob as árvores.

— Rápido — disse Finbar. — Onde estão suas coisas? Vá falar com ele enquanto eu pego tudo.

Não perguntei a ele quando poderia voltar. Sentia que isso não aconteceria. Apontei em silêncio minha trouxa, meu manto, meus potes e tigelas e fui correndo, na chuva, até a porta da casa. Estava trancada por dentro. Simon tinha feito o que eu pedi.

— Simon! — gritei, tentando fazer com que ele ouvisse, apesar do grande barulho da chuva. — Sou eu, deixe-me entrar!

Ele pareceu entender que era urgente, pois destrancou a porta rápido. Estava com a faca na mão, mas não veio em minha direção. Foi para o fundo da sala enquanto eu fechava a porta.

Não havia tempo para conversar com calma.

— Preciso partir imediatamente. Me perdoe. Não imaginei que as coisas fossem acontecer assim. Meus irmãos estão me esperando.

Ele ficou me olhando, sem entender.

— Ainda não é hora, eu sei, mas não tenho como ficar. Padre Brien vai voltar à noite e cuidará de você. Ele sabe fazer isso tão bem quanto eu.

Eu falava sem parar, visivelmente agoniada. Simon colocou a faca sobre a mesa. Sua voz saiu fraca, quase inaudível.

— Você prometeu.

Eu não conseguia olhar para ele.

— Não tenho escolha — disse novamente, e agora as lágrimas começavam a correr e eu as enxuguei, irritada. Já podia imaginar suas longas noites sem mim. Não tive coragem de olhar para ele e ver seus olhos se entristecendo novamente.

Houve um silêncio por alguns instantes, e ele não se moveu. De repente, Finbar chamou, do lado de fora:

— Sorcha! Está pronta?

Simon pegou a faca, mas eu fui mais rápida e o agarrei pelo pulso.

— Não poderei cumprir minha parte da promessa — disse então, com a voz trêmula. — Mas vou pedir que cumpra a sua. Espere o padre voltar e deixe que ele o ajude. Termine a sua história como eu terminaria. Você me deve isso, Simon. Confio em você. Não me desaponte.

Soltei seu pulso, e ele pegou a faca, levando-a até meu rosto, forçando-me a olhar para ele. Os olhos azuis se fixaram nos meus e refletiam um desespero o qual me fez perceber que o pesadelo agora estava ali, na sua frente. Seu rosto estava pálido como giz.

— Não me deixe — ele implorou como uma criança com medo do escuro.

— Tenho de ir — foi a frase mais difícil que já havia dito na vida.

— Sorcha! — Finbar chamou novamente.

Com um movimento rápido, Simon cortou uma mecha de meus cabelos e ficou segurando-a entre os dedos. E com a outra mão me deu a faca.

— Tome — disse.

Então, virou-se de costas e esperou. Eu abri a porta e saí.

Lady Oonagh. Senti sua presença antes mesmo de conhecê-la, no silêncio de Finbar enquanto cavalgávamos para casa sob a chuva, no vento frio que passava pelos galhos das árvores, na turbulência das águas do lago, no grito de uma gaivota tentando voar na chuva, já misturada com flocos de neve. Senti sua energia sombria em meu coração durante todo o percurso. Ela estava nos esperando e eu sabia que sua mão pousaria sobre todos nós. Sentia nitidamente o perigo. Mas senti-lo não era suficiente para eu me preparar.

Finbar me deixou no pátio e foi para os estábulos cuidar do cavalo, algo que meus irmãos gostavam de fazer eles mesmos. Era bom estar em casa finalmente. Não via a hora de ir quietinha para o meu quarto ou para a cozinha. Tudo o que eu queria naquele momento era água quente, o calor do fogo e roupas secas. E ficar sozinha também. Mas as portas do grande *hall* se abriram e não tive opção senão ir pela entrada principal, com meu manto pingando e minhas botas deixando um rastro de lama. Embora meu pai estivesse ali, só consegui olhar para ela, a noiva, Lady Oonagh.

Ela era bela. Cormack tinha razão. Seus cabelos caíam sobre os ombros como uma cortina de fogo, e sua pele era branca como leite. A única coisa que revelava sua personalidade eram seus olhos. Enquanto olhava para meu pai, eles eram inocentes e calorosos, mas quando olhou para mim, pude ler claramente sua mensagem: estou aqui agora, e não há mais lugar para você.

Sua voz lembrava o som de sinos:

— Sua filha, Colum? Que encanto! Qual o seu nome, querida?

Olhei para ela, muda, e o calor de meu corpo fez ondas de vapor começarem a sair pelo manto.

— Sorcha, você não está em condições apresentáveis! — disse meu pai. E não estava errado. — Vai me envergonhar assim, aparecendo diante de sua mãe com aparência tão desleixada. Vá, arrume-se e volte. Isso é desrespeitoso.

Olhei para ele. Mãe?

Lady Oonagh quebrou o silêncio com um pequeno riso.

— Ah, Colum, não seja tão duro com a menina! Veja, ela ficou magoada! Venha, querida. Vamos tirar esse manto molhado. Venha se aquecer perto do fogo. Por onde você andou? Colum, não acredito que você permite que ande sozinha desse jeito. Ela pode se resfriar com esse frio. Muito bem, assim está melhor. Oh, você está tremendo. Mais tarde vamos conversar, só nós duas. Trouxe roupas muito bonitas e vamos nos divertir escolhendo algo para você usar na festa. Verde vai ficar bem em você. Acho que não andam cuidando direito de seu guarda-roupa.

Olhou de cima a baixo meu vestido gasto e minha túnica velha, que exibia uma variedade de manchas: tintura de sabugueiro, óleo de alecrim... e sangue.

Abri a boca para falar, mas as palavras se recusaram a vir. Senti, de repente, um cansaço imenso. Sem conseguir me controlar, bocejei longamente e minhas pernas ficaram bambas.

— Sorcha! — gritou papai. — Isso já é demais! Você...

Ela interveio novamente, toda solícita.

— Minha pequena, o que esteve fazendo?

Passou o braço ao meu redor, e senti como se estivesse me queimando.

— Vá, você precisa descansar. Teremos muito tempo para conversar. Seu irmão vai acompanhá-la até a porta de seu quarto. Diarmid, querido?

Só então percebi que meu segundo irmão estava ali, atrás da cadeira dela. Deu um passo à frente, ansioso em atender seu pedido. Passou por ela, sorridente, as covinhas do rosto ainda mais evidentes, e pegou meu braço para me acompanhar. Ela lançou para ele um olhar de doçura.

Foi tagarelando o caminho inteiro, dizendo que ela era bela, maravilhosa e carinhosa, e que achava incrível que alguém tão jovem e encantadora pudesse se casar com papai, que, afinal, já não era mais tão jovem e viril.

— Riqueza e poder sempre ajudam — disse, interrompendo o interminável fluxo de elogios de meu irmão.

— Ora, ora, Sorcha — disse ele, em tom de reprovação, enquanto subíamos os largos degraus de pedra. — Será que estou sentindo uma pontinha de ciúmes em você? Lembro-me que também não ficou muito contente com o noivado de Liam. Gosta de ser a única mulher na casa, é isso?

Virei-me para ele, furiosa.

— Você me conhece tão pouco assim? Eilis, pelo menos, é inocente. Não tem maldade. Já esta mulher é perigosa. Não sei bem por que está aqui, mas vai destruir nossa família, se permitirmos. Você está enfeitiçado, assim como papai. Não consegue ver quem ela realmente é, só a imagem inocente que ela finge ter.

Diarmid riu.

— Como pode saber? Você é só uma criança. E, além disso, acabou de conhecê-la. É uma mulher maravilhosa, irmãzinha. Quem sabe, com ela por perto, você aprende a ser uma dama.

Fiquei olhando para ele, chocada e profundamente magoada com suas palavras.

O padrão de existência que eu conhecia até aquele momento já estava mesmo começando se deteriorar. Como irmãos, sempre provocávamos um ao outro, brincávamos e brigávamos, algo comum em qualquer família. Porém, jamais fomos cruéis. E o fato de Diarmid não perceber o que estava fazendo era ainda pior. E não adiantava tentar explicar, pois ele não queria me ouvir. Quando chegamos à porta do quarto, ele me deixou e voltou rapidamente, ansioso em servir a sua nova deusa.

Dispensei a serviçal que insistia em arrumar minhas coisas e me despi. A lareira estava acesa. Sentei-me diante dela, enrolada em um lençol, e fiquei observando o fogo. Apesar da exaustão, o sono não vinha. Minha mente não parava, cheia de pensamentos e de imagens. Talvez eu estivesse exagerando e ela fosse mesmo uma moça fina e de boas maneiras, que se encantou com o charme de meu pai. Mas algo me dizia que não era isso. Pensei no que Cormack dissera. "Conor não gostou dela". Também não gostei do que vi em seus olhos, apesar de todas as suas palavras doces. Era muito estranho ver aquela bajulação de Diarmid e meu pai se deixando dominar tão facilmente. Os serviçais da casa também pareciam nervosos na sua presença, com medo de fazer algo errado.

E como estaria Simon? Ainda não havia anoitecido. Devia estar sozinho, esperando padre Brien retornar, sem ninguém para lhe contar histórias e lhe aliviar as lembranças, sem ter por perto a amiga para zombar e sem Linn para lhe fazer companhia. Fiquei imaginando que ele devia estar olhando o céu e as árvores, esperando o som da carroça subindo a trilha. Pelo menos não ficaria sozinho durante a noite.

Depois de um bom tempo, resolvi me deitar e dormi. A madeira da lareira terminou de queimar, mas a vela continuou acesa. Quando acordei, algum tempo depois, o quarto estava praticamente escuro, com apenas algumas sombras. Por alguns instantes, pensei que estava na caverna e me sentei na cama em um salto, olhos abertos, pronta para enfrentar o pesadelo. Mas não houve gritos. As paredes de pedra refletiam apenas o silêncio, e as únicas imagens que a fraca chama da vela me mostrava eram o unicórnio e a coruja da tapeçaria do quarto. Deitei-me novamente, mas não conseguia parar de pensar em Simon. Naquele momento, ele devia estar lutando contra seus demônios. Comecei a contar uma história para mim mesma, em silêncio, até conseguir pegar no sono.

E assim foi, durante várias noites, até eu voltar a dormir normalmente: acordava de repente, o coração disparado, demorando para perceber onde estava e sentindo que o havia abandonado. Isso se repetiu diversas vezes e o cansaço durante o dia só fazia aumentar a confusão e a angústia em meu peito. Liam estava certo. As mudanças viriam, independentemente de nossa vontade.

A mudança mais drástica era a de Diarmid, que parecia realmente enfeitiçado por Lady Oonagh. Não dava ouvidos ao que eu dizia e passava o tempo todo atrás dela, servindo-a, pelo menos nos momentos em que ela permitia sua presença. Não havia como conversar com ele. Comentei com Finbar que ele parecia ter sido raptado pelos duendes da floresta.

— É quase isso — ele respondeu. — É o tipo de encantamento que abate um homem quando ele vê a rainha na colina e a deseja ardentemente, mas só pode tê-la se ela assim desejar. Ela consegue manter a sedução durante o tempo que quiser, até ele perder a juventude e os melhores anos de sua vida.

— Já ouvi histórias assim — eu disse. — Ela o cospe como uma semente de fruta assim que ele perde o sabor.

Cormack e Padriac evitavam problemas mantendo-se afastados. Quando ela os procurava, estavam sempre cavalgando, praticando arco e flecha, nos estábulos ou nos campos. Já Finbar nem se dava ao trabalho de justificar sua ausência. Simplesmente desaparecia. Lady Oonagh tinha o hábito de pedir que nos reuníssemos para falar com ela quando tinha vontade. Era gentil e cordial enquanto tudo estava bem, mas sua testa se franzia ao menor sinal de desobediência. Papai não se importava. Fazia tudo que ela desejava. Porém, com ele era bem mais delicada do que com o pobre Diarmid. Afinal, Lorde Colum era o poderoso chefe da família e eles ainda não haviam se casado.

Faltava poucos dias para a cerimônia. Seamus Redbeard e sua filha estavam para chegar. Ouvi quando Liam disse aos serviçais que preparassem para Eilis o quarto mais distante do de Lady Oonagh. Em vez de ficar contente porque iria vê-la, ele parecia muito sério e preocupado. Tentou diversas vezes falar a sós com papai, mas ela sempre aparecia e ele dizia que Liam poderia conversar com ele na presença de sua Lady, pois não havia segredos entre os dois.

Tentei falar com Conor, mas ele estava sempre ocupado. Precisava cuidar de quase todos os detalhes: supervisionar a cozinha, verificar se a roupa de cama estava em ordem, se as mesas estavam de acordo e se os estábulos e os jardins estavam limpos. Consegui arranjar alguns minutos de seu tempo entre o jantar e a hora de dormir e o puxei para um canto mais escuro e vazio, perto das escadas, onde havia pouco eco nas paredes. Fiquei imaginando meu irmão usando as vestes brancas dos druidas, seus cabelos castanhos e brilhantes presos com o cordão colorido que eles usavam. Ele tinha um semblante sereno e um olhar profundo, totalmente diferente de seu irmão gêmeo, Cormack, um homem de ação que vivia apenas para o momento presente.

— Vou mandar buscar padre Brien — ele disse em tom sério. — Você acha que ele virá?

— Se for só para o dia da cerimônia, com certeza virá. Quem irá buscá-lo?

Ele leu a ansiedade em meus olhos e entendeu o que eu queria dizer.

— Creio que será Finbar, se eu conseguir encontrá-lo. Não há como você ir, Sorcha. Ela observa todos os seus movimentos. Você precisa tomar muito cuidado.

— Então você também sente? — perguntei.

Ele se mantinha aparentemente calmo como sempre, mas eu conseguia ver que estava incomodado. Fez que sim com a cabeça.

— Ela observa mais de perto os que representam ameaça. Diarmid e Cormack são muito ingênuos, e Padriac ainda é jovem demais. Mas você, Finbar e eu temos força suficiente para enfrentá-la se nos unirmos. E isso a incomoda.

— E Liam?

Conor suspirou.

— Ela jogou charme para ele também, pode estar certa. Mas logo descobriu que ele é de outra estirpe. Liam a enfrenta de outra maneira. Se conseguir conversar com nosso pai, pode alertá-lo e ser ouvido. Mas ele também tem pontos fracos. Não gosto da maneira como está conduzindo as coisas, Sorcha. Gostaria muito que você pudesse ir para lá e ficar longe disso tudo.

— Eu também — disse, pensando no trabalho que havia abandonado. Pelo menos padre Brien viria e me daria notícias.

— Sorcha.

Olhei para Conor. Ele parecia estar escolhendo as palavras, sem saber direito como me dizer sem me assustar.

— Sim?

— Você precisa tomar muito cuidado — disse, por fim. — Eles vão se casar, quanto a isso não há dúvida. Mesmo que consigamos falar com papai, dificilmente vamos conseguir fazê-lo mudar de ideia. O que iremos dizer? Ela não dá sequer um passo em falso. Ele vai dizer que estamos fantasiando ou que temos medo de mudanças em nossa rotina. Quando ela enfeitiça as pessoas, deixam de ver quem ela realmente é. Envolve e domina com tanta facilidade os mais fracos ou desprevenidos que eles não têm chance de se defender.

— E depois que eles se casarem?

Conor respirou fundo.

— Talvez aí comecemos a conhecer sua verdadeira personalidade. Acredite no que digo: se pudesse, mandaria você para bem longe. Mas papai ainda é o chefe da casa e um pedido desse tipo, logo agora que ele vai se casar, seria, no mínimo, muito estranho. Vou tentar cuidar de você da melhor maneira que puder, e Liam também. Mas você deve ficar atenta. E quanto a Finbar...

— Quem é ela, Conor? O que ela é, afinal?

Agora que conhecia melhor a opinião de Conor, achei que ele podia responder à pergunta que ninguém mais conseguia me responder.

— Não sei dizer. Ainda não conheço o motivo de ela agir como age. Não temos opção a não ser aguardar, por mais difícil que seja. Parece que há muitas coisas em jogo. É uma trama complexa que só o tempo pode mostrar. Mas agora é tarde para evitar o casamento.

Agora vá, corujinha. Você parece cansada, e dormir um pouco vai lhe fazer bem. Como ele está?

Eu sabia do que ele estava falando, apesar da mudança rápida de assunto.

— Estava indo bem até eu deixá-lo. Será que isso tudo era parte dos planos dela?

— Duvido. Melhor não ficar se preocupando com mais essa possibilidade, mas parece que você fez um bom trabalho. Provavelmente, com a ajuda do padre Brien, ele vai conseguir se curar totalmente. E há outras pessoas que podem levá-lo para um lugar seguro. Agora é hora de você se preocupar consigo mesma. Vá descansar.

O dia seguinte foi um pouco mais ensolarado, embora o céu ainda estivesse carregado de nuvens. Fui para meu jardim, determinada a cuidar um pouco dele, pois o havia abandonado. Amarrei meus cabelos com uma tira de tecido, coloquei um velho avental sobre as roupas e me armei de faca e pá. A lavanda e a artemísia precisavam de poda. Tirei também o mato e as ervas daninhas que cresciam no caminho. Enquanto trabalhava, minha mente começou lentamente a dissolver os medos e as preocupações. Minha atenção se fixou exclusivamente no jardim.

Depois de algumas horas, ele já estava com uma aparência melhor. Fui buscar os bulbos da estação anterior que havia guardado para secar e replantar: narcisos, que estavam em uma cesta maior, açafrão, íris e lírios de vários tipos. E também alguns da floresta que se adaptavam bem ao meu jardim: pau-de-bálsamo, mini-narcisos e mente-branda; esta última, se jogada no fogo da lareira à noite, garante uma noite de sono tão profunda que se corre o risco de nunca mais acordar.

Padriac me dera uma pequena estaca de bétula para facilitar meu trabalho de fazer buracos no chão para as plantas. Enquanto eu andava pelo jardim cavando, plantando os bulbos e cobrindo-os com terra para protegê-los do inverno, lembrei-me das palavras de

Conor no dia em que Padriac resolveu fazer a estaca para mim. Não corte madeira viva. Use um pedaço de galho que esteja no chão, daqueles que as tempestades e os raios derrubam. Se precisar cortar madeira nova, peça licença. Os bens da floresta não devem ser retirados sem motivo.

Aprendemos sobre isso ainda pequenos. Sempre pedíamos licença e agradecíamos, fosse para a árvore ou para o espírito que habitasse nela. E muitas vezes deixávamos pequenos presentes em troca, nada de grande valor material, apenas sentimental para quem o oferecia, como uma pedra de estimação, uma pena bonita ou uma conta de vidro. A floresta sempre foi generosa para com nós sete, e jamais nos esquecemos disso. Agora fazia sentido para mim que Conor fosse o irmão a nos ensinar essas lições.

Já estava quase terminando. Ajoelhei-me para plantar os últimos bulbos de açafrão entre as pedras, onde estariam mais protegidos do vento gelado da primavera. O açafrão costuma nascer antes das outras plantas.

Ouvi a porta da sala de ervas se abrir, com seu leve rangido.

— Senhorita? — era uma das criadas. Estava nervosa e agitada. — Lady Oonagh pede sua presença. E com urgência.

Pediu desculpas, fez uma reverência e saiu rápido.

Toda a alegria que o trabalho havia me dado se foi imediatamente. Continuei ajoelhada por alguns instantes, as mãos sujas de terra e o cabelo despenteado. Aquele era meu canto, um lugar onde sempre me senti à vontade. Meu coração se entristeceu. Nem mesmo ali eu me livraria dela.

Levantei-me e saí, olhando as plantas. A lavanda havia florescido bem. O perfume dela agora era a única lembrança do verão.

Lavei e escovei as mãos, esfregando-as bem, mas a terra sob as unhas não quis sair. Arrumei os cabelos como pude e tirei o avental. Não ia ficar me arrumando para Lady Oonagh.

Haviam lhe dado o melhor quarto da casa. A vista das janelas estreitas dava para o lago e o sol da tarde entrava por elas. Estava sozinha, esperando por mim em pé, perto da cama, as mãos juntas em posição forçosamente delicada. Havia roupas, laços e fitas espalhados pelo quarto, mas o brilho de seus cabelos castanho-avermelhados, refletindo a luz, era o que chamava mais atenção.

— Sorcha, minha querida! Por que demorou tanto? — foi uma sutil repreensão. Avancei a passos lentos sobre o chão de pedra.

— Estava trabalhando em meu jardim, senhora — disse. — Não esperava que me chamasse.

— Entendo — respondeu ela, observando-me dos pés enlameados ao cabelo despenteado. — Você já tem quase treze anos. E pelo que vejo, crescer no meio de irmãos não ajudou muito. Mas isso vai mudar, minha querida. Sua mãe ficaria desapontada se a visse tão desarrumada, agora que você já é quase uma mulher. É até bom que ela não esteja aqui para ver que sua educação foi negligenciada.

Senti-me afrontada.

— Ela ficaria desapontada?! — respondi. — Nossa mãe nos amava, confiava em nós. Pediu a meus irmãos que cuidassem de mim e eles sempre cuidaram muito bem. Posso não seguir o padrão ideal para uma mulher, mas — ela me interrompeu com uma risada e colocou o braço sobre meus ombros. Fiquei ainda mais tensa com aquele contato.

— Ora, minha querida — ela disse, com voz suave. — Você é tão *criança*. Entendo que queira defender seus irmãos. Sei que fizeram o melhor que puderam. Porém, são apenas garotos. Nada como um toque feminino para deixar tudo melhor, você não acha? E nunca é tarde para começar. Ainda temos um ou dois anos pela frente antes de encontrarmos um noivo para você. É tempo mais que suficiente. Seu pai quer que seja um bom casamento, Sorcha. Mas para isso precisamos melhorar seus modos e sua aparência.

Dei um passo para trás e me afastei.

— Por que tenho que ser modificada para parecer um produto à venda? Nem sei se quero me casar! Além disso, tenho diversas habilidades. Sei ler, escrever, toco flauta e harpa. Por que devo me modificar só para agradar a um homem? Se ele não gostar de mim como sou, que procure outra para se casar.

Ela riu novamente, mas desta vez de maneira diferente, com um brilho frio no olhar.

— Vejo que você não teme dizer o que pensa, uma característica que alguns de seus irmãos também possuem. Bem, vamos falar disso outra hora. Espero que você aprenda a confiar em mim, Sorcha.

Fiquei em silêncio.

Oonagh foi até a cama e puxou uma peça de roupa sob a pilha que havia sobre ela. Era de um tecido verde e transparente.

— Pensei neste aqui para o casamento. Ouvi dizer que há uma excelente costureira no vilarejo que pode ajustá-lo para você em um dia. Venha até aqui.

Ela não me deu tempo de dizer não. Levou-me para frente de um espelho que eu nunca vira. A moldura era entalhada com a forma de pequenas criaturas de olhos de pedra vermelha que pareciam me observar enquanto eu olhava meu reflexo.

Baixa estatura, magra, pálida. Cabelos escuros, cacheados e presos para trás sem muita ordem. Nariz reto, lábios grossos, olhos verdes e desafiadores. O rosto não era sereno como o de Conor, ou pálido e intenso como o de Finbar. Era mais suave que o de Liam e mais fino que o de Padriac. E não tinha as covinhas que deixavam o sorriso de Cormack e Diarmid tão charmoso. Ainda assim, eu era a imagem de meus irmãos.

Lady Oonagh pegou uma de suas escovas de cabelos, feita de osso, e enquanto eu estava diante do espelho, tirou a faixa de tecido que eu usava para manter os cabelos longe do rosto e começou a penteá-los. Fechei os punhos e não me movi.

Não sei se era o movimento rítmico da escova ou a maneira como seus olhos me observavam no bronze polido dos espelhos, mas algo me fez arrepiar. Havia uma pequena voz dentro de mim, que me confortava e dizia: "*Você vai encontrar uma saída, filha da floresta. Seus pés seguirão pelo caminho certo*".

— Você tem belos cabelos — ela disse. — Malcuidados, mas belos. Eu posso cortá-los um pouco. Vão ficar mais bonitos sob o véu. Mas... o que aconteceu aqui?

Seus dedos ágeis puxaram a ponta mais curta acima de minha sobrancelha, onde Simon havia cortado uma mecha.

— Eu...

Fiquei tentando pensar em uma desculpa e de repente nossos olhos se cruzaram no reflexo do espelho. Seu rosto tinha uma expressão tão fria que não parecia humano. A escova caiu no chão e seus dedos continuaram segurando meu cabelo. Por um instante tive a sensação de que ela penetrou meu ser, leu meus pensamentos e descobriu tudo o que eu havia feito. Puxei os cabelos e me afastei.

Foi apenas um segundo. Ela voltou a sorrir e seus olhos pareciam calorosos novamente. Mas eu tinha visto, e ela também. Reconhecemos que éramos inimigas. Meu coração repudiava tudo que ela era e tudo que ela desejava.

E também senti que ela ficou surpresa com a força que viu em mim.

— Vou lhe mostrar o penteado que vamos fazer para o casamento — ela disse, como se nada tivesse acontecido. — Trançamos os dois lados e prendemos para trás.

— Não — respondi, tirando meus cabelos de suas mãos novamente. — Quer dizer, não, obrigada. Eu mesma posso fazer o penteado e Eilis pode me ajudar. E vou providenciar um vestido.

Olhei em direção à porta, ansiosa para sair.

— Sou sua mãe agora, Sorcha — disse ela em um tom mais frio. — Seu pai espera que me obedeça. Serei responsável por sua educação e você aprenderá a fazer o que peço. Vai usar o vestido verde. A costureira virá amanhã para ajustá-lo. Enquanto isso, tente se manter limpa. Há muitos empregados aqui para colher cenouras e recolher esterco. Daqui por diante seu tempo será ocupado com coisas mais úteis.

Saí correndo do quarto, mas sabia que não escaparia dela. Teria de usar o vestido verde quisesse ou não e assistir à cerimônia ao lado de meus irmãos, vendo Lorde Colum se casar com uma... o que era aquilo? Uma bruxa? Uma feiticeira como aquelas dos contos, com um rosto belo, mas um coração tirano? Tinha poder, com certeza, mas jamais se igualaria a Eles. A imagem da Dama da Floresta, com sua figura esguia e seu manto azul, me impressionara. Podia ser implacável, mas tinha um bom coração. Já Oonagh era de outro tipo. Tinha menos poder, mas era mais perigosa.

Olhei-me no espelho. Estava usando o vestido verde. Enquanto ela trançava e prendia meus cabelos, começou a falar de meus irmãos. As estranhas criaturas do espelho me olhavam fixamente e eu correspondia ao seu olhar mesmo sem querer.

— Seis irmãos — murmurou. — Você é uma garota de sorte. Vive rodeada de rapazes! Não é de estranhar que seja tão diferente das garotas de sua idade. Veja Eilis, por exemplo. É uma menina doce, sempre arrumada e de cabelos penteados. Quando se casar, logo vai ser uma boa mãe e perder sua beleza.

Dispensou a pobre Eilis com um estalar de dedos assim que ela prendeu a fita verde em meus cabelos e terminou de ajudar com o penteado.

— Seu irmão podia ter escolhido melhor, muito melhor. Ele é um rapaz muito sério, não? Tem um olhar tão intenso.

— Ele a ama! — disse sem pensar, ansiosa em defender Liam, e já percebendo que havia falado demais. Podia não ter aprovado o namoro dos dois logo no início, mas não ia deixar aquela mulher criticar a escolha de meu irmão. — Não existe melhor casamento do que aquele por amor.

Ela riu muito. Até a criada que estava ao nosso lado sorriu de minha ingenuidade.

— Veja só — disse Oonagh, sorrindo, enquanto colocava um véu curto sobre meus cabelos trançados e presos. A figura no espelho era irreconhecível. Uma menina pálida, os olhos vagos, distantes, o vestido verde destoando de sua expressão.

— Ah, está muito melhor, Sorcha. Vê como suaviza as linhas do rosto? Agora posso me orgulhar de você, minha querida. Então me diga: como dois irmãos gêmeos podem ter personalidades tão diferentes como Cormack e Conor? Fisicamente são idênticos, claro. Vocês todos são parecidos, com o rosto longo e olhos grandes. Cormack tem muito charme, e seu pai diz que ele será um grande guerreiro. Já seu irmão é bastante... reservado. Às vezes, chega a se parecer com um velho.

Não fiz comentários. A criada continuou a enrolar as fitas, com ar sério. Atrás de mim, a costureira do vilarejo ajustava o caimento da saia. Era um vestido bonito. Outra garota o usaria com prazer.

— Tenho a impressão de que Conor não gosta muito de mim — disse. — Dedica-se a casa com um afinco incomum para alguém de sua idade. Você pensa que pode ser por inveja do irmão gêmeo, que se destaca tanto perante o pai? Será que, no fundo, ele não gostaria de ser o grande guerreiro?

Fiquei olhando para ela. Parecia ver tanta coisa, e ao mesmo tempo, não conseguia enxergar coisa alguma.

— Conor? Jamais. Ele segue o caminho que escolheu.

— E que caminho é esse, Sorcha? Será que um homem viril como aquele irá mesmo se contentar com uma vida de escriba e de administrador da casa de seu pai? Que rapaz não deseja cavalgar e lutar, viver a vida intensamente?

Nossos olhos se encontraram no espelho, e as criaturas de bronze pareciam ter agora um olhar ainda mais perverso, como se ela lhes desse poder. Não consegui me conter.

— Há sempre uma vida interior — disse. — O que se vê por fora é apenas uma pequena parte do que há em seu coração. Não se pode conhecer Conor apenas por suas atividades. É preciso descobrir quem ele é de verdade.

Houve um breve silêncio, interrompido apenas pelo som do vestido de Oonagh, que se moveu atrás de mim.

— Interessante. Você é uma menina estranha, Sorcha. Em alguns momentos parece uma criança; em outros, diz coisas que parecem ser de uma anciã.

— Posso... posso ir agora? Terminamos, não? — perguntei, sentindo-me péssima. O que mais ela me faria dizer? Por que não conseguia controlar minha língua na presença dela? Essa frase que ela dissera me lembrava muito o que Simon costumava falar. Não podia deixar que ela lesse meus pensamentos assim. Se descobrisse a história toda, não hesitaria em contar a meu pai, e aí não seria apenas eu, mas Finbar e Conor que estariam em perigo.

O ajuste do vestido havia terminado. A costureira foi tirando os alfinetes, um por um. Eram muitos.

— Quase não vejo seu irmão mais novo — disse ela, sorrindo. Caminhou até a cama, sentou-se e ficou balançando os pés. Com o vestido branco e os cabelos caindo sobre os ombros ela parecia ter dezesseis anos. Até que se olhasse em seus olhos. — Padriac está sempre ocupado, fazendo alguma coisa. Parece até que está me evitando. O que ele faz o dia todo, afinal, desde a madrugada até depois do jantar?

Não parecia um assunto perigoso.

— Ele adora animais e consertar coisas — respondi. A costureira tirou meu corpete. Estava frio no quarto, apesar da lareira. — Mantém os animais no velho celeiro. Se um pássaro quebra a asa ou um cão se machuca, Padriac cuida deles. E tem grande habilidade para construir e consertar tudo.

— Entenda... Mais um que não quer ser guerreiro — seu tom era frio.

— Todos os meus irmãos dominam a espada, o arco e a flecha — respondi em tom defensivo. — Podem não desejar seguir os passos de papai, mas são versados na arte da guerra.

— Finbar também?

Os olhos dela brilharam. Olhei para ela e, reunindo todas as minhas forças, mantive a boca fechada. Ela caminhou em minha direção e se colocou atrás de mim novamente, com a escova de cabelos nas mãos. Esperou até que a criada tirasse as faixas que mantinham meu cabelo preso.

— Você não parece disposta a falar. Mas como poderei ser uma boa mãe para esses garotos se não souber como eles são? — suspirou, fingindo uma expressão de tristeza. — Parece que Colum deu mais atenção a alguns de seus filhos e se esqueceu dos outros. Não consigo conversar com ele sobre Finbar. O que ele pode ter feito de tão grave para merecer essa censura? Só porque reluta em participar de atividades de guerra? Ou será que ele jamais perdoou a mãe por ter morrido e o deixado?

— Isso não é justo! — levantei-me e me virei para ela, puxando meus cabelos das mãos da criada com força. — Mamãe não escolheu morrer! É claro que ele sente falta dela. Todos nós sentimos, e nada preenche o vazio que ela deixou. Mas não estamos sozinhos, nunca estivemos. Temos uns aos outros. A senhora não entende isso? Somos amigos e somos uma família. Fazemos parte uns dos outros como as folhas de uma árvore. A mesma fonte de vida flui em todos nós. O que a senhora diz não faz sentido.

— Sente-se, querida — sua voz era calma. Ela parecia não reagir à minha explosão de raiva. — Está defendendo seu irmão e isso é natural, já que não teve outro tipo de companhia esses anos todos. Que parâmetros você tem para fazer comparações nesse pequeno mundo em que vive? Não conhece outra realidade.

Consegui escapar novamente, mas não havia como esquecer suas palavras. Não conseguia entender o que ela queria de mim ou de nós. Senti vontade de reunir todos os meus irmãos naquele instante, de abraçá-los e conversar com eles, sentir sua força e sua união. Fui procurá-los então, mas Cormack estava ocupado com Donal, praticando luta. E Padriac estava consertando uma bugiganga qualquer. Um corvo estava pousado em uma viga do celeiro, observando o trabalho.

— O que é isso? — perguntei, observando a estrutura de palhetas de madeira e o tecido que ele tinha nas mãos.

— Nem uma asa nem uma vela de navio — respondeu ele, prendendo mais uma vareta ao tecido. — Com esta estrutura, um pequeno barco pode velejar muito rápido na água, mesmo com ventos muito fortes. Vê como os painéis viram quando puxo este cordão?

Era mesmo uma invenção genial e o cumprimentei pela ideia. Fui acariciar o velho burrico e espiei o estábulo, onde uma ninhada de gatinhos dormia, amontoada, sobre a palha quentinha. O corvo desceu e foi me seguindo, mancando um pouco por causa do ferimento, provavelmente havia sido atacado por outros pássaros, segundo Finbar. Mas estava se recuperando bem. Só não se aproximou dos gatinhos.

Segui o caminho entre os salgueiros, observando que ainda havia flores em uma planta que eu chamava, na infância, de olhos-de-anjo, pois eram redondas e tinham a cor do céu de primavera. Mas o céu estava escuro. Os anjos não pareciam felizes com o casamento.

Liam estava caminhando perto do lago com Eilis. Colocou seu manto ao redor dos ombros dela com o braço, sem se preocupar muito se alguém os visse assim, e parecia falar com ela em tom solene. Eilis olhava para ele como se mais nada existisse no mundo. Por um instante, tive um mau presságio, como se houvesse uma sombra sobre os dois, e senti um arrepio. Então ambos caminharam na direção das árvores e eu voltei para a casa.

A cozinha estava cheia, com carrinhos indo e vindo, barris de cerveja e gigantescos pedaços de carne sendo carregados nos ombros e depositados sobre as mesas. O cheiro de assados e grelhados se espalhava pelo ar. Linn veio me cumprimentar na porta, encostando seu nariz gelado em minha mão, mas sem entrar. Olhei para fora e vi, entre as diversas carroças paradas perto das pedras, uma que eu conhecia bem. O velho cavalo esperava pacientemente sua vez para que lhe tirassem os arreios e o levassem para o estábulo. Era estranho. Por que padre Brien viria um dia antes do casamento? Eu tinha certeza de que ele viria bem cedo e voltaria antes de escurecer. Como iria deixar Simon sozinho à noite?

Entrei, mas nenhum de meus irmãos estava na cozinha. Fat Janis me colocou para fora, reclamando que já tinha muito o que fazer com o preparo de todo aquele banquete e os homens entrando e beliscando a comida a todo momento, contrariando suas ordens. Mas enquanto me empurrava, colocou em minha mão um pedaço de bolo de mel e piscou para mim.

Saí procurando e encontrei meus irmãos e padre Brien em meu jardim de ervas. Era provavelmente o lugar mais isolado e seguro da casa naquele momento, com seus muros altos de pedra e uma única entrada, pela porta que dava para a sala de ervas. Outro lugar isolado era o telhado, mas somente Finbar e eu íamos até lá. Padre Brien estava sentado no banco de pedra, e Conor, encostado próximo a ele, falando com ar sério. Finbar estava sentado, de pernas cruzadas, sobre a grama. Quando ouviram o ranger da porta da sala, os três pararam de falar e olharam em minha direção. Pareciam estar me aguardando, e senti que havia algo de errado.

— O que foi? — perguntei. — O que aconteceu?

Os dois olharam para o padre, que suspirou e se levantou, pegando minhas mãos quando me aproximei.

— Você não vai ficar contente com a notícia, Sorcha — ele disse, em tom sério. — Gostaria de trazer outra melhor.

— O que aconteceu? — perguntei agoniada.

— Seu paciente se foi — disse ele, sem rodeios. — Naquele dia, fiz tudo rápido e voltei antes do anoitecer, como havíamos combinado. Mas quando cheguei, estava tudo vazio. A primeira coisa que me passou pela cabeça é que algo havia acontecido com vocês, mas vi que suas coisas não estavam mais na caverna e não havia sinal de luta. Linn também não estava e sabia que ela não deixaria que lhe fizessem mal sem lutar. Haveria sangue espalhado. Vi as marcas das patas dos cavalos e reconheci o formato das ferraduras que seus irmãos usam neles, que é único.

— Mas Simon... eu o deixei em segurança. Ele disse que esperaria pelo senhor.

— Não havia sinal dele, filha. Deve ter usado as roupas de sair que fizemos para ele e levou os poucos objetos que tinha, mas parece não ter levado água ou comida. Deixou também o manto e as botas na caverna. Não sei o que aconteceu.

Ele não se importava mais em viver ou morrer. Porém, tinha me feito uma promessa.

— O senhor não foi procurá-lo? Por que não veio nos chamar?

Só conseguia imaginar Simon sozinho na floresta à noite, atormentado por seus demônios, enfraquecendo com a dor e o frio. E seu corpo sem vida no chão, entre as árvores, sendo coberto pelo musgo.

— Calma, filha. Claro, procurei em toda parte, mas ele é um guerreiro. Apesar de todos os ferimentos, sabe desaparecer quando quer. E como iria chamar vocês? Pensei que tinha sido aprisionado novamente e trazido para cá pelos que foram buscá-la. E agora soube, por Finbar, que isso quase aconteceu.

— Com certeza — disse Finbar. — Quando viu que poderia ser facilmente capturado ali, ele decidiu partir. Alguns homens preferem morrer a ser capturados. E ele era o tipo mais teimoso que já conheci.

— Mas ele prometeu — eu disse, segurando as lágrimas como uma criança. — Como pôde ir tão longe e depois desistir?

Eu também quebrara minha promessa. E agora sabia como ele se sentiu. Conor me abraçou.

— O que ele lhe prometeu, corujinha?

Eu soluçava.

— Viver, se pudesse.

— Você não sabe se ele quebrou a promessa ou não — disse ele. — Talvez jamais descubra. Sei que é difícil, mas você deve tentar esquecer o que aconteceu, pois não há como ajudar o bretão agora. Pense que fez o melhor que pôde e cuide dos problemas que tem agora, pois temos uma dura missão pela frente.

— O que ele diz é verdade — afirmou o padre. — Não há o que fazer. Devemos seguir em frente. Um casamento está para acontecer e não me agrada celebrá-lo, mas seu pai fez questão e não posso recusar. Vocês acreditam que conseguirei falar com ele a sós?

— Pode tentar — disse Conor. — A última coisa que ele quer agora é um bom conselho, mas quem sabe ao senhor ele irá ouvir. Liam e eu tentamos falar com ele a sós, mas ele se recusou.

— De que adianta? — perguntou Finbar. — Ele já está condenado. É mais fácil parar as ondas do mar ou as estrelas do céu do que impedi-lo de se casar. Lady Oonagh o tem na palma da mão, de corpo e alma. Jamais imaginei vê-lo assim, tão fraco. Mas também não me surpreendo. Por quase treze anos ele evitou qualquer sentimento e qualquer espécie de calor humano. Acabou se tornando uma presa fácil para ela.

Seu tom era amargo.

— Não seja tão duro — disse padre Brien, olhando para ele. — Ele tomou uma decisão errada, com certeza, mas a intenção pode ter sido boa. Provavelmente vê sua noiva como a futura guia e mentora de seus filhos, alguém que possa ajudá-los a seguir o melhor caminho e dar um pouco de alegria às suas vidas. Ele tem consciência de suas limitações como pai. Não sabe como se aproximar de vocês, mas tem esperança de que ela saiba.

Finbar riu.

— Logo se vê que o senhor ainda não a viu, padre.

— Mas já ouvi sobre ela. Seus irmãos mais velhos me alertaram assim que cheguei. Sei o problema que estão enfrentando, acredite, e oro por vocês. É uma tragédia o fato de seu pai não conseguir enxergar quem ela realmente é. Só peço que não o julguem com tanto rigor.

— Ainda quer falar com ele?

— Vou tentar — disse o padre, levantando-se. — Talvez esteja sozinho neste momento. Conor, você me acompanha? Ah, já ia me esquecendo — pegou algo no bolso. — Seu amigo não desapareceu sem deixar rastro, Sorcha. Deixou isto onde tinha certeza de que eu encontraria. Imaginei que era para você. Não entendo exatamente o que significa.

Colocou o pequeno objeto em minha mão e os dois saíram. Finbar ficou me olhando em silêncio enquanto eu tentava descobrir do que se tratava. Era um pequeno pedaço de madeira de bétula, aparentemente da melhor que padre Brien tinha em seu estoque. Ele a guardava para assar seus pães sagrados e fazer cozidos ou unguentos secretos. Foi cortado e lapidado até que coubesse em uma mão pequena como a minha. Não era algo que alguém conseguisse fazer em uma tarde. Tinha muitos detalhes, que exigiam uma habilidade incomum. Não entendi seu significado. Havia um círculo e, dentro dele, uma pequena abelha. E também um desenho que parecia o de um carvalho, com duas linhas onduladas em sua base, como se fosse um rio. Passei-o para Finbar, que o observou em silêncio.

— Por que um bretão deixaria este símbolo? — ele disse. — Poderia ser para colocá-la em risco caso alguém a visse com isso? É estranho. Tenho certeza de que revela, de alguma maneira, a identidade dele. É melhor destruir.

Estiquei rápido a mão e peguei o objeto.

— Não.

Finbar ficou me olhando, sério.

— Não seja sentimental, Sorcha. Lembre-se de que há uma guerra e que nós dois quebramos regras básicas. Podemos ter salvo a vida desse rapaz, ou talvez não. Mas não espere gratidão da parte dele. Guerreiros não deixam rastros, a não ser que desejem ser encontrados. Ou que tenham preparado uma armadilha.

— Vou guardar onde ninguém irá encontrar. Sei quais são os riscos.

— Não tenho tanta certeza, Sorcha. Lady Oonagh está só esperando para encontrar um ponto fraco em nós. Como um lobo que segue a presa, ela está esperando para dar o bote. Você não é muito boa em esconder sentimentos ou informações. E ela não tem escrúpulos. Se papai souber, as consequências serão desastrosas. E pense no que aconteceria com Conor, por ter nos ajudado. Agora me arrependo de tê-la envolvido nessa história. Devia ter parado na primeira noite em que me ajudou e não lhe contado mais, muito menos levá-la até ele.

Seu comentário foi duro demais para que eu rebatesse. E minha mente já estava ocupada com outros pensamentos.

— Ele não vai sobreviver, certo? — disse com tristeza.

— Você sabe melhor que eu quais são as chances — respondeu ele, franzindo as sobrancelhas. Um homem habilidoso, nessa situação e com condições de acender fogo e caçar, pode atravessar o país sem ser visto. Só precisa ter certeza de onde quer ir.

— É uma pena.

Não conseguia expressar o que estava sentindo naquele momento, mas Finbar leu claramente meus pensamentos. Conseguia ultrapassar todos os escudos que eu criava.

— Deixe para lá, Sorcha. Padre Brien está certo. Não há o que fazer. Se ele decidiu partir, deixe que vá. Suas chances de conseguir sobreviver e voltar para os seus em segurança nunca foram muito grandes.

— Então por que fazer isso? Por que se arriscar?

— Você não preferiria mil vezes morrer em liberdade? — ele perguntou.

Fiquei um bom tempo na sala de ervas, pensando. O amuleto de Simon pesava em minha mão, uma lembrança constante das más notícias. Por enquanto, ficaria guardado na bolsinha que eu carregava pendurada em meu cinto, mas eu precisava achar logo um lugar mais seguro. Preparei um unguento de sabugueiro e varri o chão.

Depois saí. Estava ficando com fome. O pedaço de bolo que Fat Janis me dera não tinha sido suficiente. Não estava animada para o jantar. Era uma data importante e se esperava que todos estivessem presentes. Talvez um milagre acontecesse e padre Brien conseguisse persuadir meu pai a adiar o casamento. Talvez.

Do lado de fora, encolhida em um canto perto da porta, estava Linn. Quase não a vi, escondida ali na sombra, mas ouvi um grunhido fraco.

— O que foi, Linn? O que aconteceu?

Cheguei mais perto e só então vi que ela tinha um grande corte aberto no focinho que começava perto do olho e ia até o canto da boca. Dava para ver seus dentes brancos e a gengiva ensanguentada.

Tive que convencê-la a vir comigo, pois estava tremendo e com medo até do meu toque. Fui falando com ela aos poucos, tentando acalmá-la e, por fim, consegui fazê-la se levantar e me acompanhar até o estábulo. Como eu previa, Padriac ficou chocado e revoltado ao vê-la. Reclamando sobre as pessoas, dizendo que muitas não deveriam ter sequer permissão de se aproximar de animais e descrevendo tudo que faria com quem havia feito aquilo quando o pegasse, ele limpou, deu pontos e fechou o corte enquanto eu segurava a pobre Linn e falava com ela sobre pastos verdes e ossos.

Apesar de sua eficiência, Padriac levou um bom tempo para terminar. Quando tudo estava pronto, Linn se levantou devagar, soltou um grunhido, bebeu meia tigela de água e foi se deitar na palha, perto do burrico.

Já havia anoitecido e eu disse a Padriac que era melhor nos lavarmos e nos prepararmos para o jantar. Lady Oonagh franzia a testa quando nos atrasávamos. Quando estávamos saindo, demos de cara com Cormack, parado no escuro, do lado de fora, o rosto pálido.

— Há quanto tempo você está aí? — perguntei surpresa.

— Ela está bem agora — disse Padriac, em um tom estranho de voz. — Por que não entra e vai agradar sua cachorra? Afinal, veio até aqui para vê-la, não? Vá, irmão.

Houve um instante de silêncio e então Cormack disse, trêmulo:

— Não consigo.

Olhei para os dois, sem entender.

— O que está acontecendo?

— Pergunte a ele — disse Padriac, furioso. — Pergunte por que ele não consegue entrar. A culpa está escrita no rosto dele. Quem você acha que fez aquilo? Desculpem-me se não fico para conversarmos um pouco mais.

E saiu, passando por Cormack como se ele não existisse.

— Isso é verdade? — perguntei horrorizada. — Você fez isso, Cormack?

Padriac só podia estar enganado. Cormack era quem tinha salvo Linn de se afogar quando ela era filhote e a criou com todo carinho. Ela o seguia por toda parte e era devotada a ele como se fosse um deus. Meus irmãos podiam não ter pena dos inimigos em batalha, mas jamais feririam uma criatura que estivesse sob seus cuidados.

Fiquei olhando para Cormack, muda, enquanto ele se aproximava de Linn. Colocou os braços ao redor de si mesmo como se estivesse tentando se aquecer. Quando cheguei mais perto, vi que seu rosto estava molhado de lágrimas.

— Você fez mesmo isso — sussurrei. — Cormack, como pôde? Ela é sua companheira, a mais doce e leal que já vi. O que deu em você para feri-la assim?

Ele não olhava para mim.

— Não sei — disse, por fim, com a voz embargada pelas lágrimas. — Estava no pátio, praticando, quando ela veio correndo por trás de mim e... não sei por que fiz aquilo. Simplesmente virei a lâmina da espada para trás. Era como se eu fosse outra pessoa.

Abri a boca para falar, mas achei melhor ficar em silêncio.

— Ela nem sequer entrou na minha frente ou tentou me atrapalhar, Sorcha. Não sei por que, de repente fiquei zangado e a feri.

— Fale com ela — eu disse. — Ela o perdoou, veja.

Ao ouvir sua voz, Linn levantou a cabeça e balançou um pouco o rabo. O burrico roncava, em sono profundo.

— Não consigo — disse Cormack, desolado. — Quem garante que não vou machucá-la novamente? Parece que não sirvo mesmo de companhia para quem quer que seja, homens ou animais.

— O que você fez foi crueldade — disse lentamente. — Não há como desfazer algo assim. Você tem sorte de nosso irmão saber tratar de animais. Mas ela também precisa do seu amor para se recuperar. Animais não nos julgam. Eles nos amam independentemente do que fazemos com eles.

Linn soltou um gemido.

— Vamos, faça-lhe um carinho, fale com ela. Assim ela dormirá bem.

— Mas e se eu...

— Não, você não vai machucá-la novamente — eu disse, com voz firme. — Confie em si mesmo, Cormack.

Ele se ajoelhou, por fim, e aproximou a mão hesitante do pescoço dela, fazendo carinho, sem tirar os olhos do horrível ferimento que lhe desfigurava o focinho. Linn virou a cabeça com um pouco de dificuldade e lambeu sua mão.

Saí e deixei os dois.

Partimos agora para uma parte da história que é difícil de contar, embora ainda não seja a pior.

Jantamos, mas Cormack e Finbar não apareceram. Papai comentou a ausência, porém ninguém respondeu. Padre Brien se sentou quieto, na ponta da mesa, comeu muito pouco e logo se desculpou, indo se recolher. Eilis olhava para Lady Oonagh nervosa, como um animal assustado. Liam segurava a mão dela por baixo da mesa, mas tinha o rosto frio como pedra. Não era preciso dizer que a conversa de padre Brien com papai não havia surtido efeito. A noite avançou e quase todos os criados já haviam se recolhido. Como eu era a única menina da família, desfrutava do luxo de ter um quarto só para mim. E ali nos reunimos. Só Diarmid não veio. Cormack ainda estava com os olhos vermelhos e não se sentou perto de seu irmão mais novo. Finbar surgiu não se sabe de onde, como uma sombra. Acendemos várias velas e torramos algumas frutas silvestres para comer. Ficamos um bom tempo em silêncio, pensando em nossa mãe e tentando reunir forças. Como não estávamos podendo visitar a árvore dela juntos, tentamos celebrar sua memória ali mesmo. A madeira da lareira já estava se transformando em cinzas e as velas deram um tom solene ao quarto quando nos sentamos em círculo e demos as mãos.

Nessas reuniões podíamos dizer palavras que nos vinham à mente, mas, na maioria das vezes, simplesmente compartilhávamos nossa forças e nossos pensamentos. Não que todos conseguissem se comunicar pela mente, como Finbar e eu fazíamos. Esse era um dom restrito a poucos, e não sabíamos por que o tínhamos. Mas nós sete éramos muito unidos e conseguíamos sentir, sem necessidade de palavras, a alegria, a tristeza e o medo uns dos outros. Naquela noite, a ausência de Diarmid foi muito sentida, pois havíamos nos reunido para ter forças diante de um futuro negro e inevitável, e sem ele nossa rede de proteção não era completa. Ninguém ousava imaginar onde ele poderia estar.

Liam se mexeu um pouco e uma das velas tremulou, fazendo sombras nas paredes.

— Nossa força vem dos grandes carvalhos da floresta — disse ele, em tom sério. — Da mesma maneira que eles extraem o alimento do solo e das chuvas, extraímos deles a coragem para viver. Eles resistem às tempestades, crescem e se renovam. E nós, assim como os jovens carvalhos, nos mantemos fortes.

Conor, que estava sentado à esquerda dele, tomou a palavra.

— A luz dessas velas é o reflexo de uma luz maior. Ela vem das ilhas, do além-mar. Brilha no orvalho, reflete-se no lago, nas estrelas do céu e no mundo espiritual. Esta luz está sempre em nossos corações, guiando nossos passos. E caso algum de nós perca sua luz, sempre terá seus irmãos ou sua irmã para guiá-lo, pois somos todos um só.

Era a vez de Cormack, mas ele continuou em silêncio e achei que não ia falar. Depois de alguns instantes, começou:

— Fiz uma coisa horrível hoje, tão séria que nem sei se mereço estar aqui com vocês. Conte a eles, Sorcha. Conte, Padriac. Já começou o que temíamos, a vergonha e a quebra de nossas próprias regras. Não me sinto mais digno de participar dessas nossas reuniões.

Padriac ia falar, mas eu me adiantei.

— Ele machucou Linn seriamente e sem motivo. Ela vai se recuperar, graças à habilidade de Padriac. Ele está se sentindo culpado, mas acho que não é.

— Como não é? — reagiu Padriac. — Ele mesmo confessou.

— O que ele disse é que foi como se outra pessoa estivesse fazendo isso em seu lugar — argumentei. — E se *alguém* realmente fez?

— Você quer dizer...

— Eu mesma passei por isso — expliquei, sentindo-me péssima. — Enquanto eu olhava para o espelho, ela começou a escovar meus cabelos e sua voz pareceu penetrar em minha mente de uma maneira estranha. Era como se controlasse minha vontade, fazendo-me dizer e fazer coisas que eu não queria. Ela tem muita força. Não consegui impedi-la.

— Ela estava lá — disse Cormack, pausadamente, sem querer acreditar. — Estava nos degraus do pátio, com nosso pai, observando-me enquanto eu treinava. Ela estava lá. Será que poderia... não, não há como.

— Mas por quê? — perguntou Padriac revoltado. — Por que iria querer que você fizesse algo assim? Não há motivo. Seria uma brincadeira de mau gosto. Ela vai se casar com ele. Não é o que queria? E Linn é inocente. Por que a faria sofrer sem razão?

A mente de Conor já estava em outro assunto.

— O que ela tentou fazer você falar, Sorcha? O que queria saber?

— Todo tipo de coisa. Perguntou sobre cada um de vocês. Coisas simples. Mas não me sentia à vontade conversando com ela. Não era como se estivesse simplesmente tentando nos conhecer melhor. Era... — senti um arrepio. — Era como se estivesse pegando informações para usá-las, talvez para nos jogar uns contra os outros.

Conor se virou para seu irmão gêmeo

— Você ama muito a Linn. Ela é parte de você, deve a vida a você. Seria impossível que quisesses feri-la.

— Mas eu a machuquei. Não importa se alguém me induziu, se colocou a ideia em minha mente. Foi minha mão que a acertou com a espada.

— O que está feito está feito — disse Conor. — Não se pode mudar isso. Mas há algo que pode fazer: coloque-se no lugar de Linn, sinta sua dor, perceba como ela se sentiu traída. E sinta também sua simplicidade, seu perdão, seu amor e a confiança que deposita em você. Assim, vocês dois poderão se curar juntos.

Ele soltou minha mão e segurou a de Cormack, levando-o para o centro do círculo. Padriac também foi para o centro, pegou a outra mão de Cormack e nos sentamos quietos, novamente.

— Pedimos orientação — disse Finbar. — Confiamos, muitas vezes, em nossa luz interior, e o caminho à nossa frente se mostra claro. Mas quando essa luz se enfraquece, deixamos de confiar em nossa intuição. Espíritos da floresta, espíritos da água, espíritos do ar, seres dos lugares mais recônditos da terra, ajudem-nos neste momento, pois nosso caminho agora será de escuridão e confusão.

Suas palavras me arrepiaram. Será que ele vira algo de nosso futuro?

— Ouvi um conto certa vez — eu disse. — De um herói que passou por muitas dificuldades em suas longas viagens e lutas. Um dia, encontrou uma criatura monstruosa que tinha mandíbulas de ferro e a força de três gigantes. A criatura arrancou um por um de seus membros e os jogou longe. Sua perna foi parar em uma profunda caverna, onde a água escorria pelas paredes, seus cabelos foram levados pelo vento do leste e foram parar em uma nogueira bem distante. Seu crânio foi usado como taça e depois jogado em um rio que desaguava no mar. Uma loba levou os dedos de sua mão para alimentar seus filhotes. Não parecia restar qualquer vestígio dele. Os anos se passaram, cogumelos cresceram em sua perna e as folhas da castanheira cresceram ao redor de seus cabelos. Na orla do mar, seu crânio se encheu de terra e areia, e nele cresceram sementes de salsa selvagem. E nos ossos de seus dedos, deixados pelos filhotes de lobo, cresceu açafrão. Então, dizem que se alguém pegar um pouco da salsa, uma lasca da nogueira, alguns cogumelos da caverna e misturar com o açafrão do local onde seus últimos ossos ainda estão, um grande feitiço acontecerá. O herói irá renascer e voltará a ser exatamente como era antes de ser destruído, porém muito mais forte em corpo e espírito, tendo agora a energia da terra, do mar e do ar. Sempre imagino nós sete como membros de um corpo. Podemos estar separados e ter a impressão de que não há futuro para nós. Podemos seguir caminhos diferentes, cair, quebrar e voltar a ser inteiros novamente. Mas no fim, tão certo quanto o sol e a lua atravessam o arco dos céus todos os dias, a força de um será a força dos sete. Não se esqueçam do que nossa mãe nos disse em seu leito de morte: para tocar a terra, olhar para o céu e sentir o vento. Como as gotas de água de uma correnteza, podemos nos encontrar, nos afastar e nos encontrar novamente. Pertencemos às águas do lago e ao coração da floresta.

As velas estavam acabando. Ficamos em silêncio. Faltavam duas luas para o solstício de inverno, uma época em que os espíritos estavam mais próximos. Dava quase para ouvir as vozes ao nosso redor. Padriac colocou a mão no ombro de Cormack, que respondeu com um gesto de cabeça. E Conor disse a seu gêmeo:

— Vamos, vou com você até o estábulo.

— Obrigado — ele respondeu.

Todos saíram e Finbar ficou sentado, olhando para o fogo. O ambiente ainda estava tenso. Apesar das belas e fortes palavras que havíamos dito, ainda nos víamos diante de um abismo.

— Em que está pensando, Finbar?

— Em algo que não posso dizer.

Fui mais para perto do fogo e coloquei as mãos nos bolsos para aquecê-las. O amuleto de Simon cabia exatamente na palma delas.

"Diga, diga o que você vê".

Tentei ler sua mente, mas ele havia erguido uma barreira ao redor dela.

"Não vou lhe mostrar. Não quero que sinta medo".

Lembrei-me de uma imagem de quando era pequena, correndo descalça sob o sol.

"Você está com medo?"

Tive então uma sensação de frio intenso. Água. Vento passando ao redor de meu corpo, sensação de uma longa queda e de uma fuga. Foi tudo que ele me permitiu ver e sentir. Interrompeu subitamente a visão. "Não posso lhe mostrar mais".

— Não pode se isolar assim do mundo — eu disse, em voz alta, cansada de ficar tentando entender as imagens. — Como podemos nos ajudar se guardamos segredos um do outro?

— Revelar a você meus segredos não ajudou muito da última vez, nem a você nem ao bretão. Fico imaginando se meus esforços para desfazer o trabalho de papai valeram alguma coisa. Você se machucou e o rapaz poderia estar bem melhor sem a minha ajuda. Talvez seja melhor eu deixar de me intrometer e aceitar que somos uma família de assassinos. Lady Oonagh quer nos usar como brinquedos. Será que ela é muito pior do que nós? — disse ele, sorrindo de lado.

— Você não pode estar falando sério! — Fiquei chocada. Será que ele havia mudado tanto em tão pouco tempo? — Diga isso olhando em meus olhos.

Segurei firmemente seu rosto entre as mãos. Seu olhar estava limpo e claro como sempre.

— Não se preocupe, Sorcha. Está tudo bem — disse em tom calmo. — Só tenho pensado demais. Não mudei como pessoa. Mas algo me diz que uma grande desgraça está para cair sobre nós, e não sei se teremos forças para suportá-la. Gostaria tanto que você estivesse longe daqui, sã e salva, e não no meio de tudo isso. E gostaria de poder confiar em todos os meus irmãos.

— Você pode confiar neles — respondi. — Ouviu o que eles disseram. Somos todos um só, e sempre seremos. Sempre que um estiver em perigo, os outros seis irão ajudar.

— Mas eles torturam e matam. Como podem estar ligados a você, a Conor ou a mim?

— Não sei dizer. Mas se você observar as pessoas ao longo dos séculos, verá que a natureza delas é ir para a guerra e matar tanto quanto cantar, tocar ou contar histórias. Talvez sejam os dois lados da mesma moeda. E sei que nós sete somos uma família e temos apenas uns aos outros. Isso é mais que suficiente.

Mas um deles não tinha vindo se reunir conosco. E quando abri a porta para Finbar, nós dois o vimos no corredor, saindo silenciosamente de um quarto que não era o seu. Ela ficou escondida atrás da porta e só esticou o braço para se despedir, passando a mão no rosto dele com suavidade. Então, ele caminhou, descalço, para seu quarto, o olhar cego e deslumbrado como o daqueles que eram enfeitiçados pelos seres da floresta. Finbar e eu nos olhamos sem trocar palavras e jamais comentamos o assunto.

⁂

Então os dois se casaram, ela em seu belo vestido cor de vinho, e meu pai, extasiado, como se não houvesse qualquer outro ser no mundo além deles. Ao seu redor, a família, os convidados, os soldados, os criados e os aldeões cochichavam e trocavam olhares. E lá estava eu, com meu vestido verde, os cabelos presos com fitas e enfileirada com meus sete irmãos. Foi uma cerimônia estranha para mim. Nos contos, os casamentos sempre aconteciam ao ar livre, à sombra de um grande carvalho, com apresentações de teatro e charadas para os convidados, e os druidas vinham da floresta para realizar o ritual pagão. Não havia anciãos naquele casamento ou qualquer referência às antigas tradições. Tínhamos ouvido dizer que Lady Oonagh vinha de uma família católica, mas não havia como saber por que nenhum de seus parentes estava presente. Padre Brien realizou a cerimônia em seu tom tranquilo de sempre, mas eu percebi certa tensão em seu rosto. Assim que terminaram as formalidades, pegou sua carroça e partiu. A festa se iniciou, então, com comida e bebida farta.

No dia seguinte, as coisas começaram a acontecer.

Eilis amanheceu se sentindo mal. Disseram que fora algo que ela comeu, mas como não mostrava sinais de melhora, acabaram por me chamar. Suas faces, sempre rosadas, agora estavam extremamente pálidas. Tinha diarreia e havia vomitado sangue. Pedi a um rapaz que fosse buscar padre Brien, mas ele não apareceu. Levantei sua cabeça e comecei a falar com ela. Fiz que se levantasse e andasse um pouco pelo quarto. Trouxe então um preparado e lhe dei de beber. Sentei-me ao lado da cama até ela adormecer, mas seu sono era bastante agitado. No corredor, Liam andava de um lado para o outro, junto com o pai de Eilis, que resmungava o tempo todo.

Passei a noite ao lado dela e fiz tudo o que podia. No dia seguinte, ela ainda estava fraca, mas parecia um pouco melhor. Precisava de descanso e de observação constante. Foi algo que ingeriu, com certeza. Reconheci os sintomas de envenenamento de uma planta chamada acônito, e sabia que não podia ser acidente. A quantidade havia sido precisamente calculada, pois uma pessoa só sobrevive a uma dose mínima desse tipo de veneno. A intenção não era matá-la, mas sim fazê-la passar muito mal. Não sabia como a raiz de uma erva como aquela havia chegado à mesa do banquete, muito menos ao prato de Eilis.

Eu não acusaria minha madrasta abertamente, mas ela não tirou os olhos de mim enquanto Seamus Readbeard se despedia, ansioso por partir. Mandou preparar uma maca para a filha em sua carruagem e só sossegou quando viu tudo pronto levá-la de volta a Glencarnagh. Liam veio falar comigo, querendo saber de todos os detalhes e com uma expressão de ódio no olhar que eu jamais vira. Pedi que se acalmasse, pois parecia estar mais a par da trama de Lady Oonagh do que ele. Ela sabia que eu conhecia as ervas e que a origem da doença misteriosa de Eilis logo seria descoberta. Mas uma acusação era tudo que ela queria. Que motivo melhor para afastar pai e filho? Além disso, expliquei a ele, Eilis estava a salvo agora. Era uma moça forte, tinha boa saúde e eu havia descoberto o envenenamento em tempo. Era melhor que ficasse em sua casa por um período.

Diarmid amanheceu um dia com o olho roxo, e Cormack, com um arranhão no rosto. Talvez algumas informações tenham escapado sem que soubéssemos. Decidi não interferir, mas não deixava de notar que Diarmid a observava o tempo todo e que estava ficando cada vez mais pálido e magro, como um homem que prova o fruto doce das fadas e depois é consumido pelo desejo, sem poder ter mais. Papai também parecia um tanto abatido, mas continuava normalmente com seus afazeres. Oonagh se sentava à mesa com um sorriso sereno e olhos de um comandante de guerra. Todos pareciam assustados, apressados em obedecê-la. A todo lugar que se ia, tinha-se a impressão de que ela estava observando. O chefe de armas mantinha distância.

  De repente, os animais de Padriac começaram a ficar doentes e a morrer. O primeiro foi o velho burrico. Seu corpo foi encontrado duro e frio no estábulo. Ficamos tristes, mas como ele já havia vivido mais que o tempo normal para sua espécie, acabamos aceitando sua partida, embora fizesse falta no estábulo. Logo depois, a gata-mãe desapareceu, deixando para trás sua ninhada. Padriac tentou alimentá-los e eu ajudei, porém, um por um, eles foram enfraquecendo e morrendo. Chorei enquanto o último deles morria em minhas mãos, seus olhinhos antes tão vivos agora se esmaecendo. Dois dias depois, encontrei Padriac esmurrando a parede do estábulo, os punhos sangrando e os olhos cheios de lágrimas. Aos seus pés estava o corvo da perna quebrada, que já estava quase curado, a plumagem vistosa e brilhante novamente. Sua cabeça estava torta para trás de uma maneira estranha e seus olhos abertos, fixos. O velho estábulo agora estava vazio. A raiva e a tristeza de Padriac mexeram muito comigo. Estava enfurecido, e não tínhamos como consolá-lo. Para mim aquilo era apenas o começo. Acreditei que estaria preparada, mas não estava.

Capítulo 4

Lady Oonagh proibiu minhas visitas ao vilarejo. Dizia que não era apropriado para a filha de um lorde ficar andando pela vizinhança com os pés sujos de lama e se misturando com a ralé. E que era hora de eu deixar de lado minhas ideias absurdas e aprender a ser uma dama. Música. Agora é o que lhe parecia mais apropriado. Passei uma manhã tocando flauta para ela e, muito a contragosto, a harpa. Ela exigiu que trouxessem o pequeno instrumento que estava na sala de cima. Por sorte, meu pai estava fora naquele dia. Ela logo percebeu que eu não tinha muito a aprender sobre música. Costura. Pediu para ver meus trabalhos, e eu fui obrigada a confessar que não os tinha. Mas sabia fazer consertos e bainhas em túnicas. A única coisa que uma casa cheia de homens não precisava era de bordados.

Oonagh me mostrou um fino véu de cambraia de linho cheio de minúsculos pássaros e flores bordados. Era realmente bonito e lhe conferia ares de rainha quando ela o colocava sobre os cabelos sedosos. Começou a me mostrar as técnicas que eu teria que usar para fazer aquele tipo de trabalho. Exigiriam muito tempo e dedicação, então não sobraria tempo para eu visitar os doentes com minha cesta de loções e preparados. Eu devia deixar que outra pessoa fizesse isso.

— Ninguém mais tem esse conhecimento — eu disse, sem pensar. Mas era verdade.

Os olhos dela se estreitaram e suas finas sobrancelhas se arquearam, em tom de desaprovação.

— Pois bem. Eles voltarão a fazer o que faziam antes de você existir, minha querida. Esteja aqui com suas agulhas e linhas após o café da manhã. Temos muito a fazer para recuperar o tempo perdido.

Mas eu não aguentei mais do que alguns dias. Meus dedos, acostumados a fazer bandagens e misturar ingredientes, eram desajeitados com a agulha e a seda. Ela ficava ao meu lado, observando enquanto eu arrebentava a linha e deixava cair a agulha a todo instante, além de manchar todo o tecido com o sangue das picadas acidentais em meus dedos. Torci para meus irmãos virem me salvar, pedindo minha presença em alguma tarefa, mas eles não vieram. Estavam planejando outra viagem para além de nossas fronteiras e passavam o dia consultando mapas, exercitando os cavalos ou polindo e afiando as armas.

Até meu pai se mostrava preocupado na presença da esposa, e ela não estava gostando. Algo o incomodava. E eu continuava minha batalha com a agulha, sob sua rígida atenção. Em alguns momentos fazia perguntas; em outros, ficava sentada em silêncio, o que era ainda pior, pois sentia sua mente sondando a minha, tentando ler meus pensamentos mais íntimos. Eu tentava me proteger da mesma maneira que Finbar fechava sua mente para mim, mas ela era muito forte e, se não conseguia ler o que eu pensava, tentava arrancar as informações com palavras. E era boa nisso.

— Seu pai anda bastante ocupado — disse ela em uma manhã, observando enquanto eu bordava sofregamente uma longa faixa em vários tons de verde. — Diz estar planejando outra viagem. Esperava que passasse mais tempo em casa, mas os homens não conseguem ficar quietos — deu um risinho, encolhendo os ombros estreitos sob o elegante vestido azul. — As esposas acabam se acostumando, imagino.

Detestava mais suas tentativas de conversar do que sua hostilidade.

— Eles são assim — respondi sem tirar os olhos da agulha.

— Mas faz tão pouco tempo que voltou da última campanha — ela disse, indo olhar pela janela que dava para o jardim, onde Liam e Diarmid passavam de um lado para o outro com seus cavalos, praticando a técnica de escorregar de lado na sela e subir novamente com a espada na mão em pleno galope, um truque que usavam eventualmente em combate, se é que eu podia acreditar que faziam tudo aquilo. Diziam que quase sempre pegavam os inimigos de surpresa com aquela manobra.

— Fico imaginando o motivo de partirem tão cedo. Mais invasores em nosso território?

— Não sei dizer — respondi, desmanchando alguns pontos.

— Talvez estejam em busca de prisioneiros que escaparam — disse, em um tom mais suave de voz. — Seu pai me disse que pretende demitir o chefe de armas, pois seu trabalho está deixando a desejar. Estranho, não? Eles se esforçam tanto para capturar os inimigos e estes acabam desaparecendo misteriosamente no meio da noite. Fico imaginando como isso pode acontecer.

Gelei. Ela sabia. Seu tom não deixava dúvida. Continuei em silêncio enquanto ela se virou para mim, sorrindo.

— Pobre Sorcha. Creio que estou entediando você com essa conversa, não? Que interesse pode ter uma garotinha em assuntos desse tipo, afinal? Feudos sangrentos e reféns desaparecidos. Você teve realmente uma infância estranha, crescendo em uma casa como esta. Ainda bem que estou aqui para cuidar de sua educação. Deixe-me ver o que você fez. Ah, ainda está bastante irregular. Vamos desmanchar e fazer de novo.

Quando finalmente ela me liberou, fui procurar Finbar. Papai não devia estar mesmo pensando em demitir Donal, que estava conosco há tanto tempo. Havia treinado cada um de meus irmãos desde pequenos. Sua figura fazia parte da casa. Não conseguia imaginá-la sem ele. Mas Finbar havia desaparecido. Fui surpreendida por uma das meninas da vila que veio me pedir ajuda para a avó, que estava com muita febre e nada a fazia melhorar. Como explicaria que estava proibida de ajudar? Aquelas pessoas confiavam em mim. Peguei minha cesta, meu surrado manto, calcei as botas e fui com ela.

Ao me verem chegar, outras pessoas vieram pedir ajuda. Atendi a mulher com febre e depois fui até a casa do velho Tom, pois ele estava com um furúnculo muito grande. Mediquei-o, e ele me agradeceu muito, pedindo também que agradecesse a Conor, que havia dado a seus netos emprego nos estábulos. Iriam aprender algo de útil. Então me chamaram para ver um bebê adoentado. Falei com a mãe, que estava muito ansiosa, e deixei algumas ervas para que fizesse chá e o tomasse para aumentar o leite. Prometi também trazer legumes e verduras do meu jardim.

Terminei no meio da tarde e corri para casa. Estava com fome, pois só tinha tomado o café da manhã. Enquanto caminhava, ia pensando nos biscoitos de aveia que Fat Janis fazia todas as tardes. Uma fina névoa começava a se formar quando cheguei e fui em direção ao jardim da cozinha. Estava tão distraída que quase não reparei em papai e Donal, que estavam ali perto conversando. Os dois também estavam tão concentrados que não me viram. Parei e me escondi atrás da entrada, pois a voz de Donal me dizia que o assunto era sério.

— ... não tenho intenção de contrariar sua decisão, senhor. Só peço que me ouça antes de eu partir.

Sua voz tinha o mesmo timbre preciso e controlado que usava para treinar os soldados e meus irmãos.

— O que mais você tem a dizer? — respondeu meu pai friamente. — Minha decisão está tomada.

Eles estavam bem perto. Poderiam me ver se eu fizesse algum movimento. Papai estava de costas para mim. Donal se mantinha ereto como sempre, mas seu rosto denunciava a emoção.

— Assumo a responsabilidade pelo que aconteceu. Não há desculpa para um erro assim. Meus homens já foram repreendidos, e eu entendo sua decepção. Não há como desfazer o que houve. Porém, este tipo de punição é injustificável, meu senhor.

— Um prisioneiro escapou. E não é o primeiro. Esse prisioneiro era importante. Como justificar? Saio daqui e ele está preso, não apenas bem vigiado, mas quase inconsciente, sem poder andar. E no dia seguinte recebo a mensagem de que ele escapou e que não há o menor vestígio de seu paradeiro. Seus homens foram dopados. Alguém de fora ajudou o prisioneiro. Graças à sua negligência temos uma situação estratégica comprometida. Estávamos em grande vantagem com a prisão desse homem. Não posso tolerar erros desse tipo. Se você não consegue manter um nível mínimo de controle sobre seus homens, não há lugar para você aqui. Deve agradecer por eu tê-lo deixado ficar até averiguar o que aconteceu. Poderia demiti-lo no dia em que retornei.

— Pai.

Não percebi que Liam havia se aproximado.

— Por favor, ouça o que Donal tem a dizer. Ele é nosso tutor há mais de quatorze anos. Devemos a ele e à sua paciência todas as nossas habilidades de guerra. Demiti-lo por um único erro cometido seria cruel demais.

— Isso sou eu quem decide, não você — respondeu nosso pai.
— Você é jovem demais para se meter nesses assuntos. Não percebe o que aconteceu. Por causa da negligência deste homem e da demora em me informar sobre o que aconteceu, nosso prisioneiro bretão pode estar em casa, neste momento, contando a todos o que viu sobre nossas tropas, nosso terreno e nossa posição. Não veio aqui por brincadeira. É um grande perigo nos expormos dessa maneira.

— Ele estava à beira da morte — disse Donal. — Não pode ter ido longe. E já sabíamos que ele não tinha informações úteis para nós. Acredito que o senhor está superestimando sua importância.

— Superestimando? Eu? — a voz dele se alterou. — Você não está em posição de questionar minha opinião.

— Talvez não — disse Donal. — Mas existe a questão da lealdade. Sirvo ao senhor, como seu filho diz, há quatorze anos, desde que sua esposa era viva e esta casa era um lugar alegre. Transformei seus filhos em guerreiros habilidosos, prontos para batalhar ao seu lado pelas ilhas perdidas. Treinei-os na arte da guerra, para defender suas terras e honrar seu nome. Dediquei a eles o tempo que o senhor não tinha. Vi sua filha crescer e se tornar a imagem de sua mãe, bela e encantadora como nunca se viu por essas redondezas. Treinei seus homens, corpo e espírito, e a lealdade deles ao senhor está além de qualquer questionamento. Mas agora, pela memória de sua esposa, devo falar, mesmo porque vejo que não tenho mais o que perder sendo honesto!

— Não tenho que ouvir isso — disse, em tom firme, virando-se para sair. Seu manto esvoaçou com a girada brusca, e suas botas bateram firmes no chão.

— Tem sim, pai — Liam colocou as mãos em seus ombros, segurando-o. Seu braço subiu em um reflexo, punho fechado para atingir Liam, mas abaixou lentamente.

— O senhor pode achar difícil me olhar e ouvir minhas palavras — disse Donal, com dificuldade. — Mas acredite, é ainda mais difícil para mim dizê-las. E só faço isso porque sou obrigado a deixar este lugar, que se tornou um lar para mim. Senhor, nunca pedi muito a não ser condições de me manter e a oportunidade de fazer um bom trabalho. Mas peço que me ouça.

Houve um silêncio. E nosso pai disse, então:

— Diga.

— Serei breve. Conheço o senhor muito bem, talvez melhor que o senhor mesmo, às vezes. Em todos esses anos, nunca o vi errar ao fazer um julgamento. Como seus homens costumam dizer, o senhor pode ser muito rígido, mas jamais injusto. Por este motivo, eu sempre segui suas ordens, até a morte se fosse preciso. E por sua grandeza o senhor é o dono destas terras, da grande floresta aos pântanos, temido e respeitado em todo o norte. Nunca cometeu erros, até este momento. Até...

— Continue — no mesmo tom frio com que normalmente se dirigia a Finbar.

— Até conhecer Lady Oonagh — completou ele, em tom grave. — Desde então não tem sido o mesmo. A vontade dela está por trás de cada decisão que toma. Sua influência o tornou cego...

— Chega! — o punho dele se levantou e atingiu em cheio o rosto de Donal, que se manteve firme, apesar da marca vermelha que se formou no mesmo instante.

— Digo a verdade e o senhor sabe — ele disse, em tom fraco. — Jamais teve um gesto desses. Se o faz agora é por causa dela. Essa mulher envenenou seus pensamentos e o fez perder o bom-senso. Tenha cuidado, meu senhor, pois se perder a confiança de seus homens, perderá o domínio sobre tudo o que lhe pertence.

— Silêncio! — dava para sentir a fúria de meu pai. — Não ouse mencionar o nome de minha esposa, pois suas palavras maculam sua pureza. É assim que retribui a confiança que sempre depositei em você? Suma de minhas vistas!

— Pai, ele só está pedindo que o senhor o ouça — a voz de Liam oscilava. — Donal não é o único a ver isso. Lady Oonagh tem um poder que... que afeta a todos. Seus homens estão incomodados com sua presença, os criados a temem. Eilis e seu pai tiveram de ir embora. Ela está tentando nos desunir e nos colocar contra o senhor. E vai destruir a família inteira, se o senhor permitir.

Papai fez uma longa pausa. Só se ouvia sua respiração. Liam estava pálido. Havia se arriscado demais. Então perguntou:

— Como assim, Eilis e o pai tiveram de ir embora? A menina tem estômago fraco, só isso. O que isso tem a ver com minha esposa?

— Havia veneno em sua comida — Liam disse. — Um tipo específico de veneno, e só em seu prato. Tentamos lhe dizer. Sorcha descobriu em tempo porque conhece essas plantas, caso contrário ela poderia ter morrido. Não temos provas, mas é bastante óbvio.

— Culpar minha esposa é tão absurdo quanto culpar minha filha — disse ele, mas seu tom agora mostrava que ele finalmente estava prestando atenção ao que lhe diziam. — Por que ela faria uma coisa dessas?

"Para desunir e afastar o pai de seus filhos", pensei, "para que apenas seus próprios filhos se tornem herdeiros. Ou talvez tenha um plano ainda mais cruel."

— E quanto ao veneno — ele disse, olhando firme para Donal. — Você falou que seus homens dormiram porque lhes deram algum preparado no dia em que o fugitivo escapou. Mas isso foi muito antes de Lady Oonagh vir para cá. Suas teorias não passam de invenção, fantasias para tentar salvar sua integridade, me fazendo deixá-lo permanecer por mais tempo.

— Nada disso — disse Donal, pegando a pequena mala que estava ao seu lado. Vi que também tinha a espada e uma sacola na mão. — Meu coração está nesta casa, assim como o trabalho de toda uma vida, mas estou de partida, como me pede. A única coisa que lhe peço é que se lembre do que seu filho e eu lhe dissemos. Tenha cuidado, fique atento.

Estendeu a mão e tocou o cotovelo de Liam, em um gesto de despedida, e os olhos de meu irmão se encheram de água. Depois se virou e saiu. Só ouvi o barulho dos arreios e dos metais enquanto montava seu cavalo e o galope desaparecendo aos poucos. Papai o acompanhou, os olhos apertados.

— Primeiro Eilis e seu pai, e agora Donal — disse Liam. — Se o senhor não acordar logo, perderá a nós todos, um por um.

Nosso pai olhou para ele.

— Talvez seja melhor você me dizer logo o que pensa.

Liam se aproximou, colocou a mão em seu ombro e começou a falar, com calma. No instante seguinte, ouvi uma risada e passos leves se aproximando. Era Lady Oonagh, caminhando rápido com suas sapatilhas delicadas e suas vestes de seda. O cabelo voava com a brisa ao redor de suas faces avermelhadas, os seios semicobertos pelo corpete azul. As veias pareciam um pouco saltadas em sua pele aveludada, e de repente percebi, talvez antes dela, que carregava um filho no ventre. Havia um brilho diferente. Logo atrás vinha Diarmid.

— Meu senhor! — aproximou-se, abanando a face com a mão, fingindo cansaço. — Parece tão solene, tão sério! Venha, deixe-me alegrá-lo um pouco. Está um dia bonito demais para se pensar em problemas!

Ficou na ponta dos pés, colocou as mãos sobre sua túnica e o beijou nos lábios. Lá se foi a oportunidade de Liam. Meu pai passou o braço pela cintura dela em um movimento firme, possessivo, e ela se enlaçou nele como uma parreira em uma árvore. Os dois seguiram em direção à casa. Diarmid os seguiu, cabisbaixo e confuso. Liam se abaixou, pegou algumas pedras e as arremessou para longe. Depois foi caminhando para os estábulos, a frustração escrita em seu rosto. Só então saí de meu esconderijo.

Fiquei pensando por um instante e depois fui até minha sala de ervas. Quando um lugar é seu, você entra nele sem prestar atenção aos detalhes, pois sabe que tudo está exatamente como deixou. Então entrei, tirei o manto e o pendurei no gancho de sempre. Virei-me e coloquei a cesta sobre a mesa. Só então olhei em volta. As prateleiras estavam vazias. As tranças de cebola, de alho, as folhas secas e as ervas penduradas nas vigas do teto, tudo havia sumido. Cada jarro, garrafa, faca e tigela havia sido levado. Minhas especiarias, unguentos e tinturas, meus panos e bacias, meus embrulhos e instrumentos de trabalho não estavam mais ali. Havia apenas algumas folhas de lavanda seca caídas no chão, e a porta para o jardim estava entreaberta. Com o coração aos pulos, fui até lá.

No canto, perto da parede, havia uma pequena fogueira, e o cheiro que vinha dela era o da devastação que eu via à minha frente.

Nos dois lados do pequeno caminho central, todas as plantas foram despedaçadas, arrancadas, as raízes expostas, tudo espalhado pelos canteiros. Fiquei atordoada. Lavanda, atanásia e camomila destruídas. Malva e alecrim jogados em um canto. Fui andando, tentando ver se ainda havia algo inteiro, mas o cheiro das plantas parecia ser de adeus. Os galhos maiores foram jogados no chão ou empilhados na fogueira. Minha árvore de flores lilás havia sido cortada. "Jamais corte madeira viva", dizia Conor, "e jamais sem avisar o espírito que vive nela. Não destrua sua moradia sem razão".

Fiquei andando pelos canteiros, trêmula. Os bulbos que havia plantado com tanto cuidado para sobreviverem ao inverno, sua vida secreta protegida pela terra, estavam agora expostos no solo escavado. Até a trepadeira havia sido arrancada da parede e feita em pedaços. Não teria suas miúdas flores brancas em forma de estrela para receber a primavera. Continuei a andar. Então vi que o pequeno carvalho branco, meu predileto naquele jardim, que eu havia plantado aos oito anos de idade e cuidado com todo carinho, e que já estava na altura de meu ombro, tinha sido arrancado pela raiz. Aquela pequena árvore que eu esperava tanto ver crescer e proteger meu jardim, estava destruída.

Caí de joelhos, remexendo a terra desesperada, tentando salvar alguma coisa, mas não conseguia chorar. Aquilo, para mim, era demais até para que eu derramasse lágrimas. Gritei por dentro, de raiva e de desespero. Não chamei meus irmãos, mas dois deles me ouviram. Finbar entrou primeiro, me abraçou e afagou meus cabelos, xingando e olhando ao redor. Logo em seguida, Conor chegou, olhou em volta e saiu como um trovão, chamando aos gritos o jardineiro e despejando sua raiva nos dois criados, que se encolheram no canto, com o ancinho na mão, sem saber o que responder diante da fúria de meu irmão.

Eu me agarrei à camisa de Finbar, tentando controlar a respiração. Minha cabeça parecia querer explodir tal era a raiva, o desespero e o choque. Ele parou de falar em voz alta e começou a tentar me acalmar com sua mente.

"Chore, Sorcha. Deixe a emoção vir à tona. Não há como mudar o que está feito."

"Até minhas violetas! Até meu carvalho! Eles podiam ao menos ter deixado o carvalho!"

"Você está viva. Nós somos fortes. Tudo o que havia aqui pode ser plantado novamente."

"Como as plantas vão crescer com o mal que habita esta casa? Minhas ervas se foram, tudo o que eu tinha. Como vou trabalhar sem minhas plantas?"

"Chore, Sorcha. Deixe sair. Estamos aqui. Deixe que a terra guarde seu jardim em seu coração, irmãzinha. Ela chora com você."

Entreguei-me a um choro violento e encharquei a camisa dele enquanto me segurava. Conor entrou.

— Foram ordens dela. Ordens muito específicas. Eles me contaram todos os detalhes. Mas estão proibidos de fazer qualquer coisa de agora em diante sem falar comigo. Agora, quanto ao seu jardim, não há muito que fazer, corujinha. Sei que construiu este pequeno paraíso com todo carinho e que amava tudo que vivia aqui. Sei o que ele significa para você.

— Só porque, porque... — solucei.

— Você fez alguma coisa que a contrariou? — perguntou Conor, com voz carinhosa.

— Ela não precisa que a contrariem — disse Finbar, com a voz mais fria que eu já tinha ouvido dele. Parecia a voz de papai. — Não precisa de provocação para agir. Vai destruir a todos nós, um por um, se ninguém a impedir.

— Ela... ela me proibiu de ir ao vilarejo — eu disse, assoando o nariz em um lenço que Finbar achou para mim. — Mas vieram me chamar e nunca imaginei... eu só queria... e ela, ela...

Meus irmãos se olharam.

— Sorcha, respire — disse Conor, levando-me até o banco de pedra, o único sobrevivente da devastação. — Sente-se aqui.

Ajoelharam-se, os dois, um de cada lado, e Conor pegou minhas mãos.

— Fique calma.

Os dois jardineiros trabalhavam rápido, jogando os galhos quebrados na fogueira. Olhavam ressabiados e desconcertados em nossa direção.

— Agora, Sorcha, quero que vá para o meu quarto e passe a noite lá. Não tente falar com ela ou com papai até que nos sentemos todos juntos para conversar e decidir o que fazer. Sei que está arrasada, mas Finbar tem razão. As plantas nascerão novamente e, com sua habilidade e o amor que dedica a elas, conseguirão crescer em qualquer lugar. Você está em segurança, e isso é o que mais importa.

Eu não conseguia falar. A dor em meu coração ainda era grande e as lágrimas rolavam em meu rosto. Agora que tinha começado a chorar, não conseguia mais parar.

— Precisamos conversar, todos nós — disse Conor. — Sei que você vai superar isso, Sorcha, mas agora precisa descansar e se recuperar.

— Não é seguro para ela aqui — disse Finbar. — Isto a afetou seriamente, e como consequência, afeta a todos nós. Foi um ataque bem calculado. Não podemos deixar nossa irmã exposta a isso. Temos que levá-la para um lugar seguro, antes que seja tarde.

— Agora não — disse Conor. — Ela precisa descansar. E você, irmão, controle-se, pois palavras impensadas podem nos colocar em uma situação ainda pior neste momento. Não vá falar com Lady Oonagh ou com papai. Não é assim que vamos resolver o problema.

— Quanto tempo vamos esperar antes de agir? Quanto tempo mais vamos esperar para mostrá-lo quem ela é e o que está fazendo conosco?

— Não muito — respondeu Conor, ajudando-me a levantar. O braço forte ao redor de meus ombros me fez sentir um pouco melhor. — Vamos começar amanhã. Assim como você, acredito que chegou a hora. Conte aos outros o que aconteceu e diga que venham ao meu quarto quando escurecer. Mas mantenha a boca fechada, irmão, e não deixe essa expressão no olhar. Lady Oonagh lê seus pensamentos melhor do que você imagina.

"Assim como você", conclui. Algo me dizia que ele conseguia fazer isso, mas nunca tive certeza. Ele veio me ajudar no mesmo instante que Finbar e suas palavras agora confirmavam o que eu pensava. Sempre achei que aquilo só acontecesse entre mim e Finbar. Fiquei imaginando há quanto tempo Conor lia nossos pensamentos e sentimentos e por que nunca nos disse. Talvez tivesse algo a ver com o que padre Brien havia nos explicado. Se as pessoas o viam como uma espécie de guia espiritual é porque ele devia ter habilidades que os demais não possuíam e provavelmente nem conheciam.

— Conor — chamei, enquanto subíamos pelas escadas do fundo para não sermos vistos.

— Fique tranquila — ele disse, abrindo a porta. — Seus pensamentos estão a salvo comigo. Não uso essa habilidade com frequência, somente quando é preciso. Sua dor, às vezes, é muito grande, e a de Finbar também. Estou aqui para ajudar.

Naquele quarto dormiam Conor e Cormack, que chegou logo depois, com rosto sério, e Linn entrou com ele. Subiu na cama em que eu estava e se deitou ao meu lado. Padriac e Liam também chegaram. Um trouxe um pouco de vinho forte, pedindo que eu tomasse. E o outro pegou minha mão e me beijou o rosto. Eles se falaram rapidamente e saíram. Cormack ficou, com uma faca na mão, perto da porta. Finbar não voltou. Depois de falar com todos, saiu para fazer algo que precisava. Sentia-me vazia e magoada. Fiquei deitada, observando as últimas luzes do dia, enquanto Linn lambia meus dedos. Depois de algum tempo, o vinho fez efeito e eu caí em um sono agitado.

Quando eles voltaram já era bem tarde e eu já havia acordado. Só Diarmid não veio. Eles trouxeram pão de cevada e mel, mas eu não conseguia comer. Dei para Linn, que não fez cerimônia. Talvez fosse isso que as histórias mencionavam: quando alguém estava muito triste, tudo em seu interior ficava vazio e sem expressão.

— Tente se lembrar de alguma coisa boa — disse Conor. Mas eu não conseguia.

Finbar chegou finalmente, trazendo um pequeno embrulho e o colocou ao meu lado. Linn foi cheirar, achando que poderia haver algo para ela. Abri. Era uma miniatura de meu jardim: sementes e pequenos brotos de lavanda, atanásia, arruda, artemísia, uma lasca de minha árvore lilás, que serviria para fazer um enxerto, e uma noz do meu carvalho. Embrulhei tudo cuidadosamente. Quem sabe eu poderia recomeçar. Senti o carinho de meu irmão, e sua revolta também.

— Bem, Sorcha — disse Conor. — Vou lhe pedir para dividir um segredo conosco.

— Que segredo? — fiquei com medo. Lady Oonagh havia se deparado com nosso segredo mais perigoso, que poderia nos jogar uns contra os outros. Três de nossos irmãos eram guerreiros, comprometidos com a causa de nosso pai, prontos a buscar vingança. E três preferiam sempre a reconciliação, a paz ou, no máximo, a guerra de palavras, nunca a de sangue.

— Ele está falando do espírito que você viu na floresta — disse Finbar, que estava sentado no canto. — Conor acredita que a mensagem dele pode nos ajudar. Pode contar a eles.

— Ela veio falar comigo — eu disse. — A Dama da Floresta. Foi como nas histórias. Disse que eu tinha algumas coisas a fazer. Que seria um caminho longo e difícil, mas que era preciso segui-lo. Foi isso.

Havia mais, mas não contaria a eles.

— Você acha que ela viria até você novamente se a chamasse? — perguntou Liam. O quarto estava escuro. Só havia uma vela acesa. Meus irmãos pareciam altos e esguios nas sombras. Três estavam perto da cama, Finbar no canto e Padriac perto da porta, vigiando.

— Creio que não — respondi, lembrando de quanto desejei que ela aparecesse em meus momentos de desespero com Simon. — Ela só vem quando quer.

— Lady Oonagh abre as asas cada dia mais — disse Conor. — Seu poder é cada vez maior. Creio que precisamos de uma força maior para combatê-la. Tente, irmã. Podemos ir ao local certo, todos juntos, e você tenta invocá-la.

— Pode fazer isso por nós, Sorcha? — perguntou Cormack. Ao ouvir sua voz, Linn levantou a cabeça. O corte estava cicatrizando bem.

— Como? — perguntei. — Onde?

Olhamos todos para Conor, que naquele instante parecia ter bem mais que dezesseis anos, como se alguém mais velho estivesse se projetando sobre ele.

— Amanhã — ele começou — iremos até a árvore de nossa mãe, ao amanhecer. Farei os preparativos e Sorcha irá comigo. Liam, faça com que Diarmid esteja lá. Não me interessa como, simplesmente leve-o. É preciso que todos estejamos presentes. Sem cavalos. Devemos ir a pé. Sorcha, leve roupas para uns dois dias. Você ficará um tempo fora. E você também, Padriac. Não vou deixar Sorcha sozinha. Quando terminarmos, vocês irão até a caverna de padre Brien e ele os levará a um local seguro. Acredito que o próximo passo dela será matar, talvez nos jogando uns contra os outros. Estaremos sendo irresponsáveis se não protegermos nossa irmã agora.

— O que está planejando, Conor? — Cormack perguntou, olhando para ele.

— Não pergunte — ele respondeu. — Quanto menos dissermos, melhor. Não devemos levantar suspeita. Por que acha que não deixei Sorcha e Finbar estarem à mesa para o jantar? Os dois são como livros abertos. Falam a verdade sem pensar e arriscam a vida. E quando se calam, seus pensamentos ficam ainda mais expostos do que quando falam. É uma atitude corajosa, mas perigosa. Já basta meu irmão aqui, que se sentou calado, mas franzia a sobrancelha até para as perguntas mais educadas que ela fazia.

— Ela aparenta boas maneiras, mas sabemos quais são suas intenções — disse Liam. — Chegou correndo hoje à tarde, quando eu estava começando a falar com papai. Mas não impediu que eu plantasse uma semente de desconfiança nele. Por isso creio que ela agirá rápido agora. Vi isso em seus olhos.

— Eu também — disse Conor. — Portanto, fiquem em seus quartos esta noite. E amanhã, quando o sol nascer sobre o lago, vamos nos encontrar sob a árvore de nossa mãe. Acredito que possamos reunir forças suficientes para fazê-la recuar.

Cormack deixou Linn comigo e foi dormir em outro quarto. Conor montou guarda perto da porta, com uma arma ao seu lado. Eu dormi pouco. Acordei diversas vezes, como na caverna de padre Brien. E a cada vez via meu irmão ali, em pé, parado, com os olhos distantes, cantando baixinho em uma língua que eu não conhecia. Talvez a meia-luz tivesse confundindo minha visão, mas tive a nítida impressão de que ele estava com um dos pés um pouco erguido, um braço para trás, nas costas, e um olho aberto e outro fechado. E imóvel como uma pedra. A vela fazia sombras na parede, e por um instante vi um grande pássaro branco voando e uma grande árvore. Voltei a dormir.

&

Quando estava para amanhecer, o orvalho e a névoa cobriam o lago. Saímos antes do nascer do sol. A bainha de meu vestido ficou logo molhada. Abracei o pequeno embrulho que havia trazido. Não tinha grandes tesouros para carregar comigo. Entramos na floresta em total silêncio e sem lampiões. Conor estava de branco, e eu o seguia de perto como uma sombra. Linn vinha trotando atrás de nós. Parecia perceber que precisávamos de silêncio e se conteve, sem latir ou correr atrás dos insetos ou pequenos animais que encontrava.

Fomos os primeiros a chegar, mas parecia que alguém já estivera ali, pois havia objetos posicionados na grama precisamente onde costumávamos nos reunir. Os primeiros raios de luz mostraram as margaridas brancas e amarelas que ficavam a leste da árvore, onde havia uma pequena subida. Entre elas, próximo do tronco, estava um sabre com punho de osso e desembainhado. No lado oeste, onde uma descida dava para o lago, havia uma vasilha rasa de cerâmica cheia de água limpa, como o cálice de Isha. Ao sul e ao norte estavam uma vara de bétula e uma pedra da floresta, coberta de musgo. Eram os objetos que usávamos em nossas cerimônias. Mas quem os levara até ali eu não sabia, e não podia perguntar a Conor para não quebrar o silêncio, que era extremamente importante naquele momento. Fiquei imaginando quem poderia ser o responsável, já que ele tinha ficado comigo a noite toda.

Aos poucos eles foram chegando. Cormack, com sua figura alta surgindo da névoa. Logo atrás dele vinha Padriac, carregando um pequeno embrulho como o meu. Conor estava perto da árvore, esperando. Um a um fomos tomando nossos lugares ao lado dele, sem falar. De repente, Finbar apareceu ao meu lado, sem que eu o visse chegando ou ouvido seus passos. Sussurrou em meu ouvido, quebrando o silêncio.

— Sorcha, veja isto. Você sabe o que pode ser?

Era uma pequena garrafa com tampa de vidro, bem modelada como a de um perfume feminino. Tirei a tampa, cheirei e despejei uma pequena porção do pó preto em minha mão. Já havia luz suficiente para eu confirmar visualmente o que meu olfato já havia indicado. Era um dos venenos mais perigosos. Olhei para Finbar e ele viu a resposta em meus olhos.

— É acônito — sussurrei. — Onde você encontrou?

— No quarto dela, escondido entre suas coisas. É a prova do caso de Eilis.

— Quietos — disse Conor. — Esperem os outros. Ainda não amanheceu.

Ficamos em silêncio tentando tirar da mente os pensamentos turbulentos e nos concentrar em nossa tarefa. A floresta estava quieta.

Ainda era cedo para os pássaros começarem a cantar. Era um momento importante, mas nem todos tinham chegado. E sem os sete não conseguiríamos atingir nosso objetivo.

Os minutos pareciam horas. De repente, começamos a ouvir um barulho de remo na água, e um pequeno bote se aproximou da margem do lado. Era Liam que vinha remando. E na proa estava Diarmid, deitado, enrolado em um manto cinza. Cormack foi ajudá-los e precisou do auxílio do irmão para conseguir tirar Diarmid e colocá-lo de pé. Senti um cheiro forte de cerveja. Diarmid veio balançando entre os dois, não muito consciente, com os olhos vermelhos. E Liam não parecia muito melhor. Provavelmente teve que disputar copo a copo a presença do irmão.

— Estamos todos aqui e faltam poucos minutos para o amanhecer — disse Conor.

Senti novamente a presença de seres antigos, sábios e fortes envolvendo-o. Em vez de um jovem de cabelos castanhos vestido em um manto branco, ele parecia mais um ancião. E a clareira na floresta parecia se ampliar ao seu redor.

— Antes de começar, devo lembrá-los que estamos unidos e que ela se arrisca ao tentar partir o elo que mantemos. Sua intenção é um grande mistério, e não sabemos o que esperar. Recebemos do mundo espiritual a força que seus habitantes nos conferem. Mas devemos contar também com nossa coragem e resolução. Iniciamos agora nossa cerimônia. E quando estiver terminada, nos separaremos por um breve período. Vocês, Sorcha e Padriac, irão se esconder. Padre Brien irá acolhê-los e levá-los para um local seguro. Quando tudo acabar iremos buscá-los. E seja qual for o resultado do que viemos fazer aqui hoje, o restante de nós deve estar preparado para o melhor ou para o pior. Temos a prova. Cabe agora a nosso pai enxergar a verdade e tomar sua decisão.

Fizemos um círculo ao redor da árvore, como sempre fazíamos, esticando os braços e deixando distância suficiente como se fôssemos tocar as mãos uns dos outros. Mas não havia necessidade de toque. Aquele era nosso local de ritual, de união; os antigos carvalhos e faias ali conheciam nossas rimas infantis, nossos segredos e presenciavam nossa comunhão com o espírito de nossa mãe. Às vezes, éramos solenes e sérios; em outras, ríamos e brincávamos. Aquelas árvores guardavam em seus corações a história de nossas vidas, acompanharam nosso crescimento e agora estavam para presenciar o maior mistério que já tínhamos enfrentado.

O primeiro raio de sol surgiu no céu. Conor olhou para o sul e ergueu a vara de bétula diante de si.

— Criaturas do fogo, velozes salamandras — invocou. — Crianças das chamas que purificam, de propósito benéfico, nós as saudamos!

O ar pareceu se mover, a luz pareceu mais brilhante, mas a névoa ainda envolvia a clareira.

Liam estava no lado oeste e se virou na direção da água. Diarmid não conseguia ficar sozinho em sua posição, então se inclinou para o lado e se apoiou no ombro de Cormack, que segurou seu braço com força. Liam ergueu a vasilha de água em direção à luz.

— Espíritos da água, grandes sábios, guardiões dos mistérios, nós os saudamos! — disse e abaixou a vasilha.

Finbar se virou para o norte, onde as rochas abriam caminho entre as árvores. Suas mãos longas seguravam a pedra. A luz agora mostrava sua superfície cheia de pequenas marcas e símbolos.

— Habitantes do solo, conhecedores dos grandes segredos e da verdade; sábios e valorosos, honramos sua presença — ele disse. Depois colocou cuidadosamente a pedra sobre a grama e se virou para nosso círculo.

— Agora, Sorcha — disse Conor.

Olhei para as grandes árvores à minha frente no lado leste. Uma cotovia cantou sobre nossas cabeças e Padriac, que estava ao meu lado, sorriu extasiado com o som. O céu, agora iluminado, indicava que o sol tinha nascido, embora a floresta densa não nos permitisse saber precisamente em que momento foi.

Peguei o sabre e fiquei em pé entre as flores.

— Silfos da floresta — sussurrei — espíritos dos carvalhos, das faias e dos freixos, dríades das sorveiras e das castanheiras, ouçam-nos. Vós, que nos guardam e protegem com vossos troncos e galhos, nós os honramos. Dama da Floresta, bela dama do manto azul, venha a nós neste momento de desespero e escuridão. Venha a nós, eu peço.

Coloquei a faca no chão, virando-me para voltar ao nosso círculo. Os pássaros cantavam e voavam ao redor da clareira, enchendo o ar com seus sons. A névoa começou a se dissipar com a chegada do dia. Ficamos em silêncio, com as cabeças baixas, em sinal de reverência. O círculo não podia ser quebrado. Esperamos enquanto o céu passava de cinza a azul e a névoa se dissipasse totalmente.

Então ela chegou. Era como se estivesse ali conosco o tempo todo, uma delgada figura encapuzada, parada na borda do lago, no ponto em que a água tocava a areia. E logo atrás dela um barco chegou e parou ao lado do de Liam. Ela tinha me ouvido. Deu um passo em nossa direção, e mais um. Havia névoa ao redor de suas saias. Mas havia algo errado. Linn começou a rosnar. De repente, as mentes de Finbar e Conor gritaram para a minha. "Corra, Sorcha, corra!", "Para a floresta. Agora. Corra!"

A névoa começou a formar garras e envolver o corpo de meus irmãos rapidamente, um a um, e vir em minha direção. Olhei para a figura na beira da água e vi seus olhos escuros e uma mecha de seus cabelos. Então ela levantou o capuz e pude ver o rosto triunfante de Lady Oonagh.

Virei-me e corri. O medo pareceu dar asas a meus pés, e eu saltava sobre as pedras e os galhos, quase sem tocar o chão, rápido morro acima e para dentro da floresta. Linn seguia à minha frente, com o rabo entre as pernas.

Quando não aguentava mais, parei e me escondi na parte oca do tronco de um carvalho, que me acolheu em suas formas gigantescas. Linn se escondeu sob a vegetação rasteira, gemendo baixinho. Continuei a ver tudo que estava acontecendo na beira do lago pelos olhos de Finbar, sentindo com ele, a cada terrível segundo, o desfecho da história.

"Corra, Sorcha, corra!". Nossa irmã se vira e corre pela clareira como uma pequena coruja branca, e um poder desconhecido parece levá-la em segurança para dentro da floresta. Mas nós seis permanecemos imóveis, presos nas garras da névoa, que mais parece uma criatura viva. Nossas pernas estão presas ao chão, nossos braços parecem ter sido arrancados e nossas línguas não se movem. Só nossas mentes continuam lutando, impotentes para se libertar.

Ela veste o capuz novamente, e a luz da manhã parece dançar em seus cabelos. Joga a cabeça para trás, em uma gargalhada triunfante.

"Ah, se vocês pudessem se ver agora, irmãozinhos! Tão cômicos, tão ridículos!" Sua voz é negra e áspera. "Acharam que podiam me vencer com essa reles atuação, com essa tentativa patética de praticar bruxaria? Que vergonha! Deviam ter continuado com seus brinquedinhos de guerra em vez de se meterem em assuntos que desconhecem. Estão recebendo o que merecem. Vamos ver o que vai restar de vocês quando eu tiver terminado. Subestimaram minha capacidade".

Ela caminha ao redor do círculo e não conseguimos nos mover. A cada volta, para e faz um comentário.

"Liam. Protetor e líder. Não foi essa a função que sua pobre mamãe lhe deu? Parece que hoje você falhou, primogênito. Mas não se preocupe. Seu pai pode ter mais filhos. Estas terras jamais serão suas. Ah, Colum vai sentir sua perda, não há dúvida, mas por pouco tempo. Vou confortá-lo. Além do mais, ele já esqueceu seu aviso".

Aproxima-se de Diarmid, que continua apoiado no ombro do irmão, sem entender direito o que está acontecendo. "E você, meu querido amante, achou que poderia tomar o lugar de seu pai, não é? Mas você é insignificante, simplesmente insignificante." E agrava o insulto dando tapinhas em seu rosto. Diarmid pisca os olhos. "Por que eu me envolveria como uma criança como você quando posso ter um homem de verdade em minha cama?"

Vira-se então para Cormack. "Gostou de sentir sua espada machucando um ser vivo, guerreiro? E talvez se interesse em saber o que sua irmãzinha faz enquanto você viaja. Acho que seu inimigo não é o mesmo inimigo dela. Você aprendeu bem a lição de seu pai: ataque primeiro, pergunte depois. Devia ter usado esta técnica comigo."

Conor está virado para mim, no lado oposto do círculo, e vejo seus olhos. Ele está tentando reunir toda sua coragem e força para resistir ao feitiço. Mas ainda é jovem, e não tem como lutar.

"Você falhou, pequeno druida. E está levando seus irmãos com você. Não há segunda chance para quem tenta me enfrentar. Achou mesmo que o poder dela seria maior do que o meu? Sabe tão pouco e se considera um sábio. Somos todos um só".

Ela se vira e olha para mim. Recuso-me a sentir medo. Tenho de novo aquela sensação de frio, de me achar estranho, de ouvir um bater de asas. É uma sensação de morte.

"Você poderia me desafiar diante de seu pai". Sinto um arrepio me percorrer a espinha. "Faria qualquer coisa para salvar sua irmã. Mas eu vejo sua mente e sei quem você é, meu velho inimigo. Sua irmã não me escapa. Eu a encontrarei e a farei sofrer até ela desejar a morte. E quanto a vocês, vou mandá-los para um lugar onde não existem ideais heroicos, qualidades morais ou questões como certo ou errado. Terão apenas uma preocupação: sobreviver. Que final triste para suas belas histórias, não?"

Caminha até Padriac, que continua em choque. "Você queria saber tudo: os segredos do voo, dos animais e de todas as criaturas vivas. Saberá então como é voar e sentirá o medo e a dor de um animal. Viverá assim até implorar para ser humano novamente. Conhecerá somente o sofrimento e a morte, nada mais".

Continuei encolhida no tronco da árvore, os olhos fechados e as mãos tapando os ouvidos. As imagens eram claras em minha mente e eu não conseguia me desligar de Finbar, mesmo que quisesse. Seu desespero era imenso, e ele não tinha como controlar seus pensamentos. Senti com ele tudo o que aconteceu.

Ela levanta as mãos lentamente. O manto cai e revela seu vestido azul, seu fino lenço com bordados delicados de pétalas e borboletas. Suas mãos apontam para o céu e seus olhos escuros parecem atrair as sombras. Começa a entoar uma cantiga de tom estranho, ameaçador. De repente, flashes de luz começam a circular ao redor de nossos corpos imóveis, vindo de suas mãos, do céu e da terra. A clareira se enche de faíscas e clarões. Os pássaros fogem, assustados. A canção atinge seu auge e termina. Então a transformação se inicia. No lugar das botas de couro vão surgindo pés de ave aquática. E os braços musculosos vão dando lugar a asas de penas brancas. Por último, a mente e o espírito. "Adeus, Sorcha. Adeus, corujinha. A leveza, a manhã, a água. Somos cisnes. Somos unos com o lago. Somos..."

Então eles se foram. Meus irmãos se foram. Mas a voz dela continuava, zumbindo em minha mente. *"Não me esqueci de você, Sorcha, irmãzinha. Quando estiver cansada e a floresta não lhe oferecer mais proteção, eu a encontrarei. Quando menos esperar, estará em minhas mãos. Sem seus irmãos você é nada. Primeiro vou cuidar de seu pai e depois virei acabar com você".*

Não me lembro muito bem como cheguei à casa de padre Brien naquela noite. Rasguei minhas roupas, machuquei os joelhos e fiquei cheia de escoriações pulando e me esgueirando entre as pedras, os galhos e as árvores. Linn me acompanhava, ansiosa, esperando por mim enquanto eu atravessava o rio e escalava o penhasco. Minha mente estava em branco, minha visão, embaçada pelas lágrimas que não paravam de correr, e minha garganta, intumescida e seca pelo choro e pela angústia. Fui escalando e chorando, escalando e chorando até chegar à caverna.

O sol brilhava e a temperatura estava amena. Cheguei no início da tarde, bem mais rápido do que imaginava. Mas a pressa teve seu preço. Estava zonza e sem fôlego, o corpo todo dolorido. Foi Linn quem a viu primeiro, a figura de uma mulher alta, sentada imóvel no banco sob as sorveiras, os cabelos negros caídos nos ombros. Seu longo manto era azul como as montanhas no horizonte. Linn parou por um instante e depois continuou lentamente, o rabo balançando levemente. Ela estendeu a mão para afagá-la.

— Venha, filha da floresta.

Sua voz era forte e profunda. Fiquei parada. Linn deixou que ela a acariciasse e, como também devia estar cansada, lambeu rapidamente os longos dedos que a afagaram e foi até a tigela de água para matar a sede em grandes goles.

— Venha, Sorcha. Não me reconhece?

Ficou sentada, sem se mover. Passei a mão pelo rosto, enxugando as lágrimas e o nariz. Onde estava padre Brien?

— Venha, filha. Você me chamou. Estou aqui e vou ajudá-la.

Senti uma onda de raiva tomando conta de mim. Fui me aproximando e parei à sua frente, olhando direto para seus olhos azuis.

— Você não veio! Nós a chamamos, meus irmãos e eu. E agora é tarde. Eles se foram. E ela... ela disse que vocês são uma só. Foi a ela quem chamamos, sem saber.

Não saía de minha cabeça a imagem de meus irmãos se transformando, um por um, em cisnes, e aquele vazio terrível em suas mentes, agora destruídas.

— Como saber em qual de vocês confiar?

Seu olhar era penetrante.

— Seres como ela sempre irão dizer que não existe luz ou escuridão, apenas sombras. Que todo caminho pode ser certo ou errado e que bem e mal são apenas dois lados da mesma moeda. Cabe a você acreditar ou não. Talvez ela esteja dizendo a verdade e eu esteja mentindo. Cabe a você decidir e escolher seu caminho. Tem que escolher agora.

— Não há escolha — eu disse, os olhos marejados. — Ela os transformou e eles se foram para sempre! O que me restou a não ser viver sozinha, escondida? Ela disse que viria atrás de mim. Não posso ficar aqui. Tenho que falar com padre Brien...

— Pare — ela disse, levantando a mão. Estremeci e me calei. — Ele não pode ajudá-la agora. Ouça.

Fiquei ouvindo e, de repente, todos os sons desapareceram. Até os insetos silenciaram. A clareira estava imersa no mais profundo silêncio.

— Está se perguntando por que este lugar está tão quieto. É o som do sono, o som do adeus. Ele está aqui, mas não está.

— Como assim? — achei que nada mais me abalaria, mas as palavras dela me fizeram gelar.

— Temos pouco tempo — ela continuou, levantando-se, e agora eu sentia o poder de sua presença como da última vez em que a tinha visto. Era como se o coração da floresta estivesse ali. — Ouça, e com atenção. Você tem uma escolha a fazer agora. Pode fugir, se esconder e passar o resto da vida aterrorizada, imaginando que pode ser encontrada a qualquer momento. Ou tomar a decisão mais difícil e salvar seus irmãos.

Olhei para ela, sem entender. Linn acabou de tomar a água e foi se deitar ao sol.

— Salvá-los? — sussurrei, após alguns instantes. — Quer dizer que o feitiço pode ser desfeito?

— Pode — respondeu ela. — Mas não é uma tarefa fácil. Você é a única que pode fazer isso e deve tomar o máximo cuidado, pois se ela suspeitar, irá atrás de você ainda mais rápido para impedi-la. Seus irmãos a salvaram, mas não conseguiram salvar a si próprios. Só você pode livrá-los dessa maldição.

— Mas ela disse... disse que *não havia segunda chance* — aquelas palavras ainda ressoavam em minha mente, como uma sentença de morte.

— Ela disse isso para lhes tirar as esperanças e fazê-los crer que tinham falhado ao tentar proteger sua família. Sem esperança, eles ficariam ainda mais vulneráveis e teriam menos chance de sobreviver. Pelo menos é o que ela acredita ser verdade.

— Que crueldade. Por que ela faz isso?

— É a natureza dela — respondeu a Dama, com voz tranquila. — Suas maldades dependem de seu humor. Algumas são quase sem importância. Outras, como essa, são desastrosas. A diferença, desta vez, é que ela não sabe que está lidando com forças mais antigas e maiores do que as dela. Este feitiço pode ser desfeito por você, se estiver disposta a enfrentar o desafio.

Senti uma pequena chama de esperança se acender em mim.

— O que tenho de fazer?

— É uma tarefa longa, difícil e dolorosa, Sorcha. Tem certeza de que terá forças para isso?

— Sim! Sim! Só me diga o que fazer.

Ela me olhou com carinho e se sentou novamente no banco.

— Venha, sente-se aqui, filha. Bem, escute com atenção. Você precisará fazer uma camisa para cada um de seus irmãos. Mas deverá fazer tudo, confeccionar o tecido, cortar e costurar. Tudo.

— Isso eu posso fazer. Posso, sim.

— Calma. Sei que seria fácil até para você, que não teve um aprendizado formal dessas coisas. Mas não é tão simples. Do momento em que deixar este lugar até a hora do retorno de seus irmãos à raça humana, você não poderá emitir qualquer som, sejam palavras, gritos ou canções. E não poderá contar sua história por meio de desenhos, cartas, gestos ou o que quer que seja, a qualquer criatura.

Deverá silenciar-se completamente, ser tão muda quanto os cisnes. Se quebrar o silêncio, a maldição permanecerá para sempre.

— Entendi. E o que mais? Como encontrarei meus irmãos para vestir as camisas neles?

— Calma, ainda há mais — ela disse, pegando minha mão. — Até agora, a tarefa é relativamente fácil. A parte difícil é que as camisas não podem ser de lã, linho ou pele. Devem ser fiadas e tecidas com a fibra da planta estrela d'água. Os caules farpados irão cortar e machucar seus dedos. Não terá seus irmãos para abraçá-la ou cuidar dos ferimentos. Terá que chorar em silêncio, sem gritar ou gemer. Acha que consegue?

— Sim — respondi, em um sussurro. Linn se aproximou e enfiou o nariz gelado em minha mão. Acariciei suas costas, afundando os dedos em sua pelagem. — Poderei ver meus irmãos?

— Sim, poderá. No ano que vem, durante a noite do solstício de verão e em todos os anos seguintes, duas vezes por ano, no solstício de verão e no de inverno, no período entre o pôr do sol e o amanhecer, eles retomarão a forma humana e virão vê-la, se puderem. Mas lembre-se: você não poderá emitir qualquer som, mesmo diante deles, ou o encanto permanecerá e eles jamais deixarão de ser cisnes. Será uma tarefa longa, Sorcha. Você deve sair agora e ir para um lugar seguro, como seus irmãos haviam planejado. Pegue a carroça e siga na direção oeste. Um pouco antes do ponto em que as estradas se cruzam há uma velha trilha à direita, que vai para a floresta. Preste muita atenção para não passar direto, pois ela é bem escondida. É uma trilha ao redor do lago. Ao final dela, você encontrará um lugar seguro para ficar, pelo menos durante algum tempo. Pegue aqui na casa e na caverna tudo que irá precisar. Escolha cada item com atenção.

— Por vezes, meus irmãos e eu — disse, hesitante — nos comunicamos sem usar palavras. Transmitimos imagens diretamente para a mente um do outro. Não poderei fazer isso também? Não sei o que faria sem essa comunicação.

Ela me olhou com expressão severa. Parecia estar me avaliando, querendo saber se eu realmente tinha tanta força quanto imaginava. Senti que ia dizer algo, mas mudou de ideia.

Suspirei.

— Certo, farei o que é preciso. É que meus irmãos são parte de mim e... — não sabia como lhe pedir aquilo.

Ela sorriu e pareceu me entender.

— Não criei o feitiço, estou apenas tentando neutralizá-lo. Creio que falar com eles por meio de sua mente não será tão perigoso. Lady Oonagh está lidando com forças que não entende muito bem. O vínculo entre você e seus irmãos é muito mais forte do que ela imagina. Você não irá conseguir se comunicar com eles mentalmente enquanto estiverem na forma de cisne, somente quando vierem visitá-la. Mas ainda assim estará se arriscando. Lembre-se de que não pode contar a eles sua história ou o feitiço não se quebrará. Precisa aprender a fechar sua mente, até para eles.

— Mas e se...

— É assim que funciona com feitiços ou maldições. As tarefas são estabelecidas e têm regras. Você pode escolher segui-las ou não. Lembre-se: quando as camisas estiverem prontas, você deve vesti-las no pescoço de cada cisne, permanecendo em silêncio. Só assim seus irmãos poderão voltar a ser humanos novamente.

O vento chacoalhou os arbustos ao nosso redor e, num piscar de olhos, ela desapareceu.

Eu já tinha visto pessoas mortas. É algo inevitável quando se trabalha com cura. Mas nunca amigos ou parentes, até aquele momento.

Entrei na caverna e padre Brien estava caído no chão. Não havia tempo para tristeza ou desespero. Queria ter me sentado ao seu lado e chorado por ele, examinado seu corpo para descobrir a causa de sua morte. Poderia ter sido algo natural, como um espasmo do coração ou humores negativos no sangue. Mas também podia ter sido envenenamento ou algo premeditado, como a pressão dos dedos em um ponto estratégico na nuca. Fechei seus olhos e afaguei seu rosto. Qualquer que tenha sido a causa de sua morte, seu rosto mostrava agora uma expressão de tranquilidade e aceitação. Havia se reintegrado consigo mesmo e com o grande círculo da existência. Dizem que o espírito não abandona totalmente o corpo até a terceira manhã após a morte. Meu amigo não estava morto há mais de três dias, mas seu ser interior parecia já ter voado para o imenso céu que ele sempre observava no Monte Ogma, acima das árvores e das águas do lago que se estendiam para o oeste. Coloquei a cruz de madeira entre suas mãos e uma oração cristã me veio à mente, mas preferi ficar em silêncio. Quem sabe para onde seu espírito desejaria voar? Ele sempre fora uma pessoa de mente aberta e, com isso, muitas portas se abririam agora para ele.

Não queria abandonar o corpo daquela maneira, sem algum tipo de cerimônia, mesmo em um local ermo como aquele. Precisaria cremá-lo, mas acender uma fogueira chamaria atenção demais. Além disso, precisava pegar as coisas e sair enquanto ainda era dia. Só tive tempo de espalhar algumas folhas de arruda, artemísia e acônito ao seu redor. Linn ficou sentada na entrada da caverna, mas não se aproximou. Não chorei. Em vez de tristeza e desânimo, uma sensação de ânimo e clareza mental pareceram tomar conta de mim. Era um momento de tristeza e de vazio, mas consegui me concentrar e fazer o que era preciso.

Mais uma vez abençoei o bom padre por sua organização. O velho cavalo estava amarrado sob as árvores. Como eu precisava sair rápido e sem chamar atenção, decidi não levar a carroça. O animal poderia carregar o que eu precisava. Imaginei que teria de viver sozinha durante um bom tempo. Mas se conseguisse adivinhar o futuro naquele momento, teria desistido. Seis camisas, pensei. Demoraria pelo menos até o solstício de verão para terminá-las. Precisava levar comida, sementes e medicamentos. E também precisaria acender fogo, fiar, tecer e costurar. Padre Brien com certeza não tinha provisões para tudo isso, mas havia preparado o suficiente para meu irmão e eu sobrevivermos a uma viagem longa e fora da floresta.

Como tive que fugir da beira do lago, deixei para trás minha trouxa com roupas, unguentos, medicamentos e os restos de meu jardim, que Finbar recolhera com tanto carinho. Enfiei as mãos nos bolsos e o pequeno amuleto de madeira ainda estava ali.

Padre Brien tinha um pequeno estoque em sua casinha. Fui pegando o que achei que me poderia ser útil. Um saco de cevada, um saco de feijão e um pote com mel. A temperatura já estava caindo. Encontrei um velho manto e uma túnica, e as botas que Simon havia deixado. Peguei também uma faca afiada, um ancinho e uma panela. Fiquei pensando em Linn. Seria difícil alimentá-la. Torci para que desenvolvesse suas habilidades de caça agora que não teria comida à disposição. O padre não tinha roca ou fuso para fiar, mas como eventualmente precisava remendar algumas roupas mais puídas, encontrei entre suas coisas algumas agulhas de osso e um carretel. Peguei também uma garrafa de água e uma espada. O cavalo olhou para mim com olhos lastimosos, mexendo as orelhas. Enrolei algumas mantas sobre a carga e amarrei firme. Fiz também uma trouxa menor, com ervas, especiarias e itens mais delicados, que eu mesma carregaria, assim como objetos de que poderia precisar no caminho.

Olhei em volta antes de partir, despedindo-me daquele lugar cheio de lembranças. Várias imagens vieram à minha mente. A vinda de padre Brien, suas orações, suas leituras, sua cura, sua vida solitária na floresta e seus ensinamentos. E também seus visitantes: o solene Liam, o alegre Diarmid, os irmãos gêmeos idênticos, Cormack, bravo e destemido, e Conor, profundo e sutil. Finbar, com sua ardente integridade. Padriac, sedento de conhecimento. E a pequena irmã, que não era o sétimo filho do sétimo filho, mas que seguiu os passos deles. Padre Brien, que nos ensinara tanto, havia partido. E meus irmãos também tinham se transformado apenas em lembranças. Eu precisaria cumprir minha missão se quisesse vê-los em forma humana novamente.

Olhei também para a sorveira, onde vi pela primeira vez a Dama da Floresta, e para o lugar em que Simon colocou a faca em minha garganta e nos perguntou por que não acabávamos logo com sua vida infeliz. Aquelas árvores pareciam contar a história de minha vida. E o vento ainda tinha o som da voz dele dizendo "não me abandone, não me deixe aqui sozinho".

Passei a mão pelo rosto e estalei os dedos, chamando Linn. Ela logo aprenderia que eu não podia mais chamá-la pelo nome ou lhe dirigir palavras carinhosas, como sempre havia feito. Peguei a rédea, virei-me e caminhei, decidida, para a floresta.

Capítulo 5

A Dama da Floresta escolhera muito bem o esconderijo. Ficava perto da margem norte do lago, em um ponto em que uma curva elevada escondia uma pequena enseada. Um pouco acima encontrei uma caverna que se poderia chamar de perfeita, tanto por sua estrutura quanto pela estratégia da natureza ao seu redor. Embora estivesse bem perto do lago, as sorveiras retorcidas e as grandes trepadeiras penduradas a ocultavam totalmente. Mais acima, em uma pequena clareira, havia uma pequena fonte com ervas ao redor, provavelmente plantadas por algum viajante solitário como eu. E toda a borda do lago era cercada por belas, fortes e saudáveis estrelas d'água. Como é uma espécie de planta que não morre no inverno e se mantém verde mesmo sob as temperaturas mais baixas, eu podia começar a trabalhar imediatamente.

A caverna era uma surpresa tanto por fora quanto por dentro. Vários pontos das paredes haviam sido escavados e, ao longo delas, se via símbolos misteriosos, cujo significado eu imaginava, mas não tinha muita certeza. Conor provavelmente seria capaz de explicar que se tratava de símbolos de proteção e qual o significado e a história de cada um. A maior parte dos orifícios continha objetos. Encontrei mantas embrulhadas em um tecido oleado em um deles, vários mantos em outro e também facas com punhos de osso decorado e lâminas surpreendentemente bem conservadas. Outras pessoas já haviam se abrigado ali, provavelmente protegidas pelos Seres da Floresta, como eu. E o mais providencial foi encontrar um pote de barro com farinha de aveia e outro com maçãs secas.

Os mantos vieram realmente a calhar, pois o inverno já se aproximava e eu tinha receio de que um fogo aceso e alto o tempo todo acabasse denunciando minha presença. Deixava apenas um pequeno braseiro. Com isso, sentia muito frio, especialmente durante as longas noites. Acordava com o corpo dolorido e era difícil me mover. Passava o tempo todo encapotada e tentava não pensar no assunto.

Naquele ponto eu podia achar que havia sido muito ingênua ao acreditar que conseguiria desfazer o feitiço. Tinha inúmeras histórias e contos na ponta da língua e em todos eles bastava o herói completar sua tarefa e enfrentar os desafios para conquistar o que desejava. Mas minha ingenuidade não era tão grande. Tinha dito a Simon que ele podia fazer sua história terminar como bem desejasse. Mas não era bem verdade. Pode-se traçar um caminho, mas sempre há pessoas e fatos que o influenciam e o modificam, tornando-o muitas vezes difícil e confuso. E a Dama da Floresta já havia me advertido de que tudo seria complicado desde o início, mais do que eu podia imaginar.

Talvez você já tenha experimentado fiar ou tecer linho, ou mesmo lã. É um trabalho que exige muito das mãos. Após algumas horas, surgem bolhas na pele e as juntas começam a doer. Conhece-se uma fiandeira por suas mãos. O resultado do trabalho pode ser maravilhoso, porém, com o tempo, suas mãos vão ficando grossas, tortas e envelhecidas. As nobres damas dos contos, como Etain e Sadb, que se transformaram em gazelas, e Niamh, de cabelos dourados, cujo nome foi dado à minha mãe, não eram fiandeiras ou tecelãs, com toda certeza. Suas mãos eram sempre descritas como sendo brancas e delicadas, adornadas com anéis de prata e prontas para receber o beijo do herói que voltava vitorioso de suas batalhas. Eram mãos acostumadas a executar finos bordados ou a tocar harpa. Dedos delicados, feitos para disfarçar um delicado bocejo ou para acariciar o rosto do amado. As donzelas dos contos jamais haviam ouvido falar em estrela d'água.

Já mencionei esta planta e como ela parece suave como pluma, com sua folhagem cinza-esverdeada e suas flores em forma de estrela. Mas seus minúsculos espinhos penetram e atravessam a pele, dando uma sensação de queimadura semelhante à causada pelo fogo. A área afetada se torna avermelhada, inchada e lateja até que a última fagulha do veneno seja removida. Eu não sabia como começar, pois não havia maneira segura de proteger minhas mãos enquanto manuseava a planta. Podia cortar o caule e as folhas com uma faca e pegá-los com um pano, mas não havia como desfiá-los usando luvas. Além disso, conhecia o suficiente de magia para saber que isso seria trapacear. Para salvar meus irmãos, eu teria que cumprir a tarefa integralmente, ainda que isso envolvesse sofrimento. Meu pai também devia estar sofrendo, pois não ficaria indiferente diante do desaparecimento de todos os seus filhos de maneira tão cruel. Fiquei imaginando que explicação Lady Oonagh dera a ele. Não, não havia como fugir. Faria aquelas camisas com minhas mãos nuas, sangrando e doendo, se fosse preciso, pois só assim o feitiço seria desfeito.

Eu não dispunha de ferramentas para o trabalho e tinha pouquíssima experiência. Havia visto as mulheres do povoado trabalhando, sentadas em banquinhos altos, separando as fibras da lã e as colocando no fuso, fazendo o mecanismo girar e produzindo o fio. Depois, o fio era enrolado no eixo e elas faziam girar a espira, iniciando todo o processo novamente. O trabalho era ritmado e muitas delas cantavam enquanto o faziam. Parecia simples. Mas eu não estava trabalhando com lã. A estrela d'água não era uma planta fibrosa e por isso eu tinha que molhar, bater e secar os caules e as folhas antes de poder tecer. Bem, eu precisava começar de alguma maneira.

Primeiro fiz o fuso. Havia pinheiros na colina e um galho serviria. Peguei a machadinha para cortar a madeira, mas não sem antes agradecer em silêncio aos espíritos da árvore. Se eu desejava viver ali sozinha, a boa vontade daqueles espíritos me era essencial. Linn resolveu a outra parte do problema para mim, enquanto explorava os arredores. Como fora ensinada a buscar objetos que lhe jogávamos, acabou me trazendo uma grande pinha verde que havia caído de uma árvore antes de amadurecer. Colocou-a aos meus pés, esperando que eu a pegasse e jogasse para ela. Era um cone bem proporcional, simétrico e de bom peso. Tinha encontrado minha espira. Acariciei Linn e joguei outra pinha para ela ir buscar. Voltei para a caverna e fiz um pequeno furo na base do cone com a faca e o encaixei no fuso. Fiz também uma fenda na outra ponta para enrolar o fio. Por enquanto estava tudo indo bem. Saí então para colher estrelas d'água.

Não vou descrever detalhadamente o processo para não me alongar. Fui cortando os caules e jogando-os em um saco de pano, o que poupou um pouco minhas mãos, mas não pude evitar que alguns espinhos penetrassem nelas. A dor era muito maior do que eu imaginava. E a tarefa, bastante lenta, apesar da abundância da planta ao redor do lago. Quando já tinha certa quantidade de caules, fui até a margem procurar um lugar para molhá-los. Estava com sorte. A fonte corria entre as pedras, formando pequenas poças. Um pouco acima da margem havia um local onde consegui ajeitar algumas pedras de modo que a água passasse mais suavemente e formasse uma única poça. Deixei ali os caules que havia colhido. E me lembrei de um detalhe que havia aprendido em meus estudos sobre plantas e ervas: em algumas espécies, cinzas podem apressar o preparo das fibras para a fiação.

Decidi que não custava tentar. Esperei até que o pequeno fogo que acendi se apagasse de manhã, recolhi as cinzas, fui até a beira do lago e as espalhei sobre os caules. Depois, com uma pedra redonda, fui batendo sobre eles até separar as fibras rústicas e transformá-las em algo que pudesse ser usado como fio. Enrolei então as meadas em uma vara e a coloquei apoiada entre as pedras para que a água pudesse passar por ela e amolecer os fios. Depois esperei.

Três dias de trégua. Era o tempo que eu tinha agora para tirar os espinhos da estrela d'água de minhas mãos e aplicar unguento para aliviar a dor. Aproveitei também para verificar meu escasso estoque e tentar calcular quanto tempo ele duraria. Percebi que teria que improvisar ou roubar provisões de algum possível vizinho, do contrário não viveria até a primavera. Comecei o improviso cozinhando aveia na água para fazer um mingau. Depois saí para explorar o território ao redor. Fiquei surpresa ao descobrir que meu esconderijo não era em um ponto tão alto da serra quanto eu pensava. De onde estava, dava para ver uma área aberta, transformada em pastagem. E algumas casas de sitiantes a certa distância. Estavam próximas o suficiente para me fornecer suprimentos e também para colocar em risco minha segurança.

No quarto dia, tirei as fibras da água, bati sobre elas novamente com a pedra e as pendurei na caverna até que estivessem quase secas. No dia seguinte, comecei a tecer.

Pobre Linn. Prestava atenção em mim o tempo todo, observando cada gesto com aquele olhar simples e leal que só um cão tem. Não conseguia entender por que eu chorava, por que meu corpo estava tão tenso com a dor e por que não adiantava me lamber, guinchar ou se sentar mais perto. Sua aflição me dava pena. Tentava trabalhar enquanto ela saía para caçar, mas a tarefa era lenta, muito lenta. Cada um dos fios arrebentava e se desfazia diversas vezes a cada torção e, por mais que eu insistisse em continuar, às vezes a dor era tão intensa que eu tinha que parar e sair para colocar as mãos na correnteza e aliviá-las um pouco.

Os dias eram terríveis. De vez em quando, eu tinha a impressão de ouvir uma voz dentro de mim dizendo que era impossível e que eu não conseguiria.

"Por que não desiste? Veja suas mãos, inchadas e machucadas. Você chora dia e noite e para quê? Olhe o resultado de seu trabalho: esse fio fino e frágil e em tão pouca quantidade que mal daria para cobrir uma borboleta, que dirá fazer uma camisa para um homem. É uma tarefa impossível. Além do mais, quem garante que a Dama da Floresta não mentiu? Tudo isso pode ser uma grande e cruel brincadeira, e você terá tido todo esse trabalho em vão."

Era difícil ignorar essa voz. De vez em quando, eu pegava o pequeno amuleto de Simon, observava seus detalhes entalhados e imaginava que estava falando com ele, tentando diminuir seu desespero e seu ódio contra si mesmo. E começava a contar histórias para mim mesma, não em voz alta, mas em minha mente, tentando concentrar toda a minha atenção nelas, fossem sobre um herói, sobre um gigante ou sobre três irmãos que saíam pelo mundo em busca de seu destino. Quando não conseguia me lembrar de uma história, inventava outra ou modificava as que já conhecia.

E assim os dias foram se passando e minhas mãos continuavam seu terrível trabalho. A dor era constante e o inchaço chegou a tal ponto que era difícil segurar a espira e os fios. Mas minha mente se distanciava da dor no mundo das jovens donzelas, dos nobres guerreiros, dos viajantes aventureiros, dos dragões, das serpentes e dos passes de mágica.

Quando escurecia e eu não conseguia mais enxergar, colocava de lado o trabalho, tentando não ver quão pouco havia produzido. Meus irmãos não estavam ali para tirar os espinhos de estrela d'água de minhas mãos, não havia alguém para cantar e me distrair, nem amigos para me ajudar a suportar aquela árdua missão.

Como minhas mãos viviam inchadas, eu não tinha mais tato ou flexibilidade nos dedos para tirar os espinhos delas. De vez em quando, os ferimentos começavam a expelir os líquidos e humores que se acumulavam. Então eu tinha febre e ficava zonza. Mas como havia escolhido bem os remédios nas prateleiras de padre Brien, pegava um unguento de prunela e confrei e fazia uma infusão de casca de salgueiro e arruda com a água da fonte, que usava tanto para me banhar quanto para beber. Depois de algum tempo, me sentia melhor e podia continuar o trabalho, apesar da fraqueza. Com o passar do tempo, meu corpo pareceu acabar aceitando o inevitável e minhas mãos se tornaram mais grossas e duras, talvez como forma de defesa diante dos constantes maus-tratos. A dor continuava, mas pelo menos agora eu conseguia trabalhar.

O inverno terminou, a primavera chegou e me encontrou bem mais magra. Conseguia contar minhas costelas e sentia muito frio mesmo com Linn dormindo ao meu lado. E sentia uma fome terrível. Nunca fui de comer muito, porém, mesmo reduzindo as porções, meus mantimentos se esgotavam e eu tinha que improvisar cada vez mais. Desde pequena não comia carne, pois sempre tive muita empatia com os animais e a simples ideia de ingeri-los me revoltava. Linn tinha aprendido a caçar na floresta e a deixar lá os restos, longe de minha visão. Já para mim era mais difícil. Agora que a temperatura estava subindo, seria possível encontrar cogumelos, verduras e cebolas selvagens, mas não muito mais. Fui racionando minhas últimas porções de cevada e de feijão, esperando a época das frutas e das nozes recomeçar.

Apesar da fome, passava o menor tempo possível cozinhando ou procurando alimentos, pois isso me fazia perder tempo de trabalho.

O cavalo também estava esquelético, e eu não tinha mais como mantê-lo. Um dia, quando o sol apareceu e a primavera começou a se anunciar, levei-o até próximo do local em que a floresta foi derrubada para dar lugar aos pastos. Dava para ver algumas vacas pastando, a distância, e a fumaça da chaminé de um chalé. Encostei a cabeça em seu pescoço por um instante, tentando dizer a ele que padre Brien iria querer vê-lo sempre em segurança, útil e bem alimentado.

Dei então um pequeno tapa em sua anca e apontei para frente. Ele foi andando, hesitante, pelo campo, e eu voltei para a floresta, torcendo para que encontrasse alguém que o alimentasse e o acolhesse em um estábulo quente e confortável.

※

Alguns dias depois, uma grande tempestade açoitou a floresta durante um dia e uma noite inteiros, arrancando os galhos das árvores e invadindo minha caverna. Cada manta, cada peça de roupa e cada canto de meu abrigo foram encharcados.

Minha pequena lareira se apagou e não tive remédio senão me sentar, tremendo de frio, e esperar. Linn veio ficar comigo e tentava me aquecer. Na segunda manhã, a chuva começou a diminuir. Eu tremia convulsivamente e só conseguia pensar na grande lareira da sala de minha casa, com suas toras de pinho estalando ao fogo, e na de meu quarto, que iluminava a tapeçaria de coruja e unicórnio na parede. Semi-inconsciente, sonhei que alguém me envolvia em uma manta e me aquecia até eu dormir, em segurança. Acordar daquele sonho, ensopada e tremendo de frio, foi cruel. Depois de algum tempo, Linn se cansou de mim e saiu. Fiquei sentada, chorando e pensando que seria capaz de desistir de tudo se alguém me trouxesse um prato de sopa de cevada que Fat Janis fazia como ninguém.

Não sei quanto tempo fiquei ali, naquele estado de transe e de autopiedade, mas fui interrompida pelos latidos de Linn. Levantei-me, os membros doendo e se recusando a cooperar, e fui até a entrada da caverna. Um freixo gigantesco havia caído durante a noite, derrubando em seu caminho outras árvores menores. Sua copa veio parar perto da caverna e, no espaço aberto em seu lugar, eu agora conseguia ver um pouco do lago entre as árvores e a vegetação ao fundo. Fui até o gigante caído e coloquei minhas mãos cheias de cicatrizes sobre seu tronco, falando mentalmente com o espírito que o habitava. A tempestade lhe havia tirado o lar de maneira violenta. Agradeci à árvore por abrigar durante tantos anos as pequenas criaturas, oferecer alimento ao solo da floresta e por sua contínua paciência e compreensão. Disse também que usaria bem sua madeira para fazer novas ferramentas para meu trabalho, para alimentar o fogo, me aquecer e lhe garanti que a luz que agora banhava o lugar em que ela estivera traria nova vida da terra. Em breve outro grande freixo cresceria ali. Enquanto dizia minhas palavras mentais, o frescor do tronco suavizava a dor de meus dedos feridos. Senti o conhecimento e o mistério da grande árvore se fundindo com meu espírito. Tive, por um instante, a sensação de conhecer sua integridade, sua solidão, a dignidade de sua vida e de sua morte. Não cortaria a madeira por enquanto. Esperaria até que o espírito partisse de dentro dela e depois faria um novo fuso e uma nova espira, e talvez até um caixilho de tear, pois achava que já tinha fios suficientes para começar a primeira camisa. Não possuía forças para usar o tronco ou os galhos maiores daquele gigante, mas minha machadinha cortaria os menores. Olhei para minhas mãos e flexionei os dedos doloridos. A tendência era que fossem ficando cada vez pior.

O grande freixo ficaria ali. O musgo começaria a crescer sobre o tronco e as pequenas criaturas iriam habitar suas partes ocas. Até depois de morta ela fazia parte da grande cadeia do espírito da floresta.

As semanas se passaram e as abelhas começaram a polinizar as flores de lavanda, e as árvores e plantas também começavam a florescer. Os dias e as noites tinham agora a mesma duração, e os pássaros voavam, ocupados em trazer palha e ramos para suas ninhadas.

Andando próximo à margem do lago, certa manhã, vi aves aquáticas voando em direção às pequenas ilhas, em rasantes próximo à água prateada e depois subindo em direção ao céu azul, ou mergulhando para pescar. Não dava para saber, àquela distância, se eram cisnes.

A água estava mais quente, então decidi tomar um banho e lavar minhas roupas encardidas. Até então não tinha visto qualquer sinal de vida humana naquele lado do lago. Era como se fosse um território protegido da interferência dos mortais, pelo menos até então.

A floresta irá protegê-la, é o que a Dama havia dito. Mas parecia que boa parte da proteção vinha dela. O tempo foi passando e a floresta se enchia de vida nova. Eu continuava minha tarefa dia após dia. Acordava ao amanhecer, lavava-me no lago, reacendia meu pequeno fogo e fervia água para preparar um escasso café da manhã com agrião e cebolas selvagens. Depois, Linn saía para caçar e eu ia em busca de comida. À medida que o verão se aproximava, a tarefa ficava mais fácil.

Amoras silvestres e groselhas nasciam em pencas, prontas para serem colhidas. As árvores mais velhas também se enchiam de folhas e flores. E no chão, as ervas cresciam em abundância. Era fácil encontrar salsa, sálvia e manjerona. Encontrei também macieiras e castanheiras por perto, o que era muito bom, pois seus frutos nasceriam próximo do outono. Já percebera que ficaria ali pelo menos mais um inverno, pois meu trabalho era lento e rendia pouquíssimo. O verão já estava próximo, e eu ainda não tinha tecido para uma camisa sequer.

Quando voltava com os alimentos, pegava o fuso, o carretel e o cruel monte de fibras e me punha a trabalhar, com os espinhos penetrando em minhas mãos e minha mente concentrada nas histórias, olhando para o nada. De vez em quando me levantava e saía para caminhar entre as árvores, descansando as costas doloridas no tronco de um carvalho ou de um olmo. Então minha mente os procurava, do outro lado do lago, no céu ou onde quer que pudessem estar.

"Onde você está, Finbar?"

Mas ninguém respondia. Tinha medo que já tivessem sido mortos pela flecha de um caçador, por um lobo ou por um javali.

"Onde estão vocês?"

Mas não me permitia ficar muito tempo parada. Logo Linn chegava, lambendo os lábios, pronta para me fazer companhia, e eu retomava o trabalho. Depois de algumas horas, pegava o fio que havia produzido e começava a tecer. Claro, não consegui fazer um tear como aqueles das mulheres do vilarejo. No entanto, encontrei um pedaço de casca de árvore bem plano, fiz furos em suas pontas e amarrei a urdidura. Fazia a trama à mão com uma agulha de osso que trouxe da casa de padre Brien. Passava por cima e por baixo, por cima e por baixo. O resultado era um tecido irregular e grosseiro, mas que não se desfazia. Depois de muito trabalho, tinha em mãos, finalmente, um pouco de tecido. Era hora de pensar em como costurá-lo para fazer as camisas.

O solstício de verão me pegou de surpresa. Trabalhava o máximo que conseguia e agora precisava ir mais longe para colher estrela d'água, pois havia acabado com todos os pés que existiam próximo da caverna. Um dia decidi me aventurar perto da trilha em que havia soltado o cavalo e subi o morro cheio de parreiras, trepadeiras, samambaias e musgo, onde a luz era filtrada pela densa vegetação. Cheguei então ao local no qual o tinha deixado. Estava me sentindo diferente naquele dia. Era como se eu precisasse me certificar de que o resto do mundo não havia desaparecido enquanto eu estava sozinha naquela caverna, fazendo as camisas de meus irmãos. Lembrei-me das histórias em que um rapaz e uma moça eram capturados pelos Seres da Floresta no sopé de um morro. Passavam a noite cantando e dançando com eles e, quando voltavam no dia seguinte, descobriam que cem anos haviam se passado e toda a sua família havia morrido. Quem sabe o mesmo não poderia acontecer comigo?

Aproximei-me da saída da floresta o máximo que a coragem me permitiu e subi em uma gigantesca nogueira. Linn ficou guardando meu feixe de estrela d'água, refestelada sobre as samambaias e plantas frescas na sombra. O sol estava forte e o céu prometia pesadas chuvas de verão. Dali de cima olhei em volta e vi algumas árvores crescendo perto de uma trilha emoldurada por pés de pilriteiro, os campos cheios de pedras e, um pouco mais adiante, plantações de cevada ou trigo e espaços abertos para pastagem. Havia também algumas casinhas e morros cheios de pinheiros e carvalhos. E, ainda mais distante, depois das terras cultivadas, a floresta surgia novamente. Fiquei sentada ali por alguns instantes, a mente quieta e tranquila. O ar tinha o cheiro doce dos pilriteiros, e eu podia ouvir o som das pequenas criaturas se movendo. Insetos, coelhos e esquilos no chão, e também os misteriosos habitantes das árvores com suas vozes flutuando no ar, como uma música frágil e suave: "*Olá, Sorcha, nossa irmã*".

Um fragmento de riso, uma asa delicada ou um suave véu de teia de aranha passavam rápidos por mim. Às vezes, encontrava uma mecha de cabelos dourados ou uma pegada indelével no chão, onde eles haviam pisado. "*Venha dançar conosco*". Cumprimentei-os em silêncio. Sabiam que eu não podia ir com eles. E, de repente, em um piscar de olhos, todos se foram, pois veio caminhando pela trilha um grupo de jovens, garotos e garotas, rindo, assobiando e gritando, com flores e fitas nos cabelos. Fiquei observando e Linn permaneceu onde estava, pois agora um gesto meu era suficiente para que obedecesse. O grupo passou pelos arbustos e parou para colher algumas flores, ainda perfumadas, cantando versos antigos que pediam à grande Mãe para lhes dar colheitas fartas. Cantavam com o rosto alegre e os olhos brilhando. Quando terminaram, as meninas começaram a rir e a correr pela trilha. Os garotos as seguiram e começaram a cantar novamente.

Dois dos rapazes carregavam feixes de gravetos nas costas, e o grupo se dividiu. As meninas continuaram na trilha, colhendo as flores dos pilriteiros para fazer grinaldas brancas e verdes.

Os rapazes foram subindo um morro e percebi uma fogueira sendo montada no topo. Com certeza eram as preparações para o Meán Samhraidh, o solstício de verão.

À noite, haveria oferendas perto do fogo, e as cinzas da ervas queimadas na fogueira seriam levadas e espalhadas nos celeiros, estábulos, campos e casas para que Dana, a deusa-mãe, abençoasse todas as criaturas que neles habitavam.

Chegara a hora de eu descobrir se o que a Dama havia me dito era verdade. E de saber se eu realmente podia quebrar o encanto. Não me esquecera de sua promessa: duas vezes ao ano, nos solstícios de verão e de inverno, eles viriam me visitar se pudessem e retomariam a forma humana do anoitecer ao amanhecer. Eram palavras belas, mas incertas. Ainda assim, eu tinha esperança de que eles viriam, e agora era hora de voltar ao lago e esperar por eles.

As meninas ainda estavam na trilha, e eu não desceria da árvore até que tivessem ido embora. Então chegou outro rapaz, um tanto hesitante, a certa distância do grupo. Tinha o andar e os trejeitos inocentes das crianças que nascem diferentes das outras e não conseguem acompanhá-las. Andava tão depressa quanto podia, mancando um pouco, as mãos grandes tentando tocar as plantas e as flores, e um sorriso aberto, revelando dentes salientes.

Os outros andavam à frente, mas ele não parecia ter pressa, pelo contrário. Escolheu se sentar justamente sob a árvore em que eu estava e ficou procurando algo nos bolsos. Eu precisava ir embora, mas não podia descer com ele ali. Depois de alguns instantes, ele tirou dos bolsos um pedaço de pão e outro de queijo e começou a comer lentamente. Não podia criticá-lo por escolher a mesma bela árvore que eu para admirar a vista e o cheiro de um dia tão agradável e perfumado. Sem ter opção, fiquei sentada observando-o comer. Fazia muito tempo que eu não sentia o gosto de pão. Quando terminou, ele decidiu tirar uma soneca e se encostou, o chapéu cobrindo parcialmente os olhos e as mãos abraçando os joelhos, sem se preocupar com os outros, que já haviam desaparecido. Esperei mais um pouco. Ele não parecia se mover. Pensei em meus irmãos e na longa caminhada até o lago, e comecei, cuidadosa e lentamente, a descer da árvore.

Antes, eu conseguia andar pela floresta, fosse pelo chão ou pelas árvores, junto com meus irmãos, em grande velocidade e em total silêncio. Ninguém nos via ou nos ouvia, e muito menos nos alcançava. Mas agora minhas mãos não permitiam que eu me movesse com tanta precisão. Estavam inchadas, endurecidas e as juntas doíam mesmo durante o verão. Uma delas escapou do galho por um instante e, quando me agarrei em outro, houve um pequeno estalo, muito pequeno, mas o garoto se levantou em um segundo, fitando-me com seus olhos castanhos e arredondados, em êxtase.

— Fada! — gritou ele, com uma voz estranha. — Uma fada!

Era um grito de surpresa e alegria, como se um grande sonho tivesse se realizado e ele tivesse visto a coisa mais maravilhosa que já existiu. Olhei para ele por um instante, depois pulei no chão, agarrei meu feixe de caules e corri para a floresta. Fiz um caminho tão difícil de seguir que ninguém conseguiria me achar. Pobre garoto. Fiquei imaginando há quanto tempo ele esperava pelo momento de ver um Ser da Floresta. E não era raro eles aparecerem para pessoas como ele. Rezei para que, se contasse a alguém o que viu, sua imaginação enchesse a história de detalhes descabidos. Quem sabe todos acreditariam que ele vira realmente uma fada.

Mas o susto foi grande. Arriscar-me daquele jeito, justamente no dia em que meus irmãos chegariam, foi muita irresponsabilidade. Prometi jamais fazer aquilo novamente, por mais que me doessem a solidão e o isolamento. Ninguém em meu vilarejo podia saber onde eu estava, pois qualquer palavra chegaria facilmente aos ouvidos de Lady Oonagh. E ela viria atrás de mim, com toda certeza. Além disso, desperdiçara um tempo precioso. Já estávamos no solstício de verão e eu mal havia começado a primeira camisa. Se continuasse naquela velocidade, teria que viver na caverna por muitas luas. Corri para casa, ansiosa pelo anoitecer.

Para dizer a verdade, nem cheguei a duvidar de que eles viriam. Assim que cheguei, comecei a me preparar. Tomei um banho, passei um pente nos cabelos desgrenhados e arrumei minhas coisas, deixando meu pequeno refúgio com a melhor aparência possível. Mantive o fogo aceso, mas baixo, e fui para a beira do lago antes de escurecer. Fiz o ritual sozinha e em silêncio. Tomei cuidado para não me esquecer ou deixar passar qualquer detalhe. Saudei os espíritos do fogo, do ar, da água e da terra. Não pedi favores, só mantive a mente aberta para tudo que viesse a acontecer. E disse a eles que aceitava meu destino, qualquer que fosse. Pedi que me aceitassem como parte da grande rede da vida e para usar minhas habilidades como melhor lhes conviesse. Ao terminar, peguei os objetos usados na cerimônia, que havia trazido da casa de padre Brien, e fiz um círculo na areia branca ao meu redor. Sentei-me com as pernas cruzadas no centro e esperei, olhando para a água do rio à minha frente. Aos poucos, os sons da floresta foram tomando conta de minha mente.

As árvores farfalhavam com o vento e os pássaros voavam e chamavam uns aos outros no céu. Continuei esperando.

O céu foi ficando rosado, depois violeta e, por fim, escureceu. Uma coruja passou voando e seu grito ecoou ao longe. Não demoraria muito agora.

Linn permanecia quieta, encolhida na grama, me observando. Depois de algum tempo, levantou-se e veio se aproximando, grunhindo baixinho.

Eles chegaram, voando juntos, em um rasante sobre a água, fantasmas brancos sobre o lago escuro. Meu coração disparou, mas continuei sentada, esperando. Um trovão confirmou a proximidade da chuva que o ar úmido anunciava.

Os últimos raios de sol se foram e a noite se apossou da floresta. Quando escureceu totalmente, a água se movimentou e, um a um, eles foram se aproximando da margem. O momento da transformação foi oculto pela escuridão, pois a lua ainda não saíra de trás das nuvens. Pude ver, à luz fraca do lampião que trouxera, apenas a forma de uma grande asa e um pescoço arcado se esticando. E lá estavam eles, meus irmãos queridos, na areia à minha frente, confusos e molhados, com alguns restos das roupas que usavam no dia em que partiram. Então, meu coração se acalmou quando eles começaram a se comunicar com minha mente, mensagens estranhas e incoerentes no início, mas que me alegraram e me trouxeram paz.

"Sorcha. Sorcha, estamos aqui".

Fui até eles e toquei um por um, tentando enxergar seus olhos na fraca luz do fogo. Seu olhar era selvagem e confuso, e suas vozes, falhas e hesitantes. Não estavam bem. Do pouco que eu conhecia sobre magia e encantamentos, sabia que não podia esperar que voltassem belos, corajosos e risonhos como antes.

"Até que estamos bem", Conor me abraçou enquanto se comunicava com minha mente. "Lembra-se do conto das quatro crianças de Lir? Foram transformados em cisnes por cem anos e quando voltaram estavam velhos, arqueados e deformados. Nós voltamos ilesos, pelo menos os corpos, e mais cedo do que eles".

Mas isso não me fez sentir melhor. Será que eles não sabiam sobre o feitiço e seus efeitos, sobre o tempo em que ficariam naquela forma e sobre como o encantamento podia ser desfeito? Como explicaria a eles, sem poder falar ou contar minha história? E havia mais uma coisa errada.

"Onde está Finbar?", minha mente sentia todos, mas minhas mãos só encontraram cinco.

— Ele virá. Dê um tempo a ele — disse Conor, em voz alta, agora parecendo meu irmão de sempre.

Os outros também se levantaram, gemendo um pouco como se tivessem bebido cerveja demais ou praticado golpes em excesso. A consciência humana aos poucos retornava às suas mentes e eles se reuniram ao meu redor, me abraçando e tocando as mãos e os ombros uns dos outros para ter certeza de que não se tratava de mais um truque de magia. Linn foi se aproximando de Cormack, um tanto hesitante. Ele se abaixou, acariciou suas orelhas e passou os dedos na cicatriz de seu focinho. Ela finalmente teve certeza de que era ele e pulou, colocando as patas em seu peito e latindo, feliz. Por um instante ele se afastou, como se estivesse com medo, mas logo depois riu e afagou seu pelo.

Peguei Conor pelo casaco, o lampião na outra mão, e o puxei. Os outros nos seguiram, mas eles ainda estavam um tanto zonzos e caminharam em silêncio. Fomos subindo o morro em direção à caverna. Quando chegamos, eu reacendi o fogo e mais um lampião. Não haveria perigo. Naquela noite, todos se reuniriam para festejar o solstício de verão e só mesmo os mais destemidos e os mais ignorantes se aventurariam a entrar na floresta.

Meus irmãos se sentaram ao redor da fogueirinha parecendo espíritos que se perderam de seu caminho. Quase não falaram no início. Pareciam aturdidos e pegavam as mãos uns dos outros de vez em quando, como a se assegurar de que tinham realmente voltado à forma humana. Só então percebi a presença de Finbar, que se aproximou em silêncio e se juntou a nós no círculo. Quando me estiquei para jogar um pedaço de madeira no fogo, suas mãos tocaram as minhas e seu olhar se fixou, penetrante como sempre, no meu.

— Suas mãos — comentou, sério. — O que aconteceu com suas mãos? — seus longos dedos acariciaram os meus, sentindo a aspereza, o inchaço e o endurecimento das juntas. — Sorcha, o que aconteceu? Por que não fala conosco?

Toquei meus lábios com os dedos, depois coloquei as mãos juntas e as separei, balançando a cabeça. "Não posso falar. Nem uma palavra. E não posso lhes contar o que aconteceu". Coloquei um escudo ao redor de meus pensamentos, mas me esqueci da poderosa intuição de Conor.

— Ela jogou uma maldição sobre você — disse ele. — Isso é óbvio. Mas com que intenção? Há um propósito?

Balancei a cabeça com tristeza. Coloquei novamente a mão nos lábios, indicando que não podia falar.

— Não pode nos dizer? — perguntou Diarmid, parecendo frustrado. — Mas como vamos saber... como vamos...?

— Você não se lembra do tempo passando? — Conor perguntou a ele, com cautela.

— Lembrar? Não, não é exatamente uma lembrança. É...

— Sensações, não pensamentos — completou Padriac, que de todos era o que mais manteve a aparência e o porte de antes. Estava apenas mais quieto. — Fome, medo, calor, frio, perigo, abrigo. É só isso o que um cisne sabe. Era diferente, muito diferente.

Ele olhou para os braços e senti, por um instante, que desejava voar, mesmo tendo retornado à forma humana.

— Entenda, Sorcha — disse Conor, em sua maneira comedida — que a mente de um animal é diferente da de um homem ou de uma mulher. Muito pouco permanece conosco quando mudamos. Como cisnes, vemos o que acontece com as pessoas, mas não entendemos. E quando retomamos à forma humana, lembramos muito pouco da outra vida. É como se fosse apenas uma névoa. Padriac descreveu bem. Uma criatura selvagem só conhece o impulso de se esconder, se proteger, fugir e procurar comida e abrigo. Não há noção de consciência, justiça ou razão. São conceitos inexistentes em sua mente. Finbar é o que mais sofre com essa maldição, pois sempre considerou tudo isso muito importante. Lady Oonagh parece ter escolhido o feitiço especialmente para ele, embora nós todos estejamos sofrendo.

Olhou para Finbar, que escutava em silêncio, o rosto sombrio.

— E o castigo de Sorcha parece ser ainda pior — disse Cormack. — Ficar sozinha na floresta, longe de tudo e sem poder falar — e olhou para mim.

— Pelo menos conseguimos voltar e podemos ajudá-la — disse Liam, que esticou as pernas devagar, como a verificar se elas ainda funcionavam direito. — Ou será somente um sonho e nem teremos tempo para pensar ou agir? Quanto tempo permaneceremos nesta forma humana?

Mas eu não podia dizer. Responder a esta pergunta seria como contar a eles parte da história.

— Não muito. Veja o olhar triste de Sorcha — disse Diarmid, com tristeza.

— Talvez seja só por uma noite — disse Conor. — Nas velhas histórias é durante o período entre o anoitecer e o amanhecer que ocorrem as mudanças. Precisamos nos preparar para o pior.

— Uma noite? — perguntou Diarmid indignado. — O que podemos fazer em uma noite? Quero vingança. Quero desfazer o mal que ajudei a fazer. Mas estamos longe de casa, longe demais para ir até lá. Por que veio ficar aqui, Sorcha? Onde está padre Brien, que deveria ajudá-la?

Essa era outra história, e eu podia contá-la. Fiz então um gesto de mímica, imitando uma cruz cristã e moedas nos olhos. E um voo em direção ao oeste. Eles entenderam rápido.

— Então nosso amigo morreu — disse Liam.

— E não de causa natural, aposto — completou Cormack. — Ele era como um carvalho, tinha a força de muitos homens.

— Parece que as mãos de Lady Oonagh alcançam longe — disse Diarmid.

Conor olhou para ele.

— Vamos nos vingar. E da maneira mais implacável. Seus matadores serão feitos em pedaços e os corvos virão recolher o que restar deles.

Ficamos olhando para ele. Seu tom era frio e profundo.

— Acreditamos em você — disse Diarmid, a sobrancelha erguida.

— Ele era cristão — disse Padriac. — Talvez desejasse perdão, não vingança.

Conor olhou para o fogo.

— A floresta protege a si mesma.

— Foi uma grande perda, Sorcha — disse Liam. — E você fica o tempo todo aqui, sozinha?

— Ela não pode falar — disse Conor. — Mas há um bom motivo para isso, tenho certeza. Sorcha, você sabe quanto tempo o encantamento irá durar? Terá um fim? Quando poderemos voltar aqui?

Balancei a cabeça, colocando as mãos sobre a boca. Por que eles não paravam de fazer perguntas? Uma lágrima escorreu em meu rosto.

— Vai ser muito tempo — disse Finbar, com voz séria, mas suave. — Um tempo medido em anos, e não em luas. Não adianta ficar torturando Sorcha com perguntas.

Ninguém ousou responder. Quando Finbar usava aquele tom podia-se ter certeza de que era a mais absoluta verdade.

— Anos! — exclamou Liam.

— Ela não pode ficar aqui sozinha tanto tempo — disse Diarmid. — Não é seguro nem digno.

— Não há alternativa — respondeu Conor. — Além disso, você conhece as histórias antigas. Deve haver um motivo para isso, mas ela está proibida de nos contar. Não é assim, Sorcha?

— Tarefas — disse Cormack, que estava sentado com os braços ao redor de Linn. — Ela terá tarefas a realizar — fiz que sim com a cabeça. — O que podemos fazer para ajudar, Sorcha?

Balancei a cabeça e abri as mãos, com as palmas para cima. "Nada. Só se manterem a salvo. Viverem da melhor maneira que puderem".

— Isso tem a ver com as mãos dela — disse Conor, e sua voz transmitia algo que eu não consegui entender. — Ela não se machucaria dessa maneira à toa. Há algo de malévolo acontecendo, tenho certeza.

Balancei a cabeça. Ele estava relativamente correto.

"Não, não é malévolo. É simplesmente a maneira correta. Precisam me deixar fazer isso. Posso salvá-los".

— Aqui está — disse Padriac, saindo da caverna. Não o tinha visto entrar lá, e agora ele vinha caminhando com minha espira em uma das mãos e um pedaço de tecido na outra. A luz da fogueira fazia a trama brilhar, dando-lhe uma falsa boa aparência. Houve um segundo de tensão. Padriac se sentou entre nós com a espira nas mãos.

— O que é isso? — perguntou Liam, indignado, passando a mão pelo fio.

— É cheio de espinhos. Não é à toa que suas mãos estão machucadas. Isto é... é estrela d'água! — exclamou Padriac. — Sorcha está tecendo com este fio e fazendo um quadrado.

— Tecido de estrela d'água! — espantou-se Cormack. — Por que alguém faria isso?

— Você mencionou que ela teria tarefas — Conor lembrou seu irmão. — Bem, isto parece ser uma tarefa.

— Não é de se surpreender — disse Cormack, com seu risinho maroto de sempre.

— Seis irmãos — disse Finbar, que estava quieto até então. Sua voz estava um tanto forçada, como se estivesse falando porque realmente precisava. — Seis irmãos, seis peças de roupa, imagino.

— Roupa de estrela d'água? Não usaria algo assim — respondeu Diarmid.

Conor olhou um por um nos olhos e disse, lentamente:

— Usaria, sim, se a roupa tivesse o poder de desfazer o feitiço.

Ele havia matado a charada.

Os seis ficaram se olhando e pareciam se comunicar sem palavras. Mas me deixaram de fora. Olhei para eles e tive a sensação de que estavam mais unidos do que nunca. Fitei os olhos de Finbar, que estava um pouco afastado, me observando. Ele estava estranho, parecia um tanto inseguro, e isso me assustou. De todos os meus irmãos, ele sempre foi o mais confiante. Falei com sua mente.

"O que está acontecendo, Finbar?"

Mas foi Conor quem respondeu. "É difícil voltar, Sorcha, especialmente para alguns de nós".

— Creio que temos pouco tempo — disse Liam, levantando-se. — Se Conor estiver certo, podemos ter só esta noite. Precisamos agir rápido se quisermos ajudar nossa irmã.

— Temos apenas uma noite e estamos presos aqui na floresta — lamentou Diarmid. — Por onde começar se temos tanto a fazer?

— Vamos lá — disse Liam, assumindo o controle. — Começamos pelo mais simples e pelo mais útil. Acredite, Sorcha, é uma vergonha e uma grande dor para nós sermos forçados a deixá-la aqui sozinha. Mas podemos tentar ao menos lhe dar um pouco de conforto. Vamos cortar lenha e preparar este lugar para o inverno, pois não sei se voltaremos antes de a neve chegar. E isso pode ser feito à luz dos lampiões. Você tem um machado?

Fiz que sim com a cabeça.

— Há pastos e celeiros com grãos no lado oeste — disse Conor.

— A que distância? — perguntou Cormack.

— Dá para ir e voltar antes do amanhecer — respondeu o gêmeo. — Leve Linn. Está escuro e o caminho é irregular. Ela o guiará, mas acredito que ela iria acompanhá-lo de qualquer maneira.

— Vou com você — disse Padriac. — Se bem que estas botas estão acabando com meus pés. Esse é o problema em se transformar. Seu corpo cresce, mas suas roupas continuam do mesmo tamanho. Talvez as suas me sirvam, Finbar.

E serviram muito bem, pois meu irmão mais novo estava meia cabeça mais alto que da última vez em que o tinha visto. E seu par usado me serviria um dia se eu crescesse também. Padriac e Cormack saíram pela floresta com o pequeno lampião e facas nos cintos. Torci para que não precisassem usá-las e para que passassem despercebidos entre o povo que agora festejava. Linn foi com eles. Nada a impediria. E, além disso, ela conhecia o caminho melhor do que ninguém.

Liam e Diarmid pegaram o machado e a machadinha e começaram a cortar os galhos da árvore que haviam caído perto da caverna e os armazenaram sob uma parte dela que se estendia para fora. Trabalhavam com uma precisão que me impressionou, sem parar para beber ou comer. E como estavam usando o segundo lampião para enxergar, o resto de nós ficou praticamente no escuro, apenas com a luz fraca da fogueira.

— Agora — disse Conor — deixe-me ver suas mãos. Você tem algum tipo de unguento aqui? Ou cera de abelha?

Mostrei a ele meus poucos medicamentos, guardados em um nicho da caverna.

— Há pouca coisa aqui, e não vai durar muito tempo — ele disse, em tom preocupado. — O que vai fazer quando acabar? Há alguma outra forma de realizar sua tarefa?

Balancei a cabeça.

— Bem, pelo menos esta noite posso cuidar de você e talvez tentar buscar ajuda. Corujinha, entenda que, para nós, esta é a pior parte. Não poder estar aqui e saber que está sofrendo por nossa causa é terrível, principalmente para Finbar. Ele tem uma missão, e qualquer obstáculo que o desvia dela lhe causa grande sofrimento. E agora tem que assistir a quem ele mais ama sofrer sem poder salvá-la.

Fomos mais para perto do fogo, onde Finbar continuava sentado, em silêncio. Conor pegou minha mão e começou a esfregar suavemente o unguento, massageando dedo por dedo. Parou de falar e começou a cantar baixinho uma música monótona que se repetia, mas que combinava com aquela noite silenciosa e estranha. O bater do machado na madeira ditava o ritmo. Comecei a relaxar. No início, pulava de dor cada vez que ele tocava meus dedos, mas a música foi me acalmando, juntamente com o som das corujas e dos sapos no lago. Finbar veio se sentar ao meu lado e pegou minha outra mão. As mãos de Conor estavam quentes e cheias de vida, já as de Finbar estavam frias como gelo. Fiquei ali sentada e me entreguei aos cuidados dos dois, guardando as imagens daquele momento em minha mente para lembrar-me delas nos meses que se seguiriam até o solstício de inverno. É o que me confortaria. Conor continuava cantarolando, transmitindo energia para minhas mãos e para meu coração. Depois de algum tempo, Finbar disse:

— Perdão, Sorcha. Queria dizer tanta coisa, mas não encontro palavras. Uma noite é muito pouco para despertar todas as lembranças deste mundo. Minha mente está cheia de informações. Vi... vi coisas que é melhor nem dizer.

Olhei para ele, e desta vez ele me encarou diretamente. Vi dúvida em seus olhos acinzentados.

"O que é isso? Você não pode desistir! Não você. O que está acontecendo?"

Mas ele manteve a mente fechada.

— Pode falar conosco, Finbar — disse Conor, em tom calmo.

— Estamos aqui, de mãos dadas. Conhecemos você e sabemos que sempre teve muita coragem. Se não quer nos mostrar imagens simplesmente nos diga o que o perturba.

Suas palavras foram carinhosas, mas havia nelas um tom de autoridade que não deu a Finbar opção.

— Por que a Sorcha? — ele perguntou. — Por que justo ela tem de sofrer tanto? Ela é inocente e incapaz sequer de ter maus pensamentos. Por que deve fazer esse sacrifício por nós?

— Porque ela é a mais forte — respondeu Conor. — Porque ela se dobra com o vento, mas não se quebra. Sorcha é o elo que nos mantêm unidos. Sem ela, somos como folhas ao vento, soprados sem destino. Somos fortes, sem dúvida, cada um de nós à sua maneira. Mas não resistiríamos a uma prova assim. Nem você resistiria, pois há momentos em que o caminho reto se desmorona sob seus pés ou é inundado pela água, e se você não pega outra trilha, acaba se perdendo. Somente Sorcha pode nos levar de volta para casa.

— Você fala por parábolas — disse Finbar impaciente. — Como pode ficar tão calmo diante de sua irmã parecendo um fantasma de tão magra, vestida com trapos e com as mãos cheias de feridas? Prefiro morrer ou viver eternamente nessa maldição do que deixá-la sofrer dessa maneira por mim. Como consegue ficar calmo e aceitar tudo isso?

Conor olhou para ele, sério.

— Não me julgue, irmão. Sinto as dores de Sorcha em mim, ela sabe disso. Mas já estive nessa situação antes; já estive entre dois mundos. Talvez isso facilite as coisas para mim, pois consigo conviver com as duas realidades. Para vocês, a mudança é cada vez mais difícil. Porém, seu desespero não ajuda Sorcha. Ela precisa de nossa força enquanto estamos aqui. Precisa de nosso toque e de nosso abraço.

Ficamos em silêncio e só então percebi que Conor não tinha respondido à pergunta. Estava ficando tarde, mas a floresta abafaria o barulho do machado na escuridão. Lembrei-me de quando vi algumas imagens na mente de Finbar, apesar de sua luta para que eu não as visse. O frio, a queda, a fuga... era isso que ele temia, as imagens do que ainda viria a acontecer? Será que o futuro era tão negro que ele não tinha coragem de me mostrar?

Minha mente estava bem fechada, mas Finbar falou como se soubesse o que eu estava pensando.

— Sorcha — disse suavemente — Acredite em mim quando digo que não deveria estar fazendo isso. É melhor partir e se esquecer de nós. Saia da floresta e vá procurar abrigo entre os padres, no oeste. Você não está a salvo aqui.

Enquanto falava, torcia uma mecha de cabelo entre os dedos.

— Então iremos todos perecer? — perguntou Conor. — Lady Oonagh com certeza irá gostar. Você ofende nossa irmã dizendo isso. Ela nos ama tanto quanto a amamos. Não vai escolher nos abandonar.

— Ela não pode ficar aqui — disse Finbar.

Sua mente estava completamente fechada. O que quer que ele soubesse, não queria nos mostrar.

— Essas imagens da mente — disse Conor, revirando as brasas com uma vara — acabam sendo confusas. O que se vê pode ser verdade, meia verdade ou um pesadelo criado por nossos próprios medos e desejos. O encantamento de Lady Oonagh pode estar agindo em você neste momento, transformando o seu interior tanto quanto o seu exterior. Não confie nessas visões.

— Em que posso confiar, então? — respondeu Finbar. — Não sabemos sequer quanto tempo faz que nos transformamos. Não temos qualquer referência para guiar nossas escolhas. Temos pouco tempo para nos lembrar de quem somos, e daqui a pouco todas as lembranças irão desaparecer novamente. Nosso pai pode estar morto ou coisa pior.

— Ainda está vivo — disse Conor. — Profundamente abalado com a perda de seus filhos e envolvido pelo encantamento da esposa, mas não totalmente sob seu domínio. Está conseguindo viver.

"Como você sabe?" Suas palavras foram como um choque, e Finbar e eu fizemos a pergunta ao mesmo tempo, eu mentalmente, e ele, em voz alta. Olhávamos para ele com a mesma expressão de surpresa.

Conor olhou para nossas mãos entrelaçadas e sorriu, mas o semblante era de tristeza.

— Você está certo. Não consegue ser homem e pássaro ao mesmo tempo. Ao se tornar uma criatura selvagem, todas as suas lembranças desaparecem. Você não é simplesmente um homem com corpo de cisne; não é bem assim. Tudo muda. Sua visão do mundo passa a ser a de um animal: fugir, procurar um local seguro e sobreviver. O lago e o céu são praticamente tudo que ocupa sua mente. Você pode voar sobre a fortaleza de Lorde Colum ou nadar no lago em que Eilis e suas amigas se divertem, mas não vê as pessoas, não da maneira que os olhos humanos veem. Porém *eu vejo*.

Finbar prendeu a respiração.

— Eu devia ter imaginado — disse lentamente. — Você está mais adiantado em seu caminho do que eu pensei. Fico contente e ao mesmo tempo triste por você. Seu fardo acaba sendo mais pesado que o meu.

"E Lady Oonagh, o que faz agora?", eu perguntei a Conor

— Ela domina e controla a todos ali, Sorcha. E terá um filho na época da colheita. Ainda a procura, mas não consegue ter ideia de onde está porque os moradores da floresta a protegem.

— Você diz que nosso pai ainda não está totalmente sob o controle dela. Como assim? — perguntou Finbar

Olhei para ele, surpresa. Talvez não o conhecesse tanto quanto pensava. Ele captou meu pensamento.

— O poder do encantamento é muito grande, Sorcha — respondeu com calma. — E o poder da perda também. Começo a entender agora por que ele agiu como agiu. E quero que ele sobreviva. E também quero que ela seja punida. Mas há um limite para o preço que eu pagaria para isso. Há um limite para todos nós. Há muito que eu poderia lhe dizer sobre papai.

O som do machado cessou, e meus dois irmãos mais velhos desceram o morro e se aproximaram. Agacharam-se ao nosso lado. Sua respiração era ofegante.

Conor continuou:

— Poderia lhe contar muitas coisas sobre ele, mas há coisas que é melhor não se saber.

— Não saber o quê? — perguntou Liam, sentando-se entre mim e Conor e colocando o braço sobre meus ombros.

— O que se passa e o que muda no mundo enquanto estamos vivendo em nossa outra realidade — respondeu Conor.

Liam olhou para ele e insistiu.

— Então você *sabe* — disse.

— Algumas coisas sim, outras não. Não posso estar em todos os lugares ao mesmo tempo. Meu corpo é o mesmo que o de vocês. A única diferença é que vejo as coisas de maneira diferente, só isso. Mas podem ficar tranquilos. Papai está vivo e não se perdeu totalmente, está apenas sofrendo muito com nossa ausência. E sente mais a falta de Sorcha, pois em seu rosto está a última lembrança do grande amor que perdeu. Lady Oonagh odeia isso.

Fiquei de queixo caído. Eu? Ele mal notava minha presença quando eu estava lá.

— O que ela disse a ele que o fez acreditar em sua inocência diante de nosso desaparecimento? — perguntou Diarmid com voz amarga.

— Isso eu não sei — disse Conor. — Além disso, para que aumentar nossa tristeza e frustração? Neste momento, não há o que fazer por ele ou contra ela, só quando o feitiço for desfeito. Portanto, devemos fazer o que Sorcha pede e deixá-la aqui para terminar sua tarefa, por mais que nos doa.

É incrível como uma noite pode passar rápido. Ficamos sentados perto do fogo conversando sobre várias coisas e tentando não olhar para o céu com frequência, para ver se o dia já estava chegando. Linn e os rapazes demoraram muito a voltar. Evitaram a tristeza da noite se mantendo ocupados. Seria uma data lembrada pelos moradores da região, um Meán Samhraidh bastante agitado. Roupas faltando em varais e prateleiras de celeiros, adegas e cozinhas mais vazias que o habitual.

Padriac me entregou um vestido vermelho de lã grossa de número bem maior que o meu, um grande xale e meias femininas altas e um tanto usadas, mas bem remendadas. Seriam ótimas para o inverno. Cormack trouxe um grande saco de farinha de milho, vários nabos, um enorme pedaço de queijo e uma corda bem grossa. E ambos estavam com os bolsos cheios de pequenas guloseimas. Linn olhava tudo aquilo e lambia os lábios.

— Espero que tenham tomado cuidado para ninguém os ver — disse Liam, com a testa franzida. — Não quero que as pessoas daqui suspeitem da presença de Sorcha. Vocês sabem como as fofocas se espalham. Basta alguém começar a falar e as notícias chegarem aos ouvidos de Lady Oonagh da noite para o dia.

— Não se preocupe, irmão — riu Cormack. — Podemos não ter muita certeza se somos homens ou pássaros, mas não perdemos nossa habilidade. Posso lhe garantir que não deixamos rastro. Até Linn cooperou, não foi, menina?

Ela dançava e rodopiava ao redor dele, louca de alegria, como se tudo estivesse bem novamente. Quase chorei por ela. Mal sabia como seria curta a estada de seu dono.

— Precisaremos recompensar essas pessoas quando tudo terminar — disse Diarmid. — É errado roubar e, além disso, eles são pobres. Não podem dispor de suas reservas sem que lhes faça falta. Mas, neste momento, acredito que Sorcha seja a mais necessitada.

— Não se preocupe — disse Padriac, sentindo que o sermão era para ele. — Não nos esqueceremos. No próximo verão, os duendes da floresta com certeza deixarão para eles um pouco de lenha, um jarro de cerveja e deliciosas guloseimas. Nós voltaremos.

— Talvez — disse Finbar.

— Agora chega! — disse Liam. — Para completar sua tarefa, Sorcha precisa de nosso apoio e nossa confiança. Não era justamente você que dizia que precisávamos sempre ajudar uns aos outros e que nossa força vinha de nossa união? É claro que Sorcha vai conseguir completar sua tarefa, e é óbvio que iremos retornar. Não tenho a menor sombra de dúvida.

— Tão certo quanto o sol nasce depois da lua — disse Conor — e quanto sete fontes se tornam um rio forte, que desce morro abaixo e segue inexoravelmente para o mar.

— Da próxima vez, Sorcha — disse Padriac —, farei para você um caixilho de tear melhor. Separei para você uma pilha de madeira de freixo e deixei sob aquela extensão da caverna. Ficará seca até o inverno. Basta não deixar que tome chuva. E guarde esta corda. Vou precisar dela.

Sorri para ele. Tão jovem e tão disposto a ajudar. Tinha crescido tanto que os pés não cabiam mais nas botas, mas sua essência continuava a mesma. Não era com ele que eu estava mais preocupada.

— Fico me perguntando — disse Finbar em um tom de teimosia que todos conhecíamos bem — por que isso tem de acontecer. Por que Sorcha tem que passar por isso, se sacrificar quando poderia estar a salvo e protegida para seguir sua vida em paz? Por que não ficamos como estamos? No fundo, sabemos que quando essa tarefa tiver acabado, se é que pode realmente ser terminada, nosso pai pode estar morto ou mudado para sempre. Por que precisamos ser salvos se isso pode destruir a vida de nossa irmã?

Olhamos todos para ele. Houve uma pequena pausa, e Conor foi o primeiro a falar.

— Porque não se pode deixar o mal prevalecer.

— Porque devemos recuperar o que é nosso — disse Liam.

— E para salvar nosso pai, se pudermos — completou Cormack.

— Apesar de suas falhas, ele é um bom homem, e sem seu espírito de liderança nossas terras se perderão. Os bretões, os vikings e os picts tomarão tudo, desde as ilhas até nossa casa.

— E Sorcha acredita no que é certo — disse Padriac, com uma simplicidade que não admitia réplica.

— Não consigo imaginar Lady Oonagh saindo ilesa — disse Diarmid. — Não fosse por minha idiotice, provavelmente a teríamos detido. Minha honra exige que eu vá atrás dela e termine com isso.

— Ouçam — disse Padriac. — Já está quase amanhecendo.

Ficaram todos em silêncio. Um pássaro solitário começou a cantar nas árvores. E o céu começava a se iluminar com os primeiros sinais da manhã.

Caminhamos até a beira do lago. Liam foi à frente, levando o lampião. Fui ao lado de Finbar, tentando fazê-lo entender como me sentia, mas não sei se me ouviu.

"Vai ficar tudo bem. Acredite em mim. Cuide-se bem, continue vivo. Faça isso por nós". Era como jogar pensamentos no ar e vê-los se espalhar com a brisa.

Esperamos pelo amanhecer de mãos dadas e em círculo, sem dizer nada, simplesmente transmitindo força e amor uns aos outros. Finbar estava entre mim e Conor e nos deixou pegar suas mãos. Mas elas estavam frias como gelo. Parecia que nada as faria se aquecer novamente. Pouco antes de começar a clarear, Conor me pediu para voltar para a caverna, pois achava melhor que eu não os visse partir. Um por um, todos me abraçaram, começando por Conor. Ao final restou apenas Finbar. Pensei que partiria sem dizer uma palavra sequer, mas ele tocou meu rosto e me deixou entrar em sua mente por um instante.

"Fique bem, Sorcha. Até a próxima vez. Ainda estou ao seu lado, sempre".

Os pássaros começaram a cantar em coro como na manhã em que a névoa veio do lago e os levou para longe de mim. A emoção era forte demais. Senti os lábios tremerem, e as lágrimas correram em meu rosto.

— Vá para dentro, corujinha — disse Conor carinhosamente. Sua voz parecia vir de longe, como se estivesse em um túnel.

— Até a volta — disse um deles. A voz parecia ser de Cormack.

Então começou realmente a amanhecer, e eu só ouvi um ruído de vento, de água em turbilhão e de asas batendo. Corri, cega pelas lágrimas, para dentro da caverna, e me deitei, chorando, pois não era mais fácil vê-los partir agora do que na primeira vez. Não queria sequer imaginar suas mentes se esvaindo e seus corpos tomando a forma de criaturas selvagens.

Lá fora, Linn começou a uivar. Era um som de profunda dor que foi penetrando em meus ouvidos, ecoando pela floresta, pairando sobre as águas e se misturando ao tom rosado e alaranjado do amanhecer.

Capítulo 6

Após tanto tempo vivendo na floresta, comecei a me sentir como se fizesse parte dela. Parecia um daqueles antigos contos, como a história da garotinha cruelmente abandonada pela família que aprendeu a falar com os pássaros, peixes, corvos e gazelas. Gostaria de poder fazer o mesmo, mas com a presença de um cão constantemente faminto ao meu lado, a caverna não era exatamente um bom local para os pequenos animais frequentarem. Os únicos que ousaram se aproximar foram um pequeno ouriço e sua família no anoitecer de uma noite mais quente. Comecei a lhes dar um pouco de comida, quando havia algumas sobras. Colocava sobre uma pedra perto dos arbustos e mantinha Linn na caverna até que eles comessem e corressem para dentro da floresta novamente.

Os movimentos e as mudanças da floresta começaram a agir em mim. À medida que as noites foram ficando mais longas, os grãos amadureciam nas sarças e nos pilriteiros, e as nozes e castanhas iam enchendo os galhos das plantas e árvores frutíferas. E meu corpo também foi se modificando. Sempre fui uma criança pequena, magra e não comia muito. Mas, naquele outono, meu corpo deu seus pequenos sinais de transformação de menina para mulher e comecei a sangrar. Isso normalmente seria motivo para celebração, mas para mim foi apenas um inconveniente, agora que toda minha energia se concentrava em colher estrela d'água, fiar e tecer as camisas. Ainda assim, na primeira noite de sangramento, me banhei à luz da lua, depois tomei chá de alecrim para as cólicas e me sentei sob as estrelas, escutando as corujas e o silêncio da noite. Não cheguei a ver, mas senti intensamente a presença da Dama da Floresta naquela noite e de uma grande força mágica ao meu redor.

Agora eu precisaria ir mais longe para colher estrela d'água, pois já usara toda a que havia próximo da caverna e meu estoque estava se acabando. Também tinha uma camisa completa. Não era uma peça bela, mas estava pronta. Foram necessários seis quadrados de tecido. E estava começando a segunda, mas o estoque que tinha mal daria para uma manga. Comecei a sair, então, com uma pequena sacola e uma faca afiada, procurando nas pequenas clareiras onde o sol penetrava pela copa das árvores. A estrela d'água retira a umidade do solo, cresce perto da correnteza e mata todas as samambaias e musgos ao redor. Como era uma época farta, eu voltava sempre com a sacola cheia de nozes e castanhas também.

Explorando o território ao redor, acabei descobrindo onde Finbar passava seu tempo quando desaparecia de casa e depois voltava e ficava olhando para longe com seus olhos acinzentados, vendo o que ninguém mais via. Várias árvores e pedras de algumas clareiras por ali tinham símbolos Ogham entalhados. Entendi onde Conor havia começado a aprender sobre as ciências antigas.

Um dia, por acaso, descobri um lugar sagrado. Estava caminhando na beira da água à procura de estrela d'água, com Linn à minha frente, divertindo-se e pulando na água. Quando fizemos uma curva e chegamos perto de uma grande rocha na água, ela parou. Parei atrás dela e vi, perto de uma grande poça, um lindo carvalho gigantesco com raízes que se estendiam para longe, entrando e saindo da terra. Sua copa era tão alta e densa que a luz quase não penetrava em seus galhos mais baixos. E os ramos de *goldenwood* cresciam fortes ao redor deles. Mas as folhas logo cairiam, pois já tinham o tom de vermelho e bronze que anunciava o outono.

Entalhada no tronco, olhando diretamente para mim, estava uma antiga face, provavelmente obra de alguém que, como muitos que passavam por ali, buscava a verdade. Não era um rosto masculino ou feminino, amistoso ou ameaçador. Era simplesmente um entalhe no tronco da árvore.

Linn não se aproximou. Sentou-se e ficou me esperando, orelhas em pé, em estado de alerta. Senti respeito, mas não medo. Afinal, a floresta era minha casa. Contornei a água e me aproximei para ver melhor. Próximo do rosto entalhado havia uma grande pedra, desgastada pelo tempo e pelo toque.

Gelei. Outras pessoas tinham estado ali, e não fazia muito tempo. Havia oferendas sobre a pedra, um pedaço de pão e outro de queijo. Olhei para Linn e fiz sinal para ela ficar onde estava. Não havia ruído de pessoas ao redor, apenas de pássaros e o farfalhar das folhas acima de nós, com o vento de outono.

Continuei atenta. Quem quer que tivesse deixado a oferenda já não estava por perto, mas eu sabia que devia sair rápido porque não havia moscas ou insetos nos alimentos. Tinham sido deixados há poucas horas. Mas acirraram meu paladar. Embora fosse a época mais fértil do ano, eu comia o menos possível para estocar a maior parte dos alimentos que tinha e estava faminta. Os suprimentos que meus irmãos haviam trazido estavam acabando rápido. E, afinal de contas, eu era apenas uma menina que sequer havia completado quatorze anos. Estava resistindo a todo tipo de prova, vivendo ali sozinha. E a fome era uma das mais difíceis. Olhei para o pão e para o queijo e salivei. Conseguia sentir o gosto deles na boca. Linn soltou um grunhido e me ajudou a decidir. Olhei para a face esculpida no tronco e fiz um gesto respeitoso com a cabeça, imaginando que não se oporia. Coloquei o pão e o queijo no bolso e segui com Linn para casa.

É engraçado como um pequeno detalhe pode fazer toda diferença. Naquele dia, quando me sentei perto do fogo, deliciando-me com a inesperada refeição, sentindo-me protegida pela floresta, não podia imaginar as consequências do que havia feito. Achei até que havia sido um presente dos bons espíritos da floresta ou da própria Dama. Mas tive o bom-senso de não voltar àquele lugar tão cedo. Não era tão ingênua a ponto de me expor desnecessariamente.

O tempo se passou e eu consegui terminar o tecido para a segunda camisa. A primeira era bastante rústica, de trama irregular e tinha as mangas desiguais. Mas serviria para o que eu precisava. Em uma manhã acordei e vi gelo no chão. Os arbustos estavam cobertos de neve branca, derretendo com o sol que nascia no céu acinzentado.

O inverno estava chegando, e com ele meus irmãos. Trabalhava o máximo que podia. A madeira estocada ao lado da caverna era providencial, pois minhas mãos doíam muito mais com o frio. Arrisquei-me a fazer um fogo um pouco mais alto e assei alguns nabos roubados no carvão. A neve começava a cair. Pequenos flocos se soltavam dos galhos nus das árvores, caindo na entrada da caverna. Mas, graças à vegetação intensa ao redor, não se acumulavam nem formavam grandes blocos, o que era um alívio. Passei a usar o vestido de lã vermelha sobre o meu, calçava as botas de Padriac e me enrolava em uma manta, mas ainda sentia frio.

Quando meus irmãos chegaram, eu estava tecendo as costas da segunda camisa. Lembrei-me do dia em que deixei a casa de padre Brien e quase ri. Parecia fazer tanto tempo. Pensei que levaria algumas luas, apenas, do inverno ao verão, no máximo. Mas já estava ali há quase um ano e tinha produzido muito pouco. A prática me permitia tecer com mais facilidade agora, mas minhas mãos, maltratadas e feridas, nem sempre obedeciam. Comecei a dar menos importância ainda a coisas como casamento, por exemplo. Afinal, quem iria querer uma jovem com mãos de velha? O mundo das festas, casamentos, banquetes, música e bordados finos parecia tão distante agora que eu não me imaginava mais fazendo parte dele. E também não ficava imaginando o que aconteceria depois que eu terminasse as camisas de meus irmãos e conseguisse fazê-los retornar definitivamente à forma humana. Trabalhava o mais rápido que podia e deixava minha mente viajar um pouco, mas não demais.

Não me lembro da segunda visita deles tão bem quanto da primeira. Foi na noite de Meán Geimhridh, o solstício de inverno. Eu estava completando quatorze anos. Creio que parte das lembranças foi ocultada por tudo que aconteceu posteriormente. Finbar chegou um pouco depois dos outros, como na primeira vez. Lembro-me bem de seus olhos. Tinham uma intensidade e uma inquietude que ele não conseguia esconder de mim.

Conor trazia notícias e, embora soubesse que eu queria saber as novidades, relutou um pouco em me dizer.

— A criança nasceu no *Samhain*. É um menino. Deram a ele o nome de Ciarán.

Liam jogou um graveto na fogueira.

— É um nome bonito e forte — admitiu um tanto relutante.

Levantei as mãos, aproximando-as do fogo. Apesar do frio, nos sentamos do lado de fora, pois o calor da pequena fogueira aquecia nossos corações, além de nossos corpos. E também nos lembrava de nosso círculo e de nossa união.

Mostrei cinco dedos de uma mão e dois de outra. Eles entenderam, e também lamentaram mais uma vez o estado de minhas mãos.

— Sim, Sorcha — disse Conor. — É o sétimo filho de um sétimo filho. Temos de respeitar isso.

— Respeitar? — gritou Diarmid furioso. — Jamais. É o filho *dela*, fruto do mais puro mal. Deve ser destruído junto com a bruxa.

Os outros olharam para ele e houve um instante de silêncio.

— É nosso irmão — disse Padriac.

— É filho de nosso pai — disse Liam, concordando. — E não tem culpa do que ela fez conosco. Será que esse nascimento não pode ajudar a melhorar um pouco as coisas?

Ninguém respondeu. Papai sempre deixou claro que Liam, seu filho mais velho, seria o herdeiro de Sevenwaters. E embora qualquer um de seus filhos pudesse desafiar a decisão e exigir sua parte, como estabelecia a lei, nunca o fizeram. Até aquele momento. E quem duvidaria que nosso pai elegesse o filho que sua nova esposa havia lhe dado como seu preferido?

E Conor parecia ter notícias ainda piores para Liam, pois o levou para conversar longe do grupo. Falaram em voz baixa durante algum tempo e depois Conor retornou. Liam continuou onde estava, no escuro, e a expressão em seu rosto lembrou a de nosso pai.

— O que há com ele? — perguntou Cormack, sem muita delicadeza.

Conor olhou de lado para seu irmão gêmeo.

— Problemas com mulher.

— Eilis? Então ela não morreu?

Conor balançou a cabeça.

— Não. Recuperou-se do envenenamento e Seamus a vigia muito bem desde então, proibindo visitas a Sevenwaters. E nem precisa se preocupar tanto, já que os filhos casadouros de Colum convenientemente desapareceram. Eilis está bem, recuperada e vai se casar. O pai a prometeu para Eamonn, dos Marshes. Como não conseguiu estabelecer uma aliança no lado leste, casando a filha com um dos nossos, decidiu estabelecê-la com o lado norte.

Diarmid suspirou.

— Que bela aliança. E se decidirem se voltar contra nosso pai? Espero que ele tenha reforçado nossas defesas do outro lado do rio. Seamus era nosso aliado, mas a notícia me deixa preocupado. Temos de concentrar forças contra Northwoods, e para isso precisamos de nossos vizinhos.

— Não sei como estão as defesas — disse Conor, com voz cansada. — Creio que ainda não há um substituto para Donal e quase não vi movimento no pátio. Mas estamos no inverno. Quem sabe quando o tempo melhorar, ele resolva reunir seus homens.

— E quanto a Eilis? — perguntou Padriac, sem parar o que estava fazendo. Estava trabalhando rápido e com a precisão de sempre, apesar da luz fraca do lampião, fazendo um caixilho de tear com madeira de freixo amarrada com barbante. — Está feliz em se casar com esse noivo? Ele não é um pouco velho para ela?

— Não é de seu agrado — respondeu Conor, olhando para nosso irmão, que continuava afastado do grupo, com a cabeça baixa. — Mas ela é uma boa filha e vai fazer o que o pai quer. Jamais entendeu como Liam pôde partir sem lhe explicar o motivo. Ainda sente sua falta, mas será uma esposa fiel e uma mãe carinhosa. É melhor assim.

— Melhor para quem? — perguntou Diarmid amargurado.

Foi uma visita triste. Queria muito ter falado com eles. Sentia sua angústia, sua raiva, sua culpa e como aquilo os estava separando, colocando-os uns contra os outros. Mas sem poder falar não havia muito que eu pudesse fazer. Abracei Liam, mas não pude dizer a ele que sabia que Eilis o amava e teria esperado por ele se pudesse. Peguei as mãos de Diarmid e olhei seu rosto entristecido. Queria dizer a ele que nós o perdoávamos por sua indiscrição. E que Oonagh poderia ter escolhido qualquer um deles para brincar. Foi simplesmente falta de sorte. Queria poder dizer a ele para não guardar tanto ódio no coração. Mas não podia. Quanto a Finbar, sentou-se sozinho, com os braços ao redor dos joelhos, os longos cabelos despenteados voando em seus olhos enquanto olhava a água escura do lago. Não olhou para mim e não disse uma palavra sequer.

A noite foi passando e Padriac terminou o caixilho. Cormack consertou minhas botas, cada movimento observado de perto por Linn, que não desgrudava dele. Estes dois não haviam mudado muito, pensei. Padriac estava sempre concentrado em alguma tarefa ou em resolver algum problema. O que aconteceu parecia ser, para ele, apenas mais um desafio.

Parecia se contentar em passar sua única noite de liberdade fazendo reparos e trocando algumas palavras. Pelo menos estava sobrevivendo. E no caso de Cormack, o que o ajudava provavelmente era sua falta de imaginação. Não me agradava saber disso, claro, mas ele parecia ver o mundo em branco e preto, e isso facilitava as coisas para ele. Sua agressividade era seu ponto fraco e Lady Oonagh percebeu isso até mesmo antes de nós. Ao fazê-lo usar sua força contra Linn, sua inseparável companheira, ela o fez duvidar de sua própria integridade, e ele ainda carregava isso consigo.

Algum tempo depois, eles começaram a falar das Ilhas e de estratégias para recuperá-las, desenhando mapas no chão e colocando folhas e galhos para simular o ataque. Não prestei muita atenção; ouvi apenas quando Conor disse que as Ilhas jamais seriam recuperadas à força. Lembrou a eles sobre o antigo conto, segundo o qual não seria alguém de Eirin ou um bretão, mas ambos. Alguém que trazia a marca do corvo e que restabeleceria o equilíbrio. Somente assim a rixa entre nossos povos terminaria.

— Isso é só uma história — desdenhou Cormack. — Podemos passar mais cem anos esperando por algo assim. Podemos esperar para sempre e nada acontecer. Mas as árvores sagradas não podem esperar enquanto o barulho do machado se aproxima.

— E os espíritos não podem esperar enquanto as botas do inimigo maculam as grutas da verdade — completou Diarmid.

— Além disso — comentou Liam —, não sei se temos mesmo interesse em fazer as pazes. Tomar de volta o que é nosso e colocá-los para fora de nossas terras é o que queremos.

— Mas algumas dessas histórias antigas acabam sendo verdade — disse Padriac. — Só que nem sempre seu significado é literal. Conor pode ter razão. As coisas mudam. Vejam o que está acontecendo conosco. Nossa história é tão estranha quanto os antigos contos.

— Não sei... — disse Diarmid, duvidando. — Ter fé é muito bom, mas prefiro a fé resguardada pela espada e por uma boa tropa de homens.

— Planejar nunca é demais — disse Cormack, concordando com o irmão. — Quando voltarmos, devemos estar prontos. Papai pode não estar mais apto a comandar, e nossos inimigos usarão sua fraqueza para tomar a dianteira. Temos que nos resguardar para não perder o que já conquistamos.

Conor quase não falou naquela noite. Estava demonstrando ser realmente muito forte. Manter a consciência em dois mundos não é algo fácil, e era possível ver seu esforço. Já o isolamento de Finbar era diferente. Fui me sentar ao seu lado. Era lua nova e eu quase não conseguia ver seu rosto no escuro. Mas não precisava ver para saber como era, pois conhecia muito bem cada detalhe seu: nariz longo, boca larga, pele branca e um pouco sardenta, o queixo firme e, sob os longos cabelos, olhos claros como a água e profundos. Este era Finbar.

— Desculpe-me se estou fechado para você — ele disse após um longo silêncio, o que me surpreendeu. — Não posso mais lhe mostrar o que vejo.

"Por quê? Não confia mais em mim?"

— Sorcha, querida. Confio mais em você do que em minha vida. Aliás, ela está em suas mãos. Mas vejo... vejo coisas que gostaria de simplesmente poder apagar. Coisas terríveis. Gostaria muito de acreditar no que Conor diz, que essas visões não são a Visão verdadeira, e sim o mal plantado em minha mente pelas mãos da esposa de nosso pai. Talvez ela esteja tentando me enlouquecer. São imagens cruéis, e não quero dividi-las com você ou com quem quer que seja.

Suas palavras me mostravam que ele acreditava mesmo no que via.

"Mas dividir esse peso pode aliviá-lo".

Ele olhou para frente novamente, levantando os ombros e girando com uma mecha de cabelo entre os dedos.

— Não esse tipo de peso. Além do mais, se não for verdade, por que causar dor a mais alguém? O que mais me incomoda é não saber o que fazer. Se vejo o que está por vir, deveria ser capaz de evitar. Mas ainda que tivesse tempo para agir, não saberia por onde começar. Talvez seja exatamente isso que Lady Oonagh queira. E se for algo que realmente tem que acontecer, provavelmente não há como evitar. Antes eu sabia sempre qual era caminho certo. Hoje não sei mais.

"Você ainda é o mesmo. Ainda é forte".

— Mas será que sou forte o suficiente? Fica cada vez mais difícil. Parece que a cada instante uma parte de mim se modifica e o homem se torna mais parecido com o cisne, mas o cisne jamais poderá ser o homem. Oh, Sorcha, vejo meu próprio fim, e este é um fardo que nenhum homem deveria carregar. Vejo meus irmãos morrendo pela espada, pela água e um deles indo embora, para terras mais distantes do que se pode imaginar. E você... vejo um grande mal lhe acontecendo, mas não sei como evitar. Se puder sair daqui, saia, e o quanto antes.

"Diga-me o que é. Como posso evitar algo se não sei o que é".

— Não. Pode não ser verdade.

Ele estava irredutível, e eu sabia que não adiantava insistir. Ficamos ali sentados e depois de algum tempo ele pegou minha mão. Então tive, sem saber por quê, a terrível sensação de que era a última vez que sentiria seu toque. Nosso tempo precioso estava passando rápido e precisei segurar as lágrimas quando o céu ficou mais claro e a manhã se anunciava.

Fomos todos para a beira do lago nos despedir, e Finbar fez algo que me assustou mais do que suas palavras. Tirou o amuleto que tinha pendurado em seu pescoço, a pedra lisa e furada com o símbolo de sua túnica, e o colocou no meu para que ficasse junto de meu coração.

Tentei impedi-lo.

"Não, é seu. Mamãe lhe deu", mas ele se virou e não pude mais ver seu rosto. Foi um gesto terrível. Jamais vi Finbar sem o presente de mamãe em seu pescoço.

"Até logo, até a próxima vez. Até logo, irmãzinha".

⚜

Eu dissera a Simon que ele podia terminar sua história da maneira que desejasse. Que a escolha era sua, e que havia tantos caminhos quanto os fios de uma tapeçaria. Ele era o tapeceiro e podia decidir. Mas e quanto à minha história? Por que não conseguia fazer isso com minha história? Por que minha trama tinha que ser de violência, de sangue, de traição, seguir um caminho de aflição e de separação? Com toda a minha inocência, eu havia dito a Simon para tomar as rédeas de seu destino, sem saber que eu mesma seria, menos de dois anos depois, levada pela vida contra a minha vontade.

Finbar sempre buscara a verdade, e eu ainda descobriria que suas visões eram verdadeiras. Mas levou muito tempo; tanto que eu já havia até me esquecido de suas palavras e continuava minha vida de sempre, desfrutando agora a chegada do verão, pois mais meio ano havia se passado. Já terminara duas camisas e estava na metade da terceira. De dentro da caverna eu acompanhava o caminho do sol, cruzando o céu, e o lento amadurecer dos grãos. Meus irmãos chegariam a qualquer momento. Talvez naquela noite mesmo.

Havia cisnes no lago, alguns com filhotes. Talvez um deles fosse Conor me observando, envolto em seu manto de penas brancas. Linn havia aprendido a pescar na parte mais rasa do lago, algo difícil para um cão. Sua paciência era surpreendente. Ficava parada um bom tempo, olhos fixos na possível presa até que ela se aproximasse o suficiente para ela dar o bote. Enquanto ela praticava seu novo jogo, eu fiava e tecia. Só faltava a manga direita da terceira camisa.

Mas tudo se modificou drasticamente em um único dia.

O sol me atraiu para fora da caverna, e eu peguei meu trabalho e fui costurar sentada nas pedras perto do lago. Mergulhei os pés na água e fiquei massageando a sola deles nas pedrinhas do fundo.

Não muito longe estava um grupo de cisnes deslizando sobre a água, limpando as penas, pescando e brincando. Parecia que estavam esperando.

A manga estava difícil de costurar e eu me concentrei ainda mais, ignorando os espinhos em meus dedos, como sempre, e lamentando não ter prestado mais atenção quando uma das servas havia tentado me ensinar a costurar.

De repente, ouvi Linn latir, um pouco distante. Devia estar voltando de suas caçadas. Porém, já estava ficando tarde para ela estar fora. Mais latidos, desta vez em tom de advertência. Levantei-me e olhei ao redor e entre as árvores, tentando localizá-la. Nada. Depois de um segundo, ouvi uma voz xingando e o próximo latido se seguiu de uma mistura de uivo e grito, em desespero. Silêncio. Senti um arrepio percorrer minha espinha. Fui o mais silenciosamente possível em direção às árvores, para me esconder. O medo me dava agilidade, mas os três homens foram mais rápidos do que eu. Um veio dos arbustos atrás da entrada da caverna, com um sorriso amarelo e semidesdentado. A faca em sua mão estava suja de sangue.

Outro pulou das rochas atrás de mim e me agarrou pelo pescoço, o hálito fétido entrando em minhas narinas. E atrás dele veio outro, uma voz que eu conhecia, gritando, aflito.

— Não, a fada! Não machuque a menina-fada!

O que se seguiu é muito difícil de descrever. Contei apenas a alguém uma vez, porque precisei, e narrarei aqui porque é um fato que faz parte da trama de minha história e a partir dele é que outros ocorreram. Tentei, com todas as forças, apagar as palavras e os atos daqueles homens de minha memória, mas jamais consegui. Foi terrível demais. Acredito que tudo tenha acontecido rápido, mas para mim pareceram horas, e as palavras deles se fixaram em minha mente, cicatrizes como as de Simon, que jamais se curaram totalmente.

— Então essa é a sua fada, Will? Pois para mim parece uma mulher de carne e osso. E que carne! Olhe só isso!

Colocou a mão em minha túnica e a rasgou na frente com um puxão, expondo meu corpo do pescoço ao pé. Tentei me cobrir, mas meus braços foram puxados para trás.

— Incrível! — disse o outro, visivelmente excitado, lutando para desafivelar o cinto.

— Carne fresca! E do jeito que eu gosto, jovem e suculenta. Um prato e tanto.

Olhou para o garoto abobado, que ficou choramingando na entrada da clareira, retorcendo as mãos.

— Fique aí mesmo, Will! Sua vez vai chegar. Primeiro os mais velhos.

— Não, não machuque a fada! Machucou o au-au!

Mas eles não queriam ouvi-lo.

— Cale a boca desse idiota — disse o primeiro.

O segundo foi até o garoto e o esmurrou com tanta força que ele caiu de joelhos.

Então, enquanto um me segurava o outro cuspiu nos dedos e os enfiou dentro de mim. Mordi os lábios para não gritar e senti o gosto de sangue e lágrimas na boca enquanto ele baixou as calças e forçou o corpo contra o meu. Doeu, doeu tanto, e eu não tinha voz para xingá-lo. Tentei contar uma de minhas histórias mentalmente, para não me concentrar no que estava acontecendo.

... O nome dela era Deirdre, Dama da Floresta...

Mantive os olhos fechados para não ver seus rostos vermelhos e excitados.

... e se você fosse silencioso, silencioso como um... como um camundongo, conseguiria vê-la...

Continuei lutando, tentando escapar. Depois de algum tempo, ele estremeceu e parou, afastando-se. O outro veio e tomou seu lugar.

— Está vendo? Nem um gritinho! Está gostando, não é, vagabundinha? Fada... uma fada bem mortal. Deve ser de uma dessas fazendas. Quer saber, acho que isso é o melhor que já lhe aconteceu na vida.

... as folhas do salgueiro balançavam enquanto ela caminhava...

O segundo era muito maior do que o primeiro, tão grande que eu não conseguia acreditar, e me machucou ainda mais. O outro me agarrou na altura do peito, as unhas me arranhando, respirando em minha orelha.

... e seu manto do mais profundo azul, seus cabelos enfeitados por pequenas estrelas...

Ele parecia ir cada vez mais fundo, como se quisesse me rasgar ao meio. Achei que fosse desmaiar de dor.

... ela caminhava... ela caminhava entre os carvalhos e...

A história me fugia. Eu só sentia aquele ritmo interminável, as vozes horríveis e tentava segurar o grito imenso que se acumulava em minha garganta, apesar de toda a força que eu fazia para me controlar.

— Você não ia querer que ela o acariciasse — disse o primeiro. — Vê as patas dela?

— É uma fada, não é? — respondeu o outro. — Talvez seja filha de um sapo — Os dois riam.

Depois de algum tempo, o pesadelo terminou. Ele gemeu, relaxou o corpo e se afastou. O outro me soltou e eu caí no chão, os braços em volta da cabeça.

— Venha, idiota — disse um deles. — É sua grande chance! Venha! Nunca fez isso, não é, camponês?

E chutou minhas costelas.

— Ela está prontinha, não está, menina-sapo? Não xingou, nem reclamou. Era tudo o que queria na vida. Mas não se preocupe, tem muito mais para você.

— Venha logo — disse o outro. — Ela vai desmaiar, aí perde a graça.

Mas o abobado só chorava. Ouvi quando se virou e saiu correndo pela floresta na direção de casa.

— Maldito — disse um deles. — Vai contar para todo mundo se chegar antes de nós. Temos de alcançá-lo. Voltamos outra hora para brincar com ela.

— Até logo, querida — ele disse, em tom nojento. Puxou-me pelos cabelos para perto de seu rosto, inclinando-se sobre mim. — Desculpe sair assim com pressa. Mas voltaremos para diverti-la. Sinta só.

Puxou minha cabeça, enfiando-a entre suas pernas e se esfregou em meu rosto. Lutei para ficar em silêncio.

— Ah, e seu cão está logo ali no morro — disse o outro, rindo. — Não vai mais morder.

— Mordeu minha mão, o maldito — disse o primeiro, jogando-me no chão novamente. — Uma fera e tanto.

༄

Suas vozes foram desaparecendo na floresta e eu fiquei ali, imóvel, sem conseguir sequer chorar. Então, um vento estranho começou a soprar, balançando as árvores de um lado para o outro. E uma escuridão parecia cobrir toda a floresta.

Não sei quanto tempo fiquei ali. A escuridão foi aumentando, mas se era o fim da tarde ou o grande silêncio que tomou conta de tudo, eu não sei dizer. Estava desesperada demais para perceber. As árvores continuavam a balançar com o vento, que soprava forte, e as vozes da floresta ecoavam nele. *Sorcha, Sorcha. Oh, irmãzinha.* Mas no chão nada se movia. Os pássaros estavam em silêncio.

Após algum tempo, percebi que não havia o que fazer. Precisava me levantar. Estava sangrando, e me lembrei de Linn. Não chegaria como sempre, abanando o rabo contente. Precisava encontrá-la antes do escurecer. E precisava de água.

Tudo parecia estar contra mim. Cada movimento exigia um esforço tremendo. Minhas roupas estavam rasgadas e sujas. Só queria me livrar delas. Joguei-as perto do fogo. Precisava desesperadamente me lavar, mas fiquei com medo de ir até o lago. Fui até o balde, que estava cheio, peguei um pano e comecei a me lavar desesperadamente, tirando a sujeira deles de meu corpo. Esfreguei e esfreguei até a água acabar. Então continuei a me esfregar com o pano até a pele ficar vermelha e machucada. Havia bastante sangue, mas tentei não prestar atenção. Vesti um velho manto e fui em direção à colina com as pernas bambas, ouvindo as árvores balançar. *Ela vai desmaiar, aí perde a graça.*

Cheguei ao topo e quase tropecei em Linn, que estava caída no chão, os dentes ainda segurando um pedaço da túnica do homem. Sua expressão era séria, como se continuasse a tentar lutar, os olhos imóveis voltados para o céu. A cauda estava estendida no chão, e o pelo, ensopado com o sangue de um corte profundo na garganta. Havia poças espalhadas ao seu redor. Fiquei imaginando que para um cão deveria ser uma honra morrer em defesa de alguém a quem amasse. Mas só sabia que minha amiga havia partido e agora eu estava realmente só.

Linn era grande, e eu pequena. Ainda assim, consegui carregá-la até a entrada da caverna e a coloquei sobre a grama. Então, tremendo da cabeça aos pés, encolhi-me no canto mais fundo da parede de pedra, me enrolei no manto e tentei aquietar a mente, imaginando-me como uma pluma ao vento ou uma pedra imóvel. Mas meu corpo balançava e tremia, e meu espírito parecia explodir de medo, ódio e vergonha. Pensei que jamais me sentiria limpa novamente.

Eles chegaram ao anoitecer. Ouvi suas vozes, mas não me mexi. Sabiam o que tinha acontecido. Pensei, mais tarde, que se eram eles os cisnes que eu vira no lago naquela tarde, Conor devia ter ficado desesperado assistindo a tudo sem poder agir até o anoitecer. Ouvi suas vozes furiosas.

— Diarmid? Cormack? — Liam chamou.

— Não, deixe Cormack cuidar de Linn. Eu vou. Essa tarefa é minha — disse Finbar, com ódio na voz.

Então vi os três pegando mantos e facas e saindo em direção à floresta. Seus olhos eram a personificação da morte.

Conor saiba onde eu estava. Senti sua mente tentando alcançar a minha, mas me fechei. Ele não tentou se aproximar. Padriac, confuso e chorando de raiva, ocupou-se acendendo o fogo e os lampiões, e aquecendo água. O rosto de Cormack parecia um entalhe na rocha, frio e impassível, enquanto cavava um buraco para enterrar os restos ensanguentados de seu cão.

Conor esperou algum tempo e só então veio se sentar perto do buraco onde eu havia me enfiado. Ainda me lembro da sensação da rocha sólida em minhas costas, de tentar me encostar ao máximo, encolhendo-me o quanto podia, mordendo a articulação dos dedos e com um braço cobrindo a cabeça, como a me proteger. Queria que a terra me absorvesse, me levasse e acabasse com toda aquela dor, culpa e humilhação. Sentia um ódio profundo daqueles homens, do abobalhado que os tinha levado até ali e de Lady Oonagh, que havia me deixado naquele lugar. Odiei meu pai, por sua fraqueza, e meus irmãos, por não estarem ali quando precisei deles. Além disso, eles também eram homens. Como ousavam achar que me fariam sentir melhor?

Mas Conor ficou ali, sentado a certa distância, falando comigo em um tom calmo, e o fogo que Padriac havia acendido espalhou sua luz dourada pela caverna até o canto em que eu estava encolhida. Depois de algum tempo, olhei por entre as mechas de cabelo que cobriam meu rosto e vi a tristeza e o amor em seus olhos.

— Você pode sair um instante, corujinha? — pediu Conor com carinho. — Temos pouco tempo para ajudá-la.

Foi muito difícil sair dali. Não conseguia deixar que os dois me tocassem. Padriac sempre teve habilidade para curar animais feridos e, aos poucos, embora eu tremesse e me encolhesse o tempo todo, conseguiu tratar de alguns de meus ferimentos.

Depois de algum tempo, enrolada em mantas apesar do calor, deitei-me perto do fogo e consegui conversar um pouco, sentindo o cheiro das ervas curativas que se espalhava pelo ar.

A difícil tarefa de Cormack havia terminado. Ele veio se sentar conosco.

— Linn está morta há várias horas — disse em tom sério. — Quem fez isso está longe da floresta agora. Nossos irmãos não vão conseguir alcançá-los e retornar antes do amanhecer. Seria melhor que tivessem ficado para nos ajudar. Poderíamos levar Sorcha para um lugar seguro.

Conor olhou para o irmão, mas não respondeu. Cormack parecia calmo, mas seus olhos estavam vermelhos, e o rosto, um pouco sujo de terra no lugar em que ele esfregou as mãos para secar as lágrimas.

— Creio que não — respondeu Conor. — Sorcha não tem como ser levada hoje. Por pior que seja este lugar, deve permanecer aqui por enquanto. Além disso, coisas estranhas acontecem em florestas à noite, especialmente nesta. As pessoas se perdem no escuro, mesmo conhecendo as trilhas. A névoa surge de repente, tornando o caminho confuso, ou se tem a impressão de ouvir vozes, o que também assusta e desvia a atenção. Clareiras surgem onde não estavam antes e galhos aparecem misteriosamente, bloqueando a passagem. Muitos já morreram entre as árvores, e seus corpos jamais foram encontrados.

Os dois irmãos olharam para ele e depois um para o outro.

— Humm. — disse Cormack. — Você parece conhecer muito sobre o assunto.

— Conheço — concordou Conor.

⁂

Padriac estava fervendo água com ervas. Pelo cheiro, devia ser prunela, também conhecida como coração-da-terra, e esporos de licopódio, que deve ser usado com cuidado. Já haviam tentado me fazer tomar chá, mas meu estômago estava rejeitando até o que lhe fazia bem. Tentei beber a infusão, mas só consegui engolir um pouco. Não queria dormir, pois nenhuma infusão me impediria de ter pesadelos. Fiquei observando as estrelas enquanto meus irmãos conversavam em voz baixa. Meu trabalho é curar, e sempre foi, mas naquela noite eu senti que jamais ficaria curada se não conseguisse sair daquele estado de desespero. Tinha ajudado Simon e outras pessoas também. Mas quem me ajudaria agora? Até meu cachorro tinha morrido. Fiquei olhando para as estrelas até que elas começaram a parecer borradas e eu não as enxergava mais por causa das lágrimas.

O mais estranho é que, naquela noite, eu não estava preocupada em ferir os sentimentos de alguém. Conor estava pálido e tenso, revoltado pelo que acontecera comigo e se sentindo culpado por não ter sido capaz de impedir, assim como os outros, mas carregava um peso ainda maior: captava todos os meus sentimentos. Sua mente registrou meus xingamentos e gritos silenciosos, e também a sensação de traição que imperava em mim naquele momento. "Vocês não estavam aqui. Precisei como nunca e vocês não estavam ao meu lado". Era assim que me sentia e não havia como impedir.

Minha mente extravasava toda a dor, e ele a absorveu, sem comentar ou reclamar. Mas estava escrito em sua face. Eu não me importava mais. Meu irmão era homem também. Merecia sentir o estrago que outros homens haviam feito comigo.

Devo ter dormido um pouco, pois me lembro de acordar e ver Liam espetando uma adaga suja de sangue no chão, perto do fogo, e limpar as mãos no manto. Os três haviam retornado. O rosto de Diarmid demonstrava fúria, mas o de Liam era puro controle. Finbar se sentou um pouco mais longe, as mãos na cabeça, como se os pensamentos fossem fazê-la explodir. Suas mãos também estavam sujas de sangue.

O chefe de armas, Donal, sempre fora rígido com relação a armas em nossa casa. Até eu sabia que elas deviam ser muito bem limpas depois de usadas, besuntadas com óleo e guardadas em um local seguro. Mas naquela noite foi diferente. As três adagas ficaram fincadas perto do fogo e seu brilho refletia o sangue. Fora uma caçada, não uma batalha. Uma luta rápida por justiça.

Não me importava se eles haviam matado os dois ou os três. Não chorei pelo inocente punido por algo que sequer entendia. Era tarde, muito tarde. Meu corpo doía e eu estava com medo. Apesar da presença de meus irmãos, sentia-me só.

— Oonagh pagará por isso com sangue — disse Diarmid, a voz ainda em fúria. Matar aqueles homens não aplacara sua ira. — Quero cortar sua garganta pessoalmente, se ninguém tiver feito isso ainda.

— Ela é responsável, embora não diretamente — concordou Liam. — Mas não é hora de pensar nisso. Já fizemos o que tínhamos que fazer. Agora precisamos cuidar de Sorcha. Ela deve sair daqui, e logo. Quando você acha que ela pode ir, Conor?

Eles discutiam como se eu fosse uma peça de um jogo de estratégia, uma peça importante, mas ainda assim um objeto que podia ser manipulado. Continuei deitada, em silêncio, no escuro. Meu corpo todo doía muito e minha mente não parava de repetir as imagens do que tinha acontecido. Quase me arrependi de não ter tomado um pouco mais do preparado para dormir profundamente, com ou sem pesadelos. Não conseguia me desligar, por mais que tentasse me lembrar de uma de minhas histórias, contar estrelas ou prestar atenção à conversa de meus irmãos.

As vozes deles iam e vinham. Conor dizia que eu não podia ser levada naquela noite, Diarmid continuava furioso, Liam tentava fazer planos. Tudo isso se misturava com imagens, dor e lembranças. Coloquei as mãos sobre os olhos e senti sua aspereza. *Talvez seja filha de um sapo.* Outras imagens vinham à minha mente também. Meu jardim destruído. Padre Brien caído no chão, o corpo sem vida. Simon gritando no escuro. Oonagh escovando meus cabelos e as criaturas de seu espelho me olhando. Dor e medo. E as vozes deles conversando, novamente. *Carne fresca! E do jeito que eu gosto, jovem e suculenta.* Como eles podiam falar de mim daquele jeito, como se eu não estivesse presente?

— Impossível! Fora de cogitação! — gritou Diarmid. — Não podemos simplesmente deixá-la aqui! Deve haver outra solução!

— Não há outra solução — disse Conor, em seu tom calmo de sempre. Não pude ver seu rosto. Estava de costas para mim.

— Então, pela Dama da Floresta, vamos terminar com esse encantamento de uma vez — disse Cormack, em um impulso. Levantou-se e olhou para o irmão, do outro lado da fogueira. — Não podemos abandoná-la, não agora. Vamos usar o tempo que nos resta para levá-la até a fazenda mais próxima, contar nossa história e pedir ajuda a esse povo. Pelo menos Sorcha terá uma chance. Sozinha aqui ela não sobreviverá.

— Esse povo não pareceu muito preocupado com ela quando a estuprou — respondeu Diarmid com brutalidade.

— Além do mais, não temos tempo para fazer isso e voltar antes do amanhecer — disse Padriac, deixando uma pergunta no ar.

— Padriac tem razão, não podemos — disse Liam. — E se nossa história chegar aos aldeões, Lady Oonagh já estará sabendo do paradeiro de Sorcha amanhã de manhã. Fiquem longe da água ao amanhecer, e podem virar almoço na mesa desse povo. Espero que não sejam tolos a ponto de confiar neles.

— O que está dizendo? — Diarmid pegou a adaga do chão e começou a jogá-la de uma mão para outra.

— Estou dizendo que esse plano é impossível. Não vejo outra opção a não ser deixar Sorcha aqui, o mais confortável e segura que pudermos. Talvez na próxima vez possamos levá-la para outro lugar. Deve haver outras cavernas na região — Liam não parecia satisfeito com sua própria sugestão.

— O que diz, druida? — o tom de Diarmid era de provocação.

— Nenhum pronunciamento ou retórica para nos inspirar? De que serve todo o seu conhecimento místico agora? Talvez seja hora de pararmos de seguir seus conselhos e começarmos a agir.

Ele parecia um cão lutando contra a guia no pescoço.

— Não é justo — disse Cormack, defendendo o irmão gêmeo, apesar de também ter dúvidas.

— Nem correto — completou Liam com firmeza. — Não acredito que vocês já se esqueceram de como encontramos depressa os homens que procurávamos hoje. Jamais vi uma névoa tão rápida e tão seletiva, ou que se dissipasse tão rápido quanto aquela, quando terminamos. E nem folhagens e musgos cobrindo corpos com aquela velocidade. Era a magia trabalhando a nosso favor. Devemos isso a nosso irmão.

— Bobagem — resmungou Diarmid, sentando-se novamente, ainda com a faca nas mãos.

Suas palavras desapareceram de minha mente e as imagens retornaram. Tentei bloqueá-las novamente, mas foi inútil. Queria gritar e deixar sair toda a raiva e dor que sentia, mas consegui apertar os dentes e engolir os sons que ameaçavam sair. As lágrimas caíam, em silêncio. Meus irmãos queriam o melhor para mim, mas naquele momento quase desejei que já tivesse amanhecido e eles tivessem ido embora. Continuaram discutindo e, depois de alguns instantes, Padriac me trouxe algo para beber. Quando terminei, ele voltou para o grupo. As imagens passavam em minha mente sem parar. A marca de ferro quente na pele humana. Eilis tendo convulsões, seu belo rosto distorcido pela ânsia de vômito. Linn, com seus olhos carinhosos e o corte na garganta. O sorriso distorcido do abobalhado olhando para mim, na árvore. *Não machuque a menina-fada! Venha, idiota. É sua grande chance!* Meu corpo tremia sob as mantas.

"Estou aqui, Sorcha".

Não conseguia acreditar. Fazia tanto tempo que ele não falava com minha mente.

"Estou aqui. Tente relaxar, querida. Sei o quanto é difícil. Deixe que eu a ajude, que tire um pouco do seu sofrimento".

Quase não conseguia vê-lo. Estava do outro lado do fogo, atrás dos demais e virado de lado, com as mãos ainda na cabeça. Parecia não ter se movido desde a hora que chegou.

"Como você sabe? Como pode ajudar?"

"Eu sei. Deixe-me ajudar".

Senti a força de sua mente penetrar na minha. Aos poucos, ele foi substituindo os terríveis segredos que havia compartilhado comigo e as imagens desagradáveis por cenas de bondade e coragem. Eu, quando pequena, dançando alegremente pela floresta, protegida pelas árvores e iluminada pelas cores do dia. Era uma velha imagem que ele guardava em sua mente e que influenciava tudo que fazia. E outra, de nós dois deitados de bruços sobre as pedras na beira da água, os queixos apoiados nas mãos, imóveis como lagartixas observando os minúsculos sapos saltando, mergulhando e voltando para a superfície entre as plantas. Ele, pacientemente tirando os espinhos de estrela d'água de minhas mãos, enquanto Conor contava a história de Deidre, a Dama da Floresta. Nós sete formando um círculo ao redor da pequena bétula, e de mãos dadas.

Ele não me dava tempo para pensar. Enchia minha mente até não haver espaço para imagens de violência ou de medo. Era como se sua mente tivesse se colocado ao redor da minha, protegendo-a. Mais imagens: nós dois novamente, sentados no telhado de casa, olhando para longe, além da floresta e do lago. Uma pequena imagem de padre Brien com a ponta da língua entre os lábios estudando uma complexa página de manuscrito. Conor em sua toga branca, lendo os entalhes do tronco de uma grande sorveira. Diarmid e Liam lutando na parte rasa do lago, medindo forças até que um desistia e a brincadeira acabava em mergulhos na água e alegria. Padriac prendendo uma tala na asa de uma coruja, suas mãos ágeis trabalhando sem pressa para não assustá-la. Cormack e Linn correndo pela beira da água e o vento do oeste fazendo ondas e encobrindo suas pegadas na areia.

Lágrimas voltaram a escorrer em meu rosto, mas o motivo era diferente agora.

"Chore, minha querida. Nosso amor a envolve como um manto quente e macio. Nossa força é sua, e sua força mantém acesa nossa esperança. A floresta a abraça e acolhe". Mas esta voz era outra: a de Conor.

"O caminho se abre à sua frente". O resto deles estava em silêncio agora, provavelmente sentindo que o amanhecer se aproximava e que o que estava acontecendo era mais importante que qualquer um de seus planos.

"O que... o que você vê para mim?", precisei fazer um grande esforço para perguntar. "O que vai acontecer comigo, Finbar? Mostre-me, desta vez".

Então uma imagem veio, um tanto vaga, difícil de distinguir. Uma garota, que imaginei ser eu, remando em um pequeno barco. Uma coruja assobiando. Ou seria aqui e agora, e não parte da imagem? Mãos segurando uma faca e entalhando um pequeno pedaço de madeira. Fogo queimando, verde, roxo e alaranjado. A imagem se desfez. Não sei se era tudo o que Finbar via ou se me impediu de ver o resto. E durante aquele tempo todo, ele ficou sentado ali, com a cabeça entre as mãos, sem dizer uma palavra, como se estivesse em transe.

Logo, os primeiros sinais da madrugada coloriram o céu e já estava chegando a hora de eles partirem. Minha respiração estava mais calma, e meu corpo, mais descansado, embora ainda sentisse dor. Minha mente estava cheia de trechos de histórias e de imagens de nossa infância, o suficiente para manter afastadas as sombras. Finbar não deixou que o menor temor ou imagem negativa se aproximasse. Fiquei deitada em minha manta. A luz crescente do céu agora era suave, e a imagem das copas das árvores transmitia paz. Ouvi novamente a coruja assobiar enquanto ainda alvorecia. Seu som tocou minha alma.

Meus irmãos continuavam sentados, em silêncio e com o rosto sério, refletindo a luz das brasas da fogueira.

— Sorcha — disse Conor em voz alta, para que todos ouvissem. — Há um caminho que nenhum de nós mencionou. Quero que você saiba agora.

Consegui me sentar e fiz que sim com a cabeça. Minha mente estava um pouco mais tranquila, mas Finbar continuava a me proteger. Olhei para ele, no outro lado do círculo, e levei um susto. Seu rosto estava incrivelmente pálido e ele tinha olheiras roxas. Parecia um velho ou alguém que havia passado a noite entre os Seres da Floresta e jamais voltaria a ser como antes.

"Está tudo bem, Sorcha. Ouça o que Conor tem a dizer", disse mentalmente, sem mover um músculo.

— Pensamos muito e eu não tenho mais dúvidas, mas ninguém aqui estava preparado para lhe dizer, embora Cormack tenha chegado perto, eu creio. Quero que decida, Sorcha. Pense e decida por si mesma, não por nós.

Liam assumiu:

— Não fique falando por parábolas, Conor. Isso deve ficar muito claro. Sorcha, o que ele está tentando dizer é que talvez este seja o momento de você abandonar sua tarefa. Para mim, pelo menos, o preço que você está pagando já é alto demais. Todos nós estamos dispostos a abrir mão do futuro em benefício de sua segurança.

— Damos nossa vida por você. É mais fácil do que carregar a culpa de saber que você se arrisca todos os dias tentando completar uma tarefa por nós — a voz de Cormack era séria e calma.

— Não temos como protegê-la — disse Diarmid de maneira direta. — Somos um fardo inútil para você — vi então que segurava as camisas na mão, apesar dos espinhos, e perto do fogo. — Peço que destrua essas peças mágicas, deixe para trás essa tarefa que a consome e busque abrigo entre os irmãos sagrados que podem protegê-la da bruxa. E se não voltarmos ao mundo humano, qual o problema? Não vai mais fazer diferença.

Sabia o quanto era doloroso para ele dizer aquilo, pois conhecia seu desejo de vingança. Liam ansiava retornar e acertar as coisas com nosso pai e com as terras antes que fosse tarde demais para salvar o que restava. E Conor, depois de tantos anos de preparação? Como ficariam os aldeões sem aquele a que se referiam com tanto respeito, um dos sábios e protetores de suas terras? Quem o substituiria se ele não voltasse ao mundo mortal?

— Deveríamos ter feito um barco, ou ao menos uma jangada — disse Padriac de repente. — Há alguns povoados ao redor. Você poderia seguir pelo lago durante a noite ou logo ao amanhecer, sob as árvores. Eu devia ter pensado nisso antes — os outros o olharam. — Bem, foi uma ideia — ele concluiu.

— Será que você não ouviu o que dissemos? — perguntou Liam, irritado.

Padriac estava fervendo água novamente, fazendo uma quantidade de chá para durar mais um dia ou dois.

— Sim, claro — ele disse com voz calma. — Sorcha irá decidir por nós. O que mais podemos dizer?

Senti a mente de Finbar se desligando lentamente da minha, deixando-me limpa e tranquila. A presença de Conor também foi se afastando. Queriam que eu tomasse a decisão por mim mesma. Mas não havia decisão a tomar, não de minha parte. Estiquei a mão em direção às camisas e Diarmid as entregou a mim.

— Tem certeza, Sorcha? — perguntou Liam.

Respondi que sim com a cabeça. Ao contrário de Finbar, eu ainda sabia qual caminho devia seguir. Independentemente do que me acontecesse, isso não mudaria.

— Muito bem — disse Liam. — Respeitamos sua decisão. Vamos sobreviver e voltar no solstício de inverno.

— Não vamos voltar aqui — disse Finbar, com a voz extremamente fraca.

Olhamos em sua direção e ele tombou no chão, como se estivesse morto. Conor correu até ele antes dos outros, escondendo sua face.

— Levantem-no — disse Diarmid com pressa. — Já está quase amanhecendo.

— Mas o que há com ele, afinal? — comentou Cormack, só então se interessando. — Não disse uma palavra a noite toda.

— Derramou sangue pela primeira vez — disse Diarmid. — Algumas pessoas são assim. Não têm estômago para isso. Mas estava entusiasmado ao matar. Nunca vi um homem golpear e girar a faca em alguém com tanto gosto. Olhe suas mãos.

Padriac me levou estrategicamente para um canto para falar de emplastros e compressas, e também que havia dado um ponto em um dos ferimentos, que eu teria que removê-lo em alguns dias e que seria um pouco difícil, mas não impossível. Eu mal ouvia.

Ele não precisava me explicar como fazer meu próprio trabalho. Liam dava tapinhas no rosto pálido de Finbar, Conor colocou os dedos em seu pescoço, sentindo a pulsação e falando algo baixinho.

— Rápido — disse Diarmid. — Pela Dama, que hora para ter chiliques. O sol está chegando ao lago. Bata mais forte no rosto dele e traga-o de volta rápido. Está nos atrapalhando.

— Cale a boca! — disse Liam, com uma voz que lembrava a de papai. Era um tom que fazia qualquer homem ficar em silêncio.

— Não subestime Finbar — disse Conor, levantando Finbar junto com Liam e caminhando para o lago. Diarmid estava certo. Já estava quase na hora. Semiconsciente, Finbar seguiu pendurado neles, mexendo eventualmente as pernas, que pareciam pesadas como chumbo. — Ele deu mais de si durante a noite do que você pode imaginar. Não julgue o que você não entende.

— Entendo bastante — reclamou Diarmid, mas sem prolongar o assunto.

Então eles seguiram para a beira do lago e se despediram de mim. Mas desta vez fiquei parada, envolvida em meu grande manto, e não quis que eles me tocassem. Eles sentiram isso, não precisei dizer. Então eles se foram, um por um, e eu senti que demoraria muito, bem mais que o intervalo entre o verão e o inverno, para vê-los novamente. Meu amor por eles não diminuíra, mas algo me dizia que jamais conseguiria abraçá-los ou tocá-los como antes, mesmo sendo meus irmãos. Não confiava mais neles, porque não estiveram perto de mim quando precisei. Não importava que não tivessem culpa do que aconteceu. Este era o poder do mal que fora feito. Então, eles foram para o lago, Finbar ainda apoiado nos dois, e o sol começou a raiar. Não usei a voz de minha mente para falar com ele, para agradecer ou mesmo para dizer até logo. Virei-me e segui meu caminho solitário sob os freixos, minha mente e meus lábios silenciosos como a morte. Não houve a despedida de sempre enquanto meus irmãos iam para a água.

⚛

Cormack dissera que eu não sobreviveria sozinha na floresta com meus ferimentos. Subestimou minha força de vontade e minha capacidade curadora. Não considerou a intervenção da floresta e de seus mais secretos habitantes. O tempo passou, a lua ficou cheia e depois minguante, e os dias quentes de verão deram lugar aos curtos e frios dias do início de outono. E eu continuava em silêncio, um silêncio tão grande que qualquer ruído me fazia pular. Era um silêncio aterrador. A pilha de pedras sobre o local em que Linn havia sido enterrada me fazia lembrar todos os dias da falta que ela fazia em meu pequeno mundo. Meus dias eram marcados por sua rotina. Enquanto eu fiava, ela saía pela floresta atrás de coelhos ou ia pescar, e eu a esperava para fazer minhas refeições e para dormirmos juntas, aquecidas entre as mantas. Encontrei, depois de algum tempo, as marcas de suas patas na areia, onde ela costumava correr contra o vento. Chorei mais uma vez, ciente do quanto havia perdido.

Meu corpo se recuperou graças aos remédios de Padriac e meu conhecimento. Depois de algum tempo, percebi que não estava grávida, e agradeci silenciosamente por isso. Mas ainda tinha medo e até minha rotina havia se tornado um peso. O paraíso que havia se tornado minha casa não era mais um refúgio. Estava marcado por todo o mal que havia acontecido ali.

Sentia pena de minhas ervas, morrendo sem cuidados, sendo atacadas pelo mato ao redor, e dos grãos que havia plantado. Não me aventurava a sair para colher as plantas de que precisava, nem com uma faca no cinto.

Meu coração disparava ao menor som. Tinha sonhos todas as noites, mas não vou descrevê-los. Tentava lutar contra eles, dormindo de dia e ficando acordada à noite. Mas meu estoque de velas estava terminando, e eu acabava tendo sonhos mesmo durante o dia. Comecei a tomar chás de ervas, que me davam alívio durante algum tempo. Porém, comecei a precisar de doses cada vez maiores. Depois de algum tempo, decidi parar, pois sabia os efeitos que isso poderia fazer em meu corpo em longo prazo. E os demônios retornaram.

Pensava muito em Simon, em seus ferimentos e em como o fiz prometer que viveria. Percebi que estava enfraquecendo e que precisava continuar com minha tarefa. Mas havia dias em que eu simplesmente não tinha ânimo. Deixava os fios e a trama na caverna e saía para me sentar encostada no tronco do freixo, olhando para o nada. Sentia como se estivesse esperando alguma coisa, mas não sabia o quê.

Não consegui muita comida, pois tinha medo de me afastar de casa. Não tinha vontade nem energia para preparar os grãos e secar as frutas, e minha pequena horta de ervas estava sendo invadida pelo mato. Encontrei um pequeno pacote de ervilhas secas um dia, ao lado da trilha das carroças. Muito provavelmente havia caído de uma delas. Guardei o pacote e agora fazia uma espécie de caldo de manhã, quando tinha forças. Em alguns dias, até pentear os cabelos era um grande esforço. Emagreci ainda mais e me pegava dormindo, sem querer, acordando apenas com os pesadelos. Os dias ficavam mais curtos e meu trabalho quase não rendia. Então, ela finalmente chegou, silenciosa como uma gazela. Ficou parada entre as sombras dos freixos, olhando-me com uma expressão que eu não conseguia decifrar. Não estava usando o manto azul ou as joias em seu longo cabelo negro.

Usava um manto simples, verde-escuro, que ia até os tornozelos, e seus braços brilhavam com a luz filtrada pelas árvores. As folhas e os ramos se movimentavam ao seu redor e eu sentia algo pulsando, como se fosse o coração da floresta, enquanto ela estava presente. Na última vez, eu tinha descarregado minha raiva sobre ela, mas desta vez sentia apenas um grande vazio.

"Você está bem atrasada".

Seu rosto permaneceu impassível. Se havia alguma expressão, era de desaprovação.

— Chegou a hora, Sorcha. Hora de seguir em frente.

"Seguir para onde?", pensei. Tudo parecia muito difícil, muito distante e exigia muito esforço. Eu só tinha vontade de me enfiar novamente no buraco da parede da caverna e fechar os olhos.

"Estou farta de ser forte".

Ela riu de mim, como se eu estivesse dizendo algo ridículo.

— Você é o que é — respondeu em sua voz musical. — E agora vamos, levante-se. Você não é a primeira mulher de sua raça a ser abusada por homens, e não será a última. Assistimos com muita tristeza o que lhe aconteceu, mas a vingança foi rápida e justa. Agora é preciso seguir em frente.

Senti raiva dentro de mim, lutando para sair apesar da profunda tontura que deixava minha mente confusa e meu corpo pesado e dolorido. Levantei-me, e as árvores pareceram tremer e se movimentar ao meu redor.

— Muito bem — ela disse. — Agora você vai sair daqui. E só poderá levar uma pequena trouxa com você. Escolha cuidadosamente os itens que colocará nela. Irá encontrar um pequeno barco ancorado sob os salgueiros, na parte norte da baía. Ele vai levá-la aonde precisa ir.

Fiquei olhando para ela. As árvores ainda pareciam se mover ao meu redor em todas as direções, a luz do fim de tarde passando entre suas folhas, cinza, verde, dourado, alaranjado e marrom. E ela começou a desaparecer.

"Mas e se... eu não posso... e onde..."

Mas ela já havia desaparecido. Fiquei parada, esperando minha visão voltar ao normal. Aos poucos, as palavras começaram a fazer algum sentido. Lembrei-me então que não comia desde o dia anterior. Talvez este fosse o problema. Sentia-me muito estranha. Mas não havia muito que comer. E, além disso, se tinha que levar apenas uma trouxa comigo, não havia de ser com maçãs secas ou verduras.

Quando os Seres da Floresta lhe davam uma ordem, você a seguia sem questionar, fosse ou não do seu agrado. Era assim que funcionava. E, pensando bem, eu não tinha mesmo muita escolha. Não estava preparada para o inverno, e meus irmãos tinham estado ocupados demais em sua última visita para se preocupar em cortar madeira ou buscar provisões para mim. Então, deixei as ferramentas de carvalho de padre Brien, as botas de inverno, os mantos e as três adagas com punhos entalhados. Deixei também a pilha de pedras que marcava o local em que Linn estava enterrada, o último maço de lavanda seca que ainda guardava o perfume do verão e os pedaços de madeira cortada. Deixei até o fuso e o tear que meu irmão havia feito para mim. Mas levei as duas camisas que estavam terminadas, a terceira que estava ainda na metade, e também as fibras que ainda não tinha fiado, junto com a agulha e a linha. E no fundo da sacola, o pequeno amuleto de Simon. Coloquei meu vestido velho e, no pescoço, o amuleto de Finbar, que havia sido de nossa mãe. Saí da caverna sem sequer olhar para trás. Mas ouvi vozes distantes sussurrando, farfalhando, e o bater suave de asas nas copas das árvores.

"*Sorcha, oh Sorcha. Até logo, até logo*". Os sons me acompanharam até a margem e enquanto eu caminhava, descalça, entre as pedras e a folhagem, até encontrar o pequeno barco plano com uma vara para empurrá-lo. "*Irmã, oh irmã. Aonde você vai? Quando irá voltar?*" Enfiei a vara na areia e empurrei para levar o barco até a correnteza, e a água se encarregou de me levar.

Capítulo 7

Se tivesse forças naquele momento, teria ouvido o conselho de Padriac e seguido perto da margem, protegida pela sombra das árvores, até encontrar um local mais seguro. Mas pensei que a Dama tinha uma intenção específica e que estava me levando a um lugar onde estaria em segurança para terminar minha tarefa. Além do mais, não tinha energia naquele momento para controlar a embarcação. Minha cabeça girava com a fraqueza e a fome, e eu tinha a impressão de que desmaiaria. O balanço leve do barco estava estranho, a água estava ficando mais turbulenta e as árvores pareciam se inclinar com o movimento, passando rápido e me deixando ainda mais zonza. Era como se mãos invisíveis estivessem levando a pequena embarcação em uma direção que eu não havia escolhido.

Os silfos da floresta ficaram para trás, e com as ondas e o movimento, outras vozes foram surgindo, líquidas, ambíguas, murmurando umas para as outras enquanto seus donos levavam meu pequeno barco para águas cada vez mais agitadas. Pisquei e olhei em volta, tentando distinguir a realidade da ilusão da febre e do mal-estar. Vi mãos longas e pálidas na água, rostos com grandes olhos e cabelos de folhas verdes, cinzas e azuis. E também caudas longas com escamas brilhantes como joias. *"Rápido, rápido"*, eles diziam um para o outro. *"Está na hora"*.

O barco avançava com velocidade cada vez maior, como se estivesse em um rio de corredeiras, e vi o céu carregado com nuvens negras. Grossas gotas de chuva começaram a cair, e ouvi um trovão ao longe. A parte de mim que ainda estava consciente registrava tudo o que estava acontecendo. Sabia que estava sozinha em um pequeno barco, viajando ao sabor das águas, descalça e usando meu vestido velho. O vento aumentou e o barco balançou de um lado para o outro, inclinando-se.

A água me encharcou até a cintura. Mas eu não sentia frio, pelo contrário. Estava quente demais, e as vozes começaram a me chamar. *"É fácil, muito fácil, Sorcha. Solte o corpo e venha conosco. É fresquinho aqui embaixo d'água. Solte o corpo e venha"*. E outra: *"Venha aqui para baixo. Diga adeus à sua dor, deixe que a água a leve embora. Deixe que ela a envolva. Venha dançar conosco no fundo do lago"*. As vozes eram doces e persuasivas. Eu queria sentir o frescor da água em minha testa quente, queria simplesmente dormir e esquecer. Era realmente simples. Bastava eu me inclinar, deixar o corpo escorregar e deixar tudo para trás. *"Solte a sacola! Jogue-a! Solte o peso"*. Vi longos dedos se esticando em minha direção e acordei. Apertei a trouxa contra o peito, ignorando os espinhos que me picavam através do tecido.

"Não, não posso".

Então os escutei rir, com suas vozes altas e profundas, e vi suas caudas se movimentando enquanto nadavam ao redor do barco. Foram se afastando aos poucos e me deixaram na companhia do vento e da água.

Sei que estive muito perto de me afogar naquela noite. Estava me sentindo muito mal e cansada. O perigo não parecia importar. Depois de algum tempo, o céu escureceu totalmente e os raios caíam como lanças sobre a terra. A chuva aumentou e o barco já estava cheio até mais da metade. Eu me segurava com as duas mãos nas bordas para tentar manter o equilíbrio, mas sabia que era uma questão de tempo até ele afundar. E sabia, também, que não teria chance se caísse na água. O lago havia se estreitado e seguia forte, como uma grande correnteza. As margens estavam mais próximas. A luz dos relâmpagos iluminava as rochas e os arbustos mais baixos. Percebi que já estava fora da floresta fechada. Era um campo mais aberto. Conseguia ver algumas brechas entre as rochas e trechos de margens abertas em que poderia me jogar, se tivesse forças. Tateei, procurando a vara, para ver se conseguia guiar o barco até um local mais raso. Mas minha mente não conseguiu guiar minhas mãos e ela escapou, caindo na água e desaparecendo. Eu estava fraca demais para nadar atrás dela, e não conseguiria chegar até a margem. Se não me afogasse, o frio com certeza acabaria comigo. Estava fervendo de febre e não sentia a água gelada, mas meu lado curandeira sabia que era apenas ilusão. Uma pessoa pode morrer congelada neste estado, sem perceber.

As nuvens carregadas se dissiparam um pouco e a lua apareceu, iluminando a superfície da água agitada. Mas havia uma luz que vinha da margem também. E de repente, a voz de um homem gritou:

— Ei! O que é aquilo?

E outra:

— Veja! Há alguém no barco! Acho que é uma moça!

O vento forte jogou meus cabelos sobre meus olhos. O barco estava se distanciando da margem novamente. Olhei na direção da luz e vi dois homens. Um segurava um lampião, e o outro estava tirando a camisa e mergulhou na água. Nadou em minha direção, lutando contra a correnteza.

— Você está louco? — gritou o que ficou em terra.

Aos poucos, ele conseguiu se aproximar. Apesar da força da água, seu corpo ágil e musculoso, pálido à luz da lua, chegou até o barco em uma linha quase reta. Era um homem grande e parecia ameaçador. Meu corpo se enrijeceu de medo e, de repente, a ideia de me inclinar para o outro lado, me jogar na água e me despedir do mundo pareceu a única coisa sensata a fazer. Peguei minha sacola e me levantei, sem equilíbrio. O vento fez o resto por mim, virando o barco, que se encheu de vez e afundou. Senti meu corpo cair na água.

Por alguns instantes a sensação de frescor foi fantástica. O desejo de esquecer tudo me fez soltar o corpo. Mas os pulmões pediram ar e meu espírito gritou "não, ainda não". Subi à superfície, engasgada, ofegante, trêmula e apavorada. O homem conseguiu me alcançar e me agarrou com braços pesados como chumbo. Não podia gritar, mas lutei com todas as forças, arranhando e chutando.

— Pare de lutar, sua louca — ele gritou, e colocou a mão sobre minha boca, virando-me de costas e me puxando em direção à margem. Mordi sua mão com força. Ele xingou, usando uma palavra que eu já tinha ouvido. Era a língua dos bretões. Com a dor, ele soltou o suficiente para que eu pudesse me libertar. Tentei nadar, afastando-me dele, mas minhas narinas se encheram d'água e senti uma forte dor no peito. Ele me agarrou pelos cabelos e me puxou novamente para cima e na direção da margem, com tanta força que não consegui me soltar. Quando pus a cabeça para fora d'água, comecei a chorar. Meu nariz escorria e meu medo era tão grande que eu realmente desejei me afogar naquele momento.

Quando chegamos à margem, ele me jogou nas costas sem a menor cerimônia, como se eu fosse um saco de batatas.

— Idiota — comentou o outro.

Os dois foram andando entre os arbustos, afastando-se da água. Percebi que ele estava carregando minha sacola na mão. Ambos tinham facas nos cintos. Assim que parassem para me colocar no chão, eu pegaria uma delas. E antes que fizessem algo, eu me mataria. Por que se importariam em me salvar não fosse para usar meu corpo e me descartar? O que mais iriam querer com uma garota naquele estado, exaurida, faminta e quase afogada? Mas não conseguiriam, não desta vez. Iria impedi-los, fosse como fosse.

Mas quando chegamos perto de uma parede de pedras, eu vi que havia um terceiro homem esperando por eles na escuridão. Estava completamente sem forças para me proteger e fiquei no chão, prostrada onde eles me colocaram. O lampião estava com luz fraca, mas percebi que eram bretões e, por suas roupas, estavam viajando em segredo.

— Teremos de acender uma fogueira — era a voz do que me salvou.

— Está maluco? — respondeu o outro, que tinha o lampião na mão. — E quanto a Redbeard e seus homens? Não devem estar longe daqui. Podem nos alcançar.

— Você ouviu. Acenda o fogo — era a voz do terceiro homem, que parecia um pouco mais velho. Abri os olhos o mínimo possível, apenas para sondá-los. — Um fogo baixo. Esta tempestade irá mantê-los longe até o amanhecer. Quando chegarem já teremos fugido.

Ouvi alguém mexendo no lampião e o som de madeira estalando com o fogo. Em alguns instantes, o local estava mais iluminado e as chamas alaranjadas mostravam seus rostos sérios. Falavam baixo e, depois de algum tempo ouvindo a conversa, eu já sabia seus nomes. O mais velho se chamava John. O que carregava o lampião, mais jovem e de cabelos loiros, era Ben. E o mais alto, que havia me tirado da água, parecia se chamar Red. Ele estava mexendo em minha sacola. Fechei totalmente os olhos e tentei parar de tremer.

— Ela se agarrou nessa sacola como se fosse preciosa. O que tem aí? Joias de família?

Ele não respondeu. Abri um pouco os olhos. Red estava fechando a sacola.

— Nada de importante — ele respondeu em um tom estranho. Aliás, ele era estranho também. Meus olhos não conseguiam manter o foco enquanto ele se aproximava e se inclinava próximo a mim. Cerrei os dentes, sentindo repulsa.

— Acho que está doente. Dê-me seu manto, Ben.

— Hei, está frio. Quer que eu congele?

Porém, mesmo reclamando, ele tirou o manto e o entregou a Red. Mas sua mão tocou meu ombro enquanto ele o colocava sobre mim e eu me encolhi, segurando um grito. Por um instante olhei em seus olhos azuis, que me olhavam sem entender. Franziu a testa.

— Calma. Fique calma — disse, como se estivesse falando com um cão ou um cavalo nervoso.

"É agora", pensei. "Agora vão me pegar e, e..."

Não conseguia pensar. Eles estavam em três, todos armados e eram muito maiores que os que me atacaram. Pareciam lutadores experientes. Eu não tinha chance. Mas eu tinha unhas e dentes afiados, que usaria até não ter mais forças.

— Tire a roupa — disse Red, e meu corpo se encolheu, em pânico. Comecei a tremer. Meu coração batia tão alto que dava para ouvir no silêncio da noite. Quanto tempo levaria até eles encostarem suas mãos imundas em mim? Quanto tempo eu conseguiria segurar o grito de horror preso em minha garganta?

— Qual é o seu problema? — perguntou ele irritado. — Tome — disse, estendendo a mão para me entregar algo.

— Ela não entende o que está dizendo, Red — disse Ben. — E é nativa da região. Eles são todos atrasados por aqui.

— E provavelmente já foi machucada por alguém — completou o mais velho. — Não vai deixar você se aproximar. Dê a ela as roupas e se afaste. Não adianta tentar explicar. Ela não tem capacidade de entender e não fala nossa língua. Tente mostrar por gestos que não vai machucá-la.

Red levantou as sobrancelhas e colocou o que tinha nas mãos no chão, ao meu lado. Então, os três foram para trás da saliência de pedra e, trocando olhares, se viraram para o outro lado.

— Isso é ridículo — disse Ben, ainda de costas para mim. — Em primeiro lugar, quem você acha que ela é? Alguma princesa de sangue nobre, por acaso? Não, é uma bárbara. Em segundo, é burra como uma pedra. E em terceiro, os homens de Redbeard estão vindo atrás de nós, armados até os dentes enquanto ficamos aqui, respeitando os pudores dela. Parece que ficar na floresta está fazendo vocês perderem o bom-senso.

— Fique quieto, Ben — disse Red, e ele se calou.

Peguei o que ele havia deixado no chão e vi que era uma camisa tosca de linho de tamanho gigantesco, e um cinto para ajudar a mantê-la ajustada ao corpo. Cheirava a suor, mas pelo menos estava seca. E também uma malha mais justa, para usar por baixo.

Red olhou de lado, sobre o ombro. — Tire suas roupas molhadas e depois vista as secas — disse, embora não parecesse esperar que eu fosse entender. Olhou novamente para frente e fez gestos de se despir e vestir.

Parecia que ele não queria mesmo me machucar. E em todo caso, tirar as roupas molhadas não era uma ideia absurda. A febre estava aumentando e eu sabia que isso iria ajudar.

— Por que se dar ao trabalho de falar com ela? — perguntou Ben. Ele parecia bem mais velho que Red, mas ainda tinha idade para estar em uma expedição como a deles. Se eram realmente bretões, estavam bem longe de casa. — Basta olhar para saber que ela não entende. Você pode até ter tido motivo para vir aqui, mas já percebeu que foi perda de tempo. E agora estamos nos arriscando por causa de uma abobalhada como essa. É a última vez que venho com você a essas buscas idiotas.

— Você fala assim — disse John — porque está com raiva. Mas da próxima vez que ele pedir, virá. Agora chega de falar. Está tornando as coisas ainda mais difíceis.

Enquanto eles discutiam, eu tirei rapidamente o vestido ensopado e me enfiei nas roupas secas, ajustando como pude aquela camisa gigantesca no corpo. O cinto dava duas voltas em minha cintura e ainda ficava solto.

A discussão pareceu terminar. Os três voltaram e me olharam quando eu me sentei, tremendo, perto da pequena fogueira. O mais velho parecia se divertir com o que via. Eu devia estar mesmo engraçada vestida daquele jeito.

— Melhor assim — disse Red, com expressão neutra. — Vista o manto também.

Não dei sinais de entender. Ele pegou o sobretudo e colocou sobre minhas costas. Encolhi os ombros, ressabiada com sua aproximação, mas o manto me aqueceu, e o puxei pelas dobras para que me envolvesse totalmente.

— Muito bem — ele disse. — Agora descanse. Descanse.

Apontou para o chão perto do fogo e colocou as duas mãos espalmadas ao lado do rosto, imitando um travesseiro. De repente aquilo me pareceu uma excelente ideia. Deitei-me, ainda tremendo, e cai em um sono agitado, acordando a todo instante e ouvindo trechos de sua conversa.

— Você deve ter enlouquecido, Red. Temos menos de um dia para chegar até o barco. O que vamos fazer com ela? — disse Ben.

— Pelo menos evitamos que se afogasse — disse John. — Ela vai ficar bem aqui, até amanhecer, se lhe deixarmos uma manta.

— Fico imaginando o que estava fazendo no lago. É um dia um tanto estranho para pescar — comentou Ben.

— Esse povo é esquisito — disse o mais velho. — Ouvi dizer que deixam alguns dos seus em barcos assim, à deriva, como punição. Talvez esta menina tenha ofendido alguém.

— Ela acabaria mesmo se afogando — Red parecia ser um homem de poucas palavras. — Está com febre e com muito medo.

— Nada mais natural — respondeu Ben. — Ela é um deles, não é? Portanto, nós somos o inimigo. Deve estar esperando o mesmo tipo de tratamento que seu povo dá àqueles de quem não gosta.

— Ela não falou até agora, nem emitiu qualquer som. Talvez não seja abobada, apenas muda ou surda. Comporta-se como uma selvagem. Deve ter sido abandonada por seu povo por causa de sua deficiência. Eu não me preocuparia com ela, Red. Você já fez sua parte. Ela vai se recuperar.

Os três ficaram em silêncio. Tinham uma garrafa com água e algumas tiras de carne seca. Começaram a comer e trouxeram um pouco para mim, colocando no chão ao meu lado. Mas eu não conseguia comer a carne. Tomei apenas um pouco da água. Então Red se ofereceu para montar guarda e eles apagaram o lampião. Os dois se enrolaram em mantas, se deitaram e logo dormiram. Pareciam estar viajando há bastante tempo e sabiam fazer tudo de maneira organizada e silenciosa. E minha presença parecia realmente atrapalhar seus planos.

&

Creio que dormi por algumas horas e acordei repentinamente antes do amanhecer, o coração disparado, por causa de um pesadelo. Até dormindo eu provavelmente me mantinha em silêncio, mas o bretão me viu acordar assustada e me sentar. Meu rosto devia mostrar claramente que havia demônios assombrando minha mente. Ele continuou sentado, quieto, perto do fogo, me observando. Então entendi por que o chamavam de Red. Seus cabelos estavam mal cortados e bem curtos, mas tanto os cabelos quanto a barba por fazer brilhavam à luz da pequena fogueira como o sol vermelho de outono sobre as folhas do carvalho. Seu rosto impressionava, apesar de ele ser ainda jovem. Tinha provavelmente a idade de Liam. O nariz era longo e reto, o maxilar bem desenhado, a boca longa e os lábios finos. Não era do tipo que alguém fosse querer como inimigo. Seus dois companheiros ainda dormiam, embrulhados nas mantas. Mas ele continuava bem desperto e atento apesar de tantas horas de vigia. A parede inclinada de pedra era quase como uma caverna e funcionava bem como abrigo, mantendo-nos secos. A chuva estava mais fraca e agora só se ouvia o som das gotas e da água correndo entre as pedras. Minha mente estava mais clara e as imagens do pesadelo foram desaparecendo. Talvez agora eu tivesse forças para correr.

Esperaria até ele se virar de costas e sairia de mansinho. Ficariam contentes em se livrar de mim. Pareciam estar com pressa de ir embora e não ser do tipo que atrasaria uma expedição por minha causa. Obviamente ele já estava se arrependendo de ter me salvado. Fiquei imóvel, a mente pensando rápido, calculando quantos passos levaria para sair da clareira e chegar aos arbustos. De repente ele falou, assustando-me.

— É melhor você comer. E beber.

Continuei imóvel. Era melhor ele acreditar que eu não entendia mesmo sua língua. Enquanto pensassem que eu era moradora da floresta, abobada e renegada por um vilarejo, estaria mais segura. Não seria um troféu ou um refém para ser trocado. Afinal, eu era filha de Lorde Colum.

Ele ficou olhando para mim, debruçada na semiescuridão. Tentou novamente, então, em voz bem baixa, para não acordar os outros.

— Você, quer comida? Quer água?

Eram palavras em minha língua, mas com um sotaque patético. Olhei em sua direção e ele me estendeu uma caneca. Afastei-me, pois, apesar da postura amigável, era um homem muito alto, de ombros largos, e, com certeza, tinha força suficiente para fazer o que quisesse comigo. A febre tinha abaixado, mas eu ainda tremia. Ele colocou a caneca perto de mim e se afastou. Mas como eu não respondia, tentou novamente.

— Você, água — repetiu. — A não ser — continuou em sua própria língua — que esteja como eu, com a impressão de que engoliu meio lago. Achei que você fosse me afogar.

Por um instante tive uma sensação estranha, como se aquilo fosse uma cena de minha vida de muito tempo atrás, antes de toda a mudança. Mas ela logo desapareceu e eu peguei a caneca, incomodada com o tremor de minhas mãos. E ele tinha razão, tomar água fez me sentir melhor.

— Bom — ele disse, sem tirar os olhos de mim. Bebi mais um pouco e minhas mãos pareciam mais firmes agora. Mais um minuto e tentaria me levantar e ver se conseguia andar e correr, pelo menos até estar longe o suficiente. Os bretões tinham sua missão e não perderiam tempo me procurando. Então eu poderia... e nada mais me veio à mente. Eu estava em território desconhecido, sem roupas apropriadas, sem comida ou ferramentas. E se havia entendido bem, um grupo de homens armados e perigosos se aproximava e iria nos alcançar ao amanhecer. Ouvi o nome Redbeard. Seria Seamus Redbeard, pai de Eilis? E se me encontrassem? Com certeza alguns me reconheceriam, mesmo após quase dois anos. O que aconteceria? Teria de retornar à casa de meu pai e à presença de Lady Oonagh. A simples ideia de isso acontecer me fez estremecer. Seria o fim para mim e para meus irmãos. Corria risco tanto entre esses bretões quanto de ser encontrada pelos que os perseguiam. Precisava sair dali.

— Tome, coma — o bretão segurava um pedaço de carne seca e esticou o braço como se estivesse oferecendo comida a um cão nervoso. Balancei a cabeça. — Coma — repetiu, franzindo a testa. Seus olhos eram azuis como gelo, como o céu de uma manhã gelada de inverno. Eu estava com muita fome, mas não a ponto de comer carne.

Ele colocou a carne de volta em uma sacola onde parecia guardar as provisões do grupo e continuou procurando algo nela. Seus olhos se concentraram no que estava fazendo por um instante. Levantei-me rápido e em silêncio, usando todas as minhas habilidades. Agora era só sair pela parte de trás da parede de pedra e...

Sua mão me alcançou tão rápido que eu quase não a vi. Agarrou meu braço com força, jogando-me de joelhos ao seu lado. Segurei um grito de dor, frustração e medo.

— Nem pense nisso — disse ele, sem elevar a voz.

Os outros continuavam dormindo. A pressão de sua mão continuava. Ele sabia como usar o mínimo de força, mas causar o máximo de dor. Puxou-me para perto, o que fez me sentir mal. Senti o cheiro de seu suor, o calor de sua respiração e sua raiva, enquanto me olhava com seus olhos de gelo. Sua força e agilidade me preocuparam. Como acreditei que poderia escapar assim? A febre com certeza havia afetado minha mente.

Mas sua atitude me enraivecia. Que jogo era aquele? Por que me segurar ali se precisava ir embora, e rápido?

Ele quase não se afastou de onde estava. Tinha apenas se levantado um pouco e pegado meu braço. Seus dedos afundaram em minha carne. Sua mão era enorme e a pressão era terrível. Ele havia soltado um pouco, mas não o suficiente.

— Maldita — disse, ainda sem alterar o tom baixo de voz. — Estou há três luas nesse lugar esquecido por Deus, procurando respostas. Viajei aos lugares mais estranhos atrás de cada pista, olhando em cada canto, arriscando a vida de meus amigos. E para quê? Passar fome, frio e correr o risco de morrer esfaqueado no meio da noite. Não há verdade nessa sua ilha. E, ao mesmo tempo, há tantas verdades quanto as estrelas no céu, cada uma delas totalmente diferente das outras.

Olhei pare ele, boquiaberta. Jamais esperaria que dissesse algo assim.

— Posso quase jurar que você me entende — ele disse, olhando em meus olhos. — Mas como poderia?

O que Conor dissera mesmo sobre mim e Finbar? "Os dois parecem livros abertos... seus pensamentos são claros como um farol". Esperava que esse bretão não conseguisse captá-los com facilidade. Estava amanhecendo. Seus companheiros acordaram.

— Você quer fugir — ele continuou. — Para onde não sei, mas você deve ter algum buraco aqui por perto, onde se esconde. Provavelmente ficará escondida até seus homens chegarem. Vai querer assistir a eles nos fazerem em pedaços. Não achei que fosse inimiga quando a salvei de um afogamento. Ou talvez você seja inocente, como meus amigos disseram, simples demais para ser perigosa.

Tentei soltar meu braço.

— Não — disse ele. — Três luas sem qualquer pista e agora, no último dia, no último minuto, encontro uma peça do jogo. E quem está aqui para me explicar? Uma garota muda, ou que não quer falar. Veja.

Sua voz estava se alterando agora. Enfiou a mão no bolso.

— Onde pegou isso?

Ali estava a resposta. O pequeno amuleto de Simon, com um carvalho envolto em um círculo protetor e linhas onduladas que pareciam água. Ele tinha dito para os amigos que não havia nada de especial em minha sacola. Achei aquilo estranho. As próprias batas de estrela d'água já seriam algo a se comentar. Mas foi isso que chamou sua atenção.

— Responda. Quem lhe deu isso?

Agora, ele estava me assustando mesmo. Tentei deixar meu rosto o mais sem expressão possível. Naquele instante, meu voto de silêncio me ajudou. Eu não era de mentir, mas imagino como ele reagiria se pudesse lhe contar a verdade.

"Este objeto é de um dos seus. Foi torturado na casa de meu pai e quase morreu com os ferimentos de ferro em brasa. Quase morreu e quase enlouqueceu. Nós o salvamos e tentamos ajudá-lo. Quando já estava um pouco melhor... eu o abandonei no momento em que mais precisava. Ele fugiu para a floresta sem suprimentos nem condições de sobreviver. Provavelmente seus ossos estão cobertos pelo musgo, em algum lugar sob os carvalhos, e os pássaros devem estar usando seus cabelos dourados para fazer ninhos enquanto seus olhos vazios olham para as estrelas". Era esta a verdade.

— Maldita — disse ele outra vez. — Por que não fala? Não a deixarei ir enquanto não me responder.

Os outros se levantaram em silêncio, guardaram suas mantas e começaram a se preparar para partir rapidamente, verificando as armas e pegando os suprimentos.

"Você vai esperar muito para ter sua resposta", pensei. "Terá de esperar até eu terminar as seis camisas, até meus irmãos retornarem para eu poder vesti-las neles e até o feitiço se quebrar. Antes disso, não ouvirá uma palavra sequer de mim. E nenhum homem tem paciência para esperar tanto."

Sob a luz ainda fraca do amanhecer, eu os vi se preparando. Era incrível sua comunicação sem palavras, apenas por gestos e atitudes, algo que provavelmente desenvolveram depois de muitas viagens e batalhas juntos. Não sabia o que eles eram ou para onde iam. Podiam ser espiões, como aqueles que meu pai capturava e escondia em sua câmara secreta, ou simplesmente mercenários, pagos para fazer algum trabalho. Seus rostos sérios, seus corpos musculosos, sua carga leve e as armas bem cuidadas mostravam que tinham muita experiência.

Terminaram tudo rapidamente e me deixaram a sós, por alguns instantes, para que eu tivesse privacidade para fazer minhas necessidades físicas e trocar de roupa.

Eu sabia que se tentasse escapar, ele me alcançaria. Era rápido, esperto e estava determinado. Pelo menos por enquanto. Quando voltei, eles estavam falando em voz baixa.

— ... e não adianta discutir. Se Red quer levá-la, vamos levá-la. Mas isso vai nos atrasar bastante. É melhor partir agora e ir o mais longe que pudermos antes que o dia clareie totalmente.

Ben estava irritado. Falava baixo, mas assobiado. Imaginei que seus perseguidores poderiam estar próximo.

— Isso é absurdo! Esqueça a garota. Ela vai ficar bem, e se não ficar, qual o problema? É de uma raça de matadores selvagens. Quantos homens não morreram nesta maldita floresta ou voltaram completamente inúteis, meras sombras do que eram? Não sei que impulso cavalheiresco é esse, Red, mas não vou me arriscar por ela. E você, John, deve ter enlouquecido, pois parece querer deixá-lo continuar com essa idiotice.

Red simplesmente ignorou o comentário. Pegou suas coisas, jogou nas costas e esticou a mão para mim.

— Venha — disse, estalando os dedos.

Fiquei parada, olhando para ele. Não seria tratada como um cão, que segue as ordens do dono.

— Venha — disse ele novamente, pegando meu braço no mesmo lugar em que havia me machucado. Prendi a respiração para não gritar.

— Ela tem alguns machucados — disse John. — Espero que você saiba o que está fazendo, Red.

Red olhou para ele.

— Sim, eu sei. E agora nos separamos, assim meu bom amigo não vai poder reclamar que a garota o está atrasando. Sigam o caminho de volta pela trilha até a enseada. Vão conseguir se adiantar bastante se saírem agora, e o barco vai poder esperá-los. Boa sorte.

— Mas e você? — perguntou Ben.

— Vou levar a garota, seguindo pelo penhasco e depois pela trilha do despenhadeiro. É um caminho mais perigoso, porém reto. Acho mais provável que eles sigam vocês. Vou contornar o rio o máximo que puder. Mas se não chegar a tempo para pegar o barco, não esperem. Atravessem e sigam em segurança para o ancoradouro. Encontro vocês no convento.

— Como? — perguntou John, coçando a cabeça.

Mas Red não respondeu e eles não iam discutir com ele. Parecia que era assim que as coisas funcionavam. Red dava as ordens e os outros as seguiam, por mais absurdas ou tolas que fossem. Como podiam aceitar um homem tão imprevisível e de humor tão instável como líder? Liam teria consultado seus homens e tentado chegar a um consenso. Mas não havia discussão ali. Ben e John pegaram suas coisas e desapareceram entre os arbustos, caminhando silenciosamente. Red pegou meu pulso e me puxou, seguindo em direção ao rio. Puxei o máximo que pude, irritada, forçando-o a olhar para trás.

— Não vamos chegar muito longe desse jeito. Eu...

Olhou então e viu para onde eu apontava. Era minha sacola, com as camisas, que ele havia deixado perto do fogo.

— Está bem — disse ele, voltando para pegá-la e jogando-a para mim. — Mas você carrega.

Foi uma manhã longa e terrível. Tentei acompanhá-lo, mas sabia que o atrasava. O caminho não era fácil, especialmente nos morros e declives. A trilha seguia por rochas, por pequenas clareiras e pelo mato fechado, bem acima do curso do rio. O lago e a floresta foram ficando para trás à medida que caminhávamos para o leste e um pouco para o norte. O sol iluminou completamente o céu. Eu já tinha feito muitas caminhadas com meus irmãos pela floresta e dormido ao relento por vários dias. Era ágil e sabia caminhar no mato e escolher caminhos. Mas desta vez era diferente. Estava mais fraca do que havia imaginado e precisava parar com frequência para recuperar o fôlego. E estava descalça. Embora as solas de meus pés fossem bem grossas, as pedras começaram a fazer cortes nelas, e sangravam. Red até tentava ajudar, puxando-me pelo pulso ou me empurrando. De vez em quando parava e me esperava. Sua expressão era séria. Devia estar arrependido de ter me levado, e não à toa. De vez em quando tomava um pouco da água em seu cantil e a dividia comigo. O dia prometia ser quente. Atravessamos o rio, ou melhor, ele atravessou, com a água pela cintura e me carregando nos ombros. Quando chegamos à margem, ele me colocou sobre uma pedra lisa.

— Até aqui tudo bem — disse, agachado ao meu lado, com os olhos na altura dos meus. Olhou-me de perto e parecia estar pensando algo.

— Eles ainda estão longe — disse, finalmente. — Mas não muito. Devem ter se dividido também, imagino. Consegue andar?

Tentei não demonstrar que entendia. Não era fácil. Meus pés estavam doendo e minha cabeça estava começando a girar e zunir novamente. Mas sabia que não tinha opção.

— Homens — disse ele, na língua que sabia que eu entenderia. — Homens maus. Você e eu, andar?

Fazia gestos para me ajudar a entender. Tive que me segurar para não rir, apesar da gravidade da situação. Mantive o semblante neutro, determinada a não demonstrar emoções. Fiquei imaginando que caminho deveria ter seguido quando a Dama da Floresta me enviou de barco para fora da floresta. O que tinha feito de errado? Porque este, com certeza, era o caminho errado, seguir para o oeste. E principalmente fraca daquele jeito, com os pés sangrando e tendo um homem carrancudo como aquele por companhia. Como meus irmãos me encontrariam, tão longe de casa? Olhei para Red, que observava meus pés, e depois minhas mãos. Tinha uma expressão estranha no rosto. Devia estar se segurando para não rir de mim, pensei, mas não demonstrou.

— Você é bem forte, hein? — disse, procurando algo entre suas coisas. Tirou então uma velha peça de linho e começou a rasgá-la em tiras, segurando uma ponta da peça entre os dentes brancos e fortes.

— Parece que estes pés não aguentam mais por hoje.

Com mãos ágeis, foi enfaixando meus pés com as tiras. Era bom nisso. Eu mesma não teria feito melhor. Mas deixei que continuasse, grata pelo breve descanso. Não importava que as ataduras não fossem durar. A intenção dele era boa. Afinal, se eu não pudesse andar, ele também não poderia. A menos que me deixasse para trás.

— Bom — disse, ao terminar. — Agora você precisa comer alguma coisa e então continuaremos. Há maçãs naquelas árvores, está vendo? Parecem amadurecer cedo por aqui. Talvez estejam mais de acordo com seu paladar do que a minha comida.

E realmente, as maçãs estavam maduras. Eram verdes e pequenas, com leves toques de cor rosada na casca. Redondas e perfeitas. Ele apanhou uma e a cortou com uma faca pequena e extremamente afiada que carregava consigo.

—Tome — disse, oferecendo-me.

Peguei, agradecida. Elas pareciam mesmo ter amadurecido bem antes do tempo. Era estranho. Havia várias macieiras ao redor, mas nenhuma outra parecia ter frutos maduros. Muitas de nossas histórias envolvem maçãs. São a fruta dos Seres da Floresta, que as usam para tentar os homens e mulheres mortais e fazê-los ficar próximo das colinas, mais longe de casa do que deveriam. Maçãs simbolizam o amor, a promessa. Obviamente, Red jamais ouvira falar disso e não sabia o que significava um homem dividir uma maçã com uma mulher. Os bretões com certeza não conheciam essas histórias. Além disso, estava faminta e ainda havia muito a caminhar. Peguei o pedaço que ele me deu, e depois outro. Parecia a melhor coisa que já tinha comido. Quando terminamos, fui me levantar, mas Red não deixou.

— Não. Assim será mais rápido.

Em um movimento rápido, me pegou nos braços como se eu fosse uma criança.

— Segure-se — ele disse. — E não se preocupe, eu não mordo.

Era uma corrida contra o tempo, e já parecia perdida. Talvez se ele estivesse certo e os homens de Redbeard tivessem ido atrás de seus amigos, poderíamos chegar a salvo e em tempo. O bretão seguia em frente, sem demonstrar cansaço e me segurando sem aparentar fazer grande esforço, colocando-me no chão apenas quando precisávamos escalar uma rocha, mas me segurando com um dos braços, ou me ajudando a descer um declive. Mas depois de algum tempo, ficou evidente que eles deviam estar se aproximando de nós. Eu não sabia quanto ainda faltava para caminharmos. Comecei a sentir um cheiro fresco no ar, provavelmente um sinal de que estávamos nos aproximando de uma grande quantidade de água. Vários pássaros voavam acima de nós. Passamos entre sorveiras, e os ramos arranhavam nossos rostos, braços e se enroscavam em nossas roupas, fazendo pequenos rasgos nelas. Ele andava rápido, e de repente ouvi seu coração bater mais rápido. Xingou baixinho e começou a correr sob as árvores. Ouvi, então, o som inconfundível de botas pisando as folhas à nossa direita, à nossa esquerda e atrás de nós. Uma flecha passou zunindo sobre seu ombro e se alojou no tronco de uma sorveira. O bretão praguejou e me colocou no chão.

— Corra — disse, puxando sua curta espada e virando as costas para a árvore. — Vá, corra! — fez um movimento com a mão, me indicando para seguir enquanto ele lutaria com os homens. — Vá logo, estou mandando!

Não consegui me mover, e era tarde. Eles nos cercaram e avançaram até nós. Usavam o mesmo tipo de armadura que meus irmãos e tinham os mesmos rostos longos e sagazes e os cabelos escuros e cacheados de meu povo. E tinham ódio e desejo de vingança nos olhos. Um estava colocando outra flecha no arco e os demais tinham espadas nas mãos. Foram avançando.

— Tenho uma faca na bota esquerda — murmurou Red, jogando a espada de uma mão para a outra. — Pegue e use. E se conseguir, fuja.

Peguei a faca e ele olhou intensamente para mim antes de avançar, me puxando para trás de si. O primeiro atacante avançou, gritando e fazendo uma manobra com a espada, que eu reconheci imediatamente. Cansei de vê-la nos ensaios de meus irmãos no pátio de casa. Se fosse um deles, teria reagido se abaixando e golpeando o joelho do oponente. Mas Red não se abaixou. Levantou o pé e chutou a mão do homem, que derrubou a espada. Então ele a pegou em um movimento rápido e o lançou longe com um golpe, espalhando sangue.

O restante formou um semicírculo ao nosso redor, não muito próximo. Entre eles estavam homens que eu já havia visto sentados à mesa de meu pai. Fiquei atrás de Red, o mais distante que pude.

— Ele sabe lutar — disse um deles. — O bastardo sabe lutar. Quem é o próximo?

Era como no conto de Cu Chulainn, quando seu filho vai para a batalha. Mas não sabia que os homens ainda brincavam assim. Era um combate homem a homem, em que um por um vinha lutar com o intruso até que ele fosse rendido ou, quando se cansassem, viriam todos de uma vez acabar com ele. Uma maneira bem lenta de morrer.

— Eu vou — disse outro, desembainhando a espada. — Meu irmão morreu em uma emboscada em Ardruan, e vários amigos meus. Deixe que ele pague com sangue pelo sangue que foi derramado.

O arqueiro recuou, pronto para disparar, deixando claro que, enquanto os outros se revezavam duelando com o bretão, o resultado seria um só. O segundo homem avançou, e parecia ser melhor que o primeiro. A tática era clara: pegar Red desprevenido, longe da árvore em que se protegia e em posição mais vulnerável. No entanto, Red era muito maior que ele e tinha uma agilidade incrível com a espada. E, apesar de sua altura, movia-se com surpreendente facilidade. Os dois duelaram durante algum tempo. Os outros assistiam e faziam comentários sarcásticos quando ele errava um golpe. A lâmina de Red raspou o rosto do oponente, fazendo um corte fino e longo. O grupo começou a xingá-lo, acusando-o das piores coisas. Era um jogo cruel.

Red lutava sem emitir um som sequer, e sem parecer se cansar. Provavelmente, não entendia as palavras daqueles homens, mas imaginava do que se tratava. Seu silêncio parecia enervar o oponente, que tirou os olhos dele por um instante. Foi o suficiente para Red golpeá-lo no antebraço, provavelmente quebrando-o. Ele deixou cair a espada.

— Bastardo — ele gritou entre os dentes. — Joga sujo, como todos os de sua espécie.

Então o restante deles se aproximou e agora eram três ou quatro contra um, e o caos se instaurou ao meu redor. Até aquele momento, Red havia conseguido me manter atrás de si, mas teve que se virar para evitar o ataque de um dos homens, que veio pelo outro lado. O arqueiro esperava, pronto, a certa distância. Eu continuava com a faca na mão, imaginando se teria coragem de usá-la caso precisasse. Corpos caíam ao chão, homens gemiam, gritavam e praguejavam.

Vi que um deles já estava morto. Seu pescoço estava completamente torcido. Red se afastou da árvore e os oponentes o cercaram. Era uma questão de segundos até que o atingissem.

— Corra! — ele gritou sem olhar para mim. — Corra, maldita!

Um dos homens investiu e ele se desviou, mas um segundo golpeou suas pernas e um terceiro veio por trás. Ele deixou o ar sair com um sussurro e sua espada caiu no chão. E eu senti alguém me puxar pelo ombro e pelos cabelos. O homem de Seamus me virou em sua direção.

— Conheço você — disse lentamente. — Conheço-a de algum lugar, mas não consigo me lembrar. O que uma mocinha como você faz no mato com um bretão maluco? Bem, talvez você não seja assim tão boa menina? Vendendo segredos a ele, além do corpo? Vamos ver o que nosso Lorde tem a dizer sobre isso.

E puxou meu cabelo para trás com violência.

— Espere — disse outro. — Ela não é... não, não pode ser. Ela está morta. E há mais de dois anos. Não pode ser ela.

— Você quer dizer...

— Mas é ela, sim. Veja seus olhos verdes, como os de um gato. Só pode ser ela.

— Amarre suas mãos. Vamos levá-la.

— Como prisioneira? Não, vamos nos meter em encrenca. Sabe de quem ela é filha, não? E conhece Liam. Nem quero imaginar o que pode acontecer conosco se seus irmãos descobrirem. Ela pertence ao nosso povo.

— Duvido muito que eles voltem. Além do mais, o que ela estava fazendo aqui com *ele*? Amarre as mãos dela.

Quando o homem pegou meu pulso, com a corda na mão, eu o golpeei com a faca. Ele deu um pequeno grito e me soltou, a mão sangrando. Derrubei a faca. Red estava cercado por todos os lados. Parecia não estar conseguindo se manter de pé. Um dos mais altos segurava uma adaga perto de seu pescoço. Ele agarrou seu pulso e a tirou de sua mão, os músculos retesados. De repente, nossos olhos se cruzaram, e os dele, por um instante, não tinham a expressão fria de sempre. Ele morreria e eu seria levada para casa, para Lady Oonagh. Era morte certa para meus irmãos.

Pedi ajuda. Se em algum momento eu precisara da ajuda dos Seres da Floresta, o momento era aquele. Não que eles tivessem me ajudado muito até então, mas gritei silenciosamente, do fundo de meu coração, pedindo a ajuda de quem quer que fosse. "Ajudem-no. Ele não merece morrer, não assim. Ajudem-me. Se eu morrer, meus irmãos também morrem".

A chuva caiu, de um céu absolutamente claro que se tornou negro em segundos, como se o inverno tivesse chegado com força total naquele instante. Era uma chuva estranha, violenta, druídica, que cegava e ensurdecia e podia até matar. Parecia uma grande cachoeira, ou o centro de um tornado. Eu não conseguia enxergar e só ouvia o cair da água, que me ensopou em segundos e transformou o chão sob meus pés em puro barro. Virei-me e senti uma mão pegar a minha. Saímos correndo, tropeçando, escorregando na lama, correndo cegos entre os arbustos e as árvores, nossos pés fazendo barulho na terra molhada. Depois de alguns minutos, pude ouvir a respiração de Red. Era forte, e ele soltava pequenos gemidos à medida que corria, como alguém que está ferido, mas continua a se mover, indo além de suas forças. Percebi que ele não iria longe. Mas, de repente, o chão sumiu sob nossos pés e fomos caindo, rolando e escorregando por uma grande ladeira, tentando nos agarrar nos galhos, deslizando sobre a folhagem, batendo e nos machucando nas pedras até que finalmente a longa queda terminou em um solo duro e seco. Algumas pedras menores continuaram deslizando e caindo sobre nós. Mas depois de alguns instantes só ouvíamos o barulho da chuva e de nossa respiração. Tentávamos desesperadamente recuperar o fôlego.

— Você está bem? — perguntou Red, com voz estranha.

Passei as mãos pelos olhos, tentando enxugá-los e tirar as mechas de cabelo ensopadas que estavam sobre eles. E puxei-as para trás, tentando tirar do cabelo o excesso de água. Estávamos dentro de uma espécie de gruta. Olhei para cima vi a pequena entrada pela qual tínhamos caído, por sorte, em local seguro. O chão era de rocha sólida. Atrás de nós uma passagem estreita parecia levar a uma caverna maior, mas não dava para ver o que havia do outro lado. A luz passava pela entrada estreita acima de nós, filtrada pelas plantas que pareciam escondê-la. A chuva passou tão rapidamente quanto veio. Levantei-me para ir até a entrada.

— Cuidado — disse Red, segurando a ponta de meu vestido. Puxei o tecido de sua mão e fui subindo devagar, pois as rochas estavam escorregadias com a água que havia perto da entrada. Espiei pela folhagem e fiquei boquiaberta com o que vi.

— Você nunca viu o mar — disse Red.

E realmente eu nunca havia visto. Embora meus irmãos me falassem da imensidão de água, dos pássaros e da luz que brilhava, mudava e brincava sobre a superfície agitada das ondas, jamais consegui imaginar algo assim. A gruta ficava em uma ladeira íngreme, então eu conseguia enxergar, do terreno inclinado, a uma grande distância. Era tudo água, água e mais água até o horizonte. O céu estava azul, sem sombra de nuvens. As pedras ao redor brilhavam com o sol. Quase não havia mais sinais da chuva no chão. Mas ela estaria viva para sempre em minhas histórias. E os homens de Redbeard já deviam ter ido embora. Olhei para o bretão.

Ele estava sentado, encostado na parede de pedra, com uma perna estendida de maneira estranha no chão. Havia sangue em sua roupa, bastante sangue. E ao me aproximar, percebi que estava muito pálido, com expressão de dor no rosto. Homens costumam se comportar de maneira ridícula quando se ferem em batalhas. Acham que se fingirem que estão bem não haverá problema, ou que ninguém notará se ficarem quietos.

— Eles virão atrás de nós — ele disse. — E não temos sequer uma faca para nos defender. Não temos escolha a não ser esperar até anoitecer. Talvez, então, consigamos escapar. Há um povoado na orla e pequenos barcos ancorados nela.

Olhei para ele, pensando naquela imensidão de água, sem entender muito bem o que ele queria dizer. Mas, pelo estado daquela perna, ele não conseguiria chegar sequer à entrada da gruta, quanto mais descer o despenhadeiro e chegar a uma vila. E o que pretendia fazer então? Seu amigo Ben tinha razão. Ele era louco. Mas precisava de ajuda e eu estava disposta a cooperar. Aquele bretão salvara a minha vida, e mais de uma vez. Devia muito a ele.

Ainda tinha minha sacola pendurada no corpo, e ele tinha a dele. Estávamos com sorte.

Ele ficou me olhando enquanto me abaixei ao seu lado, examinando o ferimento. Tinha perdido a espada e a outra arma. Isso era um problema. Mas e a pequena faca que tinha usado para cortar a maçã? Abri sua sacola e comecei a procurar. Ele só me observava, em silêncio. Encontrei a faca e o resto da túnica que ele havia usado para fazer as ataduras para meus pés. Olhei para eles. As ataduras já não existiam mais e eles estavam cobertos de sujeira e sangue.

— Água — ele disse, tentando ajudar. — Você vai precisar de água. Entende o que estou falando, não?

Respondi com um gesto de cabeça. Não fazia mais sentido fingir. Ele percebeu, no instante em que me disse para pegar a adaga e me defender, o que eu obedeci. Apontei para um canto da gruta. Havia som de água correndo e pingando. Por onde começar? A perna de suas calças já estava rasgada. Abri o resto para ver o machucado e puxei a bota, que também havia sido danificada com o golpe. O movimento deve ter causado uma grande dor, mas ele simplesmente inspirou o ar com força. Havia luz suficiente para eu ver o grande corte que abriu sua panturrilha do joelho até o tornozelo e que ainda sangrava muito. E também um pequeno pedaço de metal que havia permanecido dentro do ferimento. Olhei para seu rosto. "Você é bem forte, hein?", pensei. Não era um ferimento que pudesse matá-lo, não com o tratamento apropriado de uma curandeira experiente no uso de uma faca e com os medicamentos certos. Mas aprisionados em uma gruta como estávamos, sem ferramentas adequadas e completamente imundos, a situação era diferente.

— Está feio, não? — ele disse, sem expressar emoção. — Você consegue dar um jeito? Amarre um pano ao redor para mim, por favor.

Fiz um gesto, tentando tranquilizá-lo e mostrar que conseguiria resolver o problema. Mas creio que não consegui, pois identifiquei algo que parecia ser quase um sorriso no canto de sua boca. Também poderia ser um pequeno espasmo de dor. Os bretões não tinham senso de humor. Como um povo sem magia, sem vida como aquele poderia conhecer o riso e a alegria?

Peguei o pequeno cantil na sacola de Red e fui até o fundo da gruta. Ela se ampliava e era maravilhosa. Estava um tanto escuro, mas dava para ver uma ponta de rocha descendo do teto e outra subindo ao encontro dela. Senti a presença de pequenas criaturas dormindo na parte de cima, escondidas na penumbra. E encontrei água, gotejando e formando pequenas poças. Enchi o cantil e retornei.

Senti muita falta de padre Brien naquele dia. Fiz o que podia. Consegui, pelo menos, lavar as mãos e limpar o ferimento. O fluxo de sangue que saía era bom, não em grandes quantidades, e ajudaria os humores ruins a deixar o seu corpo. Lembrei-me então do homem que eu havia machucado com a pequena adaga de Red. Deve ter perdido bastante sangue. Gostaria de ter podido explicar como fazer para estancar, mas era impossível naquele momento. Quando cercaram Red, esqueci completamente que era uma curandeira.

Comecei bem, mas na hora de explicar a Red que havia algo dentro do corte e que eu precisaria remover é que meu silêncio forçado se tornou ainda mais difícil. Ajudaria se ele não tentasse tanto fazer papel de durão e se eu tivesse um pouco de vinho de mel, de cerveja ou de ervas que o fizessem dormir.

— Não sei se entendi o que você quer dizer. Precisa fazer algo no ferimento que vai doer, é isso? Pois faça, então.

Indiquei por gestos que ele teria que permanecer imóvel, pois eu tinha apenas a faca como ferramenta. Ele indicou que entendeu. Fiquei imaginando por que não me pediu que parasse de mexer no ferimento e o deixasse em paz. Não tinha motivo para confiar em mim.

O procedimento levou um bom tempo. E eu aprendi mais palavrões na língua dos bretões. Mas ele não se mexeu. Ouvia apenas sua respiração ofegante e via seu rosto banhado em suor. Minhas mãos não eram mais tão ágeis, mas como eu havia abandonado um pouco o trabalho com as camisas depois de tudo o que aconteceu, não estavam mais tão inchadas. E ainda bem, pois aquele era um trabalho delicado. A pequena lasca de metal havia se alojado profundamente no osso. Quando finalmente consegui removê-la, estava com as mãos cheias de sangue até os pulsos. Limpei novamente o ferimento com água fresca e enxuguei da melhor maneira que pude. Não havia camomila, lavanda, cataplasmas ou zimbro, e muito menos linha e mãos firmes para costurar o ferimento. Respirei fundo e fui pegar a agulha mais fina de osso que tinha na sacola, que usava para costurar as golas das camisas quando as terminava. E também um rolo de linha que meus irmãos haviam roubado para mim na noite de verão, junto com as provisões. Era fina e macia, mas bem resistente. Cerrei os dentes e comecei a trabalhar, atenta à sua respiração. Não podia ter pressa. Precisava fazer tudo com calma, dentro das possibilidades. Ele teria uma cicatriz, mas o ferimento sararia. Terminei, cortei a linha com os dentes e ele pegou minha mão.

— Diga-me — disse ele. — Por que uma menina de boa criação e de pele branca como leite tem as mãos de um vendedor de peixe? Quem fez isso com você? Seu crime deve ter sido muito grave para lhe aplicarem uma pena tão severa.

Creio que aquilo estava além de minhas forças. De repente, a fome e a exaustão tomaram conta de mim e me arrastei até o canto mais distante possível de Red. Coloquei as mãos maltratadas sobre o rosto enquanto lágrimas amargas e silenciosas caíam de meus olhos. Não estava sentindo raiva dele, dos homens que haviam me atacado ou de alguém em particular. Era simplesmente um grande mal-estar. Estava molhada, deprimida, cansada e só queria meus irmãos, meu pequeno jardim, meu cão, poder contar histórias e rir novamente. O choro era de autopiedade, por saber que as coisas jamais voltariam a ser como antes. Uma vez que alguém escolhe seu destino, não há retorno. Chorei por padre Brien, por Linn, por tudo que meus irmãos teriam sido e por minha inocência perdida. E também por minhas mãos, tão feias. Afinal, eu tinha apenas catorze anos.

— Peço desculpas — disse ele, meio sem jeito.

Aquilo não ajudou. Agora que havia começado a chorar, não tinha como parar. Assim como uma criança, que continua chorando mesmo depois de o susto haver passado, minhas lágrimas se prolongavam mais e mais. Chorei até minha cabeça doer e eu começar a ver estrelas. Fui me deitando no chão e acabei adormecendo. Ele deve ter feito um grande esforço para ir até onde eu estava, pois acordei coberta por um manto e com uma camisa dobrada sob a cabeça, várias horas depois. Estava escuro na gruta e lá fora. Já havia anoitecido. Por um instante, fiquei desorientada, tateando ao redor, em pânico. Sentei-me e me forcei a respirar devagar. Aos poucos, percebi a luz da lua entrando pela abertura, filtrada pela folhagem. Consegui, então, ver o bretão dormindo, encostado na parede, o rosto pálido. Parecia ter desabado com a exaustão. Não conseguia ver direito a atadura, mas parecia limpa, sem novas manchas de sangue. Isso era bom.

Fiquei sentada durante algum tempo observando a luz e comecei a prestar atenção nos sons ao redor. Uma coruja piou lá fora. E a gruta devia ter outra entrada, pois senti, mais do que ouvi, a presença de um grande número de pequenas criaturas andando para dentro e para fora. Era um som parecido com o de farfalhar de folhas.

E mais longe, um movimento grande, estrondoso e constante. O mar. Era tão grande que não tinha margens e se alastrava rumo oeste, ao redor as ilhas antigas e sábias. O mar, com seu rastro de luz do luar se estendendo até o leste, a terra dos bretões. Eu não precisava olhar para fora para vê-lo. Sua vastidão estava impressa em minha mente. Tinha medo até que tivesse aprisionado meu espírito. Nós mesmos não havíamos perseguido os invasores além da nona onda e perdido homens no mar ou na orla? E este estranho que dormia agora à minha frente também não tinha vindo de um lugar bem além da nona onda? Falava de barcos e amaldiçoava a terra que não lhe havia lhe dado as respostas que procurava. E agora ia voltar para casa. Senti um arrepio me eriçar os pelos da nuca. Estava indo para casa e me manteria sob custódia até eu lhe dizer o que queria tanto saber. Meu coração se entristecia ao pensar que teria que viajar para além da nona onda e deixar meus irmãos.

"*Saia agora*", dizia minha voz interior. "*Saia enquanto ele dorme e vá para algum lugar. Pode ser aquele vilarejo. Pegue algumas coisas de que vá precisar, volte para a floresta e retome seu trabalho. Ele não vai acordar tão cedo e, mesmo que acorde, não conseguirá alcançá-la ferido assim*". Ouvi a voz e respondi a ela. "Não posso deixá-lo assim. Está ferido e seus inimigos estão por perto. Não vou abandoná-lo".

Havia algumas maçãs em sua sacola. Peguei uma e comi com casca, sementes e tudo. Tomei um gole de água do cantil. Estava fresca e gostosa.

Então ouvi as vozes. Vinham do fundo da gruta, suaves, irresistíveis, ecoando na escuridão.

"*Venha, venha Sorcha.*"

Pequenas luzes, douradas e prateadas, me atraíram para um canto. Senti um desejo irresistível de segui-las e comecei a caminhar, com os braços estendidos para tocar as paredes, pisando o chão frio e úmido. Fui entrando pela abertura no fundo da gruta, descendo cada vez mais, sentindo a umidade e observando a imensidão do teto de pedra acima de minha cabeça, mais fundo no chão do que as raízes das árvores. A água cristalina corria entre as pedras e se acumulava sob os pilares de pedra. As pequenas luzes continuavam a me chamar, iluminando o caminho à frente. Tropecei, e tive a impressão de ouvir risos. E também sons de harpa, de rabeca e um assobio fino entoando uma antiga canção. Até em um lugar tão distante os Seres da Floresta estavam. Tive certeza de que a gruta, onde caímos por acaso, era uma das entradas de onde eles habitavam. Muitas histórias antigas mencionavam esses portais entre nosso mundo e o deles. Era muito comum encontrá-los nessas grutas ou fendas na terra em que os dois mundos se tocavam por alguns instantes em determinadas épocas.

Cheguei a uma câmara bem maior e majestosa que a anterior. Os pilares de pedra viva saíam do chão e faziam graciosos arcos no teto, refletidos em uma grande piscina. Lá estavam eles. Os risos e a música pararam assim que entrei e vi as luzes de suas tochas. Todos olharam para mim. Um dos rostos eu conhecia bem, de pele alva, belos e intensos olhos e longos cabelos ondulados e com um brilho negro de seda. Cumprimentou-me, séria, com um gesto de cabeça. E ao redor estavam todos eles, seres muito altos, bem mais altos que os mortais, vestidos com roupas de tecido brilhante e detalhes em gaze, como asas de borboletas, ou escuros como as penas de um corvo. Tinham estranhos adornos na cabeça, alguns de penas, conchas e algas, e outros de castanhas, grãos e folhas. Seus olhos eram estranhos, profundos, curiosos, intrigantes, e suas faces ao mesmo tempo maravilhosas e terríveis.

Ficaram me observando em silêncio. Então, o círculo de tochas se fechou ainda mais e o mais alto deles deu alguns passos em minha direção.

— Muito bem — disse, olhando-me de cima a baixo. — Finalmente você chegou. Venha até aqui, mostre-se para nós.

Olhei para ele. Era tão alto que meus olhos demoraram a chegar a seu rosto. Tinha um rosto brilhante, mais que o fogo das tochas.

Era como se uma luz em seu interior deixasse sua pele dourada e prateada. Seus cabelos eram jogados para trás, iluminados como chamas vermelhas, exceto nas têmporas e na barba cheia. Os olhos não tinham cor e, ao mesmo tempo, eram de todas as cores. Usava uma toga branca e lisa, mas quando a luz refletia nela, parecia ser coberta por minúsculas pedras preciosas.

"Milorde", cumprimentei-o com a mente, e me virei para a Dama da Floresta, que estava ao seu lado. "Milady. Como assim, finalmente cheguei?"

Ele riu, jogando a cabeça para trás, e o som de sua voz se repercutiu por toda a caverna. Alguns deles começaram a falar, mas pararam assim que ele silenciou. A Dama não riu. Ficou apenas me olhando, com ar sério.

— Você não acredita que está aqui por acaso, não é? — perguntou o Homem Brilhante. — Acredita? Às vezes, esqueço que a compreensão de vocês é muito limitada. Mas faz sentido, já que permanecem no mundo por um período muito curto de tempo.

"Não estou aqui para ser insultada". Aquilo estava me irritando. Eles haviam me ajudado muito pouco até aquele momento, com exceção da chuva, que tinha sido fenomenal. E por mais sagrados que fossem, não permitiria que me intimidassem. "O que querem de mim?"

— Nada, filha da floresta — disse, finalmente, a Dama, demonstrando certo calor na voz. — Nada que você não saiba que deve fazer. Mostre-me suas mãos, Sorcha.

Estiquei os braços, piscando mais forte quando um deles aproximou um lampião. Observaram minhas mãos.

— Não vejo sinais de trabalho recente — disse o Homem Brilhante, franzindo a sobrancelha. — Como seus irmãos viverão se você não completar sua tarefa? Como irá fazer as camisas sem fuso, roca ou tear?

Olhei para ele. "Isso não é justo". Todos riram agora, homens e mulheres, a voz musical expressando desdém.

— Justo! — disse o Brilhante, entre risos. — Justo, ela diz? Que coisa mais infantil! Tem certeza, milady, de que é a garota certa? Pois, para mim, parece uma tola e preguiçosa.

Ele avançou, pegou meu queixo e se inclinou para me observar mais de perto. Seus olhos eram brilhantes e mudavam constantemente de cor. Era difícil olhar para eles sem se deslumbrar.

— Não há porque duvidar — disse a Dama da Floresta. — Você sabe que é ela. Não se submete à humilhação e mantém a postura altiva, apesar de tudo. Não há como negar sua força.

— Mas não quer trabalhar. O tempo está se esgotando — disse ele, segurando minhas mãos e olhando-as de um lado e do outro. — Talvez seja vaidade. Diga-me, você lamenta o fato de que suas mãos jamais voltarão a ser macias e brancas?

— Deixe-a em paz.

Olhei para trás. E todos aqueles seus olhos luminosos e estranhos também se voltaram para a passagem por onde eu havia entrado. A luz trêmula das tochas iluminou Red, o rosto pálido como giz, apoiando-se na parede para conseguir ficar em pé. Sua expressão era feroz.

— Já disse. Deixe-a em paz.

O Homem Brilhante soltou minha mão e sorriu de maneira ameaçadora, mas isso não afetou o bretão.

— Toque nela mais uma vez e vai pagar com sangue — disse Red em tom sério, mancando até chegar ao meu lado.

Houve um breve silêncio e, de repente, todos começaram a bater palmas, com ar de sarcasmo. Red levantou a mão e eu o segurei. Obviamente, ele não sabia com o que estava lidando.

O Brilhante cruzou os braços e nos olhou, com um meio sorriso. Não lembro se falou a linguagem dos bretões, mas todos nós entendemos.

— Lorde Hugh de Harrowfield é seu nome, não? Dizem que águas paradas são sempre profundas. Há muito ódio por trás desta máscara de tranquilidade, meu jovem. Está muito longe de casa. O que o fez atravessar o mar e entrar na floresta, sozinho, no escuro, e entre estranhos?

Red o encarou. Estava se apoiando em meu ombro. Parecia que suas pernas não aguentariam muito tempo.

— Não sou obrigado a responder.

— Ah, mas vai — disse o Brilhante.

Então, uma luz saiu de seus olhos como um raio em direção a Red, que inspirou de repente. O que quer que tenha sido aquilo, causou dor.

— Vai responder.

O bretão permaneceu em silêncio e me puxou para trás de si. A face do Homem Brilhante se contorceu e seus olhos adquiriram um tom vermelho. Estava pronto para um duelo, mas eu sabia qual seria o resultado. Não se brincava com os Seres da Floresta esperando sair ileso.

"Deixem-no em paz", eu disse mentalmente ao Homem Brilhante e à Dama. "Ele não conhece esse jogo. Deixem-no ir".

— Diga-me, Lorde Hugh — disse a Dama. — Por que quer levar a moça quando sabe que ela só deseja ir para casa? Ela não pertence ao seu mundo.

A esta pergunta ele respondeu.

— Ela não é minha, sua, ou de quem quer que seja. Está viajando sob minha proteção e quem colocar as mãos nela terá que se ver comigo.

— Belas palavras — disse a Dama. — Mas não tem uma arma para se defender. Está com a perna aberta até o osso, com fome, sem dormir e em território hostil. Suas ameaças não parecem ter fundamento.

— Ainda tenho dois braços e muita força — disse Red, movendo-se e se colocando entre mim e os dois.

Precisei ficar nas pontas dos pés para enxergar sobre seus grandes ombros e ainda assim mal tinha visão do que acontecia à sua frente. Só lamentava por sua perna, que não aguentaria mais esforço. Red era tolo. Um tolo muito corajoso, mas tolo.

— Saia da frente — ordenou o Homem Brilhante. — Deixe que ela se expresse, pois sabe que não tem o que temer. É uma de nós.

A tensão pareceu diminuir.

— Escolheu bem, filha da floresta — disse a Dama, olhando para Red e depois para mim.

"Escolhi bem!? Que absurdo! Não escolhi nada disso. Estaria aqui se tivesse escolha?"

— Quieta. Há sempre uma escolha. E você sabe disso desde o momento em que iniciou esse caminho.

— Ainda não respondeu de verdade, Lorde Hugh de Harrowfield — disse o Brilhante. — Por que quer levar a garota para longe da floresta? Por que levá-la para além-mar? O que quer dela?

— Diga a verdade — disse a Dama, e seu tom agora era de advertência.

— Não lhes devo obediência, seja quem forem — disse Red. — Não vou responder.

— Você é um tolo — disse o Homem Brilhante, com um gesto impaciente das mãos. — Achei mesmo que quisesses saber o que aconteceu com seu irmão. Mas, que assim seja. Se não sabe fazer as perguntas certas, não pode esperar respostas.

Aquilo foi um choque para o bretão. Ele avançou, esquecendo-se do ferimento. A perna falhou e ele quase caiu, mas se ergueu rapidamente, a fronte banhada em suor. Seus olhos agora tinham a energia de sempre.

— Meu irmão! — disse, ofegante. — O que você sabe sobre meu irmão? Diga!

— Ah, ah, ah. Não tão rápido — disse o Homem Brilhante em tom malicioso. — Esse tipo de informação não é de graça, não entre nós. Além disso, quem pode lhe responder é ela, não eu — e apontou seu longo dedo para mim. — É para isso que a quer, certo? Não porque esteja sozinha, desesperada e precisando de proteção, mas pelas informações que pode lhe dar. E pode mesmo, pois o viu e falou com ele. E foi dele que ganhou o objeto que você guarda com tanto zelo no bolso. Pergunte. Ela irá lhe dizer tudo que você quer saber sobre seu precioso irmão; e também o que não quer saber.

— Ela não fala — disse Red, esforçando-se para controlar o tom de voz. — Ou não quer falar. Você diz que ela falou com ele, mas está muda desde que a encontrei.

— Ah, ela fala e muito bem — disse ele. — Nós a ouvimos. Ela pede que deixemos de atormentá-lo. E que é tolo demais para ser perigoso.

— Pois eu não ouço coisa alguma — disse Red. — Está em silêncio, como sempre.

A Dama da Floresta olhou para ele.

— Isso é porque você ainda não aprendeu a ouvir. Mas ela vai falar com você um dia. Tem paciência para esperar?

Red olhou, enfurecido, para um e para o outro.

— Só me respondam: meu irmão ainda está vivo? Vou encontrá-lo?

Mas as tochas foram ficando mais fracas, assim como as figuras brilhantes dos Seres da Floresta. Os risos, o brilho da seda e as notas da harpa foram subindo e se dissipando na gruta úmida, frágeis como o perfume das flores de outono.

A Dama ainda permaneceu.

— Leve isto para iluminar seu caminho, filha da floresta. Você disse que estava cansada de ser forte. Talvez não precise ser tão forte agora.

Colocou uma pequena vela redonda, exalando fragrância de ervas, em minha mão. E se virou para o bretão.

— Você a machuca com suas palavras impensadas — disse, agora sem o tom carinhoso. — Não permita que ela se fira mais uma vez.

Mas antes que ele pudesse pensar, ela se virou e desapareceu.

Voltamos para a parte mais alta da gruta em silêncio, nossas mãos se tocando levemente para não nos perdermos na escuridão profunda, quebrada apenas pela luz tênue da minúscula vela na palma de minha mão. O perfume era de alecrim, cominho e ervas da campina. Assim como a maçã que tínhamos dividido, aquela vela era cheia de simbolismo oculto. Fiquei imaginando, mais uma vez, qual seria o jogo dos Seres da Floresta.

Na parte de cima, a gruta estava gelada com o vento que soprava do leste. Nossas roupas ainda estavam úmidas e o manto também. Seria uma noite difícil. Não que eu planejasse dormir. Minha mente ficou remoendo tudo aquilo e não me deixava descansar. Deitei-me de lado no chão, mas não conseguia parar de tremer. Seu irmão! Não era à toa que ele estava tão desesperado. Lorde Hugh. Lorde Hugh de onde mesmo? Como eles sabiam seu nome? Com aquele cabelo mal cortado e as roupas rasgadas a última coisa que ele parecia era um lorde. E seus amigos o tratavam como igual. Lembrei-me, então, que meu pai fez questão de que Simon permanecesse vivo naquela noite. Enxergava nele um prisioneiro de valor, alguém que podia usar em uma barganha. Então, talvez ele fosse mesmo Lorde Hugh de algum lugar. Se bem que Red parecia bem mais apropriado. Pela Dama, como estava frio ali! Torci para que o dia amanhecesse logo, mas não queria pensar no que teria que enfrentar à luz do dia. Fiquei rolando de um lado para o outro, tentando me acomodar.

— Você está tremendo — disse o bretão, do outro lado da gruta.
— Melhor vir se deitar aqui comigo. O manto pode cobrir os dois.

Balancei a cabeça e me enrolei ainda mais no manto molhado. Depois de tudo que fizeram comigo, eu não conseguiria mais me deitar ao lado de um homem, nem que fosse para simplesmente dormir, por mais que fosse alguém de confiança. E não confiava em Red, não com seus olhos frios e seus silêncios.

— Não precisa ter medo de mim — ele insistiu. — Só vai ficar mais aquecida.

Mas eu me encolhi ainda mais, os braços envolvendo o peito e os joelhos encostados no estômago. Fiquei olhando para a vela, que continuava acesa, minúscula e dourada no espaço entre nós. Depois de algum tempo ele disse:

— Está bem, se é assim que você quer.

Deitou-se de costas, olhando para a abertura da gruta, e a vela iluminou seu nariz, seu queixo bem desenhado e seus lábios finos e longos. As horas se passaram e eu cochilava e acordava entre pesadelos, lembranças dolorosas e visões de um futuro inimaginável. E cada vez que acordava o via ali, deitado com a cabeça apoiada em sua sacola e seu rosto, pálido à luz da lua, com os olhos abertos. Mas, em uma dessas vezes, ele estava sentado, imóvel, olhando para a entrada da gruta. Olhei e vi, pousada em um galho que entrava pela fenda, uma coruja totalmente branca, limpando meticulosamente as penas com o bico delicado, olhando para nós de vez em quando com seus olhos sábios e brilhantes. Prendi a respiração e fiquei observando. Quando ela finalmente abriu as grandes asas e voou, tive uma forte sensação de que algumas coisas estavam terminando e que as mudanças que se seguiriam faziam parte de um rumo preestabelecido que nada poderia impedir, nem ervas, nem intervenção humana ou mesmo do mundo espiritual. Era algo inevitável como a morte. Coloquei a mão na boca para me manter em silêncio.

— O que é isso? — perguntou Red em um sussurro. — O que é esse fogo em minha cabeça que não me deixa descansar?

Olhei para ele, mas vi que não era comigo que estava falando. Quando estava para amanhecer, nós dois caímos em um sono profundo, de exaustão. Então, quando os primeiros raios de sol começaram a surgir no céu, alguém nos encontrou. Por sorte, era um dos homens dele, e não de Seamus. Levantei-me em um salto, as pernas bambas de fraqueza, e ele também, só que mais devagar por causa do ferimento. Acordamos com o ruído de alguém se movendo entre os arbustos. Não houve tempo para pensar. Escutamos o pio de um pássaro marinho, bem perto e, para minha surpresa, Red colocou as mãos em concha na boca e emitiu um som igual. Era um sinal. Em alguns segundos, uma figura alta, de cabelos cor de palha, com roupas empoeiradas de viagem e botas muito bem confeccionadas surgiu na fenda, afastando a folhagem e descendo rápido.

— É uma descida íngreme — disse Ben, amigo de Red, inclinando-se para recuperar o fôlego. E logo depois dele desceu o outro, John. Olhou para mim e para ele, parecendo perplexo.

— Ainda está com ela? — perguntou.

Red franziu a testa.

— Eu disse para vocês seguirem sem mim. E quanto a Redbeard e seus homens? Não foram atrás de vocês?

Ben sorriu.

— Sim, foram, mas fomos mais rápidos e silenciosos. E tínhamos alguns truques na manga. Houve um pequeno problema na enseada, mas nada que não pudéssemos resolver.

— Disse para vocês partirem sem nós — repetiu Red, que parecia não gostar de ser desobedecido. Quanto a mim, creio que nunca fiquei tão contente ao ver alguém quanto aqueles dois. Agora pelo menos ele teria chance de descer o morro, mesmo com a perna machucada.

— Passamos a noite no mar — disse John, não muito preocupado em se desculpar.

— Chacoalhava tanto que quase pusemos o estômago para fora — disse Ben, rindo. — Mas estamos aqui. Você pode tentar se fazer de herói, mas não espere que o ajudemos a se matar.

— O barco está sob as rochas ali em baixo — disse John. — Temos algum tempo antes de amanhecer completamente. Com sorte, já teremos partido quando eles chegarem. Mas precisamos sair agora, e rápido. Ainda bem que encontramos vocês logo.

Red não respondeu. Pegou suas coisas e saiu mancando.

— Que ótimo — disse Ben, olhando para a atadura e para o rosto de Ben. — Como você esperava escapar sem nós? Não conseguiria descer. Este morro é íngreme como um telhado de igreja e o chão se desfaz cada vez que se pisa nele.

— De alguma forma, conseguiríamos — disse Red.

Os dois olharam para mim e depois um para o outro, mas não fizeram comentários.

Quando estávamos saindo, fui pegar o resto da vela. O cheiro dela ainda estava no ar. Mas Red foi mais rápido. Abaixou-se, meio desajeitado, pegando o pedacinho de cera que restara sobre a rocha, contemplou-o por um instante e o colocou no bolso.

— Isso é loucura, com certeza — murmurou para si mesmo. Os outros já estavam na entrada da gruta, Ben montando guarda e John tirando os galhos do caminho para facilitar nossa saída. — Nada além de sonhos. E que sonhos. Pode-se enlouquecer neste país maldito.

Virou-se e saiu, e eu o acompanhei, pois me pareceu a única coisa a fazer no momento.

Capítulo 8

Fiquei pensado, depois, por que não senti tristeza ao cruzar o mar, me afastar da floresta sem deixar qualquer sinal, mapa ou indicação para que meus irmãos pudessem me encontrar. O barco seguiu para o leste e um pouco para o sul. Sabia que estávamos indo para a Bretanha. Mas que parte dela? Se eu estivesse em condições de pensar, provavelmente entraria em desespero. Mas o mar, além de ser muito maior do que eu imaginava, era varrido por ventos fortes e em pouco tempo eu estava deitada no fundo do pequeno barco, vomitando convulsivamente, meu corpo rejeitando o pouco alimento que havia ingerido.

Entre os espasmos, ouvia os comentários ácidos de Ben e John, e do valente barqueiro que conduzia a embarcação. Red se mantinha ocupado e praticamente não falava. Fiquei imaginando quanto tempo ele iria deixá-los continuar antes de avisar que eu entendia muito bem todas as piadas e os palavrões. Mas apesar de tudo, eles se revezavam segurando minha cabeça, limpando meu rosto e me protegendo do vento. A viagem parecia não ter mais fim. Jurei que, se voltasse para casa, jamais viajaria novamente pelo mar. Sentia-me tão mal que só conseguia me concentrar em minhas vísceras e na dor de cabeça que me consumia. E assim minha terra ficou para trás, e eu nem consegui sentir a dor da partida.

Então, depois de uma eternidade, o chacoalhar parou e o barco ancorou. Já estava anoitecendo e eu ouvia as gaivotas grasnando. Os homens começaram a falar em voz baixa.

— Escandinavos — disseram. — Vamos tentar passar despercebidos.

Fui tirada do barco e carregada até uma espécie de caverna. Era praticamente uma parede inclinada, onde o vento não era tão forte. Fiquei deitada, enrolada em meu manto e tremendo. Não tinha energia sequer para olhar ao meu redor enquanto ainda havia luz para tentar descobrir onde tínhamos aportado.

— Sem fogo — disse Red. — John, você fica com o primeiro turno. Então me acorde. Precisamos sair antes do amanhecer. Quanto menos chamarmos a atenção deles, melhor. As ilhas são um ancoradouro seguro, mas em alto-mar somos presas fáceis, para dinamarqueses e picts.

Fiquei desanimada. Mais um trecho de viagem pelo mar. Aquela era apenas uma parada e teríamos que começar tudo de novo ao amanhecer.

— A garota não está bem — disse John. — É melhor dar pelo menos um pouco de água a ela se quiser que aguente a viagem.

Não houve resposta, mas alguns minutos depois uma caneca foi colocada ao meu lado. Peguei-a e bebi, sabendo que me faria bem. Consegui manter a água no estômago e comecei a me sentir um pouco melhor. Mas estava frio e meus membros estavam gelados e doloridos. Sentei-me e olhei ao redor.

A grande faixa de areia e as rochas irregulares estavam iluminadas pela luz da lua. Estávamos bem perto da água, pois a extensão de margem que chegava até nosso abrigo era bem estreita. E enquanto prestava atenção ao suave barulho das ondas avançando e se recolhendo, ouvi vozes de estranhas criaturas na escuridão, chamando umas às outras. John estava no ponto em que as rochas se encontravam com o mar, olhando para a água.

Os outros dois, Ben e Red, estavam sentados perto de mim, encostados na parede de pedra, comendo. O barqueiro parecia estar dormindo. Ben me ofereceu uma tira de carne seca e eu me encolhi, com expressão de nojo.

— Ela come maçãs — disse Red.

Meu estômago estava voltando ao normal e percebi que estava com muita fome. Ele foi cortando a fruta e me passando pedaço por pedaço até terminar.

— Muito bem — disse ele. — Agora se levante e caminhe um pouco para diminuir as câimbras das pernas, pois temos mais uma viagem pelo mar amanhã. Mas não faça barulho. Estamos em relativa segurança aqui, mas não podemos abusar.

Caminhei um pouco pela areia e estiquei as pernas doloridas. Olhei para a água, tentando ver o que havia além dela. Mas com a escuridão da noite, eu não tinha certeza se via terra ou era simplesmente uma ilusão por eu desejar vê-la. Voltei e, depois de algum tempo, adormeci mesmo com o frio. Mas logo amanheceu e chegou a hora de partir novamente.

Ouvi Red dizer ao barqueiro que fosse direto para o convento. Eles falaram a respeito de cavalos e sobre como chegariam rápido em casa, comeriam e beberiam. Olhei então para o local de onde tínhamos vindo e percebi o que era. As águas estavam calmas e o amanhecer se refletia nelas em tons perolados de azul, cinza e cor-de-rosa.

Havia uma ilha maior um pouco ao norte de onde estávamos; baixa, de mata quase fechada, pontilhada apenas por algumas habitações. Mas não era a ilha em que havíamos passado a noite.

— Não pisamos ali — disse Red, que estava me observando. — É cheio de pequenas cavernas e pode-se facilmente esbarrar em um dinamarquês. É por isso que usamos a ilha menor.

Estava me sentindo tão mal e cansada quando ele mencionou isso que não prestei atenção. Mas atrás de nós, nas águas brilhantes, já quase longe do alcance da visão, estavam as três ilhas. Eram apenas grandes rochedos na imensidão do mar, locais onde os pássaros faziam seus ninhos nos poucos espaços que conseguiam, entre as rochas escorregadias. Eram locais em que os pescadores passavam sem prestar atenção, tomando apenas um pouco de cuidado com as rochas pontiagudas que circundavam a ilha maior, sob a água. Percebi então que eram a Pequena Ilha, a Grande Ilha e a Agulha. Eu dormira no solo místico das Ilhas e só soube disso depois que havia partido. Fiquei olhando até o pilar de pedra da Agulha desaparecer completamente. Então, meu estômago começou a reclamar da viagem. Sentei-me e me preparei para aguentar todo o mal-estar novamente.

A viagem levou boa parte do dia. Continuamos navegando no sentido leste e depois um pouco para o norte até que avistamos terra.

Havia morros e trechos de terra irregular e, mais adiante, uma grande colina com alguns bosques de carvalhos e faias. Havia também uma construção longa e baixa, e uma torre com uma cruz. Era onde iríamos passar a noite antes de continuar.

⁂

Era uma casa de mulheres, freiras dedicadas à fé cristã, como padre Brien, mas que viviam em comunidade, diferentemente dele. E suas maneiras ao recepcionar nosso grupo foram surpreendentes. Pareciam conhecer Lorde Hugh e o tratavam com todo respeito, quase com deferência. Fui levada rapidamente para dentro da casa e devidamente agasalhada, enquanto os homens foram levados para outro lugar onde pudessem descansar. John havia me carregado desde o porto e, assim que me viram, as boas senhoras pediram que me deixassem aos cuidados delas. Mas enquanto me levavam, fiquei olhando ao redor, procurando desesperadamente minha sacola. Estava no barco, mas como eu havia passado muito mal, acabei me esquecendo dela. Não podia mais atrasar meu trabalho, a Dama da Floresta havia deixado isso muito claro. Onde estavam minhas três camisas de estrela d'água? Deviam ficar comigo, em segurança. Era a única coisa que importava. Cisnes podem morrer com facilidade atingidos pela flecha de um caçador, dilacerados pelas mandíbulas de um lobo ou congelados pelo frio implacável do inverno. Como pude deixar o tempo passar daquele jeito? Enquanto as irmãs me levavam para dentro, fiquei olhando para trás. Os homens estavam saindo. Red se virou e, observando meu olhar de desespero, fez um gesto mostrando minha sacola em suas mãos, junto com a dele, e saiu. Dentro da área de reclusão, somente mulheres podiam entrar. Nós os veríamos mais tarde, durante a refeição, informou uma delas. Levaram-me para dentro e, pela expressão das que estavam mais próximo de mim, eu precisava urgentemente de um banho.

Estava me sentindo mal e exausta. Deixei que derramassem água morna sobre mim e me banhassem dos pés à cabeça, espantando-se ao ver meus ossos saltados, minhas mãos e outros ferimentos que eu tinha pelo corpo, ainda não totalmente curados. Perguntaram-me, de maneira delicada, mas com certa astúcia, quem eu era e de onde vinha. Lavaram meus cabelos com óleo de alecrim e enxaguaram com lavanda. Deram-me um vestido simples, um corpete e também pão e leite, enquanto uma das noviças, de rosto jovem e rosado, assumiu a ingrata tarefa de pentear meus cabelos. Só não me deixaram comer muito, mas eu mesma conhecia os efeitos do excesso de alimento em um corpo exposto a longo jejum.

Depois fui descansar, com os cabelos presos em uma longa trança, e estranhei as roupas limpas e novas, roçando desconfortavelmente em minha pele. Aos poucos, o mundo parou de girar ao meu redor e meu estômago se aquietou. Uma irmã ficou sentada ao meu lado, me fazendo companhia e, quando pensou que eu já estivesse dormindo, saiu e me deixou sozinha na minúscula cela pintada de branco adornada apenas com uma cruz de freixo. Não conseguia dormir. Fiquei deitada, pensando. Depois de algum tempo, levantei-me e fui para o jardim, que estava calmo e belo com o escurecer do dia. Era pequeno, mas bem cuidado e organizado, com nichos separados para ervas culinárias, flores para secar e legumes para a mesa. Fiquei sentada no chão, perto das couves e repolhos durante um bom tempo, com os braços ao redor dos joelhos. O contato com o jardim me fez muito bem. E fazia muito tempo que eu não dormia em uma casa de verdade.

Senti então o cheiro gostoso de pão saindo do forno e de sopa. Luzes se acenderam no outro lado da casa e ouvi ruído de pratos. Os sinos tocaram e imaginei que as freiras estivessem em oração. Porém, ouvi vozes conversando no outro lado do muro do jardim.

— ... melhor se ela ficasse. Não tem forças para mais uma viagem. Precisa de muito descanso, alimento e aconselhamento espiritual.

— Não temos como ficar. Estamos em viagem há muito tempo. Agradecemos imensamente sua hospitalidade por hoje, mas precisamos partir de manhã.

A freira suspirou.

— Perdoe-me, Lorde Hugh, mas gostaria que ouvisse o conselho desta velha amiga e não me levasse a mal. Ela ainda é uma criança e já foi muito maltratada; mais do que se imagina. Deixe-a aqui conosco e continue, se precisa mesmo retornar à sua casa. Será melhor para ela e para vocês também.

Houve uma pausa.

— Não posso — disse ele. — Ela vai comigo.

— Já pensou no que vai ser para sua família a presença dela em Harrowfield? Ela é de terras inimigas, e isso só vai piorar as coisas.

— Pensa que eu não posso protegê-la?

— Milorde, não tenho dúvida de sua força e de sua integridade. Só imagino que não percebeu ainda o que está fazendo. Não sabe como é profunda a discórdia entre seu povo e o dela? Não pode levar o inimigo para dentro de casa e esperar que tudo fique em paz. Se insistir, estará não apenas expondo a garota a ataques, mas colocando em risco sua própria segurança e a dos seus.

Não houve resposta. Ouvi seus passos sobre o cascalho, indo em direção à cozinha.

— É preciso lhe fazer uma pergunta — disse ela, agora em um tom diferente — E espero que não se ofenda. Eu o conheço há muito tempo, e é por isso que tomo a liberdade de abordar um assunto tão delicado. Como disse, a menina foi bastante maltratada. É muito jovem e está cansada, faminta e deprimida. Mas também é uma mulher, e alguém abusou de seu corpo não faz muito tempo. Tenho de lhe perguntar o quanto confia em seus companheiros. Espero que não seja ofensivo sugerir...

Red xingou, em voz alta, e pelo barulho no chão fez um movimento violento.

— Por tudo isso — continuou ela, em voz calma — não seria hora de reconsiderar sua decisão de levá-la consigo? O silêncio e a contemplação que praticamos aqui pode curar seu corpo e espírito. E ela não se sentirá ameaçada.

Outra pausa.

— Agradeço-lhe pelo conselho — disse ele, finalmente, mas seu tom era distante e formal. — Posso esperar mais uma noite, talvez, até que ela esteja mais descansada. Então, partiremos para Harrowfield.

Com isso a conversa se encerrou e os dois se afastaram.

Durante o dia e as duas noites que passei naquele lugar, ganhei duas coisas. Andando pelo jardim logo cedo, entre as fileiras de legumes, de vagens quase maduras e do esterco recém-colocado, vi uma planta que me era bem conhecida. Não me espantei ao vê-la em um jardim, uma vez que de suas folhas pode-se extrair tintura de um tom bonito de amarelo, bastando ter cuidado com os espinhos. Havia duas irmãs trabalhando no jardim, então me aproximei e pedi, por meio de gestos, o que queria. As duas discutiram bastante sobre o assunto e depois uma delas saiu, provavelmente para ir pedir a opinião da diretora ou perguntar a Red. Retornou algum tempo depois com uma faca e um pequeno saco de pano, que me entregou sem mais perguntas.

A alegria deve ter ficado estampada em meu rosto, pois as duas sorriram e voltaram a trabalhar. Ao final da manhã, eu já tinha uma quantidade de estrela d'água suficiente para trabalhar até o solstício de inverno. Tentei não pensar no que aconteceria caso eles não me deixassem fiar e tecer no lugar para onde eu iria.

A segunda coisa que ganhei foi um nome. O convento podia ser um lugar de contemplação, mas o que não faltava às santas irmãs era bom humor. A ceia era um momento relaxante, de conversa animada. Algumas delas me pareceram animadas com a presença inesperada de três homens à mesa, e as mais velhas com certeza pensaram que um pouco de divertimento não faria mal à alma após longos períodos de silenciosa meditação. Na segunda noite, assim que nos sentamos à mesa, uma das irmãs disse:

— Esta mocinha precisa de um nome. Não podemos continuar a chamá-la de "garota" como se fosse um cão. Qual o nome dela?

— Se tem um nome, não pode nos dizer qual é — disse John.

— Mas a senhora está certa, irmã. Todo ser vivo precisa de um nome.

— Vamos dar a ela um nome antes que vocês continuem a viagem — disse a diretora. — E um bom nome cristão, como Elizabeth ou Agnes. Creio que Agnes combina com ela.

Uma das noviças se pronunciou.

— Ela lembra um pequeno pássaro — disse, sorrindo — com seus ossos finos e olhos grandes. E algo me diz que Jenny seria um bom nome.

Nesse instante, percebeu que a diretora a olhava e ficou em silêncio, as faces enrubescidas.

— Para mim ela parece mais uma ave selvagem, de bico afiado — comentou Red, que estava sentado ao meu lado. — Uma coruja, talvez, que só fala quando o resto do mundo está dormindo. Creio que Jenny lembra este tipo de pássaro.

Então, passei a ser chamada de Jenny, um nome estranho, mas podia ser pior.

Na segunda manhã, os cavalos já estavam prontos desde cedo para nossa partida. As irmãs nos acompanharam até os portões e uma delas tinha no rosto uma expressão de preocupação. Ainda assim, mais uma vez as coisas eram feitas da maneira que Red desejava. Seguimos para Harrowfield.

Imagine um vale coberto de verde com esparsas faixas de freixos e faias intercaladas por carvalhos com folhas de outono. E, no meio do vale, um rio sinuoso e brilhante com salgueiros em toda a margem.

A trilha seguia a linha do rio, com suas curvas, entre belas pastagens com casinhas de sitiantes, ovelhas, currais e celeiros. Os moradores das fazendas saíam para observar os viajantes que passavam e seus rostos se iluminavam ao reconhecer os três homens, que agora usavam um manto branco tirado de suas sacolas antes de entrar no vale e o colocaram sobre suas vestes desgastadas pela viagem. Nas costas e no peito havia um brasão azul bordado. Era um sinal de quem eram e do lugar a que pertenciam. O desenho era de um carvalho com grandes galhos envoltos em um círculo, e abaixo dele, várias linhas onduladas indicando água.

Todos por quem passávamos diziam:

— Bem-vindo a casa, milorde! Uma boa colheita, Lorde Hugh! Abençoado é o seu retorno!

Ele não sorria para eles. Na verdade, parecia que raramente sorria. Mas respondia a todos com gestos de cortesia e diminuía a marcha do animal para tocar as crianças que lhe ofereciam para que abençoasse. E todos observavam a jovem pálida em sua garupa, envolvida em um manto escuro, com algumas mechas soltas do cabelo trançado esvoaçando ao vento e as mãos segurando firmemente em seu cinto para manter o equilíbrio após a longa viagem. Não ousavam fazer perguntas, mas ficavam em silêncio após seu lorde passar, cochichando. Alguns faziam um sinal discreto com os dedos como para afastar o mal.

Assim foi nossa chegada a Harrowfield. O vale ficou mais aberto, revelando uma grande propriedade rural à frente. Era cheia de casas, tinha um grande celeiro, estábulos e edículas ao redor da casa grande. Havia também paredes de pedra e uma alameda de árvores altas e retas. Os três pararam e Red olhou para mim, sobre seu ombro.

— Tudo bem? — perguntou.

Fiz que sim. Era tudo novo, tudo diferente. Não estava exatamente com medo, mas não tinha ideia de como seria quando chegássemos à sua casa. O que tinha visto no caminho já indicava que não seria recebida com alegria. O que era eu? Uma prisioneira, uma refém? Ou uma espécie de serviçal? Ficaria sob sua guarda até lhe dar as informações de que precisava e então seria libertada? Ou me fariam falar usando outros meios, como minha família fizera com seu irmão? Eu não teria forças para suportar aquilo. A Dama da Floresta tinha sido muito clara ao lhe ordenar que eu não fosse ferida novamente. Mas um bretão não tinha capacidade de entender o que se passa além da superfície deste mundo, nem suas maravilhas. Achou que aquilo tinha sido um sonho. Jamais compreenderia meus motivos. Era mais fácil chamar tudo de loucura, de alguma doença que me levava a me expor voluntariamente ao sofrimento. Podia amar muito a seu irmão, mas jamais faria por ele o que eu fazia pelos meus.

Sem sinal ou motivo aparente, os três simplesmente instigaram os cavalos a galopar, o que me obrigou a me agarrar a Red e me incomodou bastante. Passamos em grande velocidade pelos álamos e Ben soltou um grito de alegria, rindo e galopando, os cabelos cor de palha balançando ao vento como uma bandeira. Os olhos de John eram de pura expectativa. Chegamos então a um pátio limpo e organizado, como tudo ali, e paramos diante de uma escadaria de pedra e de uma porta maciça de carvalho, que estava aberta. Já tinham sido avisados de nossa chegada, pois havia gente nos esperando. Cavalariços bem treinados surgiram de repente, pegando as rédeas e levando os animais cansados. Um grupo se formou rapidamente ao nosso redor. A primeira coisa que Red fez após me tirar do cavalo foi pegar sua sacola, indicando ao cavalariço que ele mesmo a carregaria. Saiu andando, então, e me pegou pelo pulso com a mão livre, forçando-me a segui-lo.

A mulher que se aproximou não me viu. Só tinha olhos para Red.

— Mãe — disse ele.

— Hugh — respondeu ela, controlando seus impulsos da mesma maneira que os filhos faziam. Senti que estava prestes a abraçá-lo, chorar ou fazer qualquer coisa que pudesse manchar sua imagem perante os criados.

— Bem-vindo. Bem-vindos, Ben e John. Vocês demoraram muito.

Havia uma pergunta desesperada em seus olhos, mas que teria de esperar até mais tarde.

— Bem-vindo, senhor. Bem-vindo, Lorde Hugh.

Os empregados vieram todos recebê-lo, apertar sua mão e tocar seus ombros. Ele colocou a sacola no chão, mas não soltou meu pulso. Fiquei espremida entre aquelas pessoas. Olhei para Ben, que ainda ria e gritava de alegria, cercado por um grupo de garotas bonitas. E John estava um pouco mais longe, com uma moça mais jovem, de belos cabelos, estatura pequena e grávida. Pelo tamanho da barriga, calculei que teria o filho antes de três luas. Devia ser sua esposa. Ela pegou seu braço e ele a olhava como se não existisse outra coisa no mundo. Mas também exercia o mesmo autocontrole que os outros. Fiquei imaginando como devia estar louco para voltar para casa, tantas luas no além-mar. Mas acompanhou Red sem reclamar. A lealdade daqueles homens ia além de minha compreensão.

Somente quando o grupo terminou os cumprimentos e conseguimos entrar na casa é que a mãe de Red reparou em mim. Uma criada foi buscar vinho e nós fomos andando por um corredor até chegar a uma grande sala onde toras de freixo e pilriteiro foram colocadas na lareira, ainda não acesa porque a temperatura estava amena. Ela se sentou perto da lareira e chamou o filho para se acomodar ao seu lado. Mais pessoas da casa estavam presentes, porém se mantiveram a uma discreta distância. Nossos companheiros de viagem haviam desaparecido. Provavelmente tinham sua própria comitiva os esperando. Red se sentou ao lado da mãe e esticou cuidadosamente a perna ferida. Uma viagem a cavalo era tudo que ele não precisava. Quanto a mim, fiquei parada ao lado de sua cadeira, sendo observada por um grupo de curiosos do outro lado da sala. Ele ainda me segurava pelo pulso. Sua mãe me olhou direto nos olhos. Tinha um rosto redondo e suave sob o véu, e pequenas linhas de expressão sob os olhos e a boca. As pequenas mechas que escapavam do toucado em sua cabeça mostravam que seus cabelos, agora quase brancos, haviam tido a mesma cor clara que os dos filhos. E seus olhos eram do mesmo tom azul brilhante. Sua expressão era de choque, medo e até um pouco de repulsa. Não disse uma palavra. Red soltou meu pulso.

— Perdão — disse ele. — Esperava trazê-lo para casa. Mesmo depois de tanto tempo, acreditava que seria possível. Mas, como vê, não o encontrei. Não tenho notícias dele. Lamento muito não ter podido...

— Eu já me conformei — disse a mãe, segurando as lágrimas. Se tivesse que chorar, seria mais tarde, quando estivesse sozinha. — Você está em casa. Já devo agradecer muito por isso.

— Ele desapareceu como fumaça — disse Red. — Aquele é um país muito estranho, cheio de histórias sobrenaturais. Tudo invenção, é claro. Mas estivemos muito perto de onde vários homens de Richard foram abatidos. Não há a menor dúvida de que ele esteve ali. Mas não havia qualquer sinal de que Simon estava com eles. Falamos com quem pudemos, sempre escondido. Ninguém ouviu falar de prisioneiros, fugitivos ou reféns. Voltei de mãos vazias, mãe. Desculpe-me, desculpe-me mesmo por toda a aflição que minha ausência lhe causou e por não trazer notícias.

— Confesso, esperava que você descobrisse alguma coisa — ela disse. — Não que o trouxesse de volta, não depois de tanto tempo. Mas alguma pista, algo que me dissesse se ele está vivo ou não. Algo que acabasse com essa espera terrível.

Os dois ficaram em silêncio por alguns instantes.

— Nada, mãe. Nenhuma informação.

Percebi que havia mantido a respiração presa até aquele instante, e só então a soltei. Mas ainda não me sentia em segurança.

— Mas parece que não voltou com as mãos totalmente vazias — disse ela, observando-me de cima a baixo como um pedaço de carne que não estivesse de seu agrado. Olhei firme para seus olhos. Não tinha vergonha de ser filha de Lorde Colum apesar de tudo que ele havia feito. Meu povo era muito mais antigo que o deles, e eu era a filha da floresta.

— Como pode trazer uma... uma *deles* para nossa casa? Como consegue ficar perto dela? Esse povo sumiu com seu irmão e matou os homens de Richard da maneira mais selvagem e cruel. Não são apenas estranhos, são desprovidos de qualquer traço de bondade. Como pode trazê-la para dentro de minha casa?

Sua voz tremia. "Lá vamos nós", pensei. "Agora ele vai dizer à mãe que eu sou o único elo com seu filho mais novo e ela vai exigir de mim qualquer informação que lhe dê esperanças de ele ainda estar vivo. Então, vão me fazer falar de qualquer maneira. Como irá negar isso à própria mãe?", era muito estranho, mas eu entendia o que ela estava sentindo. Red se levantou, ficou em pé atrás de mim e colocou as grandes mãos em meus ombros.

— Seu nome é Jenny — disse. — Está em minha casa como convidada e ficará durante o tempo que desejar. Pode ser um bom tempo. E será tratada com respeito. Por todos.

Ela ficou olhando para ele, a boca entreaberta. Minha expressão não deve ter sido muito diferente, pois esperava, no máximo, ser obrigada a trabalhar nas cozinhas, esfregando panelas. Era o máximo que eu imaginava.

— Minha intenção não é insultá-la, mãe. Estou apenas informando como as coisas serão — disse, levantando a voz para garantir que todos na sala ouvissem. — Esta jovem é bem-vinda aqui. Será tratada como uma de nós. A senhora a tratará com a mesma gentileza e hospitalidade com que sempre tratou meus convidados. E estou dizendo isto pela última vez. Que fique claro.

Suas palavras tinham certo tom de ameaça. A tensão na sala era palpável. A criada chegou com o vinho. Red me fez sentar e beber, mas tomei apenas um ou dois goles. Estava muito cansada e com o estômago sensível. Além do mais, havia muitas pessoas ali, muita luz e muitos sons. Tudo que eu queria era ficar sozinha por alguns instantes e descansar. E depois, um fuso, um tear e tempo, muito tempo.

— Ela parece não ter muito a dizer — disse a mãe de Red, com um leve suspiro. — E o que irá fazer no tempo em que estiver aqui? Algo útil?

A boca de Red se curvou um pouco, com um leve sorriso, que os olhos não acompanharam.

— A senhora logo vai descobrir que ela tem com que se ocupar. É bastante hábil com a linha e a agulha. Mas não irá trabalhar como serva. Quero que suas mulheres a tratem como igual.

— Fico chocada com seu pedido, Hugh. Tinha até um pouco de esperança de que você trouxesse Simon para casa. Porém, em vez dele você me traz o inimigo que o destruiu e me pede que o trate bem.

Sob sua elegante gentileza podia-se ver que estava furiosa. Red olhou para ela e para mim.

— Jenny não fala, mas consegue se comunicar muito bem. E entende perfeitamente nossa língua.

Ela precisou se contentar com aquela resposta, que na verdade não era uma resposta. Franziu levemente a testa, e seu olhar revelava aflição.

— Parece que você não nos deixa muita escolha — disse, desanimada.

Pensei em Simon e em tudo que ele havia dito sobre sua família. Em seu conto sobre os dois irmãos, o mais jovem nunca era reconhecido ou tratado da mesma maneira que o outro. Por que pensava que eles não o amavam? Por que se considerava sempre o segundo? Até em sua ausência ele se colocava entre a mãe e Red de uma maneira tão forte quanto se estivesse naquela sala conosco.

A conversa rumou para assuntos mais neutros. Eles passaram a falar sobre negócios do estado, plantações, gado e o bem-estar do povo. Red fazia uma pergunta atrás da outra. Parecia ansioso por retomar as rédeas da casa. Minha mente vagava, relembrando o tempo em que cuidei de Simon, as histórias intermináveis que eu lhe contava, as noites que ele passava delirando, com febre alta, e a lenta recuperação de seu corpo e sua mente. Lembrei-me também de quando colocou a faca em minha garganta e das lágrimas que derramou com ódio de si mesmo. Eram imagens tão intensas, que eu me desliguei do que estava acontecendo ao meu redor. E também estava atordoada com o vinho e com o cansaço. De repente, senti algo frio e molhado tocando minha perna, sob o vestido que as irmãs haviam me dado. Olhei para ver o que era. Embaixo de minha cadeira estava uma cadelinha bem pequena e idosa, de pelo cinzento, me espiando com olhos tristes e respiração ofegante. Inclinei-me e estendi a mão para ela cheirar. Ela tremeu toda e me lambeu, em um gesto de cumprimento. Depois suspirou e se acomodou aos meus pés para uma soneca. Eu bocejei.

— Você está cansada — disse Red. — As criadas vão providenciar um quarto para você dormir. Foi um longo dia.

Ele se levantou lentamente.

— Sua perna — disse a mãe, só então se dando conta do ferimento. — O que aconteceu com sua perna?

— Ah, nada — disse ele, com a voz neutra de sempre. — Um pequeno corte. Não precisa se preocupar.

Olhou para mim e viu minha expressão. O canto de sua boca revelava aquele sorriso contido. A mãe nos observava, e franziu a testa.

— Megan! — chamou.

Uma jovem criada de cabelos castanhos e cacheados entrou e fez uma reverência.

— Arrume um quarto para nossa... nossa visita, Megan — ordenou, com voz visivelmente forçada. — Providencie também água para um banho e algo para ela comer. E mostre onde ela irá nos encontrar de manhã.

— Sim, senhora — disse a moça, fazendo outra reverência, com discrição.

Mas assim que seguimos para o corredor, com a cadelinha cinza trotando atrás de mim como uma pequena sombra, ela me olhou, com um misto de curiosidade e medo.

— Não esqueça isto — disse Red quando passei por ele, pegando minha sacola, que estava sobre a dele, e me entregando. Agradeci com um gesto de cabeça e saí. A mãe começou a falar novamente com ele, com certeza aliviada por eu não estar por perto para ouvir.

Parecia que escolheram para mim uma alcova digna de um bárbaro: pequena, distante, quase sem mobília, próxima da ala dos empregados e do barulho da cozinha. Mas se esperavam me ofender com isso, enganaram-se redondamente. Adorei o pequeno quarto com suas paredes de pedra e o colchão duro de palha sobre uma estrutura de madeira. A pesada porta de carvalho dava direto para um canto esquecido do jardim, cheio de mato e ervas. Assim que amanhecesse, eu iria até lá procurar pés de estrela d'água.

Uma roseira crescia encostada no muro, bem perto da porta, e uma trepadeira de flores azuis forrava os degraus de pedra. Havia também uma pequena trilha coberta de musgo e ervas daninhas. E através da pequena janela redonda, no alto da parede, a lua me faria companhia à noite.

No quarto havia também uma cômoda de madeira, um jarro e uma tigela. Megan trouxe água quente, e outra criada, de olhos furtivos, entrou com uma bandeja de pão, queijo, frutas secas e saiu rapidamente. Coloquei minha sacola sobre a cama e esperei Megan sair. A cadelinha cheirou cada centímetro do quarto, e depois, satisfeita, reuniu todas as forças e saltou heroicamente sobre a cama, ajeitando-se confortavelmente com o focinho sobre as patas.

— Onde estão suas malas? — perguntou Megan. — Camisola, robe, suas coisas?

Balancei a cabeça e apontei para minha sacola.

— Só isso? — ela perguntou perplexa.

Dava quase para ouvir as perguntas que ela não tinha coragem de fazer: em que fim de mundo ele a encontrou? O que tinha na cabeça para trazê-la para cá só com as roupas do corpo? Por quê?

Então ela falou novamente, e me surpreendeu.

— Esta cadelinha era de Simon, irmão de Lorde Hugh. Chama-se Alys. Está velhinha, mas ele a criou desde pequena. E não deixava que se aproximassem dela desde que ele partiu. Era capaz de arrancar os dedos de quem a tocasse. Até agora.

Estendeu a mão em direção a Alys, que começou a rosnar, mostrando os dentes.

— Está vendo? É um bichinho bravo. Mas gostou de você.

Sorri, ela também sorriu e seu semblante pareceu mais relaxado. Parecia que sua curiosidade era maior que seu medo.

— Vou falar com Lady Anne — disse. — Precisamos providenciar uma camisola e outras roupas. Virei de manhã lhe mostrar onde se toma o desjejum. Aqui se levanta cedo.

Consegui dormir um pouco naquela noite, porém nem a exaustão nem o efeito do vinho me pouparam dos pesadelos. Acordei assustada com o mesmo sonho de sempre, que se repetia em minha mente durante o dia e me fazia encolher cada vez que um homem se aproximava de mim. Esse pesadelo me fazia tremer dos pés à cabeça, e meu coração parecia querer saltar pela boca. Alys dormiu a noite inteira sobre meus pés, sem acordar. A luz fraca da lua entrava no quarto. Ouvi vozes do lado de fora.

Levantei-me e fui pé antepé até a janela. As duas portas estavam trancadas, embora eu preferisse que a do fundo estivesse entreaberta para que o cheiro da madressilva, da lavanda e a brisa fresca da madrugada pudessem entrar. Duas figuras de roupas escuras cochichavam. Vi o brilho de armas sob a luz fraca. Um deles, de cabelo cor de palha e andar elegante, saiu por um portão no muro. O outro, mais alto e mancando um pouco, tomou seu lugar e se sentou do outro lado do jardim, relaxado, mas alerta, com uma perna esticada e quase invisível na escuridão. Seria um turno longo até o amanhecer.

Não sei dizer se me fez bem ou mal saber que estava sendo vigiada. Como eles imaginavam que eu poderia escapar estando em uma região que eu não conhecia, sem sequer um par de botas ou um cantil de água? E depois da recepção que tive ao chegar a Harrowfield, era muito pouco provável que alguém me ajudasse caso eu tentasse chegar até a costa. E ainda que conseguisse, o que faria depois? Nadaria até minha casa? Não, eu estava presa ali, quisesse ou não. Então, por que a guarda?

Fiquei imaginando quando aqueles homens dormiam. Lembrei-me de Red deitado na caverna com o rosto pálido de dor e exaustão. Ele era humano, embora não gostasse de admitir. E estava muito interessado nas informações que eu tinha. Faria o possível e o impossível para garantir que eu não escapasse, e esperaria até eu falar.

Todos se levantaram cedo, mas não antes de mim. Estava de pé antes do amanhecer. Lavei o rosto com o resto da água, destranquei a porta e saí para o jardim. A pequena Alys me seguiu lentamente. Suas juntas estavam endurecidas pela idade. Aquela parte do jardim parecia abandonada, mas via-se que já tinha sido muito bem cuidada. Não encontrei estrela d'água. Quando precisasse de mais, teria de procurar em outro lugar. Amaldiçoei-me por negligenciar minha tarefa durante tanto tempo antes de sair da floresta. Havia um rego de água sob alguns arbustos. Estava um pouco lamacento, mas serviria para embeber as fibras que eu trouxera do convento. Encontrei também vários tipos de ervas que serviriam, se cuidadas, para fazer unguentos, tinturas e essências. Fiquei imaginando se eles me dariam um pilão, algumas facas, cera de abelha e óleo. Mas não havia tempo para isso. Finbar, Conor e os outros eram mais importantes. Precisava me apressar, pois já estava chegando o outono.

Ainda assim, não consegui me controlar. Quando Megan chegou, encontrou-me arrancando ervas daninhas, separando os brotos das plantas maduras e planejando aparar, cavar e plantar. Tinha quase me esquecido de onde estava. Não havia sinais de meus guardiões, apenas as marcas de suas botas no chão. Desapareceram antes dos primeiros raios de sol.

A atitude do povo de Harrowfield para comigo podia ser descrita como uma "gentileza fria". Lady Anne foi a primeira a dar o exemplo. Seu filho era o chefe da casa, dava as ordens e nem ela ousaria contrariá-lo. Então falava comigo somente quando não havia outra opção. E seus olhos azuis praticamente não disfarçavam a hostilidade. Oferecia-me o mínimo que as regras de hospitalidade exigiam. E para mim estava ótimo. Depois de dois anos morando na floresta, eu havia praticamente me desacostumado a ter luxo, mesmo porque em Sevenwaters sempre vivemos de maneira relativamente simples. Nunca tive vontade de usar vestidos finos, comer pão de farinha ou ter almofadilhas de penas de ganso. Por isso dizia a mim mesma que não podia reclamar do que me davam ali.

A única coisa ruim era a companhia. Depois de tanto tempo sozinha, com exceção das preciosas noites em que meus irmãos tomavam forma humana e podíamos conversar mentalmente, abraçar uns aos outros e guardar lembranças para os dias solitários que se seguiriam, eu estranhava aquela situação. Vivia agora rodeada de mulheres que falavam o tempo todo, interrompendo meus pensamentos e tornando minha tarefa mais difícil, lenta e mais dolorosa, tanto pelos espinhos quanto por ter de me lembrar do motivo de estar ali e do que tinha que fazer. E os olhares. Elas me olhavam de lado, com uma mistura de desdém e medo. Eu era o inimigo, independentemente do que Lorde Hugh dissera, pois a sala ensolarada em que nos reuníamos todo dia para costurar e fiar era um lugar de mulheres e eu via claramente em seus rostos o que elas pensavam de mim.

"Sou a filha da floresta", dizia a mim mesma enquanto tirava as longas fibras de estrela d'água de minha pequena sacola e me punha a fiar e tecer com o fuso e o tear que haviam me emprestado. "Sou a filha de Lorde Colum de Sevenwaters. Tenho um irmão que é um líder nato e outro que é adepto de mistérios muito mais antigos do que seu povo pode imaginar. Tenho também um que é um guerreiro destemido e outro que as criaturas da natureza consideram como amigo. E um irmão cujo sorriso cativa até os pássaros nas árvores. E logo ele voltará a sorrir". Enquanto o fio arrebentava mais uma vez e eu o emendava, com os espinhos penetrando meus dedos como fios de ferro em brasa, eu dizia a mim mesma: "tenho um irmão que sabe curar o espírito e doa a si mesmo até ficar sem forças. E vocês, o que têm além de mãos lisas e finos bordados? A cada centímetro deste fio que faço eu honro meus irmãos. E a cada espinho que penetra minha pele, trago-os mais rápido de volta para casa".

As bretãs me consideravam louca. Ficaram chocadas ao ver meu trabalho e a maneira séria como eu o fazia, tecendo aqueles fios entre os dedos. E se afastaram de mim ao ver que me controlava diante da dor, respirando fundo e tentando me acalmar. Olhavam furtivamente em minha direção, no canto em que eu me sentava sozinha. E embora falassem em voz baixa, eu conseguia ouvir. Como a mãe dele estava sempre presente, não podiam questionar abertamente a decisão de Lorde Hugh. Mas contavam histórias; histórias terríveis sobre como os líderes de Erin haviam assassinado e mutilado seus homens, e como os heróis de seu povo haviam padecido na longa contenda entre nós. Olhando-me sobre os ombros, falavam dos homens bons que haviam sido seduzidos e traídos pelas mulheres de meu povo, de pele branca, cabelos negros como a noite e habilidade com as palavras. Tudo isso para me incomodar. Eu poderia ter contado a elas nossa versão da história; a história de meu pai. Colum era o sétimo filho em sua família. E como um sétimo filho herda as terras de seu pai? Somente se seus irmãos morrem em guerra, defendendo o que herdaram. Mas continuei em silêncio.

No entanto, entre os olhos curiosos e maldosos, uma delas era diferente: a esposa de John. Também me observava, mas era a única que não parecia me julgar. No terceiro dia, enquanto eu estava sentada em meu canto, lutando com o fuso e o tear, tentando conter as lágrimas, ela pegou seu trabalho e veio se sentar perto de mim. Estava fazendo a bainha de um pequeno vestido. O corpete e as mangas tinham um fino bordado, com uma trilha de folhas e, aqui e ali, uma abelhinha amarela ou uma florzinha vermelha. Dava para sentir o amor dela por aquela criança em cada detalhe. Estendi a mão, tocando o vestido com minhas mãos inchadas, e sorri para ela.

— Seu nome é Jenny, não? O meu é Margery. Sou esposa de John.

Respondi que sim com a cabeça e continuei a fiar. As outras mulheres silenciaram por um instante vendo Margery ao meu lado, mas logo voltaram a falar.

— Disseram que você tem habilidades de cura — continuou ela, olhando-me com um meio sorriso. — Aquele corte na perna de Red, de Lorde Hugh, não deve ter sido fácil de tratar. Ele lhe deve muito.

Olhei para ela e minha expressão de surpresa deve ter sido óbvia. Ela sorriu.

— Os homens falam de vez em quando — ela disse. — Você ficaria surpresa em saber o quanto. John pode ser discreto, mas não é cego. É amigo de Red, quer dizer, de Lorde Hugh, há muito tempo, bem antes de eu vir para Harrowfield. Sabe o que Hugh pensa mesmo sem ele dizer. Sua presença nesta casa está causando uma agitação que não vai acabar tão cedo.

Era verdade. Os três haviam me tratado muito bem durante o jantar. Ben riu e puxou minha trança, uma brincadeira que Cormack costumava fazer. John me cumprimentou pelo nome e se sentou ao meu lado, ignorando a testa franzida de Lady Anne. Fiquei pensando se continuaria a ser vigiada, de noite e de dia. Red se sentara à ponta da mesa, como lhe cabia. Não olhei para ele, mas senti que me observava durante a refeição enquanto eu suportava o barulho, os aromas e a proximidade de tantas pessoas estranhas, ansiosa para que aquilo acabasse logo.

John não falava muito, mas percebi que não deixava os serviçais colocarem carne em meu prato e insistia para que eu comesse pão, sopa e vegetais. E quando algum dos rapazes se alterava sob o efeito da cerveja e começava a fazer comentários grosseiros a meu respeito, ele os silenciava com algumas palavras bem escolhidas. Como amigo de Red, ele tinha certa autoridade. Mais tarde descobri que também era um primo distante da família e que sempre vivera em Harrowfield. Não me incomodava em ter sua proteção, uma vez que nem com o passar do tempo as pessoas começaram a me tratar melhor. Quando estava na sala com as mulheres, Margery ficava ao meu lado, sempre gentil e pronta me dar atenção e a se comunicar comigo, embora só ela pudesse falar. Seus olhos observavam com preocupação meu lento progresso e minhas mãos sempre machucadas, porém sem comentar ou julgar meu trabalho. Suas atitudes demonstravam sinceridade, mas eu sempre ficava imaginando se ninguém lhe havia pedido para me vigiar. E à noite os turnos continuavam. Um deles montava guarda do momento em que eu ia para meu quarto até a meia-noite, e outro ficava da meia-noite até o amanhecer. Como eram três, imagino que cada um dormisse uma noite inteira em sua folga. Eu os observava sem que soubessem, por isso sabia que eram Ben, John e Red. Por que em uma casa com tantas pessoas que o obedeciam tão cegamente ele só confiava em seus dois amigos? Percebi também que eles nunca se afastavam muito da casa. Estavam sempre por perto, dia e noite.

Eu não conseguia trabalhar constantemente, como queria. Embora minhas mãos tivessem melhorado bastante no período em que fiquei sem fiar, agora ficavam inchadas e feridas o tempo todo, o que me obrigava a parar um pouco durante a tarde. Só conseguia continuar à noite, depois do jantar, à luz de velas. Tentei cuidar um pouco do jardim, mas teria que esperar até minhas mãos ficarem mais calejadas para conseguir segurar facas ou pás. Mesmo assim, continuei tentando. O solo era escuro e rico, o que facilitava meu trabalho de arrancar o mato. Quando não aguentava mais, saía para caminhar um pouco, com Alys trotando atrás de mim. Andava pelas redondezas da casa, tentando conhecer um pouco o lugar, porém sendo o mais discreta possível.

Era incrível a coincidência de um dos três estar sempre por perto; Ben exercitando um pônei bem no caminho em que eu passaria, John organizando o armazenamento de alimentos para o inverno, exatamente no galpão ao lado de onde eu estava. E o próprio Lorde Hugh me surpreendeu um dia, logo de manhã, sentado em um velho banco no pomar com um tinteiro de um lado, uma pequena tábua de madeira equilibrada na perna e um calhamaço de papel pergaminho em cima. Escrevia com a pena, concentrado. Alys rosnou para ele.

— Ela nunca gostou muito de mim — disse ele, aparentando não se surpreender ao me ver ali. — Você se levanta cedo. Não quero que vá muito longe sozinha.

Aquilo me irritou. Ele achava que estava sempre certo e que todos tinham que obedecê-lo. Aquilo não era bom nem para ele. Por que não podia sair sozinha? Ainda era tão grande o seu medo de que eu escapasse levando comigo as informações de que precisava?

Ele percebeu, pela expressão em meu rosto, o que eu estava pensando e colocou cuidadosamente o trabalho no banco, ao seu lado. Percebi então que eram duas tábuas de madeira presas por tiras de couro e entre elas várias folhas de pergaminho, cada uma com registros diferentes. As páginas tinham grupos de quatro linhas e uma quinta que ia de um lado ao outro, repetidas até haver cinquenta ou duas vezes cinquenta. Havia também pequenos desenhos de ovelhas, feixes de cevada e uma série de curvas e linhas que provavelmente indicavam a posição do sol. E uma pequena árvore.

— É arriscado. Gostaria que você ficasse perto da casa. Não temos como garantir sua segurança se você se afastar.

Queria dizer a ele: "você me tirou da floresta. Agora me deixe ao menos caminhar entre suas árvores, sentir a água de seu rio em meus pés, me deitar em seus campos e observar as nuvens passando no céu. Deixe-me ao menos ficar quieta e sozinha. Em sua casa não consigo sentir o ar e o fogo. Não consigo sentir o cheiro da terra ou ouvir a água. Não vou fugir; não tenho como. Sem sua proteção não posso terminar minha tarefa".

— Sei que não é fácil para você ficar aqui. Mas poderia ao menos falar comigo. Isso ajudaria muito, porém vejo que você não quer.

"Eu não posso."

— Diga alguma coisa — disse ele, olhando-me de perto. — Se quisesse, poderia falar? Não pode simplesmente me dizer algo sobre meu irmão, o que aconteceu com ele?

Jamais consegui mentir. Balancei a cabeça, tristemente, torcendo para que ele não insistisse.

— Por que não? — ele perguntou, com voz suave. — Eu a deixaria partir, você sabe disso. O que quer que tenha acontecido com Simon, certamente não foi culpa sua. Você é só uma criança. Eu deixaria você ir para casa. Mas preciso saber. Se ele estiver morto, posso informar isso à minha mãe e esquecer o assunto. Não estou buscando sangue ou vingança. E se estiver vivo e puder ser encontrado, só quero trazê-lo de volta. Você não iria querer saber caso ele fosse seu irmão? — Fiz que sim e me virei rapidamente para que ele não visse meu rosto. Houve um longo silêncio. Suas palavras mexeram comigo. Não entendia por que ele estava me perguntando aquilo quando tinha guardado para si mesmo tudo o que sabia sobre mim, não revelando à sua mãe ou mesmo a seus melhores amigos. Talvez os Seres da Floresta o tivessem enfeitiçado naquela noite, forçando-o a me proteger mesmo contra sua vontade até eu completar minha tarefa. Não fosse por isso, com certeza ele me forçaria a falar. Não tinha porquê ser gentil ou ter paciência comigo. Mas ainda que eu pudesse falar, não teria as respostas de que ele precisava. Quando me virei e olhei em sua direção, ele fechara o livro, colocando sobre ele a pena e o tinteiro.

— Preciso exercitar esta perna — disse, levantando-se. — Venha comigo. Quero lhe mostrar uma coisa.

Como ele ainda mancava, consegui acompanhá-lo, apesar de suas pernas longas. Contornamos o muro coberto de musgo e subimos uma ladeira sob os carvalhos, que ainda tinha algumas folhas avermelhadas. Alys nos seguiu, com esforço.

— Eu tinha cinco ou seis anos quando meu pai plantou estas árvores. Ele tinha um grande respeito por elas. Dizia que cada vez que se derruba uma árvore, é preciso plantar outra. Um carvalho leva uma vida inteira para crescer. Assim como seu pai, ele enxergava longe.

O caminho continuava morro acima e era possível ver as árvores plantadas em fileiras ordenadas de ambos os lados. Alys não estava aguentando subir e ficou para trás. Paramos e esperamos ela nos alcançar. Estava muito velha para andar tanto, mas se recusava a ser carregada. Convenci-a, então, por gestos e sinais, a ficar ali me esperando, e ela se sentou, reclamando, entre as folhas que cobriam o chão. Seus olhos tristes nos olharam, contrariados, enquanto subíamos. Uma brisa suave soprava enquanto amanhecia. Olhei ao redor e vi a fumaça começando a sair das chaminés das edículas. As pessoas estavam iniciando seu dia.

Chegamos ao topo do morro, onde havia uma grande pedra circundada por trepadeiras. Dava para ver toda a extensão do vale. E era impossível não observar como tudo ali era organizado, controlado e, bem, tudo *certinho*, se eu quiser utilizar a expressão correta. Não era de se estranhar a surpresa de todos quando ele decidiu me levar para sua casa. Eu não me encaixava naquele padrão. O rio corria preguiçosamente pelo vale, mostrando a extensão dos domínios de Lorde Hugh com seus campos de palha, os amplos pastos com grupos de animais em diversos pontos, os engenhos, os celeiros e as edículas caiadas. Eram muitas árvores, e os carvalhos não eram tão jovens. Havia alguns bem crescidos, que transformavam um trecho da parte leste praticamente em uma floresta.

— Quando Simon era criança, eu já estava ali com meu avô, colhendo nozes, observando-o construir o muro de pedra e organizar os rebanhos de cordeiros todas as manhãs. Enquanto ele jogava gravetos para seu cão, eu plantava árvores com meu pai, aprendendo a empilhar palha e a usá-la para fazer telhados resistentes a chuvas. E na mesma época em que ele estava descobrindo como matar um homem silenciosamente, sem deixar vestígios, eu cortava lenha para os aldeões terem estoques para suas lareiras durante o inverno e memorizava o nome de cada um deles, no feudo inteiro. Meu irmão e eu éramos quase estranhos um para o outro. O tempo muda as coisas. Meu pai morreu cedo e meu avô se ressentiu demais com sua morte. Agora, os dois se foram.

Seu semblante era neutro. Não demonstrava sentir ou não a perda dos dois. Mas pensei que sentia. É muito difícil se fazer entender sem palavras, especialmente quando se trata de algo mais complexo. Mas tentei, por meio de gestos e de meu olhar. Aquelas árvores tão antigas com certeza continham a sabedoria e o conhecimento de todos os que passaram pelo vale. E tinham um pouco do espírito de todos os homens que haviam dedicado àquelas terras seu amor e o trabalho de suas mãos. Tentei mostrar a ele: árvores — velho — jovem. Homens — velhos — jovens. Crescimento. Coração. Vale — coração.

Pelo menos ele não riu. Olhou-me, sério, e fez que sim com a cabeça quando terminei.

— Simon jamais entendeu — ele disse. — Estava sempre ocupado, sempre em outros lugares, buscando e experimentando coisas novas. O que tínhamos parecia nunca ser suficiente. E temos tanto.

Ele se abaixou e se sentou no chão. Ainda sentia dor na perna. Apontei para ela e ergui as sobrancelhas, sentando-me a certa distância.

— Está bem melhor — ele respondeu. — Não se preocupe, pois vou chamá-la para tirar os pontos quando estiver na hora. Ninguém mais mexe neste ferimento.

Usei meus dedos para mostrar a ele. Vinte dias. Os pontos deveriam permanecer durante vinte dias. E o ferimento precisaria permanecer coberto. Um cataplasma. Talvez eu pudesse... E então eu tiraria os pontos e o corte sararia de vez. Red fez sinal de que entendeu. Foi mais fácil desta vez.

Ficamos sentados em silêncio durante algum tempo, observando o dia amanhecer por completo, ouvindo os sons distantes da casa e da fazenda enquanto todos acordavam e iniciavam sua rotina. Era boa a sensação de estar ali no alto, mais perto do céu e longe dos homens.

— Mas insisto em dizer, pois não sei se você entendeu o quanto é importante — disse ele, girando uma folha de grama entre os dedos — Faça o que lhe peço. Fique perto da casa, não saia sozinha. Você está em segurança aqui, embora eu desconfie que nem todos a tratem com gentileza. Mas isso pode mudar. Não são as pessoas daqui que me incomodam.

Apontou para o norte, do outro lado do vale.

— Aquelas são as terras de meu tio Richard, irmão de minha mãe. É um homem poderoso, rico e influente. Foi por causa dele e de suas guerras que meu irmão fugiu para lutar. Seu feudo já fez muitas mulheres perderem seus filhos, maridos e amados. Meu povo hoje é amargo, e por isso é tão difícil aceitar sua presença. O que ninguém parece entender é que a luta deste homem pelo poder e sua sede de sangue é que mantêm a guerra, envenenando a mente dos homens a ponto de eles o seguirem para a morte e para a destruição. Meu irmão era jovem; jovem demais para se comprometer com uma causa como essa. Não tinha necessidade de odiar. Mas Richard parece ter o dom de deslumbrar os jovens com seu discurso inflamado. Mas talvez você já saiba dessa história. Provavelmente meu irmão já lhe contou.

Balancei a cabeça, surpresa com o fato de ele estar me contando *tudo aquilo*. Para alguém que quase não falava, ele havia revelado mais sobre si mesmo do que imaginava.

— Você deve estar se perguntando por que eu estou lhe contando isso — disse Red, como se estivesse lendo meus pensamentos. — É porque não irá demorar para o irmão de minha mãe saber que você está aqui. Ele tem informantes em toda parte e um ouvido afiado para fofocas. Ao saber de você, ficará intrigado e com toda certeza irá nos fazer uma visita. Não se preocupe. Ao contrário do que você imagina, há pessoas em minha casa que irão ajudá-la. Quero que tudo esteja preparado para essa visita. É por isso que estou preocupado em saber sempre onde você está. Ele é um homem muito sagaz. Seria fácil para ele dizer que a encontrou por acaso, cavalgando ou caminhando sozinha por aí, acompanhada apenas por um cão velho. Quero que me prometa que vai cooperar.

"*É fácil*", respondi por mímica. "*Por que simplesmente não me prende em meu quarto e carrega a chave em seu bolso?*"

Ele me olhou surpreso, segurando o riso.

— Não daria certo — respondeu ele, levantando-se. — A luz lá dentro é muito fraca para fiar ou costurar. Além disso, Ben e John não teriam o que fazer à noite. Não é bom para meus homens ficarem desocupados. Não, não daria certo. Prefiro que você me dê sua palavra. Promete?

Respondi que sim com um gesto. Afinal, não éramos todos obrigados a fazer sempre o que ele queria?

A conversa tinha terminado. Ele se ofereceu para me ajudar a levantar e, sem pensar, aceitei, engolindo um gemido de dor quando sua mão pegou a minha. Ele percebeu. Seus olhos azuis se concentraram em minhas mãos. Ele as pegou, abriu e examinou. Suas mãos eram tão grandes que podiam facilmente esmagar as minhas, mas ele não usou força, ficou apenas segurando e observando a aspereza da pele, os cortes abertos e alguns espinhos de estrela d'água. Não era algo bonito de se ver. Fiquei incomodada com a proximidade e com o toque. Seu rosto não dava sinais do que ele estava pensando.

— Não gosto disto — comentou em tom neutro. — Talvez fosse melhor eu trancá-la mesmo. Mas creio que nem isso a impediria de continuar. Não importa o que eu faça, não é?

Balancei a cabeça. *"Não faça muitas perguntas. Há coisas que não posso dizer. E não se aproxime tanto".*

— Eu devo estar mesmo maluco — disse ele para si mesmo, largando minhas mãos. Começamos a descer o morro. — Todos estão dizendo que enlouqueci ou que fui enfeitiçado. Há muitas teorias, só eu não me deixo influenciar por elas. O que importa é o que eu penso.

A pequena terrier, agora já descansada, nos cumprimentou com um latido e abanando violentamente a cauda. Saiu trotando à nossa frente, sentindo-se importante. Algumas pessoas que encontramos no caminho nos observavam enquanto caminhávamos, mas se limitavam a dizer "bom dia, meu senhor!" ou "belo dia, não?" Parecia haver um halo de segurança ao redor de Red. Enquanto eu estivesse dentro dele, estaria protegida, mas se me afastasse um pouco, as coisas seriam diferentes. Isso não me confortava, pois nunca tive a menor intenção de depender de um homem, especialmente daquele bretão de olhos frios que havia me tirado de meu país sem ter a chance de escolher. Não me iludia acreditando que seus esforços para me proteger eram por pura generosidade. Um dia ele obteria o que desejava de mim e a gentileza terminaria. É como uma fruta que alguém colhe, espreme o suco e joga a casca aos abutres, que se alimentam do último resto de vida que possa haver. Mas isso era o que menos importava naquele momento, pois eu não lhe diria uma única palavra até que todas as camisas estivessem prontas. Quando meus irmãos chegassem... se chegassem, a história seria diferente.

Quanto mais o tempo passava e as luas iam e vinham, mais eu tinha certeza de que a pequena e eficaz rede de proteção ao meu redor estava sob o controle de Red, assim como tudo em suas terras. Margery se tornou minha amiga, o que era uma novidade para mim. Jamais tivera uma amiga mulher, com exceção de Eilis, que eu achava boba e entediante, mas que, devo confessar, tinha bom gosto para homens. Margery era doce e delicada, porém, ao mesmo tempo, forte. Enfrentava os comentários desagradáveis das outras mulheres com educação, porém com firmeza, e continuava a ser gentil comigo. Repreendeu uma das moças que disse, como de brincadeira, que ela não devia me deixar tocar sua barriga, pois eu podia enfeitiçar a criança e ela nasceria morta ou com deformidades. E também demonstrou força ao pedir a Lady Anne, com jeitinho, que me providenciasse novas roupas e um bom lampião para meu quarto ficar mais iluminado à noite. Começou a falar comigo sobre vários assuntos: como tinha sentido a falta de John quando ele estava fora e o que sentia com o filho crescendo em seu ventre. E também o quanto esperavam essa criança, pois tiveram outra que viveu apenas alguns instantes. Já fazia muitas luas que tinham colocado sua pequena filha para dormir sob os grandes carvalhos. Red não queria que John fosse com ele. Disse que um homem deve ficar ao lado de sua mulher em um momento como esse e que a companhia de Ben já seria suficiente.

Mas John resolveu ir assim mesmo, pois estava tendo sonhos estranhos, não gostava da ideia de Red ir até lá procurar o irmão e estava preocupado com sua segurança. E agora se sentia culpado, pois Red havia abandonado as buscas para voltar mais cedo, de modo que ele estivesse em casa em tempo.

Não é que ninguém tivesse tentado encontrar Simon logo que ele desapareceu. O irmão de Lady Anne, Richard, organizou uma busca e chegou a descobrir o local onde doze de seus homens tinham sido mortos. Mas o filho mais jovem de Harrowfield não estava entre eles. Então, Red decidiu ir ver por si mesmo, e para acalmar sua mãe. Margery disse que eles estavam aliviados por nada mais grave acontecer com Red, apenas o ferimento na perna e o fato de ter me trazido com ele. John dizia esperar que não houvesse mais surpresas. Com Red normalmente não havia surpresas. Ele era o centro forte e estável ao redor do qual todo o seu pequeno mundo girava. Comecei a entender, aos poucos, a magnitude de sua decisão de me trazer para sua casa.

A rede continuava intrincada ao meu redor. Cumpri minha promessa e não me aventurava muito longe da casa. Passava as manhãs na sala de costura. Os olhares e comentários maldosos continuavam, mas Margery estava sempre ali, e sua presença calma e seu sorriso doce ajudavam a diminuir a dor e a tensão. À tarde costumava fazer uma breve pausa, pois minhas mãos não me permitiam trabalhar o dia todo. E sempre que saía, os rapazes estavam por perto. Um dia estava sentada no jardim quando Ben apareceu de repente com a espada na mão. Como era forte e bem disposto, não foi difícil para ele me ajudar a cuidar das plantas. E seu repertório de piadas bobas ajudava a passar o tempo ainda mais rápido. No dia seguinte, John apareceu enquanto eu estava sentada perto do muro de pedra admirando as ovelhas, agora de pelo novo e brilhante após a tosa de outono. Ele me acompanhou até a beira do rio, falando sobre amenidades. Sentou-se comigo nas pedras enquanto eu molhava as mãos e os pés e Alys corria atrás de esquilos na margem. Quanto ao meu trabalho, eu o havia retomado sem trégua, mas me agoniava a lentidão do processo apesar de ter uma boa alimentação, abrigo, tear e fuso de boa qualidade. Terminara a terceira camisa, que seria de Cormack, e estava fiando a de Conor. Contudo, não tinha esperança de terminar antes do solstício de inverno.

Quase não via Red. Imaginava se ele havia se arrependido de ter me contado tantas coisas. Provavelmente, por causa de meu silêncio e por eu não poder responder às suas perguntas, acabou falando comigo quase como se estivesse falando consigo mesmo. Ele não me evitava exatamente. Estava sempre nos arredores, administrando as terras e me observando, mas não falava mais comigo a sós. À noite, os três ainda continuavam a vigília.

⁂

O irmão de Lady Anne acabou chegando para sua visita. O Samhain se aproximava, com o vento frio no ar e as últimas folhas caindo das árvores. Lorde Richard chegou com pompa e cerimônia e com intenção de impressionar, cavalgando entre as edículas com sua companhia bem montada e sua comitiva vestida com a melhor seda e casacos de pele. Margery e eu observamos sua chegada pelas janelas da sala principal, enquanto Lady Anne e as outras mulheres largaram seu trabalho e correram para fazer os preparativos, indispensáveis para visitas daquele porte.

— Aquela é a filha dele — disse Margery. Observei a elegante figura cavalgando ao lado do pai, os cabelos castanhos presos em uma rede com adornos de pedras preciosas.

— O nome dela é Elaine. Elaine de Northwoods. Richard não teve meninos. Quando ela se casar com Red, os dois feudos se unirão e serão uma grande potência em toda a costa noroeste.

O grupo chegou à frente da casa. Lady Elaine tinha uma postura ereta e estava muito elegante em suas amplas saias de montaria e suas pequenas botas pretas. O chefe da casa veio recebê-la pessoalmente, ajudando-a a desmontar. Pego de surpresa pela visita, estava usando suas roupas de trabalho e, certamente, com cheiro de estábulo. O sol batia em seus cabelos bem curtos, dando-lhes uma cor de fogo.

— Uma aliança estratégica — observou Margery com ironia. — Prometidos um ao outro desde a infância. Um casamento assim, entre primos, normalmente é proibido. Mas o pai dela tem amigos influentes. O bispo foi persuadido a aprovar a união, que deve ser no próximo verão, acredito. Na verdade, já era para terem se casado, mas Red decidiu viajar para procurar o irmão. Richard não gostou.

Observei Richard de Northwoods desmontar, com destreza, entregando as rédeas ao cavalariço. Vestia-se de preto e andava com a mesma elegância da filha. Cumprimentou Red pegando em seu braço, e os dois saíram do campo de visão da janela.

Não voltei para meu quarto naquele dia.

Margery me levou para a parte da casa em que John e ela moravam e me mostrou o berço de madeira entalhado com desenhos de frutos e folhas em toda a sua extensão, já preparado com roupa de cama e manta. Mostrou também todas as roupinhas que havia feito. Ficou conversando comigo um bom tempo e eu a observei. Trabalhava bastante para alguém que estava grávida. Seu rosto e seus tornozelos estavam muito inchados, algo que eu já vira em mulheres que estavam para entrar em trabalho de parto, o que não era um bom sinal. Queria mostrar isso a ela, tocar a criança para ver como estava posicionada, mas me lembrei das palavras da mulher: "Melhor não deixá-la próximo do bebê ou ele pode nascer morto ou deformado".

E já havia perdido um filho. No entanto, ela mesma acabou facilitando as coisas para mim.

— Jenny — disse ela, sentando-se ao meu lado, com uma caixa de unguento nas mãos e um instrumento que eu não conhecia, mas que descobri mais tarde ser usado pelas mulheres para retirar pelos indesejados da sobrancelha, do queixo ou de qualquer parte do corpo. — Espero que não me ache intrometida — continuou, envergonhada. — Mas nós, quer dizer, eu achei que suas mãos não precisam viver assim machucadas se eu puder ajudar um pouco. Gostaria que você parasse com esse trabalho, mas já me disseram que não vai fazer isso e que não adianta pedir. Por isso, deixe-me ao menos tirar alguns dos espinhos para você e passar um pouco de unguento na pele. Assim terá mais movimento nos dedos e a dor será menor.

Pegou minhas mãos e eu me entreguei aos seus cuidados, fechando os olhos.

Então me veio a imagem de Finbar, muitos anos atrás, com a língua entre os dentes, usando dois gravetos pontudos para tirar os espinhos enquanto eu gritava e chorava e Conor contava sua história. *O nome dela era Deirdre, a Dama da Floresta...*

— Estou machucando? — perguntou ela.

Abri os olhos, que estavam cheios d'água. Balancei a cabeça e tentei sorrir.

— Deve ser muito difícil para você — ela disse, puxando pacientemente um por um dos finos espinhos — não poder falar. Deve se sentir muito sozinha. E tão longe de casa. Deve ter uma família, irmãos e irmãs. Sente falta deles, não?

Fiz que sim com a cabeça. "Não se aproxime muito".

— Tenho uma irmã. Mas me casei com John e vim morar aqui. Ela continuou em casa. É longe daqui. Não a vejo há dois anos, desde que...

Desde que perdeu o bebê, imaginei. Era hora de perguntar. Mas não tinha como me comunicar a não ser pelas mãos, e ela estava cuidando delas naquele momento, massageando bastante com uma mistura de confrei, cera de abelha e um óleo aromático.

— Vamos fazer isso toda tarde. Não há razão para deixar que suas mãos fiquem em um estado tão ruim.

E bocejou.

— Oh, querida, desculpe-me. Parece que ando mais cansada esses dias.

Tentei explicar o melhor que pude. *Você precisa descansar. Criança, muito grande agora. Descansar, dormir.*

Margery riu.

— Não há muito tempo para isso! Tenho muito a fazer ajudando Lady Anne e mantendo John feliz. Ele é um bom homem. Foi muito difícil quando esteve fora. Agora não quero perder um único momento da presença dele.

Tentei mais uma vez, indicando que gostaria de tocar na barriga para saber como estava a criança. Ela ficou séria durante alguns instantes.

— Se você quer — disse, com um tom de ansiedade na voz. — Deve entender mais disso do que eu, embora seja tão jovem. Temos uma parteira aqui, o que provavelmente irá ajudar quando a hora chegar.

O bebê ainda estava alto no útero e a cabeça estava sob seus seios. Ainda havia tempo para se virar, mas não muito. Lutava e fazia força, pois estava ficando grande demais para encontrar uma posição confortável. Dei a Margery o melhor sorriso que pude. "O bebê está bem". E era verdade, pelo menos naquele momento. "Mas você, descansar. Dormir". Foi fácil mostrar isso com as mãos e os olhos. Mas se ia fazer o que eu estava pedindo, era outra história.

Eu estava com minha sacola de trabalho comigo, então peguei as poucas fibras de estrela d'água que ainda tinha e mostrei para ela, tentando indicar por gestos uma planta crescendo, com talos fortes. Fui até a janela, mostrei o vale e me virei para ela com uma pergunta nos olhos. "Onde? Onde posso encontrar?"

— Oh, Jenny — disse ela em tom de repreensão. — Você não está falando sério. Não pode querer continuar com isso. Veja como está se machucando.

Segurei-a pelos ombros e fiz que sim com a cabeça. "Sim, sim. Ajude-me".

— Não gosto de ter que lhe dizer — ela respondeu. Por um instante achei que meu coração ia parar se ela dissesse que não existia aquele tipo de planta ali. — Não estou feliz com o que você está fazendo consigo mesma, nem Red. Mas esta planta, que aqui chamamos de *spindlebush*, cresce às pencas em nossas terras. Não aqui, perto da casa, mas ao norte do vale, do outro lado do rio, em um canal onde a corrente passa. Se você realmente precisa de mais, é melhor pedir a John ou Ben para buscarem. Se quiser, posso pedir a John.

Mas balancei a cabeça, pois precisava ir eu mesma cortar a planta. A Dama da Floresta havia deixado bem claro. Abracei Margery para agradecer e tranquilizá-la.

⚜

Lorde Richard iria querer me ver, cedo ou tarde. A intimação veio por Megan, que, das criadas, era a que menos tinha medo de mim. Entrou e disse que éramos chamadas à sala, a senhora Margery e eu, em sinal de respeito às visitas. E que não demorássemos. Margery fez uma careta e disse a Megan que Lady Anne teria de esperar. Não pareceu se abalar com o pedido. Desfez a trança de meus cabelos, escovou-os e os prendeu novamente, reclamando:

— Jamais vi cabelos tão rebeldes! Acabei de prender esses cachos e eles estão saltando para fora da trança como se tivessem vida própria. Mas está bom. Não podemos deixar Lady Anne esperando para sempre. Ela tem uma língua terrível quando quer. Queixo para cima, Jenny. Você vai se sair muito bem.

Fui seguindo Margery pelo corredor e pelos grandes degraus de pedra que levavam ao andar de baixo. Talvez não seja tão ruim assim, pensei. Afinal, todos estarão lá. Podemos aparecer, ficar um pouco para agradar Lady Anne e sair de fininho. Minhas mãos estavam doendo menos. Eu poderia ir para meu quarto e ficar trabalhando. Ninguém notaria.

Mas minhas esperanças se dissiparam no momento em que entrei na sala. Era um pequeno e seleto grupo. Não havia como passar despercebida. Lady Anne estava sentada em um lado da lareira, e Elaine, no outro. Tinha a postura de uma rainha, o rosto fino e delicado como uma rosa. Seus grandes olhos azuis transmitiam tranquilidade, sem julgamento. Mas quanto ao resto das pessoas, me olharam como se eu fosse um animal selvagem.

Red estava perto da janela, de costas para a sala. E ao seu lado, Lorde Richard. Olhei para ele e identifiquei alguns traços da família, como o cabelo, levemente grisalho e cacheado, e o olhar sagaz como o de Lady Anne. Não era muito alto. Red era bem mais. Porém, tinha uma presença forte, que transmitia autoridade e que me colocou em guarda. Red havia me dito que seria uma experiência desgastante conhecê-lo. E estava certo. Mas eu era a filha de Lorde Colum de Sevenwaters. Por que deveria ter medo de conhecer um bretão, mesmo que seu nome fosse Northwoods?

— Então, esta é a menina — disse Lorde Richard, com voz forçadamente suave. Suave como a pata de um gato que faz do rato um brinquedo. — Bem, venha até aqui. Deixe-me vê-la.

Margery me deu um leve empurrão e foi para o canto mais distante da sala, onde estava o marido, que parecia querer se misturar com a decoração do aposento para não ser notado. Ben também estava ali. Piscou um olho para mim como a dizer que estava tudo bem, e Lady Anne franziu a testa. Havia também dois ou três homens de Richard, vestidos com as cores de seu brasão, castanho-avermelhado e preto. Todos olhavam para mim. Red continuou virado para a janela. Olhei para Lady Anne, que moveu a cabeça em um gesto severo, dizendo-me para eu obedecer e me aproximar. Dei um ou dois passos e levantei a cabeça, olhando diretamente para os olhos dele. "Sou a filha da floresta. Não tenho medo de você".

— É mais jovem do que eu imaginava — disse ele, olhando-me de cima a baixo. — Não que faça muita diferença. A raça deles é assim, está no leite das mães. É um ódio e uma dedicação fanática que geram assassinos e loucos. Não aceitam que aquilo que lhes tiramos não era seu por direito. São meras ilhas de pedra no mar, com algumas grutas e árvores. Mas eles matam por elas. Morrem por elas, até não sobrar um. Está no sangue deles. Veja a postura dela, o ódio nesses olhos. É uma causa perdida. Mas pode nos ser útil, irmã. Ouvi dizer que tem um pouco de educação. Pode valer um pouco de ouro, o suficiente para comprar um pequeno pedaço de terra ao sul, ou construir uma boa torre de vigia. Também pode-se trocá-la por armas ou por um bom garanhão. Quem é ela? Que família a deixou tão solta a ponto de vir parar em nossas mãos? Qual é o seu nome, menina?

Mantive os olhos fixos nele.

— Ela não fala — disse Lady Anne, como a se desculpar. — Tem algum tipo de problema. E também insiste em se machucar. Não sabemos quem ela é.

Parecia um pouco envergonhada ou amedrontada. Mas era com seu irmão que estava falando. Talvez eu estivesse enganada.

— Não pode falar? — perguntou Richard no mesmo tom suave, continuando a inspeção visual. — Ou não quer falar?

Eu estava com as mãos para trás, entrelaçadas. Tentei me manter relaxada, respirando devagar. Olhei para Red. Ele não disse que me ajudaria? Parecia mais interessado na vista da janela.

— Onde a encontrou, Hugh? Ganhou como troféu de batalha?

— Pai — interviu Elaine, surpreendendo a todos. — Não fale da garota assim, como se ela não entendesse ou como se não estivesse aqui.

Richard riu. Era um som desagradável.

— Sua generosidade não tem limites, querida. Você esquece que essa gente não é como nós. Se tivesse visto o que eu já vi, as atrocidades. Deus permita que jamais seja exposta a tal horror. Portanto, não pense que um ser desse tipo tem capacidade de sentir ou pensar como você, a filha de uma das mais nobres famílias de Northumbria.

Ela vale menos que a poeira em suas botas. Além disso, não creio que entenda muito bem nossa língua. Sua educação deve ser a mais rudimentar, se é que teve alguma. A não ser, claro, que tenha sido treinada para ser espiã, o que gera ainda mais dúvidas. Você pensou nisso antes de colocá-la dentro de sua casa?

Elaine ia falar novamente, mas achou melhor se calar. Richard continuou.

— Ela não pode nos dizer quem é. Conveniente, muito conveniente. Assim, não se pode pedir um resgate. Talvez ela já tenha ouvido falar de Seamus Redbeard. Seus homens assassinaram homens dignos à beira do lago — olhou-me fixamente nos olhos e Lady Oonagh me veio à mente no mesmo instante. Tentei manter o rosto frio como pedra, sem esboçar qualquer sombra de sentimento ou pensamento. — Ou talvez conheça Eamonn, dos Marshes, genro de Redbeard, que sabe usar bem o fogo à noite. Não sobram ossos sequer por onde passa.

Começou a caminhar ao meu redor.

— Talvez conheça Lorde Colum, de Sevenwaters, o pior de todos. Aquele homem é um espinho em minha carne. Meus melhores homens pereceram em suas mãos. Talvez ela conheça algum deles, pois toda menina é filha ou irmã de alguém. A não ser que comecemos a acreditar em fadas. Olhe para mim. De quem você é filha?

Silêncio. Silêncio era minha única defesa. Inspirar, expirar. Tentar não pensar. Lutar para controlar o ódio que me explodia no peito e a dor que poderia transparecer em meu rosto. "Seus pensamentos são claros como o dia em seus olhos. Os seus e os de Finbar". Segure-se. Fique calma. Seja fria como uma pedra.

— Você é muito tolerante, Hugh. Tirar informações dela é fácil como brincadeira de criança. Mas você jamais sujou as mãos de sangue, não é? -- Virou-se para Lady Anne. — E quanto a seu filho mais novo, irmã? O que não daria para tê-lo de volta à casa, são e salvo? Se ela a pudesse levá-la a ele não a faria falar a qualquer custo?

Seria fácil, oh, como seria. Mas Hugh, por razões que só ele conhece, não parece preparado para fazer isso; o que me faz pensar.

Não olhe para Lady Anne. Concentre-se em sua respiração. Inspire. Expire.

— É apenas uma criança — disse Red em tom controlado.

Percebi, então, que tudo aquilo não era comigo, mas com ele. Era um jogo que só os homens entendem, um tipo de teste. Mas qual deles estava sendo testado?

— Ela não tem segredos para contar. Ajudou-me quando precisei e, em troca, lhe ofereci abrigo. Só isso.

Houve um silêncio. Richard levantou as sobrancelhas, zombando da resposta.

— Não, não uma criança como esta.

Estava de costas para a filha e a irmã. Levantou a mão e encostou delicadamente o dedo em meu rosto, depois foi descendo pelo pescoço e por meu colo, acima do decote de meu vestido. Senti o sangue sumir de meu rosto. Lembranças terríveis me vieram à mente e prendi a respiração. Red foi tão rápido que nem cheguei a vê-lo se aproximar. Sua mão imensa agarrou o pulso de Richard com força e o fez recuar.

— Chega — disse sem elevar a voz. Mas o tom dizia tudo. — Esta é minha casa, tio. A moça é minha convidada. Talvez eu não tenha deixado isso claro.

— Ah, deixou, sim, Hugh, meu rapaz. Claro como água — disse, esfregando o pulso, com uma expressão deplorável no rosto. Era mesmo habilidoso com as palavras. — Só espero que também esteja claro para sua mãe, se é que me entende. Ela pode não ter o mesmo entusiasmo para abrigar esta... moça.

A pequena pausa foi perfeitamente calculada. Mas ele não prestou tanta atenção em sua audiência quanto deveria. Elaine estava com a testa um pouco franzida, pensando. Lady Anne estava agoniada, mas fez um sinal com a mão para mim, que estava petrificada no meio da sala, me chamando para sentar ao seu lado. Usando o pouco de dignidade que me restou, fiz o que ela pediu. Com aquele pequeno gesto, ela disse mais do que com mil palavras. Podia desaprovar o que Red havia feito, mas ele era seu filho e ela sempre tratara bem todos os seus convidados, por mais que isso lhe custasse.

Tive de participar do jantar. Mas agora me sentia mais protegida, com a família toda junta: Lady Anne em seu lugar habitual, à direita do filho, e Elaine, à sua esquerda. Lorde Richard se sentou ao lado da irmã. Senti que me olhava, mas evitei ao máximo olhar em sua direção. No outro extremo da mesa, acabei me sentando entre John e Ben, com Margery no outro lado. Com isso eu não precisava ouvir o que era dito ou ficar controlando a expressão de meu rosto. Os três conversaram sobre diversos assuntos: como seria o inverno em Elvington, se plátano ou nogueira era a melhor madeira para mobília e as vantagens do novo tipo de plantação de Red. Conseguiram me incluir na conversa e, como tive que usar a imaginação para usar gestos e expressões faciais, nosso grupo acabou se divertindo. De vez em quando Red olhava em minha direção, mas não parecia ser um olhar de crítica. Era apenas para saber se estava tudo bem. Passou a maior parte do tempo conversando com Elaine. Os dois seriam um casal equilibrado, pensei. Eram amigos de infância, conheciam seu lugar no mundo e cuidariam bem do que tinham. Ela havia me impressionado ao tentar enfrentar o pai. E era alta como Red. Os dois teriam belos filhos. Mas me lembrei das expressões nos rostos de Liam e Eilis na noite de seu noivado; o modo que olhavam um nos olhos do outro como se não houvesse outra coisa no mundo. Não via esta expressão nos olhos de Red ou de Elaine. Talvez fosse assim entre os bretões, pensei. Não demonstravam o que sentiam. Trancavam tudo dentro de si para que ninguém visse. Mas concluí que havia exceções ao observar Margery conversando e brincando com John, e o rosto dele quando passou uma cesta de pães a ela, que pegou um pedaço e tocou sua mão. Era um casal que demonstrava amor em cada gesto, não só entre si, mas para com todos. Pareciam ser mesmo uma rara exceção.

Dormi muito mal naquela noite. Os demônios noturnos estavam fortes, atacando-me a cada cochilo. Foi um alívio acordar, finalmente, e ver os primeiros sinais de luz no céu. Lavei-me na água fria e joguei um manto sobre a camisola, pois me sentia sufocada no quarto e precisava de ar. Destranquei a porta dos fundos e saí para o jardim, sentindo as pedras frias sob os pés descalços. Alys me seguiu, um tanto relutante, as pernas duras com o frio da manhã. A geada viria logo, pensei. Era bom, assim na primavera a terra ficaria coberta de narcisos e açafrão. Mas o dia seria ameno. Era possível ver as estrelas no céu, que já estava passando de rosa a dourado. Alys rosnou baixinho quando cruzamos o jardim. Red estava dormindo no banco perto do muro, que era um pouco pequeno para seu tamanho. Seus braços estavam cruzados atrás da cabeça, uma perna esticada sobre o banco e a outra largada no chão. Ficaria com o corpo dolorido quando acordasse. Estava com a espada e a pequena faca na bota, mas qualquer um que passasse agora poderia acabar com ele facilmente. Fiquei ali, quieta, observando o amanhecer iluminar seu rosto com a luz rosada e brincar com seu nariz de linhas retas, seu rosto bem definido e sua boca longa e relaxada. "Bonito, para quem gosta deste tipo", pensei.

Ele não demorou a acordar. E se levantou, lépido. Com ou sem dores, pôs-se de pé em um salto, com a mão já pronta para sacar a espada.

Alys soltou um gritinho, assustada. Red viu quem era e se sentou, coçando a cabeça, desanimado.

— Dormindo no trabalho. Isso não é bom — disse, piscando os olhos ainda pesados. — Estava mais cansado do que pensei. Ontem não foi um dos melhores dias.

Concordei com um gesto de cabeça. Ele começou a me observar.

— Você está horrível — disse.

"Obrigada". Minha expressão devia estar mostrando exatamente o que eu sentia.

— E seus pés devem estar congelando. Sente-se aqui.

Sentei-me e coloquei os pés no banco, enrolando-me no manto para cobri-los. Estava frio nas pedras, mas era um frio bom, daqueles que fazem um jardim hibernar e sonhar com o renascer da primavera.

— Pelo jeito, você não dormiu — disse ele, estendendo a mão em direção ao meu rosto. Eu recuei e ele tirou a mão, sem me tocar. — Está branca como giz e com olheiras. Peço desculpas por ontem. Eles vão partir daqui a pouco. Não precisa ficar com medo.

O que eu queria dizer não era possível por meio de gestos.

"Você não ajudou muito. Por que não o impediu logo no início?", mas não havia como explicar isso a ele. Encolhi os ombros, apenas.

— É sério, Jenny. Dou-lhe minha palavra de que ele não fará aquilo novamente. Não foi justo com você nem com minha mãe.

Olhei para ele. Parecia estar lutando consigo mesmo, sem saber direito como se expressar.

— Ele... não, deixe-me explicar de outra maneira. Meu tio é da família. Tenho de aceitar isso. Não posso ultrapassar determinados limites, pelo menos não ainda. Queria deixá-lo falar para descobrir... não, não tenho por que aborrecê-la com isso.

Aborrecer-me com o quê? Daquele homem, com seu sorriso falso e suas palavras venenosas, eu podia esperar qualquer coisa. Tê-lo como tio devia ser mesmo terrível. Jamais o teria como genro se pudesse evitar. Mas parecia que para Red a escolha já estava feita.

— Sei porque Simon partiu — disse ele, em um tom quase inaudível. Senti, mais uma vez, que estava falando consigo mesmo, não comigo; colocando em ordem os pensamentos. Dizendo coisas que normalmente não diria em voz alta. — Mas não sei direito por que não voltou. Há várias maneiras de se conduzir uma campanha e Richard conhece todas muito bem. Quaisquer que tenham sido suas razões, ele é um perito com anos de experiência. Mas aquela campanha foi diferente. Não se monta um acampamento no meio do território inimigo, principalmente quando se sabe do que ele é capaz. E não se coloca todos os homens em posição vulnerável, correndo o risco de perdê-los de uma só vez em caso de ataque. Enquanto alguns dormem, outros montam guarda. E não se coloca os mais novos e inexperientes à frente. Por que ele não morreu junto com os outros?

Passou a mão pelos cabelos curtos, franzindo a testa.

— Simon tinha um alto valor de resgate como prisioneiro. Mas não houve pedido de pagamento ou qualquer contato por parte do inimigo. E também nenhuma notícia, nenhuma pista quando estive lá. Nada, exceto...

"Exceto o objeto que eu trazia comigo, pensei. E se tornou algo precioso para você."

— Quando Richard iniciou suas buscas — continuou, parecendo nem mais notar minha presença — o que nos disse não pareceu ser verdade. John também achou estranho. O que ele nos contou sobre como os homens foram assassinados pelos comparsas de Erin durante a noite... isso não acontece com homens experientes. Não daquele jeito. Richard disse, ou quis dizer, que foi culpa de Simon; que meu irmão os traiu, que trouxe o inimigo até eles. Mas eu conheço meu irmão. Ele pode ser tolo, teimoso e jovem demais. Mas não é um traidor.

Confirmei com um gesto de cabeça. Sabia que Simon não era um informante. Tive fé nele até mesmo quando ele já não tinha.

— Há alguma verdade por trás disso — disse Red. — Uma das versões dessa história tem que ser verdade. Quando decidi ir eu mesmo procurá-lo, esperava descobrir essa verdade, embora depois de algum tempo já quase não tivesse esperança de que ele estivesse vivo. E não encontrei respostas. Voltei com mais perguntas. Ontem, deixei meu tio falar com a esperança de que ele me desse alguma pista. Deixei que fosse longe demais e me arrependo muito. Usei você como uma peça do jogo, e ele acabou humilhando e ferindo-a.

O dia estava começando a clarear. O céu já estava mais iluminado e se ouvia o som dos pássaros ao redor. Alys brincava no chão, rolando, se esticando e arranhando a grama. Havia algo que eu precisava dizer a ele.

"Você pode voltar". Tentei fazê-lo entender com gestos e apontando em direção a minhas terras. "Você pode voltar. Talvez o encontre. Leve-me com você". E pensei também que, quando meus irmãos voltassem, eu estaria lá esperando por eles.

Red me olhou, sério. Obviamente tinha entendido.

— Não posso voltar ainda. Tenho muito a fazer aqui. Fiquei fora durante um bom tempo e deixei outras pessoas cuidando das plantações e da administração. O rio pode encher e inundar tudo ao redor antes do solstício de inverno e... — parou, vendo a expressão em meu rosto. — Não quero voltar, não agora. Minha ausência deixa Harrowfield e tudo que eu amo em situação vulnerável. Estamos em uma época de mudança, com um novo rei no sul que ainda não conhecemos tão bem. Duvido que Ethelwulf tenha a mesma força do pai, o que nos deixa mais expostos aos dinamarqueses. Minha missão, neste momento, está aqui. Meu irmão escolheu partir, escolheu seu caminho. Não vou arriscar tudo que tenho procurando por ele. Mas não desisti. Ao contrário do que diz meu tio, não tenho medo de derramar sangue. Se Simon tiver que ser encontrado, eu o encontrarei. Mas se tiver que esperar, esperarei.

Antes de sair, pediu para que eu voltasse ao quarto, trancasse as portas e esperasse até o dia clarear.

— Faça isso, Jenny. Há perigo ao redor. Você não conhece meu tio. Talvez eu esteja exagerando, e espero mesmo estar errado. Ele vai embora hoje, mas tenho certeza de que voltará e tentará novamente. Agora ele já a viu e sei como a mente dele funciona. Sua força é um desafio para ele. Lembre-se do que me prometeu.

Fiz o que ele pediu. Fui para meu quarto com Alys e me lembrei de várias coisas, inclusive das palavras da Dama da Floresta para ele:

"não deixe que ela seja ferida novamente". E das que disse para mim também: *"talvez não precise ser tão forte agora"*. Qual era o jogo dos Seres da Floresta, afinal, já que estavam usando até os bretões como brinquedos e colocando Lorde Hugh para me proteger, algo que ia contra todos os princípios dele? Bem, eu não tinha a quem perguntar. Naquele momento estávamos apenas a pequena Alys e eu no quarto. Peguei a agulha e a linha grossa e, aproveitando a luz do sol que entrava pela janela, comecei a costurar o quadrado de tecido que havia terminado, ponto por ponto, dolorosamente. Era a primeira parte da camisa de Conor.

⁂

Depois disso, as coisas ficaram mais calmas por algum tempo. O inverno chegou com a geada que eu previra, antecipando os dias de tempestade, e depois delas, a chuva com neve que gelava os ossos e transformava o chão em lama. As carroças ficavam imundas, e também todos que as conduziam. O rio transbordou e os estoques foram transportados para os lugares mais altos. Nas cozinhas, um caldeirão cozinhava sopa o tempo todo, sempre pronto para o próximo contingente de homens exaustos. Percebi, sem me surpreender, que Lorde Hugh e seus amigos trabalhavam lado a lado com os aldeões e fazendeiros, tirando do caminho as árvores caídas, criando muros de apoio para os terrenos próximos às margens do rio que ameaçavam desabar ou acalmando os cavalos, que se agitavam com medo dos raios que caíam próximo aos estábulos. Meu conceito de Lady Anne se elevou um pouco quando a vi ajudando a preparar cestas com alimentos e saindo para ajudar a entregá-las, acompanhada de uma serva. E mais ainda quando passou a me chamar pelo nome, em vez de se referir a mim simplesmente como "menina" e ao repreender uma serva quando ela sugeriu que o fato de os raios estarem caindo com mais precisão sobre as casas era por causa da minha presença. Havia filas de pares de botas enlameadas perto da lareira e mantos molhados pendurados nas cozinhas. Meu quarto estava congelando e implorei que me arrumassem mais uma manta.

Mas o tempo ruim também evitava que recebêssemos visitas. A estrada de Harrowfield a Northwoods estava intransitável, completamente coberta pela água do rio. Ninguém saía ou chegava. Era a época do ano em que, quando eu estava em casa, me reunia com meus irmãos para afastar as sombras e pedir aos espíritos proteção para a estação negra e o difícil do inverno. No caso deles, houve uma celebração cristã, mas sem muita cerimônia. Não havia um sacerdote presente. Só fizeram orações pelos mortos e acenderam velas. Ninguém verbalizou o nome de Simon, mas era evidente que todos pensavam nele.

Acendi uma vela em meu quarto naquela noite. Ainda não havia me despido. Estava muito frio. Alys já roncava, aninhada entre as mantas na cama. A luz dançava sobre as paredes de pedra, esculpidas pelas sombras fantasmagóricas.

Fui dizendo seus nomes mentalmente. *Liam, Diarmid, Cormack, Conor, Finbar, Padriac.* Visualizei seus rostos; seis versões do mesmo padrão, e ao mesmo tempo tão diferentes uns dos outros. Nadavam juntos, a visão mental embargada por minhas lágrimas, que caíam. Não faltava muito para o solstício de inverno. Como os encontraria? Eu tinha apenas três camisas prontas e uma quarta começada. E minha provisão de estrela d'água estava acabando. Como pegaria mais com o vento lá fora, tão forte que arrancava arbustos, e com a água que congelava tudo? Acabei pegando no sono enquanto olhava para a chama da vela, encolhida ao lado de Alys, que me aquecia um pouco, e com os nomes de meus irmãos se repetindo em minha mente, como se o fato de repeti-los pudesse mantê-los vivos mais algum tempo. Só mais um pouco.

Capítulo 9

A temperatura ficava cada vez mais baixa, e os dias, mais curtos. O chão amanhecia coberto pela geada, e as calhas do celeiro cheias de pontas de gelo penduradas. Já era difícil, nos dias um pouco mais quentes do outono, manusear a roca e o tear ou passar a linha pela agulha para costurar com minhas mãos inchadas. Agora, então, sentia uma dor aguda nas juntas que não passava nunca, ainda que descansasse. Nos dias piores, quando a neve caía lá fora e precisávamos usar os lampiões até durante o dia para trabalhar, eu me esforçava muito mais para conter as lágrimas e me obrigava a continuar. Margery já entendera que eu não aceitaria ajuda. Então sentava-se ao meu lado e conversava de vez em quando sobre assuntos diversos. A presença dela me reconfortava. Mas meu trabalho estava bem mais lento e não rendia. A lareira ficava acesa e as mulheres se sentavam perto dela. Porém, eu continuava a me sentar do outro lado da sala, pois não gostava dos olhares e dos comentários maliciosos, que só paravam quando Lady Anne estava presente, nem dos sinais que faziam com os dedos quando pensavam que não estava olhando. Trabalhava o máximo que podia e observava, pela janela, os dias se passando, fazendo uma contagem regressiva para o solstício. Como não ousava imaginar quanto tempo ainda levaria para terminar todas as camisas, estabeleci uma meta em tempo mais curto: terminaria a camisa de Conor até Meán Geimhridh, o solstício de inverno.

Presos dentro de casa com o inverno, os homens encontraram uma nova maneira de se ocupar. Tiraram os bancos e as mesas da grande sala principal e o local se tornou um centro de treinamento de diversos tipos de combate, armados e sem armas. Depois de uns dois dias de peripécias, Lady Anne ordenou que os tapetes, quadros e adornos fossem retirados e guardados em lugar seguro.

Pude observar, então, onde Red havia desenvolvido as habilidades que demonstrou em sua luta contra os homens de Redbeard. Eles começavam praticando com espadas, depois com espadas e adagas e, por fim, com as mãos ou objetos que estivessem a seu alcance. Meus irmãos certamente teriam algumas coisas a aprender ali.

Entediadas com a rotina da costura, as moças acabavam agrupadas perto da porta, suspirando quando Ben dava um mergulho no ar, escapando elegantemente da espada de John e, ao mesmo tempo, desferindo um golpe que lançava sua adaga perigosamente em direção a elas. Ou dando pequenos gritinhos abafados quando Red demonstrava seu método de golpear o inimigo e agarrar seu pescoço por trás, imobilizando-o; uma manobra eficaz, embora não tão ética. E não eram apenas os três que passavam o inverno praticando. Red tinha um pequeno exército que não teria o menor problema se tivesse que enfrentar os homens de Cormack. Impressionou-me ver aqueles fazendeiros, que cuidavam de plantações e moinhos, de repente se transformando em bravos e bem treinados guerreiros. Lorde Richard desdenhara da relutância de Red em confrontar o inimigo. Entretanto, ele estava preparado, caso precisasse. E se eu fosse seu inimigo, não perderia tempo fazendo comentários tolos. Partiria logo para a ação. Aliás, levei algum tempo para lembrar que eu era o inimigo ali. Estava quase caindo na tentação de achar que fazia parte daquele lugar. Mas logo o destino se encarregaria de me fazer voltar à realidade. Lady Anne estava um pouco menos fria comigo depois da visita de seu irmão, embora não muito. Contudo, creio que compartilhava minha preocupação ao ver o filho se exercitando daquela maneira com a perna ainda não totalmente recuperada. Eu estava satisfeita com o resultado do meu trabalho. Os pontos saíram limpos e o ferimento estava cicatrizando bem. Ele teria para sempre a cicatriz como lembrança do ataque, mas recuperaria totalmente os movimentos e de maneira natural. Era um alívio. Mas o fato de ter cuidado tão bem do ferimento não me fez ganhar o respeito das pessoas ali, muito pelo contrário. Ficavam se perguntando como eu tinha feito aquilo ou como uma pessoa tão jovem poderia conseguir um resultado tão bom sem o uso de magia ou de algo parecido.

A noite do solstício se aproximava, e eu sabia que precisava planejar tudo com cuidado. Tinha de me preparar para o retorno de meus irmãos entre o anoitecer e o amanhecer. Não importava que houvesse atravessado o mar e os tivesse deixado para trás. Não importava sob qual teto eu me encontrava. E não podia contar com o fato de que não viriam porque não tinham um mapa ou qualquer indicação por escrito. Eu seguira aquele caminho e eles teriam de vir comigo. Coisas muito estranhas já haviam acontecido e ainda podiam acontecer. Portanto, continuava a repetir seus nomes em minha mente como uma ladainha e planejava minha fuga. Se eles viessem, seria pela água, ou seja, pelo rio. Eu não conseguiria passar muito tempo fora sem que percebessem, e havia um horário certo em que conseguiria sair. E também não conseguiria recebê-los ao anoitecer. Teria que ser entre o jantar e o momento em que os rapazes montavam guarda perto de minha porta. Eu planejava acender uma vela em meu quarto e implorar a Alys que ficasse em silêncio. Então sairia pelo jardim e iria até a beira do rio no escuro. Funcionaria. Tinha de funcionar. Tentei não pensar que eles não viriam e que poderia ser uma longa e inútil noite de espera.

A véspera do solstício começou limpa e fria. Com bastante lenha na lareira, conseguimos colocar nossos dedos para trabalhar mesmo contra a vontade. Na sala principal já havia um pedaço de tronco de carvalho na lareira, que seria queimado com cerimônia, e também folhas verdes de azevinho e *goldenwood* sobre cada porta. Eram coisas que também fazíamos em casa. Mas eles não acenderiam fogueiras nos morros ou brindariam aos espíritos do campo e das árvores à meia-noite. Para minha sorte. Estariam dormindo, com as portas fechadas, e eu poderia sair.

As mulheres quase não costuraram naquele dia. Logo foram para a cozinha, onde ficaram ocupadas com os preparativos para a celebração à noite. Assaram carne e fizeram bolos de maçã e ameixa. Os homens treinaram combate e realizaram seus trabalhos diários na fazenda. Era preciso organizar os estoques nos celeiros e alimentar o gado com grãos. Todos passaram o dia tão ocupados que nem notaram minha presença. Passei o dia tranquila e sozinha, pregando a segunda manga na camisa. Estava terminada. Enquanto trabalhava, minha mente estava longe da sala vazia e do fogo na lareira. Concentrei-me na imagem de Conor: olhos tranquilos e sábios, rosto fino e longo e cabelos longos e escuros como uma castanheira. Era um homem jovem com espírito antigo. Lembrei-me dele em nossa cozinha, verificando os estoques, e também de sua figura à luz de velas, cercado por estranhas sombras. E de quando estava na beira do lago, invocando os espíritos do fogo. Lembrei-me de sua forma de cisne voando sobre o lago, com suas imensas asas brancas. "Conor, estou aqui. Aonde você está?" Continuei costurando, mas me concentrei com todas as forças para chamá-lo. Sem resposta, nem ao menos uma resposta que eu pudesse ouvir. Eles já deviam estar a caminho, pensei, ou tentando se abrigar do frio em algum local desolado no meio do percurso. Esperaria até mais tarde para chamar novamente. Ele vai responder.

Percebi que o barulho na casa foi aumentando. Era um som de vozes e de passos apressados indo e vindo. A luz em meu quarto já estava muito fraca, e minha mente cansada com o esforço. Fui até a porta e olhei para fora. Megan passou correndo e carregando um fardo de lençóis. Puxei a manga de sua bata e levantei as sobrancelhas, indicando que queria saber o que estava acontecendo.

— É a senhora Margery — disse ela ofegante. — Está sentindo dores fortes a tarde toda e a parteira diz que há algo errado. O bebê não está na posição correta. Você sabe o que significa, não? Pobre senhora Margery. Seu primeiro bebê morreu e parece que isso vai acontecer de novo.

Suas palavras me trouxeram de volta à realidade.

O bebê de Margery, tão precioso para ela. Eles já haviam perdido um filho. Não mereciam perder outro. Eu podia ajudar, já havia feito partos assim antes. Sabia exatamente o que fazer. Não tinha como explicar a eles, mas podia mostrar. Segui atrás de Megan até o quarto de Margery. Algumas mulheres estavam perto da porta e havia luz lá dentro. Megan entrou com os lençóis limpos, mas uma das mulheres me barrou quando tentei entrar.

— Você não — disse ela.

Hesitei por um instante, mas tentei passar assim mesmo. Era ridículo. Se Margery estava tendo problemas, ela precisava de mim. E iria querer minha presença. Eu sabia o que fazer, ou pelo menos acreditava que sabia. Mas a mulher colocou o braço na minha frente.

— Você não vai entrar. Não vou deixar que enfeitice uma mulher em pleno trabalho de parto ou que coloque as mãos sujas em um bebê que ainda nem nasceu. Saia daqui. Sua raça não é bem-vinda.

Minha vontade era estapear seu rosto, mas isso só faria piorar as coisas. Respirei fundo.

— O que está acontecendo? — perguntou uma voz, lá de dentro. Era Lady Anne, que veio até a porta ao ouvir as vozes alteradas das mulheres. — Jenny, o que está fazendo aqui? — parecia cansada e nem um pouco animada em me ver.

Usei as mãos para falar com ela.

"Conheço esse problema. Deixe-me ajudar. Deixe-me entrar."

Lady Anne fez um gesto de cansaço, já voltando para dentro.

— Não, Jenny. Nossa parteira está aqui e é muito boa. Se ela não conseguir salvar o bebê, ninguém conseguirá.

E entrou.

— Você ouviu — disse outra mulher. — Saia já daqui. Não precisamos de gente da sua espécie. Queremos alguém que cure, não que mate. Por que não volta para o lugar de onde veio, bruxa?

Virei as costas e saí. De quê adiantava insistir? Lágrimas me vieram aos olhos por Margery, que tinha se tornado minha amiga e agora corria o risco de perder o que desejava tanto. Voltei para meu quarto, verifiquei se estava tudo pronto para a noite e fui caminhar no jardim. Alys estava animada, cheirando os arbustos de lavanda. O céu escurecia com a chegada da tarde, e o frio, aumentava. Senti um aperto no peito. Era um mau pressentimento. A morte estava perto. E não havia oração ou galho de folhas verdes na porta que pudesse evitar sua chegada quando decidia visitar uma casa. Queria poder simplesmente calçar minhas botas, pegar meu manto e ir para o rio, para assistir ao momento em que o sol se esconderia no horizonte e a terra ficaria escura. Mas conhecia Red. Se eu não estivesse presente durante a ceia, ele sairia atrás de mim com um grupo de busca. Não havia como escapar antes do anoitecer. Ele não precisava de chaves ou de correntes para me aprisionar.

Era para ser uma data festiva, mas não havia muita alegria entre os que se sentaram à mesa naquela noite. Já havia escurecido. Olhei pela janela e chamei mentalmente: *Conor! Finbar! Onde estão vocês? Esperem por mim.* Fiquei imaginando meus irmãos no frio, esperando sem saber se eu viria, sozinhos na terra do inimigo, exaustos e na escuridão. Pelo canto do olho, vi John engolindo uma dose de vinho de uma só vez, sem prestar muita atenção no que fazia ou onde estava. E Red, com expressão dura e olhos frios, falando com a mãe em tom de repreensão. Podia imaginar do que se tratava. Ele sabia que eu era uma curandeira. John e Margery eram seus amigos. E eu podia ajudar.

Mas Lady Anne não me queria ao lado de Margery, ajudando o bebê com minhas mãos de bruxa. Ficou incomodada com o discurso de Red, mas sua expressão revelava uma teimosia irredutível. Ben estava ao meu lado, mas praticamente não falou. Ninguém conseguiu comer muito.

Pedi permissão e saí assim que as boas maneiras permitiram. Fui direto para meu quarto. Lady Anne e o filho ainda estavam discutindo. Não queria que me notassem. Ainda havia tempo. Calcei as botas e peguei o manto. Alys nem se mexeu, acomodada entre as cobertas. A vela continuava acesa sobre a cômoda.

"Já estou indo. Só mais um pouco". Estiquei o braço para abrir a porta do fundo.

— Jenny! Jenny, você está aí? — era Megan batendo insistentemente na porta da frente.

"Não agora. Não me chame justo agora". Mas o chamado era para Margery. Não tive escolha senão abrir a porta e ir com Megan. Eles já deviam ter percebido que a parteira não conseguiria, mas não me chamaram antes. A própria Lady Oonagh não teria escolhido uma hora melhor para me interromper.

Lady Anne já tinha falado com as mulheres, ou alguém falara, pois elas não me barraram nem disseram uma palavra sequer. Mas acompanhavam, agoniadas, cada movimento meu, e percebi que faziam, furtivamente, o sinal da cruz de vez em quando. Margery estava exausta, com grandes olheiras, e a pele fria e pegajosa.

— Jenny! Você veio! — disse com voz fraca. — Chamei-a tanto. Por que demorou?

Olhei para Lady Anne e ela olhou para o lado, sem conseguir me encarar. Percebeu que fizera algo imperdoável.

A noite do solstício é longa, mas aquela foi a noite mais longa de toda a minha vida, com a batalha para trazer aquela criança ao mundo. Margery tentava ao máximo, mas estava ficando cada vez mais fraca. E também foi uma noite rápida, pois à medida que eu trabalhava, as estrelas brilhavam, porém logo foram perdendo o brilho. Minhas mãos se encheram de sangue, e meu corpo de suor. Enquanto eu me esforçava para dar instruções às mulheres e acalmar Margery sem poder falar, meu espírito ansiava desesperadamente por sair e encontrar meus irmãos.

"Esperem. Esperem só mais um pouco. Antes do amanhecer eu irei vê-los."

Era tarde demais para tentar virar o bebê, pois já estava muito baixo. Precisaria nascer daquele jeito mesmo. Margery estava quase sem forças. Como não conseguia fazer que as mulheres entendessem o que eu precisava, saí e levei Megan comigo até a dispensa da casa para pegar os ingredientes. Torci para que tivessem tudo que eu queria, pois não podia errar.

Algo para relaxar, primeiro, pois ela precisava recuperar as forças. E depois, algo que lhe ajudasse a ter mais energia para fazer pelo menos duas ou três tentativas de expelir o bebê. E rezar à deusa para que o cordão umbilical não estivesse enrolado em seu pescoço. Se a criança morresse, eu sabia muito bem de quem seria a culpa. E jamais conseguiria olhar novamente nos olhos de John ou de Margery caso não realizassem o sonho de segurar seu filho adorado nos braços.

Megan segurava o lampião enquanto eu procurava. A casa tinha um bom estoque, mas quem quer que tivesse guardado tudo ali, de maneira tão organizada, não tinha a menor ideia do que poderia ser útil em um parto ou mesmo de como utilizar ervas para curar.

Ainda faltavam algumas horas para o amanhecer, mas era pouco tempo.

"Esperem por mim."

Misturei as ervas em uma caneca e fui para a cozinha. Precisava colocá-las em infusão na água quente. E tinha que ser rápido, pois

Margery não aguentaria muito. A criança também já devia estar enfraquecendo, depois de tantas horas de esforço. No caminho de volta, perto da escada, vi os três perto da lareira da sala principal. John estava com as mãos na cabeça e Ben falava com ele em tom brando, tocando seu ombro. Red estava um pouco mais distante, e foi o único que me viu. Tinha uma grande pergunta nos olhos. E os meus não podiam mentir.

"Vou salvar os dois, se puder. Estou dando o melhor de mim."

Creio que me entendeu, mas não quis comentar para não deixar John mais desesperado ainda. Fez apenas um gesto com a cabeça e eu subi atrás de Megan, que segurava o lampião.

O quarto de Margery estava bem aquecido com o fogo. Pedi a Megan que pegasse os ramos de lavanda desidratada e os colocasse sobre as brasas. O aroma doce e curativo se espalhou pelo ar. A infusão já havia esfriado o suficiente. Ergui a cabeça de Margery e pedi que bebesse. Era tomilho com calamita e um pouco de bacabunga, uma planta que se usa em casos extremos. Não houve tempo para deixar a mistura com sabor melhor, adoçando com mel ou ervas. Mas ela tomou tudo assim mesmo, olhando para mim com uma expressão de confiança tão grande que até me assustou. Conseguiu descansar, então, por algum tempo.

Quando o céu lá fora estava passando de um violeta suave para um tom acinzentado, a criança finalmente nasceu. A infusão deu a Margery forças para a última tentativa de ajudá-la a sair. E minhas mãos, mesmo ásperas e grossas, ainda sabiam fazer o trabalho. O bebê veio ao mundo, mas totalmente sem forças e em silêncio.

— O que está acontecendo? — perguntou Margery, em um sussurro. — Por que está tão quieto?

As mulheres começaram a cochichar entre si. Lady Anne veio enxugar a testa de Margery, que tinha lágrimas nos olhos. O quarto agora já estava mais iluminado. Coloquei a mão sobre o pequeno rosto do bebê e soprei dentro de sua boca. Mais uma vez. E mais uma vez.

A parteira me puxou pelo braço, tentando me impedir, mas Lady Anne disse:

— Não, deixe-a fazer.

Mais um sopro. O pequenino arfou levemente, depois tossiu um pouco e finalmente começou a chorar com toda força. Todas começaram a falar, a suspirar, embrulharam a criança e a colocaram nos braços da mãe, que derramava lágrimas de alegria. E correram para ajudar, limpando tudo. Outras saíram para dar aos homens a boa notícia. Ninguém me viu descer rapidamente as escadas, com meu vestido sujo de sangue, abrir a porta da frente e correr, passando pelas pequenas casas, pelo muro e pelo grupo de ovelhas que se ajuntava para se aquecer. Corri desesperada até a curva do rio, onde os primeiros sinais do amanhecer transformavam a água em uma corrente de prata líquida sob os salgueiros. Porém, antes de eu chegar à margem, o sol apareceu por trás das copas das árvores e inundou o vale com luz. Os animais e as aves costumavam deixar pegadas na terra fofa da margem. Mas ainda era cedo. Os patos estavam dormindo. Não havia cisnes na água. E nenhuma pegada humana, exceto as minhas. Se eles estiveram ali, já haviam partido.

Meu coração se encheu de dor e raiva.

"Por que não me esperaram? Eu fiz tudo que pude. Por que não me deixaram pelo menos um sinal? Nem tenho como saber se vocês vieram!"

Lágrimas começaram a escorrer em meu rosto; todas as lágrimas que havia segurado por muito tempo. Era um choro violento, que sacudia todo o meu corpo. Encostei a cabeça em um salgueiro e esmurrei o tronco até minhas mãos sangrarem. Se pudesse gritar, eu o faria com tanta força que o vale inteiro teria sentido o eco de minha dor. Fiquei ali por um bom tempo, depois fui escorregando até o chão e cobri o rosto com as mãos. Meus ombros sacudiam, meu nariz escorria e as lágrimas não paravam. Só tinha vontade de ficar sentada até me fundir com a árvore e me transformar em uma planta gigantesca, que choraria todas as noites na beira d'água. Queria poder afundar na terra macia da margem e lançar dela brotos de junco. Se alguém um dia o usasse, ouviria um som que lembraria as palavras *tarde demais, tarde demais.*

— Não são lágrimas de uma noite de bravura.

Algo me dizia que ele viria. Ouvi o som das botas sobre a grama. Senti então o calor de seu manto, que colocou bem devagar sobre meus ombros, com todo cuidado para não me tocar. A sensação foi muito boa. Não tinha percebido como estava frio ali fora, no chão coberto pela geada, usando apenas o vestido e os chinelos. Foi como se o manto transmitisse o calor do corpo dele para o meu.

— Gostaria de saber o motivo dessas lágrimas — disse ele, sentando-se ao meu lado, mas não muito próximo. — Um dia vou saber. Agora, só quero agradecer, por John e por mim, pelo que você fez. Devemos-lhe muito. Vamos voltar?

Passei a mão pelo nariz, pelo rosto e abri os olhos, mas ele não estava olhando para mim. Estava brincando com uma folha de grama e olhando para a água. Um pato e sua companheira nadavam, aproveitando os primeiros raios de sol. As penas de sua cabeça brilhavam e se destacavam acima do colar branco em seu pescoço. A fêmea, de penas marrons e discretas, o acompanhava.

Ficamos em silêncio, mas não um era um silêncio incômodo. Depois de algum tempo, Red tirou a pequena faca da bota e um pedacinho de madeira do bolso e começou a entalhá-lo, totalmente concentrado, os olhos um pouco fechados por causa do sol.

Não vi o que era o entalhe. Fiquei me perguntando quem teria ensinado a Lorde Hugh e seu irmão aquele tipo de arte. O dia ficou mais claro e o brilho límpido da água foi sendo quebrado pelos patos, gansos e pássaros. Aos poucos, minha mente foi se acalmando. Mais meio ano, mais duas estações teriam de passar para eu poder vê-los novamente. Só então lembrei que completara quinze anos no dia anterior. Não parecia mais ter importância. Se estivesse em casa, provavelmente já estaria casada. Imaginei quem meu pai teria escolhido para mim. Seria uma aliança estratégica, com toda certeza. Mas isso tudo estava tão distante agora que parecia mais ser a história da vida de outra pessoa, não a minha. Eu estava ali, sem meus irmãos, e mais uma vez tinha uma única escolha: fiar, tecer, costurar e esperar. Talvez se eu conseguisse trabalhar mais rápido e no solstício de verão minha tarefa estaria bem adiantada. E eu poderia voltar à beira do rio na noite de Meán Samhraidh. Mas será que eles viriam? Será que poderiam vir? Era uma distância muito longa. Como iriam saber, antes de o sol se esconder no horizonte e de se transformarem em homens novamente, que precisariam fazer essa jornada? Não tinham consciência humana naquela forma animal.

Somente Conor conseguia ter algum discernimento, mas até que ponto? Mesmo um druida podia não ter poder suficiente para comandar mentes tão selvagens. Todo aquele esforço podia ser em vão. Por que continuar ali, suportando os olhares atravessados e as ofensas de todos? Por que continuar destruindo minhas mãos com estrela d'água, a tal ponto que eu mesma já começava a achar que estava louca? Por que passar os dias trancada, com saudades da floresta? No fundo sabia que tinha corrido à toa até a beira do rio. Eles não tinham vindo. Jamais partiriam sem deixar uma mensagem para mim, como sinais Ogham gravados no tronco de uma árvore, um desenho com pedras na margem ou mesmo uma pena branca. Se estivessem ali, eu teria ouvido as vozes mentais de Conor ou de Finbar. "Sorcha, Sorcha." *Estou aqui*. Eu sentia demais a falta deles. Era sua irmã, e nós sete éramos um corpo e um espírito só, tão certo quanto as sete correntes de nossa infância corriam e se uniam no grande coração do lago. Eles não tinham vindo. E ainda faltava muito, muito para o solstício de verão.

— Você quer tanto assim voltar? — perguntou Red, sem parar seu trabalho. — Aqui é tão ruim assim?

Fiquei surpresa. Qualquer outro teria me dito o que eu deveria estar sentindo: que era para eu estar contente por Margery e o filho terem sobrevivido. Que devia parar de chorar e enxugar os olhos. Qualquer outro teria me dito que eu devia me levantar daquele chão frio e ir logo para dentro da casa. Ou que eu devia parar de desperdiçar meu tempo.

Eu não tinha resposta para as perguntas dele. É claro que eu queria voltar para casa. Meu coração sofria por estar longe da floresta e meu espírito ansiava pela presença de meus irmãos, ainda que eles não pudessem me ver. Mas eu não era burra. Meu bom-senso dizia que ficar ali era a melhor maneira de terminar minha tarefa. Tinha um teto sobre a cabeça, alimento e mais proteção do que em qualquer outro lugar, quisesse ou não. Tinha ferramentas para trabalhar e até mesmo alguns amigos. E já enfrentara em minha vida coisas bem piores do que a língua ferina e os olhares maldosos das damas de companhia de Lady Anne. Meu espírito me dizia para partir imediatamente, mas minha mente me dizia para ficar. Se meus irmãos não viessem, da próxima vez eu poderia ir ao seu encontro. Não havia como fugir no meio do inverno. Além disso, ele iria me caçar e me trazer de volta. Sempre.

Levantei-me de uma vez e fui até a água. Ajoelhei-me e peguei água com as mãos, primeiro para beber e depois para lavar o rosto. Observei, então, meu reflexo. Os olhos vermelhos e o rosto pálido, cansado. A água estava gelada.

— Prometo-lhe uma coisa — disse ele. Quando me virei, vi que tinha posto a faca e o pedaço de madeira de lado e estava me olhando. Por que acreditei que seus olhos eram azuis? Hoje eles pareciam ter a cor da água do rio, algo entre cinza e azul. — Vou levá-la de volta, não importa o que aconteça. Prometo levá-la para casa, sã e salva, quando chegar a hora. Assim que descobrir o que houve com meu irmão, vou levá-la. Jamais deixei de cumprir uma promessa, Jenny. Sei que é difícil para você confiar em mim. Mas se um dia encontrar o homem que fez isso com você, que a deixou com tanto medo, juro que irei matá-lo com minhas próprias mãos. Confie em mim.

Fiquei olhando para ele. Como podia falar algo assim com tanta naturalidade, como se estivesse descrevendo a melhor maneira de amontoar palha ou de plantar uma fileira de nabos? Mas havia algo em seus olhos, algo tão escondido que quase passava despercebido, porém de uma intensidade tão grande que demonstrava ser verdade cada palavra que dissera. Senti um arrepio percorrer minha espinha. Algo mudara, mas eu não sabia o que era. Parecia que o mundo havia sacudido e nada estava mais no mesmo lugar. Ou como se o caminho tivesse se desviado um pouquinho, apenas uma pequena virada, e o local de chegada agora fosse outro, completamente diferente. E era tarde demais para voltar.

Respondi sem pensar, com um gesto dizendo "sim, acredito em você".

Ele esticou a mão para ajudar a me levantar e eu a peguei sem me esquivar, exatamente como tinha feito durante a tempestade, quando a mão dele era meu único contato com a realidade naquele momento em que eu fugia da morte. Confiei nele. Era um bretão, e eu confiei nele. Estaria segura até terminar as camisas, e depois... Minha mente não conseguia imaginar o que viria depois. Era como se houvesse um muro à minha frente. Red podia ser a gentileza em pessoa agora, com suas promessas e sua proteção. Mas estava só esperando. Esperando que eu lhe contasse a história de Simon, como ele foi queimado e torturado por meu povo até quase perder a sanidade. Como eu o abandonei na floresta e o deixei sozinho com seus demônios, a ponto de ele sair no escuro e perecer de frio, fome e medo. Como ficaria a gentileza de Lorde Hugh depois de ouvir tudo isso? Conseguiria manter sua promessa depois de saber o que eu tinha feito com seu irmão? Eu já vira aquele rosto e aqueles olhos se tornarem frios e implacáveis. E já ouvira sua voz se alterar e sua argumentação ferina, como no dia em que os Seres da Floresta o provocaram falando de Simon. Ele pouco se importaria com minha segurança ou com a dos meus irmãos quando soubesse a verdade.

Voltamos para casa devagar, pois, de repente, me senti tão exausta que quase não conseguia andar em linha reta.

— Eu poderia carregá-la — ele se ofereceu. — Funcionou da última vez.

Balancei a cabeça, recusando. Minha confiança nele tinha limites. Ele era um homem, afinal.

— Mesmo porque você deve estar bem pesada agora. É impressionante o que um pouco de comida consegue fazer.

Olhei para ele e vi aquele esboço de sorriso no canto de sua boca, mas apenas por um instante.

Fomos andando em direção a casa. Apesar do frio, havia pessoas por ali. Encontramos o jardineiro, encapotado, usando chapéu e luvas, aparando os canteiros, e um rapaz com uma longa vara de freixo conduzindo um grupo rebelde de gansos. Entramos em silêncio, evitando a porta principal para não chamar atenção. Quando chegamos ao jardim, minhas pernas não aguentaram mais e, mesmo irritada com a situação, tive de deixar que ele me carregasse até o quarto. Quando abriu a porta, Alys saltou em sua direção, rosnando e latindo. Ele me depositou rápido na cama e voltou para a porta. A pequena terrier se colocou entre nós, em posição de ataque, rosnando com toda a ferocidade que conseguia demonstrar.

— Está certo, está certo — disse, com as sobrancelhas erguidas. — Já sei que não sou bem-vindo. Vou pedir que alguém venha ajudá-la, Jenny. E durma. Foi uma noite longa.

Ele também parecia cansado. Era estranho ver aquilo, pois parecia dormir sempre pouco e não se importar. Mas naquela manhã estava pálido. Havia sombras sob seus olhos que eu não tinha percebido à luz do sol. Apontei para ele, coloquei as mãos juntas, deitei a cabeça sobre elas e fechei os olhos por um instante. "Você também, dormir".

— O trabalho me espera — ele disse, parecendo surpreso com minha sugestão. — E quero ter uma pequena conversa com minha mãe. Mas — seu discurso foi interrompido por um longo bocejo. — Bem, talvez você tenha razão. Descanse, Jenny.

Saiu e fechou a porta. Alys latiu mais uma vez para ter certeza de que ele não voltaria.

Logo depois, Megan entrou trazendo água quente e uma camisola limpa. Enquanto eu me lavava e me trocava, ela foi buscar vinho e pão com frutas. Ficou comigo até eu terminar de comer, depois levou Alys até o jardim e a trouxe de volta. Disse que a senhora Margery e o pequeno Johnny estavam bem, que tinha feito muito bem ao salvar suas vidas e que não sabia onde eu tinha aprendido tudo aquilo. Esperou que me deitasse, me cobriu e saiu. Dormi até o anoitecer. Se tive sonhos, esqueci-me deles antes de acordar.

Quando chegou o festival de Imbolc, que os cristãos chamam de Festa da Candelária, eu já tinha terminado a quarta camisa. Guardava-as agora na cômoda de meu quarto, com ervas secas entre elas. *Liam, Diarmid, Cormack, Conor.* Mas meu estoque de estrela d'água havia terminado. Lady Anne logo percebeu que eu não tinha mais meu trabalho e me arrumou algumas peças entediantes de roupa para costurar. Eu trabalhava muito lentamente, pois minhas mãos não tinham mais o controle necessário para fazer um trabalho tão delicado, se é que já haviam tido. Uma coisa era costurar carne humana ou trazer uma criança ao mundo. Outra era costurar com uma agulha tão fina que quase não se via e dar pontos minúsculos. Lady Anne observava minha frustração aumentar. Quando terminamos o primeiro dia, ela me chamou em um canto. Desde o dia em que o filho de Margery nasceu, ela passou a me tratar com ainda mais frieza, o que era estranho. Algo a incomodava. Era visível em seu olhar. Mas eu não fizera qualquer coisa que pudesse ofendê-la. Pensei até que estivesse com medo de mim. Não conseguia entender.

— Vejo que está tendo dificuldade com esta costura — disse, pegando o tecido e colocando-o de volta em minhas mãos. — Mas é uma tarefa que até uma menina de oito anos é capaz de fazer. Sua educação em termos de tarefas domésticas é visivelmente limitada. Parece que não consegue realizar mesmo algo tão simples. Mas se quiser permanecer sob nosso teto, terá de ser útil de alguma forma, Jenny. Talvez eu possa lhe dar uma tarefa mais fácil.

Era uma grande oportunidade. Ainda havia um pedaço de estrela d'água em minha cesta, que eu tinha guardado exatamente para isso. Engoli a irritação e mostrei a ela o que queria.

"Não, não o seu trabalho. É isto que preciso fazer. Mas preciso de mais plantas. Preciso sair. Pegar plantas. Cortar, trazer."

Sua expressão se fechou.

— Não posso ajudá-la. Não quero mais este... este tipo inconveniente de trabalho em minha casa. Tolerei suas loucuras até agora porque não tive escolha. Mas não vou ajudá-la a continuar com isto. Chega. Se quiser permanecer aqui, precisa se esforçar para ser como nós, Jenny. Se é que você é capaz disso.

O fato de eu ter salvado a vida de Margery e do bebê não parecia fazer a menor diferença para ela. Virei-me e saí andando. Ainda me restava orgulho suficiente para não ter de implorar. Mesmo porque não adiantaria.

— E não vá correr para Lorde Hugh com seus problemas — ela disse, enquanto eu saía. Sua voz tinha um tom que dizia algo mais e que não estava nas palavras. — Ele tem mais o quê fazer do que se incomodar com isso. Mantê-la aqui já é um fardo para ele.

Mas não havia outra pessoa a quem eu pudesse recorrer. Red estava ocupado, isso eu sabia. Precisava arar a terra, prepará-la para o plantio e ainda tinha que resolver as pequenas brigas e disputas no povoado, coisas muito comuns que aconteciam no inverno, quando as pessoas passavam muito tempo juntas.

Havia um sistema para lidar com esse problema. Cerca de dez dias depois de cada lua cheia, todos se reuniam em uma espécie de audiência pública. As partes conflitantes compareciam na grande sala de Harrowfield e apresentavam seus argumentos diante de Lorde Hugh, que arbitrava de acordo com o caso.

Muitos no povoado gostavam de assistir, pois era uma forma de entretenimento e de justiça. Em um dos casos, os porcos desgarrados de um dos aldeões foram comer os brotos de abóbora e alho que o vizinho estava se preparando para plantar. Fizeram uma grande bagunça. Se Ned Thatcher não conseguia manter seus porcos dentro de sua área, era melhor fazer linguiças com eles. E ele próprio, One-Eyed Bill, faria isso caso encontrasse os porcos novamente em sua plantação. Já tinha até uma faca afiada e guardada.

Ned interrompeu e disse que Bill devia voltar para Elvington, de onde tinha vindo, e levar com ele sua amada esposa e os seis filhos. Se não sabia que porcos eram porcos e que não obedeciam a ninguém, não podia viver ali. Além disso, seus leitões haviam comido apenas um pouco de aveia e uma porção de mingau velho que a esposa de Bill havia jogado por cima do muro, desleixada como era.

Red era a diplomacia em pessoa. Acalmou os dois com algumas palavras bem escolhidas sobre suas grandes habilidades e conhecimento em suas áreas específicas. Discorreu sobre as vantagens de se preparar e fertilizar a terra com antecedência para, na época certa, plantar as sementes e esperar. E então sugeriu que, em troca do uso da terra pelos porcos até a época da plantação, Ned poderia ganhar algumas cenouras, cestas de nabos e abóboras no final da estação. Sua esposa poderia fazer uma excelente sopa com elas, temperada com pernil. Claro, os porcos deveriam sair da propriedade no primeiro dia da primavera. E ele mesmo providenciaria ajuda para que se construísse um muro mais resistente entre os dois terrenos. As partes se retiraram, satisfeitas.

Mas havia problemas mais sérios. Uma disputa por causa de uma mulher, em que um homem foi ferido seriamente na cabeça e o outro teve um braço quebrado. E outra depois do consumo de um barril de cerveja, que fez duas famílias se desentenderem e começarem a se ofender. Red tratava os casos com justiça, mas também com autoridade. Podia ser duro quando era necessário. Porém, sua decisão jamais era questionada. Aquele povo tinha sorte, pensei. Era algo assim que meu irmão Finbar queria e que precisavam em Sevenwaters. Mas meu pai tinha um feudo difícil como o de Lorde Richard. A obsessão pela guerra consumia todas as suas energias, não deixando espaço para qualquer outra coisa. Nossos aldeões passavam fome, as paredes de suas casas estavam caindo e todos temiam Lorde Colum, em vez de respeitá-lo. Imaginava como deviam estar as coisas por lá. Meus irmãos começaram a restabelecer o equilíbrio, mas agora haviam partido. Ficaram apenas meu pai e Lady Oonagh.

Decidi resolver a situação por mim mesma. Lady Anne disse que eu era um fardo para Red. Mas eu não pedi para ser levada para aquela casa. Ninguém ordenou a ele que montasse guarda em minha porta todas as noites ou me mantivesse perto da casa, dentro de seu campo de visão. Ninguém lhe pediu que se sentasse ao meu lado e esperasse eu terminar de chorar para me trazer em segurança para casa. E ninguém lhe disse para me carregar para dentro quando eu caísse de exaustão e me fazer comer direito. Ninguém. Ele mesmo tomou todas essas decisões. A única exceção era... Bem, a única exceção era uma ordem que haviam lhe dado: *Não deixe que ela seja ferida novamente.* E a frase que me disseram: *Você escolheu bem.* Porém, Red era muito forte. Poderia estar sob o efeito de um feitiço lançado pelos Seres da Floresta naquela noite para me proteger até que eu terminasse minha tarefa? Poderia estar suportando o fardo sem saber? Quanto mais eu pensava naquilo, mais me convencia de que era a única explicação.

Era o único motivo plausível para que concordasse em esperar tanto tempo para saber algo sobre seu irmão. Não parecia ter pressa alguma. Homens normalmente não têm paciência para esperar. Qualquer outro teria me espancado até conseguir as respostas que queria. Lorde Richard, por exemplo, seria o primeiro a fazer isso. Meu próprio pai fez isso tantas vezes. Não havia outro motivo para Red me manter ali por tanto tempo. Eu era um peso, uma presença incômoda.

E faltava muito pouco para que o medo e a desconfiança que as pessoas da casa sentiam com relação a mim acabassem por atingi-lo, destruindo a harmonia de sua pequena comunidade. Todos deviam se questionar por que ele havia me levado para sua casa. Por que ele mantinha essa influência negativa no coração de sua terra, colocando seu povo em risco. Somente o amor e o respeito que tinham por ele poderiam segurar suas línguas por tanto tempo. Lady Anne acreditava que eu já estava ali há muito mais tempo do que podia tolerar. Era apenas uma questão de tempo até as vozes de todos ali começarem a se manifestar. Decidi, então, não pedir a ajuda de Red.

Certa manhã, peguei uma sacola vazia, uma faca afiada, esperei até que Ben, sonolento e bocejando, deixasse seu posto e fosse para as cozinhas em busca de um café quente, e saí de fininho. Na noite anterior havia dito a Margery que não estava bem e que dormiria até mais tarde. Meu período havia começado e isso era uma boa desculpa para indisposições. Escolhi aquele dia porque sabia que os homens estariam ocupados, preparando o campo para plantar sementes em uma colina distante, no lado oeste. Com sorte, estaria de volta antes que percebessem.

Segui a linha do rio, escondendo-me entre as árvores, com meu vestido velho e um manto cinza, e usando minhas táticas para não ser vista. O único problema era Alys, que tinha tendência a latir para esquilos e fazer barulho. Mas não tive coragem de deixá-la. Ficou feliz ao ver que eu ia sair e que poderia dar um passeio, coisa que só fazia com seu dono. Deixei então que me seguisse e fui um pouco mais devagar para que ela pudesse me acompanhar, com suas perninhas curtas.

Quanto mais me afastava da casa, melhor me sentia. Era um dia bonito, claro e até um pouco mais quente do que a média, não tanto quanto os da primavera, mas já era um anúncio de que ela estava chegando. Algumas nuvens se espalhavam pelo céu. Um gavião passou, em um voo rasante, provavelmente em busca de uma presa.

Chegamos à margem do rio, perto de um rego que ia para a correnteza, e subimos para perto das pedras. Finalmente encontrei o que procurava. A estrela d'água crescia ali, abundante dos dois lados, sobressaindo-se às outras plantas. Descansei por um instante e Alys se deitou na sombra, ofegante. Comecei a trabalhar.

Desenvolvi um método para a colheita. Abria a sacola no chão, de um lado, e cortava as plantas do outro, deixando-as tombar. Se fizesse com cuidado, não machucava muito as mãos. Recolhia todas passando a sacola até que se ajeitassem dentro dela. Aí era só fechá-la e colocá-la nas costas. Fiz tudo rápido. O dia já estava claro e o caminho de volta era longo. Peguei a maior quantidade possível de estrela d'água, tanto quanto podia carregar. Esperava que fosse o suficiente para fazer uma camisa inteira e um pouco mais, para eu não precisar voltar para buscar mais até o verão. Amarrei a sacola com uma corda e a pendurei no ombro. Os espinhos atravessavam o tecido e até minhas roupas, e machucavam um pouco minha pele. Mas já havia me acostumado com isso. Afinal, não era a vida de meus irmãos que eu estava carregando? Valia todo o sacrifício.

Começamos a andar de volta para casa. Eu estava feliz, pensando nas quatro camisas na gaveta da cômoda. Começaria a quinta no dia seguinte. O sol em meu rosto, o fato de estar a céu aberto e ver Alys correndo e brincando à minha frente como um filhotinho me faziam bem. Ela foi andando pelo mato e eu comecei a descer pelas pedras.

De repente, ouvi um zumbido passando por mim, um baque seco e logo, e em seguida um grito agonizante e desesperado. Corri em direção ao grito, o coração disparado.

"Não, de novo não."

A cadelinha estava pressionada contra um tronco de bétula, gritando e balançando a cabeça de um lado para o outro. Tentava alcançar alguma coisa brilhante e azul. Corri para ela e me ajoelhei ao seu lado. Penas azuis. Era uma flecha, que havia atravessado seu ombro e entrado na árvore, prendendo-a ali.

Não havia tempo para pensar. Se fosse uma pessoa eu poderia pedir, mesmo que por gestos, que se mantivesse imóvel até eu poder retirar a flecha. Mas com um cão não havia o que fazer. Devia agir rápido. Abri a sacola, peguei a corda e a amarrei em seu pescoço, deixando folga suficiente para não estrangulá-la. Enquanto amarrava, ela reagiu e enfiou os dentes em meus dedos. Mas consegui segurar a corda e a prendi sob um de meus pés para tentar manter a cabeça dela imóvel. Alys já tinha bastante idade. Fiquei observando suas reações enquanto começava a mexer na flecha. O simples fato de ela gritar e se debater já era um bom sinal. Ainda tinha forças. Comecei a serrar o corpo da flecha segurando as lágrimas, pois cada movimento meu se refletia no ferimento. Ela tentava mexer a cabeça, os olhos se revirando e os dentes para fora.

— Precisa de ajuda?

Gelei. Não havia engano. Era a voz controlada e pausada do tio de Red, Lorde Richard. Não me virei, mas senti um frio na espinha.

— Puxa, que pena. Peço desculpas. Parece que um de meus arqueiros não está com mira boa. Preciso discipliná-lo.

Aproximou-se e pude vê-lo, em suas luvas e botas do melhor couro, vestindo túnica e calças azul-escuras. Seu rosto, envolto em cachos grisalhos, com leves nuances do antigo dourado, tinha uma expressão de preocupação e de divertimento, ao mesmo tempo.

— Que cachorro bobo, não? Sempre disse ao menino que deveria ter um cão de caça. Deixe-me fazer isso. Minhas mãos são mais aptas para este tipo de tarefa.

Balancei a cabeça. Não queria que se aproximasse de mim ou de Alys. Mas ele ignorou e veio em nossa direção com uma faca extremamente afiada. Afastei-me. Ele levantou as sobrancelhas, com um leve sorriso no rosto.

— Parece que a assustei — disse, arrancando a flecha do tronco com um único movimento. Alys saiu cambaleando e eu segurei com mais força o cabo de minha faca.

— O que pretende fazer agora? — perguntou ele, afastando-se.

Ignorei o comentário, abaixei-me e segurei a flecha perto das penas azuis de sua extremidade. Pisei firme na corda novamente para que Alys não pudesse se mover e puxei com toda força. A flecha saiu da carne da pobre cadelinha, que deu um grito agudo.

— Bravo — disse ele, sentado em uma pedra, observando. — E agora?

Olhei para ele com desdém. A ferida estava sangrando, não muito, mas estávamos longe de casa. Enfiei a faca na barra de meu vestido e cortei uma faixa. Amarrei-a o melhor que pude ao redor do ombro de Alys para estancar o sangramento. Ela não tentou me morder. Ficou tremendo, olhando para mim, deixando-me cuidar dela.

Lorde Richard disse que o arqueiro tinha mira ruim. Para onde havia apontado, então?

Continuou sentado, observando todos os meus movimentos enquanto eu terminava de prender a faixa, soltava a corda e a amarrava em minha sacola novamente. Pendurei-a no ombro e me abaixei para pegar Alys, que tremia toda.

— Humm — ele disse. — Gostaria de ajudar, mas creio que posso levar uma mordida. De uma de vocês.

Não me mexi. Fiz apenas um movimento com a cabeça e deixei claro, com a expressão no rosto, que queria que ele me deixasse passar e voltar para casa.

— Ah, não — disse ele, com voz suave, e não gostei do que vi em seu olhos. — Meu sobrinho não me perdoaria se eu deixasse sua protegida sozinha na floresta com tantas coisas para carregar. Não mesmo. Deixe-me ao menos acompanhá-la para que chegue a casa a salvo. Vai ser muito bom ver a expressão no rosto de Hugh.

Colocou dois dedos na boca e deu um assobio estridente. Em um segundo, quatro arqueiros surgiram, de direções diferentes. Usavam cinza e marrom, as cores do bosque.

— Vou a pé, acompanhar a jovem... dama — disse Lorde Richard, com uma pausa proposital em suas palavras. — Vão até Harrowfield.

Peguem os cavalos e sigam pela estrada. Se encontrarem Lorde Hugh, digam a ele que houve um pequeno acidente, nada sério. Falarei com o homem que errou este disparo de flecha mais tarde.

Eles saíram rápido, e não tive escolha a não ser seguir em sua companhia. Não se ofereceu para levar minha sacola, mas a olhou com interesse.

É engraçado como algumas coisas ficam guardadas nitidamente em nossa memória e outras não. Lembro-me perfeitamente de tudo que Richard me disse naquele dia durante o longo percurso de volta; cada palavra bem escolhida, cada nuance de voz, cada insinuação. Ainda consigo sentir o peso da pequena Alys em meus braços, o sangue em minhas mãos e as picadas da estrela d'água em minhas costas. E tremo só de pensar naquelas mãos medonhas em meus braços, meus ombros ou minha cintura a cada pretensa tentativa dele de me ajudar a atravessar os trechos mais difíceis do terreno. Eu o odiava e o desprezava cada vez mais. Mas ele era tio de Red e irmão de Lady Anne. Queria cuspir naquele rosto falso, mas cerrei os dentes e caminhei direto para casa.

— Estou surpreso que meu sobrinho a tenha deixado sair sozinha — ele comentou, enquanto descíamos perto do córrego d'água. — Pensei que soubesse cuidar melhor de seus investimentos. E que investimento você se tornou, querida. É incrível o que um pouco de comida pode fazer pelo corpo de uma garota.

Olhei para ele com ódio e vi que ele media meu corpo de cima a baixo, tentando imaginar o que havia por baixo do vestido velho e recatado. Aquilo virou meu estômago.

— Você ficou bem melhor, minha jovem. Muito melhor.

Tentei não prestar atenção, mas era impossível não ouvir sua voz. Chegamos ao local onde o córrego desaguava no rio.

— Hugh é mesmo um tolo ao deixar você solta por aí. Muito tolo. Não pensa que alguém pode se aproveitar de você? Ele é mesmo muito distraído.

Colocou o braço sobre meus ombros e eu me desvencilhei, com violência.

— Ah, ela é temperamental! Melhor ainda. Vale mais do que ele provavelmente pagou quando a trouxe. Vinte e dois anos e ainda tem a cabeça cheia de ideais idiotas como há dez anos. Isso me preocupa. Quando irá crescer? Até o jovem Simon tinha mais noção de realidade. Nosso Hugh não parece mesmo ter boas ideias, não é? Vi o brilho em seus olhos no dia em que mostrou você para mim. Provavelmente deixou que suas fantasias falassem mais alto quando a encontrou. Afinal, que homem não sonha às vezes ter uma irlandesa indomável, escorregadia como uma enguia e quente como fogo sob a pele branca, de olhos verdes e ferinos e cabelos serpenteando ao redor do corpo como uma cobra negra? Deve ter sido uma experiência e tanto para ele. Dizem que voltou com marcas de dentes pelo corpo. Conte-me, Jenny, meu sobrinho se deu bem com você? Atendeu suas expectativas?

Senti meu rosto vermelho e quente. Suas palavras me deixavam envergonhada e ultrajada. Por que resolvi sair sozinha? Por que era obrigada a ouvir tais palavras? Pedi aos céus que nada daquilo fosse verdade.

— Ah — disse ele lentamente, observando de perto meu rosto corado. — Ainda quer bancar a inocente? Quase consegue me convencer. Ele está guardando você? Mas para quê? Não consigo imaginar. Nosso garoto pode ser aparentemente puro, mas há muito fogo sob aquela superfície fria, querida. Pode não ter reclamado você ainda, mas não vai demorar, pode ter certeza. Pergunte às garotas da vila. Elas têm muitas histórias para contar. Ele vai pegar você direitinho, especialmente agora, que tem mais carne nesses ossos. Carne deliciosa, se posso tomar a liberdade de dizer. Posso dizer, sim.

E riu com tanta força que até as árvores pareceram tremer. Alys estava encolhida em meus braços, com a cabeça encostada em meu peito. Meus braços doíam com seu peso.

— É um caminho longo, não? — continuou ele. — Longo demais para pés tão pequenos. Por que não nos sentamos um pouco e aproveitamos para nos conhecer melhor? Coloque o cachorro no chão, querida. Você bem que quer me conhecer melhor, não quer?

A voz dele era como mel, mas tinha veneno. Minha vontade era chutá-lo no lugar mais dolorido. Se não estivesse com Alys no colo, com certeza teria batido em seu rosto. Mas endireitei as costas, ergui a cabeça e continuei a andar, tentando colocar Alys em uma posição mais confortável. *Sou a filha da floresta*. Para um cão tão pequeno ela era bem pesada.

Richard ficou um passo atrás de mim e começou a mudar o tom da conversa. Chegamos à trilha sob os salgueiros. O sol já havia passado do meio do céu e sua luz dourada atravessava os galhos. Era um dia bonito.

— Deve ser o único motivo pelo qual ele a trouxe para cá — ele disse, como se estivesse falando consigo mesmo. — Não consigo pensar em outro. Você consegue?

Esfregou as mãos bem cuidadas.

— Você deve estranhar o fato de eu não estar mais chocado. Afinal, ele vai se casar com sua prima, você sabe. Minha própria filha. Mas um homem precisa dar vazão a seus instintos. Até mesmo alguém tão esnobe e idealista quanto Hugh tem direito a se divertir um pouco. Isso até o coloca em melhor situação quando chegar a hora de se casar. Quero dizer, lhe dará mais vantagem. De que outra forma, afinal, ele poderá treinar sua nova esposa nas habilidades deliciosas e delicadas da cama matrimonial? Penso que ele estará bem melhor no verão. E devo lhe agradecer por isso, minha querida, além das outras. E vou dizer que Elaine está preparada para isso. É muito bom o fato de você não poder falar, bonequinha. Deixa tudo muito mais excitante, não acha?

Como ele podia falar assim da própria filha? Não tinha caráter ou vergonha de si mesmo? Minhas orelhas queimavam ao ouvir aquelas palavras. Tinha vontade de colocar Alys no chão e sair correndo. Cerrei os dentes e continuei.

"Se meus irmãos estivessem aqui, o fariam pagar por falar assim comigo. E lhe mostrariam o que é ser um homem de verdade."

Como senti falta deles naquele instante.

— Fico pensando mesmo — ele não ia se calar — que outra razão ele teria para mantê-la na casa por tanto tempo? Afinal, não é bom para ele. As más línguas falam. E são poderosas. A mãe dele odeia isso. Eu odeio isso. Se ficar aqui mais tempo, você vai causar muito mal a ele. Sabe o que dizem, não? Quer ouvir?

Queria ser surda naquele momento.

— Dizem que o enfeitiçou — disse, rindo. — Que é uma feiticeira e que o envolveu em sua rede sobre ele mesmo contra sua vontade. Até seus melhores amigos estão falando isso. Que está de joelhos a seus pés e não consegue lhe negar qualquer coisa que seja. E que você é uma mulher de Erin, comparsa dos que mataram seu irmão. O que acha disso, Jenny? Mas claro, seu nome não é Jenny. Quem lhe deu um nome assim? Você deve se chamar Maeve, Colleen ou Deirdre; qualquer um desses nomes irlandeses selvagens. Jenny não é nome para uma bruxinha do oeste. E pode jogar sua rede sobre mim quando quiser, Maeve. Tenho alguns truquezinhos para lhe ensinar também, se quiser experimentar. Eu poderia lhe ser muito útil, sabe, alguém com quem contar em momentos... difíceis.

Dizendo isto, ele me pegou com os dois braços e me aproximou de seu rosto, forçando-me a olhar diretamente para ele. Tinha os mesmos olhos de seus parentes; brilhantes e azuis como os da irmã. E como os de Simon. Passou a língua pelos lábios e o desejo ficou estampado em seu rosto.

Minhas mãos se contraíram e, sem querer, apertei Alys, que gritou. Golpeei então, com toda força, o pé de Lorde Richard com a sola de minha bota de inverno e ele me soltou, xingando. Eu não podia correr, mas já estávamos perto da ponte que dava para a estrada principal. Andei o mais rápido que pude, sem olhar para trás. Ouvi então o som de cavalos se aproximando e de vozes e, quando saí da trilha sob os salgueiros, pude vê-los. Vinham em alta velocidade. Pararam de repente e uma série de coisas aconteceu subitamente, sem palavras. Vários homens desmontaram ao mesmo tempo. Red, com expressão austera, fez um gesto para os outros. Um pegou Alys de meus braços, xingando baixinho quando ela mordeu seus dedos. Outro veio por trás, tirou minha sacola e a jogou para Ben, que se esticou e a pegou no ar. Então, fui jogada como um saco de batatas sobre o cavalo de Red, que montou atrás de mim como um raio. Tudo isso antes que alguém pudesse contar até dez.

— Tio — disse Red, em tom neutro. Mas suas mãos seguravam com tanta força as rédeas que suas articulações estavam brancas. — Não nos avisou de sua visita. Lamentável, pois não tivemos como lhe preparar uma apropriada... recepção — ele também parecia dominar a técnica da pausa calculada. — Mas lhe garanto que isso não voltará a acontecer.

— Bem... — respondeu Richard, mancando visivelmente. — Parece agitado, rapaz. Mas é compreensível. Pensou que tinha perdido sua amiguinha, não? O cão sofreu um pequeno acidente, nada sério. Mas é melhor ficar de olho na garota. Se ela continuar andando por aí, as informações podem cair em ouvidos errados. Todo cuidado é pouco.

— Meus homens irão lhe providenciar montaria — disse Red, como se não tivesse ouvido uma palavra. — Vou à frente avisar minha mãe para se preparar para sua chegada.

Atiçou o cavalo e partimos à toda velocidade. Com certeza os homens encontrariam um cavalo apropriado para o visitante.

Foi uma viagem rápida até a casa. Rápida e desconfortável. Red não esperou os outros. Galopamos como loucos até a entrada principal. Eu teria caído não fosse seu braço me segurando firme contra seu corpo, enquanto controlava o cavalo com os joelhos e segurava as rédeas com a outra mão. Parou diante dos degraus da frente e desmontou imediatamente, puxando-me para baixo e me colocando ao seu lado. Como sempre, um cavalariço apareceu rápido e levou o animal. Red foi me empurrando pelo corredor, direto para os cômodos de Margery e John.

Bateu na porta do quarto deles, abriu-a e me jogou nos braços de Margery, que ficou parada, sem entender.

— Fique aqui — disse. — Não saia até eu voltar. É uma ordem.

Virou-se e foi em direção às escadas, chamando Lady Anne.

— O que é isso? O que aconteceu? Foi algo com John? Ele está bem?

Sua expressão era de pura preocupação. Fiz um gesto, tranquilizando-a. John ainda devia estar no campo, arando a terra.

Margery me levou para perto do fogo, me fez sentar e me deu uma caneca com vinho de mel para beber. Eu estava tremendo, e minha mente tão confusa que não conseguiria explicar a ela o que havia acontecido mesmo que pudesse falar.

Johnny estava no berço, mas acordado. Suas pequenas mãos brincavam no ar e ele emitia pequenos sons. Ela o pegou no colo, a mão segurando de leve sua pequena cabeça. Colocou-o encostado em seu ombro e se sentou à minha frente.

— Beba — disse. — Não sei o que está acontecendo, mas você está branca como papel, e Red não está muito melhor. Espero saber logo.

A porta se abriu, então, com violência, batendo na parede, e Red a fechou atrás de si com a mesma força. Veio até mim com passos largos e me levantou da cadeira pelos ombros, segurando-me com força. Nunca o tinha visto levantar a voz desde que tínhamos vindo para Harrowfield. Mas agora ele gritou:

— Como ousa? — me sacudiu. — Como ousa me desobedecer assim? Você me deu sua palavra! Será que algo mais grave deve acontecer para você deixar de ser idiota? O que tem na cabeça?

Johnny começou a chorar e Margery elevou a voz:

— Pare. Você a está machucando.

Ele xingou, me soltou e se virou, colocando as mãos sobre a prateleira acima da lareira. Tentei massagear a região dos meus ombros que ele havia segurado. Com certeza ficariam com marcas roxas. Nunca o tinha visto tão zangado, nem quando brigou com a mãe na noite em que Johnny nasceu.

— Perdão — disse ele, com a respiração ofegante. — Desculpe-me. Mas o que você tem na cabeça para sair sozinha desse jeito? Pensei que tinha deixado bem claro quais eram os riscos. Por Deus, se... ele tocou em você? Machucou-a?

Andava de um lado para o outro olhando para mim, tentando ler minha expressão. Naquele momento seus olhos tinham o tom azulado do gelo.

Balancei a cabeça. Não ia chorar. Não pensaria mais em tudo que Lorde Richard havia dito. *Que outro motivo ele teria para mantê-la em sua casa?* Queria apagar tudo aquilo de minha mente. *Dizem que o enfeitiçou. Não consegue lhe negar qualquer coisa que seja.* Eu ia conseguir esquecer. Era tudo bobagem. Não ia chorar. Pisquei e me segurei, mas uma lágrima traidora escapou e escorreu em meu rosto.

Prático como sempre, enfiou a mão no bolso e tirou um lenço. Avançou em direção ao meu rosto e eu me afastei automaticamente, colocando os braços ao redor do corpo, em uma reação de defesa. Ele me olhou como se eu tivesse batido nele. Virou-se e colocou a mão sobre os olhos, como a evitar que eu lesse sua expressão. "É verdade", pensei. "Sou um fardo. Jamais deveria ter vindo. Estou causando problemas e discórdia na família. Ele não podia ter me trazido. E sabe disso".

— O que ele lhe disse? — perguntou, de costas para mim e tão baixo que quase não ouvi. A intensidade do tom me assustou, e olhei para o chão e para as paredes, sem coragem de encará-lo. Jamais conseguiria responder àquela pergunta.

— Alguém pode me explicar o que está acontecendo? — perguntou Margery, olhando alternadamente para mim e para Red. Johnny estava calmo agora, só com um pouco de soluço. — O que ela fez de tão terrível, Red? O que fez para tratá-la assim, gritando até ela chorar? Vocês são adultos, não crianças. Não quero este comportamento em minha casa.

Red ficou olhando para ela com uma expressão envergonhada que eu jamais tinha visto nele.

— Desculpe-me, Margery — disse em tom desolado. — Não foi certo trazê-la para sua casa. É culpa minha. Mas este é o único lugar seguro para ela enquanto meu tio está aqui. Não tenho muito tempo. Preciso ir recebê-lo quando ele chegar. Jenny — virou-se para mim, ainda furioso, mas se esforçando para controlar o tom de voz. — Preciso saber por que você foi para tão longe sozinha. Por que quebrou sua promessa?

Meus ombros doíam, e também os pés, com a caminhada, e meus braços estavam adormecidos depois de carregar Alys o caminho todo. E minha mão ainda estava sangrando com a mordida dela. O tio dele era um animal, e naquele momento pensei que o sobrinho também era. Deixei as mãos paradas ao lado do corpo. Red fechou um punho e esmurrou a outra mão aberta, xingando.

— Mas que droga, Jenny! Diga!

— Acho que sei qual foi o motivo — disse Margery, olhando para mim, ansiosa. — Jenny vinha me pedindo para lhe arranjar mais um pouco da planta que usa em seu trabalho, *spindlebush*. O estoque que trouxe já tinha acabado. Recusei, acreditando que assim ela desistiria de trabalhar. Mas já vi que você não desiste fácil, não é, Jenny? Aposto que saiu para pegar mais planta.

Red a olhou, enfurecido.

— Você deveria cuidar dela — Seu tom de voz a empalideceu. — Jenny deve ter saído logo cedo. Por que não mandou alguém atrás dela? Por que ninguém me avisou? Eu só soube quando vi os homens de Richard na estrada.

— Peço desculpas — disse ela, sem dizer a ele que eu havia mentido. Foi a primeira vez que menti em minha vida.

— Deus, será que não há alguém em que eu possa confiar?

Ele começou a andar de um lado para o outro novamente. Eu só queria que ele saísse e me deixasse sozinha com minha dor.

— Jenny, por que não me pediu? — disse, finalmente. — Conheço cada canto deste vale. Sei muito bem onde encontrar essa planta. Posso lhe trazer mais na hora em que desejar. Não há por que se arriscar. Não vai mais fazer isso, está entendendo? Não vai.

Tinha que responder aquilo de maneira que ele entendesse. "Você — cortar a planta" — não. Não funciona. Eu — "cortar — fiar — tecer — costurar. Só eu".

— Então eu a levo até lá — respondeu, com um tom de voz um pouco mais calmo, embora ainda estivesse com as mãos para trás, provavelmente com os punhos cerrados. — Eu a levo, você pega a planta e eu a trago de volta. Não saia novamente sem mim. Agora vou lá para baixo. Margery, quero que a mantenha aqui. As duas estão dispensadas do jantar. Minha mãe me deve um favor — Ele abriu a porta para sair, mas voltou. — Já tenho uma pessoa cuidando de Alys. Ele trabalha no estábulo e tem prática com essas coisas. Ela vai ficar bem.

E saiu.

— Bem — disse Margery, depositando o bebê, agora adormecido, no berço, e colocando uma chaleira no fogo para ferver água. — Parece que você o deixou nervoso, não?

Foi seu único comentário sobre o assunto. A tarde foi passando e eu a ajudei a preparar chá de pimenta, a arrumar algumas roupas e a assar bolinhos no fogão. De vez em quando a pegava me olhando, como a me estudar, e fiquei imaginando o que ela estaria pensando.

⁂

Desta vez Richard ficou mais tempo do que qualquer um na casa desejava, exceto Lady Anne. Sua presença tinha um efeito sutil, mas incômodo sobre todos na casa.

Os empregados tratavam Red e sua mãe com visível respeito e demonstravam sempre vontade de servir, mas com Lorde Richard era diferente. O respeito que demonstravam por ele vinha do medo. Não que ele demonstrasse irritação ou reclamasse, mas via-se em sua expressão o descontentamento, fosse pelo leve levantar de sobrancelhas ou por um meio sorriso. Tocava a mão das serviçais mais jovens ao pegar uma taça, dava ordens em tom imperativo e dispensava seus homens com um gesto arrogante. Parecia que nos desdenhava a todos, considerando-se mais importante. Ninguém escapava a seus comentários e insultos, nem mesmo os parentes. Mas sabia fazer tudo de maneira sutil. Sabia como ferir de uma maneira que as vítimas nem sempre entendiam.

Por sorte, a maioria deles sabia se defender. Quando Richard questionou a relutância de Ben em ir com ele a uma expedição, preferindo ficar com Lorde Hugh a testar suas habilidades em batalha, ele simplesmente riu. Se sentiu sua masculinidade questionada, não deixou transparecer. Já as armas de Richard contra John eram mais sutis. Várias vezes o vi tentando arrancar respostas do rapaz, provocando-o para saber sua opinião sobre o estado e qual sua posição quanto à responsabilidade de defender seu território. Dizia que Hugh estava mais preocupado com suas plantações, seus estoques e a manutenção de muros e cercas. Mas e quanto às suas obrigações para com seus vizinhos e, principalmente, para com sua mãe? Quando faria algo com relação aos que mataram o jovem Simon? John era quieto por natureza. Preferia agir, cumprir com suas tarefas, e falava somente quando era necessário. Respondia a Richard da mesma maneira que eu faria, dizendo gostar ser um dos homens de Hugh e não ter motivos para questionar suas atitudes. Além disso, afirmava que os dinamarqueses eram uma ameaça, e não os irlandeses. Quando Richard avançou ainda mais, perguntando como ele se sentia com relação à segurança de sua esposa, doce como uma rosa, e de seu filho recém-nascido, ele simplesmente se levantou e saiu da sala. Já Lady Anne era sua irmã.

Durante essa longa estadia de Richard na casa, Red tentava evitar que os dois conversassem sozinhos. Mas não tinha como fazer isso o tempo todo. Não podia passar o dia em casa, pois o ano avançava e havia muito trabalho a fazer arando a terra, plantando e cuidando dos animais. Uma tarde, Lady Anne e o irmão foram caminhar e conversar no jardim. Fiquei observando pela janela e imaginando o que ela devia estar lhe contando. Naquela noite, durante o jantar, Richard ficou observando atentamente a mim e a Red, olhando para um e para o outro. Temi pelo momento em que ele conseguisse ficar sozinho comigo novamente.

Finalmente, chegou a noite em que Richard anunciou, durante o jantar, que iria embora com seus homens no dia seguinte. Dava quase para ouvir os suspiros de alívio. Já ficara tempo demais até mesmo para uma visita bem-vinda. A casa toda ficava tensa com sua presença e ninguém lamentaria sua partida. Nem mesmo Lady Anne protestou. Mas convidou a todos para tomar uma taça de ponche naquela noite como despedida, e o convite parecia incluir Margery e eu. Várias desculpas foram usadas para a minha ausência nos jantares e reuniões sociais da casa, mas desta vez não havia escapatória. Quando cheguei à sala, Lady Anne estava sentada com o irmão e o filho. Fiquei do outro lado, onde estava mais escuro, tentando passar despercebida. Red estava perto da janela, faca e madeira na mão, esculpindo. John estava em pé, atrás da cadeira de Margery. Johnny tinha ficado lá em cima com uma criada, mas como dormia tranquilamente, ela provavelmente não teria muito trabalho. Havia um mapa aberto sobre a mesa e dois dos homens de Richard discutiam com Ben sobre os limites de alguma parte do território. Mas o tom era sereno, sem disputas.

— Qual sua opinião, Benedict? — perguntou Richard, virando-se para o rapaz, em tom casual. Claro, sutilmente havia prestado atenção à conversa. — Acredita que conseguiremos tomar posse daquela torre ao norte antes do solstício de verão? Com a posse daquele território, você garantirá poder e boas terras para seus homens. Sei que é difícil tomar as terras daquele povo. Navegam bem demais. Não sei como conseguem. Surgem do nada, de repente, no meio da névoa em seus pequenos barcos. Nunca se sabe quando vão atacar.

— Dizem que é bruxaria — comentou um dos homens de Richard, com certa timidez. — Que são feiticeiros e conseguem criar tempestades, névoa e ventos, invocando o poder do diabo. Já fizeram tropas inteiras desaparecer desse jeito. Não que eu acredite, claro. Mas é o que dizem.

— Histórias espalhadas com o propósito de criar medo nas pessoas — disse Richard, com cinismo. — Um bom estratagema. É o mesmo que pintar o corpo ou tocar tambores enquanto se avança sobre o inimigo. São técnicas usadas para pegá-lo de surpresa, deixá-lo tenso e aterrorizado. Não existe bruxaria, apenas um pouco de sorte e conhecimento das mudanças climáticas da região. Esse povo é tão mágico quanto nós.

— Concordo — disse o outro. — Há sacerdotes cristãos entre eles, que com certeza não tolerariam coisas desse tipo. Além disso, quem já ouviu falar de granizo do tamanho de ovos de galinha ou uma névoa em que alguém pode se afogar? Como pode uma tempestade se formar do nada ou uma chuva cair com céu aberto?

Nesse momento, Red olhou para mim, e eu para ele. Lembrei-me imediatamente do toque de sua mão sob aquela tempestade e da torrente de água violenta e druídica que caiu sobre nós. Salvou nossas vidas. Vi em seus olhos que ele estava pensando a mesma coisa.

— São histórias antigas — disse Richard, esticando as elegantes pernas em direção ao fogo. — É uma terra estranha, de gente esquisita. Quanto mais ouço falar deles, menos os entendo. Um dia, claro, todas essas terras serão nossas e esse povo desaparecerá, morrendo ou se misturando com o nosso. Não conseguirão resistir muito tempo com suas superstições e sua fé irracional. Lutam com tanta ferocidade que parecem dar pouco valor à própria vida. Perderam suas preciosas ilhas. Agora são nossas. Espero avançar um pouco mais em nossa campanha de verão.

— Quando pretende ir para lá? — perguntou John, educadamente.

— Logo — respondeu Richard. — Meus homens estão sempre preparados. Quero aproveitar o primeiro dia de tempo bom. Enquanto você e Hugh estiverem no campo, bancando os camponeses, pensem em nós. Estaremos desbravando terras e as transformando em um lugar seguro para vocês. Livraremos essas terras da escória para que vocês possam cuidar de seu gado em paz.

— Ah, pensaremos — disse Red. — Pode ter certeza, tio, de que nunca nos esquecemos de vocês.

— Ah — respondeu Richard, parecendo entender bem o espírito da frase. — Gostaria que Ben viesse comigo desta vez. Queria poder mostrar a ele um pouco de ação. Mas já que ele não quer, não vou insistir.

— Não se pode planejar instalar uma fortaleza em um local tão distante mesmo que se tenha o objetivo de conquistar o território — comentou John, interessado no assunto. — Isto só faz criar problemas. Esses chefes guerreiros têm um conhecimento de seu território que não temos, bem como uma força militar considerável. Como manter o controle de postos tão distantes? Como supri-los? Logo estariam em situação vulnerável. E quanto aos escandinavos? Seus homens seriam um alvo fácil para eles. Qual o motivo de instalar postos lá, afinal?

Richard riu.

— Não é um território tão grande assim, se pensarmos. Minha grande vantagem está nas ilhas. Você não conhece a força de um porto seguro. Tenho perfeitas condições de manter postos naqueles territórios. E de derrubar a arrogância desses chefes insignificantes de nomes impronunciáveis. O fato de termos um pé em suas ilhas sagradas os incomoda e os deixa sem equilíbrio. Veremos.

Houve um pequeno silêncio.

— O senhor não espera mesmo se estabelecer além da costa, espera? — disse Red em tom áspero. — Isso seria subestimar seu inimigo.

— *Nosso* inimigo, garoto, *nosso* — respondeu Richard, olhando para o sobrinho, sentado do outro lado e trabalhando em seu pedaço de madeira. — Já fui chamado de muitas coisas, mas nunca de tolo. Não me contento com pouco. São as ilhas que importam. Quem tiver as ilhas mantém toda a costa segura. O fato de eu tê-las hoje representa domínio sobre o inimigo. Ele acredita que elas são fonte de magia e de poder. Sem elas está mais fraco. Porém, não basta ficarmos aqui sentados, esperando ser atacados. Precisamos atacar primeiro, mostrar a eles que somos fortes e temos mais poder. E lembre-se: não estou sozinho nisso. Tenho o apoio de três de nossos vizinhos mais próximos e uma centena de seus melhores homens. Sua casa, Hugh, é a única que não estará representada em minha expedição. — olhou para Lady Anne. — Isso é uma vergonha, meu sobrinho. Minha própria carne e meu sangue. Mas ainda há tempo. Tempo de reunirmos forças. Vamos nos reunir em seis dias. Seus homens serão muito bem-vindos.

Red continuou a entalhar a madeira. Não se deu ao trabalho de olhar para o tio.

— O senhor sabe o que penso, tio. Não tenho intenção de jogar fora a vida de bons homens sem motivo. Este feudo é nosso, não meu. Deixamos para trás a época das conquistas, do ódio e do desperdício de vidas. Perdoe-me se não lhe envio meus homens.

— Ter as ilhas é uma coisa — disse Ben, com a mão sobre o mapa. — Mas não se pode ir além daqui e daqui. Vê esta região de floresta que se estende até o mar? Estivemos lá. É um lugar muito estranho, profundo, impenetrável e com defesas muito bem posicionadas. O terreno é íngreme e irregular. Há um lago imenso do outro lado e uma fortaleza construída ali. Ninguém se aproxima mais que um dia de viagem do local. Está coberto de homens armados, e se eles não acabam com quem invade seu território, a fome, o frio e a paisagem inóspita fazem o serviço por eles. Quem quiser atacar esta região tem que ir bem mais ao norte. Aqui, por exemplo.

Os olhos de Richard se contraíram.

— Você fala como um estrategista. Tem certeza de que não deseja me acompanhar, rapaz? Seria de grande valia. Você não pode deixá-lo sair de casa um pouco, meu sobrinho?

Red assoprou o pó do pequeno pedaço de madeira e o colocou no bolso. Limpou a faquinha na túnica e a guardou na bota.

— Não sou eu quem decide o que Ben deve fazer — disse sem se alterar.

— Então, garoto?

Ben riu.

— Não, muito obrigado. Tenho muito trabalho a fazer aqui. Além disso, lutar contra aquele povo é como lutar contra fantasmas ou espíritos. Poderíamos ter certa vantagem no início. Mas eles têm a habilidade de aparecer e desaparecer de repente. E quando falam, é sempre por parábolas.

— E o céu, então? Limpo em um instante, chuvoso no outro — completou John. — Quem passa algum tempo ali acaba quase acreditando em suas histórias de magia e feitiçaria. Não tenho a menor pressa em voltar lá. Prefiro um bom rebanho de ovelhas para tosquiar.

"Estão provocando Richard", pensei. Mas ele já estava com o pensamento longe, falando consigo mesmo.

— Magia, bruxaria. Isso me faz lembrar algo.

Levantou-se, foi para perto do fogo aquecer as costas. Sua sombra era longa agora que estava parado ali.

— Vocês falaram do lago e da fortaleza na floresta. Ouvi histórias muito estranhas sobre aquele lugar; histórias que podem mudar o curso de minha campanha se forem verdade. O dono daquelas terras se chama Colum de Sevenwaters. Há histórias sobre seu lago, sua floresta e seu forte. E também sobre a selvageria de seus homens, entre eles seus filhos. E são histórias verídicas. Como sabem, foi naquela região que Simon desapareceu e meus homens foram brutalmente assassinados. Fico pensando, às vezes, se... mas não importa. As forças de Colum não são meros grupos de bárbaros. São fortes, disciplinados e bem armados. E lutam como se não se importassem em morrer. Como disse Ben, seria tolice atacar diretamente aquela região. Mas fui informado de que as coisas mudaram por ali há um ou dois anos. Não se sabe direito o que aconteceu. Há muitas versões. Num dia ele era um homem com seis filhos. No outro já não os tinha mais.

Fez uma pequena pausa. Quem conhecia Richard sabia que ele não contava histórias para entreter. Havia sempre uma farpa em sua fala; uma mensagem oculta para quem estivesse ouvindo.

— O que aconteceu com eles? — perguntou Lady Anne.

— Bem, há várias teorias — respondeu Richard. — Uma é que estavam na beira do rio e um grande espírito da água fez cair uma tempestade que os jogou na correnteza e os afogou. Outra é que foram envenenados por um inimigo, alguém como eu, buscando enfraquecer o poder de seu pai. Envenenados e os corpos escondidos em algum lugar da vasta floresta. E uma terceira, de que eles saíram para colher cogumelos certa manhã e foram abduzidos pelos Seres da Floresta. Eles acreditam nessa coisa de fadas e duendes, vocês sabem. É estranho. Não sei como conseguem manter um padre cristão na casa, realizar a missa de domingo e ainda ter esse tipo de superstição. Bem, são as histórias que se conta por aí. E se forem verdade, Colum não tem a mesma força de antes. Agora seria o momento perfeito para atacar — ilustrou suas palavras com um movimento rápido do braço, dedos apontados para frente. — Ah, já ia me esquecendo — e nesse momento olhou para mim, sentada do outro lado, no canto mais escuro da sala. — Ele tinha uma filha também, que desapareceu com os irmãos. Foi uma limpeza completa. Ouvi dizer que a mãe os estava procurando. Ou seria a madrasta? Enviou tropas de busca a toda parte, mas não encontrou sequer rastro. Desapareceram no ar, como Simon. Quem sabe os duendes não os levaram? Pelo que me disseram, foi mais ou menos na mesma época.

O silêncio desta vez foi mais longo e me arrepiou. Tive a sensação de que todos me olhavam, sabendo exatamente quem eu era e de onde vinha. Ou seria apenas mais um jogo de Lorde Richard? Como ele poderia saber a verdade?

— Deve ser terrível perder sete filhos de uma vez — disse Margery, com voz suave. — Isso pode enlouquecer um homem.

— Não desejo isso a meu pior inimigo — disse Lady Anne. — E me dói ouvir você falar de Simon dessa maneira, Richard. Espero que consiga ter alguma notícia dele quando voltar lá. Não consigo acreditar que tenha desaparecido assim, embora Hugh me garanta que foi isso.

O rosto de Richard assumiu uma expressão de preocupação de irmão.

— Claro, vou buscar notícias — disse. — Tenho uma excelente rede de informantes que me servem muito bem, mesmo quando estou longe de lá. Você ficaria surpresa com o que ouço. Mas você precisa entender, irmã, que os chefes de Erin são tão brutos quanto seus homens. Não dão valor a seus prisioneiros depois que... serviram a seus propósitos. E Simon era muito jovem. Depois de tanto tempo, eu não teria esperanças. Mas se houver alguma pista, alguma informação...

Olhou para mim novamente com um meio sorriso nos lábios.

— Não entendi, tio. O senhor sugere que, caso meu irmão tivesse sido capturado e submetido a alguma forma de tortura, não resistiria? Desculpe-me por falar abertamente sobre o assunto, mãe, mas este não é um momento para brincadeiras. Talvez devêssemos conversar a sós — disse ao tio.

— Não há necessidade, meu sobrinho — respondeu Richard, em tom afável. — Somos todos amigos aqui, com exceção da pequena Jenny, que ocupa uma posição nesta casa que ainda está fora de minha compreensão. Mas como não fala, não temos que nos preocupar com o que ela ouve, certo? Ou você discorda?

— Simon podia estar desorientado — disse John. — Mas não se pode acusá-lo de não ser forte. Para alguém de sua idade, ele tinha opinião própria suficiente para não ceder ao que quer que fosse.

"Isso é verdade", pensei, lembrando-me do desespero naqueles olhos azuis e do ódio que havia desenvolvido de si mesmo. Recusava-se a acreditar que poderia ser um traidor. Eu tinha certeza de que não era.

— Ele tinha apenas dezesseis anos — disse Lady Anne. — Sei que era forte como todos em nossa família. Basta olhar para você, Hugh, para ter a impressão de que ele está diante de mim novamente. Mas precisamos admitir que, apesar de toda a sua coragem e resolução, ele era apenas um garoto. Pode ter sofrido mais do que pudesse aguentar — sua voz estava ficando embargada pelas lágrimas que tentava segurar.

— Isso é mera especulação — disse Ben, a fronte levemente franzida. — Além disso, nenhum líder irlandês desprezaria o valor de um prisioneiro como ele. Só o preço do resgate já seria interessante. Mesmo que ele não dissesse quem era, não seria difícil adivinhar por suas maneiras. Não faz sentido.

Richard começou a andar graciosamente pela sala. Respirou antes de falar, medindo as palavras.

— O fato é que meus homens foram massacrados, um por um. Exceto Simon. Que tipo de inimigo faz isso? Obviamente, Simon não foi poupado por ser quem era, já que não houve pedido de resgate. Poderia ter simplesmente deserdado com medo de morrer e fugido? Acho difícil. Não era do tipo que se misturaria facilmente com aquele povo esquisito e fanático. O sangue em suas veias é de uma linhagem de homens corajosos. Podemos até especular que, forçado pela tortura, ele tenha entregado seus companheiros, que foram atacados e mortos durante a noite. Mas não podemos culpá-lo. Como você mesma diz, irmã, ele tinha apenas dezesseis anos. Queria ser um homem, mas quando a pressão foi maior, não aguentou.

Nesse momento, a raiva tomou conta de mim e, sem pensar, fiz um gesto com as mãos que deixou clara minha mensagem:

"Não. O que você diz é mentira."

Todos os olhos da sala se voltaram para mim.

— Gostaria muito de ouvi-la falar, garotinha selvagem — disse Richard, com voz suave, mas o olhar frio como o gelo. — De onde você vem? O que tem para nos dizer? Por que está assim de repente, como uma loba defendendo sua cria? Você sabe alguma coisa, disso estou certo. Tão conveniente essa sua doença que não lhe permite falar. Fico imaginando quanto seu povo pagaria para tê-la de volta.

Mais um silêncio. Continuei olhando direto para seus olhos. "Não tenho medo de você. Não tenho medo de você".

— Ela é uma boa menina — disse Margery, de repente. — Não veio nos fazer mal, milorde, tenho certeza.

— E não apenas isso — disse Ben, rindo. — Jenny jamais teria vindo se pudesse escolher. É aversa a viagens marítimas. Está aqui mais por acidente do que por vontade própria.

— Além disso — completou John —, se o senhor sugere que ela tem uma família rica para pagar um resgate, está redondamente enganado. Esta criança viveu sozinha muito tempo. Com certeza não tem a quem recorrer.

— Criança? — Richard parecia um animal de caça, pronto a atacar. — Isto é uma moça em idade de se casar, e de boa aparência, apesar de seus modos selvagens. Que futuro terá aqui, se o que vocês dizem é verdade?

— Meu irmão e eu tivemos uma ideia, Hugh — era Lady Anne, e senti que esta parte da conversa já havia sido preparada. — Ele, quer dizer, nós pensamos que, como Jenny não tem companhia aqui, poderia ir passar uns tempos em Northwoods. Richard vai partir de manhã e com certeza pode levá-la. Elaine tem acompanhantes de sua idade e já disse que terá prazer em receber mais uma. A ideia me agrada, Hugh.

— Fora de questão — foi a resposta de Red, direta e áspera.

— Vá com calma — disse Richard. — Pense em Elaine também, rapaz. Você está noivo. Não esqueça que partirei em breve para minha expedição, e minha filha lhe pede este favor. Ela se sentirá sozinha sem mim. Jenny seria uma boa companhia para ela e a ajudaria a se distrair.

Meu coração disparou. Eu sabia muito bem qual era a razão do pedido. Não era companhia para a filha que ele queria, era a informação que eu podia lhe dar. Sentia que seu interesse no paradeiro de Simon não era apenas uma preocupação como tio. Havia algo mais. Red estava certo ao suspeitar dele. Richard estava interessado nas informações e também parecia querer saber se eu já havia dito alguma coisa a outras pessoas. Saberia muito bem que métodos utilizar para me fazer falar.

— É uma boa ideia, Hugh — disse a mãe, cuidadosamente. — Você não pode ignorar o fato de que a presença de Jenny causa certo... desconforto na casa e na população de nosso feudo. Já que Elaine foi tão gentil em fazer esse convite, não custa deixar que Jenny se hospede lá. Aliviaria um pouco a pressão que sofremos. Não sei se você já prestou atenção ao que dizem sobre ela e sobre os motivos de você mantê-la aqui. É um assunto delicado. Acredito que seria uma decisão correta deixá-la ir.

O rosto de Red mostrava tensão e contrariedade.

"Como sua família o conhece pouco", pensei.

Até eu o entendia melhor que eles. Não podiam pressioná-lo daquele jeito.

— É minha casa, mãe, e minha decisão — ele disse. — Se Elaine quer companhia, que venha nos visitar em Harrowfield. Será mais que bem-vinda. Mas, quanto ao resto da discussão, não há o que considerar. O assunto está encerrado — foi até Lady Anne e a beijou no rosto. — Boa noite, mãe.

Olhou para Richard, que estava apoiado na moldura da lareira novamente, com olhar de espreita.

— Vocês provavelmente irão querer partir cedo, não? Providenciarei uma escolta até a ponte.

Richard ergueu as sobrancelhas.

— Uma escolta? Agradeço. E direi a Elaine que você aguarda sua visita. Que venha ver por si mesma como estão as coisas por aqui. Ela assume a liderança de Northwoods em minha ausência, mas creio que posso liberá-la por alguns dias, até porque o casamento está próximo e ela terá oportunidade de organizar as coisas, uma vez que a cerimônia será aqui. Anne e eu pensamos que primeiro de maio seja uma data apropriada. Não há necessidade de esperar até o solstício de verão. Minha campanha será rápida e eficaz. Vocês mal terão tempo de sentir minha ausência.

Capítulo 10

Seguiu-se, então, o que hoje posso chamar de último período tranquilo de Harrowfield. Richard se foi e a primavera surgiu no vale como a comemorar sua partida. Meu pequeno jardim floresceu, cheio de açafrão, narcisos e ervas perfumadas. O sol aquecia as paredes de pedra e a velha terrier aproveitou para esticar as pernas enrijecidas e se aventurar mais longe para cheirar a terra sob as flores. Saí para caminhar um pouco enquanto o dia amanhecia e o ar era fresco. Quase tive a sensação de estar novamente em Sevenwaters, em minha casa, levando uma vida normal. Quase. Bastou chegar ao pomar, com seus muros cobertos de líquen, para encontrar Red, como todos os dias, sentado no banco de madeira com o manto sobre os ombros, protegido do frio, o tinteiro de um lado e a pena na mão, fazendo anotações. Às vezes sentava-me na outra ponta do banco e ele me cumprimentava com um aceno de cabeça e voltava a se concentrar em seu trabalho.

Pelo que vi, ele mantinha registros detalhados de tudo, compras e lucro ano a ano. Havia também diagramas complicados que pareciam mostrar as camadas do solo, as diferentes raízes das plantas, a maneira como a chuva caía e as nutria e também desenhos representando árvores, folhas ou flores, tudo detalhadamente estruturado e controlado. Este era o homem a quem o tio censurava por bancar o camponês, um homem cujas mãos eram tão grandes que abraçavam completamente as minhas quando as pegava. Gostava de me sentar quieta, encostada nas paredes de pedra, observando-o trabalhar. Fiquei pensando como aquilo seria mais fácil se ele soubesse escrever. Percebi quanta sorte meus irmãos e eu tivemos quando padre Brien decidiu nos ensinar. Ninguém em Harrowfield, exceto o escriba da casa, sabia desenhar as letras e interpretá-las. E ainda assim parecia sofrer quando alguém lhe pedia para redigir algo mais complexo. Se a situação fosse outra, eu teria me oferecido para ajudar. Mas levantaria suspeitas.

Por vezes eu sentia necessidade de me movimentar, então ele deixava a pena e o tinteiro e caminhava comigo pela floresta de carvalhos até o morro onde havia me mostrado a extensão de seu feudo. Agora tudo estava coberto pelo verde. Foi um período muito tranquilo. Não havia necessidade de palavras entre nós.

Aos poucos, o veneno das palavras de Richard foi se diluindo em minha mente, e eu comecei a confiar em Red novamente.

Elaine veio e mais uma vez se comportou de maneira impecável. Estava sempre vestida de maneira simples, mas elegante, com os cabelos meticulosamente trançados e presos à nuca. Era gentil com Lady Anne, mas deixava claro que teria sua própria opinião e conduta quando se tornasse senhora de Harrowfield. Foi muito simpática com Margery e trouxe um brinquedo para o bebê, um bichinho entalhado em osso para ele morder, agora que estavam para nascer seus primeiros dentes. Estava curiosa para saber como eu me encaixava no contexto da casa, porém, ao contrário do pai, tratava tudo com reserva e com uma nítida noção do que era certo. Sentava-se com Margery e comigo todas as manhãs para costurar e observava meu trabalho, aparentemente sem julgar.

Examinou minhas mãos, perguntando primeiro se eu me incomodava.

— Algumas pessoas dizem que você é louca ou que tem problemas — disse, seus grandes olhos azuis fixos nos meus. — Não creio que seja verdade. Acredito que há um motivo, um propósito específico para o que está fazendo — olhou para a manga da camisa que eu estava tecendo e para a cesta de fibras farpadas. — Quanto tempo mais? Quantas dessas você tem que fazer?

Foi a primeira pessoa a me perguntar aquilo diretamente. Coloquei os dedos sobre os lábios, depois baixei as mãos e as coloquei com as palmas das mãos para cima, encolhendo os ombros.

"Não posso falar sobre isso."

— Sim, Red me contou — disse ela, em tom grave. O simples fato de chamá-lo assim mostrava que ela fazia parte do pequeno círculo de pessoas em quem ele confiava. Por que aquilo me surpreendia? Afinal, eles iriam se casar em breve.

— Mas não é para sempre, é? Tem um fim, um objetivo. Talvez isso você possa me dizer.

Ela era tão insistente quanto o pai, embora mais discreta. Balançar a cabeça em resposta, poderia causar problemas. Não me esquecia das palavras da Dama da Floresta. Ela tinha deixado muito claro que eu não podia revelar qualquer detalhe de minha história se quisesse libertar meus irmãos do feitiço. Nem uma palavra, som, ou representação, fosse por desenhos, música ou gestos. Então simplesmente me virei para não responder.

Ela ficou poucos dias. Passava bastante tempo com Red, andando pelo jardim e conversando em tom sério. Parecia não gostar de ficar parada. Durante a manhã planejava os detalhes do casamento com Lady Anne enquanto fazia, com aparente desenvoltura, a bainha de um fino véu de cambraia de linho. Não parecia entusiasmada com a data, primeiro de maio, ou com os detalhes. Tomava as decisões rapidamente, sem parecer interessada em quem seria convidado, o que iria vestir ou se seis ou sete pratos seriam o mais apropriado para a festa. Fazia tudo como se estivesse negociando um rebanho de ovelhas, o conserto de um celeiro ou algo que precisasse ser feito com eficiência e rapidez. Também não parecia estar interessada na cerimônia. Pensei que aquilo era uma pena, pois ela estava se casando com um bom homem. Poderia demonstrar um pouco mais de alegria.

Mas talvez eu estivesse equivocada. Aqueles bretões guardavam seus sentimentos no mais íntimo de seu ser. Por fora, eram sempre calmos e controlados. Por dentro, quem poderia saber?

E mesmo nas poucas vezes em que vi Red e Elaine juntos, caminhando em direção ao rio e conversando, as maneiras dele eram polidas, e as dela, sérias e controladas. Não caminhavam de mãos ou braços dados nem se tocavam como meu irmão, Liam, e Eilis. E, com o perdão da deusa, como meu pai fazia com Lady Oonagh.

Percebi que já os tinha observado muito e decidi voltar ao trabalho, mas me sentia um tanto incomodada. Como observava tudo de fora, queria que Red fosse feliz. Afinal, o bem-estar de toda aquela comunidade dependia dele. Sentia que havia algo errado entre os dois. Depois de alguns dias, ela passou uma manhã inteira com Red nos jardins, sentada no banco ou caminhando ao redor dos arbustos. Falava sem parar, movendo as mãos de tempos em tempos, parecendo querer enfatizar algumas palavras. Ele quase não falava. Naquela tarde ela fez as malas e partiu. Alguns de seus criados ficaram para ajudar com a preparação do casamento; uma cozinheira e algumas arrumadeiras, cortesia de Richard de Northwoods.

Teriam discutido? Aparentemente não. Red quase não falara durante a conversa, mas era algo natural nele. Era mesmo um homem de poucas palavras. Os preparativos continuaram. O trabalho com a terra agora era intenso, e os homens deixavam de lado a prática do arco e da espada para se ocupar de atividades mais produtivas. Passavam praticamente o dia todo fora de casa, deixando as mulheres com seu trabalho manual e suas fofocas. Não que houvesse muito falatório. Lady Anne era rígida no controle de conversas desse tipo. Ainda assim, eu ouvia muitas coisas: que eu era uma feiticeira, que havia enfeitiçado Lorde Hugh e que Elaine havia lhe pedido para me mandar embora, mas ele se recusou, o que a fez partir daquela maneira. E também que ela não se casaria com ele a menos que a selvagem fosse mandada de volta para o lugar de onde veio. Aquilo me chateava, obviamente, mas não parecia ser verdade, pois os modos de Elaine para comigo não haviam mudado. Além do mais, parecia manter de tal maneira seus sentimentos sob controle que não conseguia imaginá-la perdendo a paciência com Red ou com quem quer que fosse. E desde o início todos diziam que eu havia enfeitiçado Red. Mas se alguém o havia enfeitiçado, não tinha sido eu. Ele tinha seus motivos para me manter ali, e eu tinha os meus para ficar. A quinta camisa já estava bem adiantada e só então eu me permiti acreditar que aquela parte de minha história de vida poderia ter um fim.

Mas outra fofoca se espalhava, que me agradava ainda menos: a de que minha bruxaria se manifestava por meio de meu trabalho, no fiar e tecer de *spindlebush*, como eles chamavam a estrela d'água. Começaram a dizer que era com aquela atividade estranha que eu espalhava o mal pela casa e, principalmente, que influenciava Hugh. Sabiam que eram camisas que eu estava fazendo. Pensei que aquele era um povo sem histórias, mas quando aquela fofoca surgiu, parecia que cada mulher e cada aldeão conheciam um conto sobre peças de roupa com poderes malévolos que queimavam, envenenavam ou enlouqueciam aqueles que as usavam. A ideia se espalhou com tanta força que as mulheres já nem se preocupavam em falar baixo perto de mim para que eu não ouvisse. Meus amigos na casa tentaram me proteger, mas não conseguiram.

Então, pequenas coisas estranhas começaram a acontecer. Escorreguei e sujei meu vestido com lama enquanto caminhava. Lady Anne pediu que uma criada o lavasse, mas algo aconteceu e o vestido voltou com uma mancha enorme, impossível de ser usado. Mas como era o único que eu tinha, continuei a vesti-lo até que Lady Anne, com sua testa franzida, me deu outro, ainda mais simples e mal costurado que o outro. Usei-o da mesma maneira, e com a cabeça erguida. Logo depois, Alys desapareceu. Fiquei maluca, me lembrando de Lady Oonagh e de tudo o que ela fazia conosco em Sevenwaters. Passei um dia inteiro à sua procura, tentando não demonstrar pânico. Lembrei-me de minha querida Linn, que morreu na floresta tentando me proteger, e me vieram à mente as imagens daquele dia terrível em que carreguei seu corpo pela floresta, chorando, sangrando e esperando meus irmãos chegarem. Tentei manter meu semblante o mais calmo possível e fui procurando metodicamente pela casa, pelos estábulos, pelo celeiro, pelo pomar e pelo jardim. Senti-me muito sozinha naquele dia, pois Lady Anne manteve Margery o tempo inteiro em casa e os homens estavam todos fora, trabalhado na fazenda. Ia pedir a Megan que me ajudasse a procurar, pois ela ainda era gentil comigo, mas estava ocupada cuidando de Johnny.

No fim da tarde, eu já estava resignada com o fato de que não encontraria Alys e que algo terrível devia ter lhe acontecido. Resolvi esperar no jardim e pedir ajuda a Ben ou John quando chegassem. Mas não foi necessário, pois, quando virei a esquina perto da porta da cozinha, lá estava ela, sentada nos degraus da escada de pedra do lado de fora de meu quarto, me esperando. Parecia estar bem. Não consegui conter um grande suspiro de alívio e irritação.

Onde tinha estado o dia todo? Como podia me deixar preocupada daquele jeito, a danada? Eu não sabia se ria ou se chorava.

Mas quando me aproximei, vi que não estava tudo bem. Alys rosnou para mim. Ela era famosa por este comportamento, e sua idade lhe permitia ser rabugenta. Mas nunca havia rosnado para mim. Parei a certa distância para não irritá-la mais e fiquei observando. Não parecia machucada, talvez só assustada. Mas o que quer que a estivesse incomodando, merecia atenção. Fui me abaixando e me aproximando aos poucos. Ela rosnou novamente, mostrando os dentes.

Estava tremendo, o corpo todo balançando, parecendo aterrorizada. Não adiantava tentar me aproximar daquele jeito. Fui até a cozinha procurar um pedaço de bolo. Terriers têm ótimo apetite e não resistem a guloseimas. Então, fui me aproximando bem devagar e me sentei a poucos passos dela, com a fatia de bolo ao meu lado. Esperei algum tempo, olhando para o outro lado. Ela foi parando de rosnar e se mexeu um pouco. Senti que já podia olhar em sua direção.

Não estava ferida, mas provavelmente passara o dia presa e com medo. Precisava examiná-la para ver se descobria algum sinal ou marca que me desse uma pista. Ela estava assustada demais. Observando agora, mais de perto, percebi que haviam raspado seu pelo no formato de um símbolo. Apesar de mal desenhado, consegui ver o que era: um sinal que as pessoas faziam com os dedos para afastar o mal. Uma mensagem para mim. *Bruxa, vá embora*. Por enquanto não a tinham machucado, talvez por saber quem era seu antigo dono.

Podia ter sido arte de crianças, algo quase sem importância. Tentei não demonstrar minha indignação durante o jantar, agindo como se nada tivesse acontecido, para evitar dar ainda mais o que falar. Mas, como Conor dizia, meu semblante sempre mostrava o que eu estava pensando. Margery perguntou se eu estava bem, e eu fiz que sim com a cabeça. Ben disse que eu parecia cansada, e eu sorri. John tentou me fazer comer. Aliás, eles estavam sempre me tentando fazer comer, mas meu corpo estava acostumado a negar alimento e aceitava apenas pequenas quantidades. Um pedaço de pão, uma fruta ou uma tigela de caldo de cevada e ocasionalmente queijo. Todos pensavam que eu me abstinha de propósito, mas eu normalmente me alimentava pouco. E, segundo padre Brian, isso também ajudava a manter a mente mais lúcida e concentrada.

Olhando as pessoas à mesa, enquanto comiam e bebiam, fiquei imaginando quantas realmente me viam como uma ameaça. A maior parte era de trabalhadores e pessoas honestas que valorizavam a vida simples e disciplinada. Red dava a todos o melhor que podia para que vivessem bem e em segurança. Em troca, eles ofereciam seu trabalho e sua lealdade. Minha presença ali era como uma pequena pedra jogada em um lago sereno. As ondas se espalham, afetando o equilíbrio de toda a superfície. Alguém estava incomodado o suficiente para agir contra mim. Até agora, foram coisas pequenas, mas algo me dizia que elas podiam se tornar grandes e perigosas. Já tinha visto essa história com Lady Oonagh. E a cada dia eu me aproximava do final de minha tarefa. *Liam, Diarmid, Cormack, Conor.* E *Finbar*. Sua camisa estava ficando pronta rapidamente. Eu trabalhava cada dia mais, ignorando a dor e o sofrimento. Em breve, restaria apenas uma para terminar, o feitiço seria quebrado e eu poderia ir para casa, assim que eu concluísse minha tarefa. Pensei em contar a Lady Anne o que tinha acontecido com Alys, pois sabia que ela puniria o culpado, por mais que me detestasse. Mas isso daria ainda mais força a seu argumento de que eu devia ir para Northwoods, o que me causava arrepios. O tio de Red tinha algo de malévolo. Era algo em seu jeito, em seus olhos, que fazia todos temerem sua presença. Se me forçassem a ir para sua casa, eu preferia fugir e tentar viver sozinha novamente. Decidi não comentar sobre o que fizeram com Alys e fingir que não me importava. Além do mais, o que podiam fazer sobre isso agora?

Mas não contei com a astúcia de Red. Foi um erro. Naquela noite, eu costurava em meu quarto, à luz do lampião, quando alguém bateu na porta. Não podia perguntar "quem é", mas também não me arriscaria a abrir sem ter certeza de quem estava batendo. Então ouvi sua voz.

— Abra, Jenny.

Fui até a porta com meu trabalho nas mãos e destravei o trinco. O que ele estava fazendo ali? Era a noite de guarda de Ben.

— Venha para fora — disse ele. — Quero ver seu rosto.

Eu estava de costas para o lampião. Saí para o jardim, onde a lua espalhava uma luz azulada sobre a folhagem azul-acinzentada.

— Agora olhe para mim. Olhe direito.

Ele parecia cansado. Estava trabalhando todos os dias no campo, porém seu rosto me dizia que havia algo mais que o bom cansaço do corpo após o trabalho. Ele parecia mais magro.

— Muito bem. Agora, me diga o que aconteceu.

Eu já o conhecia bem o suficiente para saber que não havia muita escolha a não ser lhe contar. Ele não gostava que lhe escondessem informações. Mostrei então, com gestos.

"Cão — sumir. Eu — procurar — preocupada."

Usei as mãos para mostrar o caminho do sol no céu.

"O dia todo". Tive de pegá-lo pela manga e levá-lo para dentro, onde Alys já havia se deitado na cama e dormia, encolhida entre as mantas. Mas acordou e começou a rosnar quando nos aproximamos, o corpo todo tremendo novamente.

Red viu a marca em seu pelo e não disse uma palavra, mas seus lábios se retesaram. Saiu e fez um gesto para que eu o acompanhasse. Encostou-se à parede ao meu lado e ficou em silêncio por um instante.

— Você não ia me contar. Por quê?

Encolhi os ombros. "Para que contar? O que você ia fazer?"

Ele ficou me olhando, com a testa franzida. Seus olhos tinham agora a mesma cor clara e pálida de quando nos encontramos pela primeira vez, e pareciam um pouco distantes, como se ele estivesse se lembrando de alguma coisa.

— Quero lhe perguntar algo — disse finalmente, mas agora olhando para suas mãos, como se não quisesse me encarar. — Aquela noite na gruta, antes de virmos para cá, foi muito estranha. Estive pensando... talvez tenha sido um efeito da febre por causa do ferimento na perna. Mas as lembranças são tão... — parou e arrastou a bota no chão, sem conseguir terminar a frase. Eu poderia ter completado sua fala, não fosse minha impossibilidade de falar. Depois de algum tempo, ele me olhou novamente, mas desviou os olhos rapidamente, e tentou mais uma vez.

— Acordo durante a noite e tenho a impressão de que meus sonhos são tão vívidos que *aquele* mundo escuro é real e este em que vivemos é uma fantasia. Isto tem acontecido muito e me incomoda. Parece que não tenho controle sobre minha mente. Você já sentiu isso?

Balancei a cabeça. Os Seres da Floresta brincavam com nossos pensamentos, isso era verdade. Lembrei-me daquele homem de nosso vilarejo, Fergal, que enlouqueceu depois que eles o levaram para a floresta, brincaram com ele e o soltaram. Nunca haviam dominado minha mente, mas meu medo já me fizera pensar que estava enlouquecendo. Fiz um sinal para Red.

"Fale. Conte-me o resto."

— Naquela noite — ele disse hesitante — tive o sonho mais nítido de todos. E depois... não, não pode ser. Aquelas imagens foram o efeito da febre e da exaustão. Não sou fraco daquele jeito. Mas, diga-me, é possível que você saiba sobre aquele sonho? É possível que saiba o que eles me disseram? Encontrei a vela, ainda a tenho guardada. Mas como podia haver uma vela no dia seguinte? E por que ainda ouço aquelas vozes quando durmo? Será que estou enlouquecendo? Ouvi dizer coisas estranhas sobre aquele lugar. No entanto, sinto-me mais são e equilibrado do que jamais estive — ele suspirou. — Perdoe-me, Jenny. Mas com quem mais eu poderia falar sobre isso? Quem mais me ouviria sem me chamar de tolo?

Aquilo me fez sorrir. Quem mais além de uma garota louca para entender coisas malucas? Tentei explicar a ele. Fiz gestos devagar e ele foi falando à medida que os interpretava. Coloquei as mãos uma em frente à outra, em forma de concha, como as metades de uma noz.

— Duas coisas. Dois mundos?

Fiz que sim, uni as mãos e apontei para o alto e para baixo.

— Dois mundos, um acima e um abaixo? Um é o espelho do outro. E os dois se tocam, se unem? E a qual deles você pertence? É uma deles, uma criatura do outro mundo, da terra dos sonhos e das fantasias? Vai desaparecer um dia, como eles fizeram naquela noite, e me deixar no escuro?

Balancei a cabeça. Apontei para mim mesma e depois para a mão que estava no alto, virada para baixo.

"Eu sou deste mundo. Assim como você."

A parte seguinte era ainda mais complicada. Tentei mostrar que existe um elo, uma ligação entre um mundo e o outro. Mas tinha de tomar cuidado. Algumas coisas eu não podia revelar, ainda que por gestos. Red fez que sim com a cabeça.

— Ouvi as vozes deles — disse. — Entendi o que disseram, embora não saiba que língua era aquela. Quem eram eles, Jenny? E como a entendiam, como a ouviam falar, se você não tem voz?

Mostrei o mundo de baixo novamente. Dois. Duas pessoas, muito altas. Fiz um círculo ao redor de minha cabeça, tentando mostrar uma coroa. Era o máximo que conseguia fazer para que ele entendesse.

— O rei e a rainha daquele mundo?

Fiz que sim. Ele estava quase lá. Eu devia estar ficando boa em fazer sinais, ou ele estava começando a me entender melhor. Tentei então responder à sua outra pergunta.

"Boca, palavras — não. Mente, pensamentos — ouvir. Ouvir sem palavras".

— E por que eu não consigo ouvi-la?

Olhei séria em seus olhos, apontei para ele e tentei mostrar o lugar ao qual ele pertencia. E que pertencia a ele.

"Você é um bretão". Encolhi os ombros. "O que se pode esperar de um bretão?"

Creio que o ofendi. Os lábios se enrijeceram e os olhos pareceram mais frios. Ele não esperava aquela resposta. Demorou um pouco a falar.

— Se eu acreditar nisso, tudo muda. Tudo.

Ele se afastou, se virou e foi se sentar nos degraus, de costas para mim, olhando para suas mãos, com os dedos entrelaçados. Eu fui para sua frente para continuar a explicar.

"Não. Não precisa mudar. Você — aqui — tudo ao redor. Suas árvores, seu povo. Tudo certo. Eu — ir embora. Longe — depois da água. Para casa. Você — esquece."

Ele ficou me olhando.

— Não é tão simples assim. Você sabe tão bem quanto eu que não é. Como vou esquecer? Já disse, as vozes estão em meus sonhos. Aquele mundo agora faz parte de mim, queira eu ou não. Acredite eu ou não. E você está aqui.

"Eu — ir embora". Apontei para ele e cruzei as mãos sobre o peito. "Você prometeu. Eu — pelo mar — para casa."

— Não me esqueci — disse ele em tom suave. — Não me esqueço. Vou cumprir esta promessa, como todas que já fiz. Conte-me o que sabe sobre meu irmão e eu a levo para casa a salvo, não importa o que me aconteça. Mas... as coisas jamais serão como antes. Não há como. Disso eu tenho mais certeza a cada dia.

Aquilo me perturbou. Eu sabia que minha presença em Harrowfield causara problemas e me arrependia de ter vindo. Gostaria de poder mudar o rumo dos acontecimentos. Fazia-me muito mal ouvir as pessoas dizerem que eu o havia enfeitiçado. Deviam se sentir como eu me senti quando Lady Oonagh chegou a Sevenwaters e envolveu meu pai em sua teia. Ali, eu era a bruxa. No entanto, precisava completar minha tarefa e salvar meus irmãos. Nada era mais importante. E para isso eu tinha que continuar nas terras de Red, sob sua proteção. Acreditei que quando tudo terminasse, iria embora e a casa voltaria a ser tranquila como antes. Não pensei no que Red podia sentir, talvez porque, até aquele momento, eu só tivesse me concentrado no fato de que seria muito difícil para mim contar a ele sobre seu irmão antes de ir embora. Abaixei-me diante dele, forçando-o a olhar para mim.

"Você — cansado. Você — triste, preocupado". Seu rosto se contraiu. Ele não gostava de falar de seus sentimentos.

— Estou com dificuldade para dormir, sim. É o que acontece quando se acorda no meio da noite com demônios falando em sua orelha. Mas como você pode saber do que estou falando?

Ele ia continuar, mas parou ao ver a expressão em meu rosto. Por um instante, meus demônios vieram à minha mente e eu devo ter empalidecido.

— Perdão — disse com uma voz diferente, tão diferente que parecia ser de outra pessoa. — Perdoe-me. Foi besteira o que eu disse, não?

Sua mão se aproximou suavemente de meu rosto e eu me afastei um pouco, para que não me tocasse. Balancei a cabeça e fiz um gesto com as mãos.

"Nada. Não se preocupe."

— Você ainda tem medo de mim — ele disse, ainda em tom suave. — Não percebe que eu jamais seria capaz de machucá-la?

Ah, seria capaz, sim. Com suas mãos e com suas palavras. Cruzei as mãos sobre o peito, mostrando os lugares em que ele já havia me machucado, nos ombros, naquele dia em que estava furioso como eu nunca o havia visto.

Ele desabafou:

— Queria tanto que você falasse comigo.

A frase foi dita naquele tom que ele usava quando estava tentando se controlar. Estava ficando irritado. Claro que queria que eu falasse, assim poderia se livrar logo de mim e continuar com sua vida. Um problema a menos para se preocupar. Tudo voltaria ao normal, apesar de ele acreditar, naquele instante, que algo havia se modificado. Com o tempo esqueceria, como os homens fazem.

— Quero ouvir sua voz — disse. — Quero... mas o que importa?

Ele tinha mesmo a capacidade de tomar as rédeas das palavras e canalizá-las para onde desejava. Sempre pisando em terreno seguro, controlado. Jamais dizia o que sentia, só o que era racional e correto. Com certeza se arrependeria de ter desabafado naquela noite.

— Sua segurança é o que importa.

Agora era Lorde Hugh de Harrowfield quem falava.

— Há algumas coisas que posso fazer. Vou conversar com minha mãe. Ela detesta esse tipo de brincadeira. Vai procurar o culpado e garantir que isso não se repita. Há também outra maneira de se resolver a questão. É algo óbvio para mim, mas pode não ser do seu agrado.

"Qual? Qual solução?"

Estava ficando preocupada. Ele não estava pensando em me mandar para Northwoods, estava?

— Pode não ser necessário — disse ele, levantando-se. — Vamos ficar atentos, por enquanto. Se houver necessidade, agiremos. Meu tio está viajando, então, não sei quem mais poderia representar uma ameaça mais séria.

Olhou para mim com a pergunta nos olhos. Encolhi os ombros. Tremia só de pensar que Lady Oonagh poderia me encontrar, mesmo em Harrowfield. Recusava-me a pensar nessa possibilidade.

— Você deveria ficar em segurança em minha casa. Se não posso lhe garantir ao menos isso, que tipo de protetor sou eu?

Minhas mãos se moveram rápido.

"Não. Não prometa o que você não tem certeza de poder cumprir". Não sei se ele entendeu.

— Está esfriando — ele disse. — Vá para dentro. Tranque a porta e durma. Vou montar guarda esta noite.

Aquilo era um boa-noite. Levantei-me, subi os degraus e já ia puxando a porta para fechá-la.

— Jenny — ele me chamou.

Como eu estava no alto da escada e ele no chão, ficamos na mesma altura e ele me olhou direto nos olhos. Ergui as sobrancelhas, esperando.

— Venha falar comigo da próxima vez. Diga-me tudo o que acontecer. Não esconda. Qualquer coisa que seja, por mais trivial que pareça, conte-me.

Tentou manter o tom calmo, mas percebi que estava preocupado. Muito preocupado.

Concordei com um gesto de cabeça e fechei a porta.

Mas na vez seguinte que algo aconteceu, eu não precisei dizer a ele. Pois dessa vez não foi uma brincadeira de criança ou um aviso de inimigos. Foi algo muito pior, uma sequência de eventos que causou terror e trouxe a força do mal para o tranquilo vale e para a casa de Harrowfield. E tudo aconteceu por minha causa.

Tudo se deu em dois estágios. O primeiro foi difícil de enfrentar, pelo menos para mim, mas nada se compara ao segundo. O primeiro foi maldade, pura maldade. Mas o segundo, foi assassinato.

A primavera avançava e o primeiro dia de maio estava próximo. O casamento já era uma realidade para todos. A casa estava agitada, as mulheres, costurando tecidos finos e falando de dança, festa e todos os detalhes do evento. Tentei ignorar o falatório. Trabalhava o máximo que podia para terminar logo a camisa de Finbar. Enquanto fiava, tecia e costurava, imaginava meu irmão sobre o telhado de Sevenwaters, com o vento balançando seus cabelos e seus olhos repletos de sonhos. Imaginava também nós dois correndo pela floresta em um belo dia de primavera, ele correndo à frente e me esperando alcançá-lo. Então nos sentávamos e ficávamos ouvindo, em silêncio, a floresta respirar ao nosso redor. Lembrei-me da última vez que o vi, em que ele tinha me dado tanto de sua força que não tinha mais para si. Costurava com todo o meu amor por meu irmão, ponto por ponto, apesar da dor. Trabalhava com todas as minhas forças, e o trabalho se adiantava rápido.

Tentava ignorar os cochichos das mulheres sobre o que eu fazia, quando Lady Anne não estava na sala. Mas não havia como tampar os ouvidos. Acabava escutando comentários sobre Lorde Hugh e sobre como as moças do vilarejo o cobiçavam por ser tão forte, belo e bem-dotado, em todos os sentidos. Além disso, parecia haver uma superstição envolvendo homens ruivos. Segundo elas, era lamentável que ele fosse tão reservado, guardando todo aquele fogo para si mesmo. E havia sempre a amiga da amiga que tinha uma prima que passou a noite com ele uma vez, e logo descobriu que era a garota mais sortuda da região. Pois quem se deitava com um homem como aquele não tinha mais olhos para outros.

— Forte como um boi, gentil como um carneiro — disse uma das mais velhas. — O sonho de toda menina. E o irmão era do mesmo jeito, mesmo tão jovem. Pobre garoto.

Algumas olharam em minha direção e fizeram comentários.

— Essa aí? — riu uma delas. — Acho difícil. Por que olharia para ela quando pode ter Elaine ou qualquer outra que quiser?

— E quem iria querer alguém *dessa raça*? — disse outra. — Ainda mais uma menina esquelética e sem graça como esta, que parece mais uma criança. Não há o que pegar ali, nem peitos nem anca. O que um homem de verdade iria querer com alguém assim? Ainda mais com mãos grosseiras como aquelas.

— Sshhh!

Lady Anne retornou e o assunto mudou rapidamente para os confeitos de mel e as violetas cristalizadas. Meus lábios se contraíram e meus olhos ficaram embaçados, mas não permiti que uma única lágrima caísse. Pensava que era um absurdo o que elas diziam sobre Red e uma mulher se deitando juntos e fazendo... fazendo algo horrível, que me fazia querer vomitar só de pensar. Como aquelas mulheres podiam falar de acasalamento entre homem e mulher como algo... bom; como se fosse algo para se gostar e rir? Era uma experiência brutal, suja, dolorosa, que causava vergonha e terror. Mas, no fundo, eu tinha que reconhecer que poderia haver algo mais. Pensava nisso toda vez que via John e Margery se olhando ou tocando as mãos um do outro. E também tinha observado essa comunicação sem palavras entre Liam e sua noiva. Mas isso não era para mim. Jamais olharia nos olhos de um homem como elas faziam, com um ardor que enrubescia o rosto. Ou deslizaria suavemente a mão por seu pescoço como Margery fazia com o marido nos momentos que achava que ninguém estava olhando. Eu era um fruto estragado. Às vezes, ficava pensando que se houvesse um futuro para meus irmãos, isso seria um problema. Meu pai com certeza iria querer que eu me casasse com alguém que fortalecesse sua aliança em Sevenwaters. Mas teria dificuldade em encontrar alguém que me quisesse. E eu também não concordaria.

Preferia me tornar algo que Diarmid havia dito há muito tempo. Ficaria velha e resmungona de tanto preparar ervas e unguentos para curar as pessoas. Não era exatamente o que eu sempre quis? Mas agora parecia não ser mais suficiente.

Meus dedos trabalhavam rapidamente e os espinhos os machucavam. As mulheres tinham razão. Minhas mãos eram bem feias. Enquanto trabalhava, fui inventando um conto sobre mãos. A moça da história precisou trabalhar sete anos nas cozinhas de uma grande casa para reconquistar seu amor. Os sete anos esfregando o chão e areando potes e panelas deixaram seus dedos inchados, e as palmas de suas mãos, ásperas e cheias de calos. No final da história, a moça conseguiu se encontrar com seu amado. Quando ele se aproximou, pegou as mãos dela e as aproximou de seus lábios; os dedos estavam finos e delicados novamente, e quando ela o tocou na face, as palmas eram finas e brancas como as de uma rainha. O rapaz ficou abismado ao saber que ela tinha sido enfeitiçada por uma bruxa e suas mãos tinham ficado ásperas e feias, pois para ele aquelas eram as mãos mais macias e belas que já tinha visto.

Uma tarde, Margery me levou a seus aposentos e me deu um presente. Disse que era dela e de John. Desejavam me agradecer mais uma vez por tê-los ajudado com o nascimento do bebê. Ela fizera um vestido para mim. Poderia usá-lo no casamento, uma vez que eu só tinha um vestido velho. Era lindo, sem enfeites demais, mas de caimento perfeito. O tecido era uma lãzinha leve, de um tom entre azul e lavanda, como o anoitecer de um dia de verão. Na gola ela havia bordado uma delicada trama de folhas e pequenas criaturas com asas em um tom de azul mais escuro. Estava me dando aquele presente com todo amor. Abracei minha amiga, sem dizer a ela que não tinha muita vontade de usá-lo, pois marcaria as formas de meu corpo e chamaria a atenção dos homens. Sentia-me mais à vontade em meu vestido velho e puído, que mais parecia um saco amarrado. Mas aquele era um presente precioso e eu deveria usá-lo sorrindo. Fui experimentá-lo e ela fez alguns ajustes até ficar perfeito. Johnny nos observava sentado no tapete. Tentava se levantar e ainda não conseguia, mas a julgar pelos esforços e pelos gemidos determinados, não demoraria a andar.

Margery trançou meus cabelos, entrelaçando-os com fitas de cor azulada, para ver como ficaria no dia do casamento, explicou.

— Pronto — disse. — Veja no espelho, Jenny. Você faz justiça ao meu trabalho, menina. Precisa parar de se esconder.

Não tinha muita vontade de me olhar em espelhos, pois a última lembrança era do quarto de Lady Oonagh. Mas decidi olhar para conferir o que as mulheres tanto falavam sobre minha má aparência. Mas em vez daquilo que elas descreviam, vi uma estranha à minha frente. Era uma moça de pequena estatura que me olhava com o ar majestoso e mágico de meu irmão Finbar e as sobrancelhas arqueadas de Diarmid. Era a filha de Lorde Colum, com certeza.

Mas estava diferente, e as pessoas tinham razão. Eu agora era uma mulher. O tecido leve tocava meu corpo em alguns pontos e descia graciosamente até meus tornozelos. Eu sempre seria pequena e esguia, mas este vestido marcava o volume de meus seios, com seu leve decote. Eu não era mais aquela pequena criatura silvestre que corria solta com os irmãos pela floresta. Meu rosto ainda era bastante fino, mas os grandes olhos verdes, o nariz pequeno e reto e os lábios cheios não eram os de uma criança. Tinha a pele branca de meu povo. Alguns cachos escuros escapavam da trança e se ajeitavam ao redor de meu rosto e têmporas.

— Fica muito bem em você — disse Margery, contente com seu trabalho.

Sorri e a abracei novamente, tentando mostrar que estava feliz. E estava mesmo. O presente era lindo e havia sido feito com todo carinho. Só não queria usá-lo, pelo menos não ainda, justamente no casamento de Red.

Para piorar as coisas, antes que eu tivesse tempo de me trocar, os três homens chegaram em casa e subiram direto as escadas para os cômodos de John e Margery, cheios de planos para o primeiro dia da tosquia do rebanho. John entrou primeiro, olhou para nós duas, beijou a esposa e pegou o filho no colo.

— Ficou bem em você, Jenny — comentou, em sua maneira sempre séria. — Muito bem.

Ben entrou em seguida e assoviou como os homens costumam fazer ao ver uma moça bonita passar. Mas eu estava acostumada com seu jeito. Sabia que não fazia por maldade. Sorri e olhei para o outro lado. E dei de cara com Red, que estava parado na porta, olhando para mim. Falava enquanto subia as escadas, mas parou na metade da frase. Os outros também foram ficando quietos e um silêncio tenso invadiu a sala.

Não quis mais olhar para Red, com medo do que veria em seus olhos. Peguei rápido meu vestido velho, passei voando por ele, desci para meu quarto e tranquei a porta. Troquei de roupa e tirei as fitas do cabelo enquanto Alys me observava com seus olhos carinhosos. Dobrei o vestido, guardei-o na cômoda, junto com as fitas, e fechei a gaveta. Logo a quinta camisa estaria ali e só faltaria uma para eu completar a tarefa. Naquela cômoda simples de carvalho estavam as vidas de meus irmãos.

"Liam, Diarmid, Cormack, Conor, Finbar, Padriac, Sorcha. Você é aquela mulher no espelho, disse para mim mesma. Não é mais criança, mesmo contra sua vontade. Tem corpo de mulher e já não pensa ou se sente como em Sevenwaters, quando corria livre pela mata e as árvores a protegiam. Os homens olharão para você. É hora de aceitar. Não vai conseguir se esconder para sempre. Eles irão olhar para você com olhos de desejo. Foi tomada contra a vontade e isso a feriu. Mas a vida continua."

Parecia lógico, mas ainda sentia que não conseguiria deixar de sentir medo quando um homem me tocasse. A conversa daquelas mulheres me deu arrepios. Mostrar meu corpo me fazia sentir vergonha. Não conseguiria mais olhar nos olhos de meus amigos, com medo do que veria.

Depois de algum tempo, saí para o jardim, após me certificar de que ninguém estava por perto. Sentei-me na grama, sob uma grande macieira, cujos galhos já davam sinais dos primeiros frutos verdes. Red e eu havíamos dividido uma maçã, mas parecia ter sido há muito, muito tempo, em outro mundo. Em outra história. Falei com os Seres da Floresta em pensamento. E com a Dama da Floresta. Se algum deles estivesse ali, em uma terra tão distante, seria sob a sombra de uma árvore que me ouviriam. Tive vontade de ir até a floresta de carvalhos, mas estava proibida de sair sozinha. Concentrei-me e enviei minha mensagem com toda força.

"Libertem-no. Deixem-no livre. Não é justo mantê-lo sob seu jugo. Ele não conhece as regras". Silêncio. Não havia como saber se eles me ouviam. Sem risos de fadas ou vozes no vento que balançava as árvores. "Ele é um homem bom, talvez o melhor deste povoado. O que vocês estão fazendo é errado e eu não aceito. Libertem-no de sua obrigação para comigo, deixem-no dormir e viver sua vida de acordo com seu livre-arbítrio". Fiquei esperando, mas não ouvi som algum, exceto o do vento nos galhos e a respiração de Alys. "O fogo em sua mente o incomoda. Vocês cometeram uma injustiça ao fazer dele meu protetor. Eu posso cuidar de mim mesma. Ele se arrisca ao deixar de lado os seus. Eles precisam dele muito mais do que eu. Libertem-no do feitiço".

Continuei sentada, observando o sol se por, esperando uma resposta, ou pelo menos um sinal de que o outro mundo ainda existia naquela terra de céticos e descrentes que só enxergavam o que podiam tocar. De que mesmo Richard havia chamado Red? Arrogante e idealista. Não era justo. Red não se abria facilmente, mas tinha falado comigo sobre suas incertezas e seus medos. Era capaz de atos de fúria, mas também de coragem. E podia ser ferido tanto quanto eu ou qualquer pessoa. Seu tio o julgava injustamente, e um dia poderia descobrir a duras penas que estava enganado.

Não havia resposta para mim naquele pomar. Se os Seres da Floresta estivessem me ouvindo, me ignoraram. Não me responderiam naquele dia. Eram sempre caprichosos conosco e com nosso mundo. Mas eu havia dito o que tinha que dizer e isso já bastava. Pelo menos por enquanto.

⚛

Se foi um criado desastrado, um vento forte ou algo mais sinistro ninguém jamais soube. Tentei não associar aquilo à Lady Oonagh, pois a simples ideia me apavorava. A força do mal é grande e nem sempre fácil de conter. Estávamos à mesa jantando, eu cortando pedaços de cenoura e nabo no prato, enquanto John e Ben discutiam amigavelmente sobre o corte e o uso da lã. Não me lembro o que veio primeiro, o cheiro de queimado ou a voz de Megan, correndo em direção à sala.

— Fogo! Fogo na sala grande!

Todos naquela casa eram tão organizados quanto seu chefe. Os homens se levantaram rápido, sem alarde. Baldes com água foram surgindo de todos os cantos e se enfileirando. Lady Anne levou as mulheres para fora. John havia subido as escadas como um raio e voltava, pálido, com o filho chorando nos braços, para alívio de Margery. Seus cômodos ficavam no lado onde estava o fogo. Johnny logo se acalmou. O pai falou com ele até que parasse de chorar e o entregou à mãe para voltar e ajudar os outros. Ficamos esperando no jardim e vimos a fumaça preta saindo pelas janelas. Os homens se movimentavam rápido, contendo o fogo, e depois de algum tempo só havia o cheiro ácido no ar. Fora um exercício de eficiência, sem ferimentos e rápido. E sem grandes danos.

— É melhor você vir comigo — disse Red, surgindo ao meu lado com expressão séria. — Precisa ver algo. Não tenho boas notícias.

— Milorde — um dos empregados chamou. — Quer que limpemos o lugar agora?

— Ainda não — respondeu Red. — Terminem de jantar. Eu os chamo depois.

Fui seguindo Red e tentando não pensar. Ficamos sozinhos por alguns instantes. O fogo fora completamente apagado. Lá embaixo todos guardavam os baldes e voltavam à mesa, conversando e comentando o acontecido.

Tinha sido um incêndio estranho, bem estranho. Uma parte da sala permanecia intacta. A cadeira trabalhada de carvalho de Lady Anne, com o bordado que ela estava fazendo, continuavam intocados. E também as cestas de lã, as ferramentas de fiar e o pequeno tear. Mas o ar estava pesado com a fumaça, e o canto em que Margery e eu nos sentávamos para trabalhar estava totalmente preto. O fogo havia destruído as tábuas do chão, os bancos de madeira e os caibros acima deles. Algumas aranhas estavam caídas no chão, mortas, e suas teias, destruídas. Meu fuso e meus instrumentos de tecelagem tinham virado carvão. E a cesta com o resto de estrela d'água agora era pura cinza. E no chão, quase irreconhecíveis, estavam os restos da peça da camisa de Finbar que eu havia deixado sobre a cesta para continuar no dia seguinte. Caminhei até o local como em sonho e apanhei a peça, que se desfez em minhas mãos. Veio-me à mente a imagem de Finbar como o tinha visto da última vez, apoiando-se em seus irmãos como se sua vida lhe tivesse sido sugada; um farrapo de homem. Seus olhos, sempre profundos e cinzentos como o céu de inverno, confusos e assustados enquanto ele cruzava a fronteira entre homem e animal. As cinzas do tecido escaparam entre meus dedos e se desfizeram no ar.

— Jenny, minha querida — Lady Anne tinha os pés tão leves quanto o filho, quando queria. Parou ao lado dele, a testa franzida. — Lamento muito. Deve ter sido um acidente. Alguém se descuidou com uma vela ou o vento a derrubou. Vou providenciar outro material para você. Temos vários teares e fusos na casa.

Red não fez comentários. Olhou para a lareira, que ficava a certa distância, no meio da parede interna e observou a trilha do fogo. Depois olhou para mim. Eu não ia chorar. Meus dentes estavam cerrados com força e eu não ia chorar.

— Hugh — disse ela, em um tom que deveria ser o mesmo de quando eles eram crianças e ela os chamava para prestar contas de alguma travessura, de ficar acordados até tarde ou de roubar bolo da cozinha. — Você deve considerar a ideia de mandá-la embora. Isto é intolerável. Precisa cuidar da segurança da casa. Por que ela não pode simplesmente ir para Northwoods? Percebe que ela não pode mais ficar aqui?

Seus olhos estavam frios como o gelo.

— Não, não percebo. E a senhora? Não percebe a mão de Richard neste incidente?

— O que você está dizendo? — ela parecia chocada. — Meu próprio irmão? Por que provocaria um incêndio na casa de sua família? Sei que não aprova a presença da garota aqui, mas sugerir que ele faria algo assim é... é uma afronta. Além do mais, ele está viajando há um bom tempo. A não ser que você acredite que ele use magia. Hugh, às vezes você me assusta.

Ele a deixou terminar.

— Se não é seu irmão, quem pode ser? Que outro inimigo tão próximo ela tem? O que aconteceu aqui não foi para nos alarmar, mãe. O ataque foi diretamente para Jenny, e a atinge direto no coração. O preço deste pequeno incêndio é mais três ou quatro luas de silêncio. Mais uma estação inteira de espera.

Ao ouvir aquilo não consegui me controlar e comecei a chorar. Lágrimas silenciosas, mas fortes o suficiente para fazer meus ombros sacudirem. Pensei até que haviam me esquecido ali no chão, agachada ao lado das cinzas de meu trabalho. Coloquei as mãos sobre o rosto.

— Devo confessar que até simpatizo com esta menina — disse Lady Anne, procurando desajeitadamente um lenço. — Tome. Use este.

Red ficou em silêncio, me observando.

— É melhor sair, Red — disse ela com voz firme. — Não precisa ficar. Eu cuido dela.

Mas ele a ignorou e ouvi seus passos enquanto se aproximava de mim. Ajoelhou-se ao meu lado.

— Amanhã — disse. — Não tenho como ir, mas John a levará até o local onde você pode pegar mais dessa planta. Traga tudo que precisar. Sei que você está arrasada, mas também sei que você é forte e vai superar. O que foi queimado pode ser substituído e o que foi destruído pode ser refeito. Em pouco tempo você vai recuperar sua voz. E vai... vai poder voltar para casa.

Não olhei para ele, mas tirei as mãos do rosto e falei por gestos. Minha mente ainda estava confusa e não achei que ele fosse entender.

"Tempo. Muito tempo. Eu — cansada. Você — também — cansado."

Seu rosto se contraiu.

— Eu sou bom em esperar. Você pode se surpreender.

Mas eu precisava lhe perguntar. Não era fácil explicar por gestos.

"Como você sabe — fiar, tecer — voz?"

Ele entendeu. E esboçou seu leve sorriso, aquele que desaparecia em menos de um segundo.

— Estou aprendendo a ouvir. Aos poucos, mas estou.

Vi o rosto de Lady Anne atrás de nós, a testa franzida com ar de desaprovação. Não me importava o que ela pensava. Estava decidida a reunir todas as minhas forças e refazer o trabalho destruído. Não tinha tempo para preocupações. No dia seguinte, iria colher estrela d'água para duas camisas inteiras. E trabalharia dia e noite, noite e dia até terminar minha tarefa. Nenhum inimigo me impediria. Eu era a filha da floresta, e mesmo que meus pés escorregassem do caminho de vez em quando, não deixava de seguir em frente. E talvez não estivesse sozinha, afinal.

Os dois saíram e ela começou a falar em voz baixa. Não era para eu ouvir, mas no estado de estresse em que me encontrava, nem pensei em sair de onde estava, perto da porta.

— Diga-me, Red. Onde vai colocar esta moça quando se casar? Acredita mesmo que sua esposa irá tolerar a presença dela aqui? Com tudo que as pessoas falam sobre... sobre você e ela?

— Não vejo problema — disse ele, em um tom distante, como se não estivesse prestando atenção. — O que vai mudar?

Lady Anne perdeu o controle por um instante.

— Hugh! Às vezes, você consegue me tirar do sério! Será que está tão cego para o que acontece? Olhe para você. Fala com ela de um jeito, como... como se falasse com seu próprio ser. Jamais fez isso com outra pessoa. Está na hora de acordar. Temo por sua segurança e pela de todos nós se isso continuar. A garota precisa ir embora.

Saí, esperando que ela me visse e parasse de falar. Ouvi a voz de Red, distante e distraída.

— Alguma vez já me viu tomar uma decisão errada, mãe? Fazer um julgamento incorreto?

Ela não respondeu, e acreditei que os dois já tinham ido. Mas quando cheguei mais perto, vi que ainda estavam lá, Lady Anne olhando para o filho com uma mistura de raiva e amor e ele olhando para o nada, com a expressão neutra de sempre.

— Mas isso é diferente — disse ela, vindo em minha direção. Levou-me para baixo e me serviu comida e bebida, com toda gentileza. Mas seus olhos transmitiam algo completamente diferente. Ela estava com medo, mas de quê eu não sabia.

O dia seguinte começou bem. Embora a perda de tanto trabalho ainda me entristecesse, estava decidida e não me permiti ficar lamentando. John apareceu logo cedo, em seu grande cavalo cinzento, e trazendo uma pequena égua para mim. Havia dois outros homens com ele. Talvez Red estivesse exagerando em sua preocupação com o que aconteceu. Fiquei contente em poder cavalgar em vez de ser carregada como um saco de feijão. A égua era dócil, mas ágil, e chegamos à fonte onde havia estrela d'água ainda bem de manhã.

Não precisei explicar as regras a John. Ele deixou um dos homens no morro, montando guarda, e o outro perto das árvores. Sentou-se sobre as pedras enquanto eu comecei a colher a planta. Margery provavelmente havia comentado sobre meu trabalho e ele parecia entender que eu precisava fazer tudo sozinha. Mas via em seu rosto a frustração por não poder me ajudar na tarefa árdua de colher, empilhar e manusear os caules cheios de espinhos. O sol estava quente, e as abelhas, os pássaros e os insetos circulavam ao nosso redor. Lembro-me bem do aroma no ar, com as primeiras flores e rosas desabrochando. Perto da água, algumas violetas lutavam contra a invasão da estrela d'água e esticavam bravamente seus delicados ramos em direção à luz. Cortei a invasora pela raiz para que elas pudessem aproveitar o sol da estação.

Fiquei cansada e John me fez parar e beber em um cantil que havia trazido, e comer pão e queijo. Chamou os homens, deu comida a eles e os mandou voltar a seus postos. Nenhum deles vira qualquer movimento ou perigo. Ele esperou até eu terminar o lanche, com um sorriso no rosto.

— Muito bem — disse. — Você exige demais de seu corpo, Jenny. Ele não aguenta trabalhar desse jeito. Queria poder ajudar. Você é muito delicada pare esse tipo de trabalho. Quanto falta?

Já tinha uma sacola cheia e amarrada. Indiquei que precisaria de mais uma como aquela e então poderíamos ir para casa. Ele fez um gesto, mostrando que havia entendido.

— Tente segurar a faca assim — disse ele, me mostrando. — Isso mesmo. Corta melhor e cansa menos suas mãos. Meu Deus, quem quer que tenha lhe dado esta tarefa terá de responder por isso.

Foi a frase mais acalorada que já o tinha visto dizer. Seu rosto mostrava realmente preocupação. Bati de leve em seu ombro.

"Está tudo bem. Eu consigo."

Comecei a usar a faca como ele havia mostrado e ficou um pouco mais fácil. Mas minhas mãos estavam começando a ficar feridas em partes que até agora não tinham sido tão afetadas. Sentia o suor escorrer em minhas costas, entre os seios e na testa. Mas era fácil colocar de lado a dor. Bastava me concentrar em meu objetivo: meus irmãos em segurança e vivendo como homens neste mundo novamente. A trama de nossas vidas voltaria a se recompor, as sete correntezas fluiriam juntas e as jornadas convergiriam para um único objetivo.

Fui um pouco mais para baixo, perto da correnteza, procurando um lugar mais plano para alcançar a planta com facilidade.

Senti algo antes de acontecer; uma sensação de frio no ar, de que algo estava errado, um arrepio na nuca. Mas não houve tempo para me mover, pensar ou avisar. Só ouvi o estrondo, o barulho intenso de uma grande quantidade de terra e pedras se movendo rápido, o chão estremecendo e me derrubando. Levantei a cabeça e, por um instante, minha vista escureceu. O som foi diminuindo. Senti meu coração disparado e uma dor forte no tornozelo esquerdo. Abri os olhos, engasgada com a terra que cobria todo meu corpo e meu rosto, e com a poeira no ar. No céu, os pássaros ainda voavam tranquilos e as pequenas nuvens passavam lentamente. Mas ao meu redor só havia um estranho silêncio.

Tentei me sentar, mas algo estava prendendo meu tornozelo. À minha frente, o saco ainda estava aberto, e os caules de estrela d'água, empilhados perto da faca, que caiu de minha mão no momento do estrondo, e outro monte que eu já havia amarrado para guardar. A beira da água continuava intacta. Olhei para trás e não consegui acreditar em meus olhos. Tudo havia desaparecido. Tudo. No lugar onde o córrego descia da colina e se unia a outro, na direção da correnteza, agora havia apenas um grande monte de terra, pedras e raízes. E mais acima, um rasgo no morro, como se uma gigantesca rocha pontiaguda tivesse cavado o chão e jogado a terra para baixo com violência. Se a fenda fosse dois passos mais para baixo, eu teria sido soterrada.

Naquele momento, sem saber direito o que estava acontecendo, estive muito perto de quebrar meu silêncio. Não havia qualquer som a não ser o de pequenas pedras rolando e trechos de terra se assentando. Mordi o lábio para não gritar.

"John! John! Onde está você?"

Depois de muito esforço, consegui soltar meu pé das pedras que haviam se amontoado sobre ele. Com a força que fiz me machuquei mais ainda, mas eu não conseguia pensar direito naquele instante. Fui escalando o monte de terra e pedras, tentando chegar ao lugar onde ele estava, tirando a poeira dos olhos e me obrigando a continuar, apesar da dor. Finalmente ouvi sons. O homem que havia ficado perto das árvores veio correndo, pálido como leite. E do outro, que estava no topo do morro, não havia sinal. Como não tínhamos ferramentas, começamos a cavar como loucos até ficar sem fôlego, sem saber sequer se estávamos cavando no lugar certo. Tentamos mover as pedras maiores, mas não conseguumos. Seria preciso cordas e cavalos ou uns oito homens fortes para tirá-las, e seria tarde.

Encontramos John, finalmente. A mão, o braço e, depois de muito esforço, o resto do corpo, esmagado por uma grande pedra do peito aos pés. Ainda respirava e estava consciente, a cabeça encaixada em um triângulo de pedras mal equilibradas, mas que ainda deixavam o ar entrar. Não conseguíamos chegar até ele.

Mandei o homem buscar ajuda. E quanto ao outro, não havia como saber onde estava, sob toda aquela terra. Os cavalos estavam presos mais para baixo, perto das árvores. Ele chegaria rápido a Harrowfield e traria homens, cordas e ferramentas. Seria rápido, mas ao mesmo tempo muito tarde.

Sentei-me e fiquei quieta, pois qualquer movimento mais brusco poderia fazer com que as pedras se movessem e pressionassem ainda mais o corpo de John. Seu rosto estava coberto de poeira e um filete de sangue contínuo saía da face e se acumulava na pedra sob sua cabeça. Eu ouvia sua respiração e tinha até a impressão de sentir o peso das pedras sobre mim. Não chorei, pois aquilo estava além das lágrimas.

— Jen... — ele tentou falar.

Fiz gestos. "Não, não falar. Respire. Só respire."

— Não — ele disse, e seus olhos já tinham a sombra da despedida. — Diga...diga... — cada palavra era um esforço. Cada respiração aumentava a agonia e a pressão das pedras. A terra o esmagava cada vez mais. — Red... correto... escolha correta... você... diga... que sim...

Fechou os olhos por alguns instantes, mas se obrigou a abri-los novamente, tentando inspirar. A morte se aproximava rápido. Seu nariz começou a sangrar também, primeiro com pequenas gotas e depois um filete que se avolumava. Tentou limpar a garganta para falar, mas não conseguiu. Ouvi apenas um grunhido em falso. Segurei sua mão e passei de leve a mão por sua testa. É terrível ser um curandeiro e saber que nesses momentos não há o que fazer.

— Diga... diga a ela — tentou completar a frase, mas um espasmo o fez tossir sangue uma, duas vezes, e sua vida se esvaiu entre as pedras. Não conseguiu terminar, mas eu sabia muito bem o que ele ia dizer.

A ajuda chegou rápido, mas pareceu uma eternidade enquanto eu segurava a mão de John, que começava a esfriar. Seu sangue continuou a escorrer pelas pedras. Os únicos sons ao meu redor eram os dos pássaros e de uma leve brisa. Eu estava em silêncio, mas meu espírito gritava com toda força:

"Por quê? Por que ele? Era um homem bom; todos o amavam. Por quê? Ele era inocente nessa história. Por que levá-lo assim?"

Eu já tinha passado tanto tempo sozinha, sem qualquer contato com o mundo espiritual, que nem sabia mais se a voz que respondeu em minha mente era a minha ou de outra pessoa.

Não é assim que funciona, Sorcha. Você sabia que seria difícil. Agora está descobrindo o quanto.

"Mas por que John? Ele estava feliz. Para que lhe dar um filho e depois levá-lo embora?"

Uma risada. Não era cruel. Parecia apenas rir de minha incapacidade de compreender.

Preferia que levássemos outro? A criança, talvez, ou aquele com cabelos de fogo e olhos frios? Gostaria de reescrever a história?

Tapei os ouvidos e fechei os olhos, mas a voz continuava dentro de minha cabeça. Cabelos de fogo. Isso me doeu ainda mais.

Será que você é forte mesmo, Sorcha? Quanta adversidade consegue suportar em silêncio?

Outra gargalhada. Eu não sabia se estava falando com algum Ser da Floresta ou simplesmente com meu próprio espírito.

"Não vou ouvir. Recuso-me a ouvir isso."

E comecei a recitar os nomes de meus irmãos para afastar os demônios.

"Liam, Diarmid. Cormack, Conor. Finbar, Padriac. Preciso de vocês aqui. Preciso. Vou trazê-los de volta. Vou trazer."

A ajuda chegou. Pálidos e em silêncio, Red e Ben supervisionaram a retirada árdua e desesperada das pedras, da terra e do corpo desfigurado de seu amigo. Os cavalos puxavam com força e os homens trabalhavam rápido com pás e com as próprias mãos. Mas não encontraram o corpo do outro homem. Ou estava enterrado muito fundo, abaixo de todas as pedras ou... mas era uma alternativa improvável.

O rosto de Red parecia uma escultura de pedra. Ordenou que eu saísse, mas eu não me movi até que o corpo de John fosse retirado, embrulhado e colocado no cavalo.

Seguimos então para casa. Fui à frente de Ben, com uma faixa amarrada no tornozelo, que agora ardia como fogo. Já estava escurecendo e os homens que estavam à frente carregavam tochas. Ninguém falava. Queria que alguém me dissesse que estava tudo bem; que não fora minha culpa. Eu tinha vindo para aquela terra, feito amigos e agora um homem inocente havia morrido porque tinha de me proteger.

Aquele fora um dia lindo de primavera. Ele podia ter ficado em casa consertando um telhado, cuidando do gado ou brincando na grama com o filho, não cuidando de uma louca que queria colher estrela d'água. Era para estar em casa e em segurança, mas estava morto. Olhei para o cavalo de Hugh, que ia à frente puxando o animal com o corpo do amigo. Carregava os fardos de planta que eu havia colhido amarrados na sela. O preço daquela colheita tinha sido a vida de John. O peso de minha tarefa havia caído com tal força sobre ele que, mesmo naquele instante, se sentia obrigado a me ajudar. Não deixava que qualquer traço de dor transparecesse em seu rosto. Parecia ter uma máscara sobre ele. Ben chorava sem parar, sem se preocupar com os outros, que também estavam com os olhos vermelhos. Mas Lorde Hugh se mantinha impassível. Escondia sua dor em algum lugar profundo de seu ser.

Tinha me esquecido que Margery também era bretã. Quando chegamos ao jardim, seu rosto estava doce e calmo como sempre, mas parecia ter envelhecido de repente. Havia linhas de expressão ao redor dos olhos e da boca como se ela fosse bem mais velha. Levaram o corpo de seu marido para dentro, para ser lavado e vestido. Ela não disse uma palavra sequer. Ninguém olhou para mim, ou melhor, todos tiveram o cuidado de não olhar em minha direção. Ben me ajudou a desmontar, e eu não consegui andar, pois meu tornozelo estava muito inchado. Ele me carregou até dentro da casa, mas ninguém mais se preocupou em me ajudar. Fui me segurando nas paredes, pulando nos degraus, mas a cada salto meu corpo reverberava de dor. Chegando ao quarto tranquei as duas portas, sentei-me na cama, abracei Alys e fiquei quieta no escuro. O que era a minha dor comparada à de Margery?

Algum tempo depois, acendi o lampião, examinei meu tornozelo, movimentei o pé e o enfaixei para que doesse menos. Não estava quebrado. Peguei o pote de água e me lavei, depois escovei os cabelos para retirar a terra que ainda havia neles. Ouvia os passos das pessoas na casa, andando ocupadas de um lado para outro.

Agora ele me mandaria embora. Não havia outra possibilidade.

Depois de algumas horas, Lady Anne veio bater à minha porta.

— Margery quer vê-la — disse com voz seca.

Segui atrás dela, observada por todos. Alguns estavam em pé, outros sentados em pequenos grupos, sem conseguir descansar, desolados e em choque. Eu mancava, mas ninguém se ofereceu para me ajudar. Somente Lady Anne foi andando mais devagar e parando para me esperar.

Ele estava em sua casa, mas seria trazido para baixo para ser velado. A casa estava em silêncio. Será que essa gente não sabia como sofrer por um bom homem? Não sabiam chorar, gritar de raiva e amaldiçoar o poder das sombras? Não sabiam se abraçar, enxugar as lágrimas uns dos outros e falar das coisas boas que ele havia feito e de como havia sido bom, para ajudá-lo em sua passagem? Onde estavam as grandes fogueiras, os brindes com cerveja forte e o cheiro das ervas queimando para espalhar seu perfume no ar?

John estava vestido com uma túnica cinza-claro e seu corpo estava limpo, mas não havia como disfarçar os ferimentos ou os ossos quebrados no peito e na pélvis. Ele tinha lutado bravamente até o último instante.

— Jenny — disse Margery.

Ela não tinha chorado. Parecia distante como uma sombra, os olhos calmos e vazios. Queria poder abraçá-la e chorar com ela, pois era minha amiga. Mas ela manteve uma distância entre nós sem dizer uma palavra. Ben estava sentado perto da parede e era o único que tinha uma taça de cerveja nas mãos. Red estava no escuro, do outro lado da sala. Pensei que tivesse sido chamada porque o tinha visto morrer e ela quisesse saber como foi. Seria uma tarefa difícil contar a história através de gestos.

"John — falou — você". Minhas mãos tremiam. Não conseguia suportar seu olhar neutro, sem expressão. Pareceu não entender. "John — me falou — você, o bebê".

— Para que isso? — disse Lady Anne impaciente. — Seus sinais não fazem sentido e desrespeitam este lugar de luto. Você está incomodando Margery, menina. O que tem na cabeça?

Olhei para o corpo de John e depois para Margery e tive a impressão que seus olhos mudaram de expressão por um instante. Tentei me comunicar com ela. "Por favor, me deixe terminar".

— Tente novamente, Jenny — Red estava ao meu lado, observando minhas mãos. — Talvez eu possa ajudar.

Tentei mais uma vez e ele foi interpretando meus sinais.

— John queria, John tinha um recado para você — fechei os olhos, coloquei as mãos para o lado e depois apoiei o rosto nelas. — Morreu em paz. Com coragem. — Apontei para o corpo, coloquei a mão no coração e em seguida apontei para Margery, que me olhava impassível.

— Ele pediu para dizer a Margery que a amava — disse Red.

— E que ela está em seu coração — era difícil transmitir uma mensagem daquelas, mas não podia desistir. Minha dor era pequena comparada à dela. Continuei a transmitir tudo que sabia que John queria dizer ou teria dito se tivesse tempo. Red ia interpretando cada gesto.

— Pediu também para dizer a ela que crie seu filho para ser um bom homem, forte e sábio — olhei para John mais uma vez, sua face calma apesar dos ferimentos, e seus pés brancos e limpos sob a túnica. Toquei meus lábios com a ponta dos dedos e levei a mão na direção dela.

— E que transmitisse seu adeus. E... e que contasse a seu filho sua história — a voz de Red falseou. Não olhei para ele. O rosto de Margery continuou calmo enquanto ela me olhava.

— Obrigada — disse em voz fraca e tom gentil. — Fico feliz por alguém ter estado com ele quando... Se não se importam, gostaria de ficar sozinha.

— Tem certeza? — perguntou Lady Anne, que ficou o tempo todo de testa franzida.

— Por favor — respondeu ela, com voz trêmula. Quando me virei para sair, vi que sua face se contraiu e lágrimas começaram a cair de seus olhos.

Red me observou mancar e, antes que chegasse à escada, me pegou no colo, ignorando minha relutância.

— Você é a pessoa mais teimosa que já vi — reclamou. — Como conseguiu subir?

— Subindo — respondeu Lady Anne, como um trovão. — Da mesma maneira que pode descer agora.

Red parou no caminho, comigo nos braços. A casa toda nos via lá de baixo. Dava para ler claramente os pensamentos de Lady Anne. *Um homem havia morrido por causa dela. Um dos nossos mais queridos, deixando esposa e filho. Ela matou seu amigo e você a carrega como se fosse uma flor preciosa, uma princesa frágil que não pode pôr os pés no chão. O que vão pensar de você? O que está fazendo com esta casa?*

Red a olhava também, e respondeu com voz suave.

— Vejo esta garota sofrer todos os dias e já a vi caminhar sobre rochas descalça até os pés sangrarem. Deixa suas próprias necessidades sempre em último lugar. Mas em minha casa ela não ficará em último lugar. Para esta garota não conseguir andar, mãe, é porque há algo de muito grave com ela. Vou lidar com isso à minha maneira.

Sua voz soou calma e controlada. Talvez só eu tenha percebido a alteração em sua respiração. Sua mãe ficou furiosa. Mas como todos a estavam olhando, seguiu atrás de nós pela escada com rosto sério e altivo. Quanto a mim, preferia ter descido pulando e me equilibrando sozinha até o quarto. Porém, ninguém me perguntou o que eu queria ou achava. E não precisava olhar para as pessoas naquele salão para saber o que estavam pensando. *John morreu, e com ele se ia parte de Harrowfield. O que mais ela irá destruir? E mesmo assim ele a protege. Bruxa, assassina.* Mas nada foi dito em voz alta; nada na presença do chefe da casa. Não ainda.

Chegando ao quarto, ele me colocou sobre a cama e trancou a porta. A do jardim estava aberta, e sobre o primeiro degrau estavam as duas sacolas de estrela d'água e minha faca.

— Seu pé. Está...?

"Nada, está tudo bem". Sinalizei.

— Não acredito nisso. Queria poder para ajudar, mas... mas devo voltar para cuidar de... preciso...

Saiu quase pisando nas sacolas, descendo rapidamente os degraus para o escuro como se alguém o tivesse empurrado. Mas havia um lampião lá fora. Pensei que já tivesse ido e fui até a porta para fechá-la, mas quando olhei para fora, ele estava parado perto dos degraus, com uma das mãos e a testa apoiadas na parede e a outra fechada, pressionada contra a boca com tanta força que as articulações estavam brancas. Seus ombros sacudiam. Naquele momento, até me esqueci de meu medo de tocar. Sem que eu pudesse pensar, minha mão se esticou e pousou suavemente em sua nuca, na pela clara entre a túnica e o cabelo. Sua reação foi instantânea e violenta. Seu corpo se enrijeceu, como em estado de choque, e ele respirou com força, gritando em um tom que eu nunca havia ouvido dele; hostil e descontrolado.

— Não quero sua piedade.

Afastei-me com um salto, subindo as escadas tão rápido quanto meu pé permitia. Antes de sumir na escuridão, ele olhou para mim por um instante e vi em seus olhos o que normalmente sua máscara de frieza não permitia. Aflição, fúria, dor e ódio de si mesmo, exatamente como seu irmão. E sob todo aquele tumulto de emoções, algo ainda mais sutil e profundo, protegido por barreiras que ninguém ousaria penetrar.

Não dormi naquela noite. Meu espírito estava abalado, e meu coração, em pranto. Fiquei observando as sombras no quarto e ouvindo o ronco de Alys. "Se continuar aqui", pensei, "vou destruí-lo. E posso acabar destruindo a todos. Mas se partir não conseguirei completar minha tarefa, pois os poderes do mal apertam cada vez mais o cerco. Se sair daqui, perco meus irmãos e todo meu trabalho terá sido em vão". Minha mente ia e voltava, de um pensamento ao outro, e a dor de cabeça era maior que a do tornozelo. "Ele me odeia", pensei. "Todos me odeiam. E têm razão, pois nessa casa parece que só causo problemas". Mas uma pequena voz em minha mente dizia: *o que é isso? Autopiedade? Você não pode se dar esse luxo, Sorcha. As coisas não podem ser sempre como você quer. Volte-se para seu caminho. Siga em frente. Mas seja rápida, pois o inimigo se aproxima.* Não havia como ignorar aquela voz. E havia algo que precisava fazer.

Antes de amanhecer, eu me levantei, fui até o jardim e peguei o que precisava. Ben dormia pesado sobre o banco com uma caneca vazia ao seu lado. Fiz um círculo na terra macia e coloquei quatro velas ao redor. No centro, acendi uma pequena fogueira com ramos de pilriteiro e sabugueiro.

Alguém precisava libertar o espírito de John e ajudá-lo a seguir seu novo caminho. Não acreditava que alguém ali o faria, embora todos o amassem. As chamas eram baixas, mas brilhantes. Fixei minha mente em seu rosto solene e sincero e pensei em tudo que ele tinha sido. Joguei no fogo algumas folhas de pinho e tomilho e um aroma doce de limpeza se espalhou pelo jardim. Visualizei John como uma grande e bela árvore, que abrigava e protegia a todos ali, com raízes firmes na terra, fazendo parte da vida local. Ele era um homem do vale. Onde quer que fosse seu espírito, uma parte dele sempre estaria ali. Antes que o sol surgisse por completo, apaguei as velas, desfiz o círculo e cobri os restos da fogueira com areia. Era um novo dia e eu tinha trabalho a fazer.

Daquela noite em diante, até o dia primeiro de maio, quando tudo se modificou novamente, afastei-me de todos, como se estivesse rodeada por uma aura invisível e protetora. Concentrava-me exclusivamente em meu trabalho. Sentia o inimigo próximo à medida que a primavera cedia lugar ao verão e os frutos se apinhavam nas árvores, os filhotes de pássaros estreavam suas asas e os moradores de Harrowfield engoliam sua dor e trabalhavam bravamente nos preparativos para o casamento. Em vez de sair para caminhar de manhã, eu me sentava em meu jardim e fiava, pois Lady Anne havia me providenciado todo o material como prometera. Não me aventurava até o pomar ou até a floresta. À noite, os dois ainda se alternavam montando guarda à minha porta. Não olhava mais para ver quem era e mantinha a porta fechada. Trabalhava em meu quarto, mesmo quando as mulheres se reuniam na sala de costura. Não queria ouvi-las falar, ver a testa franzida de Lady Anne ou, pior ainda, sentar-me ao lado de Margery e vê-la trabalhar mecanicamente, com os olhos frios, sem expressão. Ela não pediu mais para me ver, e eu não iria aonde não me queriam. Então, trabalhava em meu quarto e contava histórias para mim mesma. Quando não tinha mais energia, repetia os nomes de meus irmãos em minha mente. Minhas mãos pioraram bastante sem as pausas no trabalho e sem o tratamento de Margery. Estavam cheias de feridas e em estado lastimável. Mas eu continuava. A dor não era importante.

Porém, não consegui me isolar totalmente. Lady Anne fazia questão que todos estivessem presentes ao jantar. Eu me sentava à mesa e comia o pouco que me apetecia. John não estava ali para colocar um pouco de cada alimento em meu prato, embora às vezes Ben me servisse mais um pedaço de queijo ou de fruta. Disse que eu estava tão magra que qualquer dia desapareceria. Olhei para ele atravessado e ele piscou. Talvez nem todos ali me odiassem. Não havia mais piadas à mesa desde que tínhamos perdido John, mas Ben ainda tentava brincar e parecia se sentir um pouco responsável por mim, talvez pelo fato de ter assistido a meu patético resgate no rio ou por não conseguir evitar que Hugh de Harrowfield tomasse a decisão mais errada de sua vida.

De vez em quando, eu passava por Red no corredor. Não havia como nos evitarmos o tempo todo. Eu baixava os olhos e passava como uma sombra, perto da parede. Quando ele precisava falar comigo sua voz era educada, mas distante. Depois do que aconteceu naquela noite, não nos falamos nem olhamos mais um para o outro. Havia uma espécie de barreira entre nós que nenhum dos dois tentava quebrar. Era melhor assim. Eu tinha muito trabalho a fazer e não podia ficar me distraindo. E ele tinha a casa e a administração para pôr em ordem, pois o dia de seu casamento se aproximava rápido.

Ouvi conversas sobre a investigação do acidente que matou John. O homem que montava guarda no alto do morro era "emprestado" de Northwoods. Tinha vindo acompanhar Elaine em sua visita e acabou ficando mais um tempo em Harrowfield. No dia do acidente, tomou o lugar do que iria nos acompanhar, sem avisar John. E não havia sinal dele desde então. A história ainda não estava muito clara. Suspeitava-se que seu corpo ainda estava sobre as pedras. Ninguém fez acusações, mas as coisas estavam um pouco diferentes agora. Havia mais homens espalhados pelo local, a maioria deles armada. A comida era inspecionada e provada antes de ser distribuída. Red e Ben conversavam todas as noites, examinando mapas. Outros homens apareciam de vez em quando, alguns conhecidos e outros não, eram interrogados, recebiam alimentos e bebida e eram liberados. Eu assistia a tudo sem entender e não perguntaria.

Somente fiava, tecia e contava os dias.

Capítulo 11

O dia primeiro de maio chegou, e o céu estava azul e maravilhoso. Em minha casa todos teriam colhido flores à noite para enfeitar portas e janelas e honrar os primeiros raios de sol. Colocariam oferendas de leite sobre algumas pedras e acenderiam fogueiras nos morros. Lembrei-me de Conor, que nesta data trazia da floresta uma tocha acesa para acender nossa lareira. Mas ali as pessoas pareciam não ter tempo para rituais ou não entendiam sua importância. Mas, para minha surpresa, havia fitas nos ramos dos arbustos do caminho da entrada e ouvi as moças falando na cozinha sobre um tipo de dança especial e sobre quais rapazes levariam para a floresta depois. Talvez as velhas tradições ainda não estivessem totalmente esquecidas ali.

A casa estava cheia de flores e ramos e todos estavam alegres, pois um casamento significava renovação, estabilidade e a vinda de mais uma geração para aprender a cuidar dos campos e dos animais, e a dar continuidade à vida no vale. Em minha casa não se escolhia flor de maio para um casamento, a não ser que fosse para ele não durar. Sentei-me em meu jardim, costurando à luz do lampião e imaginei

Red mostrando a seu futuro filho como plantar um carvalho ou à sua filha que uma ovelha pode ser tosquiada e seu pelo volta a crescer. Elaine não estava na cena, pois provavelmente o pai ainda a manteria constantemente ocupada com os interesses de Harrowfield.

Ele havia chegado naquela manhã, alguns dias depois da filha. Quase não o vi, mas ouvi dizer que sua expedição não tinha transcorrido conforme seus planos e ele estava de mau humor. O jantar foi festivo. Todos comeram, beberam, riram e contaram piadas. Richard me observava com os olhos semicerrados.

Red e Elaine conversavam entre si. Ben estava muito quieto, algo bastante incomum. Quase não bebeu e sua mente parecia distante. Margery não desceu.

Lady Anne nos honrou com pratos e mais pratos servidos em travessas de prata, carnes assadas e peixe escaldado, que eu nem toquei. E também legumes cortados em diferentes formatos, sopas, molhos e doces. Eu não via a hora de voltar ao silêncio e à privacidade de meu quarto, mas ofenderia a família se deixasse a mesa cedo. Depois de algum tempo, trouxeram o prato principal, todo decorado com detalhes dourados. Era uma ave assada, recheada com cenouras, nabos e cebolas. O cheiro do assado preencheu a sala e pareceu agradar a todos. Eu demorei um pouco a reagir, mas meu estômago logo sentiu. Minhas têmporas começaram a suar e a sala começou a girar diante de meus olhos. Levantei-me de um salto, derrubando a cadeira, e saí correndo em direção à porta, esbarrando em uma serviçal que passava com uma molheira na mão. Pelo menos não os ofendi vomitando na sala. Fiz isso lá fora, o corpo todo tremendo com os espasmos, expelindo até a última partícula de alimento que eu tinha no estômago e um pouco mais. A visão da ave assada ainda estava em minha mente e o cheiro terrível que exalava parecia ter grudado em minhas narinas, em minha roupa e em tudo ao redor.

Logo ouvi vozes se aproximando.

— O que há com ela?

— Alguém colocou algo em sua comida? Quem foi? Eu já fiquei tentada a fazer isso, mas...

— Não há como terem feito isso. A comida veio direto da cozinha. Que coisa estranha...

— Pois eu acho que sei qual é o problema.

As vozes foram ficando distantes. ... pãozinho no forno... é o que me disseram... justo agora.... ele deve se cuidar... casamento... não é o primeiro... Não é dele. Provavelmente é de algum desses homens que vão e vem à noite. Quem mais iria querê-la?

Eu já tinha ouvido falar desse tipo de prato. Um cisne assado recheado com um peru, dentro dele uma galinha, e dentro dela, uma codorna. Uma obra de arte culinária. Eu nunca mais comeria algo que viesse daquela cozinha, jamais usaria esse vestido novamente, com aquele cheiro impregnado, jamais...

— Está melhor? — era Ben, com uma caneca de água em uma mão e uma toalha limpa na outra. — Que estômago delicado, hein? E que rapidez. Venha, beba alguma coisa. Seu estômago não pode ficar vazio. Assim está melhor. Bem, acho que não vai querer voltar para a festa, não? Que tal eu levá-la para a cama? Opa. Deixe-me refazer a pergunta: poderia acompanhar a senhorita até à porta de seus aposentos? Sorria, Jenny. Você não pode estar se sentindo tão mal assim.

Ele era um bom garoto. Não tinha más intenções para comigo. E quem iria saber se ele me acompanhasse? Caminhamos até a entrada de meu quarto pelo jardim e nos sentamos no banco por um instante, contemplando as estrelas. Por que ele não voltava para a festa? Não que eu não gostasse de sua companhia. Qualquer coisa era melhor que ficar me lembrando daquele prato horroroso.

— Preciso lhe dar um recado — disse ele, sério de repente. — Ele disse... ele pediu que você fizesse o que está pedindo sem fazer muitas perguntas.

"O quê? Que recado é esse?"

— Esteja de pé logo cedo. Cedo mesmo, antes do amanhecer. Vista um manto e boas botas. Esteja pronta para cavalgar. E deixe o cão no quarto. Foi o que ele disse.

"Como assim? Amanhã é o...?"

— Não se preocupe — disse ele, com a testa um pouco franzida. — Ele pediu para lhe dizer que está tudo bem. E que é seguro deixar seu... seu trabalho aqui.

Então ele não me levaria para casa. E não ia me mandar embora. Não ousaria me mandar embora no dia de seu casamento e sem minhas coisas, ousaria?

— Vai ficar tudo bem — disse Ben, tentando se convencer. — E agora devo voltar. Logo perceberão minha ausência. E pelo que sei, nosso amigo de Northwoods tem notícias para nós. Não sei exatamente do que se trata, mas é melhor eu estar lá quando ele falar. Boa noite, Jenny. Não se preocupe.

Uma das coisas que o povo de Harrowfield gostava e respeitava em Lorde Hugh era o fato de ele ser uma pessoa em quem se podia confiar. Era um homem equilibrado e previsível. Não mudava de opinião com facilidade. Se prometia fazer algo, cumpria. Era sólido como o carvalho. Não era preciso viver muito tempo no vale para ouvir as pessoas dizerem isso. Aliás, este era o motivo do choque da minha presença em sua casa. Era a primeira vez que ele quebrava esse padrão. Bem, uma atitude estranha na vida era até compreensível. Eles entenderiam um erro. E uma vez casado, as coisas voltariam ao normal. Elaine de Northwoods era uma boa escolha.

Mas e se acontecesse novamente? Seria algo histórico, considerando-se o tipo de pessoa que ele era. Seria algo de grande impacto, que ofenderia as pessoas e abalaria ainda mais sua família. Mas parecia que era isso que ele tinha em mente. Até para algo que era visto como um erro, ele tinha um propósito.

Não foi problema acordar cedo, uma vez que eu praticamente não havia dormido. Alys também não se incomodou em continuar na cama, mesmo sozinha. Não queria usar o vestido velho, pois ainda estava com cheiro da carne assada. Tive então que usar o azul e minhas surradas botas. Como o frio da noite ainda persistia, joguei o manto nos ombros e saí, com uma sensação estranha no estômago. Ansiedade? Mau pressentimento? Ou talvez apenas o resultado do mal-estar da noite anterior. O silêncio era total. Todos na casa ainda dormiam.

Encontrei três cavalos no portão e dois homens usando mantos e armas na cintura. Red pôs os dedos nos lábios, me pedindo silêncio, como se isso fosse necessário. Ben me ajudou a montar a égua e partimos, conduzindo os cavalos sobre a grama para evitar o barulho dos cascos. Antes de o sol nascer já tínhamos cruzado o vale. Entramos em um bosque denso, seguindo por trilhas que só quem morava ali conhecia. Harrowfield ficara bem para trás quando os primeiros raios de sol surgiram. Eu estava ansiosa, cheia de perguntas para fazer. Fizemos uma parada rápida para tomar água no cantil. Aproveitei a oportunidade.

"Onde estamos indo? O que é isso? Hoje — você — casamento! Hoje — você — casa! Onde?"

Red esboçou seu meio sorriso. Ao olhar para ele, percebi que também não havia dormido.

— Quantas perguntas! Calma, Jenny. Temos um longo caminho pela frente. Andaremos até o meio-dia ou mais. Quero lhe mostrar uma coisa. Não se preocupe. Levaremos você de volta e a salvo. E providenciei para que seu trabalho fique protegido. A feroz Alys vai ajudar também, pode ter certeza. Consegue continuar? Está muito cansada?

Balancei a cabeça, mas ainda não tinha terminado. Ele não havia me respondido.

"Hoje — você — casamento?", mas a mensagem já estava clara em meu rosto, caso os gestos não fossem suficientes. "Como pôde fazer isso? Como pôde sair assim?"

Red deu de ombros, sem me olhar.

— Não precisa se preocupar — disse. — Está tudo sob controle. E não falou mais.

Continuamos a cavalgar e acabei percebendo que, apesar da confusão em minha mente, da ansiedade e do choque com a atitude dele, estava gostando do passeio, da sensação de liberdade, do cheiro da floresta, de cavalgar sobre o mato verde e da companhia silenciosa dos dois. Era quase... era quase como o dia em que Red e eu estávamos viajando, paramos sob uma macieira e dividimos maçãs. Quando nos abrigamos na caverna e vimos mais do que imaginávamos dentro dela. Apesar do medo e da incerteza, havia uma ligação entre nós mesmo quando eu mal o conhecia. Red olhou para mim por um instante e creio que pensava a mesma coisa.

A viagem até Harrowfield pelo mar tinha levado praticamente um dia inteiro. Agora eu percebia que a costa ali devia ser bastante recortada ou curva, pois o caminho que seguíamos agora era bem mais curto, embora acidentado. Os cavalos pareciam conhecer o trajeto, mas aquela definitivamente não era uma trilha muito utilizada. Quando saímos da floresta, a vista do mar se descortinou à nossa frente. Dava para ouvir o barulho das ondas e das gaivotas. Havia uma trilha descendo o morro, entre as rochas, que chegava até a água. Mas era íngreme demais para se descer a cavalo. Havia cabos de madeira nos dois lados. O local era protegido, quase secreto. Os dois desmontaram, e eu também, depois de alguns instantes, um pouco desajeitada após tanto tempo sem cavalgar. Eles não trocaram palavras, mas Red pegou no braço de Ben, em um gesto de agradecimento, que pegou as rédeas dos três cavalos e os levou de volta à entrada da floresta, sob as árvores.

— Por aqui — disse Red, descendo pela trilha estreita e mal delimitada. Não tive escolha a não ser segui-lo.

Meu tornozelo ainda doía um pouco, mas consegui descer bem. Alguns trechos eram bastante íngremes e escorregadios. Ele precisou pegar minha mão para ajudar, mas a soltava assim que podia. Como estava concentrada em não escorregar, quase não olhava ao redor. Fizemos uma parada sobre uma rocha, uns seis metros acima da praia.

— Veja — disse Red. O lugar onde estávamos era o meio de uma enseada fechada. A areia era fina e branca, e as plantas rasteiras se espalhavam por todo o morro atrás de nós. As duas extremidades da praia eram praticamente fechadas, isolando o local do resto do mundo. À nossa frente gigantescas pedras dividiam a praia em duas partes. Olhei para onde ele indicou e fiquei extasiada.

Já ouvira falar daquelas criaturas, mas somente nos contos. Estavam deitadas na praia, aquecendo-se ao sol de verão, enormes, reluzentes e elegantes. Olhavam para nós com seus olhos líquidos como a dizer "este lugar é nosso". O mistério do mar estava contido naqueles olhos. Eram dez ou doze, e enquanto observávamos, mais uma saiu da água e veio para a praia, movendo-se graciosamente. Balançava o corpo longo e pesado de um lado para outro, criando um halo de gotinhas prateadas ao seu redor. Parou ao lado das companheiras e suspirou. Sentei-me bem devagar nas pedras, tomando todo cuidado para não assustá-las. Era um daqueles lugares em que a harmonia da natureza estava intacta, onde os mundos se tocavam e se comunicavam; onde se deve penetrar com todo respeito e cuidado. Uma delas moveu a cabeça, me observou e depois se deitou sobre as costas de uma companheira, fechando os olhos lentamente. Senti uma onda de alegria se espalhando em meu rosto. Fiquei um bom tempo observando aquelas criaturas sob o céu ensolarado, cheio de pássaros marinhos voando e emitindo delicados sons. Senti o poder do lugar ao meu redor, penetrando meu corpo, acalmando meu espírito e me enchendo de alegria. É um sentimento difícil de descrever, o mesmo que me invadia quando estava nos lugares mais escondidos e secretos da floresta ou no telhado de nossa casa em Sevenwaters, me comunicando mentalmente com Finbar.

Está tudo bem. Vai ficar tudo bem. A roda gira e retorna ao ponto de onde partiu.

Era um lugar de cura da alma.

Só depois de um bom tempo lembrei-me de que não estava sozinha. Virei-me e olhei para Red. Ele estava sentado nas rochas, atrás de mim, com seu livro, sua pena e seu tinteiro. Mas não estava trabalhando. Apenas me observava.

— Ficaremos aqui um pouco — disse, abrindo o livro e tirando a rolha do tinteiro. — Ben voltará mais tarde. Tem algumas coisas a fazer nas redondezas. Você está em segurança aqui.

As perguntas voltaram todas à minha mente. Como ele podia estar tão calmo? Não me explicaria o que estava acontecendo? Fiquei pensando como perguntar por meio de gestos. "Por quê? Por que me trouxe aqui?"

— Mais tarde — ele respondeu. — Temos o dia todo. Mais tarde conversaremos e lhe direi. Agora, será que você entende que eu gostaria de ver essas mãos descansarem por um dia ao menos? Que desejo ver minha prisioneira livre, ao menos por algumas horas? Aproveite hoje, Jenny. Amanhã começa tudo outra vez.

"Por que hoje? E quanto a Elaine, sua mãe e..."

Não conseguia dizer tudo isso com gestos. Além disso, ele sabia muito bem o que eu queria dizer. Tirou da sacola suas tábuas forradas com couro, que continham os registros da fazenda, e também um pedaço de pergaminho metade preenchido com anotações. Mergulhou a pena na tinta e se pôs a trabalhar, sentado a céu aberto e diante do mar. Parecia que nada mais no mundo tinha importância, a não ser seus registros de como as coisas transcorriam e sempre transcorreriam em suas terras.

Então eu tirei as botas e desci até o outro lado da praia, cuja areia estava intocada, salvo pelos leves pés dos pássaros. Ali, em vez dos animais marinhos, havia pequenas e delicadas conchas trazidas pela maré, alguns pedaços de madeira e complexas redes de algas. A sensação da areia sob meus pés era tão boa, mas tão boa, que peguei minhas saias nas mãos e comecei a correr, sem me importar com o incômodo do tornozelo, sentindo a brisa em meus cabelos e, finalmente, o toque frio da água em meus pés. Meu coração batia com a emoção da liberdade. Continuei a correr sobre as pequenas ondas, a barra do vestido azul ficando molhada e cheia de areia. Corri pela praia toda, com as gaivotas voando e gritando acima de mim. Corri até ficar tonta e sem ar, até chegar ao fim da praia, onde o muro de rocha se erguia na areia branca. Encostei nele e fiquei ouvindo meu coração bater e respirando o ar marinho. Não sabia; não tinha percebido o peso que havia sido colocado sobre minhas costas até aquele momento, até aquele instante de liberdade por um dia.

Dava para ver Red a distância, ainda sentado sobre as rochas. Seus cabelos eram a única cor na paisagem cinza, verde e branca, como uma chama sobre a água. Tinha colocado de lado o livro e estava imóvel, as costas eretas, me observando. Talvez pensasse que eu tentaria fugir. Mas sabia que eu precisava voltar para completar minha tarefa, embora não soubesse o motivo e nem conseguiria acreditar se eu pudesse lhe dizer. Tais coisas estavam além da compreensão de um bretão.

Ouvia vozes em sua cabeça e tinha sonhos estranhos que mal conseguia aceitar. Mas havia um universo inteiro além daquilo que ele mal chegara a vislumbrar.

Voltei devagar. Na metade do caminho encontrei um tesouro de conchas, uma mais bonita que a outra. Sentei-me na areia e peguei uma, depois mais uma, maravilhada com aquelas minúsculas casas que abrigavam pequenos seres do mar. Eu era a filha da floresta e jamais havia me aventurado fora dela. Não tinha ideia da maravilha e das belezas do oceano e de sua vida secreta. A concha em minha mão tinha sido aberta, provavelmente por uma tempestade. Tinha pequenas câmaras por dentro, cada uma delas coberta por uma fina camada brilhante e perolada, um adorno digno de uma rainha. Maravilhoso. Fiquei sentada ali um bom tempo, observando e sonhando, os pensamentos longe e ao mesmo tempo voltados para dentro de mim mesma. Então, de repente... como descrever aquele momento? Uma voz em minha mente, não daquelas que me atormentavam ou das que me chamavam de volta à realidade. Era uma voz que eu não ouvia há muito, muito tempo.

"Sorcha. Sorcha, estou aqui. Aqui, corujinha."

Conor? Quase não consegui pensar em seu nome, com medo de que aquele instante mágico desaparecesse. Olhei para o céu, sobre a água. E vi um grande pássaro solitário, asas abertas, voando em círculos.

"Conor? É você mesmo?"

"Ouça com atenção. Só posso falar por alguns instantes."

"Os outros? Onde estão? Por que não..."

"Espere, corujinha. Só ouça."

Silenciei os pensamentos e deixei a mente vazia e aberta.

"Vou encontrá-la aqui no solstício de verão?"

"Não." Trouxe à mente a imagem do vale de Harrowfield com todos os detalhes que conseguia, tentando mostrar onde era, além dos morros, no sentido sudoeste. Mas como um cisne pode voar até Harrowfield? Cisnes não seguem trilhas, pontes e caminhos sob as árvores.

"Vejo esse lugar que você descreve. Quem é aquele que a vigia? Por que você veio para cá, além-mar? Tão longe, tão longe de nós."

Meus olhos se encheram de lágrimas e minha garganta doeu. Não respondi.

"As camisas estão prontas? Você estará pronta no solstício de verão?"

As lágrimas começaram a cair. "Não. Ainda falta terminar uma e fazer outra."

"Não chore, irmãzinha. Eu estarei lá. Espere por mim no Meán Samhraidh. Irei ao seu encontro."

Foi retirando aos poucos, delicadamente, seus pensamentos de minha mente. Era o mais habilidoso de nós naquele tipo de comunicação. Voou em círculo mais uma vez e depois, com um forte bater das asas brancas, seguiu para o oeste. Fiquei sozinha novamente. Mas não totalmente, pois eles ainda estavam vivos. Eu os veria em breve, pois já estávamos em maio. Também não percebera, até aquele instante, que já considerava minha tarefa inútil.

"Obrigada", disse em silêncio. "Muito, muito obrigada".

Não sabia ao certo com quem estava falando. Mas havia um poder tão grande ao meu redor que era quase palpável, uma força emanando da água, das rochas e dos estranhos animais marinhos de olhos belos. Ouvira a voz de meu irmão por estar ali, tão próximo à natureza. Mas não me esqueci de quem havia me levado até lá.

Um pouco mais tarde, quando a maré estava mais baixa, desenhei na areia uma Dama do Mar, com longos cabelos de algas, olhos de conchas cinza e uma graciosa cauda de peixe. Tinha seios redondos, cintura estreita e mãos pequenas e delicadas. Era como as criaturas de que eu ouvia falar nos contos, que cantavam para os marinheiros com voz tão doce que os enlouquecia. Fiquei molhada e cheia de areia. E estava tão concentrada no que fazia que não vi Red se aproximar. Só percebi porque meus cabelos cobriram meu rosto com o vento e eu levantei a cabeça para jogá-los de volta para as costas. Estava sentado a certa distância, observando-me com um sorriso no rosto, o primeiro de verdade que eu via em sua face. Um sorriso que encurvava e suavizava sua boca séria e aquecia os olhos frios. Um sorriso que me fez enrubescer e mexeu com meu coração.

Algo dentro de mim gritou: *perigo! Este é um caminho que você não pode seguir.* Desviei o olhar, pois ao ver a doçura daquele sorriso senti a mão de Simon agarrando a minha, aterrorizado, como se segurasse um talismã. Quando olhei nos olhos de Red e vi uma profunda tristeza neles, ouvi a voz de Simon, como a de uma criança: *não me deixe.* Com pouquíssimas palavras os dois irmãos haviam me pedido mais do que eu podia oferecer. Sentei-me de costas para ele e fiquei observando os pássaros. Gaivotas, gansos e outros que eu nem conhecia, viajantes de asas longas e belas.

Não havia cisnes. Mas em algum lugar, do outro lado daquela imensidão de água, eles aguardavam. Era tudo o que importava.

— Simon vinha muito aqui — disse Red, atrás de mim. — Há muito tempo. Ninguém mais conhecia este lugar. As focas vêm aqui para descansar de vez em quando. Passam a maior parte de suas vidas no mar e só as vemos quando elas querem. Nunca sabemos se estarão aqui ou não. Mas queria que você as visse.

Fiz um gesto com a cabeça, mas sem me virar.

— Há uma velha história sobre este lugar — ele continuou. — É sobre uma sereia como a que você desenhou. Seu povo é perito em contar histórias assim. Não tenho o dom das palavras, mas acredito que você gostaria de ouvir esta.

Agora ele tinha realmente me surpreendido. Virei-me para encará-lo. Estava sentado na areia, de pernas cruzadas, ainda de botas. Pelo menos havia deixado o manto sobre as rochas, junto com o livro e a pena. Franzi a testa, mostrei meus pés descalços e apontei para os dele. E esfreguei os pés na areia. "Pelo menos isso você pode fazer". Ele olhou para mim com os olhos semicerrados, mas tirou as botas, se levantou e foi até a beira da água, perto da sereia. Ficou observando o desenho com um meio sorriso enquanto as ondas batiam em seus tornozelos.

— O povo desta região vive da pesca — ele começou. — As crianças aprendem a pescar e a preparar peixe ainda pequenas. Mas havia um menino que não queria seguir essa tradição. Sentava-se todos os dias nas rochas tocando uma pequena flauta. Inventava sons estranhos e danças diferentes. O pai se desesperava. A mãe dizia que ele era a vergonha do povoado e que podia usar melhor seu tempo trabalhando nos barcos. Mas Toby, este era o seu nome, gostava mesmo era de ficar sentado olhando o mar, inventando sons com sua flauta. Com o tempo, as pessoas começaram a observá-lo encantadas, pois os sons que ele fazia eram como melodias que refletiam a alegria e os desejos de seus corações.

Eu estava boquiaberta. Não conseguia crer que o elegante Lorde Hugh de Harrowfield conseguisse se expressar assim.

— O menino cresceu e se tornou homem. Às vezes, pediam a ele que tocasse em um casamento e ele ia a contragosto, saindo assim que podia. Então vem a parte estranha da história. Estranha, mas verdadeira, dizem. Um homem que conserta redes garante ter visto com seus próprios olhos. Em uma tarde de verão, Toby estava sozinho nas rochas, tocando sua flautinha. De repente, surgiu ao seu lado uma bela moça de pele clara como a lua e cabelos longos como algas, tão longos que cobriam seu corpo nu. Tinha olhos cristalinos como a água do mar. Saiu da água e, por um instante, o homem pensou ter visto uma cauda prateada, cheia de escamas reluzentes com os últimos raios de sol. Mas, quando olhou novamente, viu que ela estava sentada normalmente sobre as pedras, as pernas em posição recatada, ouvindo maravilhada a música. Parecia uma mulher normal, apenas mais bela e de aspecto um tanto extravagante, diferente das moças da região.

Red se abaixou, pegou uma pequena porção de algas e a colocou cuidadosamente sobre o pescoço da sereia.

— Toby a levou para sua casa, e sua mãe, estranhando a garota nua, deu-lhe um vestido para usar. O pai teve um mau pressentimento quando ele informou que se casaria com ela no dia seguinte. A avó anunciou que ele não ficaria com a moça muito tempo. É sempre assim com o povo do mar. Você acha que conquistou um deles, mas basta ele ouvir o chamado do mar para voltar para as águas e desaparecer para sempre.

Os dois se mudaram para Elvington, bem longe do mar, e Toby ganhava a vida tocando em feiras e festas. A moça do mar mantinha a casa organizada. Tiveram duas filhas de cabelos fartos e olhos belos. As pessoas tinham medo de passar por sua casa à noite, pois algumas vezes ouviam o som da flautinha e, às vezes, a mulher cantando em um tom de lamento tão profundo que arrepiava a espinha.

Três anos se passaram e as coisas não estavam bem. A esposa de Toby foi ficando magra e pálida e seus cabelos belos e brilhantes se tornaram secos e sem vida. Não se ouvia mais o som da flauta na casa. As pessoas diziam que ela logo morreria e que ele estava desesperado, pois ela era a mulher de sua vida e não queria perdê-la.

Então, um dia eles partiram de Elvington, tão quietos quanto chegaram. Toby, sua pálida esposa, embrulhada em um grande xale, e as duas meninas se sentaram em uma carroça puxada por um burrico e seguiram pela estrada. Viajaram em direção ao mar e quanto mais se aproximavam, mais os olhos dela brilhavam e mais o rosto de Toby se mostrava pálido e envelhecido.

Mais um dia de viagem e finalmente chegaram aos rochedos no oeste. As meninas logo correram para a água, ignorando o frio. Ninguém sabe o que Toby disse à esposa ou o que ela disse a ele, mas os dois permaneceram de mãos dadas até o último instante antes de o sol desaparecer no horizonte. Ele pegou a flauta e começou a tocar um som profundo de lamento. E quando terminou, ela havia desaparecido nas ondas. Mas na escura água se via o brilho de caudas de escamas e se ouvia o ruído de estranhas vozes ecoando ao som da música de despedida.

"E?" Ergui as mãos abertas, esperando algo mais. Uma história tem que ter um final apropriado.

— Ela era uma criatura das águas e devia retornar a elas ou morreria. Toby entendeu isso, mas não queria aceitar. Tudo o que restou para ele foram as lembranças de cada momento em que ela lhe pertenceu. Era tudo que possuía e sem ela se sentiria sozinho. As meninas cresceram, se casaram e seus descendentes ainda moram nesta região. Mas essa já é outra história.

Red se sentou de costas para mim, próximo, mas não muito. Ficamos em silêncio por alguns instantes, absorvendo a essência da história. "Toby encontrou seu tesouro, a mulher de seus sonhos", pensei, "mas a perdeu um dia. E você pescou uma garota magricela com uma maldição nas costas que destrói tudo que se aproxima dela. Que péssimo negócio, Hugh de Harrowfield. Seria bem melhor me deixar ir antes que coisas piores acontecessem. Mas onde um bretão havia aprendido a contar histórias assim? Aquele era realmente um dia muito estranho".

Red trouxe uma sacola até a areia. Tirou dela uma garrafa d'água e me ofereceu, depois um filão de pão de aveia, embrulhado em um pano, e o repartiu ao meio; e um pedaço de queijo, que cortou com sua pequena faca. Só então percebi que estava com fome. Ele me observou enquanto eu comia, mas não comeu muito. O espaço entre nós estava cheio de pensamentos. Quando terminei, ele pôs a garrafa e o pano de volta na sacola, colocou-a de lado e posicionou as mãos ao redor dos joelhos, olhando para o oeste.

— Hoje termino a última página desta parte de minha história. Está na hora de começar outra. Cada uma dessas páginas dura um ano. E são muitas. A cada carvalho que eles plantam, cada celeiro que constroem, a cada geração de ovelhas e gado que nasce. As batalhas que já travaram e as enchentes que já enfrentaram. É a história do vale, tudo o que sempre sonharam: terminar o trabalho que começaram para que meus animais sobrevivam, minhas plantações cresçam saudáveis e meu povo viva seguro e feliz. Sempre acreditei que era para isso que eu tinha nascido.

Ele fez uma pausa. Levantei os olhos para encará-lo. Seu perfil era austero.

"Mas?", perguntei com um gesto.

— Mas desde que Simon se foi... desde... desde que encontrei você e a trouxe para Harrowfield, é como se vivesse nas sombras, jogando com fantasmas. Como se tivesse me perdido. Ou como se.... o caminho que tivesse escolhido estivesse se modificando sob meus pés. Antes tudo isso bastava, pois me agradava seguir o mesmo destino de meu pai, e do pai de meu pai. Mas parece que me desviei da rota e não há como voltar. Eu não tenho medo, não por mim, mas me incomoda o fato de a realidade e a não realidade estarem tão próximas, fundindo-se a ponto de eu não poder mais distingui-las. Ouço duas versões da mesma história e não consigo saber qual é a verdadeira. Aqui estou, contando histórias e quase acreditando nelas. E às vezes penso que você também irá ouvir o chamado do mar um dia, como a sereia de Toby, e mergulhar nas águas para sempre. Ou que uma noite, enquanto eu estiver vigiando do lado de fora de sua janela, verei uma coruja voando e desaparecendo na floresta, e quando for procurá-la, encontrarei somente uma pequena pena sobre seu travesseiro.

Minhas mãos não conseguiam falar por mim. Desde aquela noite em que tentei acalmá-lo e o deixei tão furioso pensei que ele nunca mais conversaria comigo assim. Acreditei que as portas haviam se fechado para sempre. Por que agora ele estava se abrindo comigo daquela maneira? Eu sentia necessidade de falar. Queria poder dizer a ele que aquilo era efeito do feitiço que haviam jogado nele para que me protegesse até que eu concluísse minha tarefa. Agora, ela já estava quase terminada. Meus irmãos viriam ao meu encontro e a maldição seria desfeita. Ele poderia voltar ao seu vale e ao seu destino, eu... eu iria para casa.

— Você parece não querer conversar — disse ele.

Não respondi. Qualquer coisa que tentasse dizer poderia pôr tudo a perder. Talvez se eu ficasse ali, bem quieta, conseguiria guardar aquele momento, com o céu e o mar, com o calor do dia, com a voz de meu irmão em minha mente e Red falando comigo como se... como se...

— Faça suas perguntas agora — disse ele, parecendo um pouco tímido. — Devo-lhe uma explicação. Ou melhor, várias explicações. E também tenho algo a lhe dizer e algo a lhe perguntar. Mas não há pressa. Temos o resto do dia.

Aquilo me preocupou. Minha primeira pergunta foi: "sol — se pôr — voltamos para casa?"

— Não se preocupe com isso — disse ele, franzindo um pouco a testa. — Já disse que a levaríamos de volta para casa a salvo e vamos levá-la. Pelo menos em nós dois você pode confiar.

Mostrei por gestos que sua resposta havia me irritado. Ele era mestre em criar respostas diferentes das perguntas que as pessoas lhe faziam.

"Você — casamento — hoje?"

— A essa hora — ele disse, olhando para o sol, já alto no céu — Elaine e seu pai devem estar na estrada, voltando para casa. Não haverá celebração em Harrowfield.

Mostrei mais uma vez que não estava satisfeita com a resposta.

— Eles não vão ficar perdendo tempo com perguntas — ele disse. — Elaine ficou de contar a Richard e à minha mãe, hoje de manhã. Não vai querer ficar um minuto a mais do que precisa em minha casa. Sim, Jenny, ela já sabia. Não sou tão cruel quanto você imagina.

"Elaine — triste — com raiva?"

Ele deu um pequeno sorriso.

— Não. Talvez desapontada e se sentindo em uma situação incômoda. Mas não sou eu que Elaine deseja. Ela vai ficar bem. Já seu pai...

Ele ainda não tinha respondido à única pergunta realmente importante: "por quê?" Eu não tinha um gesto específico para isso, mas não precisava. A pergunta devia estar escrita em meu rosto.

— Eu... vou explicar na hora certa. Existe um motivo. É complicado. Eu...

"Você vai precisar explicar."

— Por que este dia? Por que não dizer logo a eles e acabar de uma vez com o problema? Você vai acreditar se eu disser que queria trazê-la aqui, mostrar-lhe este lugar e vê-la correr sobre a areia? E que só conseguiria fazer isso mantendo este dia em segredo de todos? Exceto daqueles a quem posso confiar minha vida?

Balancei a cabeça.

— Esta é uma parte do motivo, Jenny. Desde... desde o dia em que John morreu eu... não, não consigo encontrar as palavras certas para lhe dizer.

"Vá com calma. Estou aqui, ouvindo."

— Você tem sofrido muito desde aquele dia. Não pense que eu não sei. Eu... você precisa entender que naquele dia, quando tudo aconteceu, logo que chegamos ao local eu pensei... pensei que vocês dois... mas descobri que não podia... Desculpe-me, isto é muito.... eu não tenho tanta habilidade com as palavras, mas queria muito que você me entendesse. Fui injusto com você. Não a protegi como devia. O que aconteceu não foi culpa sua. Cada um de nós ficou se culpando. Se tivesse feito isso ou se tivesse feito aquilo. Mas a culpa é de quem encomendou o serviço. Ele foi esperto e não deixou rastro. No entanto, penso que acabou armando uma arapuca para si mesmo e cedo ou tarde irá cair nela. A única coisa...

Ele ficou em silêncio novamente. Esperei. Depois de alguns instantes continuou:

— Está muito quente aqui. Você não deve ficar ao sol tanto tempo.

Levantou-se e eu fui me sentar com ele perto das pedras, onde havia sombra. Na beira da água, a maré já começava a cobrir o rabo da sereia, tentando levá-la de volta para o mar.

— Preciso lhe perguntar uma coisa — disse ele, virando uma conchinha de um lado para o outro nas mãos. — Não precisa responder se lhe for proibido. Mas se não for, por favor, me responda.

Concordei com um gesto. Naquele dia nada mais me surpreenderia.

— Aquele objeto que Simon fez para você, o pedacinho de madeira entalhada — não entendia aonde ele queria chegar. — O símbolo de Harrowfield. Quero saber. Ele mesmo lhe deu aquilo? Colocou em suas mãos? Sabe o que ele queria ao fazer aquilo?

Balancei a cabeça. Não, ele o deixou para mim apesar de eu tê-lo abandonado no momento em que ele mais precisava de minha presença. E quando voltei, ele já havia partido há bastante tempo. Mas eu não podia lhe contar isso.

— Você pode me dizer — ele me olhou direto nos olhos — se meu irmão ainda estava vivo quando eu a encontrei?

A pergunta tinha sido muito bem elaborada. Balancei a cabeça. Acredito que seus ossos estejam espalhados em minha floresta. Mas eu não os vi. E não diria a ele.

— Você sabe dizer, com certeza, se Simon está morto?

Seus olhos agora estavam ainda mais claros com a luz do sol, pálidos como a água na luz da manhã. E profundos como lembranças que não se deseja mencionar.

Balancei a cabeça novamente numa negativa.

— Então você não tem certeza — ele disse, olhando para frente. — Você deve estar se perguntando por que eu escolhi este momento para lhe perguntar. Pois digo que... que seu cativeiro pode estar no fim. Que a resposta que busco pode estar em outro lugar. Você deve ter observado a visita de meus informantes a Harrowfield, não? Tenho informantes em todo lugar, assim como meu tio, mas não fico me vangloriando deles.

Eu estava totalmente concentrada no que ele dizia, mas não conseguia imaginar o que viria a seguir. Senti que ele estava mais à vontade agora, estabelecendo uma estratégia em território mais conhecido.

— Pensei que não havia mais qualquer pista sobre o paradeiro de Simon; que o tempo havia apagado qualquer possibilidade. Meu tio falou em ir procurá-lo e eu acreditei que estava dizendo aquilo apenas para agradar minha mãe. Mas acionei meus informantes para que me trouxessem qualquer informação que tivessem. E as informações vieram.

"Quais? Quais informações?", como alguém poderia ter notícias de Simon depois de tanto tempo?

— Meus informantes ouviram rumores sobre um jovem de cabelos dourados e olhos azuis, um estrangeiro, vivendo em uma comunidade de padres numa pequena ilha perto da costa oeste de Erin, que fica bem longe daqui. E que ele parecia bem, sem ferimentos e em bom estado mental. Mas parece que sua memória foi apagada e conhece apenas o momento presente. Vive como um bebê recém-nascido, mas tem dezoito ou dezenove anos de idade.

"Quem quer que seja, não é Simon", pensei. "Sem ferimentos? Em bom estado mental? Não pode ser o rapaz de quem cuidei, cujo espírito estava tão ferido quanto o corpo". Mas não tinha como dizer isso a ele.

— Acredito que seja meu irmão — disse Red, observando-me. — Preciso encontrá-lo. E logo, para chegar antes de qualquer outra pessoa.

Agora ele estava me assustando. "Por quê?"

— Porque estas não foram as únicas informações que tive. Depois que você se retirou ontem à noite, meu tio nos chamou para conversar e disse ter provas de que Simon foi morto logo após a tropa que ele acompanhava ter sido pega de surpresa na floresta. Capturado, torturado e morto. Seu corpo foi enterrado sob as árvores em um local que logo seria coberto pelas plantas. E que a informação foi fornecida por alguém que presenciou tudo e se voltou contra seu líder.

"Ambas são notícias falsas", pensei. Mas como não podia negar uma, não podia refutar a outra; não sem contar a ele o que eu sabia. E não faria isso enquanto não pudesse usar novamente as palavras, o que já seria bastante difícil.

— Richard está mentindo — disse ele. — Por algum motivo não quer que meu irmão seja encontrado. Preciso ir sozinho, em segredo. Nem minha mãe pode saber, pois seria cruel permitir que ficasse tendo esperanças enquanto eu não descubro a verdade. Além disso, ela é irmã de Richard. Até agora, só contei isso a Ben e a você. É um território grande e hostil a ser atravessado, Jenny. Devo partir esta noite, e não retornarei a Harrowfield enquanto não encontrá-lo.

Fui tomada por um terrível pânico. Estava tudo errado. Não podia ser seu irmão. Era algum tipo de armadilha que estavam preparando para ele. Pensei também em como seria meu retorno a Harrowfield e como seria ficar lá sem ele. Tive medo que algo acontecesse e ele jamais retornasse. Minha mão se moveu contra a minha vontade e agarrou a túnica dele no peito, sobre o coração. Mordi o lábio para não deixar cair lágrimas de medo. O que estava acontecendo comigo? Eu não era a mais forte dos sete, a que tinha mais coragem de seguir meu caminho?

— E há também — disse ele, quase sussurrando — algo mais que preciso lhe dizer. Acredite, pensei muito a respeito. Foram muitas noites sem dormir. Eu jamais a deixaria sozinha, pois a ameaça à sua segurança é muito grande. Mas se meu irmão está vivo, preciso encontrá-lo. Até agora... até agora a protegi da melhor forma que pude. Bem, nem sempre. Queria poder fazer mais, mas você não facilita muito as coisas. Desta vez, Ben vai ficar aqui, muito a contragosto. Irei sozinho. Acredito que será mais fácil passar despercebido. Ben ficará tomando conta de você, e também outras pessoas. Não vai ser por muito tempo. Não se desespere, Jenny.

Senti uma lágrima traidora correr em meu rosto. *Não vai ser por muito tempo.* Tive um mau pressentimento, uma sensação de que coisas ruins estavam para acontecer. *Não vá, não ainda.* Mas não podia pedir isso a ele.

— Já lhe disse uma vez que existe uma solução para o problema de sua segurança, quer dizer... — ele parecia estar pisando sobre vidro quebrado. Um passo em falso e poria tudo a perder. — Já vi como eles a tratam em casa, até mesmo minha mãe. Sei como a olham e falam pelas suas costas. E que não aprovam sua presença. Não conseguem aceitá-la porque não entendem que... quer dizer, não sabem exatamente o que você está fazendo ali. Isso a deixa vulnerável a eles, a suas piadas e ao seu preconceito. Mas posso mudar isso, e mudarei se você concordar. Mas como disse, não será algo que você irá gostar.

"E o que é?"

— Prometa que vai me ouvir. Que vai ouvir até o final, sem sair correndo, sem me interromper ou se fechar.

Olhei para ele. Larguei sua túnica e coloquei as mãos no colo. Fiz que sim com a cabeça.

— Como minha convidada — ele continuou, escolhendo cuidadosamente as palavras — você está à mercê deles. Sua segurança não será garantida se eu não estiver em casa. Mas como minha esposa, você estaria em segurança.

Meu coração deu um salto e me levantei tão rápido que minhas saias jogaram areia no rosto dele. Minha resposta deve ter ficado clara em meu rosto, e minhas mãos se movimentavam convulsivamente.

"Não. Você não pode fazer isso. Não."

— Você prometeu ouvir — ele disse.

Sentei-me lentamente e percebi que havia envolvido o corpo com os braços, como a me proteger.

O belo dia de primavera agora parecia frio e sem luz.

— Sei que está assustada, Jenny. Já esperava isso. Sei... sei que alguém foi muito cruel com você. É por isso que se afasta toda vez que me aproximo. Mas espero que, apesar de tudo, você me considere um amigo. Este casamento seria só por conveniência, se podemos chamar assim. Ofereço-lhe a proteção de meu nome para que você possa concluir sua tarefa em segurança. É só isso. Nem mais, nem menos.

"Você não pode fazer isso. É errado, totalmente errado. Como pode pensar...", as palavras me faltavam. Agora todos os pedaços daquela história se uniam, se fundiam e tudo parecia um caos. Primeiro uma quebra no padrão, e agora a destruição total.

— Pense na possibilidade, ao menos — disse ele, com a voz neutra, tentando ao máximo se controlar.

Queria bater nele, estapear seu rosto até ele voltar à realidade. Será que ele não enxergava que aquilo era impossível? Que não era a solução para o problema? Que era algo impossível?

Fiquei me imaginando em Harrowfield como dona da casa. Seria engraçado, se não fosse tão trágico.

— Pense um pouco. Ainda temos algum tempo antes de Ben voltar.

Percebi, então, horrorizada, que ele queria fazer aquilo imediatamente, pois aquele seria o dia de seu casamento. Ele partiria naquela noite, atravessaria o mar e não retornaria. Queria me deixar o mais segura possível. Mas...

— Olhe para mim, Jenny — disse ele.

Olhei e observei seu rosto forte, sua pele e seus cabelos curtos como o pelo de uma raposa. E os olhos sérios e profundos.

— Jamais tive uma mulher contra sua vontade. Jamais. E não vou fazer isso agora. Especialmente... — mas não terminou a frase.

— Você confia em mim?

Fiz que sim com a cabeça. "Não é só isso. Há muito mais envolvido."

— Ajudaria se eu disser que outras pessoas já estão sabendo e que está tudo preparado para o seu retorno a Harrowfield? Nem vamos precisar contar à minha mãe. Elaine já contou, antes de ir embora.

Imaginei que nada mais me chocaria naquele dia, mas me enganei. "Elaine sabia? E quem mais? A casa toda soube antes de você me falar?"

Ele deu um pequeno sorriso maroto, mas que nem chegou a afetar a seriedade em seus olhos.

— Falei somente para aqueles em quem posso confiar. Elaine, obviamente, merecia uma explicação. Ela não é apenas minha prima, e, sim, uma grande amiga, desde a infância. E nos poupou um grande desgaste hoje. Nunca entendi como alguém como meu tio pode ter uma filha maravilhosa assim. Ben também sabe. Seu papel nisso tudo é vital. Ele vai levá-la para casa e será seu protetor enquanto eu estiver fora. E... e eu já havia falado sobre isso com John há um bom tempo.

Ficamos em silêncio. Um silêncio pesado. Eu me levantei e caminhei até a água. A sensação da areia em meus pés ainda era boa, e também a do sol da tarde. Mas tudo agora estava diferente.

Eu não compreendera as últimas palavras de John. Pensei que era apenas delírio de um homem com dores imensas e à beira da morte.

O que tinha dito mesmo? *Red — escolha certa. Diga sim.* Foi algo assim. E eu concordei com tudo, tentando aliviar seu sofrimento. Disse que aceitaria. Não se quebra uma promessa feita a um homem que está morrendo. Especialmente se ele está morrendo por culpa sua.

 Fui andando pela praia. A tarde avançava e, na beira da água, a sereia já havia desaparecido quase totalmente. Só restara um pouco do cabelo escuro de alga e uma delicada mão. Sentei-me e fiquei observando o oceano levando-a embora para sua imensidão. Tentei esvaziar a mente para encontrar respostas. Mas nenhuma voz veio falar comigo e me ajudar. Devia encarar os fatos. Meus irmãos logo chegariam. Eu ainda tinha uma camisa para terminar e outra inteira para fazer. Queimaram meu trabalho e assassinaram meu amigo. Red ia embora. E eu fizera uma promessa a John. Havia apenas uma conclusão: eu teria que acreditar que Hugh de Harrowfield havia tomado mais uma de suas decisões lógicas e calculadas. Que ele era, como o descreviam, um homem que não cometia erros. Tinha que dizer sim, embora a ideia me apavorasse.

 Fomos nos sentar nas rochas, assistindo às grandes criaturas marinhas uma última vez, enquanto elas voltavam lentamente para o mar e se transformavam em nadadoras mágicas, leves e graciosas. Havia mais uma pergunta que eu precisava fazer, e que ele conhecia bem.

 "Você — promete — eu, para casa? Pelo mar, casa?"

 — Não vou quebrar minha promessa, Jenny. Quando chegar a hora e você estiver pronta, eu a levarei em segurança até lá. Quando chegar a hora basta você me pedir e... — não terminou a frase. Mas era o suficiente.

 Estava ficando tarde. O céu já começava a escurecer. Pensei que não voltaríamos a Harrowfield naquela noite. Ele não me pressionou para responder. Permaneceu sentado, observando as focas e esperando. Estava esperando há muito tempo. Uma folha de pergaminho estava em uma grande pedra atrás dele. A brisa tentava arrancá-la da pedra redonda que havia colocado sobre ela até a tinta secar. Era a folha na qual fizera suas meticulosas anotações naquela manhã que parecia tão distante, como se anos tivessem passado.

Mas não havia cálculos sobre gado ou plantações nela, apenas figuras. Pequenos desenhos feitos cuidadosamente. Fiquei observando enquanto ele trabalhava e pensando como conseguia se concentrar com uma paisagem tão linda ao redor. Mas talvez não precisasse olhar para saber como tudo ali era bonito. Os desenhos no pergaminho mostravam o céu aberto, a superfície brilhante das pedras molhadas e as graciosas ondas. Mostravam também as grandes focas com seus olhos sábios e o voo das gaivotas perto das pequenas nuvens. E na parte de baixo, a última imagem que ele desenhou. Uma jovem correndo, seus cabelos ao vento como uma nuvem negra e selvagem, seu vestido colado ao corpo com a força da brisa e seu rosto cheio de alegria. Red se esticou, pegou o pergaminho e o tirou rápido de meu campo de visão, guardando-o entre as tábuas e em seguida na sacola. Depois de todo esse tempo eu ainda não conheço este homem, pensei. Não o conheço mesmo.

Ouvimos um som vindo do alto do morro. O som de um pássaro, que eu já escutara antes. Red colocou as mãos na boca e respondeu com o mesmo som.

— Está na hora de irmos — ele disse, mas não se levantou.

Respirei fundo. Jamais tive tanta vontade de não responder a uma pergunta. Minhas mãos relutavam. Apontei para mim mesma, depois para o dedo médio de minha mão esquerda. E fiz que sim em um gesto rápido com a cabeça. Mas não consegui evitar um encolher os ombros e um franzir da testa. Fiquei olhando para ver se ele tinha entendido. Seus olhos esboçaram uma reação, mas em menos de um segundo ele retomou o controle. Fez um gesto com a cabeça, o rosto sério e impassível.

— Isso é bom. Esperava que você concordasse. Vamos, então. Não temos muito tempo.

Tudo fora planejado, cada detalhe. Ele presumira que eu aceitaria, pensei, com amargura. Sabia que eu não tinha muita escolha.

Ben estava esperando. Cavalgamos durante algum tempo e paramos em uma clareira perto de um muro de pedra onde um homem nos esperava. Tinha a cabeça raspada e vestia um hábito puído. Era um padre, um ermitão solitário como meu velho amigo, padre Brien. Foi tudo tão rápido, mas tão rápido, que eu não tive tempo de pensar. Ele disse as palavras da cerimônia e respondemos. Mas foi um pouco estranho, uma vez que eu não podia falar. O padre olhou para Red, depois para mim, e hesitou por um instante. Mas me perguntou, em tom gentil, se eu havia entendido suas palavras e sabia o que estava fazendo. Fiz que sim com a cabeça uma, duas vezes, e em poucos minutos havia tomado Lorde Hugh de Harrowfield por meu esposo em sagrado matrimônio. Ben atuou como testemunha. Falou pouco e manteve a mão na bainha da espada o tempo todo. Parece que só havíamos estado realmente em segurança na praia. E por um único dia.

Já estava anoitecendo. Ben foi com o padre para um canto e começou a falar com ele em voz baixa. O que aconteceria agora? Esperaríamos na floresta até o dia raiar?

— Tenho algo para você — disse Red, que ainda estava ao meu lado. Colocou a mão no bolso. — Gostaria que usasse isto. Uma noiva não pode voltar para casa sem uma lembrança de seu casamento, ainda que volte sem o marido. Tome.

Tirou então um pequeno objeto amarrado com um fino cordão. Era um anel. E quando o observei à luz dos últimos raios de sol, percebi que era diferente de tudo que já vira. Uma minúscula peça esculpida em um pedaço da parte mais nobre do tronco de um carvalho; um trabalho digno de um mestre artesão. Sua superfície interna era lisa e suave como seda e a parte externa tinha um intricado desenho forjado à faca durante muitas noites. Era um pequeno círculo de folhas de carvalho entrelaçadas com minúsculos frutos espaçados entre elas e uma pequena coruja de ar solene pousada entre a folhagem. Aquele anel não tinha sido feito para Elaine. Pendurei o cordão em meu pescoço, deixando o anel para dentro do decote sobre meu coração, junto com o talismã que tinha pertencido à minha mãe e a Finbar. Olhei para Red. Seu rosto não demonstrava qualquer emoção. Aquilo não fazia sentido. Ele já vinha esculpindo a peça antes de John morrer, nas longas noites de inverno, sentado em frente à lareira. Mas isso significava que...

— O barco já está à sua espera — disse Ben, aproximando-se. — O barqueiro diz que consegue deixá-lo em terra antes do amanhecer, o que lhe dará tempo para percorrer um bom trecho a pé. Você está pronto?

— Não — disse Red. — Mas devo ir mesmo assim. Até logo, Jenny. Fique bem até eu retornar.

Eu estava petrificada. Não conseguia me mover. *Não vá. Não ainda. É muito cedo.* Mas minhas mãos não se moviam. Estavam tão inertes quanto minha língua.

— Vou lhe trazer uma maçã — disse ele, já desaparecendo nas sombras. — A primeira maçã do outono.

E se foi. Eu nem me despedira e ele se foi.

Um conto pode começar de diversas maneiras. Mas também pode haver mais de um conto, e cada um deles se transforma em uma maneira diferente de contar a mesma história. Era uma vez dois irmãos. Esta é a história do mais velho, um homem que tinha tudo. Era um homem bom, forte, inteligente e rico. E sempre tomava as decisões certas. Era feliz com o que tinha e trabalhava com alegria para manter sua herança. Mas um dia percebeu que só isso não bastava. Era uma vez dois irmãos. Esta é a história do mais novo; inteligente, habilidoso e impulsivo, de cabelos ondulados da cor do sol de verão sobre um campo de cevada. As pessoas o amavam, mas ele não percebia. Queriam acolhê-lo, mas ele não se sentia bem-vindo. Pensava que estava sempre em segundo lugar. Seu irmão herdaria o feudo, e ele, apenas uma pequena parte das terras que ninguém queria. Seu irmão faria um bom casamento para salvaguardar a propriedade e consolidar seu poder. Mas quem iria querer o filho mais novo, sem futuro? Seu irmão sempre fez tudo direito. Já ele cometeu erros de proporções épicas. Há também o conto de uma jovem. Quem era, ninguém sabia ao certo. Tinha estranhos olhos verdes e cabelos negros como a meia-noite. E veio pelo mar. Em um momento de devaneio, o irmão mais velho a tomou por esposa. E depois desapareceu, exatamente como o irmão mais novo. Tudo o que restou foi a pequena bruxa, que fiava, tecia e fazia roupas estranhas de estrela d'água. E era muda, não emitia qualquer som. Dizem que não falou ou gritou nem mesmo quando quase foi soterrada e um homem morreu ao seu lado. Diziam que não tinha sentimentos humanos, que era uma feiticeira e que arrebatou Lorde Hugh bem debaixo do nariz de sua noiva, destruindo o equilíbrio de todo o vale.

Era o que diziam.

Foi uma volta difícil para casa. Red estava certo de que Elaine prepararia tudo para minha chegada, mas não era simples assim. Ela fez o melhor que pôde. Todos sabiam que Hugh e ela não se casariam e que ele fizera algo impensável se casando comigo. Ela e o pai haviam partido, e eu lhe devia um grande favor. O que ela não havia dito é que Hugh não voltaria para casa. Foi uma situação bem desconfortável. Ben explicou o melhor que podia, sem dizer exatamente para onde Red fora, enquanto eu fiquei parada no meio do salão, rodeada por rostos em choque e olhares curiosos. Lady Anne era uma mulher forte. Recuperou-se rápido, ou pelo menos não deixou transparecer o choque por muito tempo. Ordenou aos criados que trouxessem cerveja e hidromel. Dispensou as mulheres e os soldados. Para ela, as obrigações sociais vinham em primeiro lugar. Aproximou-se de mim, me deu um beijo frio no rosto e disse "bem-vinda, filha", em uma voz sufocada e contida. Lembrei-me então de que fazia apenas um dia que Richard havia lhe informado que Simon tinha falecido. Sentou-se comigo, colocou uma taça de hidromel em minhas mãos e chamou Megan para que ela me mostrasse qual era meu novo quarto. Não esperava tudo isso. Mas o quarto já estava preparado. Era um dos maiores do andar de cima, tão espaçoso e confortável que suspeitei que não fosse o quarto de solteiro de Red. Havia uma cama bem grande, coberta com finas mantas, e um fogo baixo ardia na lareira ladrilhada. As paredes eram decoradas com tapeçarias e havia várias velas acesas pelo cômodo. Guirlandas de flores decoravam a cama, a lareira e o batente da porta. Aqueles enfeites todos não eram para mim, com certeza. Mas no canto estava minha pequena cômoda de carvalho, meu fuso, meu caixilho de tear, minha cesta e minhas sacolas com estrela d'água. Alys chegou, passou por Megan e foi logo se acomodando perto da lareira.

Não dormi naquela noite, nem nas noites seguintes, à medida que o verão avançava e se aproximava a data de meus irmãos chegarem. Passava o dia trabalhando e descia somente quando não havia opção, como na hora do jantar. Sentava-me ao lado direito de Lady Anne e fazia minha pequena refeição sob seu olhar atento. Havia perguntas que ela estava ansiosa para fazer. Mas não iria se submeter a falar comigo. E sabia que não ia conseguir as respostas que queria. Não tinha ideia de onde o filho poderia ter ido, pois Ben havia explicado tudo de maneira muito rápida e superficial. Um velho amigo, uma disputa de territórios. E só. Mas onde? Ele não tinha certeza. Disse apenas que seria por pouco tempo e que ele logo retornaria. Mas se era por pouco tempo, todos se perguntavam, por que demorava tanto a voltar? E por que não contou a eles sobre seus planos? Nem mesmo à mãe? Havia rumores, e eu era o centro de todos eles. Então, decidi me isolar ainda mais. Depois do jantar, subia e continuava a trabalhar em meu grande quarto tendo Alys por companhia. O tempo ficava cada vez mais curto.

Mas não conseguia dormir. Ficava andando pelo quarto à noite, imaginando Red capturado pelos homens de meu pai e torturado com ferro em brasa. E os cisnes voando sob uma tempestade, o movimento de suas asas cada vez mais difícil. Ou Red ferido em território estranho sem ninguém para ajudá-lo, sozinho na floresta, sem uma garota com agulha e linha ao seu lado. Não tive tempo sequer para bordar uma cruz de sorveira em suas roupas antes de ele partir. Imaginava Finbar como o tinha visto da última vez, fraco demais para caminhar. Fraco demais para voar. E imaginava o rosto de Red ao encontrar o rapaz sem passado que ele imaginava ser seu irmão. Não podia ser Simon. Se eu pudesse lhe dizer isso talvez ele não tivesse partido e me deixado sozinha. Então, a pequena voz da razão falava em minha mente. *Corra, Sorcha. Corra. Não há tempo para isso. Trabalhe. Costure. Faça as camisas. O tempo é mais escasso do que você imagina.* Mas eu parecia ter cada vez menos controle sobre meus pensamentos. O pequeno anel ficava o tempo todo pendurado em meu pescoço, sob o vestido, sem que ninguém o visse. Quando estava sozinha, às vezes eu o pegava e observava, imaginando como ele havia adivinhado o tamanho, uma vez que meus dedos estavam sempre inchados e feridos. E me perguntava se um dia eles voltariam a ser como antes, pequenos, brancos e finos. Ainda que isso acontecesse, provavelmente levaria muito tempo e eu já estaria longe dali. Teria deixado para trás o marido e o anel. Portanto, pouco importava se o tamanho era certo. Mas toda vez que eu pensava nisso, minha mão segurava o anel com força como se não quisesse se desfazer dele. Uma voz dentro de mim parecia dizer *é meu*. E isso me incomodava muito.

Na ausência do filho, Lady Anne assumiu a liderança da casa com competência, como sempre fazia. As coisas, no entanto, não estavam fáceis desta vez. Os dias seguiam dentro da rotina, mas a casa não era a mesma sem Red. As disputas e os problemas levavam mais tempo para serem resolvidos. Um homem queimou o galpão de outro e um burrico foi salvo por milagre. Um viajante que passava pela estrada parou no vilarejo e pediu comida e abrigo. Na manhã seguinte, foi encontrado morto em um jardim com uma pequena adaga espetada entre as costelas. E nem todos queriam aceitar as ordens de Ben. Quem ele pensava ser? Era o filho adotivo do pai de Hugh, mas isso não lhe dava o direito de se impor enquanto o chefe do feudo estava viajando. Diziam que o rapaz estava colocando as mangas de fora. Além do mais, o senhor Benedict não havia estado lá no dia em que Lorde Hugh... bem, já se sabe. Lady Anne ordenou a todos que parassem de tomar seu tempo e o de Ben. O feudo não se regia sozinho. Todos obedeceram, mas a contragosto. Havia uma tensão no ar. Os bons tempos haviam acabado. A primavera deu lugar ao verão e, enquanto o calor aquecia as terras, a desconfiança e a suspeita se espalharam entre o povo. As pessoas sentiam medo e raiva, não apenas dos que me protegiam, mas uns dos outros também.

E a situação se tornou ainda pior alguns dias antes do solstício de verão. A esposa de um aldeão foi agredida e outro aldeão foi acusado, mas afirmou ser inocente.

Formaram-se facções. Era uma questão de tempo até que uma parte da população levantasse as armas contra a outra. Lady Anne chamou as partes e fez o melhor que pôde para arbitrar o caso. E Ben, com a ajuda de alguns homens ainda leais a ele, conseguiu evitar que houvesse confronto físico. Mas não se chegou a um consenso e os humores se alteraram. Como não havia notícias de Red, Lady Anne mandou chamar o irmão.

Se a atmosfera da casa já andava tensa, bastou Richard entrar pela porta para tudo piorar. Seu método para resolver os problemas imediatos se mostrou muito eficiente.

O homem acusado foi sumariamente levado para um local desconhecido e privado, acompanhado por vários homens vestidos com as cores de Northwoods. Na mesma tarde, Richard informou à Lady Anne que ele havia confessado. E, ainda no mesmo dia, foi enforcado em uma árvore. Problema resolvido. Mas houve comentários de que seu corpo tinha bem mais ferimentos que os causados pela corda em seu pescoço. Nada difícil de acreditar. Porém, culpado ou não, ninguém ousou tentar salvá-lo. Não havia jovens corajosos como Finbar e Sorcha para tomar as leis em suas mãos e salvar o prisioneiro. Mas havia outras coisas sendo ditas pelo povo que preocupariam muito Lorde Hugh. Que pelo menos Lorde Richard entendia qual era o problema e tomava atitudes rápidas. E que deixava claro até onde o povo podia ir. Claro, havia os que discordavam dessas afirmações. Diziam que qualquer um confessaria um crime sendo torturado como aquele homem foi e que era muito melhor colocar as partes frente a frente, ouvi-las e fazer perguntas para chegar a um acordo. Onde estava Lorde Hugh quando precisavam dele? E quem Lorde Richard pensava ser para decidir as coisas por ali? Era melhor que cuidasse de seus homens, uma vez que havia enviado vários deles além-mar e eles foram mortos.

Quanto a mim, passava o tempo todo no quarto, saindo apenas para me banhar e para o estritamente necessário. Creio que Megan percebeu, pois me ajudou várias vezes a inventar desculpas para não comparecer ao jantar. Estômago delicado. Indisposição. Antes, Lady Anne não admitiria minha ausência, mas agora eu era sua nora e ela devia respeitar meus desejos. Bem ou mal, eu havia me tornado a dona da casa.

Algum tempo depois, Megan me disse que havia rumores sobre a causa de meu constante mal-estar. Apesar de termos nos casado há pouco, segundo as más línguas, Lorde Hugh quis experimentar a mercadoria antes de comprar. Fiquei furiosa quando soube, mas acabei me controlando. "Não é importante", pensei. "Nada é importante agora; só meu trabalho".

E trabalhando sozinha em meu quarto consegui terminar a quinta camisa e começar a sexta.

Capítulo 12

Acredito ter sido falta de sorte, pura falta de sorte, o fato de meu plano em escapar da casa após o escurecer, e ir até o rio ter sido arruinado pela ideia repentina de Lady Anne de reunir todas as pessoas da casa ao ar livre justo naquela noite e perto do rio. Seria um piquenique sob as árvores e à luz de tochas para marcar o solstício de verão.

Sentindo a tensão e o clima de desconfiança na casa, ela resolveu organizar o evento para trazer um pouco de alegria e integrar as pessoas novamente. Uma boa estratégia. Mas para mim foi um desastre. Passei o dia pensando se iria com eles ou inventaria uma desculpa e sairia escondido mais tarde.

Não sabia se meus irmãos viriam, mas Conor ainda tinha uma visão mais clara das coisas e podia guiá-los até um lugar relativamente seguro. Se eu conseguisse chegar ao rio antes do anoitecer e me afastar de todos sem ser notada, talvez eles pudessem vir até mim e eu os avisaria. Talvez. Mas me arrepiava só de pensar que Richard estaria ali tão perto. Ben me vigiava como se eu fosse um bebê delicado. Até Margery havia esboçado um sorriso para mim. Mas ainda me sentia sozinha, muito sozinha. Meu caminho era difícil e cheio de perigos.

Se Red estivesse em casa, certamente manteria o tio entretido com algum debate complexo sobre limites de fronteiras ou alianças. E me deixaria rodeada de pessoas de sua confiança e protegida de perguntas importunas e olhares sugestivos. Mas ele não estava e seu tio fez questão de descer ao meu lado pelo caminho até o rio naquela tarde quente de verão. Faltava pouco para escurecer. Pouco demais. Lady Anne havia providenciado roupas novas e adequadas para minha condição de esposa de seu filho. Escolhi para aquele evento o vestido mais simples e discreto, em tom verde-escuro, de gola alta e mangas até os pulsos. Ainda assim ele fez um comentário e me examinou de lado, erguendo insinuantemente a sobrancelha. Sua barba estava imaculadamente aparada como uma cerca viva depois da poda de outono. E a túnica negra era imaculada, a gola bordada com fios de prata.

— Bem, minha querida — disse ele, olhando-me de cima a baixo sem pressa. — Vejo que se transformou em uma bela dama. Surpreendeu a todos. Aliás, Hugh surpreendeu a todos. Jamais imaginei que fosse do tipo que segue os instintos em vez do cérebro. Jamais. Mas não há erros que não possam ser reparados.

Continuei andando e resistindo à vontade de dar-lhe um bom chute. Ao nosso redor as pessoas carregavam mantas e cestas, conversavam e riam. Lady Anne era mesmo perspicaz. Mas onde estava Ben? Pensei ter visto seus cabelos loiros entre as pessoas à minha frente.

— Ouvi dizer que tem andado um tanto... indisposta, minha querida — disse Richard no tom suave de sempre. — Que pena. Mas fico contente que tenha decidido nos acompanhar hoje. Sabe, é preciso manter as aparências agora que faz parte da família. Fico imaginando como o pessoal do povoado irá encarar um pirralho mestiço como herdeiro de Harrowfield. Não com muito entusiasmo, imagino. Nem da Bretanha, nem de Erin e ao mesmo tempo de ambas as partes.

Será um problema. Mas diga, era esse o seu plano? Foi por isso que a mandaram para cá?

E continuou a falar enquanto eu tentava ignorá-lo. Logo escureceria e eu estava preocupada, com receio de não conseguir escapar para um lugar isolado. O encontro com meus irmãos precisaria ser rápido. Planejava vê-los, tocá-los e avisar que teriam de se esconder até o amanhecer, pois ali estavam na condição de bárbaros no centro do território inimigo.

— O que eu ainda não entendo — disse Richard — é porque ele precisaria se casar com você. Estava assim tão desesperado a ponto de sacrificar seu futuro para satisfazer a luxúria? Qualquer outro teria simplesmente conseguido o que queria e seguido em frente. Não me entenda mal, minha querida. Seu charme é irresistível. Deixa qualquer homem maluco. Mas chegar ao ponto de lhe dar uma aliança de casamento? Não seria necessário. Dá quase para acreditar nas histórias que contam por aí sobre bruxas, encantamentos e poções de amor. Mas aposto meu melhor garanhão que o que o seduziu realmente foi seu corpinho, suculento como é. Oh, desculpe-me comentar sobre a aliança. Vejo que não pode usá-la. Suas mãos não são aptas para isso. Também não são a parte mais atraente de sua silhueta, devo dizer. Mas há outra coisa que me intriga...

Chegamos à beira do rio. Já estava escurecendo e todos espalharam suas mantas pela grama. Lady Anne ordenou que abrissem o barril de cerveja. Um dos homens pegou uma flauta e começou a tocar. Ben vigiava e caminhava ao redor do grupo, procurando qualquer sinal de problema. Cinco ou seis de seus homens estavam estrategicamente posicionados. Estava fazendo seu trabalho, e muito bem, por sinal. Mas, naquela noite, eu queria um pouco menos de proteção.

Não tive escolha senão me sentar ao lado de Richard e de sua irmã. Eu fazia parte da família agora, independentemente do que pensavam de mim. Comi e bebi. Sentei-me no chão com as costas eretas, agradecendo silenciosamente a Lady Anne por manter o irmão engajado em uma conversa sobre venda de estoque excedente. Ao redor, as pessoas relaxavam e aproveitavam a noite agradável, regada a um generoso fluxo de cerveja. Margery estava com o filho, que agora já se sentava sozinho. Seus cabelos já haviam crescido e davam sinais dos primeiros cachos. Ela ainda estava abatida, mas conversava um pouco com algumas pessoas. Já Ben não relaxava. Juntamente com seus homens, circulava ao redor do grupo armado e pronto para agir, se necessário.

O sol se pôs atrás das árvores e o céu passou de violeta para um cinzento profundo. Acima de nós, os grandes galhos dos salgueiros pendiam sobre a água do rio, dando a ela um tom escuro, praticamente negro. As tochas foram acesas e colocadas em postes ao redor do local onde nos sentamos. Um tambor e uma rabeca vieram se juntar à flauta, e os mais jovens logo se levantaram e começaram a dançar. E no rio não havia o menor sinal da presença de cisnes.

— Diga-me, querida — disse Richard, virando-se de repente para mim —, você tem alguma ideia de onde seu marido pode ter ido para partir tão repentinamente? Achei a explicação oficial um tanto difícil de acreditar. Confio em Ben, mas creio que ele está escondendo algo. Mas e você? Hugh não lhe disse o que estava planejando antes de abandoná-la tão rápido? Vocês não tinham seus segredos de alcova? Seria fácil para você obter essas informações, já que ele estava comendo em sua mão, pelo que ouvi dizer. O que ele lhe disse?

— Richard — disse Lady Anne em tom de reprovação. Sua lealdade era visivelmente bilateral.

— Não se preocupe com ela, irmã — respondeu ele, olhando-a e rindo. — Você esquece que uma mulher de Erin não pensa ou sente como nós? Pode até demonstrar delicadeza, mas por trás dessa fina camada de elegância se esconde uma inimiga, uma bruxa. Aposto qualquer quantia. Não se pode confiar nesse povo.

— Jenny é a esposa de meu filho — disse ela com firmeza.

— Bem... — retrucou ele. — Isso lá é verdade. Então diga, minha sobrinha, pois se depender de minha irmã é assim que devo chamá-la, embora me seja difícil. Onde está Hugh? Para onde ele foi? O que poderia ser tão urgente a ponto de abandonar a noiva no dia do casamento? Ou tão secreto que nem sua mãe podia saber?

"Sorcha, Sorcha. Onde você está?"

— O que foi, Jenny? Não está se sentindo bem?

Lady Anne percebeu a mudança em minha expressão, pois me sobressaltei ao ouvir o chamado silencioso de meu irmão.

"Espere. Fique onde está. Já estou chegando. Não saia daí."

Levantei-me rápido, tentando manter o semblante o mais neutro possível. Disse por meio de gestos: "peço licença, mas preciso me retirar. Meu estômago..."

— Leve Megan com você, querida — disse ela, enquanto eu saía caminhando o mais calmamente possível para a sombra dos salgueiros.

Com o pretexto de necessitar de privacidade para jogar fora o conteúdo de meu estômago, talvez eu conseguisse...

— Aonde você vai? — Ben surgiu de repente à minha frente, o rosto iluminado pela tocha, parecendo ansioso. — Por Deus, mulher. Você tem o estômago mais fraco que eu já vi. Venha, deixe-me acompanhá-la. Não pode sair daqui sozinha. É contra as regras, lembra-se?

Tentei argumentar por meio de gestos.

"Por favor, só um minuto. Não vou me afastar tanto assim. Por favor."

Ele ficou me olhando, a testa franzida. Era verdade. Algumas funções fisiológicas exigem privacidade. Mas ele não iria desrespeitar as ordens.

"Por favor. Não se preocupe. Estarei em segurança."

— Está bem — ele finalmente concordou. — Mas não vá longe. Ele me mata se souber que deixei você longe de minhas vistas. Vá com cuidado. E se demorar muito, irei buscá-la.

Saí caminhando pela grama, os pés pisando com cuidado e a mente funcionando a uma velocidade incrível.

"Onde você está? A que distância da pequena ponte, perto do rio? Rápido, não tenho muito tempo."

"A ponte é na direção sul, perto de um grande salgueiro caído. Estou indo até você."

"Não! Há perigo! Espere aí, estou chegando."

Assim que saí do campo de visão de Ben, comecei a correr. Levantei as saias e fui, desabalada sob os salgueiros até o lugar em que me lembrava de um deles estar caído sobre a trilha, com as raízes expostas e sem seu espírito guardião, que já havia partido em busca de um novo lar. Não conseguia ver meus irmãos.

"Onde você está?"

— Aqui, Sorcha.

Conor saiu de trás das raízes ainda cobertas de terra; sua figura frágil sob a luz fraca da lua. Seu rosto estava pálido, os cabelos desgrenhados e os restos de roupa que tinha sobre o corpo já estavam rasgados. Parecia um fantasma.

"Não fale em voz alta. Há pessoas aqui perto. Oh, Conor!"

Senti seus braços me envolvendo. Estava fraco e trêmulo, mas era muito bom poder abraçá-lo.

"Os outros. Onde estão?"

"Não puderam vir. Não desta vez."

"Mas, mas..." uma grande decepção tomou conta de mim.

"É preciso muito esforço para convencê-los, para forçá-los a ir contra seus instintos animais. Só vou conseguir trazê-los uma vez. Quando você estiver pronta e me chamar, eles virão. Não chore, corujinha. O que você está fazendo por nós é um ato de grande coragem."

"Vocês não vieram no Meán Geimhridh. Procurei, mas vocês não vieram."

Aquela foi uma noite terrível. Terrível e ao mesmo tempo maravilhosa, pois não podia me esquecer do nascimento do filho de John.

"Fomos até a caverna, mas você não estava. Não conseguimos encontrá-la."

Vi então a imagem deles procurando desesperados, encontrando minhas coisas na caverna: meu tear, meu manto e as botas. E a fogueira coberta de neve. Diarmid começou a xingar. Finbar foi para perto do lago e ficou ali sozinho, em silêncio.

"E os outros, Conor? Estão bem? E Finbar?"

"Estão vivos. Mas você precisa se apressar, se puder. Assim que estiver pronta, me chame. Só podemos vir uma vez."

Mas ele estava escondendo alguma coisa. Mesmo enfraquecido, ainda usava suas habilidades mentais para me proteger.

"O que foi? Conor, o que você não quer me contar?"

"Calma, Sorcha. Quando você chamar, viremos. Isso eu lhe prometo."

Chorei, a cabeça encostada em seu peito e meus braços ao seu redor. Seus braços envolviam meus ombros. Ele era meu irmão. Eu precisava acreditar nele. Estava tão angustiada e ele tão fraco que nenhum de nós percebeu os homens se aproximando até ser tarde demais. Eu só ouvi o estalo de um ramo se quebrando no chão sob a bota de Ben.

— Jenny, você está bem?

Olhei para trás. Lá estava ele, espada na mão e o rosto com uma expressão quase cômica de choque, o queixo caído e os olhos esbugalhados ao me ver nos braços de meu irmão. Abri a boca, mas a fechei rapidamente.

— Segurem este homem!

Agora havia tochas e o som de armas sendo sacadas. Atrás de Ben surgiu Lorde Richard de Northwoods com um misto de entusiasmo e ódio estampado no rosto.

— Levem a mulher também. Logo se vê como ela retribui a confiança de Lorde Hugh!

Eu não conseguia me mover, petrificada pelo choque. Mas Conor possuía habilidades que nenhum daqueles homens jamais havia sonhado, e antes que os homens de Lorde Richard dessem um passo sequer, ele já havia se soltado de meus braços como uma sombra e desaparecido sob os salgueiros, em completo silêncio. Era como se ele nunca tivesse estado ali.

— Atrás dele! — gritou Richard. — Não o deixem escapar!

Três dos homens saíram em disparada pela relva, loucos para alcançá-lo. Mas Richard ficou e senti sua mão apertar meu braço como um grilhão.

— Foi muita burrice sua, minha querida. Trazer um maltrapilho daqueles ao piquenique da família. O que Hugh dirá? O que eu não daria para ver seu rosto quando ele descobrir. Casada há menos de duas luas e já enfiada na mata, enroscada com outro homem como uma cadela no cio. E não um homem qualquer, mas sim alguém de sua raça, provavelmente ávido pelas informações que pode lhe passar. Agora vamos, garoto. Vamos levar essa pequena vadia até minha irmã para ver o que ela tem a dizer agora da nova esposa de seu filho.

Mais cruel do que a maneira com que Richard me conduzia era ver no rosto de Ben a expressão de decepção e choque. O que mais ele podia fazer a não ser acreditar em seus olhos? Tinha vindo até ali preocupado com minha segurança, e me encontrou no escuro abraçada a um homem de meu povo. Parecia não querer acreditar, mas as evidências estavam ali. Eu não tinha como dar explicações. Fui caminhando de volta com ele de um lado, e Richard, do outro, segurando meu braço com força, como a dizer "você achou mesmo que era mais esperta que Richard de Northwoods? Pois se enganou redondamente, bruxinha."

Richard acreditava em justiça rápida para mostrar ao povo que estava sempre no controle. Primeiro identificava o culpado. Se não houvesse evidências, criava ou arrancava uma através de confissão. Então, era apenas uma questão de se administrar a penalidade apropriada. Em caso de adultério, o açoitamento era a mais comum, ou qualquer outra forma de humilhação em público. Para criminosos, a morte. A bruxaria era quase sempre um item supérfluo, punido por meio de diversos métodos, dependendo de seu humor. Mas no meu caso as coisas não eram tão simples. Algumas pessoas na casa eram bastante rígidas quanto à pratica das leis, seguindo a linha de Lorde Hugh. Os casos eram ouvidos diante do público em um prazo de duas luas após o ocorrido. Na presença de todos os colonos de Harrowfield, o chefe do feudo ouvia a explicação de todas as partes envolvidas, tomava uma decisão e fazia seu julgamento dentro das leis do rei.

Havia apenas um rei agora, desde que Wessex havia tomado posse de toda a região norte.

Meu caso era complicado, pois envolvia um membro da família do chefe da região e combinava três tipos de acusação. A audiência provavelmente exigiria a presença do condado e de um conselheiro do Rei Ethelwulf. E o melhor seria aguardar o retorno de Lorde Hugh, alguns diziam.

Mas Richard não via necessidade de aguardar tanto tempo. O povo estava inquieto, menos capaz de se concentrar em suas tarefas, e as coisas deviam ser colocadas nos eixos antes de Lorde Hugh voltar, não depois. Além disso, Richard era dono do feudo vizinho. E pela relação de parentesco, tinha tantos poderes quanto Hugh em sua ausência, inclusive o direito de tomar a decisão. E a cada dia ele controlava mais e mais o povo chocado e dividido de Harrowfield e da casa. Trancada em um minúsculo quarto no alto da casa, eu ouvia apenas um ou outro comentário quando um homem entrava para me trazer pão e água, trocar o balde ou trazer uma pilha de palha e uma manta fina e velha para eu me cobrir. O quarto tinha uma pequena abertura para a entrada de luz no alto da parede. Através dele eu podia ver um pedacinho do céu durante o dia e uma ou outra estrela à noite. Se tivesse mesmo o poder de me transformar em coruja, talvez conseguisse passar por aquela fenda entre as pedras e voar na escuridão, sobre a água e para dentro dos braços envolventes e profundos da floresta. Meu coração queria falar com meus irmãos. Mas eu silenciava minha voz interior. Só podia chamá-los uma única vez, quando meu trabalho estivesse pronto e eles pudessem finalmente ser libertados.

No começo me desesperei, pois eles me deixaram naquela minúscula cela usando apenas o vestido que eu tinha no corpo. Até minhas botas foram arrancadas. Imaginei os homens de Richard entrando em meu quarto, jogando fuso e tear para um lado e o resto de minhas coisas no fogo. Passei a primeira noite sentada em um canto com os braços sobre a cabeça e os joelhos encostados no peito, as lágrimas rolando pelo rosto. Temia que Conor fosse capturado. Tinha medo de não conseguir salvar meus irmãos. Enquanto estivesse viva, ainda havia uma chance, mas eu não podia falar para me defender. E se fosse condenada, morreria e ninguém mais poderia salvá-los. Temia ser torturada. Vi o que meu povo havia feito com Simon e não tinha a força que ele teve para suportar. Então, como uma garotinha tola, com a cabeça cheia de fantasias e história de heróis, fiquei imaginando Red voltando para me salvar. Mas também temia seu retorno, pois assim como Ben, ele pensaria que eu havia traído a todos. Não queria ver a expressão de choque e dor em seus olhos. Seria melhor que ele não voltasse até...

Quando amanheceu, eu parei de balançar para frente e para trás e de chorar. Sentei-me e fiquei parada como uma concha vazia, a mente em branco, sem pensamentos. De repente, ouvi um pássaro passando e chamando a companheira, e uma voz finalmente falou dentro de mim.

Um passo de cada vez. Sempre em frente. Esse é o caminho. Sempre em frente, Sorcha. Você sabia que seria difícil. E ficará ainda pior. Um passo de cada vez. Em direção à escuridão.

Quando os homens vieram novamente, trazendo água e um pedaço de pão seco, eu os ouvi conversando e dizendo que Conor havia conseguido escapar. Passaram a noite vasculhando a margem do rio e não encontraram qualquer sinal do estrangeiro. Tinha desaparecido como um fantasma. Só acreditavam que ele estivera ali porque o viram. Disseram que ele era grande como os chefes irlandeses de que ouviam falar, que quebravam o pescoço de um homem com um simples movimento das mãos. E comentavam entre si que ficaram aliviados de não tê-lo encontrado. Mas Lorde Richard não estava nem um pouco contente.

Por um bom tempo ninguém veio me ver. A porta se abria apenas o suficiente para jogarem um balde vazio para dentro, retirar o que tinha sido usado e deixar uma escassa refeição. Isso não era problema. Eu estava acostumada a sentir fome. O pior era a falta de luz e as paredes de pedra ao meu redor, que tinham apenas a pequena fenda para o ar entrar. E a agonia das mãos paradas, sem poder trabalhar. Eu chegara muito perto de terminar minha tarefa. Cinco camisas prontas. Faltava apenas uma. Tirarem de mim a possibilidade de terminar meu trabalho era o mais cruel.

Para evitar que o desespero tomasse conta de mim, recorri a uma velha técnica que me ajudava a ocupar a mente e deixar de fora os pensamentos indesejados: contar histórias. Culhan em busca de Lady Edan. As quatro crianças de Lir. Não, essa não. Niamh dos cabelos dourados. O cálice de Isha. A história do herói que era muito bom em esperar. Medb, a rainha guerreira que tinha uma queda por heróis vigorosos e robustos. Simon rira muito com esta história. E a história de Toby e sua sereia. De todas as histórias que eu já ouvira ou contara, aquela era de que eu mais gostava. Quem diria que Red seria capaz de contar uma história assim?

Perdi a conta dos dias, mas muitos se passaram, e eu só tinha contato com os guardas que entravam eventualmente. Então, uma manhã a porta se abriu e Lady Anne entrou na cela com duas mulheres carregando meu fuso, minha roca, meu tear, minha cesta de estrela d'água e minhas agulhas. E sobre a cesta estavam as cinco camisas. Peguei as cinco e as apertei contra o peito, tentando manter o rosto calmo. Lady Anne olhou ao redor e franziu levemente a testa. As mulheres me olhavam furtivamente. Eu devia mesmo estar medonha; suja, os cabelos desgrenhados e os olhos piscando, desacostumados com a luz que vinha do corredor. Lady Anne despachou as mulheres e fechou a porta.

— Você sabe — ela disse em tom sério — que isso irá partir o coração dele.

Aquilo foi como um tapa em meu rosto. Ela deu um passo em minha direção e torceu o nariz. Eu não devia estar cheirosa como uma dama.

— Meu filho a amava — continuou, surpreendendo-me ainda mais. — Amava como jamais amou qualquer outra coisa neste mundo, até mais do que este vale. Acreditei que fosse uma paixão passageira, instintos de homem ou algo assim. Mas ele provou que eu estava errada quando lhe deu seu sobrenome, mesmo sendo contra tudo que ele acreditava. Como pôde fazer isso com ele? Com todos nós? Demos um abrigo a você e a tratamos até bem, considerando sua origem. Seu ódio contra nosso povo é assim tão grande a ponto de você querer destruir a pessoa a quem mais amamos? Foi para isso que a mandaram aqui?

Balancei lentamente a cabeça. "Não odeio vocês. Jamais odiei. Estou apenas tentando concluir minha tarefa. E a senhora está completamente enganada quanto a seu filho. Totalmente enganada. Ele..."

Eu não conseguia explicar sem usar palavras.

— Seu povo matou Simon — disse ela em tom amargurado. — E você destruiu Hugh. O que mais você quer?

Como pode dizer algo assim enquanto me mantém prisioneira aqui? Foi seu filho quem me trouxe. Não fosse assim, eu jamais teria pisado em Harrowfield. Não vim por escolha própria.

Continuei em silêncio. Ela suspirou.

— Porém, sinto que ainda devo agir de acordo com o desejo de meu filho. Apesar de tudo, ele acreditava muito nesse trabalho que você faz e nos pedia o tempo todo que o respeitássemos e não o destruíssemos. Ele se envolveu de tal maneira com seus caprichos que agora não pode escapar de sua rede sem se machucar e sem ferir a todos que ama. Trouxe suas coisas. Fiz o que tinha de fazer. Continue seu trabalho, se sua consciência permitir.

Forcei um sorriso e fiz um gesto de cabeça. *Obrigada*. Ela não tinha ideia do que havia feito por mim. Virou-se para sair e eu segurei a manga de seu vestido, pois ainda queria fazer uma pergunta. Ela se encolheu e se afastou como se meu toque pudesse envenená-la. "Eu — porta, sair — quando?"

— Seu futuro não está em minhas mãos, Jenny — ela respondeu. — Jamais teria dado esse passo, vir até aqui para trazer seu trabalho, se Hugh não tivesse me feito prometer que lhe permitiria continuar a fazê-lo independentemente do que acontecesse. Estou envolvida demais nessa história e sem condições emocionais para julgá-la com clareza. Meu irmão irá julgar seu caso e decidir seu destino. Na ausência de Hugh, ele é o chefe da família e fará o que achar melhor. Mas como não quer ouvir mais tarde que cometeu uma injustiça, decidiu esperar a chegada do padre Stephen de Ravenglass, que tem negócios a resolver aqui após o Lammas. Em questões que envolvem bruxaria é sempre melhor consultar um sacerdote.

Examinou a cela novamente.

— Meu filho sofreria muito se a visse aqui. Mas a verdade o fará sofrer muito mais.

"Que verdade?" Foi a pergunta que me fiz enquanto ela saía e a porta era trancada. Red não havia dito certa vez que há tantas verdades quanto as estrelas do céu, e que todas são diferentes umas das outras?

Talvez essa fosse a única verdade, afinal.

Os ratos eram minha única companhia. Chegavam à noite e vinham mordiscar a palha sobre a qual eu dormia. Pela primeira vez me senti grata aos espinhos da estrela d'água, pois os ratos não a tocavam. Com nada mais para me ocupar naquela pequena cela de paredes de pedra, eu trabalhava enquanto a luz durava e tentava dormir quando escurecia. Muitos dias se passaram, todos iguais. Percebi que, ignorando a rigidez que a dor causava em minhas mãos e forçando os dedos a se moverem, eu conseguia produzir relativamente bem. Mas, à noite, o esforço cobrava seu preço. Elas doíam terrivelmente e eu não conseguia dormir. A sexta camisa aos poucos foi tomando forma. Não tinha a mesma aparência das outras, pois a luz era fraca e minha vista por vezes ficava embaçada, mas serviria a seu propósito. Tinha de servir.

Pelo ângulo da luz que entrava pela pequena fenda eu imaginava que foi próximo do Lugnasad, o fim do verão, que Lorde Richard começou a me visitar. Sempre me olhou com certa volúpia, mas quando entrava na cela aquilo se tornou uma constante, o que me atemorizava. Talvez eu tivesse sido ingênua ao me permitir ter esperanças quando Lady Anne me trouxe as camisas e o material. Agora podia trabalhar, e ela não tinha dito que eles esperariam o padre Stephen para que eu tivesse um julgamento justo? Mas quando Richard veio, eu vi que a situação era bem diferente.

— Bem, minha querida — ele falava como se estivéssemos conversando socialmente e degustando uma taça de hidromel, em um tom afável. Olhou ao redor e depois para mim. — Seu reinado como Lady de Harrowfield durou pouco. Pensei que fosse mais esperta, mas me enganei. Um erro bobo de minha parte. Mas você acabou vindo parar em minhas mãos.

Ele aspirou o ar.

— Que cheiro temos aqui. Lembra o de um chiqueiro.

Tirou do bolso um pequeno lenço e o encostou no nariz. Exalava um leve aroma de óleo de bergamota.

— Mas isso com certeza não deve incomodá-la. Imagino que em sua casa as coisas não deviam ser muito limpas ou organizadas, não? E ouvi dizer que entre seu povo não se sente aversão aos cheiros uns dos outros. Bem típico da escória.

Cerrei os dentes e mantive os olhos fixos em meu trabalho. *Se Red estivesse aqui e o ouvisse, com toda certeza o mataria, mesmo sendo seu sobrinho.*

Ele riu.

— Ah, gosto dessa expressão carrancuda, desse brilho nos olhos. Fico imaginando o que se passa nessa sua cabecinha. Acredita que seu queridinho Hugh virá galopando para salvá-la? Sem chance. Não conte com isso. O que quer que esteja fazendo, está muito longe daqui. Pelo menos, é o que dizem. Certas pessoas estão loucas para colocar as mãos nele, pelo que ouvi, mas ninguém sabe de seu paradeiro. Você não fez nenhuma maldade com ele, fez? — seus olhos agora estavam semicerrados. — Espero que não seja parte de seu esquema. Tenho planos para Hugh e quero vê-lo agir de acordo com meus desejos. Não espere ser salva por ele, garota. Ele não virá. Não enquanto você não estiver morta e enterrada, fora da vida dele e da minha. Minha rede de contatos é grande. Quando ele estiver a caminho de casa, eu saberei e... o atrasarei um pouco. Nada que o machuque, apenas uma pequena distração para que sua jornada demore o tempo necessário.

Minhas mãos pararam por um instante e a laçada que eu estava para fazer ficou incompleta. *Um passo de cada vez.* Respirei fundo e dei o laço.

— Percebo que isso a pegou de surpresa. Você não imaginava... Impossível. Ninguém pode ser tão burro. A morte é a única punição possível, querida. É o único método que dá às pessoas motivo para pensar. Há vários tipos de penas que se pode aplicar, cada uma mais instigante que a outra. Pode-se fazer o culpado carregar um grande e pesado ferro em brasa por uma distância específica. Mas não creio que seja o seu caso. Também é possível fazê-lo pegar uma pedra no fundo de um tanque com água fervendo. Já vi este método sendo usado. O acusado precisou de um pouco de persuasão para realizar a tarefa.

E há métodos mais rápidos, como o enforcamento, o afogamento e alguns com facas. Mas são entretenimentos menos interessantes. Prefiro algo mais instigante. É tão difícil decidir. Vou esperar pela assistência divina. Padre Stephen de Ravenglass é assistente do bispo, um clérigo muito culto e um velho amigo meu. Tem muita experiência em exorcizar demônios, fazer limpeza espiritual e lidar com bruxaria. Confio totalmente em seu julgamento. Não houve até hoje um único assunto em que nossas opiniões divergissem. Pensamos de maneira muito parecida. Seu apoio dará... crédito a meu veredito, algo essencial para quando seu marido retornar.

Senti um arrepio percorrer meu corpo. Confiava minha vida ao padre Brien e senti muita sabedoria e bondade no sacerdote que abençoou meu casamento, naquela noite, na mata. Mas algo me dizia que não encontraria a mesma benevolência nos olhos de padre Stephen. Comecei a acreditar que morreria mesmo. Mas minhas mãos continuaram a tecer sem parar a sexta camisa.

— Talvez você seja mesmo uma tola — disse Richard. — Talvez não entenda tão bem nossa língua quanto Hugh pensa. Não sente medo? Não gostaria de ter uma chance de se salvar? Qualquer outra em seu lugar estaria de joelhos me implorando agora. E seria fácil, muito fácil.

Ele estava quase ronronando como um gato. Mas um gato não jogaria sujo como ele.

— Debaixo de toda essa sujeira você ainda é uma vadia suculenta — disse ele com voz suave. — Não lhe ocorreu que você ainda tem com que negociar? Sou um homem, minha querida. Posso ser comprado tão facilmente como Hugh foi. Desabotoe a roupa. Deixe-me ver a brancura de sua pele. Ou prefere que eu faça isso para você?

Olhei para ele e dei um cuspe certeiro em sua bota brilhante e encerada. Ele respondeu com uma gargalhada.

— Como é ingênua. Levou a sério minha brincadeira! Muito bem, vagabunda. Tentando manter a dignidade! Não acredita mesmo que eu sujaria as mãos em você; que me sujeitaria a sentir seu cheiro e a deixar que pusesse essas patas nojentas em mim, não é? Já houve um tempo em que eu a desejei. Mas não estou tão desesperado a ponto de pegar os restos de meu sobrinho. Tenho coisas muito melhores em mente, como aquela moça; qual é seu nome mesmo? Molly, Mary? Está muito preocupada com o seu destino. Fico imaginando se é uma mãe adequada para criar aquele menino. Tenho de fazer algo a respeito. Ela precisa de um homem forte em sua vida para melhorá-la e lhe ensinar algumas coisinhas. Bem, minha querida, vou deixá-la agora. Aproveite seu tempo, pois não lhe resta muito.

Não havia tempo para medo ou para ódio. Depois de algum tempo, descobri que conseguia fazer algumas tarefas no escuro e deixei de dormir. Não havia tempo para descansar. Terminei a frente da última camisa e comecei as costas. Lá fora, a estação avançava e as folhas começavam a voar, algumas entrando pela pequena fresta que me permitia ver o céu. Calculava que já estávamos perto do Meán Fómhair e que estava presa há três luas. Ficava imaginando as últimas rosas abertas, os grãos, as framboesas e as groselhas abundantes e as abelhas ocupadas voando entre os ramos de lavanda. As maçãs já deviam estar amadurecendo nessa época. Ele dissera... mas eu não queria pensar nisso. Não havia tempo para pensamentos tolos. *Continue fiando, tecendo, costurando. Um passo após o outro. Continue. Continue, dia e noite.*

Richard vinha até a cela quase todos os dias. Às vezes, ficava somente alguns minutos, mas na maior parte de suas visitas vinha disposto a falar. Agora que pensava ter a mim na palma de sua mão, ele se tornou menos cauteloso. Afinal, de qualquer forma, eu não poderia dizer às pessoas o que ouvia dele, mesmo que tivesse uma oportunidade, o que também era muito improvável. Assim, fui juntando peça por peça do quebra-cabeça e conhecendo o outro lado da história.

— Bem, cá estamos novamente. Devo dizer que sua aparência hoje não é das melhores, minha querida, por mais que me esforce para imaginar seus contornos. Eles a estão alimentando o suficiente? Só o suficiente. Quero mantê-la viva até o julgamento. Afinal, tenho de fazer justiça, não? Infelizmente, padre Stephan vai demorar mais um pouco para chegar. É um homem ocupado. Mas virá, não se preocupe. A não ser que demore demais; então, teremos que prosseguir sem ele. Hugh está fraco, ou melhor, está embriagado demais. Não podemos nos arriscar a esperar que ele volte. Mesmo após você ter satisfeito seus desejos com outro homem e vender a ele seus segredos bem debaixo de nosso nariz, ele não está em condições de julgá-la de maneira apropriada. Não, seu julgamento deve ser logo e em público. Decisivo, final. É o que o povo espera e o que darei a ele. Algo espetacular, provavelmente com fogo. Assim nos livramos de uma vez da bruxa e de seus feitiços com um espetáculo deslumbrante de calor e luz. Deslumbrante. Maravilhoso. Vou me deleitar com ele.

Minhas mãos não falsearam; continuaram a trabalhar sem se alterar. Mantive a respiração estável, mas minha expressão deve ter se modificado.

— Devo confessar que fiquei tentado — disse ele, encostando-se à parede e inclinando o banquinho sobre o qual se sentava. — Muito tentado. Este trabalho que você faz é muito importante para você, não? O que não teria feito para que eu o devolvesse? Teria me...

Não vou repetir aqui suas palavras, pois são baixas demais até para uma reunião de bêbados em uma taverna.

— Pensei em fazer isso, mas minha irmã se antecipou, seguindo as ordens de seu querido Hugh. Inacreditável. Mesmo eu tendo lhe contado o que seu povo fez com Simon. Mas posso me contentar com o prazer de vê-la se machucar, vadiazinha. Por que faz isso? A dor a excita? Precisa sentir dor para se satisfazer? Casou-se com o homem errado, filha de Erin. Ele jamais seria suficiente para você. Além do mais — seu tom mudou — era um homem comprometido. Esqueceu-se de seu compromisso de casamento, mas eu não me esqueci. E assim será tão logo você seja... dispensada. Hugh se casará com

Elaine. Harrowfield se casará com Northwoods, gerando o maior e mais rico estado de Northumbria. Fácil, muito fácil. Pense no que tanto poder é capaz de fazer com um homem. Com um simples gesto ele terá todas as peças do jogo. Isso o satisfará de uma maneira que mulher nenhuma consegue. Quem as pessoas irão procurar para ter proteção? Em quem irão confiar para treinar seus homens e comprar suas armas? A quem irão pagar tributos para garantir tudo isso?

Ele sorria e esticava os braços.

— Pode acreditar, menina. Um homem com tanto poder não se detém facilmente. Nada se opõe à sua vontade. Nada.

"É de Hugh de Harrowfield que estamos falando?", não consegui evitar erguer as sobrancelhas em um gesto de descrença.

— Hugh é fácil de conduzir. Só se preocupa com suas árvores, seu gado e sua vidinha pequena. Já Elaine é como eu. Tudo deve ser do seu jeito. O único problema é que o que ela queria não se encaixa em meus planos. Tudo ia muito bem até ela ter treze, quatorze anos. Tinha tudo que queria e nada lhe era negado. Um novo pônei, um novo cão, joias, belas roupas. Mas ela quebrou as regras e se apaixonou pelo irmão errado.

Elaine e Simon? Era algo que eu não tinha imaginado. Mas explicava muitas coisas. Explicava, por exemplo, sua maneira de tratar Red. Agora eu percebia que ela o tratava como a um irmão. Pobre Elaine. Um dos irmãos havia morrido e o outro se casara comigo. Ela não merecia perder os dois.

— E uma vez apaixonada, ficou cega — ele continuou. — Pela primeira vez tive que lhe dizer não. Não, não pode. Simples assim. Ela não gostou. Mas eu sou seu pai. Hugh é muito mole. Não tem espírito assassino, não tem a maldade que um homem necessita para sobreviver e para crescer. Sua fazenda é muito bela, devo admitir. Mas ele é fraco. Flexível demais. Você sabe disso melhor do que ninguém, não é, vadia? Fez com que ele a obedecesse direitinho. E se ele obedece até a você, imagine como não obedecerá a alguém como Richard de Northwoods. No momento em que se casar com minha filha, o vale inteiro será meu. Já se tivesse se casado com o irmão mais novo, a história seria diferente. O resultado seria péssimo. Em primeiro lugar, ele não seria o principal herdeiro, a menos que... Além disso, era muito instável. Imprevisível. Não era mesmo uma boa opção. É bem melhor assim. Ou era, até você aparecer...

Subitamente, ele se sentou para frente, o banquinho voltando ruidosamente à posição normal.

— Sabe, no começo, acreditei que Hugh a havia trazido para obter informações. Era o que parecia. Você tinha algo de que ele precisava. Estava apenas esperando você falar. Um jogo de gato e rato, algo totalmente compreensível. Mas meu sobrinho nunca havia demonstrado interesse em estratégias desse tipo. Jamais movera um dedo para ajudar nas campanhas ou contribuir com a causa. Não se importava mesmo. Por que então o súbito interesse?, pensei. Só podia ser por causa de seu irmão, o jovem Simon. Você era a peça principal do jogo. Tinha algo que poderia dizer a ele. Na época, pensei que pudesse falar, mas fingia ser muda. Chegou várias vezes a abrir a boca como se fosse dizer algo, fechando-a em seguida.

Coloquei a trama no fuso, sentindo as fibras machucarem meus dedos. Minhas mãos agora estavam cheias de feridas e fedidas novamente, por causa da falta de luz, da sujeira e à maneira como eu as maltratava.

— Mas então houve aquele acidente infeliz. Coisas que acontecem. Rochas caem, pessoas se ferem. Loucuras da natureza. Porém, me disseram que você não emitiu um som sequer, não gritou, nada. Nenhuma mulher tem tamanho controle. Fui forçado a acreditar que sua doença é real. Você não consegue mesmo falar. Muda como uma besta, silenciosa como um túmulo, o que deixa a situação ainda mais interessante. Posso falar tudo que tenho vontade, abrir meu coração, contar os segredos de minha alma e você não irá revelá-los. Não irá transmitir uma palavra sequer. Vai ser uma pena não ouvir você gritar quando as chamas começarem a lamber seus pés, subindo pelo seu vestido e transformando sua bela pele branca em carne assada. Seria muito bom ouvir, mas não se pode ter tudo na vida.

Quando ele saiu, eu me permiti chorar um pouco. E olhar pela janela, vendo a chuva lá fora, sentindo a brisa que entrava e pensar que ele o mataria se estivesse ali. Mas era até bom que não estivesse. Ter de tomar uma decisão como aquela o destruiria. Era melhor mesmo que não chegasse a tempo de... Mas eu estava com medo. Medo de morrer, medo do fogo. E apavorada com o fato de estar trabalhando tão lentamente e não conseguir terminar no prazo. Não chorei por muito tempo. A pequena voz em minha mente dizia agora o tempo todo: *não pare de trabalhar. Continue fiando, tecendo, costurando.* A metade daquela sexta e última camisa estava sendo feita e manchada com sangue das minhas mãos, sujeira da cela e lágrimas. Aquele que a vestisse estaria usando meu amor, minha dor e meu medo. Isso o libertaria do feitiço ainda mais rápido.

Não me lembro de um único momento bom em todo o tempo em que estive na cela. Acabei me acostumando com os guardas. Não sabia seus nomes, mas havia um, o mais velho, que eu via sempre com Ben. Não vinha com frequência, mas quando entrava na cela seu rosto mostrava claramente a contrariedade ao me ver naquele lugar sujo e escuro. Um dia, entrou com o balde e o jogou no canto como todos faziam, mas tirou um pequeno embrulho do bolso e o colocou furtivamente em minha cesta.

— Força, minha jovem — disse em voz baixa, saindo e fechando a pesada porta.

No pacote havia um pedaço de pão fresco com grãos, uma fatia de queijo e uma porção de amoras. Comi o mínimo possível e aos poucos, pois sabia que meu estômago podia rejeitar um alimento tão bom após tanto tempo de fome. Dividi as migalhas de pão e de queijo com os ratos, pois achei que também mereciam um pouco de diversão. Não vi mais aquele guarda, mas sua bondade me comoveu. E não me esqueci do gosto bom da refeição: o sabor suave do queijo, o gostinho ácido da fruta e o cheiro de mato e de campo do pão. Lembro-me de cada bocado que coloquei na boca.

O trabalho com a camisa rendia. Era surpreendente ver o quanto eu conseguia produzir quando me esquecia da dor, dormia somente quando a exaustão me obrigava e trabalhava dia e noite. Não sabia mais se era o amor ou o medo que me estimulava a trabalhar. Mas a camisa tomava forma a cada longa noite sem dormir, enquanto a brisa que entrava pela fresta trazia os aromas do outono. Folhas queimando, frutas fervendo para fazer conserva e o cheiro da névoa fria do rio pela manhã. E havia sons também. Homens carregando fardos e sacos com grãos e provisões para armazenar no celeiro. Era época da colheita e eu já estava em Harrowfield há quase um ano. Mulheres discutindo. Rodas de carroça sobre a trilha de cascalho. E certa manhã, um homem sozinho cavalgando logo cedo. Não importava. Parecia que agora, enquanto eu estava trancada ali, a casa havia retomado sua pacífica rotina como se nada tivesse acontecido. Eu não recebia visitas desde a vinda de Lady Anne. A única presença era a dos guardas e a de Lorde Richard. Provavelmente todos já haviam me esquecido.

Mas a espera não duraria para sempre. Certa manhã, eu ouvi o som de cascos de cavalos com ferraduras de boa qualidade chegando ao pátio, de arreios, fivelas tilintando e vozes de homens. Naquela tarde, Richard entrou na cela com expressão de triunfo no olhar. O representante do bispo havia finalmente chegado e era hora de eu acertar minhas contas em uma audiência formal. Seria no dia seguinte, e então.... Ele parecia eufórico, mal podendo se conter. "Por que será que odeia tanto o sobrinho?", pensei. Isso era óbvio. A sensação de poder o fascinava, mas havia algo em seu olhar ao pronunciar o nome de Red que parecia beirar a loucura.

Ele cometeu um erro naquele dia. Na ânsia da vitória antecipada, falou demais.

— Vamos falar sobre fogo — ele olhava de lado enquanto eu fazia a barra da camisa com movimentos desajeitados de agulha e linha. Às vezes meus dedos ficavam adormecidos e era difícil fazê-los me obedecer. — Quando se tem material adequado, há várias coisas interessantes que se pode fazer com fogo. Você se surpreenderia se soubesse com quem aprendi essas técnicas. E seu pai também.

Congelei por um instante.

— Ah, toquei um ponto fraco? Então, era mesmo o que eu imaginava. Ela achou que era você quando eu a descrevi. Quer saber mais?

Dei mais um ponto com a agulha, e outro, e mais outro.

— É claro que não vou comentar com ele. O educado padre. Ele não precisa saber, precisa? Sua culpa é óbvia. Não precisamos entrar em detalhes — ele deu uma risadinha. O som era desagradável. — Desculpe-me, piada de mau gosto. Bem, como estava dizendo, fiz uma viagem muito interessante às suas terras, garota. Perdi alguns homens, fato lamentável. E não consegui conquistar o posto que queria, o que me deixou ainda mais irritado. Mas uma vez que tiver todos os recursos de Harrowfield ao meu dispor, nada me deterá. Essas perdas são pequenas. Já as superei. Mas as informações que obtive são preciosas — inclinou-se para frente, os olhos fixos em mim. — Diferentes maneiras de se fazer uma fogueira; de criar um fogo especial que consome inteiramente um corpo, deixando apenas os ossos inteiros. Vi como funciona. Ele me mostrou. É um dos seus, mas trabalha para mim. Astuto, bom guerreiro, decidido. Não tem falsos ideais sobre Eamonn. Pode me dar tudo que eu quiser se for de seu agrado. Homens. Armas. Informações. Basta eu lhe dar algo que ele quer para receber tudo isso em troca.

A notícia mexeu comigo. Continuei trabalhando, mas não consegui manter o rosto calmo. Eamonn. Eamonn de Marshes? Negociando com um bretão? Não era possível. Tanto meu pai quanto Seamus Redbeard consideravam Eamonn um de seus mais fortes aliados. Não era ele que havia se casado com Eilis? Quem estava jogando agora?

— Não somos como Hugh — ele continuou, observando cada movimento de meu rosto — cheios de ideais pomposos e bondade piegas. Se fôssemos, vocês não só recuperariam suas ilhas como se lançariam sobre nós como vermes. Não sobraria o menor vestígio do mundo civilizado. Acredite. É graças a homens como eu que essas terras estão em segurança e Hugh pode brincar de criar galinhas e plantar seus preciosos carvalhos.

Eu olhava fixamente para ele agora, sem ao menos fingir que trabalhava.

— Fiz a melhor barganha de minha vida nesta última viagem. Já lhe falei dessa mulher, não? Muito interessante. Não me disse seu nome, mas era muito amiga de Eamonn. Ficou bastante interessada em você quando nos falamos. Contou-me uma história sobre as crianças de Sevenwaters, que desapareceram misteriosamente.

Meu coração batia descompassado. Mulher? Que mulher? Com certeza ele não estava falando de Eilis.

— Fiz uma oferta. Disse que caso você fosse a filha de Colum, eu aceitaria um pagamento para enviá-la de volta em segurança. Um pagamento em terras, se possível, de preferência entre a floresta e a costa. Colum não ia gostar, mas disseram que está desesperado à procura da filha. Talvez estivesse louco suficiente para me dar o que quero. Valeu a pena negociar.

Eu já não conseguia respirar.

— Ela levou a mensagem a Colum. Mulher extraordinária. Cabelos fartos, castanho-avermelhados, figura suculenta, espetacular. Eamonn com certeza a aprecia. Nem prestava atenção à sua esposa sem graça. E esta mulher, além de tudo, era a gentileza em pessoa. Disse que transmitiria minha oferta e ainda ofereceu alguns de seus homens para me escoltar até a costa. Ainda estou com eles. Bons rapazes. Silenciosos e habilidosos com a faca. Voltei com boas expectativas. Era a oportunidade de não apenas me livrar de você, mas conseguir algo que nem sonhava. Colum sempre foi muito difícil em negociações. Não abre mão de suas coisas nem para seus aliados. Sempre ocupou uma posição forte. Todos o temem. Mas agora é diferente, pensei. É sua única filha que está em jogo.

Esperei até ele examinar e polir as unhas, e depois examiná-las mais uma vez. Estava brincando comigo, saboreando cada instante.

— Fiquei pensando por que um líder de Erin negociaria comigo. Alguma vantagem Eamonn teria. Ele não estava me contando tudo que sabia, é óbvio. Mas com certeza tinha interesse em você e em seu pai. Não posso esquecer que foi na casa dele que eu ouvi falar dos filhos desaparecidos de Colum e de como eles sumiram no ar sem deixar rastro. Parece que não sou o único interessado em... expansão. As terras de Colum logo estarão prontas para serem tomadas. E Eamonn tem alguns truques na manga que podem ser usados. Eu tenho homens e, com os recursos de Harrowfield, estarei mais bem armado que qualquer exército, aqui ou além-mar. Imagine o que nós dois juntos podemos conseguir.

"Você é um idiota", pensei. "Um grande idiota. Eamonn está jogando com você, assim como Lady Oonagh. Quando conseguirem o que querem, irão descartá-lo como um trapo velho. Nesse tipo de jogo você ainda é um iniciante. Mas o que meu pai disse?"

— Essa viagem realmente me surpreendeu — ele disse em tom eufórico. — Deixei que continuassem seu trabalho e fui discretamente, como sempre faço, visitar meu aliado em seu território, uma área pantanosa e desolada. Não me surpreende que queira expandir suas propriedades. No entanto, é uma região fácil de defender. Ainda assim, cheguei em segurança. E ela estava lá, a mulher maravilhosa de cabelos vermelhos. Mas Colum havia recusado minha proposta. Filha ou não, ele não cederia. Mandou dizer que se ela preferiu partir e viver entre os estrangeiros, é porque não é mais sua filha. Fez a cama, pois agora que durma nela. E que se eu achava que ele pensaria em ceder as terras que tanto luta para manter é porque sou tão burro quanto o resto de meu povo. Dói ouvir isso, não é, bruxinha?

Não adianta cobrir o rosto para esconder as lágrimas traiçoeiras. Eles não querem mais você por lá. Nem posso culpá-los. Ninguém iria querê-la do jeito que está agora. Devo confessar que fiquei muito desapontado ao retornar de mãos vazias. Mas ela fez uma contraoferta. Antes, fez inúmeras perguntas sobre você. Se tinha aliados aqui, o que fazia todos os dias e o que dizia aos outros sobre si mesma. Contei então sobre sua aliança com Hugh, mas que vocês ainda não tinham aproveitado muito o tempo juntos porque ele está longe. E também que perdeu a voz; não pode contar seus segredos, e que passa o tempo destruindo as mãos com esse trabalho manual de bruxaria. Ela não gostou das respostas, mas acreditou em cada palavra que eu disse. Fez então a proposta. Terei informações especiais sobre a posição de Colum no outono e no inverno. Em troca, só preciso tirar você de cena. Disse-me até como fazer. Ah, claro, não me proibiu de brincar um pouquinho com você antes. Sabe que faz parte do jogo; do delicioso jogo. Mas me pediu garantia de que você seria queimada junto com seu trabalho. Segundo ela, é a única maneira de se destruir uma feiticeira. O fogo. Eamonn conhece a melhor maneira de se montar uma fogueira para isso e fez questão de me mostrar. Primeiro, é preciso comprar uma boa quantidade de pedras de sulfato de cobre. Custa caro, umas boas cabeças de gado. Mas vale a pena. Depois, deve-se moê-las bem até virarem um pó bem fino. Então, mistura-se o pó com óleo da melhor qualidade, daquele que os sacerdotes usam para untar a testa dos fiéis. Uma ironia, não? Temos então o preparado básico. Basta espalhá-lo sobre os feixes de lenha para obter uma bela chama. E bem colorida. O verde é o tom mais forte, eles dizem. As chamas são altas e engolem facilmente tudo que tocam. Mas Eamonn ainda não se contenta com isso. Ele prepara a madeira com antecedência. Deixa a mistura penetrar bastante, para encharcá-la totalmente e depois a coloca para secar. Você precisava ver o que acontece quando se acende uma tora dessas. Trouxe até um pouco da lenha comigo nessa última visita. Planejo usá-la em breve. E a mulher me disse para destruir você logo, antes.... bem, minha querida, quantas dessas camisas você já fez?

Fiquei imóvel. Tive medo até de respirar.

— Vamos ver.

Ele se aproximou e colocou as mãos em minha cesta.

— Não que eu acredite em magia ou coisas desse tipo. Mas prometi a ela. Quantas? Quatro? Cinco?

Levantei-me e agarrei desesperadamente a cesta, mas estava mais fraca do que imaginava e ele me jogou para o lado como um inseto incômodo.

— Uma, duas, três, quatro, cinco. Você tem trabalhado muito, hein? E mais uma bem adiantada. Muito bem, bruxinha. Não vai demorar agora. Creio que não terei dificuldade em atender ao pedido dela. Faça tudo antes que ela termine, foi sua recomendação. Queime tudo junto, a garota e seu trabalho. E depois venha me contar. Quero uma descrição detalhada.

Ele sorriu.

— Belo final para uma história, não? Resolve os problemas de todos. Hugh com certeza aprovaria. Sempre adorou uma vida certinha e sem problemas.

"Saia daqui. Saia antes que a raiva tome conta de mim. Vá agora, antes que eu perca a cabeça e faça algo idiota. Respire, Sorcha. Respire, respire."

— Uma vida certinha em todos os aspectos. Bem, quase. A garota bruxa morre, o vale está salvo. Elaine se casa com Hugh. Richard de Northwoods estabelece seu posto na orla oposta. Eamonn de Marshes adiciona um pequeno e agradável trecho de floresta a seu território. A ruiva misteriosa consegue o que quer. E vivemos todos felizes para sempre. Pobre Simon. É a única peça que não se encaixa. Poderia ser muito útil sob meu comando se tivesse um pouco mais de disciplina. Tinha boas habilidades para a guerra. Foi bem treinado. Mas começou a fazer perguntas demais. Ouviu o que não devia e se recusou a ficar em silêncio. Viu o que não era para ser visto. Ficou interessada?

Não tinha forças para retomar meu trabalho naquele instante. Fiquei agachada ao lado da cesta com os braços sobre ela para protegê-la. *Saia daqui*. Sua presença contaminava o ar que eu respirava. Ainda assim, precisava ouvir o resto da história. O que ele ia dizer era importante.

— Foi uma pena. Ele era meu sobrinho, afinal. Mas eu o conhecia bem. Contaria tudo ao irmão. E mesmo alguém como Hugh não deixaria algo assim passar despercebido. Você sabe que o seu povo e o meu não se misturam, como água e óleo. Somos inimigos declarados. Mas ele me viu conversando com o homem de Eamonn. E provavelmente ouviu toda a conversa. Não tive alternativa senão providenciar que fosse... removido. Silenciado. Eliminado. Por sorte, tenho um homem muito bom para este tipo de tarefa. Mas demorei para agir. Foi um grande erro. O garoto desapareceu. Fugiu não se sabe para onde. Deve ter pensado que tinha dom para ser herói. Mas Simon sempre foi assim. Agia primeiro, pensava depois. Claro, fui atrás dele imediatamente. Todos deveriam pensar que eu era um tio preocupado. E cada momento que ele passava fora de meu alcance era mais um momento de perigo para mim. Mas não o encontrei. E quando voltei, estavam todos mortos. Todos os meus homens. Membros decepados, corpos rasgados. Ossos espalhados na lama. Não sobrou um sequer. Leva-se anos para reunir e treinar um grupo de homens como aquele.

Seu tom era de pesar. Para ele, as pessoas eram meras ferramentas em sua busca pelo poder.

— Colum. Aquilo só podia ser trabalho de Colum e seus filhos. O ardiloso e ambíguo chefe guerreiro que parece ter o dom de despedaçar seus inimigos quando quer e desaparecer tão silenciosamente quanto chega. Colum de Sevenwaters. Não é de se estranhar que tantos o temam e odeiem. Cheguei à conclusão de que Simon havia sido capturado e falado demais. Quem mais poderia revelar o local em que meus homens estavam? O garoto se mostrou tão fraco quanto o irmão. Pose de homem na superfície, mas mole por dentro. Habilidoso com a espada, com o arco e com as mãos, mas não se pode contar com tipos assim quando as coisas ficam mais sérias.

Você mesma deve concordar. Onde está Hugh agora que você mais precisa dele? Não voltou correndo para salvar a esposa, voltou? Tem outras coisas para fazer. Como eu gostaria de saber que coisas são essas. Bem, então eu voltei para casa e contei à minha irmã que seu filho havia desaparecido. Ninguém sabia de seu paradeiro. Essa parte era a mais pura verdade. Fiquei preocupado quando Hugh decidiu ir atrás dele algum tempo depois. Parecia não acreditar em mim. Tinha receio de que alguma informação pudesse chegar a ele ou que o garoto ainda estivesse vivo. E você devia saber de alguma coisa, caso contrário por que ele arrastaria uma irlandesa até aqui? Eu estava louco para fazer você falar. Imaginei que pudesse ter alguma relação com Sevenwaters e quis agir logo, antes que você desse com a língua nos dentes. Mas não conseguia me aproximar. Ele vigiava você como uma joia preciosa. Fiquei só observando. Mas depois de algum tempo, vi que jamais falaria. Ele estava se enganando ao acreditar que tiraria alguma coisa de você. Mulheres gritam quando são feridas e choram quando são magoadas. Não guardam sentimentos ou informações durante luas e anos sem dizer uma palavra sequer. Você vai queimar na fogueira em completo silêncio. E eu terei o imenso prazer de acender o fogo, minha querida. Será um tapa de pelica no rosto de Colum. Ele pode não querer pagar por sua libertação, isso eu entendo, mas não vai gostar quando eu fizer chegar a seus ouvidos a notícia de que foi queimada em um tipo de fogueira muito especial. Isso vai lhe tirar o sono durante um bom tempo.

Ele esfregou as mãos, demonstrando satisfação.

— Sim, as coisas estão se encaminhando muito bem. Tudo se entrelaça perfeitamente, diferente desse seu trabalho pobre e malfeito, minha cara. Diga-me: consegue mesmo se concentrar nisso? Mas não importa. O fogo vai acabar de uma vez com você e com essas camisas. Fuso, roca, tear e tecido. Vestido, cabelos, pele e unhas. Bem devagar no início, depois rápido e belo quando as chamas se espalharem ao seu redor e a consumirem. Quando seu marido chegar, não haverá sinal de sua presença em Harrowfield. Você já terá desaparecido. Eliminada. Só lhe restará juntar os pedaços de sua vida e seguir em frente. Mas os homens esquecem facilmente. Elaine logo a substituirá. É uma grande mulher. Cuidará das coisas por aqui, enquanto eu...

Olhou para a janela.

— Está ficando tarde. Vou tomar uma taça de vinho, ou talvez duas. Sempre sinto um pouco de fome a esta hora.

Levantou-se e espreguiçou.

— Vou-me agora, minha querida. Foi bom conversar com você. Perdi até a noção do tempo. Bem, amanhã é outro dia, como costumam dizer. Esteja pronta quando vierem buscá-la. Já falei com o sacerdote sobre seu caso. A audiência deve durar o dia todo, e ele quer começar cedo.

Uma noite, pensei, o coração disparado. Apenas uma noite antes de meu destino ser decidido. Eu precisaria ser forte. Tinha que evitar pensar em fogo ou morte. Refleti sobre as palavras de Richard. Apesar de estar tão concentrado em si mesmo e em sua ânsia de poder, ele havia me observado de perto enquanto falava e provavelmente leu em meu rosto mais do que eu gostaria de deixar transparecer. Durante o resto daquele dia e daquela noite, minha mente ficou remoendo tudo que ele havia dito. Sua aliança com um chefe de meu povo que meu pai considerava seu amigo. Nada absurdo. Homens de poder jogavam o tempo todo. Aquele era apenas mais um jogo. O envolvimento de Lady Oonagh. Era bem provável. Eu acreditava mesmo que havia algo dela na morte de John e na onda de medo e instabilidade que tomava conta do vale e da família em Harrowfield. Hugh estava certo. Richard havia mentido para eles. Não tinha como saber se Simon estava realmente morto. Sua história era mera suposição; algo que ele havia criado para apaziguar os ânimos e pôr um fim à história. Assim, ninguém mais ficaria procurando respostas. Por sorte, Richard não tinha conseguido captar totalmente a expressão em meu rosto. Não descobriu para onde Hugh fora, nem o motivo. Ainda bem. Ele não tinha escrúpulos quando se tratava de aumentar seu poder. Gostava de jogar, mas só se contentava em vencer. Todas as pessoas no caminho eram meras peças do jogo, totalmente dispensáveis. A perda de todo um pelotão de homens era apenas um pequeno contratempo, algo que se reparava com algumas moedas de prata. Bons homens podiam ser comprados e treinados. Eu tinha sido um desafio diferente e inesperado para ele, mas tinha jogado comigo e agora eu estava em suas mãos. Não tinha o menor problema em eliminar qualquer um que se colocasse em seu caminho. Qualquer um. Se um sobrinho podia ser... que palavra ele tinha usado mesmo? Eliminado? Bem, por que não o outro, caso ele viesse a descobrir as falcatruas do tio?

E o pobre Simon. Entre os homens de meu pai e seu tio ele não teve a menor chance.

Richard tinha me dado muito em que pensar. Ficar tentando juntar as peças do quebra-cabeça me ajudou a manter distantes os outros pensamentos, como as imagens de carne queimando, de chamas engolindo a barra de um vestido. E de uma cesta de fibra de salgueiro queimando com cinco camisas dentro, e a sexta que ainda estava incompleta. Eu estava fazendo a primeira manga. A frente e as costas estavam prontas, e eu as tinha costurado toscamente com alguns pontos nos ombros. Era um trabalho de péssima qualidade, como Richard havia observado. Meu irmão mais novo ficaria com a mais feia. Mas era amanhã. Amanhã era o dia em que eles me julgariam. Isso significava que eu morreria amanhã? Como enfrentar seu último dia de vida sem sentir medo? Fiquei pensando nos velhos contos, nas velhas histórias em que os espíritos dos heróis cumpriam sua jornada na forma terrena e partiam para o próximo nível de existência no momento apropriado.

Uma boa morte. *A roda gira e torna a girar*. Lembrei-me de Liam contando como nossa mãe deixou este mundo se despedindo calmamente de seus filhos. Uma morte serena, tranquila, inevitável. Mas eu não me sentia assim. Estava com ódio, apavorada, meu coração batia descompassado e eu mal conseguia respirar. Minha cabeça doía. Eu não estava preparada para morrer. Não ainda, não naquele momento. Não antes de abraçar meus irmãos mais uma vez.

Não dormi naquela noite. Precisava terminar. Tinha de conseguir. Os Seres da Floresta não me dariam uma tarefa se não fosse para eu cumpri-la. Não podia acreditar que tirariam meus irmãos de mim justo agora, tão perto de eu terminar. Pois eu terminaria meu trabalho. Terminaria. Naquela noite eu não contei histórias para mim mesma à medida que as horas passavam. Enquanto trabalhava no escuro, enchi o espaço ao meu redor com imagens para afastar as sombras, exatamente como Finbar fizera na noite em que esgotou suas forças para me ajudar. Assim eu mantinha longe as chamas. Mantinha longe a constatação de que meu pai soube onde eu estava e não quis me resgatar. Levei a mente para outro lugar. Para a praia branca e para as grandes focas de olhos doces. Visualizei Red me observando com seu sorriso que invadia meu coração, e seus cabelos brilhantes como um raio de luz se sobressaindo diante do verde, do cinza e do azul do mar. Imaginei, por um instante, John levantando seu pequeno filho nos braços, cheio de amor e de orgulho. E Margery, trançando meus cabelos com seus dedos ágeis. "Veja só isso. Você tem que parar de se esconder". Bem, parece que meu fim seria bem público mesmo. Todos viriam ver a bruxa queimar. Não, não pense nisso. Pensei então na floresta, com os raios de sol sendo filtrados pelas folhas do topo das árvores. E em uma criança dançando, descalça na terra macia, os cabelos negros e esvoaçantes espalhados pelos ombros. E seu irmão a observando com seus olhos claros como a água que viam longe, muito longe. Uma garota correndo na areia; seu perfil desenhado com traços pequenos e bem feitos à pena. A última imagem no livro.

Minha mão tocou os dois objetos preciosos que eu ainda tinha pendurados no pescoço, sob o vestido encardido. Lady Anne tinha dito que seu filho me amava. Mas aquilo não era amor, não quando alguém fazia apenas o que devia fazer seguindo um comando que não compreendia. Hugh voltaria e partiria novamente como se nada tivesse acontecido. Talvez ainda houvesse para ele uma chance de juntar os cacos de sua vida. Mas, naquele momento, eu desejava que ele estivesse ali. Sentada, imóvel, no escuro da cela quase pude sentir sua presença ao meu lado, mas sem se aproximar demais. "Não prometi que a manteria em segurança? Jamais quebrei uma promessa. Não se preocupe, Jenny". E ainda assim ele tomava cuidado para não se aproximar demais, para não me assustar. Ficava apenas ao meu lado, esperando. "Sou seu protetor. Não tenha medo."

Capítulo 13

A manhã chegou finalmente e eles vieram me buscar. Era a primeira vez que saía de minha prisão desde o solstício de verão, quando abracei Conor e ele prometeu trazer meus irmãos quando estivesse pronta. Agora eu não tinha mais certeza se isso aconteceria. Meus olhos não conseguiam enxergar direito com a luz, e minhas pernas estavam bambas, relutantes em me obedecer. Foram me empurrando pelo corredor até o salão, que estava organizado para a audiência formal. Havia uma grande mesa no fundo, com quatro cadeiras de carvalho. Richard de Northwoods ocupava uma delas, vestido de preto, e ao seu lado, um homem gordo em trajes de clérigo. Imaginei que fosse o assistente do bispo. Havia dois escribas sentados à mesa também, um bem jovem, de cabeça raspada e rosto pálido e sério, e o outro era de Harrowfield. Sobre a mesa havia tinteiros, penas, uma pilha de pergaminho e pequenas bandejas com areia fina para secar as anotações. Como o sol ainda não havia aparecido totalmente entre as nuvens carregadas e o cômodo estava parcialmente escuro, lampiões foram colocados perto das portas. A grande lareira estava acesa e aquecia o ambiente. Nos outros três lados do salão foram colocados diversos bancos, nos quais se sentaram os colonos de Harrowfield, conforme exigia a lei. Eu já havia visto alguns deles, mas o resto não conhecia. Todos conversavam, colocando em dia as notícias ou aproveitando a oportunidade para negociar porcos e ovelhas. Mas quando eu entrei e fui caminhando pelo centro do salão, todos se calaram.

Richard se levantou.

— Está iniciada a audiência — anunciou. — Na ausência de meu sobrinho, Lorde Hugh de Harrowfield, senhor deste feudo, eu presidirei a sessão. Há vários assuntos a serem discutidos e ouvirei a todos amanhã e depois de amanhã. Serão servidos alimentos e bebidas a todos nos dias em que as audiências transcorrerem — houve um murmúrio de aprovação. — Mas hoje há um assunto único, sério e urgente a ser tratado. E diz respeito à jovem conhecida como Jenny, que se encontra diante de nós e que é acusada de diversos crimes, todos passíveis de punição de morte, caso sua culpa seja provada.

Todos os olhos se voltaram para mim, que estava sentada em um banco, um tanto zonza e oscilante. Sentia-me estranha. Não sabia se era a falta de dormir, de alimento ou o fato de não estar mais acostumada à presença de tantas pessoas, à tanta luz e a tanto barulho. Minha vista estava embaçada e minha cabeça girava. Tentei me concentrar.

— Como todos estão cientes, já efetuamos diversos julgamentos neste feudo — Richard continuou. — Mas como desta vez o assunto é grave, pedi a padre Stephen de Ravenglass que nos honrasse com sua presença, para que pudéssemos ter a opinião da Igreja, uma vez que o caso envolve acusação de bruxaria.

Houve um momento de agitação entre as pessoas, horrorizadas com a menção ao termo.

— Porém, fui informado de que ele não poderia comparecer. Ainda assim, o assunto requer ação urgente, e por isso agradeço e dou as boas-vindas ao padre Dominic de Whitehaven, que veio até nós representando o bispo na ausência de padre Stephan.

Eu imaginava ou Richard não parecia muito satisfeito com a mudança repentina?

— A sessão se dará na seguinte ordem — à medida que ele falava, tive a certeza de que ele estava descontente. O tom de sua voz era o mesmo de quando debatia algum assunto com Red e não tinha argumentos para vencê-lo. Algo o perturbava. — As evidências contra a moça serão ouvidas e avaliadas na parte da manhã. Na parte da tarde, ela terá a oportunidade de se defender. Eu irei interrogá-la e padre Dominic também poderá fazê-lo. Se qualquer membro da audiência tiver algo a declarar sobre o assunto, também poderá se manifestar. Emitirei o julgamento e anunciarei a penalidade a ser aplicada ainda hoje para que este caso se dê por resolvido.

— Certo — disse padre Dominic, pegando uma folha de pergaminho e a pena. O escriba, aparentemente acostumado com o procedimento, empurrou o tinteiro para perto dele. — Quais são as acusações contra esta jovem?

— A primeira é de espionagem, com o propósito de fornecer informações aos inimigos de seu marido. Ela não nega sua origem. Pertence ao clã dos chefes irlandeses que guerreiam contra nós pela posse das Ilhas. A segunda acusação é de receber, secretamente, a visita de um fora da lei pertencente a seu povo, que não tinha o direito de estar em nossas terras. E a terceira é de se utilizar de feitiçaria para executar maldades e causar distúrbios na casa e entre o povo. Todas as acusações fazem parte de uma mesma conspiração. E a punição para todas elas é a morte.

— Sim, conheço as leis. E quais testemunhas serão chamadas?

— Diversas, padre. Eu mesmo sou a testemunha principal neste caso.

O padre fez um gesto assertivo, o rosto impassível. Seu queixo tinha duas dobras de gordura que escapavam da gola da batina. E os olhos eram miúdos e astutos.

— Muito bem. Vamos dar prosseguimento.

Virou-se para mim.

— Ouça bem, jovem, pois você será chamada a prestar contas e a se defender.

Olhei surpresa para ele, e seus olhos se contraíram e diminuíram ainda mais.

— Esta moça fala a nossa língua? — virou-se para Richard, a testa um pouco franzida. — Parece nem ouvir o que está sendo dito. Não deve estar se sentindo bem. Arriscaria dizer que há algo de muito errado com ela. Não pode se defender se não estiver ciente das evidências.

— Ela entende muito bem — respondeu Richard, desta vez com a voz visivelmente alterada. — Mas não tem o poder da palavra. Uma enfermidade, pelo que me consta.

— Nesse caso, como irá argumentar em sua própria defesa? Como pode ser avaliada com justiça se não tem como explicar os fatos? Há alguém que possa assisti-la?

— Ela consegue se defender muito bem — respondeu Richard, em tom de enfadonho. — Posso apresentar a acusação?

— Não estou satisfeito, mas prossigamos. Não há tempo a perder.

Seu tom pareceu bastante convincente e, para mim, já aparentava o de uma sentença de morte. Richard se apresentou de maneira impecável no centro do salão, usando todos os tons e notas de sua voz, indo do sussurro aos brados de indignação, contando a história de como seu sobrinho trouxera para sua casa uma garota de Erin, com a melhor das intenções, embora o povo tivesse suspeitado de suas intenções desde o primeiro instante. Descreveu a maneira como ela o havia seduzido e bajulado, assim como às pessoas da casa, e depois se voltado contra o marido, exatamente como se espera de uma mulher selvagem das terras de Erin. Falava como se estivesse conversando animadamente após um jantar, contando as novidades dos comandantes, das campanhas e das negociações entre chefes de estado após uma viagem. Enfatizou que havia me encontrado sozinha certa vez, caminhando pelo vale sem motivo aparente. Por que eu sairia escondido da casa não fosse para encontrar alguém de meu povo e passar informações?

— Isto é mera conjectura — disse padre Dominic em tom calmo, fazendo uma anotação no pergaminho. — Onde está a evidência?

— Chegarei lá — respondeu Richard, com voz vigorosa. Parecia ter suprimido a contrariedade na ânsia de convencer os presentes e o padre a aceitar seus argumentos. Começou a contar, então, sobre o piquenique no solstício de verão, quando eu me ausentei. Este foi o clímax de sua apresentação.

— Vi a garota Jenny seguindo pela margem do rio. Depois de algum tempo, temendo por sua segurança, resolvi ir atrás dela, para acompanhá-la. O filho de William de Greystones, Benedict, que é grande amigo de meu sobrinho e mora na casa, ia à minha frente. Ao nos aproximarmos, ambos a vimos abraçada a um homem. Não havia dúvida do que faziam.

Pigarreou neste momento, limpando a garganta e olhando de maneira reticente para a irmã.

— O que o senhor quer dizer? — perguntou padre Dominic. — Fale claramente, pois esta é uma acusação grave.

— Bem, eles... é, para dizer francamente, o homem tinha pouca roupa sobre o corpo e a moça estava... agarrada a ele de maneira... bem, de maneira bastante íntima.

— O senhor deseja adicionar adultério às acusações? — o Padre tomou nota no pergaminho. — E então?

— Nós nos aproximamos e intimamos o irlandês, que correu para a mata. A garota foi pega e trazida de volta. Um dos homens disse que os ouviu conversando, mas não sabia quem eram. Estavam falando de armas e fortalezas. Das defesas de Harrowfield.

— Ouviremos este homem mais adiante. Quem é este Benedict que o senhor menciona? Está presente para que possamos ouvir sua versão?

— Ele não tem o que declarar — respondeu Richard rapidamente. — Sua versão é a mesma que a minha. Meus homens procuraram em toda parte, mas não encontraram o irlandês. Ele escapou levando informações valiosas. Informações que ela lhe passou.

— Vamos ouvir Benedict de Greystones — disse padre Dominic, ignorando o comentário.

Ouvi os homens que montavam guarda na porta chamarem Ben. Chamaram mais uma vez, fizeram uma pausa e chamaram novamente. O escriba de padre Dominic se levantou e foi falar com os guardas. Mais alguns instantes se passaram e as pessoas começaram a falar baixinho entre si. Passei a mão pelos olhos. Sentia-me muito estranha, como se o salão estivesse se inclinando e girando ao meu redor. Os lampiões se moviam como vaga-lumes e Richard de Northwoods tinha quatro olhos. Lembrei-me que tinha me sentido assim uma vez, no dia em que fui levada pela correnteza do rio e quase me afoguei. O dia em que conheci Red.

— Ele não está aqui, padre — disse o jovem clérigo. — Saíram à sua procura. Disseram que não conseguem encontrá-lo.

Richard suspirou. O padre franziu os lábios.

— Muito bem. Vou ouvir os outros que estiveram presentes naquela noite. Eles concordam com esta versão da história?

Ele era meticuloso, surpreendentemente meticuloso para alguém que tinha apenas sido meramente convidado para dar respeitabilidade a uma audiência que Richard já havia concluído mesmo antes de iniciar. Ouvimos, então, os três homens de Richard contar como me encontraram em uma situação comprometedora e como passaram a noite procurando o estrangeiro sem sucesso. E Ben não apareceu. Pensei que talvez, pela amizade que tinha por Hugh, decidiu não depor contra mim para não apressar minha morte. Mas também não me defenderia. Acreditou rapidamente, como todos os outros, que eu era culpada. Ouvimos também o outro homem contar que tinha me ouvido fornecer informações ao espião estrangeiro, informações que eu só podia ter obtido de meu marido. Eram sobre armas, posicionamento e movimentação de homens. Não adiantava eu balançar a cabeça ou tentar refutar aquelas afirmações fabricadas. Eles não me entenderiam, ou melhor, muito poucos entenderiam. Sentia que tudo aquilo levaria a uma única conclusão.

Uma a uma, as testemunhas vieram e deram seu depoimento. Padre Dominic fazia suas anotações, molhando a pena no tinteiro e escrevendo sem parar. Seus pequenos olhos se concentravam no papiro, sombreados pelas escuras e espessas sobrancelhas.

Uma testemunha disse ter me visto dançando nua ao redor de uma pequena fogueira à noite. E outra afirmou que eu tinha plantas proibidas em meu jardim, ervas que nenhuma pessoa respeitável teria perto da cozinha; e que eu havia tentado envenenar a Sra. Margery. Era um milagre que seu bebê tivesse sobrevivido. Quem poderia dizer o que seria daquela criança depois de grande, uma vez que tinha vindo ao mundo pelas mãos de uma feiticeira. E outra disse que, ao costurar o ferimento na perna de Lorde Hugh, eu havia colocado um feitiço dentro dele que chegou ao seu coração. Um feitiço que o tornaria meu escravo enquanto eu vivesse. Doeu-me ouvir aquilo. E houve mais acusações. Deixaram-me levantar e tomar água. Lady Anne estava sentada no fundo do salão, pálida e silenciosa. Os guardas acompanhavam as testemunhas que entravam e saíam. A audiência se estendeu por horas. Eu me sentia cada vez mais estranha, como se minha cabeça não fizesse mais parte do corpo. Então, de repente, tudo escureceu.

Quando voltei a mim, estava deitada no chão e o salão estava praticamente vazio. Lady Anne estava perto e Megan molhava minha testa com um pano úmido. Tentei me sentar.

— Devagar — advertiu Lady Anne. Segurei-me no braço de Megan e fui me sentando aos poucos.

— Puxa! — disse Megan. — Milady, a senhora acha que...?

— Temos pouco tempo — Lady Anne parecia ter entendido a pergunta que Megan ia fazer. — Eles irão comer e beber agora, e depois voltarão para se reunir e conversar. As pessoas têm de ser servidas. Molly já tem tudo preparado nas cozinhas. Precisamos de água quente, de um pente e de um vestido limpo.

Megan saiu correndo e os dois homens que vigiavam a porta não impediram sua passagem.

— É melhor você beber isto — disse Lady Anne em tom severo, enquanto colocava uma caneca de água em minha mão. Mas eu tremia tanto que não conseguia segurá-la. Ela teve que levar a água até meus lábios.

— Você terá a oportunidade de se defender agora à tarde. Nem todas as acusações são verdadeiras. A maioria se baseia em medo e superstição. Você sabe o que vai acontecer se continuar assim, em silêncio.

Respondi que sim com a cabeça. De que adiantava? Eu já fora condenada antes mesmo de pisar naquele salão. Não adiantava tentar me defender. Eu só precisava continuar viva até terminar a última camisa.

Lady Anne franziu a testa.

— Não consigo perdoá-la pelo que fez — disse. — Se eles a julgarem culpada, não há dúvida de que a punição será a morte. Precisarei aceitar e acatar a decisão deles. Mas não posso deixar que um prisioneiro se apresente assim, desmaiando de fome e sujo desse jeito em minha casa. É preciso haver um mínimo de decência, caso contrário, irão dizer que somos tão bárbaros quanto o seu povo. Haviam me dito que você se apresentaria de maneira adequada. Mas, obviamente, quem me informou não tem os mesmos padrões que eu.

Ouvi então um barulho e vozes na porta. Uma figura conhecida entrou correndo, ignorando os guardas, e seu rosto mostrava raiva e aflição.

— Jenny! Meu Deus, o que fizeram com você? Olhe...

— Quieta — Lady Anne segurou o braço de Margery, interrompendo-a no meio do caminho. — Megan já trouxe algumas coisas. Levem Jenny até a antessala e a ajudem a trocar de vestido. O que ela está usando vai para o lixo. E não conversem com ela. Na verdade, nem deveriam estar aqui. Estamos no meio de um julgamento e de procedimentos formais. Saiam antes que padre Dominic retorne.

Megan e Margery me ajudaram a trocar de roupa e me lavaram com uma esponja. Meu cabelo estava cheio de pequenas criaturas.

— Oh, Jenny — Margery sussurrava, enquanto Lady Anne aguardava perto da porta, fingindo não ouvir.

Ela levantou e tirou meu vestido, tentando disfarçar a careta que fez ao sentir meu cheiro.

— Olhe só para você. Está parecendo uma caveira. Perdoe-me, por favor, perdoe-me.

— Que vergonha — resmungou Megan, mergulhando a esponja no balde e lavando meus braços e minhas mãos. A água ficou marrom com a sujeira e o sangue. — Que horror.

E não era a meus crimes que ela se referia.

— Eu devia... eu devia — Margery continuou, tentando passar o pente em meus cabelos enquanto Megan lavava minhas pernas e meus pés. — Mas sinto tanta falta de John... pensei só em mim e em Johnny. Se não tivesse sido tão egoísta, podia ter... — interrompeu a frase ao ver o anel pendurado em meu pescoço. Tocou-o delicadamente e sorriu, observando o círculo de folhas de carvalho e a pequena coruja. Lady Anne ficou observando.

— Ele virá — sussurrou Margery. — Não tem como não vir.

Megan passou o vestido sobre minha cabeça e me ajudou a vesti-lo. Quase chorei, pois era o vestido azul que minha amiga tinha feito com tanto carinho. Alguém o tinha lavado, mas a saia ainda tinha manchas da água do mar. Não queria ser queimada naquele vestido.

— Rápido — disse Lady Anne. — Retirem todas essas coisas. E sem fofocas, hein?

Percebi, de repente, que aquela podia ser a última vez que eu via minha amiga. E Margery pensou a mesma coisa, pois abriu os braços e veio em minha direção. Lady Anne a barrou.

— Não torne as coisas mais difíceis — disse, e sua voz estava um tanto trêmula. — Ela agora é uma prisioneira. Seu destino será decidido hoje. Não pertence mais à nossa casa. Vocês fizeram o que tinham de fazer. Agora vão.

As duas saíram, mas Margery olhou para trás, tocou os lábios com a ponta dos dedos e estendeu a mão em minha direção. E Megan tinha lágrimas correndo pelo rosto.

A audiência prosseguiu. Ninguém comentou sobre minha aparência. Somente Lorde Richard ergueu as sobrancelhas e padre Dominic grunhiu baixinho ao me ver. Lá fora começava a escurecer. Será que já fazia tantas horas que estávamos ali?

— Agora — disse o clérigo, inclinando-se para a frente e me fitando com seus olhos miúdos — que já ouvimos todas as evidências contra você, o cenário parece bem sério, bastante conclusivo. O propósito desta audiência é determinar se você é realmente culpada e estabelecer uma punição apropriada. Todas as transgressões apresentadas se enquadram em jurisdição secular e como Lorde Richard representa autoridade em tais assuntos, a decisão final será dele. No entanto, em razão da seriedade e natureza das acusações e da relação de parentesco entre acusador e acusada, fui convidado a auxiliá-lo. Mas não há necessidade de temer a justiça, moça. Você agora terá oportunidade de se defender. Use o tempo que julgar necessário. Sei que não tem como se expressar por meio da voz. Mas deve haver alguma maneira pela qual você possa nos mostrar o que tem a dizer. Faça um sinal se não estiver me entendendo.

Fiquei olhando para ele. Suas sobrancelhas se uniam e seus olhos eram circundados por bolsas de gordura. No entanto, demonstravam grande inteligência. Minhas mãos continuaram imóveis sobre meu colo. O salão estava em total silêncio.

— Tem certeza de que esta moça entende nossa língua? — ele olhou para Richard e depois para Lady Anne, ainda sentada no fundo da sala.

— Sim, padre — respondeu ela, com o rosto frio e a expressão mascarada que eu conhecia tão bem. — Não apenas entende como consegue se expressar de maneira rudimentar, mas bem clara por meio de gestos, quando deseja.

— Difícil acreditar — disse o padre, balançando a cabeça. — Por que ela escolheria não se comunicar, e justo agora? Deseja morrer?

Richard deu uma risada debochada.

— Talvez o senhor não esteja acostumado com esse povo de Erin, padre. Conheço-os muito bem. A resistência é um traço característico deles, estimulada desde a mais tenra infância. Seus espiões são treinados para manter silêncio até a morte. O fato de esta garota não querer se manifestar é só mais uma indicação de sua culpa.

Padre Dominic olhou para ele com uma expressão clara de antipatia. Apesar da exaustão e do medo, eu me surpreendi. Aquele homem via Richard de Northwoods exatamente como ele era. A última coisa que esperava era um julgamento justo.

— Há homens muito cultos naquela região — disse o padre — alguns deles padres como eu, conhecedores da história e das tradições e habilidosos em um debate. Eu não os julgaria assim. Além do mais, esta é apenas uma menina. É jovem e maleável; deveria estar preparada para falar em defesa própria. Se puder se explicar e demonstrar arrependimento por seus atos, a sentença pode ser outra.

Richard não se pronunciou.

Percebi que mais pessoas entraram na sala, mas não me virei para olhar. Lá fora, a chuva começou a cair. O dia ficou ainda mais escuro.

— Minha jovem — disse o padre — estamos em uma situação complicada. Eles garantem que você conhece nossa língua. Olhe para mim. Faça um sinal se estiver me entendendo.

Fiz um pequeno gesto afirmativo com a cabeça. Não podia me deixar levar a ponto de responder a perguntas dúbias. Não podia contar a ele minha história. Mas estava cansada, cansada demais para pensar direito. A chuva aumentou, fazendo barulho no telhado. Fiquei imaginando onde Red estaria e se tinha um lugar seco e tranquilo para dormir. E se havia alguma chance de eu conseguir fazer uma manga inteira em uma noite só e costurá-la na camisa.

— Muito bem. Agora me responda: você é culpada dos atos que foram aqui mencionados?

Eu não podia responder. E para quê, afinal? Que diferença fazia, uma vez que Richard iria me declarar culpada de qualquer jeito?

— Você não vai responder? Nem sequer com um gesto? Sabe que isso pode ser interpretado como uma confirmação de culpa?

Continuei olhando para ele em silêncio. Sua sobrancelha se franziu e seus olhos pareciam não acreditar no que viam.

— O que ela pode dizer diante de tantas evidências? — perguntou Richard. — Está muito claro que ela é adúltera e informante. Aproveitou-se da boa vontade das pessoas desta casa como uma sanguessuga. Abusou da confiança de minha irmã e de meu sobrinho. E...

— A última testemunha foi encontrada ou não? — perguntou o padre. — Benedict, o homem de quem falaram no início. Quero ouvir sua declaração antes de emitir um julgamento.

— Ele desapareceu, senhor — respondeu alguém na porta, parecendo agitado. — Procuramos em toda parte. Alguns jovens do estábulo disseram que ele partiu há alguns dias. Pensam que foi visitar a família.

Os olhos de Richard diminuíram, sua expressão se alterou e ele chamou um de seus homens, que se aproximou, ouviu suas palavras sussurradas e saiu apressado.

— Bem — disse padre Dominic, olhando as anotações em seu pergaminho. Virou-se para Richard e disse em tom frio:

— Esta era uma testemunha importante. Precisava ser ouvida. Não lhe pediram que permanecesse na fazenda? Seus ajudantes de estábulo têm mais informações que o senhor?

— Eu não sabia que ele tinha intenção de viajar, padre. — E era verdade. Vi que Richard estava fazendo um esforço enorme para controlar a raiva.

— Fica claro, então, que ele não será ouvido. Alguém mais deseja se pronunciar? — perguntou o padre, olhando ao redor.

— Eu... quero fazer uma pergunta. — Lady Anne parecia hesitar. Todos olharam em sua direção.

— Muito bem, pergunte — disse ele, com ar cansado. Aquele tinha sido um dia longo, muito longo.

— Se Jen... se a menina for declarada culpada, sei que a pena é de morte. Mas... mas e se estiver grávida? É algo possível, bem provável. A criança seria o herdeiro de Harrowfield, filho de meu filho. Eu não gostaria...

Senti meu rosto enrubescer com a vergonha e a humilhação. Mas, ao mesmo tempo, no fundo, entendi como ela se sentia. A criança seria minha, um filho de Erin, em sua mente um ser revoltado, fanático e declaradamente inimigo de tudo que ela estimava. Mas também seria filho de Red, um homem cujos ancestrais haviam construído a vida naquele vale. Eu poderia ter dito a ela que não havia criança. Mas fiquei sentada, imóvel como uma pedra, tentando manter a expressão mais calma possível. Não me esqueci, por um instante sequer, que era a filha da floresta. Então, algo que eu ouvira certa vez, há muito tempo, veio à minha mente e se foi tão rápido que eu mal tive tempo de captar. Era algo que alguém havia me feito lembrar recentemente... alguém que não era bretão e nem de Erin, mas ao mesmo tempo os dois... De que conto eu havia tirado aquilo? Minha mente estava confusa. Eu não conseguia me lembrar.

— Olhe para mim, garota — padre Dominic agora estava em pé, os olhos miúdos fixos em meu rosto. — Você tem uma criança em seu ventre? Um filho de seu marido?

Richard soltou uma gargalhada.

— Que absurdo! O senhor espera mesmo uma resposta honesta? A criança pode ser de qualquer um. Esta vagabunda não vale mais que qualquer mulher que se vende por aí. Até a mim ela tentou seduzir algumas vezes. Pensou que podia comprar a liberdade abrindo as pernas. Não tem a menor vergonha.

— Chega — o tom de padre Dominic fez Richard se calar imediatamente. — Meus amigos, esta fase da audiência está terminada. Lorde Richard e eu precisamos refletir com calma para emitir nosso julgamento. Chamaremos a todos, logo após o jantar, para anunciar o veredicto. E se houver algum tipo de punição, ela será anunciada amanhã cedo.

As pessoas começaram a se levantar, cansadas depois de permanecer sentadas durante tantas horas. Padre Dominic se virou para Richard.

— É melhor deixar a garota trancada por enquanto. E certifique-se de que ela receberá alimento apropriado. Corremos o risco de perdê-la antes mesmo de ter um veredicto formal. E seria interessante irmos para uma sala a sós para conversar.

— Para mim, já está tudo mais do que resolvido — respondeu Richard, em tom quase petulante.

Não ouvi o resto da conversa porque os guardas me pegaram pelos braços e me levaram de volta à pequena cela. Trouxeram pão e água. Comi, bebi e logo depois meu estômago colocou tudo para fora, quase como se eu estivesse mesmo grávida. Fui tateando pelas pedras frias e úmidas até encontrar meus objetos. Sabia que era a última noite. Peguei o pequeno fuso, o tear, a fibra e comecei a trabalhar.

Mas era inútil. Não havia como terminar uma manga, fazer outra inteira e costurar as duas em uma única noite e sem uma vela sequer para iluminar. Mas eu fui trabalhando.

Você é bem determinada, não? Talvez eu tivesse mais que uma noite. Richard comentara sobre a mistura especial que Eamonn de Marshes havia lhe dado, que queimava tudo até sobrarem apenas ossos. Com certeza ele esperaria até o anoitecer para proporcionar um espetáculo mais grandioso ao seu público. A chuva continuava. Seria bom para os carvalhos. E Richard teria de esperar até que o tempo estivesse seco. Não se faz uma fogueira debaixo de chuva.

Pouco antes do amanhecer, a chuva parou e uma brisa gelada começou a soprar, como se o tempo estivesse colaborando para o meu fim. Ouvi uma coruja piando, quebrando o silêncio antes de o dia raiar, e depois voando para o abrigo das árvores. O sol chegou e os pássaros começaram a cantar. Tentei manter longe os pensamentos que me atormentavam. A última chuva. A última coruja. A última madrugada.

&

Eles vieram me buscar logo cedo, dois homens usando as cores de Northwoods. Ninguém me disse qual tinha sido o veredicto, e eu não tinha como perguntar. Tinha conseguido terminar, aos trancos e barrancos, a primeira manga, e a preguei ao corpo da camisa com alguns pontos. Mas não pude começar a segunda. *Que não seja agora, não agora*, implorei em silêncio. *Ainda não, não imediatamente. Por favor.*

Não me levaram para o salão para que eu ouvisse o veredicto e a punição diante da assembleia. Fui levada para uma sala no andar de cima, na qual estava apenas Lorde Richard de Northwoods. Estava zonza de tanto medo, mas meu rosto deve ter demonstrado surpresa.

— Mudança de planos — ele disse em tom suave. Sua figura era impecável, dos cachos perfeitos às botas engraxadas e brilhantes. Usava uma túnica em tom verde suave e uma camisa de linho branco por baixo. Fiquei parada no meio da sala. Ele fez um gesto e os guardas saíram. — Nosso culto amigo foi chamado e precisou sair às pressas, logo após o jantar, ontem à noite. Parece que alguém ameaçou um padre em sua paróquia, do outro lado do morro em Elvington. Padre Dominic se foi. Não vai fazer muita falta, devo admitir. Homem muito inflexível, difícil de convencer. Mas claro, não partiu sem me comunicar sua opinião.

Ele fez uma pequena pausa, milimetricamente calculada. E retomou em tom sério.

— Nunca houve qualquer dúvida de que você é culpada. Culpada de transmitir informações secretas ao inimigo. Culpada de trair seu marido e quebrar os votos do casamento. E culpada de praticar bruxaria. O peso das evidências é inegável. Aproxime-se, Jenny — sua voz pronunciando meu nome me deu arrepios. — Não vai se aproximar? Então eu irei até você.

Deu um passo em minha direção, os olhos brilhando de satisfação.

— Você sabe qual é a punição para esses crimes. Não é o exílio ou a prisão perpétua em um convento, sem qualquer conforto ou privilégio. Não. Você fez muitos estragos por aqui. Grandes estragos — ele baixou o tom de voz. — Tem sido um grande espinho em minha carne, e é com grande prazer que agora eu o retiro de vez da minha vida. Sua punição será a morte. Já sabe qual método usaremos.

Colocou o dedo em meu decote e foi deslizando lentamente. Na última vez que tinha feito aquilo, Red quase havia lhe quebrado o braço. Mas agora Red não estava ali.

— O bom é que temos o dia todo para nos prepararmos — disse suavemente. — Enquanto providencio os detalhes da construção da fogueira especial, você pode ficar aqui, sob guarda, claro. É uma sala aquecida e confortável, e você vai poder me ver pela janela. Irão lhe trazer comida e bebida; a última refeição da condenada. Bem, adeus, minha querida. Foi muito... interessante conhecê-la. Ao entardecer nos encontraremos novamente, por alguns instantes. Pensei que o anoitecer seria o melhor momento. Mais apropriado, não acha? Será um grande espetáculo para eles; algo para contarem a seus filhos. Adeus, querida.

Meu coração parou. *Mas, mas...* Quebrei minhas regras e agarrei sua manga, gesticulando desesperadamente. *Minhas coisas, meu fuso, meu tear... aqui. Trazer aqui.* Ele não podia fazer isso comigo. Não podia. Seu sorriso era um misto de triunfo, ódio e satisfação.

— Ah, não. Tenho que cumprir minha parte do trato. Você não pode terminar seu trabalho. Não vou arriscar. Quero o que me foi prometido. E você já trabalhou muito. Tire o dia de folga. Descanse um pouco, para variar.

Ele se virou, saiu e os guardas trancaram a porta.

De todo o tempo que passei em silêncio, dois dias ainda são muito vívidos em minha mente. Um é aquele em que corri pela praia com meu vestido azul, ouvi a história de Toby e sua sereia e ganhei meu anel de casamento. O outro é o dia da fogueira.

※

Fiquei algum tempo perto da janela, observando enquanto eles empilhavam os troncos de madeira que queimariam sem fazer fumaça ao redor de um poste que tinha sido fincado no chão. A fogueira estava sendo montada no pátio, longe o suficiente da casa para que o fogo não a atingisse por acidente, mas perto o bastante para permitir a visão tanto do chão quanto das janelas da casa.

Era difícil acreditar que Harrowfield tinha descido a um nível tão baixo. Não conseguia imaginar Lady Anne, Megan, Ben ou Margery se divertindo com um espetáculo daqueles. Mesmo os homens de Red dariam as costas a uma barbárie assim. Mas os homens de Red nem estavam presentes. Apenas os homens de Richard passaram o dia indo e vindo, montando a pira. Agora dava para ver o local em que a condenada seria amarrada ao poste, seus pés apoiados em uma pequena tábua presa a ele. Dava para ver como a fogueira seria acesa na base, cheia de ramos secos entre as toras, e como as chamas subiriam, lambendo a parte de cima lentamente primeiro, e depois... Richard esteve presente o tempo todo, orientando um homem aqui, ajustando um pedaço de madeira ali; e quando dois homens chegaram carregando um baú, ele o abriu com o maior cuidado. Havia uma plataforma ao lado da fogueira, uma estrutura que também seria consumida pelo fogo quando as chamas atingissem certo ponto. Era algo a mais para ser acrescentado ao show. Richard subiu os degraus dessa plataforma, pediu que os homens se aproximassem e retirou de dentro do baú algo que parecia ser pedaços de madeira. Começou a espalhá-los, então, cuidadosamente sobre o topo da fogueira, em toda a volta. Parava de vez em quando para admirar sua obra. Imaginei que deviam ser os troncos que ele havia recebido de Eamonn de Marshes, o traidor de meu povo. Preparados naquela mistura especial. Quando o fogo os atingisse, algo diferente aconteceria.

Percebi que não trariam mesmo meu trabalho até onde eu estava. Não em tempo. E sabia que ele iria querer queimá-lo junto comigo. Não havia escolha. Uma vez que as camisas queimassem, meus irmãos não teriam a menor chance. A Dama da Floresta havia sido bem clara. As seis camisas deveriam ser feitas por mim. E quando estivessem prontas, eu teria que vesti-las no pescoço dos cisnes, um por um; todos reunidos no mesmo lugar. Só então, e isso se eu tivesse permanecido realmente em silêncio, sem falar até o momento, o feitiço seria quebrado. Eu não os deixaria me matar assim, não sem lutar. Precisava fazer alguma coisa, pois aquela seria a última chance de meus irmãos. Não tinha conseguido terminar a sexta camisa. Mas precisava chamá-los mesmo assim. Quem sabe, de alguma forma, o encantamento dos Seres da Floresta funcionasse.

Saí de perto da janela e me sentei no chão, observando o céu do oeste. Assim, sem ver os homens trabalhando, fui respirando devagar e acalmando a mente, até ela estar tranquila como uma pedra no coração da floresta. Concentrei minhas energias em meu irmão Conor, imaginando-o em algum lugar do outro lado do mar. Usei toda a minha força, todo o meu ser. Imaginei cada detalhe dele. Alto, a pele clara, um espírito antigo no corpo de um jovem. Rosto fino, cabelos desgrenhados, vestido em trapos.

Conor. Venha agora. Será hoje, ao anoitecer. Silêncio total, quebrado apenas pelo som dos martelos.

Conor. Por favor, me ouça. Venha até o pátio da casa-grande que eu lhe mostrei. Precisa estar aqui ao anoitecer. Traga nossos irmãos. Todos eles. Sem resposta. Mas talvez fosse por causa da distância. *Traga nossos irmãos. É a última chance. Você precisa trazê-los.* Uma leve brisa no lado de fora da janela e um pássaro cantando. Mais nada.

Talvez ele não pudesse me ouvir. Porém, tinha dito que bastaria eu chamar.

⚛

Os homens pareciam gostar mesmo de fazer promessas. Finbar dissera uma vez que sempre estaria comigo e eu acreditei. Red havia dito que voltaria.

Um pensamento me veio à mente e eu tremi. E se os homens de Richard o tivessem interceptado no caminho? E se...? Sem Red, Harrowfield se transformaria em um lugar frio e sem vida. Já estava mudando.

Algumas horas depois, eles me levaram para usar o banheiro e me trouxeram de volta. No caminho, ouvi vozes de mulheres discutindo no andar de baixo. Alguém mencionou o nome de padre Dominic, mas eu não consegui ouvir o resto. E não consegui vê-las. Trouxeram comida, também, mas eu nem a toquei. Sentei-me encolhida em um canto e fiquei ali, meio acordada, meio dormindo. O som dos martelos cessou. Os raios de sol entravam pela janela e iluminavam as partículas de poeira, formando uma bruma suave.

Talvez tenha sido um sonho ou algo assim. Pensei que meus olhos estavam abertos. Mas vi a imagem clara e brilhante, como a figura de um livro. No início, acreditei que estivesse me lembrando de algo que já havia acontecido, do tempo em que me sentava com meus irmãos sobre as rochas lisas da beira do lago, observando os peixes brilhantes nadando na água. Mas aquelas não eram as crianças de Sevenwaters. Havia uma menina alta e bem desenvolta, de faces rosadas e cabelos claros e brilhantes como o fogo. E um menino de cabelos escuros, deitado sobre as pedras, olhando para o céu com olhos claros como a água e que pareciam ver algo que estava muito longe.

— Os cisnes estão chegando, Niamh — ele disse sem se mover. — Chegam hoje.

A menina se deitou de bruços ao lado dele e colocou os dedos na água gelada do lago.

— Como você pode ter tanta certeza? — ela perguntou. — Você sempre tem certeza.

E parecia haver outra criança ali também, mas eu não conseguia vê-la direito.

Então, a imagem desapareceu. *Seus filhos*, disse uma voz dentro de mim. E depois o silêncio.

Meus filhos. "Pode ser", pensei, segurando o anel que tinha pendurado ao redor do pescoço, e a pedra gravada com os símbolos rúnicos. "Meu filho, minha filha". O símbolo secreto gravado era Nuin, que representava a árvore freixo. Mas também significava a letra "N", de Niamh, o nome de minha mãe. Niamh, minha filha, de cabelos brilhantes como um farol, o fogo sobre a água. Não consegui conter as lágrimas. Chorei, chorei até meu rosto ficar inchado e minha cabeça doer. A luz do dia foi diminuindo. O dia estava acabando.

Quando eles vieram me buscar, eu já não tinha mais lágrimas para chorar. Fui caminhando, então, sem expressão no rosto, levada pelos guardas até o pátio. Ouvi o som de um tambor sendo tocado lentamente e vi as tochas acesas no caminho até a pira. O povo já estava reunido e eu pude ouvir algumas frases enquanto caminhava. "Mantém a cabeça erguida... não é humana, pelo que disseram... eu já estaria gritando... espere até as chamas subirem... vai gritar como louca".

Olhei para trás por um instante e vi um homem carregando minha cesta e outro trazendo o fuso, a roca, o tear e todos os meus pertences. Até minhas botas. Queimariam tudo. Não restaria sequer lembrança de mim para assombrar Harrowfield. "Por favor", implorei em silêncio. "Por favor, deixem as camisas onde eu possa alcançá-las. Por favor, não amarrem minhas mãos". Os guardas estavam com rostos sérios. Via-se que não tinham prazer na tarefa, mas deviam obedecer. Eram homens bons. Naquela noite, iriam para suas casas, beijariam suas esposas e filhos antes de dormir e provavelmente refletiriam sobre o que haviam feito. Aquela era a forma de poder de Richard, que submetia os homens ao seu comando sem questionamento.

O céu já estava mudando de cor. As primeiras faixas de tonalidade roxa surgiam no entardecer. Chegamos à pilha de freixo e à plataforma, com seus degraus bem-feitos. Richard estava ali, com sua túnica resplandecente de lã fina, bordada com fios dourados na gola. Usava um anel com o formato da cabeça de um falcão e olhos de rubi. O tambor parou. A multidão silenciou. Havia poucos rostos conhecidos. Lady Anne, Ben e Margery não estavam. Só Megan estava lá, seu rosto redondo e suas sardas iluminados pela luz das tochas. Estava com grandes olheiras.

Os guardas me levaram à plataforma em que Richard permanecia à espera. Uma pequena tocha estava acesa sobre um suporte na base da pira. Seu propósito era claro. Meu coração batia tão rápido que não havia necessidade de tambor. O céu escurecia em tom de lavanda. O resto de sol dava às nuvens um tom rosado.

— Estamos aqui reunidos para presenciar o cumprimento de uma pena justa e de acordo com as leis — disse Richard em tom grandioso. A multidão se agitou. — O caso desta moça, conhecida como Jenny, foi julgado ontem. Testemunhas foram chamadas e as evidências são irrefutáveis. Todos aqui conhecem o veredicto. Esta que aqui se encontra é culpada das acusações de espionagem, prática das artes do mal e de adultério. A penalidade para estes crimes é a morte. Nisso, padre Dominic e eu concordamos plenamente. A recusa da ré em se defender foi uma admissão clara de culpa. Meu bom povo, com este fogo removemos uma doença maligna que se estabeleceu no coração de Harrowfield. Com sua morte, a paz e a prosperidade poderão retornar a esta casa e a todo o vale. Convoco a todos para que testemunhem.

Todos aplaudiram e alguém gritou:

— Siga com isso, então!

Mas a multidão parecia inquieta. Todos conversavam e resmungavam como se agora, que estava para acontecer o que tanto desejavam, não tivessem mais certeza do que queriam. Ouvi uma voz conhecida gritar:

— Que vergonha! Que barbárie! Jenny salvou minha vida e a de meu filho! Vocês não podem fazer isso!

Era Margery, e não parecia ter medo de me defender. Mais alguém gritou:

— E Lorde Hugh? O que pensa disso?

Richard fez um pequeno movimento com a mão e uma linha de homens surgiu rapidamente à frente da turba, impedindo que as pessoas se aproximassem. As vozes a meu favor foram engolidas pelos gritos de "queime a bruxa!", "morte à espiã imunda!", "queremos vê-la queimar!".

O barulho aumentava enquanto eu era conduzida na plataforma até a pequena e estreita tábua presa ao poste central. A pira estava logo abaixo. Vi também os pedaços de madeira que Richard havia colocado estrategicamente ao redor. Brilhavam à luz das tochas por causa do óleo em que tinham sido embebidos. O guarda pegou uma corda grossa e me prendeu firmemente ao poste. Passou-a uma, duas, três vezes ao redor de minha cintura e a amarrou atrás, onde eu não podia alcançar. No entanto, deixou minhas mãos livres.

Lá embaixo o povo ficava cada vez mais agitado. Alguns assobiavam, outros falavam palavrões e outros jogavam frutas podres, que caíam entre as toras da fogueira. Alguns também começaram a brigar. Os guardas lutavam para manter a turba afastada. Vi Margery atrás de Megan, o rosto molhado de lágrimas. Estava gritando, mas não dava para ouvir. O tambor começou novamente, e eu cheguei a pensar que iriam tocar flauta e começar a dançar. Os guardas que seguravam meus pertences estavam parados diante da fogueira. Um deles jogou o fuso, o tear e a roca sobre a fogueira. Ouvi o barulho. O guarda com a cesta hesitou, olhando para mim. Era o mesmo que havia me trazido comida escondido na cela, quando eu acreditava que não tinha mais amigos no mundo.

— Ande logo, homem — disse Richard impaciente.

"Suas mãos estão coçando para jogar logo a tocha", pensei. No céu, as nuvens mostravam seus últimos sinais de luz rosada. Uma brisa começou a soprar, levantando as folhas que estavam no chão do pátio. As pessoas começaram a vestir os mantos que haviam trazido.

"Por favor. Por favor, deixe-a em minhas mãos. Por favor". O guarda não entendeu. Tentei falar com meus olhos e meu coração. Ele levantou a cesta. "Mais perto. Não consigo alcançar. Por favor. Por favor".

— Não há necessidade disso — disse Richard em tom ríspido — Jogue na fogueira, junto com o resto. Tudo irá queimar.

Mas o homem subiu nas toras e levantou a cesta até minhas mãos. Agarrei-a com todas as minhas forças.

— O que está fazendo? — gritou Richard. — Desça já daí, a não ser que queira ser queimado junto com ela.

O homem olhou para ele e para mim. Seus olhos mostravam compaixão e raiva.

— É a última vez que faço este tipo de trabalho. Ela é apenas uma criança, isso é o que ela é.

Desceu então, enquanto Richard torcia as mãos, impaciente. O último raio de luz do sol se desfez no horizonte. O vento começou a soprar mais forte, fazendo as tochas diminuir e aumentar, diminuir e aumentar. As folhas se levantavam do chão e faziam redemoinhos. Isso faria com que a fogueira queimasse ainda mais rápido.

"Venham. Venham logo. Onde vocês estão?"

Mas só havia o barulho do vento, que soprava estranho de um lado para o outro. Puxava até a cesta em minhas mãos. Richard começou a descer os degraus. O vento balançava sua túnica e desarrumava seus cabelos perfeitamente penteados. As tochas tremulavam e brilhavam.

A multidão foi silenciando. Fechei os olhos. "Agora. Tem que ser neste minuto. Corram". As pessoas estavam ansiosas, esperando enquanto Richard caminhava até a base da pira, onde a pequena tocha estava acesa. Silêncio total. De repente, a voz inocente de uma criança ressoou:

— Mamãe, veja! Olhe ali!

Como fantasmas, ou como grandes espíritos, eles surgiram no céu, em fila, seguindo o líder, com seus pescoços longos e asas gigantescas, brancas como a neve, batendo em ritmo solene. Deram a volta ao redor do pátio e a multidão os seguia com os olhos. Um, dois, três, quatro, cinco. Finbar era sempre o último a chegar.

"Venham, desçam até aqui. Venham até onde estou". Eles voaram em círculo mais uma vez, enquanto Richard esticava o braço para pegar a tocha. E foram chegando à plataforma ao meu lado. Foram se ajuntando, os olhos demonstrando confusão, os pés batendo nas tábuas.

"Agora, Sorcha. Agora."

Não havia tempo para perguntas ou para ficar olhando para o céu, esperando o último chegar. Enfiei a mão na cesta, peguei uma camisa e a vesti no pescoço do primeiro pássaro. A multidão se agitou, falando e murmurando.

"Rápido, Sorcha". Mas onde estava Finbar? Ainda voando sobre a água? Teria ficado para trás, fraco demais para voar? Fui pegando as camisas, mais uma, e mais uma.

— Que tipo de feitiçaria é essa? — gritou Richard, e eu ouvi o barulho da tocha raspando no apoio de metal enquanto ele a puxava. — Quem ela está invocando para ajudá-la? Pois vou queimar a todos! Todos!

Ateou fogo na camada de baixo da fogueira, onde as toras maiores se cruzavam. Ouvi um estalar e vi as fagulhas. A plateia suspirou.

A quarta camisa. A quinta. Fiquei então segurando a sexta nas mãos, a que tinha apenas uma manga e estava manchada de sangue, sujeira e lágrimas.

"Rápido, Finbar. Rápido."

Os cisnes se juntaram, esticando os longos pescoços em direção ao céu. As camisas cobriam, soltas, seus grandes corpos brancos.

"Agora, Finbar!", meus olhos procuravam desesperados no céu e entre o povo. Não queria olhar para baixo, ver o fogo brilhando e se espalhando sob meus pés, correndo de uma tora para a outra ao sabor do vento. Comecei a sentir o calor subindo por minhas pernas, o fogo se aproximando de minhas saias. Ainda não era dor; ainda não. Os cisnes se afastavam, as chamas refletindo com mais força em seus olhos assustados. O céu estava escuro. E nada de Finbar. A multidão ao fundo começou a gritar. Olhei naquela direção e vi um par de olhos azuis como o gelo. E um rosto que aparecia em meus sonhos há muitas noites. Estava visivelmente exausto, mas seu rosto mostrava terror e fúria. Tinha um corte no lado esquerdo e alguns ferimentos ao redor do olho. Vinha se acotovelando ferozmente entre a multidão, sem se preocupar com quem jogava para o lado. Atrás dele vinham dois homens, um de cabelos cor de linho e o emblema de Harrowfield na túnica, e o outro jovem, alto e forte, de cabelos cor de cevada e olhos azuis.

— Lorde Hugh. Lorde Hugh voltou! — as pessoas exclamavam.
— E Simon. Vejam! É Lorde Simon!

Ouvi, então, o ganido de um cão, não de dor, mas de alegria histérica. As chamas começaram a subir pela segunda camada de toras. Tentei levantar um pé, depois o outro. Agora estava começando a doer. Acima de mim o vento soprava e girava, um vento estranho que eu nunca havia sentido. Então, mais um cisne chegou voando lentamente, como se não tivesse força para bater as asas. As pessoas apontavam para cima.

— Deixem-me passar! — gritava Red. — Deixem-me passar!

Mas as pessoas não saíam do caminho, hipnotizadas pela visão do cisne no céu e pela visão do fogo. Sua voz era abafada pelos gritos e sussurros. O calor subia cada vez mais e o grande pássaro foi se aproximando enquanto eu esperava, segurando a última camisa de estrela d'água. "Rápido, Finbar, rápido". Ele começou a voar em círculos, parecendo não saber direito onde pousar. "Venha". As pessoas começaram a dar passagem a Red, talvez por seus gritos ou talvez por ver a faca que ele agora tinha na mão. Richard estava imóvel, parado ao pé da fogueira, cego a tudo que se passava ao redor, concentrado em seu momento de vitória. As chamas cresciam rápido. Já estavam perto dos pedaços de madeira com óleo. Fogo alto, que queima e brilha deixando apenas os ossos.

— Jenny! — gritou Red, empurrando para os lados dois homens de Richard. — Jenny! — ele estava pálido.

Então, vi algo brilhar, algo refletindo o fogo acima das cabeças das pessoas. Em uma janela da casa estava um arqueiro, pronto para disparar uma flecha. Mas ela não estava apontada para mim, para o sexto cisne que voava em círculos, para Ben ou para o rapaz de cabelos dourados que seguia seu irmão. Estava apontada para Hugh de Harrowfield, que agora estava com a cabeça e as costas desprotegidas e cujos cabelos brilhantes o tornavam um alvo fácil. Richard dissera, em uma de suas visitas à cela, que queria que eu morresse antes de Red retornar. E que daria um jeito de ele demorar. Uma distração. Mas aquilo era bem mais que uma distração.

Ninguém mais estava vendo, só eu. E mais do que ver, senti a mão do arqueiro pronta para disparar. Olhei para Red, que ainda lutava contra um mar de corpos. Meus pés estavam ardendo e a barra de meu vestido estava começando a queimar. Então, o vento soprou com muita força e arrancou a sexta camisa de minhas mãos, levando-a para cima, fora de meu alcance. Red ainda estava preso entre dois guardas. Seus corpos sólidos o impediam de avançar. O arqueiro aguardava, imóvel.

Gritei.

— Red, olhe! Atrás de você!

Minha voz saiu rouca, gutural e fraca depois de tantos anos de silêncio. Mas ele me ouviu, se virou rápido e a flecha acertou seu ombro com um baque seco.

O que eu fiz acabou comigo. Depois de tudo, depois de tanto esforço, eu havia falado. Não consegui me conter. Quebrei meu silêncio. As chamas agora se espalhavam por toda parte. A plataforma e a fogueira estavam ficando pretas. E a camada de cima da madeira começou a queimar. Vi Red colocar a mão atrás de seu ombro e quebrar o cabo da flecha como se fosse um pequeno galho, puxando a ponta para fora, os dentes cerrados, tentando controlar a dor. Mas não parou; seguiu em frente. A multidão, agora, abriu caminho e ele se aproximou da fogueira. Richard esticou o braço para detê-lo, o rosto contraído de ódio, mas recebeu em troca um soco tão forte no rosto que foi parar no meio da multidão. Red pulou entre as chamas e subiu rápido pela segunda camada de toras, tão rápido que seus pés ágeis mal tocavam a madeira. Chegou até onde eu estava e foi esfaqueando a corda que me prendia até ela soltar. Seu rosto estava pálido como a morte. As chamas agora estavam ao nosso redor. Ele me pegou pela cintura e me jogou nos ombros como um saco de batatas. Apoiando-se no poste, pulou para a plataforma. Então, houve um clarão e o fogo adquiriu uma tonalidade esverdeada, iluminando todo o pátio. As pessoas ficaram boquiabertas diante da visão do arqueiro se recolhendo da janela e do rosto de Richard de Northwoods, cuja expressão agora era de medo.

Senti o braço de Red ao meu redor como um escudo, protegendo-me do resto do mundo. Sua boca estava encostada em meus cabelos e seu coração batia violentamente encostado em meu rosto. Fechei os olhos, agarrei-me em sua camisa com as duas mãos e chorei.

Eu os tinha perdido, todos eles. Como pude? Como pude fazer aquilo? Por que fui falar depois de tanto tempo, justamente um segundo antes de o feitiço se quebrar? Mas meu coração dizia que eu não podia silenciar, pois, naquele momento, a única coisa que importava era a vida de Red.

Eu o salvara, mas perdera meus irmãos.

Capítulo 14

O fogo continuava verde e dourado, agora com pequenas explosões aqui e lá. Havia um cheiro de penas queimadas também. A multidão falava cada vez mais alto. A camisa de Red ficava cada vez mais ensopada de sangue e lágrimas.

— Está tudo bem — ele repetia sem parar. — Está tudo bem, Jenny.

Nenhum de nós conseguia se mover. Mas, de repente, senti o braço dele apertar meus ombros.

— Encoste um dedo nela — ele disse em voz calma — e eu o mato.

— Sou irmão dela, idiota — respondeu alguém em uma língua que Red não falava. Não pude me virar para ver quem era, pois ele mantinha o braço firme ao meu redor.

— Ele não entende o que você está falando, Diarmid.

Não conseguia acreditar em meus ouvidos. Era Conor, e foi traduzindo palavra por palavra.

— Nós somos irmãos dela e viemos levá-la para casa. Não faremos mal algum, basta nos dar um salvo-conduto para sairmos de suas terras. Não precisa mais protegê-la.

Por um instante, seu braço me apertou com ainda mais força, e depois soltou. Passei aos braços de Conor como uma criança e eles se posicionaram todos ao meu redor, Liam falando alto, Diarmid xingando, Cormack e Padriac já armados com as espadas que haviam habilmente tirado de dois homens que agora gemiam, caídos perto dos degraus. Diarmid observava a multidão, tentando visualizar o lado oposto e calculando a distância a percorrer. Percebi, então, que estávamos totalmente expostos ali, na plataforma, e que as tábuas próximas de nós estavam começando a queimar.

— Vocês planejam sangrar até morrer ou vão esperar o fogo atingi-los? — disse Ben, surgindo do nada, os cabelos dourados brilhando à luz das chamas. Inclinou-se para Red com um meio sorriso. — Caso não tenham percebido, o lugar onde estão está em chamas — colocou o braço sob o ombro do amigo e foi ajudando-o a descer. Red olhou para trás. Não acreditei que ele pudesse ficar mais pálido do que já era, mas estava branco como a neve e sem expressão no rosto. O lado esquerdo de sua camisa estava ensopado de sangue.

— Venha, Red — disse Ben. — Sua mãe está aqui, e seu irmão também. Venha conosco. Um herói morto não tem serventia. E quanto a vocês — virou-se e olhou para meus irmãos — aconselho a saírem daqui o mais rápido possível. Venham para a casa. Estarão em segurança, por enquanto. Gostaria de acompanhá-los, mas como podem ver...

E saiu levando Red.

Cormack desceu as escadas, espada na mão, e Conor desceu atrás dele me carregando. Os outros vieram logo atrás.

— Onde está Finbar? — perguntei, mas ninguém me ouviu. O barulho era insuportável. Vozes gritando, espadas se batendo, o fogo cada vez mais alto, consumindo toda a madeira da fogueira. Eram chamas monstruosas, com faíscas verde e laranja. O lugar onde eu estava já não existia mais. O poste havia queimado completamente. Ao nosso redor, a multidão avançou. Havia homens com adagas e espadas, os olhos demonstrando medo. Não conseguíamos passar para seguir em direção a casa. Meus irmãos formaram um círculo apertado ao meu redor, mas o povo continuava avançando, com ar ameaçador. Muitos ali vieram ver a bruxa queimar e ainda queriam assistir ao espetáculo. Outros perceberam que o inimigo não estava em nós, mas entre eles, armado e perigoso. E também os homens de Richard, cumprindo ordens.

— Não acredito que fomos salvos para perecer nas mãos desse povinho bretão — resmungou Cormack, tentando em vão abrir caminho entre as pessoas.

Um homem o xingou e ele levantou a espada. Conor me segurou com mais força.

— Isto aqui está ficando muito perigoso — disse Liam, levantando o braço e nocauteando um homem, que levou consigo mais três no caminho até o chão.

Um grupo de guardas com as cores de Northwoods veio em nossa direção.

— Querido povo de Harrowfield! — alguém gritou em tom autoritário. — Hoje, vocês presenciaram uma maravilha. Um milagre, poderia-se dizer.

Aos poucos, todos foram se virando para olhar. Montado em um grande cavalo malhado, ereto em sua toga preta, estava padre Dominic de Whitehaven, olhando sério para o povo. Todos ficaram em silêncio. Protegida nos braços de Conor, espiei para ver do que se tratava. O que o padre estava fazendo ali? Por que voltara?

— Esta moça esteve perto da morte. Mas vocês viram a transformação, viram como estes jovens retornaram à forma humana por meio da fé, da esperança e do trabalho das mãos desta jovem. O demônio havia lançado sobre eles a desgraça, mas foi pela fé em Deus que eles se salvaram.

As pessoas começaram a murmurar, balançando a cabeça. O cansaço se abateu sobre mim. Onde estava Finbar? Onde estava...?

— A mão do Senhor está sobre esta jovem — o padre continuou falando, usando palavras bem medidas. — Vocês devem se considerar abençoados pela oportunidade de presenciar a tudo isso. E agradecer porque a ajuda chegou a tempo, pois por pouco um grave erro não foi cometido. A garota não estava condenada à morte. As acusações foram feitas sem provas. E quem pode condenar uma criança que sequer tem a capacidade de falar para defender sua inocência? Meu parecer, depois do julgamento, foi que era imperativo, dentro dos interesses da justiça, que o caso fosse suspenso até que o marido dela retornasse e pudesse falar por ela. Deixei isto muito claro para Lorde Richard antes de ser chamado e ter de partir. Por que ele escolheu anunciar outro veredicto, e aplicar a pena tão rápido e por conta própria, é o que eu faço questão de descobrir. Não fosse Lady Anne ter ido pessoalmente me questionar, eu não teria sabido de nada até que a garota já estivesse morta. E as bênçãos do Senhor não teriam caído sobre estes desafortunados jovens.

Só então reparei em Lady Anne ao lado dele, sobre a pequena égua e em trajes de montaria. Parecia cansada.

— Onde está o homem que organizou tudo isto? — perguntou o padre.

Os homens de Richard foram se misturando à multidão e desapareceram. E houve uma pequena agitação do outro lado, no escuro.

— E quanto a ele? — disse uma voz no meio do povo. — Este, que está segurando a moça no colo, era o homem que encontramos na mata, o fugitivo, o bastardo irlandês que surpreendemos com ela naquela noite. Não está aqui só de visita, está?

Conor olhou para a multidão e houve um silêncio.

— Sou seu irmão — disse na língua que eles entendiam. — Somos todos seus irmãos. O silêncio dela foi o que evitou nossa morte. E seu trabalho foi o que nos libertou.

— Meu querido povo — disse Lady Anne, a voz enfraquecida pelo aparente cansaço. — Presenciamos coisas belas e terríveis em Harrowfield esta noite. Há muitas perguntas a serem feitas e muitas respostas a serem dadas. Agora... agora que meus dois filhos retornaram, meu coração está cheio demais de gratidão para querer ver alguém punido ou molestado. Esta noite não posso oferecer senão gentileza a todos.

Ela estava tentando não chorar, a voz pausada e controlada.

— Estes rapazes são meus convidados agora. Acredito que Jenny seja inocente. A mão de Deus não se estende sobre os que têm culpa no coração. Haverá tempo de sobra, amanhã, para explicações e ajustes de contas. Agora, guardem as armas, vão para casa e descansem tranquilos, pois não houve derramamento de sangue inocente neste vale. Alegrem-se como eu, pois meus filhos estão em casa.

O povo aplaudiu sem muito entusiasmo e começou a se dispersar. Muitos ainda olharam em nossa direção, mas a postura séria e ameaçadora de meus irmãos os intimidava. Os homens da casa vieram nos escoltar até a sala íntima que Lady Anne usava para receber seus convidados. A lareira e os lampiões foram acesos. Conor me depositou com cuidado sobre um banco acolchoado perto da lareira. Estavam todos ali, Liam escutando Lady Anne, com expressão séria no rosto, e Conor, traduzindo. Padriac girando um graveto queimado da pira entre os dedos, estudando o resíduo de óleo em que havia sido embebido. Diarmid e Cormack ao meu lado, espadas nuas nas mãos, vigiando a porta. E um pouco distante, perto da janela, estava Finbar, de costas para nós. Sua mão direita, apoiada na parede de pedra, estava fina e transparente como uma escultura de gelo. E agora eu via o resultado da última camisa, sem uma das mangas. No lugar do braço esquerdo, meu irmão ainda tinha uma grande e brilhante asa de cisne. Ele fora o último a chegar e pelo resto da vida carregaria esse fardo, a maldição de uma peça incompleta, construída com amor, lágrimas e sangue. Permanecia em completo silêncio, sem olhar para mim. E sua mente estava completamente fechada.

Tentei falar novamente. Depois de tanto tempo, não era uma tarefa fácil.

— Como vocês... ? Pensei que...

Conor veio e se ajoelhou ao meu lado.

— Você conseguiu, no último instante — ele sorria, mas seus olhos estavam sérios. — Esta senhora nos garante segurança aqui dentro, mas não sabemos por quanto tempo irá conseguir nos proteger. Agora você precisa descansar. Acabou, finalmente.

— Mas... mas eu falei, falei antes de vestir as camisas em vocês... não consegui manter meu silêncio! Como estão aqui e o feitiço foi quebrado?

Ainda não conseguia crer que eles tinham se salvado. As ordens dos Seres da Floresta não deviam ser seguidas à risca, por mais terríveis que fossem seus detalhes? À mínima falha, as pobres vítimas não eram cruelmente punidas? Como o feitiço tinha sido quebrado se eu havia gritado antes de a última camisa estar no pescoço de Finbar?

— Você não viu — disse Conor em tom carinhoso. — Mas essas coisas acontecem por si mesmas quando é chegada a hora. Esqueceu-se do vento, do vento forte que arrancou a última camisa de suas mãos e a lançou no ar? Quem acreditaria que o vento a fez voar e se enganchar no pescoço de Finbar um segundo antes de você gritar? O feitiço foi desfeito, Sorcha, exceto por um detalhe...

Olhamos para Finbar. "Esta história será contada durante muito tempo", pensei, "e irá se modificar quando for passada de boca em boca. Mas ele será sempre a prova viva da verdade. E não voltará a viver conosco, não totalmente. Estará sempre alternando entre este mundo e o outro, sem se estabelecer por completo. Esta será sua bênção e sua maldição".

— Jenny, como você está? Se bem que agora eu devo chamá-la por seu verdadeiro nome. Sorcha, não é? — Lady Anne se aproximou. — Ainda não consigo crer no que vi, mas sei que aconteceu de verdade. Padre Dominic está certo. Foi um milagre e tivemos a bênção de presenciá-lo. E graças a Deus sua voz voltou. Minha querida, devo dizer que hoje você virou esta casa de ponta-cabeça.

— Des... desculpe-me — disse, olhando para ela. Lady Anne parecia diferente. Por trás de suas calmas palavras, havia uma alegria mal contida, os olhos brilhando de felicidade.

— Eu é quem devo pedir desculpas, pois a julguei muito mal e me enganei terrivelmente. Jamais imaginei que coisas desse tipo pudessem acontecer. Alguns podem até dizer que foi uma ilusão criada pelas chamas e pela fumaça: a mudança repentina das penas, transformando-se em pele, os longos pescoços e os olhos daqueles pássaros; tudo mudando de forma até que entendemos que se tratava de seis rapazes. Devo dizer que todos nesta casa, e o povo, estão muito confusos e assustados. Levarão algum tempo para se recuperar. A aparição repentina destes seus irmãos, de um grupo de irlandeses, e seminus, os surpreendeu. Mas vamos dar um jeito nisso. Já pedi que trouxessem roupas e comida para todos. Se eu não consigo acreditar, imagine meu povo. Esta será uma noite muito lembrada.

— Há sangue em seu vestido — disse Cormack, preocupado. — Está machucada, Sorcha?

Balancei a cabeça, olhando para o vestido azul. Além da marca do mar, agora havia manchas de sangue na saia e no corpete. Mas não era meu.

— Pensei que ele iria protegê-la — disse Conor secamente, vindo em minha direção. — Não foi escolhido como seu protetor?

Olhei para ele. *Como sabe disso?*

— Vi que ele a observava enquanto você corria na areia. E veio tirá-la da fogueira. Só consigo imaginar que esteja tentando protegê-la, ou algo assim. Mas também fico imaginando por que motivo um homem como aquele se disporia a prestar tal serviço a menos que estivesse enfeitiçado pelos Seres da Floresta. Sou capaz de apostar que, quando a Dama da Floresta lhe indicou este caminho, colocou-o nele também.

— Mas que trabalho péssimo ele fez — disse Diarmid. — Quase a perdeu hoje. Quem ele pensa que é, afinal?

— Marido dela — resmungou Liam.

Os outros olharam para ele.

— O quê?

— Foi o que o padre disse. Conor me contou. Ele queria esperar até que o marido dela voltasse para falar por ela. Só pode ser ele.

Meus irmãos se voltaram para mim com olhares de desaprovação.

— Sorcha?

— Não é possível. Você, casada com um bretão!

— Bobagem. Ela ainda é uma criança — disse Diarmid com indignação.

Embora minha voz tivesse voltado, eu ainda sentia dificuldade em falar. Segurei o anel que estava pendurado em meu pescoço, passei o outro braço ao redor dos joelhos e virei para o lado. Finbar continuava no fundo da sala, de costas para nós e em profundo silêncio.

— Bem — eles haviam se esquecido de Lady Anne. Ela não entendeu o que eles disseram, mas percebeu minha aflição. — Sua irmã precisa descansar, comer alguma coisa e ficar tranquila agora. Vocês a estão perturbando — pegou em meu ombro e me serviu uma taça de cerveja. — Beba, minha querida. Devagar.

Olhou então para Conor.

— Jen... Sorcha passou por uma grande dificuldade. O que aconteceu hoje foi demais para todos nós. Vou levá-la para tomar um banho e trocar de roupa. Vocês também receberão roupas quentes, comida e bebida. Quando eu voltar, teremos tempo para explicações e perguntas. Padre Dominic quer falar com vocês, e meu filho também.

— Sorcha não sai daqui — disse Conor. — Depois de tudo o que passou, a senhora acredita que vamos deixá-la sozinha um instante sequer? Traga aqui o que for necessário.

E traduziu para os outros.

— Diga a ela — disse Liam — que não há tempo a perder. Cada momento é precioso. Não devemos permanecer mais do que o necessário nesta terra maldita. Quero Sorcha fora daqui e um barco para nos levar para casa bem cedo.

Conor traduziu palavra por palavra. Lady Anne ergueu a sobrancelha.

— Sorcha — ela apelou para mim. — Você pode explicar a eles... pode explicar...

Minha voz saiu com dificuldade.

— Não há problema — respondi, a voz instável. — Lady Anne não irá me fazer mal. E... e eu gostaria muito de tomar um banho e me aquecer. Por favor.

— Não é com ela que me preocupo — disse Conor. — Quem nos garante que estará segura no momento em que sair por aquela porta? Como confiar neste povo depois do que lhe fizeram hoje?

— Conor — levantei-me trêmula, segurando-me no braço de Lady Anne. — Estou imunda e exausta. Prometo que voltarei logo. Moro aqui há quase um ano; tempo bastante. Este é o lugar mais parecido com um lar que tenho desde que deixei Sevenwaters, e preciso me despedir de algumas pessoas. Pode ser difícil de acreditar, mas estas pessoas têm sido... boas comigo, à sua maneira. E como você diz, tenho um forte protetor, que está na casa. Não irão me fazer mal.

— Então, Liam irá com você para montar guarda.

— Não. Estas pessoas me conhecem, mas não conhecem vocês. Não saiam desta sala. Todos ainda estão com raiva e confusos. Por favor, Conor.

— Depois do que Sorcha fez por nós, não podemos lhe negar o que quer que seja — disse Padriac.

Saí então com Lady Anne pelo corredor, repleto de olhos curiosos, até um quarto onde Megan já estava esperando com água quente, óleo de alecrim e toalhas limpas. Parecia um tanto tímida agora, como se as maravilhas que presenciara a fizessem me ver de uma maneira diferente, mais distante. Lavou meus cabelos e, enquanto eu tentava desembaraçá-los, pegou o vestido azul e exclamou:

— Oh, creio que este não tem mais jeito. Não tem mais uso.

Começou a enrolá-lo e já jogá-lo em um canto para ser descartado.

— Não! — sussurrei. — Não...

Megan virou-se de repente, os cachos de seus cabelos balançando.

— É meu vestido — continuei.

Ela sorriu encantada.

— Você está falando. E sua voz é exatamente como eu imaginava. Mas este vestido precisa de uma boa lavagem. Deixe que eu faço isso e o devolvo intacto.

— Não — insisti. — Não há tempo.

— Como assim? — perguntou Lady Anne, que estava separando roupas para mim na mesa ao lado.

— Meus irmãos — respondi, lutando contra um nó em uma mecha de cabelo.

— Deixe que eu faço isso — Megan pegou o pente de minha mão e começou a separar os fios de meus cabelos com uma agilidade incrível. Depois aplicou o óleo e removeu os insetos que haviam se espalhado neles.

— Eles querem partir logo ao amanhecer — eu disse. — Preciso estar pronta. Vou precisar de minhas botas e levarei este vestido. — Não tinha muitas coisas mesmo.

Não precisava levar mais nada. Queria apenas o vestido marcado pela água, pelo fogo e pelo sangue. Três coisas eram preciosas para mim: o vestido, o amuleto de Finbar e meu anel de casamento.

Megan parecia confusa.

— Mas, mas e Lorde Hugh? — disse sem pensar, esquecendo-se da presença de Lady Anne. — Aqueles jovens, seus irmãos, entendo que queiram partir rápido. Precisa ouvir o que estão dizendo deles pela casa. Quanto antes se forem mais seguros estarão. Mas você? Não pode ir. O que vai ser dele? — percebendo o que dissera, suas faces se enrubesceram e ela abaixou os olhos. — Perdão, não tenho que me intrometer. Desculpe-me.

Mas Lady Anne parecia preocupada com outra coisa.

— Jenny, devo deixá-la por um instante. Meu filho, meu filho mais novo voltou. E ainda não consegui falar com ele a sós. Dê-me alguns instantes. Voltarei logo. Por favor, espere-me aqui.

— Viu só? — disse Megan, assim que sua patroa saiu. — Simon, irmão de Lorde Hugh. Ele voltou, são e salvo. Todos juravam que estava morto, assassinado pelos... bem, é o que todos dizem. Mas ele voltou. Parece que perdeu a memória. Não se lembra do que aconteceu depois que saiu daqui com os homens de Richard. Lorde Hugh o encontrou em um monastério bem distante, em uma ilha, se não me engano. Lady Anne estava louca para falar com ele, mas não sossegou enquanto não cuidou de você. E Lorde Hugh, com aquele ferimento, e toda a...

— Megan... — toquei o braço dela. Era difícil usar as palavras. — Como ele está? E o ferimento? Conseguiram fazer parar o sangramento, fazer...?

— Ele está muito bem — ela respondeu, olhando-me de lado. — Enfaixaram seu ombro e colocaram seu braço em uma tipoia. Mas ele saiu logo em seguida, com Ben e mais dois homens. Foi atrás do tio. Ficou aqui só enquanto faziam o curativo. O senhor Simon queria ir junto, estava louco para pegá-lo também, mas Lorde Hugh não deixou. Pediu que ficasse tomando conta das coisas por aqui. Assim, a mãe também podia ficar um pouco com ele. Tem certeza de que quer ir para casa?

A pergunta me pegou desprevenida.

— É melhor eu ir — respondi. — Não pertenço ao seu povo e jamais pertencerei — *E se o ferimento voltar a sangrar? E se ele encontrar Richard e... Por que o deixaram ir?* — Minha presença aqui só trouxe problemas e confusão. Agora acabou. É hora de eu voltar para a floresta.

— Já perguntou a Lorde Hugh o que ele acha? — disse ela, olhando-me com certa malícia enquanto fechava os punhos do vestido limpo que eu havia posto.

E se ele estiver fraco demais para cavalgar? E se os inimigos o estiverem esperando? E se ele não voltar antes da hora de eu partir?

— Perguntou a ele?

Ela colocou meus cabelos para trás e os prendeu com uma fita da cor do vestido; um tom suave de rosa de outono, que em nada combinava com aquele momento.

— É o que Lorde Hugh quer — respondi. — Não pertenço a este lugar e meus irmãos precisam de mim.

"Ele vai se esquecer. Uma vez que o feitiço tenha sido retirado, vai se esquecer. Talvez isso já tenha até acontecido, no momento em que me soltou e me entregou a meus irmãos, colocou aquela máscara de frieza no rosto novamente."

Megan levantou as sobrancelhas e começou a recolher as garrafas, tigelas e roupas espalhadas pelo quarto.

— Talvez seja melhor perguntar quando ele chegar — ela disse. — Aliás, eu não gostaria de estar na pele de Richard de Northwoods hoje.

Quando voltamos à sala, as coisas pareciam diferentes. Lady Anne havia providenciado o melhor vinho, pão de farinha, carne assada e fez questão de cortar, ela mesma, fatias de queijo para todos. Olhei em volta, mas não havia sinal de Red ou de Ben. Meus irmãos pareciam mais respeitáveis, embora os cabelos embaraçados e o olhar feroz não combinassem com as roupas boas e limpas que agora usavam.

Padre Dominic reunira todos ao seu redor e falava com tranquilidade. Finbar se manteve um pouco afastado do grupo e em silêncio. Conor traduzia tudo que era dito e pareciam estar se entendendo bem. Mas estavam com facas nos cintos. Era arriscado dar armas a eles naquele momento. De quem tinha sido a ideia? Provavelmente pediram e ninguém teve coragem de negar.

Encostado na lareira estava outro homem. O rapaz alto de cabelos dourados que não podia ser Simon. Mas tinha de ser Simon, pois Alys estava louca de alegria aos seus pés, balançando tanto o rabo que o corpo balançava junto. Um cão não se engana, principalmente depois de esperar tanto pelo dono. Como ler o rosto de uma pessoa quando seu passado se apagou de sua mente? Simon parecia mais velho. Em três anos havia passado de um garoto para um homem. Tinha o mesmo nariz reto e mandíbula bem-feita do irmão, mas a boca era mais carnuda e os olhos menos desconfiados. Não havia cicatrizes no pescoço, nas orelhas ou no braço musculoso, que se via sob a manga da camisa, enrolada até acima do cotovelo. Mas como podia ser? Ele não lembrava mesmo? Olhei para meus irmãos, que estavam concentrados nas palavras do padre. Isso era bom.

Os olhos brilhantes de Simon pareciam inocentes como os de uma criança. Sua expressão era clara, sem malícia.

— Simon — disse Lady Anne. — Esta é Sorcha, de quem lhe falei. Sorcha é, é...

— A esposa de Red — disse Simon, olhando para a mãe e depois direto para meus olhos. Seu rosto se modificou. Até aquele momento, estava usando uma máscara, mas a deixou cair por um instante e eu percebi claramente que ele podia ter esquecido tudo, mas não me esqueceu.

— Sorcha. O nome combina com você — ele comentou. — Não imaginei que meu irmão se casaria com uma mulher de Erin.

— Ele não... não... — meu coração disparou. Ele me reconheceu, tive certeza absoluta. E se ainda se lembrava de mim, lembrava-se de meus irmãos e... mas como podia estar ali, sorrindo, tão perto deles? Onde estava o rapaz desesperado e enlouquecido que eu lutei tanto para trazer de volta à sanidade? O garoto sem esperança que se agarrava às minhas histórias para sobreviver ao pesadelo da dor e da vergonha? E como este homem não tinha cicatrizes?

— Você fez algo extraordinário hoje — ele continuou. — Surpreendeu a todos. Ninguém consegue explicar aquela transformação. Neste momento, ainda estão maravilhados. Amanhã, alguns dirão que foi uma ilusão criada pelo fogo e outros irão guardar a lembrança apenas para contar como história de fantasia para crianças. Mas temo que alguns pensarão que se trata de bruxaria.

— Você não precisa se preocupar com seu irmão — eu disse com certa dificuldade. — Não serei mais um peso para ele. Fizemos... fizemos um acordo...

— Interessante — disse ele. — Que acordo?

Fui salva por padre Dominic, que veio em minha direção. Lady Anne, embriagada de alegria pelo retorno do filho, mal prestava atenção às conversas.

— Minha jovem — disse o padre. — Seus irmãos me contaram uma história muito estranha. Venha, sente-se e tome um pouco de vinho. Ainda está pálida; não se recuperou totalmente.

Sentei-me, e meus irmãos vieram no mesmo instante e fizeram novamente seu círculo de proteção ao meu redor.

Diarmid olhava para Simon e seu rosto dizia claramente: o bom bretão é o bretão morto.

— Richard de Northwoods — disse o padre. — Ele cometeu um grande erro hoje, ou melhor, ontem, pois acredito que já seja mais de meia-noite. Deixei muito claro para ele que seria... imprudente prosseguir com o caso sem reunir mais evidências. Quando conversamos a sós, ele disse que concordava. Foi algo lamentável eu ter sido chamado antes de ter tempo de apresentar minha opinião à assembleia. Anunciar um veredicto de culpa em meu nome e no dele foi mais que mentir; foi um abuso de autoridade. Mostra que ele tinha más intenções. Terá de se explicar quanto a isso e quanto a mais coisas.

— Ele se empolgou demais e enfiou os pés pelas mãos — disse Simon, em um tom que lembrava muito seu irmão. — Mas não irá longe. Eu também tenho assuntos a tratar com meu tio. Boa parte de meu passado se foi de minha lembrança, mas ainda há coisas de que me lembro. Ele tem muito que me explicar.

— Meu filho mais velho saiu com seus homens, e irá trazê-lo — disse Lady Anne. — Imaginem como estou me sentindo. Quando fui buscar o senhor hoje, já imaginava o que poderia acontecer. Mas como posso exigir de meu povo que aja com integridade se eu não der o exemplo primeiro?

— Muito bem dito — respondeu padre Dominic, compreendendo o que ela queria dizer. — Quero mesmo ouvir o que Richard tem a explicar. Diga a Lorde Hugh que mande me chamar quando encontrar seu tio. Fico chocado ao ver um homem em tal posição agir dessa maneira. Abusos dessa natureza exigem ação imediata.

— Concordo — disse Conor. — Nós também temos ouvido histórias assim, e hoje ouvimos mais uma. Se esse homem é responsável pelas acusações feitas contra nossa irmã, agora tem em nós inimigos mortais. Para falar claramente, seu futuro me parece bastante negro e incerto.

— Os processos formais devem ser seguidos — disse padre Dominic em tom pausado, olhando no rosto de cada um no círculo de guerreiros ao meu redor. — Enquanto isso, alegrem-se com sua libertação e com a abnegação de sua irmã — olhou então para mim, sorrindo. — Minha cara, sua história é de grande coragem. Não fosse casada, suas virtudes de paciência e fé seriam bem-vindas em nossa comunidade de irmãs. Seu exemplo seria inigualável, algo a ser seguido por todas.

Não consegui pensar em algo para dizer. Tomei um gole de vinho e tentei ignorar a maneira como Simon me olhava.

— Seus irmãos estão com ódio — ele continuou. — Querem vingança pelo que lhe fizeram, pois quase conseguiram matá-la. Mas esta não é a maneira de se resolver a questão. É melhor que partam o mais breve possível. Não deve haver mais ódio ou derramamento de sangue neste lugar.

Concordei com um gesto de cabeça. A cada momento ficava mais claro que eu só tinha um caminho, uma escolha a fazer.

— Você parece triste. Porém, fez algo tão bom. Alegre-se. Você está entre os abençoados de Deus. E descanse. É um descanso mais que merecido.

Ele se levantou.

— Para dizer a verdade, eu também estou um pouco cansado. Lady Anne, vou abusar de sua hospitalidade e pedir para passar a noite aqui, se for possível. Além da idade, sou generoso em tamanho, o que não me permite cavalgar maiores distâncias tão rápido sem que meu corpo reclame. Vamos todos descansar e refletir sobre tudo que o Senhor nos concedeu hoje. Foi maravilhoso. Amanhã falarei ao povo de Harrowfield sobre essa história de sofrimento e redenção. Ela tem muito a ensinar.

Simon acompanhou o bom padre a seus aposentos, para que pudesse descansar, e Alys o seguiu, latindo e fazendo festa. Fechei os olhos por um instante e meus irmãos continuaram conversando em voz baixa ao meu redor, planejando e se preparando. Não dormiriam aquela noite, não com tanto a fazer. Ficaram falando de cavalos, armas e barcos. E também de meu pai e Lady Oonagh. Tudo girava ao redor de vingança. Aquilo parecia irreal, como se fosse outro mundo. Talvez, se eu ficasse ali, bem quietinha, quase sem respirar, eles se esquecessem de mim e eu não tivesse que me despedir.

— Nossa irmã tem muitos pertences a serem empacotados? — perguntou Conor.

— Vou providenciar — respondeu Lady Anne, vagamente. — Tem poucas coisas. As mulheres irão empacotá-las e trazer para cá. Sorcha está muito cansada — seu tom era de reprovação.

— Sim — disse Conor. — Devemos partir ao amanhecer, para o bem desta casa e para nossa segurança. Seu bom padre interveio em tempo. Como seu filho disse, não vai demorar para o povo se esquecer do espetáculo a que assistiu e se voltar contra nós. Quando estivermos longe, será mais fácil para vocês colocarem tudo em ordem. Foram tempos difíceis para todos nós.

Houve uma pequena pausa.

— Vocês entendem — disse Lady Anne, um tanto sem graça — que sua irmã acabou de se casar com meu filho?

Conor traduziu para os outros e a reação foi de revolta. Fiquei aliviada por Lady Anne não entender nossa língua.

— É verdade — resmungou Diarmid.

Padriac não conseguia acreditar.

— Para que falar disso agora? Ela não pode estar pensando que...

— Casamento? — disparou Cormack. — Que tipo de casamento poderia ser esse, entre uma garota perdida e um bretão selvagem?

— É bem provável que nem tenha se consumado — disse Liam secamente.

Eles falavam como se eu não estivesse ali, como se tudo tivesse que ser tratado como uma estratégia de campanha. Senti meu rosto se enrubescer, mas ao mesmo tempo fiquei com raiva. Eles podiam deixar Red fora do assunto. Não era culpa dele. E ninguém perguntou minha opinião.

— Nossa irmã é muito jovem — continuou Liam — e o rapaz viajou para encontrar o irmão. Além do mais, não acredito que Sorcha consentiria algo assim. É uma união que pode ser facilmente desfeita, acredito.

Conor traduziu para Lady Anne.

— Não posso falar por Hugh — foi sua resposta. — Vocês terão de falar com ele.

— Falaremos — disse Conor contrariado.

Lady Anne disfarçou um bocejo, desculpou-se e se retirou. Ficamos apenas na companhia dos dois guardas no lado de fora da porta. Padriac me serviu mais vinho e comi um pedaço de pão a contragosto, pois meu estômago não parecia disposto a digerir. Sentia-me estranha novamente, como se a sala estivesse flutuando ao meu redor. Sabia que se não comesse, não conseguiria cavalgar pela manhã. Finbar estava sentado no banco perto da janela. Peguei o pão e o vinho e fui me sentar ao lado dele. Lá fora, o vento havia parado completamente. Só se via um pequeno brilho do resto da fogueira na escuridão do pátio. Se eles chegassem durante a noite, eu poderia vê-los dali.

"Sei como se sente, meu irmão. Como se seu coração estivesse divido em duas partes. Sinto sua dor."

Respirei fundo uma, duas vezes.

"Finbar?"

"Sei como é. Você deve estar sentindo que jamais será como antes."

Coloquei a mão no pescoço, onde usava dois cordões. Um com minha aliança de casamento e o outro com o amuleto que tinha sido de minha mãe. Tirei um e deixei o outro. "Isto é seu. Fique com ele. Foi para você que ela deu."

Pendurei o cordão em seu pescoço e coloquei a pequena pedra esculpida com o símbolo do freixo para a frente, encostada em seu peito. Percebi que ele estava extremamente magro.

"Mostre-me o outro. O outro talismã que você carrega", ele pediu

Tirei lentamente o anel e o coloquei na palma da sua mão para que o visse.

"Ele fez isto para você? Aquele de cabelos dourados e olhos que devoram?"

"Não. Foi outro." As imagens vieram fortes à minha mente: Red com os braços ao meu redor como um escudo; Red cortando uma maçã; Red tirando a espada de um homem; Red descalço na areia, com o mar lambendo seus tornozelos.

"Você se arriscou muito entregando seu coração a um homem como este."

Olhei para ele. "Entregando meu coração?"

"Não tinha percebido até agora, até a hora de se despedir dele?" Deixou então que eu visse sua mente. Só imagens, sem palavras. Uma pequena praia branca e águas tranquilas, com uma bela fêmea de cisne nadando, de pescoço elegante e olhos claros e brilhantes. Ao lado dela, dois filhotes ainda com penugem, mergulhando e brincando na água. "Eu também tive que dizer adeus." A imagem desapareceu. O rosto dele mostrava apenas uma grande tristeza. "Tive pouco tempo, porém mais do que você. Mas agora temo pelo frio, pelos lobos e pela solidão. Temo demais por eles."

Ele também precisou fazer uma escolha terrível. Um cisne tem apenas um parceiro a vida toda. Peguei a mão dele. No fim, não havia escolha. Nós sete éramos um só e cada um era parte de todos. Precisávamos estar sempre próximos.

⁂

O tempo brinca conosco de maneira cruel. Aquela noite parecia interminável enquanto eu esperava o retorno dele, com Finbar em silêncio ao meu lado. Ele já havia me acalmado e protegido uma noite inteira, exaurindo todas as suas forças. Nesta noite, só me fez companhia. Eu imaginava Red sangrando, ferido, exausto, tomado pela ira, procurando o tio em todos os cantos de Harrowfield. Mais do que tudo, eu queria vê-lo entrando são e salvo naquele pátio. Então fiquei ali sentada, esperando e observando a fogueira queimar até o fim e apagar. Será que Finbar tinha razão? Aquilo era o amor, que consome e destrói o coração? E não dá nada além do poder de ferir um ao outro? É o que faz um simples toque ser desejado e temido ao mesmo tempo? O que quer que seja, é como uma ferida letal.

De repente, a noite começou a passar rápido, muito rápido. Logo iria amanhecer e sairíamos de Harrowfield usando trilhas secretas até chegar à água. Logo seria o momento de dizer adeus. Eu não sabia o que era mais forte: o medo de ele não chegar a tempo ou o medo de ele chegar a tempo.

Quando finalmente chegaram, não houve cerimônia. Sem tochas acesas, sem rufar de tambores. Apenas cinco homens chegando a cavalo. O primeiro era Ben. O capuz preto não ocultava totalmente seus cabelos loiros. Em seguida outro, também vestido de preto para passar despercebido à noite, puxando as rédeas de um terceiro cavalo sobre o qual vinha alguém com as mãos amarradas para trás, mas que mantinha a cabeça erguida e os ombros eretos, em atitude arrogante. Tinha ferimentos no rosto e o sangue escorria de um corte na sobrancelha. Eles haviam encontrado Lorde Richard.

— Os dias dele estão contados — disse Cormack, que veio para a janela junto com os outros e se posicionou atrás de mim. — Será condenado mais rapidamente do que julgou, seis vezes mais rápido, por cada um de nós.

— Ou mais — disse Liam.

Os lampiões acesos na entrada iluminaram os rostos dos quatro homens que traziam o prisioneiro. Respirei, finalmente. Pois lá estava, entrando por último, segurando as rédeas com uma só mão, pois a outra estava em uma tipoia, o rosto sério e pálido como a faixa de linho enrolada ao redor de seu ombro. A boca era apenas uma fina linha. Mas se mantinha ereto na sela. Ao passar sob a janela, olhou para cima por um instante e depois para frente, novamente. Então desapareceu, junto com os outros. Senti um aperto no peito, como se fosse chorar a qualquer momento, mas ao mesmo tempo seca, como se nunca mais fosse chorar novamente. Estava confusa, com medo e... e... por que meu coração batia tão rápido, como se eu tivesse corrido durante horas? Sabia o que deveria dizer e fazer. Devia terminar logo com aquilo e seguir em frente. Só isso. Não podia ser algo tão difícil.

A porta se abriu, Ben entrou e veio caminhando rápido em minha direção. Fez-se então um barulho de metal e em menos de um segundo todas as armas estavam apontadas em sua direção.

— Calma, calma — disse ele, levantando as mãos devagar. — Não vou ficar muito tempo.

— Não vamos chegar a lugar algum desse jeito — eu disse irritada — Ele é amigo.

Cormack franziu a testa, contrariado. Mas Liam fez um sinal com a mão e eles se afastaram.

— Jenny — disse Ben, olhando-me de perto. — Você está bem?

Fiz que sim com a cabeça. Por que era tão difícil falar? Seu pulso estava enfaixado e ele tinha um ferimento no queixo.

— O que...?

Ele sorriu.

— Bem, rodeado como estou por estes senhores, prefiro não me estender muito. Vamos dizer que parti na hora certa para buscá-lo.

Consegui encontrá-lo a tempo. Não que tenha me agradecido, é claro. Quase me matou por tê-la deixado aqui sozinha. Foi seu único gesto de reconhecimento. Tem certeza de que está tudo bem?

— Pensei... pensei que você tinha...

— Eu? Acreditado que você era culpada? Nem por um instante. Bem, talvez por um instante. Então, usei a cabeça. Pela maneira como você e Red se olhavam, não havia lugar para outro em seu coração. Precisaria haver outra explicação. Mas Richard não permitiu que eu me aproximasse de você. Encheu o lugar com os homens de Northwoods. Então fui atrás de Red.

— Diga — perguntou Conor — o que farão com esse homem, Richard de Northwoods?

Ben olhou para ele, querendo saber de quem se tratava.

— Meu irmão Conor — eu disse. — Fala sua língua fluentemente.

— Percebe-se. Lorde Richard está sob custódia. Vivo e relativamente bem. Tive certa dificuldade em convencer seu marido de que devíamos seguir as formalidades. A tentação de ignorá-las foi grande quando o capturamos, mas há muitas questões a serem respondidas. Red me disse que Simon lhe contou muitas coisas no caminho de volta do monastério em que foi encontrado. Não tinha se esquecido de tudo e parece estar recobrando a memória a cada dia. Há um dedo de Richard em tudo isso. Red acabou se convencendo de que era melhor esperar e descobrir toda a verdade. Mas eu jamais o tinha visto com tanto ódio nos olhos; nem mesmo no dia da morte de John. Jamais o vi perder a calma assim.

— Isso vai passar — respondi. — Assim que eu for embora, as coisas se acalmarão por aqui. Ele vai ter as respostas que procura e procederá com o julgamento com tranquilidade, sem ter medo de errar.

— Ir embora? — perguntou Ben. — Como assim, ir embora?

— Pedimos salvo-conduto até a costa. Partimos ao amanhecer — disse Conor. — Você, com certeza, não vai querer que fiquemos mais tempo e causemos problemas na casa. Somos inimigos jurados.

Apesar de nossa aparição ter causado assombro, seu povo logo irá se incomodar com nossa presença e se revoltar. Acredito que concorde conosco e não se importe em nos providenciar escolta.

Ben olhou para o círculo de rostos irritados e depois para mim.

— Sim, claro. Isso é verdade. Mas...

— Ele não pode estar pensando — reclamou Diarmid, atento à conversa — que deixaremos nossa irmã para trás, certo?

Até a sala parecia mais fria com o tom do debate.

— Eu... bem, talvez pareça óbvio demais o que vou dizer — continuou Ben — mas ele é marido dela, afinal.

— Marido? — a voz de Conor era afiada como uma adaga. — Que tipo de marido é esse? Não vimos mais sombra dele desde que Sorcha escapou, e por pouco, de morrer na fogueira. Tem medo de aparecer, uma vez que não foi capaz de proteger nossa irmã? Como ousa se declarar marido dela?

Ben não se intimidava facilmente.

— Ele tem seus motivos — respondeu calmamente. — Quando encontramos sua irmã ela estava doente, subnutrida e apavorada. Lorde Hugh salvou a vida dela. Jenny não foi trazida à força.

— Jenny?

— Quando a encontramos, ela não podia falar, portanto, não sabíamos seu nome. Demos este a ela, então.

— E também o nome de Harrowfield, pelo que vejo. Mas ela não precisará mais deles — respondeu Conor. — Já temos uma escolta? Logo irá amanhecer.

— Tudo está sendo providenciado — disse Ben. — Temos um barco em um ancoradouro seguro e um homem para levá-los até o outro lado. Deve levar metade da manhã ou um pouco mais. Simon está cuidando de tudo e irá acompanhá-los.

— Não. Eu irei — uma voz o interrompeu.

Todos olharam para a porta. Ele estava andando com dificuldade, o rosto demonstrando exaustão. Havia uma mancha de sangue na atadura, perto do ombro.

— Não seja tolo — disse Ben, caminhando até ele.

Foi colocar a mão em seu ombro, mas Red o afastou com certa violência. Meus irmãos se colocaram novamente ao meu redor. Cormack colocou a mão sobre a adaga. Liam cruzou os braços. E Diarmid o fuzilava com os olhos.

— Com todo respeito, milorde — disse Ben, percebendo a seriedade da situação. — Deixe seu irmão cuidar disso. Posso ir junto, se acreditar que ele ainda não está em condições. Como espera atravessar a costa e voltar se não dorme há praticamente três dias?

— Sou marido dela. Vou levá-los.

Eu não conseguia olhar para ele. Sua voz agora era ríspida, distante, formal. Aquilo me fazia mal.

— Marido — disse Conor, escolhendo as palavras. — Sim, ouvimos dizer. Mas não parece ter cumprido tão bem a função.

Red ficou em silêncio.

— Você a ajudou quando estava com fome, frio e jogada em um local sujo? Estava ao lado dela quando enfrentou seus acusadores e teve de ouvir todo tipo de barbárie e mentiras que disseram? Foi socorrê-la quando ela chorou na escuridão, enquanto via seu tio construindo a fogueira para matá-la? Foi? Que tipo de marido é você?

Houve uma pausa.

— Terminou? — perguntou Red, impassível.

— Pergunte a ele — disse Liam em nossa língua. — Pergunte a ele que tipo de casamento é esse. Se já colocou suas mãos sujas de bárbaro em nossa irmã. Pergunte a ele!

Mas Conor não era o que era à toa. Percebeu logo que tipo de oponente tinha à sua frente.

— Só me diga se minha irmã está livre para partir. Ou planeja mantê-la aqui presa a alguma promessa que lhe tenha feito ou algum compromisso?

— Você mantém presa uma criatura que já está curada e pronta para voar? — perguntou Red. — Jenny toma suas próprias decisões. Sabe que está livre para partir. Só precisa me dizer quando deseja ir.

Conor falou com meus irmãos em nossa língua.

— E quanto ao salvo-conduto? — perguntou Liam, enquanto Conor traduzia. — Temos pouco tempo.

A resposta de Red foi em tom calmo, que eu conhecia bem.

— Primeiro, quero falar com minha esposa a sós. Então, partiremos. Não irá demorar.

Conor traduziu para os outros.

— Fora de questão! — disparou Diarmid.

— Sozinha? Não mesmo — disse Liam.

— Quem este homem pensa que é? — perguntou Cormack. — Não tem poder sobre Sorcha, e está ciente disso. Diga a ele que traga os cavalos e faremos tudo à nossa maneira. Não precisamos barganhar com ele.

— Não podemos permitir isso — disse Conor. — Você deve entender nossa preocupação com nossa irmã depois de tudo que aconteceu. Ela não sairá de nossas vistas até deixarmos suas terras. Ficamos três anos nessa situação e só agora retornamos à forma humana. Foram três longos anos de silêncio e sofrimento para ela. Agora que a temos ao nosso lado, não a deixaremos nem arriscaremos sua segurança um instante sequer.

A boca de Red se contraiu de uma forma que eu conhecia e não gostava. Ben colocou a mão sobre a adaga em seu cinto.

— Esta é minha casa — disse Red. — Vocês querem ou não partir em segurança, com cavalos e proteção? Posso lhes oferecer tudo isso, mas vou falar com Jenny a sós primeiro.

— Sua arrogância não tem limites — disse Conor com frieza. — Foi seu povo que quase matou minha irmã; seu povo que a deixou trancada no escuro enquanto os insetos e os ratos vinham se deliciar com a sujeira da cela; enquanto ela chorava, trabalhava e esperava seu fim. Como ousa exigir algo de nós?

Red parecia cada vez mais exausto e mal se mantinha de pé, mas estava determinado a falar.

— Por quem ela estava trabalhando, por quem se manteve em silêncio durante esses três anos, por quem segurou riso e lágrimas e até gritos de dor? Vocês aceitaram o sacrifício dela. São tão culpados quanto eu, todos vocês.

Segurou-se com força ao braço de Ben, as juntas dos dedos brancas com o esforço.

Todos pareciam mesmo ter se esquecido que eu estava ali.

— Conor — eu chamei.

— O quê?! — respondeu ele em um tom que jamais havia usado comigo.

— A decisão é minha — continuei. — Não irei longe, só vou sair da sala.

E saí, olhando para frente. Ninguém tentou me impedir. Do lado de fora, dois homens ainda montavam guarda. Fechei a porta.

— Podem ir — disse Red aos guardas.

Ben permaneceu lá dentro; um gesto corajoso, dadas as circunstâncias.

Estávamos a sós. Fiquei onde estava, perto da porta. Ele ficou bem próximo de mim, encostado na parede. Olhar em seus olhos tirou minhas forças. Estavam frios como o gelo, o rosto totalmente neutro.

— Parece que terminei minha missão — ele disse. — Vejo claramente que você não precisa mais de minha proteção.

— É melhor assim — forcei a voz a sair. — Melhor para você e para seu povo. Melhor para todos.

Pensei comigo mesma: "se o feitiço que os Seres da Floresta jogaram em você ainda não terminou, espere só até eu deixar a costa. Basta o barco atravessar a primeira onda e já irá começar a se esquecer".

— Disse uma vez que queria ouvir sua voz — disse ele. — Mas não pensei que essas seriam as primeiras palavras que ouviria.

"É verdade", pensei. "Parece que somos muito bons em magoar um ao outro. Será que depois de um ano inteiro foi só isso que aprendemos?"

— Não foram as primeiras palavras — sussurrei, lutando para conter as lágrimas. Eu não ia chorar agora.

— Não, não foram — ele concordou. — Você me salvou e eu a salvei. Talvez tenha sido esse o propósito de tudo. E agora que acabou, você quer ir para casa — seu tom era calmo. Falava como se estivesse se despedindo de um convidado da casa. — Levarei vocês em segurança até a costa. Seus irmãos certamente a protegerão no resto do caminho.

Engoli em seco. A luz estava fraca. O lampião estava com a chama baixa, fazendo sombra. Mas lá fora o dia logo iria clarear. Havia tanto a dizer, mas nada que eu pudesse expressar.

— Prometi que lhe falaria de seu irmão — arrisquei.

— Ah, sim. Nosso acordo. Salvo-conduto para casa em troca da informação. Tinha quase me esquecido.

Tentou fazer o gesto parecer casual, mas vi que sua mão tremeu ao ajeitar a atadura.

— Você está sangrando — eu disse. — Deixe-me ver.

— Não. — Desta vez foi ele quem se esquivou de mim. — Deixe para lá. Não precisa se preocupar. Quanto a meu irmão, a memória humana é uma coisa realmente estranha. Simon se lembra muito pouco do tempo em que ficou perdido. Só os eventos mais recentes estão gravados em sua memória com mais nitidez, mas parece que foi se recuperando no caminho de casa. Lembrou-se de fatos suficientes para incriminar meu tio e condená-lo por uma série de crimes.

— Eu sei — respondi — Enquanto eu estava... seu tio falou comigo, e falou demais algumas vezes. Disse coisas de que agora irá se arrepender. Pensou... pensou que eu jamais poderia lhe dizer. Pensou que eu jamais...

Eu ouvia a respiração controlada de Red. Ele não parecia querer soltá-la.

— Meu tio... ele não a tocou enquanto, quando... tocou, Jenny? Não me deixaram... Ben não me deixou, mas se ele...

— Não, está tudo bem — eu disse com dificuldade — Ele disse que não queria os restos do sobrinho. Estou bem.

— Eu mato aquele desgraçado — ele rosnou em voz baixa, olhando para o outro lado.

— Você é um homem bom e justo — eu contemporizei. — Essas pessoas dependem de sua orientação. Você é o centro do mundo para elas. Deixe a raiva passar antes de julgá-lo. Seu povo o respeita e segue seu exemplo. Será mais fácil quando eu for embora.

Ele se virou para mim e me deixou ver, por um instante, uma grande sensação de solidão em seus olhos. Seu rosto parecia marcado, cheio de linhas e expressão de cansaço na pele clara. Como um homem que tinha tanto podia se sentir tão só?

— Meu irmão — ele continuou, a voz agora triste — tem poucas lembranças desses anos. Ou pelo menos é o que ele diz. E de tudo que se recorda a seu respeito, não diz uma palavra sequer contra você. Eu o ouvi conversando com minha mãe quando chegamos. Ele fala de você como... como se fosse um anjo. Disse que suas mãos são as mais suaves que já sentiu, e que conta histórias incríveis. E que quando fala, pode-se saber que é a mais pura verdade. Pode ter se esquecido de tudo que lhe aconteceu, mas de você ele se lembra.

— Eu...

— Sshh... — ele interrompeu, e colocou delicadamente os dedos em meus lábios para silenciá-los. — Não me conte.

Tocou-me apenas por um instante, e eu tive muita vontade de pegar sua mão e encostar os lábios em sua palma. Mas me mantive imóvel. Então ele tirou a mão e deu um passo para trás. As palavras que não dizíamos naquele momento pareciam as mais fortes. E os gestos que controlamos também. De qualquer outro eu teria me despedido com um abraço, um beijo, um toque no rosto ou pegando a mão. Mas com Red eu não consegui.

— Você tem um círculo de proteção que atrai para si — ele disse — John, Ben e seus ferozes irmãos. Simon também parece querer protegê-la, embora tenha todos os motivos do mundo para odiar vocês. É porque, quando você nos toca, nossos corações não mais nos pertencem.

Meu lábio tremeu e eu o mordi até sentir dor. *Não vou chorar. Já chorei demais. Também posso ser forte.* Tirei o cordão de meu pescoço.

— Você provavelmente vai querer isto de volta — eu disse, piscando sem parar. Abri a mão e mostrei o anel, ainda quente com o calor de minha pele. Precisei fazer muito esforço para não fechar os dedos e segurá-lo para que ele não o pegasse. Os punhos de Red se fecharam com força.

— Se ele tem tão pouco valor para você — respondeu, depois de alguns instantes — queime-o ou jogue-no em um monte de estrume. Não tem utilidade para mim.

Dizendo isso, ele se virou e saiu andando pelo corredor. Aquilo me fez lembrar a noite em que as pedras caíram, quando ele parecia caminhar como cego, mesmo com os olhos abertos.

A pequena égua me levou tranquila, exatamente como fez no dia em que fomos à praia ver as focas. Meus irmãos estavam em silêncio, parecendo maravilhados ao ver o dia raiar com seus olhos humanos. Depois de tanto tempo, era difícil acreditar que aquilo estava realmente acontecendo. Red cavalgava à frente, seus cabelos brilhando como as folhas dos carvalhos que íamos deixando para trás. E Ben ia atrás, em guarda.

Era difícil não me lembrar da última vez que eu tinha vindo por esta trilha secreta sob as árvores, pelo morro e para longe do vale. Não esperava que Simon viesse conosco, mas ele enfrentou o irmão e o convenceu. Veio ao meu lado e eu fui lhe contando o que Richard havia me dito sobre Eamonn de Marshes, sobre as barganhas e o que havia acontecido naquela noite em que ele, Simon, desaparecera do acampamento. Ele foi ouvindo em silêncio, me deixando falar. Não contei tudo. Algumas coisas pertenciam à nossa história e eram particulares, tanto que Red, antes tão ansioso para saber, não quis mais ouvir.

— Meu tio se arriscou muito lhe contando tudo isso — disse Simon pensativo. — Se arriscou mesmo. Quando isso se tornar público, ele perderá todo o poder que já teve e será afastado da família e de seus aliados. Não consigo imaginar o que será dele. Fico preocupado com Elaine, que agora fica em situação vulnerável. Ele não tem filhos homens. Muitos ficarão loucos para tomar o seu lugar em Northwoods.

"Elaine era muito amiga de Red", pensei. Talvez agora ela conseguisse o que tanto queria, escolher o que seu coração desejava, e não o que seu pai havia lhe imposto. Simon era um bom rapaz e eu desejava que os dois fossem felizes juntos.

— Richard pensou que eu morreria — eu disse. — Acreditava que jamais teria como contar tudo isso a alguém. Estava certo de sua vitória e não resistiu à tentação de falar de tudo que fizera. Se Red... se seu irmão não tivesse voltado em tempo, teria conseguido o que queria.

— Meu irmão fez o impossível para chegar a tempo — ele disse em tom irônico. — Nunca vi um homem cavalgar daquele jeito, como se estivesse sendo atacado por demônios. Não o velho Hugh, tão calmo, tão firme, tão previsível. Você realmente o modificou.

Havia agora um cheiro de sal no ar, e eu ouvi uma gaivota ao longe. Padriac esboçou um sorriso. Estávamos indo para casa. Ele ainda era muito jovem. De todos nós, parecia ser o que menos se feriu. Poderia retomar sua vida agora e ser muito feliz. Mas quanto ao resto de nós, eu não tinha tanta certeza. Liam ainda precisaria enfrentar muita coisa em Sevenwaters; negociar com nosso pai e com a esposa dele, e juntar os cacos do que já havia sido uma família. Diarmid parecia consumido pelo amargor e Cormack era uma bomba prestes a explodir. Quanto a Conor, o sábio e misterioso Conor, tinha me mostrado que também pode ficar cego diante de suas próprias convicções. Não tinha visto Red como ele realmente era. E Finbar parecia estar em um sonho. Mal percebia o que se passava ao seu redor. Viveria agora isolado do mundo. Acreditei que os tinha trazido de volta, mas cada um deles havia perdido uma parte de si durante aqueles três anos.

Estávamos bem adiantados no caminho, já chegando no terreno íngreme entre as árvores altas. Nossos cavalos se separavam um pouco, por conta da dificuldade do terreno.

— Você vai para casa agora — Simon disse. — Mas ainda está com a aliança de meu irmão.

O comentário me pegou de surpresa e eu não soube o que dizer.

— Por que não me esperou, Sorcha?

Olhei para ele e respondi com calma:

— Não tinha como. Eu lhe disse isso. Não queria deixá-lo, mas meus irmãos me fizeram ir. Eu era apenas uma criança na época.

— Lembro-me de uma história que você me contou, sobre uma taça mágica na qual somente os puros de coração podiam beber. O homem da história esperou e esperou até ficar velho. Sua paciência foi recompensada no final. Eu esperei muito mais. Desapareci durante um bom tempo, Sorcha. Muito além do que os mortais imaginam. Nove vezes nove anos, naquele lugar que você mencionava em suas histórias. Mais tempo do que meu irmão jamais imaginou.

Continuei olhando para ele enquanto subíamos o morro e nossos cavalos se aproximavam da clareira, no caminho para a floresta. Seus cascos faziam barulho sobre as folhas no chão. Era difícil acreditar no que estava me dizendo, mas como contadora de histórias eu sabia que era verdade.

— Na história, a moça o espera — disse Simon, fixando os olhos azuis em mim com uma intensidade assustadora. — Esperou até os dois ficarem velhos. Anos e anos. Para você foram apenas três. *Por que se casou com meu irmão? Por que não me esperou?*

— Eu... eu... como eu podia imaginar? — respondi chocada. — Não tinha como saber. Nunca imaginei...

Ele ficou em silêncio.

— Você foi ferido, queimado. Como...?

— Há seres que conseguem apagar cicatrizes, deixando a pele lisa como se elas jamais tivessem existido. E há também os que conseguem envolver um homem em sonhos tão doces que ele se esquece de seu mundo para sempre. E quando não tem mais uso para eles, é jogado de volta à sua realidade para ser destruído pelos desejos de tudo o que deixou para trás. Eles me mantiveram lá por um bom tempo. Não tenho cicatrizes, não externamente. Os ferimentos que seu povo me causou pertencem a outra vida, há muito, muito tempo atrás. Mas não perdi a sanidade mental, Sorcha. Mantive a mente clara e meus objetivos durante todos aqueles anos. Pensava, o tempo todo, em voltar e encontrá-la novamente. Rezava apenas para que o tempo fosse mais brando e passasse mais devagar neste mundo. Quando me libertaram, finalmente, eu tinha poucas lembranças de minha antiga vida. Eram como fantasmas, nebulosos e fugazes. Mas uma continuava bem nítida — ele pegou um cordão que tinha pendurado no pescoço e me entregou um pequeno saquinho de couro macio que estava preso a ele. — Abra, veja.

Soltei a amarra e coloquei os dedos dentro. Era algo fino e macio, como um pedaço de seda. A pequena égua seguia sozinha, sem necessidade de eu segurá-la pelas rédeas.

À minha frente, seguiam Cormack e Conor, e atrás de mim, Padriac conversava animadamente com Ben sobre os princípios do voo, dizendo que deveriam inventar uma máquina que pudesse carregar o homem pelos céus. Finbar estava atrás dele, em silêncio. Não via Red, Liam ou Diarmid. Tirei o objeto de dentro do saquinho. Era uma mecha de meus cabelos; a que ele havia cortado há tanto tempo com sua faca. "Não me deixe." Que brincadeira cruel era aquela que eles estavam fazendo com todos nós? Que caminho era aquele que seguíamos com os olhos vendados, manipulados como marionetes? Não tínhamos livre-arbítrio? Não tínhamos escolha?

— Então os Seres da Floresta o tiraram — respirei — o tiraram da floresta...

— Você sabe como eles são — ele disse. — Como conseguem seduzir, atrair e fascinar. Como sabem intimidar, enganar e aterrorizar. Mas para poupar este talismã, eu teria feito qualquer coisa. Teria me deixado enlouquecer e torturar quantas vezes eles quisessem. Teria me esquecido de qualquer coisa, mas não deixaria que o tirassem de mim. Eles tentaram muito, mas no fim desistiram e me soltaram. Você devia ter me esperado, Sorcha. Podia ter esperado um pouco mais.

O que eu podia dizer? Ele pegou a mecha de cabelo de minhas mãos trêmulas, colocou-o de volta no saquinho, amarrou-o e pendurou novamente o cordão no pescoço, colocando o talismã sobre o coração.

— Contei-lhe uma história. Lembra-se dela?

Fiz que sim com a cabeça. Eu me lembrava. A história dos dois irmãos.

— Você disse que eu poderia terminá-la do jeito que quisesse. Um caminho ou outro. Acreditei em você, mas vi que estava errada. Esperei e esperei para encontrá-la novamente. Mas você se casou com meu irmão. Até isso foi tirado de mim.

Eu não tinha o que dizer. Balbuciei:

— Mas eu não sabia. Como podia saber?... Você se lembra de tudo? Então por que...

— Quem acreditaria na verdade? — ele perguntou, e seus olhos agora estavam desolados e solitários como os do irmão. — É mais fácil assim. Quem acreditaria em mim além de você?

Ficamos em silêncio. Agora eu conseguia ver Red à frente do grupo, e atrás dele, quatro de meus irmãos, Liam e Diarmid, Cormack e Conor; seus cavalos seguindo o caminho pela trilha, que agora era mais estreita e íngreme. Cavalgamos mais um pouco até chegar ao lugar em que as árvores se abriam e podia-se ver o mar. Do outro lado, a oeste, estava nossa casa. E a floresta. Minha floresta.

— Costumávamos vir a este lugar — disse Simon. — As focas vêm aqui de vez em quando.

— Eu sei — respondi.

Simon me olhou espantado.

— Ele a trouxe aqui?

— Eu vi a enseada — disse, e fiquei pensando. *Não posso voltar lá. Não me faça dizer adeus naquele lugar. Posso ser forte, mas não a esse ponto.*

— Ninguém mais sabia — disse ele, com ar entristecido. — Nunca falamos a outras pessoas sobre este lugar, nem à Elaine.

Eu não respondi. Os outros haviam se adiantado e esperavam por nós. E atrás vinham Ben e Padriac, galopando. O rosto de Padriac se iluminou com a visão daquele mar imenso que me impressionou na primeira vez que o vi. Finbar veio andando atrás de todos, os olhos neutros, sem expressão.

— Temos um barco na próxima enseada, ao norte — disse Red. — Nossos homens já estão esperando. Será um dia bom para velejar, com vento leve.

— Cuidem do estômago de sua irmã — disse Ben. — Ela não se dá bem em viagens marítimas.

Cavalgamos mais um pouco e chegamos à enseada. O barqueiro de aparência austera, que eu já conhecia, nos aguardava perto da pequena embarcação. Padriac, que até então só havia navegado nas águas calmas do rio, se prontificou a ajudá-lo e começou a ajeitar as cordas e os remos. Os cavalos ficaram pastando no alto do monte, bem disciplinados ou talvez cansados demais para sair andando. Red se afastou de nós e foi para as rochas, olhando o mar.

Despedi-me de Ben enquanto Liam levava minha pequena sacola para o barco e os outros esticavam as pernas e os braços doloridos olhando para o oeste, além das ondas, ansiosos para ver a terra que os esperava do outro lado.

Ele me abraçou e disse:

— Não se esqueça de nós.

Respondi que não havia como me esquecer de cabelos tão belos e que contaria todas as piadas que tinha ouvido dele a meus irmãos. Ele se virou e de repente começou a se ocupar das cordas, fingindo estar tentando desembaraçá-las.

— Adeus, Simon — eu disse.

Ele havia colocado o saquinho para o lado de dentro da camisa novamente, para que ninguém o visse. Ficamos os dois pensando em como tudo poderia ter sido diferente. Quando me virei ele perguntou:

— Como ele consegue fazer isso? Se você fosse minha, eu lutaria com todas as forças para mantê-la ao meu lado. Preferiria morrer a deixá-la partir.

Liam me chamou.

— Venha logo, Sorcha! Estamos quase prontos.

Chegou então o momento. Red estava sentado sobre uma rocha, olhando para o horizonte distante. As gaivotas voavam ao longe. Esta era outra praia, mas as lembranças daquele dia estavam presentes. Quando dei por mim, estava em pé bem à sua frente e nos olhamos. Parecia não existir mais nada além de nós dois naquele instante. Não consegui encontrar palavras para dizer. Os Seres da Floresta me avisaram que meu caminho seria difícil, mas nada se comparava àquele momento. Red também estava em silêncio. Era mais fácil nos comunicarmos na época em que eu não podia falar. Olhando para ele, pude ver como seu rosto seria com o passar dos anos, cheio de linhas e marcas, banhado muitas e muitas vezes pelas lágrimas, caso ele se permitisse chorar. Seus olhos agora estavam vazios.

— Venha, Sorcha! — gritou Diarmid.

Não posso ir. Preciso ir. Pisquei, segurando as lágrimas, sem conseguir me mover.

— Quase me esqueci — disse Red. Sua voz estava estranha, como que longe. Enfiou a mão no bolso. — Tenho algo para você.

Colocou-a em minha mão. Era uma maçã redonda, brilhante e perfeita, verde como grama nova e com leves pinceladas de um tom rosado. Seus olhos agora mostravam o que havia de mais oculto em seu ser, algo que só os mais corajosos ou tolos se arriscariam a tentar desvendar.

Ele sempre me entendeu melhor sem palavras. Então coloquei a mão sobre meu coração por um instante e depois sobre o dele. *Meu coração. Seu coração.*

— Venha, Sorcha. Não temos o dia todo! — gritou Padriac.

Virei-me um segundo antes de as lágrimas começarem a escorrer em meu rosto e corri para o barco. Todos o empurraram e as águas começaram a nos levar para o oeste, para a casa em Sevenwaters. Sentei-me com a maçã nas mãos e os olhos fixos na praia, onde ele continuou parado, como uma estátua de pedra. As lágrimas embaçavam minha visão, mas eu fiquei olhando para trás até conseguir ver apenas o brilho de seus cabelos se sobressaindo entre os tons de cinza, verde e branco da praia.

Tudo que restou para ele foram as lembranças de cada momento em que ela lhe pertenceu. Era tudo que ele tinha, e sem ela se sentiria sozinho.

Mas Red me esqueceria. Agora que eu estava partindo, ele logo começaria a se esquecer. Quanto a mim, meu coração estava partido em dois e nem o melhor curandeiro do mundo conseguiria curá-lo.

Capítulo 15

Navegamos o dia todo, até o anoitecer. Quando finalmente avistamos nossas terras, já havia escurecido.

Durante a viagem, tinha ficado claro que Liam seria o líder dali por diante. Foi ele quem deu instruções precisas ao barqueiro para que atracasse em um ponto aparentemente deserto da costa, onde havia somente vegetação e pedras. Cormack me carregou para fora do barco e Conor pegou minha sacola. Lá estávamos então novamente, os sete na terra de Erin. O pequeno barco desapareceu na escuridão.

Meus irmãos não se sentiram mal durante a viagem. Para eles foi quase uma diversão. Já eu, entre espasmos e vômitos, pude ver o entusiasmo no rosto de Padriac quando o barqueiro o deixou comandar o timão e remar. Não que meus irmãos não soubessem velejar. Uma família de homens não viveria tão perto de um lago sem desenvolver algumas habilidades na arte de viajar pela água. Mas aquilo foi diferente. Pude ver no rosto de Padriac uma visão de mares mais distantes, o despertar do desejo de aventura e de conhecer as terras misteriosas que não se encontravam nos mapas. Vi em seus olhos o mesmo que tinha visto anos atrás, quando ele soltou aquela coruja no ar e ela bateu asas e se lançou no céu infinito. Ouvi então a voz interior de Finbar. "Logo ele irá voar também." Ele estava sentado em silêncio, o manto deixando ver algumas plumas brancas. "Aproveite esses instantes e fique feliz com a alegria de Padriac. Pois esta nossa volta ao lar não será tão feliz assim."

Havíamos recebido muitas provisões em Harrowfield para trazer conosco. Quando chegamos a um local de mata mais fechada, meus irmãos montaram um acampamento com a eficiência e a agilidade de sempre. Um pequeno lampião foi aceso, mas posicionado de maneira a não iluminar mais do que o pequeno espaço em que nos reunimos.

— Sem fogo — determinou Liam. — Não esta noite. E nem cavalos. Sei que se conseguíssemos alguns, chegaríamos bem mais rápido. Estou ansioso para chegar. Mas será melhor se não fizermos alarde e formos a pé.

— Sorcha vai ficar cansada — interviu Conor, fazendo-me comer um pedaço de pão e um pouco de coalhada. — É um caminho longo, quatro ou cinco dias. Demais até para nós.

Liam franziu a testa.

— Aqueles bretões vão pagar pelo que fizeram com nossa irmã. Mas isso pode esperar. Não temos pressa.

— Mal posso esperar para agarrar o pescoço daquela bruxa — disse Diarmid, abrindo e fechando as mãos. — Por que não chegar montados e fazer justiça logo? Vou contar nossa história a todos e fazer Lady Oonagh pagar por suas maldades em público.

— Você é muito apressado — disse Cormack, mastigando um pedaço de pão. — Ainda não sabemos o que está acontecendo em Sevenwaters. Liam está certo. Não podemos chegar com espadas na mão. Isso sempre resulta em massacre, e não necessariamente o de nossos inimigos.

Conor olhou para seu gêmeo, pensativo: — Parece que você aprendeu alguma coisa nesse tempo todo — disse com um sorriso.

Cormack jogou farelo de pão nele.

— O elemento surpresa pode nos ajudar. Melhor chegarmos sem Lady Oonagh saber — Padriac concordou.

Ficamos em silêncio por alguns instantes. As lembranças doíam e o medo ainda estava presente em nós.

— Ainda assim — insistiu Diarmid — é muito tempo para esperar.

"Por mais que pareça, não é. É o tempo que precisamos para andar pela floresta e chegar em casa. É o tempo que precisamos para voltar a ser nós mesmos." Era a voz de Finbar, em minha mente.

— Liam está certo — eu disse. — Depois de uma jornada tão longa, precisamos chegar em casa da maneira certa. Eu consigo andar bem. Sou forte para isso.

— Bem — murmurou Conor, olhando-me de cima a baixo. — Só se você prometer fazer cinco boas refeições por dia até chegarmos lá. Mas ela tem razão, Diarmid. É a única maneira.

Seguimos então a pé, em um ritmo que eu podia acompanhar. Era um caminho diferente do que eu fizera quando deixei a floresta pelas águas do lago, que acabaram me jogando nas mãos de um bretão. Este caminho era por terra, no solo rochoso entre as árvores, acampando em locais escondidos de mata fechada à noite e reiniciando a caminhada logo ao amanhecer. Evitávamos as estradas e trilhas, avançando lentamente como sombras silenciosas, tendo como testemunha de nossa passagem apenas as árvores e as pedras. No terceiro dia, chegamos à beira da floresta.

Fizemos uma parada no topo de um barranco. O sol surgiu entre as nuvens e um falcão solitário balançava as asas ao vento, apreciando a vista dourada, cinzenta e verde do outono que se estendia até onde a vista alcançava.

— Estamos em casa — disse Conor.

Respirei fundo e meu espírito se aquietou. Começamos a descer por entre as pedras cobertas de musgo e sob as árvores. Seguimos as trilhas que conhecíamos muito bem, sem necessidade de guia ou mapa, mas que nenhum forasteiro conseguiria seguir sem se perder. As folhas das árvores tremiam com o vento de outono e vozes me seguiam. "*Sorcha, oh, Sorcha. Você voltou. Está em casa, finalmente.*" O ventou aumentou e as folhas começaram a cair sobre nós como uma chuva vermelha e dourada. "*Irmãzinha, por que a tristeza? Você está em casa.*" Dava quase para ver os seres que falavam comigo, pairando acima de nós, ao vento. Eram visíveis nos cantos dos olhos, mas quando se olhava diretamente para eles, desapareciam.

— Não parece haver sentinelas por aqui — disse Liam, franzindo a testa. — Isso não é bom.

À medida que nos aproximávamos de Sevenwaters, os rostos de meus irmãos ficavam mais sérios e vigilantes.

Nas três primeiras noites que passamos na floresta, meus irmãos fizeram questão que eu tivesse uma cama o mais confortável possível e que estivesse bem alimentada. Seguíamos lentamente, pois eu não era a única enfraquecida pela fome e pela falta de sono, e a jornada não era fácil. Acendíamos pequenas fogueiras e fazíamos chá com as ervas que encontrávamos no caminho, aquecendo o corpo e o espírito. A floresta era bem segura e meus irmãos dormiam bem à noite. Todos, menos Finbar. Não havia descanso para ele. Durante o dia, caminhava como se estivesse em sonho. À noite, sentava-se com as pernas cruzadas e ficava observando o horizonte, mas não parecia ver a paisagem à sua frente. Não comia nem falava. Era como se não estivesse ali; o corpo parecia uma casca vazia, pois o espírito parecia habitar um mundo que não conhecíamos e que não tínhamos como penetrar. Quanto a mim, passava as noites deitada com os olhos abertos, esperando o sono chegar. Mas não deveria estar feliz? Não tinha retornado ao lugar onde pertencia, o lugar em que meu espírito se sentia em casa, com meus irmãos ao meu redor, prontos para recomeçar suas vidas? Não tinha completado minha tarefa e salvo todos eles, apesar de tanta adversidade? Mas meu coração estava triste e vazio, minha mente só via um futuro de solidão, de incerteza e de sonhos não realizados.

Quanto mais eu me afastava da costa, mais eu percebia do que havia desistido. Dizia a mim mesma: "não seja tola. Não seja egoísta". O que eu esperava, afinal? Que Red me implorasse para ficar? Mesmo que ele fizesse isso, o que seria muito improvável, eu teria de recusar. Para que continuar lá, causando problemas, sendo um peso, alvo de ódio e de desprezo de todos? Não podia fazer isso com ele. O que eu queria não importava. Se ficasse, acabaria por destruí-lo. Então, por que me sentia assim? O que havia de errado comigo? Quem visse pensaria... *Quem visse pensaria que você não tinha mais medo dos homens.* Esta era a voz do bom-senso, caindo sobre mim como um balde d'água. "Ainda tenho. Ainda sinto medo", dizia a mim mesma, pois ainda me lembrava de como aqueles homens haviam me ferido e me humilhado. E de suas palavras horrendas. Lembrava-me de cada detalhe, e meu estômago se revirava cada vez que pensava naquilo. Jamais me esqueceria. Mas por outro lado (sim, havia outro lado) eu daria quase tudo para viver novamente aquele momento em que os braços de Red me envolveram como um escudo, protegendo-me de tudo, seus lábios se encostaram em meus cabelos e seu coração batia junto a meu rosto. Naquele momento, ele não queria me soltar. "Está tudo bem. Está tudo bem, Jenny." Mas não estava tudo bem. Eu continuava deitada no escuro sob as árvores, amaldiçoando silenciosamente os Seres da Floresta pela maneira como nos usavam e descartavam sem se importar com as consequências.

No sétimo dia, nos aproximamos da fortaleza de Sevenwaters. As águas do lago brilhavam entre os galhos ralos dos salgueiros e os patos nadavam na parte rasa. Estava tudo muito silencioso.

— Não há movimento de guardas — disse Liam. — Sem postos avançados. Qualquer um pode entrar aqui sem problemas. O que ele tem na cabeça?

Quando deixamos a segurança das árvores e fomos nos aproximando do muro, meu coração quase parou.

Do outro lado da fortaleza e das edículas, onde o morro era coberto de vidoeiros, de nobres freixos e carvalhos, havia uma grande ferida aberta na paisagem. As gigantescas árvores haviam sido derrubadas e queimadas. Não havia sequer uma chama de vida, nem mesmo um galho verde para amenizar o estrago. Conor começou a entoar um canto suave, cujas palavras eu não conseguia entender, mas a melodia doía o coração.

— Destruição — disse Liam. — Um ato de pura maldade. Nem sequer usaram a madeira. Queimaram tudo ali mesmo.

Fomos andando pelo vilarejo, onde a trilha agora era irregular e lamacenta. As pessoas ali pareciam tristes e cansadas. Mas aquele era o nosso povo, gente que conhecia muito bem a sutil fronteira entre este mundo e o outro. Cada um ali tinha um primo que havia desaparecido perto das árvores, sabia da história de uma criança encontrada no mato ou havia falado com alguém que tinha se perdido em uma simples caverna ou ficado preso sob um pé de cogumelos. Ninguém fez perguntas ou olhou com desconfiança para nós. Vieram todos com alegria no rosto e braços abertos nos receber. Quando viam Finbar, ficavam em silêncio, mas era um silêncio de profundo respeito.

— Senhor Liam! Senhor Conor! Vocês voltaram!

Niall, responsável pelo moinho, veio abraçar Liam, e Paddy, criador de porcos, aproximou-se com um sorriso de orelha a orelha, pegando a mão de todos, e disse:

— Vocês voltaram, finalmente! Eu não disse que eles iam voltar, Mary, não disse?

E mais adiante, a neta do velho Tom veio me pegar pelo braço e me levou para dentro da casa para ouvir o chiado no peito dele. Prometi que faria uma infusão de bálsamo e pimenta para melhorar sua respiração.

— Acenda o fogo — eu disse. — Está gelado aqui. Você precisa acender o fogo.

Mas não havia madeira seca ou homens para cortar ou armazenar as toras. Naquele ano, a colheita não tinha sido boa. As pragas haviam se espalhado com as fortes chuvas de outono. Não havia muito que estocar para a estação fria. As ovelhas também haviam sido atacadas por enfermidades e os rebanhos agora estavam escassos.

— Mas, e nosso pai? — perguntou Conor, as sobrancelhas negras franzidas. — Não providenciou estoques para o povo nos meses de inverno? Ninguém supervisionou a colheita ou adquiriu mercadoria de fora para prover os produtores que estão com mais dificuldades?

Eles levantaram os ombros, resignados.

— Como assim? — perguntou Liam, em um tom austero como o de nosso pai.

— Lorde Colum não... não é mais como antes desde que vocês se foram — arriscou Niall. — As coisas mudaram para todos nós.

— Mudaram em que sentido? — quis saber Cormack.

Mas ninguém queria responder.

Então, após prometer ajudar e conseguir suprimentos para os que precisavam, deixamos o vilarejo e seguimos para casa. Quando já estávamos nos aproximando, alguém nos barrou.

— Quem se aproxima? Identifique-se e diga a que vem!

Não conseguíamos ver o rosto dele a distância, mas a voz era conhecida.

— Fique tranquilo. Sou Liam de Sevenwaters, voltando para casa com meus irmãos e minha irmã.

— Voltando para reclamar o que é nosso — completou Diarmid, parecendo irritado.

O homem se aproximou com a espada apontada em nossa direção. Usava calças, um colete de couro e uma bela túnica por cima com o símbolo de Sevenwaters. Ficou boquiaberto e deixou cair a espada.

— Liam! — disse ele, e um grande sorriso se abriu em seu rosto envelhecido.

— Donal! — era o velho mestre de armas que havia sido expulso por nosso pai por ordem de sua nova esposa. — Pensei que você tivesse partido! E que este lugar estivesse desprotegido. Pelo menos alguém teve bom-senso.

— Meu rapaz! — disse Donal, abraçando Liam e balançando a cabeça, sem acreditar. — Por tudo o que é sagrado, não imagina como é bom vê-lo. Venham, venham. Vou levá-los até a casa.

Mas quando nos aproximamos do pátio, ele perdeu a pressa. Paramos no lugar em que meu pai o havia dispensado e Conor contou a ele o que acontecera conosco e onde tínhamos estado.

— Entendo... — o velho guerreiro parecia pensativo. — Há muitos boatos por aí, e o povo parecia saber que ela estava envolvida no desaparecimento de vocês. Bastava olhar para ela para saber que não tinha boas intenções. Alguns diziam que vocês nunca voltariam, mas eu tinha certeza de que não seriam vencidos com tanta facilidade. Era só uma questão de tempo.

Ele olhou para Finbar e balançou levemente a cabeça.

— Mas vejo que seu irmão sofreu algumas mudanças.

Ninguém quis comentar, e Finbar provavelmente nem ouviu. Sua expressão não se modificou. Donal balançou a cabeça novamente.

— As coisas estão diferentes por aqui — ele avisou. — Muito diferentes. Fiquei chocado ao ver. Voltei não faz muito tempo, acreditando que o passado podia ser esquecido e que ainda haveria um lugar aqui para mim. Estou velho demais para oferecer minha espada a outros lordes. Três anos foram mais que suficientes. Por volta do solstício de verão, comecei a ouvir histórias de que Colum estava tendo sérios problemas. Decidi voltar e acabei ficando. Alguém tem de montar guarda.

— Problemas? Que tipo de problemas? — perguntou Liam.

— Diziam que já não tinha mais poder de comando. Os homens começaram a deserdar aos montes, postos ficavam descobertos e ele já não participava mais das reuniões do conselho. Deixou de fazer a seleção dos animais e os abandonou, passando fome no último inverno. Árvores foram derrubadas sem necessidade. Diziam que não se importava mais com as coisas. Ela o dominou de tal maneira que ele não tinha como se libertar.

Diarmid andava de um lado para outro, testa franzida, os dedos tamborilando no punho da espada.

— Onde está ela? — perguntou impaciente.

Donal fez uma pausa.

— Foi embora — respondeu.

— O quê!? — o ar pareceu tremer com o grito de Diarmid. — Foi embora? Como assim?

— Fez as malas e partiu às pressas, há uns sete ou oito dias, antes do amanhecer. Parecia assustada. Pegou o filho, seus homens e desapareceu. Para mim, foi um alívio, se querem saber.

— Levou nosso irmão? — perguntou Conor preocupado. — Então Ciarán também se foi?

— Foi a gota d'água para seu pai — disse Donal em tom sério. — Está muito abalado.

— Mas e agora que ela não está mais aqui? — perguntou Conor, com a testa franzida.

— Colum sempre foi um homem forte — respondeu Donal. — Mas perder vocês acabou com ele. Alguns dos empregados da casa que ficaram me contaram o que aconteceu. Ele se culpou por seu desaparecimento, e não sem razão. Com o tempo, a culpa começou a corroê-lo por dentro. Teria ido atrás de vocês ou feito alguma coisa, mas não conseguia se libertar dela. Perdeu as forças. Todos os seus esforços para encontrá-los foram inúteis. E agora que vocês chegaram, não sei dizer se ele irá recebê-los com alegria; se ainda tem lucidez suficiente para saber o que está acontecendo.

— Você diz que ele tentou nos encontrar — eu quis saber. — Disseram... me disseram que alguém se ofereceu para me trazer de volta a salvo em troca de ouro ou terras. E que ele recusou.

— O quê!? — Diarmid gritou novamente, ultrajado.

Cormack xingou.

— Pergunte a ele você mesma — respondeu Donal. — Eu diria que é impossível. Não havia algo que ele desejasse mais do que o retorno de vocês. Teria dado qualquer coisa para tê-la de volta. Quem lhe disse devia estar mentindo.

— Veremos — disse Liam em tom frio.

Se eu estivesse contando essa história em vez de vivenciá-la, daria a ela um final diferente. Os filhos chegariam em casa e o pai os receberia de braços abertos, com imensa alegria. A madrasta malvada seria punida por todo mal que causou e expulsa daquelas terras. O pai e seus filhos fariam tudo voltar a ser como era antes e todos viveriam felizes para sempre. Em histórias assim tudo sempre se encaixa perfeitamente no final. As filhas não entregam seu coração ao inimigo. A bruxa não desaparece levando consigo a satisfação da vingança. Os jovens não ficam perdidos entre dois mundos. E os pais conhecem os filhos.

Mas essa era minha história. E, surpreendentemente, fui a primeira a ver meu pai, pois, enquanto meus irmãos entravam pela porta principal com Donal, eu fui pela lateral, direto para meu velho e querido jardim que Oonagh havia destruído. Estava arrasada, mas logo descobri que podia haver tristeza maior do que a minha.

O jardim estava do mesmo jeito que o deixei, uma mistura desordenada de pedras e terra revirada, mas a natureza havia sido bondosa. O musgo havia coberto as pedras e o muro. E as trepadeiras haviam crescido entre os restos de uma grade. Na primavera, ficariam cobertas de florezinhas brancas. E corajosos pés de lavanda surgiam entre o mato, com sua coloração azul-acinzentada. Senti no ar também um leve cheiro de tomilho.

A porta da sala de ervas estava entreaberta. O velho banco havia sido quase totalmente coberto pela folhagem e pela camomila. E ali estava meu pai, sentado, embrulhado em um manto escuro, olhando para frente, sem expressão no rosto. Suas feições, antes fortes e vigorosas, pareciam apagadas como um quadro antigo. E não havia o menor sinal dos dois cães que antes o acompanhavam como sombras.

Fui andando pelo pequeno caminho de pedras, agora todo quebrado. Ele virou a cabeça lentamente em minha direção e seus olhos se assombraram. Fui me aproximando.

— Niamh? — ele perguntou, sem acreditar.

— Não, pai — respondi, engolindo em seco. — Sou eu, Sorcha, sua filha. Voltei para casa. Voltamos todos, sãos e salvos.

Sentei-me ao seu lado e ficamos em silêncio. Peguei sua mão e a segurei entre as minhas. Estava trêmula. Eu não sabia o que dizer. Quando parti, era apenas uma criança, e ele, uma figura austera e distante, que nunca cheguei a conhecer direito. E agora parecia que eu era a mãe e ele a criança.

— Pai? — perguntei. — O senhor se lembra de mim?

Ele levou um bom tempo para responder.

— Minha filha era uma menininha — disse, afinal.

— É que... já faz um bom tempo.

— Perdi todos, sabia? Todos eles. Até a menininha.

O jardim estava silencioso ao nosso redor.

— Pai, é melhor entrarmos. Meus irmãos estão aqui, todos eles. Está tudo bem agora.

Mas eu sabia que não era verdade. Ele suspirou.

— Acho que não. Ainda não. Vou ficar mais um pouco aqui. Pode entrar.

E ficou em silêncio novamente, os olhos distantes. Levantei-me e caminhei até a porta. Minhas saias foram passando pela trilha de camomila e de tomilho, soltando um cheiro doce no ar da manhã. Quando cheguei perto da porta, ele murmurou:

— Perdão, Niahm. Pedoe-me.

Mas quando me virei, não estava olhando para mim. Seus olhos pareciam ver a parede de pedra, mas senti que ele via algo distante, uma lembrança vaga, mas doce e forte como a nota de uma harpa, e também dolorosa como um golpe de espada. Fui para dentro procurar meus irmãos.

Levaria tempo. Foi o que Conor disse quando se deu conta de todas as tarefas que teríamos e das decisões que deviam ser tomadas. Era hora de meu pai recuperar as forças e a consciência do homem que era. Hora de Finbar sair de seu silêncio, apagar o brilho selvagem dos olhos e curar a palidez extrema. Havia muito trabalho a fazer, e aqueles que tinham forças deveriam começar. Por sorte, meu pai não tinha primos ou sobrinhos para tomar posse das terras durante nossa ausência. Mas tinha poderosos vizinhos, que não demorariam a se aproveitar de seu momento de fraqueza. Ouvi Liam discutindo sobre isso com Donal uma noite, enquanto os dois tomavam uma taça de hidromel.

— É um milagre Eamonn ainda não ter atacado — disse Donal.

— Seamus Redbeard ainda é nosso aliado, mesmo tendo casado Eilis com aquele traidor — disse Liam. — Já tenho planos para Eamonn e, no momento certo, agirei.

Eu havia contado a meu irmão sobre a traição de Eamonn e sua aliança com Richard de Northwoods. Liam ouviu até o fim, controlando a raiva. Mas não contara a Diarmid sobre a ligação entre esses homens e Lady Oonagh, pois, segundo Liam, aquela era uma situação que exigia estratégia e atuação precisa e calculada. Na hora certa, ele e Seamus cuidariam disso. Diarmid, com seu gênio explosivo e sua sede de vingança, não deveria saber por enquanto.

— A ideia de uma vingança imediata é tentadora, eu sei — disse ele. — Mas planejo utilizar métodos mais sutis, pois esse homem tem informações que podem ser valiosas para nós e quero obtê-las antes de acabar com ele.

— Seamus tem um neto agora — disse Donal. — Você não teme essa aliança? Quem garante que o velho não irá mudar de lado?

Liam deu um pequeno sorriso, mas seus olhos permaneceram sérios.

— O filho de Eamonn não será criado como inimigo de Sevenwaters.

A notícia de nossa volta se espalhou rápido, como era de se esperar. E também a história do que Lady Oonagh havia feito conosco e a tarefa que eu havia cumprido para livrar meus irmãos do encantamento. Como já comentei, nosso povo sempre aceitou histórias assim com naturalidade, mas esta tomou grandes proporções, juntando-se aos grandes contos sobre feitos heroicos, que eram contados em família durante o jantar nas noites de inverno. Ninguém comentava muito sobre os bretões e como eles ajudaram a me salvar, apenas sobre Lorde Richard e a fogueira. Todos adoram um bom vilão.

Liam assumiu o lugar de meu pai, como sempre soube que teria de fazer um dia. Havia sobrado poucos empregados na casa quando retornamos. Donal e uma meia dúzia de homens de meu pai, alguns leais demais para abandoná-lo naquela situação, outros fortes ou teimosos demais para deixar que Lady Oonagh os dominasse. Fat Janis, agora magra e de olhos profundos, ainda fazia o que podia para alimentar a todos com o pouco que havia na cozinha. E alguns garotos, que dormiam nos estábulos e cuidavam dos animais. Era só. Mas, em pouco tempo, os outros começaram a retornar, soldados e serviçais, que foram aceitos e acolhidos com moradia e trabalho. Mas não sem antes escutar o sermão de Liam por terem deserdado.

Visitantes de diferentes lugares também foram aparecendo e passavam noites conversando com meu irmão. Eu sabia que um dia, em breve, Eamonn de Marshes iria acordar e descobrir que havia uma sutil rede em torno de si, da qual não tinha como escapar. No entanto, não ficava perguntando os detalhes.

Durante o dia, ouvia-se a voz de Donal no pátio e o tão conhecido som do metal se chocando e dos cascos dos cavalos em treinamento. Na cozinha, Janis dava as ordens para que a lenha fosse cortada, o fogo, mantido, e as roupas, lavadas e penduradas no varal para secar. A casa de Sevenwaters começou, aos poucos, a recuperar a antiga rotina.

Pareceu-me natural a repentina vontade que senti de visitar a árvore de minha mãe certa manhã. O vento ainda soprava frio entre as poucas árvores que restavam próximo ao lago. Ninguém planejou a visita. Simplesmente peguei Finbar pela manga da camisa e o puxei para a floresta. E, de repente, vi que os outros tinham feito a mesma coisa. Foram chegando aos pares e, por fim, os sete estavam lá. Não houve ritual ou objetos sagrados. Ficamos em círculo, ao redor da árvore, em profundo silêncio. Uma voz dentro de mim disse: *"você voltou. Está em casa, minha filha, e a ferida está curada. Não nos deixe mais".* Não consegui saber se era a voz de minha mãe ou da floresta.

Observei meus irmãos. O feitiço fora desfeito e eles estavam em casa. Isso era verdade. A desordem na casa e as alianças desfeitas podiam ser reparadas com algum esforço. Porém, havia danos mais profundos que não tinham conserto. Estavam além de qualquer possibilidade de cura.

Pedi silenciosamente aos Seres da Floresta que permitissem a meus irmãos voltarem a ser quem eram, todos eles. E que eu pudesse encontrar alívio para a terrível dor em meu coração, que não parecia ter remédio.

— O inverno já está próximo — disse Conor. — Da escuridão do inverno surge a luz da primavera. Do sono do inverno vem a vida nova que chega com ela. Não podemos perder a esperança, não quando esta verdade da natureza nos é mostrada a cada ano.

Os outros continuaram em silêncio. Cada um tocou o tronco por um instante e depois voltamos para casa.

Nem todos estavam felizes com o fato de poder simplesmente retomar a vida e seguir em frente. O fato de nossa madrasta ter fugido ilesa, levando o filho, era demais para Diarmid. Em sua opinião, ela precisava ser punida, pagar por tudo que fizera. Sem essa vingança a história não estava completa; as peças ainda não se encaixavam. Liam e Conor tentaram falar com ele. O que estava feito estava feito, explicou Conor. Era preciso deixar de lado a raiva e começar a reconstruir o que havia sido destruído. Isso também seria uma válvula de escape para a raiva e a energia acumuladas. Mas Diarmid estava irredutível. Ela tinha de pagar. A bruxa devia ser punida. Por que não ir atrás dela e fazê-la sofrer por seus atos?

Sua raiva crescia e ele a descarregava nos companheiros de treinamento no pátio. Lutava de maneira irascível, sem se preocupar com a própria segurança. Sempre que treinavam com Diarmid, Donal ficava por perto, atento a cada movimento, para garantir que ninguém se machucasse.

Finbar quase não se afastava da casa para evitar que as pessoas se aproximassem tentando tocar as suaves penas de sua grande asa como se fossem algo sagrado. Ele evitava o contato, como se algo da criatura selvagem ainda estivesse vivo dentro dele. Eu temia por meu irmão, mas não sabia como ajudá-lo.

Conor fez um levantamento de nossos poucos suprimentos. Quis saber quantos animais ainda tínhamos e qual a gravidade do estado das casas na fazenda, das edículas e dos celeiros. Visitou toda a região para verificar se os aldeões um pouco mais distantes ainda eram leais a nosso pai, a situação dos rebanhos e das manadas e, a pedido de Liam, reorganizar os postos de guarda. Mas ele parecia distraído e passava muito tempo olhando a floresta pela janela, como se estivesse esperando algo. Ou simplesmente desaparecia, voltando somente à noite e sem dar qualquer explicação. Recebia visitas também; anciãos vestindo mantos e jovens com olhos de homens maduros. Falava com eles em particular, fora da casa, e depois ficava um bom tempo em silêncio, como se seus pensamentos estivessem muito longe de Sevenwaters.

Na mesma época, uma febre intermitente atacou diversos aldeões, que tinham dificuldade para respirar e alternavam entre ondas de frio e calor. Tirei Cormack dos treinos no pátio, onde havia se tornado o braço direito de Donal, e fui buscar Padriac, que cuidava de um cavalo manco no estábulo com dois rapazes, os quais seguiam suas ordens. Pedi uma carroça com bastante lenha e saímos os três, levando também os dois rapazes, percorrendo o vilarejo e deixando em cada casa uma provisão de madeira. Levei também uma sopa que pedi a Janis para preparar com nabo, ervas e um pouco de carne de uma galinha velha e magra que tínhamos.

 Trabalho é o que não me faltava. O velho Tom estava muito doente. Eu sabia que apenas bálsamo e pimenta não curariam sua tosse. O calor do fogo aceso ajudou-o a se sentir um pouco melhor. Mas havia outros que podiam ser salvos se tratados em tempo. Ao chegar em casa, pedi a uma das serviçais que me ajudasse a colher e preparar as ervas que ainda havia ao redor da casa e no jardim. Começamos a encher as prateleiras da sala de ervas novamente. Aquele era meu trabalho, o meu lugar. Eu era a filha da floresta, uma criança criada no âmago desse lugar místico em constante mudança e ainda assim sempre o mesmo.

 Contudo, não conseguia ignorar as imagens que vinham de meu coração. Eu o queria tanto. Queria que estivesse ali, ao meu lado. Sentia falta de seus braços ao meu redor, de ouvir sua voz suave, de ver como lutava para controlar seus sentimentos. "Está tudo bem, Jenny. Está tudo bem." Tentava me concentrar em meu trabalho, mas não conseguia evitar pensar onde ele estava e o que poderia estar fazendo a cada instante. Imaginava-o no salão em Harrowfield, apaziguando as desavenças do povo, ouvindo atentamente e julgando com justiça. Pensava nas manhãs de inverno em que ele e Ben praticavam seus jogos de combate, corpos pressionados um contra o outro, lutando, cabelos dourados contra cabelos acobreados. E as garotas na porta, admirando. E, ao final, os dois batendo no ombro um do outro, rindo. Ben com certeza faria alguma piada. E no dia seguinte, os dois iriam consertar um telhado, construir um muro de pedra ou tirar o excesso de gelo dos barris de água. Os aldeões de Harrowfield não passavam fome nem eram acometidos por febres intermitentes sem tratamento. Eu não tinha me despedido de Margery. Fiquei muito triste por isso. O pequeno Johnny agora devia estar dando os primeiros passinhos, mas eu não estava lá para ver. Precisava aceitar que jamais veria Red novamente, esquecer tudo aquilo e seguir um novo caminho. Mas assim como Diarmid, não estava conseguindo.

Dizem que o tempo cura as dores do coração e que os sentimentos se acalmam com a distância, mas não era o que estava acontecendo comigo. Trabalhava até a exaustão, porém a imagem dele continuava vívida em minha mente. Durante as pouquíssimas horas que conseguia dormir, sonhava com o que perdera. Meus irmãos faziam piada, dizendo que aquilo era paixão de adolescência e que passaria logo. Mesmo depois de tudo que aconteceu, ainda me viam como uma criança e esperavam que eu voltasse a Sevenwaters como se nada tivesse mudado. Jamais imaginaram que eu amaria um bretão e que entregaria meu coração a alguém em cuja casa quase morri. Não perdia meu tempo tentando explicar a eles. Somente Finbar entendia minha ligação com Red.

&

Papai quase não falava. Ficava sentado em meu pequeno jardim, fizesse chuva ou sol. Colocava um pano sobre a cabeça para se proteger da garoa, mas parecia se importar quando ele escorregava sobre seus ombros e caía. Quando o vento frio ficava mais forte, embrulhava-se no manto. Sempre que não estava trabalhando no vilarejo, eu ficava com ele, cavando, plantando sementes e limpando o mato enquanto minha pequena ajudante se ocupava na sala de ervas.

De vez em quando, Finbar vinha para o jardim também. Ficava ali sentado, uma figura esquelética e maltratada, os olhos de quem estava além da compreensão humana. Desde aquela noite em Harrowfield, ele mantinha a mente fechada para mim. Não sabia explicar como, mas sentia que estava falando mentalmente com meu pai.

E talvez papai respondesse da mesma maneira. Lembrava-me do que padre Brien dissera há muito tempo. Como os antigos teriam levado Colum para aprender com eles caso ele estivesse disposto a conhecer seus segredos, transformando-se em um irmão de sua fraternidade mística. Mas Colum tinha visto Niamh, com seus cabelos negros e cacheados, a pela branca como leite e os grandes olhos verdes. Apaixonou-se perdidamente. Só havia um caminho para ele. Então, Conor foi escolhido para tomar seu lugar. Padre Brien também nos falou sobre o amor e sobre nosso povo. O que dizia mesmo? "Vocês ainda não conhecem o amor que atinge como um raio, que prende o coração, tão definitivo quanto a morte; que se torna a estrela guia do resto de suas vidas... é a natureza de sua família, amar assim."

Agora eu sabia, e da pior forma possível, o que era amar assim, como meu pai havia amado minha mãe. Percebi que Finbar estava tentando ajudá-lo a recuperar a sanidade, a conseguir viver neste mundo sem ser destruído pela culpa, pelo arrependimento e pela aflição.

Os dois ficavam ali sentados em silêncio enquanto eu colhia alecrim, lavanda e lutava para aquietar meu coração.

O frio foi ficando cada vez mais intenso. As chuvas pararam e vieram os dias claros e as noites geladas. As últimas folhas dos frenes, dos vidoeiros e dos carvalhos se espalhavam pelo chão, cobrindo suas raízes como mantos protetores. O legado de Lady Oonagh era longo e doloroso. O velho Tom morreu e sua neta ficou doente, com uma tosse terrível e uma febre difícil de ceder. Cuidei das crianças doentes que suavam e choravam de sede, enquanto a neve caía sobre suas casas. Vi homens fortes ficando frágeis como criancinhas, segurando minha mão como se estivessem com medo do escuro. Em uma noite perdemos dez de nossos aldeões. Se não estivessem tão fracos, teriam resistido.

Fui ficando cada vez mais fatigada e irritada. Entendi perfeitamente a decisão de Diarmid quando, certa manhã, ele anunciou que iria procurar a bruxa e trazê-la para que se fizesse justiça, e que se ninguém estava preparado para ir com ele, não havia problema. Alguém precisava ter coragem para fazer a coisa certa, ele declarou. Pegou a espada e o arco, selou o cavalo e partiu sozinho. Logo depois, Cormack, com expressão contrariada, pegou um cavalo e foi atrás dele, dizendo que Diarmid era como uma flecha apontada ao acaso. Podia tanto acertar o alvo certo quanto o errado. Iria com ele para garantir que não haveria estragos ainda maiores.

— Vou trazê-lo em seguraça — disse Cormack, enquanto o cavalo se agitava, ansioso para correr. — Em sua ânsia, nosso irmão se esquece de que há uma criança com ela. Vou ficar com ele até que recupere o bom-senso. Voltaremos na primavera.

Conor pegou a mão de Cormack.

— Faça uma boa viagem, irmão.

— Acredito que a sua viagem é a que será mais longa — respondeu Cormack, com um sorriso maroto.

Seamus Redbeard veio visitar Liam. Os dois passaram dois dias conversando e planejando unir homens e armas para defender as fronteiras. Falaram sobre Eamonn de Marshes, que havia se casado com Eilis. Estavam sérios e decididos. Seamus deixou em Sevenwaters uma pequena tropa de seus homens e a garantia de que iria nos ajudar. Mas, antes de partir, sentou-se com Lorde Colum uma tarde, falando com suavidade, e os olhos de meu pai pareceram reconhecê-lo.

Com a partida de Diarmid e Cormack, o resto de nós pareceu se unir ainda mais. Aquele inverno foi rigoroso. Estava cada vez mais difícil manter o vilarejo abastecido e os postos vigiados. Trabalhávamos todos os dias até a exaustão. À noite, havia pouca cerimônia. Todos se reuniam nas cozinhas; senhores, serviçais e soldados. Janis mantinha o fogo aceso e preparava o que havia disponível, normalmente uma sopa e pão integral. Comíamos juntos e trabalhávamos juntos. O salão da casa ficava quase sempre vazio. Era grande demais para mantermos aquecido com a pouca lenha de que dispúnhamos. Depois da refeição simples alguém contava histórias e Janis nos servia uma caneca de vinho quente, mas sabíamos que seu estoque de vinho e de frutas secas também estava no fim.

Aos poucos, noite após noite, os olhos de meu pai foram perdendo a expressão neutra e vazia e se acendiam com as histórias de batalhas heroicas e de jovens enamorados. Sorriu quando contei a história da guerreira que gostava de homens jovens. E se animou quando Padriac descreveu a saga de Culhan enfrentando os três gigantes, um maior do que o outro. Até Donal, meio sem graça, foi intimado a contar uma história e escolheu a da grande viagem de Maeldun e suas descobertas fantásticas, como uma ilha em que as formigas eram grandes como cavalos, uma macieira que dava frutos o ano todo e uma fonte que esguichava leite fresco. Ele começou a história e cada um foi adicionando um detalhe. Levamos noites para terminá-la. Meu pai se sentava ao lado de Finbar, ouvindo, e de vez em quando se inclinava em sua direção e comentava algo com ele. Finbar respondia com pequenos gestos de cabeça. Até que chegou um dia em que, em vez de ir se sentar quieto no jardim, papai foi atrás de Liam e ficou assistindo aos homens treinarem os cavalos. Passou a tarde ao seu lado, mas não sei sobre o que conversaram. Naquela noite, havia alegria em seus olhos. Aos poucos, começou a conversar e parecia nos reconhecer. Mas as coisas ainda não eram como antes. Papai estava muito envelhecido. O peso do que fizera a si mesmo e a nós era demais para ele. Sua sanidade se mantinha a duras penas. Finbar cuidava dele em silêncio, sentado nos cantos escuros da casa. Parecia estar sempre atento à mente de nosso pai, envolvendo-a em um casulo de proteção para que seu espírito fosse, aos poucos, se recuperando. Pai e filho conseguiram se entender e mais uma ferida parecia estar cicatrizando. Mas era uma vitória sofrida. Finbar estava cada vez mais magro, comia muito pouco e não falava. Ninguém se doa de tal maneira sem sofrer demais.

Papai não falava muito comigo, o que não era novidade. Antes, ele não sabia o que fazer com sua filha pequena, tão parecida com a mãe. E agora eu estava ainda mais parecida, a tal ponto que ele pensou, ao me ver, que estivesse vendo sua amada. Meus irmãos lhe contaram minha história. Ele já sabia que eu me casara com um bretão, a raça que ele mais desprezava na vida. O povo que havia tomado nossas Ilhas, o lugar mais sagrado de nossa nação, para nem fazer uso delas, apenas se orgulhar de seu feito bárbaro.

Eles contaram a ele sobre meu casamento. Mas Liam logo explicou que não era um casamento de verdade. A união podia ser anulada, informou Conor. Com o tempo, eles encontrariam um bom marido para mim. Não havia pressa. Meu pai ouviu tudo em silêncio.

Capítulo 16

O solstício de inverno chegou e, com ele, meu aniversário de dezesseis anos. O frio continuava implacável. Saí cedo para o vilarejo, levando o pão de centeio que Janis fazia e uma infusão de ervas para a neta de Tom, que já estava com a febre sob controle. O gelo grudava na sola de minhas botas. Fui de casa em casa e terminei meu trabalho quando o sol começava a se esconder por trás das bétulas. As corujas piavam na floresta.

Em vez de ir direto para minha casa, subi a trilha entre os troncos das árvores. Minha respiração fazia uma pequena nuvem vaporosa no ar gelado. No topo do pequeno morro, sentei-me sobre uma pedra lisa e fiquei olhando a água do lago por entre os galhos. Havia uma pedra em minha bota. Tirei as luvas e me abaixei para desafivelá-la. Só então olhei direito para minhas mãos e percebi que o inchaço havia desaparecido completamente. Meus dedos estavam finos, e a pele, lisa e macia como antes, quase como se nunca tivessem sido maltratados pelo trabalho com a estrela d'água e o tear. Tinham os arranhões e cortes que eu vivia fazendo na cozinha e no jardim, mas isso nem se comparava ao que era antes. Talvez fosse trabalho mágico da floresta, pois em todos aqueles anos trabalhando como curandeira jamais vira ferimentos cicatrizarem tão rápido.

Sem pensar, tirei o cordão do pescoço e o cortei com a pequena faca que tinha em minha sacola de pomadas e ervas. O pequeno anel de carvalho ficou sobre a palma de minha mão, ainda quente do contato com meu corpo. Coloquei-o devagar no dedo anular da mão esquerda. Encaixou-se perfeitamente, como se tivesse sido feito para ele. E na verdade, foi. Emocionada, comecei a chorar e não conseguia mais parar. Mas não havia ao meu lado alguém para me dar um lenço, alguém sentado próximo, mas não demais, para me deixar chorar à vontade, porém pronto a me ajudar assim que eu pedisse. Cobri o rosto com as mãos, sentindo que não aguentaria aquele sofrimento por muito mais tempo. Tinha apenas dezesseis anos. Será que passaria o resto de meus dias assim, meio acordada, meio sonhando, jamais tendo uma vida normal? *O que fizera para ser castigada daquele jeito?*

— Nada — respondeu uma voz ao meu lado.

Olhei por entre os dedos encharcados de lágrimas. Ela estava em pé, me olhando, séria. Seu manto azul escuro se destacava da cor das árvores, agora pálidas com o inverno.

— Foi um bom trabalho, filha da floresta. Sua missão conosco está quase terminada. Você tem demonstrado bastante força, ou pelo menos vem tentando.

Enxuguei os olhos. Finalmente ela viera falar comigo.

— Quase... quase terminada? — gaguejei. — Pensei que tivesse acabado. Meus irmãos voltaram. Completei a tarefa. O que mais há para ser feito?

A Dama da Floresta sorriu.

— Você fez o que eu lhe pedi e se mostrou muito corajosa, Sorcha. Há só mais uma coisa a fazer. Mas você vai saber quando chegar a hora.

Sua figura começou, aos poucos, a desaparecer.

— Espere! — eu gritei, como se ela fosse atender ao pedido de um mortal. — Por favor, espere! Preciso que me diga... preciso que me explique...

— O quê, filha? — ela arqueou as sobrancelhas, achando aquilo divertido.

— Você o magoou. Feriu a nós dois. Disse... disse, na caverna, que eu havia escolhido bem. Ele era somente isso, um protetor que vocês me deram por algum tempo, para que eu completasse a tarefa em segurança? Foi este o único propósito de aproximá-lo de mim? Por que jogar o feitiço sobre ele e fazer nós dois sofrer? Sabia que ele teria de me deixar partir quando a tarefa estivesse concluída.

A Dama franziu a testa, sem entender.

— De que feitiço você está falando, filha?

— Do que vocês jogaram sobre Lorde Hugh, para uni-lo a mim e me proteger, apesar de tudo que ele teria de enfrentar por causa disso. Foi um ato de crueldade. Eu podia me cuidar sozinha. Preferia não ter... — meus dedos ficavam rodando o anel sem parar.

Ela riu. Era um riso alegre e alto, como o barulho de uma cachoeira.

— Ele não precisou de encantamento — ela disse. — Pode acreditar, não houve feitiço. É tão difícil para você aceitar que um homem pode amá-la sem necessidade da magia? Já se olhou no espelho? Nunca parou para pensar em sua força de vontade, sua lealdade ou sua doçura? Ele só precisou conviver alguns instantes com você para perceber tudo isso. E se você não tivesse sido tão forte, talvez não o tivesse deixado. Talvez sua história pudesse ter um final diferente.

— Mas... — perguntei tolamente. — Por que ele nunca me disse? Por quê?

— Ele tentou — ela respondeu, sorrindo e balançando a cabeça, constatando a ingenuidade da raça humana. E desapareceu.

Voltando para casa, fui refletindo e percebi que ele havia mesmo tentado me contar. Eu é que não havia aprendido a ouvir. A mensagem estava ali, clara, na suavidade de seus gestos, de suas mãos e na doçura fugaz de seu sorriso. E também em sua raiva, no dia em que eu saí sozinha e Richard me encontrou na floresta. E quando se esquivou de mim, ao tocá-lo na noite em que John morreu. "Não quero sua piedade", ele disse. E também na história que me contou na praia. "Era a mulher de sua vida e ele não queria perdê-la por nada". Mas me deixou partir sem dizer uma palavra sequer.

 Então percebi, com uma força que quase fez parar meu coração, que tinha feito isso porque acreditava que a única coisa que eu desejava era voltar para casa com meus irmãos. Como podia saber que o amava quando eu mesma não sabia? Tentei devolver-lhe a aliança e o magoei. Então, ele cumpriu a promessa e me deixou partir. E eu jamais voltaria. Como podia deixar a floresta? Assim como a sereia, não conseguiria sobreviver longe do lugar a que pertencia. Red sabia disso. Fui andando para casa envolta em pensamentos. Apesar de tudo, apesar de toda a dor, havia uma pequena luz em meu coração. O simples fato de saber que ele me amou de verdade, pelo menos durante algum tempo, me deu forças para suportar melhor o sentimento tão grande dentro de mim.

 Na mesma noite, quando nos reunimos para jantar, usei meu vestido azul. Eu o tinha lavado com todo cuidado e a mancha no corpete e na manga havia praticamente desaparecido, embora o tecido estivesse agora um pouco desbotado. Mas a lavagem intensa o tinha deixado mais macio e confortável. Eu ainda não o tinha usado em casa, pois trazia lembranças de alegria e de dor. Mas naquela noite senti vontade de vesti-lo e de usar o anel com orgulho. Meus irmãos notaram os dois, mas não fizeram comentários, provavelmente percebendo que meus olhos estavam inchados de tanto chorar.

 A sopa de cebola e cevada estava tão boa que o caldeirão logo se esvaziou. Sentamo-nos com as canecas de vinho nas mãos, e o brilho do fogo mostrava nossos rostos cansados. Liam perguntou:

 — Quem irá contar uma história nesta noite fria de inverno?

 Todos ficaram em silêncio. Naquele solstício de inverno não houve ramos de azevinho sobre as portas nem ervas sobre as janelas para dar as boas-vindas aos espíritos. Nem madeira para as fogueiras. Ninguém tinha energia ou vontade de celebrar a passagem da estação.

Mas havia se estabelecido entre nós uma forte amizade e uma sensação de propósito que nos unia cada vez mais. Até meu pai parecia sentir isso, quando se sentava ao lado de Liam e ficava olhando para ele, seu filho mais velho que havia se tornado um líder. E para Conor, com seus olhos distantes, mas os pensamentos voltados para o seu interior. Era mais sábio que homens muito mais velhos. Logo partiria, e meu pai parecia pressentir mais uma perda. E Finbar, sentado atrás da cadeira de papai, que enxergava muito, mas nada dizia. Este era o filho que o havia enfurecido com seu olhar firme, suas palavras sóbrias e sua recusa em participar dos jogos de guerra de Lorde Colum. Mas era este mesmo filho que agora havia curado seu espírito quebrado. E Padriac, sempre seu favorito. Padriac, que já não era mais criança. Flertava com as criadas e ria com o pai, que respondia com seu pequeno sorriso.

Ficamos sentados conversando, relutantes em deixar o conforto da cozinha e ir para os aposentos gelados. O fogo estava baixo e Donal jogou nele mais um precioso pedaço de madeira. Eles haviam cortado e empilhado mais lenha, mas ela ainda demoraria muito para secar e havia muitas lareiras para serem mantidas. Os aldeões receberam sua parte primeiro e ficamos com o que sobrou.

De repente, ouvimos barulho lá fora e ficamos todos em alerta. A porta foi aberta com violência e Liam se levantou rápido, pegando a espada e me puxando para trás dele. Do outro lado, Donal já estava a postos com uma adaga na mão. Conor havia se colocado à frente de papai para protegê-lo. Dois guardas de Liam entraram, trazendo junto o vento frio e um prisioneiro vendado, com as mãos amarradas para trás. Lembrei-me de quando Simon foi arrastado para dentro do salão, na noite do noivado de Liam com Eilis, feroz como um animal. Já este prisioneiro era alto e forte, mas não estava lutando ou se debatendo. Deixou-se conduzir como se sua intenção fosse exatamente ser levado até ali. Tinha os cabelos toscamente cortados, bem curtos, da cor do sol de outono sobre as folhas de faia, como uma chama brilhante na noite de inverno.

Comecei a falar, mas Liam colocou a mão sobre meus lábios. Donal segurou meu braço, impedindo-me de avançar. Fiquei olhando Red, ali parado, diante dos homens de minha família. Os guardas soltaram seus braços e se afastaram. Todos ficamos em silêncio por alguns instantes.

Para os criados, aquilo prometia ser bem mais interessante do que as histórias que contávamos depois do jantar.

— Conheço este homem — começou Liam, tirando a mão de minha boca, mas fazendo um gesto para que eu não falasse. Mostrou o banco, pedindo para eu me sentar e, por alguns instantes, obedeci.
— Pensei que houvesse guardas em todo o perímetro. Como ele entrou sem ser notado?

— É muito estranho, milorde — respondeu um dos homens, que parecia um pouco sem fôlego depois da caminhada. — Parece até que ele conhece melhor o terreno do que nós, pois veio direto até o morro, na direção norte, e depois desceu pela ala dos freixos, quase até a borda, sem que ninguém visse ou escutasse. Não sei como fez isso. E depois, simplesmente veio até onde estávamos e se deixou apanhar. Apesar do tamanho, é silencioso como um gato.

— Deve ser maluco ou algo assim — concordou o outro guarda.

— Conversarei com vocês logo pela manhã — disse Donal, em tom ríspido, fazendo os dois se encolherem. — Não podem deixar alguém passar assim, entenderam? Ninguém entra nessas terras desse jeito.

— O que veio fazer aqui, Hugh de Harrowfield? — perguntou Conor na língua dele. — Seu povo não é bem-vindo em Sevenwaters. Já não causou muitos problemas à minha família? Como ousa pôr os pés nestas terras?

Red limpou a garganta.

— Estou aqui para falar com minha esposa — respondeu, ainda vendado. — Onde está Jenny?

Meu coração disparou. Conor traduziu, sem acreditar no que ouvia. Liam olhou para mim e colocou o dedo sobre seus lábios, pedindo que eu continuasse em silêncio. "Mas eu preciso dizer, vou dizer a ele que..."

"Espere, Sorcha. Não é hora de falar."

Olhei para Finbar, parado em um canto escuro. Ele jamais me dava ordens sem um bom motivo.

"Por quê? Por que não posso falar?"

"Se você realmente deseja ouvi-lo falar com o coração, espere em silêncio."

— Quem é este homem? — perguntou meu pai, com uma voz forte, quase como a de antes. — Que esposa?

— Este é o bretão de quem lhe falamos — respondeu Liam em tom frio. — Foi na casa dele que nossa irmã quase morreu. Ajudou-nos a escapar de suas terras, mas não devemos favores a ele.

— Não acredito que teve a ousadia de vir até aqui — disse Donal, com a mão na adaga. — O que está planejando?

A venda estava bem apertada. Red não conseguia ver. Seu rosto estava pálido. Havia andado muito. Parecia desarmado, mas eu suspeitava que sua pequena faca estivesse escondida em sua bota ou suas roupas.

— Só desejo ver minha esposa — disse novamente, com a voz cansada. — Não quero causar problemas. Ela está aqui?

— Você não tem esposa, bretão — disse Liam. — Nossa irmã está bem e protegida entre seu povo. Não há lugar para você na vida dela.

A tradução de Conor foi cruelmente fiel.

— Deixe que ela me diga isso pessoalmente — respondeu Red. — Então partirei.

Abri a boca, mas a fechei novamente. Então meu pai falou, surpreendendo a todos.

— Estamos sem histórias esta noite, e muito cansados. Quem sabe o rapaz não tem alguma para nos contar nesta noite fria de inverno? Talvez possa nos dizer o que veio fazer aqui por meio de um conto. Tragam-no para se sentar. Deixem que fale e vamos escutar. Conor irá traduzir. É mais do que justo. Sinto que há algum mistério nisso tudo que meus olhos não conseguem enxergar. Não quero fazer um julgamento impulsivo.

Eles pegaram um banquinho e Red se sentou, as longas pernas cruzadas e a venda ainda nos olhos. Não desamarraram suas mãos.

Manteve a coluna ereta, e seus cabelos reluziam em tons dourados e avermelhados a luz o fogo.

Eu quase não conseguia respirar. Ao meu lado, Janis, Donal e os serviçais se sentaram com as canecas nas mãos e olhares de expectativa. Eu não sabia o que sentir.

Tremia de alegria por poder vê-lo novamente. Observei os homens de minha casa, que sempre pareciam dispostos a propor jogos e estratégias. Não aceitariam um estranho em sua companhia sem testá-lo antes. Se pedissem a Red para lutar com a espada, com sua pequena faca ou mesmo desarmado, teriam uma bela surpresa. Eu já o vira em ação. E se pedissem que consertasse uma cerca, um muro quebrado, tratasse de um animal doente ou mediasse uma discussão, também se surpreenderiam. Mas ele não era exatamente bom em contar histórias, principalmente diante de estranhos e em uma situação como aquela. Não tinha o dom da interpretação. Havia me contado uma história, é certo, mas apenas para mim, e sua mãe não me dissera que ele falava comigo como se estivesse falando consigo mesmo? A tarefa que meu pai lhe deu foi a pior possível. Para um homem que escondia os sentimentos no fundo da alma, sem revelá-los em seus olhos ou sua expressão, e que nunca encontrava as palavras quando queria deixá-los fluir, aquela era uma tarefa praticamente impossível. "Você consegue", eu disse a ele em silêncio. "Imagine que está contando a história apenas para mim. Um passo de cada vez, sempre em frente".

— Havia... havia um homem — ele começou, hesitante — que tinha tudo. Bem-nascido, rico de corpo e mente, filho mais velho e herdeiro de um grande feudo cujas margens iam da costa oeste do mar às colinas do oeste, com terras férteis e rios tão cheios de peixes que se podia pescar com as mãos.

A voz de Conor fazia um contraponto solene, traduzindo cada palavra para o nosso idioma. Finbar se sentou perto da janela, os olhos distantes. Ele entende, pensei. Não só as palavras, mas o significado por trás delas. Finbar e eu somos os únicos que entendemos. Mas a postura e o olhar de Finbar eram neutros e não deixavam transparecer seus pensamentos.

— Ele cresceu — Red continuou — e seu pai morreu. As terras ficaram para ele, mas uma pequena parte ficou com seu irmão mais novo. Sua vida já estava planejada em todos os detalhes. Faria um bom casamento, que fortaleceria parcerias, expandiria suas terras, proveria tudo a sua família e a seu povo e daria continuidade ao trabalho de seus ancestrais. É o caminho de muitos homens de bem, que o seguem felizes por poder deixar para os filhos um legado de paz e prosperidade.

Ele se ajeitou no banco. As mãos, ainda amarradas para trás, pareciam incomodar.

— Mas então... então as coisas começaram a mudar. Um grande mal caiu sobre sua família, levando seu irmão para um lugar longe e perigoso. Ele sentiu que era preciso ir atrás dele e trazê-lo de volta, vivo ou morto. Mas amava sua casa, suas terras e acreditava que o irmão não tinha sobrevivido. Pensava que o tinha perdido para sempre. Esperou e esperou até que não havia mais alternativa, a não ser atravessar o mar e descobrir o que tinha acontecido.

Fez uma pausa. Acredito que só eu sabia como ele conduzia seus pensamentos e controlava a respiração para manter a voz firme. Para os demais era só um conto como aqueles que ouvíamos todas as noites: cômicos, estranhos, heroicos e inspiradores; as histórias que compunham a teia de nossos espíritos.

— O homem viajou para aquele lugar distante. Viu e ouviu as histórias mais estranhas em seu caminho. Aprendeu que... que o amigo e o inimigo são apenas as duas faces da mesma moeda. E que a vida que alguém escolhe para si mesmo, e julga certa e constante, pode se modificar a qualquer momento. Pode se ramificar, torcer e levá-lo a lugares muito além de sua imaginação. Há mistérios que vão além da mente de um mortal e, se ele tenta negá-los, acaba vivendo em uma semiconsciência.

Meu pai concordou com a cabeça nesse instante. Mas Liam e Conor continuavam com a expressão séria e dura, e Donal, a postos.

— Certa noite tudo mudou. Ele... ele salvou uma moça que estava para se afogar e, no momento em que a tirou da água exausta, desnutrida e lutando como um animal selvagem, sentiu a mudança. Daquele momento em diante, cada passo que ele desse e cada decisão que tomasse seria diferente por causa dela. Não era muito mais do que uma criança, perdida, ferida e assustada. Mas era forte. Ah, era a pessoa mais forte que ele já vira. E a cada dia tinha mais certeza durante a jornada difícil de volta para casa, com a jovem ao seu lado. Muito embora ele fosse um inimigo, ela curou seus ferimentos. E foi lhe mostrando coisas que estavam quase além de sua compreensão, tão estranhas e maravilhosas que ele quase não conseguia acreditar. Mas não vou contar essa parte, pois alguns segredos devem ser guardados.

Abaixou um pouco a cabeça e respirou fundo.

— Quando chegou à casa dele, a jovem parecia uma criatura selvagem em uma fazenda, uma coruja em um galinheiro. Mantinha-se em total silêncio e se obrigava a cumprir uma tarefa estranha, que lhe causava imensa dor, isolada e incompreendida pelos moradores da casa. Ele se sentia perdido e confuso, sem saber explicar por quê. Não entendia o trabalho que ela estava fazendo, mas algo lhe dizia que precisava ajudá-la a terminar se quisesses um dia ouvir sua voz ou poder lhe dizer... lhe dizer...

Quase falei novamente, mas segurei as palavras. Porém, Red pareceu ter ouvido algo, pois ficou quieto durante um instante e virou a cabeça. Ainda estava vendado, mas agora sabia que eu estava ali.

— Ela foi crescendo e ficando diferente, mas sua personalidade era sempre a mesma. Forte, doce e verdadeira. Mesmo sem usar palavras, falava com ele como ninguém, direto com seu coração, usando as mãos graciosas e desfiguradas e os grandes olhos verdes. Embora ele nem sempre encontrasse as palavras certas para se expressar, ela o entendia melhor que qualquer pessoa. Via que a jovem chorava sobre suas mãos, inchadas e machucadas pelo trabalho, que as pessoas chamavam de feias. Elas não viam o poder, a delicadeza e a beleza daquelas mãos. Ele acordava no meio da noite, desejando senti-las em seu corpo. Mas a garota fora maltratada e ferida, e se esquivava toda vez que tentava se aproximar. Ele não sabia como dizer o que se passava em seu coração. Não se arriscaria a assustá-la e perdê-la, pois ela era, agora, tudo para ele. A cada dia isso ficava mais claro, enquanto se ocupava da administração de sua casa e de seu feudo. Sem ela, a vida não teria mais sentido.

Conor traduziu, contrariado, esta parte, mas foi obrigado a reproduzir cada palavra, pois pelo menos três pessoas na sala entendiam o idioma dos bretões. Depois de alguns instantes, não resistiu.

— Estou começando a não gostar dessa história — comentou com frieza. — Se sentia tudo isso por ela, por que a deixou nas mãos de seus parentes, loucos e traidores? Como um homem que age assim pode merecer a mulher maravilhosa que descreve?

— Com todo respeito — respondeu Red com uma voz tão suave que todos silenciaram para ouvi-lo — Minha história ainda não terminou. Por favor, ouça. E é a resposta dela que quero, não a sua.

— Deixe o homem terminar — pediu meu pai. — Para um bretão, até que leva jeito com as palavras. O que nos disser não necessariamente afeta nossa opinião.

— Meu pai lhe pede que continue — disse Conor para Red, em tom frio e direto.

— Agradeço a gentileza, milorde — respondeu Red, virando-se na direção de meu pai. E se voltou para Conor.

— Você está certo — continuou. — Este homem cometeu realmente um erro. Um erro que agora o faz passar as noites acordado, petrificado ao pensar que ela poderia ter morrido nas chamas. Sua negligência quase custou-lhe a vida e sua chance de completar a tarefa que lhe era tão cara. Acreditou que ela estaria protegida com o casamento, abrigada por sua família. Arriscou-se a viajar para salvar o irmão que também corria grave perigo. Chegou somente no último instante para salvá-la. Jamais sentiu tanto medo quanto naquela noite; jamais um som o atingiu tão forte no coração como o da voz dela, gritando seu nome para avisá-lo do perigo, quando ela mesma estava à beira da morte. Por um instante, ele pensou... permitiu-se pensar... teve-a nos braços e seu coração ficou em paz novamente. Mas foi obrigado a soltá-la, pois estava rodeada de homens fortes, protetores de sua própria família. Estava em segurança novamente, e agora se explicava o motivo de todo o tempo cruel que passou fiando e tecendo. Sacrificara sua infância para salvar seus irmãos. Amava a família acima de tudo e seu espírito ansiava para voltar para casa, para a floresta e para a terra dos contos místicos e antigos espíritos, de onde ele a havia tirado. Aquele era o seu lugar e se ele a amava realmente, precisava deixá-la partir.

A atmosfera ao nosso redor foi se modificando. Todos ali apreciavam uma boa história, e aquela estava sendo contada com sentimento, apesar das pausas e da hesitação. Janis tinha os olhos fixos em Red. Ouvi quando disse a uma das ajudantes de cozinha:

— Isso é que é homem. Se ela não o quiser, serei a primeira a lhe oferecer uma cama quentinha para dormir.

E ouvi a voz interior de Finbar, que pensei nem estar ouvindo a história, tão neutra era sua expressão.

"É um bom homem, Sorcha."

"Eu sei."

"Forte o suficiente para admitir, diante de todos, que estava errado. Muito forte."

"Eu sei."

— Ele não conseguiu encontrar as palavras corretas para se despedir. Hesitou. Deixou escapar a dor de sua alma e a feriu. Jurou que não a magoaria, mas magoou. Devia ter-lhe dito... devia ter dito... Não importa se você está aqui ou lá, pois sua imagem está em minha mente o tempo todo. Vejo-a na luz sobre a água, no balanço das árvores com o vento de primavera. Vejo-a na sombra dos grandes carvalhos e ouço sua voz no pio das corujas à noite. Você é o sangue que corre em minhas veias e o bater do meu coração. É a primeira coisa que me vem à mente quando acordo e a última antes de eu adormecer. Você é... tudo o que eu sou, é o ar que eu respiro.

Sua voz agora era apenas um sussurro. Meu rosto estava coberto de lágrimas.

— Diga a ele — disparou Liam — que se acredita que essas belas palavras de amor irão conquistar nossa irmã, está redondamente enganado. Sorcha jamais voltará para aquelas terras. É a filha de Sevenwaters e pertence a este lugar.

Conor traduziu e adicionou:

— Pois se é assim, devia ter deixado tudo como estava. Não precisava se dar ao trabalho de vir até aqui. Sorcha mal acabou de completar dezesseis anos e está sob a guarda do pai. Nem se ela quisesse ele a deixaria cruzar o mar e se aliar a um bretão.

Red respirou fundo.

— Na verdade, isso não me passa pela cabeça. Eu jamais teria vindo se... se... ela não tivesse se despedido de mim da maneira que se despediu. Ela... ela fez de tal maneira que... acreditei haver uma pequena esperança, a menor esperança possível de que talvez também... de que...

— Sua história acabou? — perguntou Conor, inflexível. — Há mais alguma coisa que queira dizer? Está ficando tarde e frio.

— Quero deixar algo bem claro — disse Red, agora em tom firme. — Sei que sua irmã não irá cruzar o mar. Nunca imaginei isso. É por esse motivo que demorei tanto a vir. Quis deixar tudo em ordem em Harrowfield. Cuidei para que meu tio fosse devidamente punido por tudo que fez e deleguei a meu irmão a responsabilidade por minha casa e por meu feudo. Não voltarei. Quer Jenny me aceite ou não, eu me despedi daquela vida.

Houve um grande silêncio. Todos perceberam a gravidade daquela decisão. Nem mesmo Conor, depois de traduzir suas palavras, teve o que dizer. Quanto a mim, não conseguia acreditar. Mas sabia que era verdade. Suas terras, seu belo rio, seu rebanho e o povo leal que tanto o amava. O vale com seus carvalhos, faias, bétulas e salgueiros. As tradições de tantas gerações. Eu estava na última página daquela história. A última página do último livro. Ele não veria os carvalhos crescerem para dar abrigo às pequenas criaturas de Harrowfield. Abandonara tudo por minha causa.

— Você pensa em ficar aqui? — perguntou Liam, incrédulo, quebrando finalmente o longo silêncio. — Um bretão em nossas terras, casado com nossa irmã, a quem amamos mais do que a nossas vidas? Deve estar louco.

Virei-me para ele, furiosa.

"Espere só mais um instante", Finbar me interrompeu. Segurei as palavras.

Meu pai se levantou lentamente.

— Desamarre as mãos dele, Sorcha — disse em tom sóbrio. — E tire a venda. A decisão é sua. Você é uma mulher agora, e o sacrifício que fez por seus irmãos lhe deu o direito de escolher seu caminho, mesmo que não seja o de nosso agrado.

Liam ia falar, mas mudou de ideia. Lorde Colum ainda era o chefe da casa.

Mais uma vez o silêncio, agora com uma grande expectativa no ar. Red não havia entendido as palavras de meu pai.

Fui até ele e estendi a mão direita para abrir o nó que prendia a venda. E com a mão esquerda, que ostentava a aliança, passei os dedos em sua nuca, na parte nua entre a túnica e o cabelo, e a toquei suavemente por um instante. Red prendeu a respiração.

— Solte minhas mãos — pediu ele, com uma intensidade que me fez tremer.

Abaixei-me e peguei a pequena faca que, eu sabia, ficava escondida na dobra do cano de sua bota esquerda. Fui para trás dele e cortei a corda que prendia com força suas mãos. Ele se levantou, virou e seus braços me envolveram, abraçaram-me como se jamais fossem me soltar novamente. Senti seus lábios tocando de maneira respeitosa e suave minha testa, pois até mesmo nesse momento ele se conteve. Ainda não parecia ter certeza do que eu sentia. Mas seus olhos não estavam mais frios como gelo, mascarados pelo autocontrole. Agora estavam azuis como o céu do verão e a mensagem neles era clara e simples. Fiquei na ponta dos pés, peguei seu rosto com as duas mãos e o puxei para baixo, beijando seus lábios retesados. Não tinha prática nessa arte, mas me saí até bem.

Padriac me disse mais tarde que Liam chegou a corar, algo que ele nunca tinha visto.

Foi um beijo que eu jamais imaginei que pudesse dar; um beijo que deixou mais do que clara minha resposta. Ele se afastou por um instante e sussurrou:

— Não mereço uma dádiva assim, Jenny.

Mas eu coloquei meus dedos em seus lábios para que ele não falasse. E sussurrei de volta:

— Meu amor, isto é algo que ofereço a você e a ninguém mais.

Então sua boca veio até a minha e ele me mostrou a força de sua paixão enquanto nossos lábios se uniam e se beijavam, trocando sensações, depois se afastavam para que pudéssemos recuperar o fôlego e voltavam a se unir. E não eram somente as minhas lágrimas que caíam enquanto ele passava a mão em meus cabelos e puxava meu corpo para junto do seu, deixando-me perceber a intensidade de seus sentimentos. Era o fim de uma longa e difícil jornada para nós dois. E agora, a alegria e a doce sensação que percorriam meu corpo me diziam que aquele era o início de um novo caminho.

— Bem — interrompeu meu pai, limpando a garganta e nos fazendo voltar ao mundo. Viramo-nos e olhamos em volta, aturdidos. Todos haviam saído sem que percebêssemos. Só ficaram meu pai e o silencioso Finbar.

— Leve seu homem, filha — disse meu pai com um pequeno sorriso, embora seus olhos ainda mostrassem uma sombra de lembranças tristes. — Dê a ele uma cama para dormir. Teremos tempo para conversar amanhã.

Dizendo isso, embrulhou-se em seu manto e saiu, seguido por Finbar. Meu irmão parou antes de chegar à porta. Sua asa agora refletia os tons rosados da luz das velas. E falou em voz alta, na língua que nós dois entendíamos:

— A história finalmente terminou. Alegrem-se. Vocês agora têm um ao outro. Poucos recebem a dádiva de poder desfrutar do amor que sentem. Façam cada dia valer a pena.

Red beijou meus cabelos. Finbar seguiu para a porta como uma sombra. Peguei então meu marido pela mão e o levei para meu quarto, onde alguém já havia acendido o fogo, espalhado algumas velas e deixado vinho e taças para nós. Espalharam também algumas pétalas de lavanda seca sobre o travesseiro. Red se esforçava para controlar a respiração, mas eu também mal conseguia conter a minha.

— Tenho... tenho até medo de tocá-la — ele disse. — Mas quero você demais, Jenny. Meu corpo grita de desejo. Não sei se consigo...

— Shh — eu o interrompi. — Está tudo bem. Vai ficar tudo bem.

A vida real não é como nas histórias. Nos contos, coisas ruins acontecem, mas com o desenrolar dos fatos tudo se acerta e, no final, parece que elas nunca existiram. Infelizmente, a vida não é exatamente assim, ou quase nunca. Seria bom se eu pudesse esquecer tudo o que fizeram com meu corpo e com minha mente naquele dia na floresta. Mas acontecimentos como esses não se apagam totalmente da memória; ficam lá no fundo e, no máximo, se esmaecem um pouco com o passar do tempo. Então, quando nos deitamos juntos pela primeira vez, houve um momento em que me desesperei ao lembrar. Senti um calafrio e comecei a tremer. Mas Red me abraçou, afagou meus cabelos, sussurrou palavras doces e carinhosas e esperou. Aos poucos, bem aos poucos, meu corpo se abriu para o dele como uma flor, começamos a nos movimentar lentamente e depois mais rápido, até suspirarmos, gritarmos e descansarmos nos braços um do outro. Ele me mostrou que a união entre um homem e uma mulher é algo para se maravilhar, se descontrair e até mesmo rir.

Percebi, naquela noite, que nunca o vira rir. E quanto ao que as fofoqueiras de Harrowfield viviam cochichando sobre meu marido, era tudo verdade, mas elas não lhe fizeram justiça.

A primeira coisa que ele fez depois que nos levantamos na manhã seguinte, embebidos em um deslumbramento sem-fim, com sorrisos bobos no rosto e sem conseguir afastar as mãos um do outro, foi me acompanhar até o vilarejo. Enquanto eu cuidava de um e de outro, ele foi aprendendo os nomes de cada homem, mulher e criança, e também como cumprimentá-los em nosso idioma. No começo, todos o olhavam com desconfiança. Mas seus esforços para pronunciar as palavras e ser entendido logo arrancaram risos e gracejos do povo, e eles perceberam a força do que havia entre nós. Como me conheciam e me amavam, acabaram concordando que se ele era meu marido, bretão ou não, é porque devia ser uma boa pessoa. Em pouco tempo, já o paravam no caminho para mostrar uma porca premiada, para lhe pedir conselhos sobre assuntos sérios, ainda que ele respondesse mais por gestos do que por palavras, para ajudar a trocar a madeira apodrecida em um curral ou a segurar um mourão enquanto se colocava suporte para sustentá-lo. Em suma, em pouco tempo ele ganhou o respeito de todos.

Já em casa as coisas foram mais difíceis. No primeiro dia, Donal e Liam quiseram falar com ele e lhe fizeram uma enxurrada de perguntas. Embora ficasse claro que eu fizera minha escolha, isso não significava que eles gostassem da ideia.

E para minha surpresa, Conor quase não fez comentários. Ficou me olhando com certa ironia e, mais tarde, quando o levei para um canto para conversar, simplesmente me perguntou:

— Você achou injusto, não, fazer um homem se revelar daquele jeito na frente de todos?

— Vocês foram duros demais com ele — respondi. — Pensei que pelo menos você o tivesse visto como ele realmente é e não precisasse de testes para se certificar.

Conor sorriu.

— Sem aquele teste ele provavelmente jamais lhe diria o que sente por você. Quanto a mim, já sabia quem ele era. E sabia que vocês provavelmente acabariam juntos. Não consigo prever o futuro como Finbar, mas este encontro de espíritos era tão inevitável quanto o caminho do sol e da lua no céu. Já sabia o que ele sentia, mas seria um erro facilitar-lhe as coisas. Vocês dois precisavam aprender sobre o poder da perda antes de se reencontrar. Agora me diga: ela veio falar com você, aquele ser que a guiou em sua tarefa? Não apareceu mais depois que você voltou?

— Como você sabe de tudo isso? — perguntei, surpresa, e teria ficado muito irritada não fosse a felicidade que tomava conta de minha vida naquele momento.

— Preciso testar as habilidades que possuo de tempos em tempos — disse ele. — São poucas, por enquanto, e me ajudaram até este momento. Mas não são mais suficientes. Partirei em breve para outra jornada e pode demorar muito até eu vê-la novamente. Fico feliz por saber que você está bem agora, depois de toda aquela provação. Acredito que tudo tenha sido muito bem arquitetado.

— Você não está dizendo... o que estou pensando, está? Que toda essa história, desde o início, tenha sido para acabar assim? Para que ele e eu... Não, não posso acreditar.

Aquilo estava me deixando confusa. Ele devia estar errado. Nós dois não éramos meros marionetes, e sim um homem e uma mulher com capacidade de tomar decisões e fazer escolhas.

— Uma coisa é certa — ele continuou. — Os Seres da Floresta jamais lhe dirão isso. Porém, esse é o jogo deles e nós somos meras peças em um tabuleiro. Pense nisso. Cada um de vocês teve de passar por provas; cada um foi testado para que eles vissem se eram fortes o suficiente para servir a seus propósitos. E se mostraram tão fortes que foram além e quase frustraram suas intenções, pois souberam abrir mão do que mais amavam para que o outro pudesse ser feliz. Os Seres da Floresta não contavam com essa sua capacidade de abnegação.

— Mas... mas isso é muito cruel. Para nós tudo acabou bem, mas e quanto a papai? E a Finbar? E ao amigo de meu marido, um bom homem, que morreu tentando me proteger? E à criança que Oonagh levou? Diarmid e Cormack estão longe daqui, e agora você também diz que vai partir. Em breve, não teremos mais uma família em Sevenwaters. Estou quase começando a acreditar no que Lady Oonagh disse aquele dia: que ela e a Dama da Floresta eram a mesma pessoa; que o limite entre a luz e as trevas é realmente tênue. O que se ganha com tantas perdas?

— Eles não estão preocupados com perdas ou com quem é jogado para fora do jogo — disse Conor. — Mas o jogo tem um objetivo bem mais amplo do que conseguimos captar. Talvez eu esteja errado. Só o tempo irá dizer. Acredito que sua parte no jogo tenha acabado e sua vida agora seguirá normalmente. Haverá uma família aqui em breve. Mas de uma coisa você deve se lembrar: não existe luz ou trevas. Nós é que vemos o mundo assim. Não existe bem ou mal. Tudo muda o tempo todo e, ao mesmo tempo, continua igual. Se você quer saber o futuro, pergunte a Finbar. E agora chega de conversa séria. Vá salvar Lorde Hugh das mãos de Liam antes que ele sofra mais. Vá logo.

Mas Red estava se saindo bem. Disse que ficaria, cuidaria de mim e procuraria encontrar maneiras de ser útil. Tinha bastante habilidade com o manejo de estoques e a administração de rebanhos, e poderia trabalhar com isso. Também sabia lutar com destreza quando necessário, mas a única coisa que não faria era levantar armas contra seu próprio povo. Isso não faria jamais.

Papai fez que sim com a cabeça, satisfeito. Donal resmungou, dizendo que falar era fácil. O que ele queria mesmo era vê-lo em ensaio de combate no pátio. Ali é que ele mostraria quem era. Como eu já imaginava, Red aceitou imediatamente o desafio e sugeriu que poderia ser naquela mesma tarde. Os olhos de Donal se acenderam. Já Liam estava quieto, observando com ar sisudo. Quase não falava. Fui então em direção a eles e Red sorriu ao me ver, com um brilho nos olhos que devia ser o reflexo dos meus. Parei ao seu lado e colocamos os braços ao redor um do outro, pois não conseguíamos estar tão próximos sem nos tocarmos.

— Muito bem — disse Liam. — Tem certeza de que está pronto para nos mostrar suas habilidades?

— Absoluta — respondeu Red com ar sério.

Ele certamente não tinha intenção de me levar para o quarto naquele momento, mas não houve como evitar, pois nossos corpos falavam um com o outro de uma maneira tão intensa que não tínhamos como negar. Fiquei deitada na cama depois, enrolada apenas em um lençol, observando enquanto ele se obrigava a se levantar e se vestir. Estávamos compensando o tempo perdido.

— Você não está cansado? — perguntei, rindo. — Meus irmãos são mestres na arte da guerra e vão querer lhe mostrar isso. Tem certeza de que está pronto?

Ele vestiu a túnica e respondeu:

— Hoje sou capaz de lutar com três gigantes, cada um mais forte e feio do que o outro, sem qualquer problema.

Já estava começando a falar como nós.

— Fique aqui. Voltarei tão rápido que você nem irá perceber — e me beijou.

Saiu em seguida, olhando para mim e, meio sem vontade, afivelando o cinto com a espada emprestada.

Não consegui ficar na cama. Fui até uma janela mais alta para poder vê-los. Era uma luta interessante. Liam e Red pareciam equilibrados. O que Liam tinha em experiência era compensado pela altura e estrutura de Red, que era bem maior, e também tinha uma agilidade nos pés fora do comum. E o que começou com uma disputa ferrenha acabou se transformando em uma demonstração de técnicas e troca de ensinamentos sobre combate armado e sem armas, primeiro de um lado e depois do outro. Donal também acabou participando, e um grupo de seus homens. Red os ensinou como executar seu chute no ar. Então eles trouxeram os cavalos e Liam lhe mostrou o truque de escorregar de lado na sela para evitar golpes e se levantar logo em seguida, em um movimento rápido. Ambos acabaram com pequenos machucados inevitáveis, mas o ambiente estava descontraído e todos riam. Como Diarmid teria gostado de mostrar suas habilidades com a lança, pensei. E Cormack estaria no meio de todos, brincando e se exibindo com as armas.

Não tínhamos notícias deles. Seus lugares continuavam vazios à mesa.

Saí de meu quarto e subi pelas pedras que iam para o telhado, de onde se podia ver o horizonte ao longe, bem além da floresta, que agora estava toda em tons azul-acinzentados com o inverno. Sabia que encontraria Finbar ali. Sentei-me ao seu lado, tremendo um pouco, pois o vento estava frio.

"Converse comigo um pouco, meu querido. Com toda essa alegria em meu coração me dói muito ver você assim, tão sozinho."

"Você não vai precisar aguentar isso muito tempo."

— O quê? — perguntei em voz alta, pois suas palavras me assustaram.

"Não vou ficar por muito tempo. Não tenho mais o que fazer aqui."

"Mas para onde você vai?"

"Vou embora."

Ele estava tomando todo cuidado para que eu não lesse seus pensamentos. Só deixava que eu captasse as palavras.

"Por que você não fala mais comigo? O que está acontecendo?"

Ele se mexeu um pouco sobre as telhas e a asa se abriu levemente para ajudá-lo a manter o equilíbrio.

"Você sabe o que está acontecendo."

Ficamos em silêncio. Eu não conseguia imaginar qual poderia ser o futuro dele. Antes eu sabia que seu sonho era lutar pela justiça e pela verdade. Mas aquele garoto entusiasmado não existia mais. E eu não conhecia o homem que estava ali em seu lugar.

"Há alguma coisa que você queira saber?"

Balancei a cabeça. Decidira não perguntar mais sobre meu futuro. Só esperava que fosse bom, feliz e que eu pudesse ter meu marido sempre ao meu lado. Não queria mais perguntar.

Continuamos em silêncio e uma imagem foi se formando em minha mente. No começo, pensei que fosse aquela que ele já havia me mostrado, com uma pequena Sorcha correndo entre as árvores e a luz de várias cores passando entre as folhas e iluminando tudo ao seu redor. Mas esta era diferente, pois a criança tinha cabelos acobreados que caíam sobre seus ombros e formavam uma cortina brilhante. E atrás dela vinha um garoto de cabelos escuros gritando "Niamh! Espere por mim!" Eram as mesmas crianças que eu vira no dia da fogueira. E havia também outra criança, de olhos ávidos, mas eu não conseguia vê-la direito. A menina abriu os braços e começou a girar, descalça na terra macia, as saias do vestido se abrindo e rodando com ela. Seus cabelos agora pareciam feitos de ouro com a luz que batia sobre eles. Então a imagem foi se desfazendo e meu irmão fechou sua mente outra vez. "É só isso que eu vejo."

"É o suficiente." Continuei a tremer. Havia me esquecido de vestir um manto.

"Iremos todos embora, um após o outro. Não haverá crianças nossas aqui. Os que você viu são seus filhos, e eles serão os herdeiros de Sevenwaters."

— Não diga isso! — respondi em voz alta. — Não provoque assim o futuro! Não há como saber.

"Algumas coisas eu sei."

Ele ficou em silêncio novamente e seus olhos se voltaram para longe, para além do lago, na direção oeste.

Algumas horas depois, dois anciões chegaram a pé, procurando Conor. Usavam tranças nos cabelos brancos, colares de prata no pescoço e sobretudos que se moviam, leves, envolvendo suas figuras esguias. Era o chamado que ele estava aguardando. Achei difícil acreditar que ele nos deixaria assim, com tanta facilidade, pois era a voz da razão em nossa casa, o irmão que tinha o poder de mediar as situações e que teve a força de conduzir os outros até Harrowfield, sobrevoando o mar, para serem libertados. Mas era preciso. Ele não teria como aprender sobre as tradições antigas, as artes místicas e cuidar da família e da *túath* ao mesmo tempo. Precisaria se afastar, ir para a floresta e para as cavernas profundas, fora do alcance e do conhecimento dos mortais comuns. Seriam anos, muitos anos de estudo e práticas antes de ele se tornar um dos membros da irmandade.

Aqueles anciões pareciam tratar meu irmão com um profundo respeito, apesar de ele ainda ser tão jovem. Mas não tinha ele vivido três anos como uma criatura selvagem sem perder a consciência humana? E já não possuía habilidades consideráveis para manipular os elementos, criando densos nevoeiros e ventos que obedeciam à sua vontade? Talvez fosse até um pouco tarde, mas não tarde demais para que ele iniciasse seus anos de disciplina. Ele se tornaria muito forte, provavelmente o mais forte deles. Estava orgulhosa de meu irmão, mas isso não diminuía a dor de ter que vê-lo partir.

Ele se despediu de todos no salão, abraçando primeiro papai, depois Liam, dando um tapinha nas costas de Donal e chacoalhando os cabelos de Padriac. Por fim, colocou a mão no ombro de Red e disse:

— Cuide bem de minha irmã. Garanta que ela esteja sempre em segurança.

Mas fomos Finbar e eu que o acompanhamos até a beira da floresta. Os dois anciões o aguardavam. Conor não tocou Finbar, mas falou com ele e eu ouvi as palavras.

"Seja forte, irmão. Você também ainda mal começou sua jornada."

Finbar o olhou direto nos olhos. "Às vezes, o caminho é escuro."

"Mas há luz aí dentro", respondeu Conor, levantando a mão e colocando levemente o dedo entre as sobrancelhas do irmão.

Virou-se para mim, então, e me abraçou tão forte que eu quase não consegui respirar. "Até mais, corujinha."

Tentei segurar as lágrimas, pois sabia que aquele era seu caminho e ele tinha de segui-lo. Ele puxou o capuz do manto, cobrindo a cabeça, pegou seu cajado de bétula e os três seguiram para dentro da floresta. No curto espaço de tempo que uma nuvem levou para encobrir o sol eles já haviam desaparecido.

Certa noite, depois do jantar, os homens se sentaram para conversar. Liam tinha acabado de voltar de uma visita a Seamus Redbeard. Trouxe consigo dois filhotes de cão e algumas notícias. Agora eles estavam planejando uma expedição, mas não me explicaram do que se tratava. Até Red participava da discussão, porém não prestei muita atenção no que estava sendo dito. Sentei-me perto da lareira, bocejando e tomando uma caneca de hidromel.

— Seamus não é mais tão jovem — disse Donal. — Será que ainda tem disposição para isso?

— Ele não vai ficar desamparado — disse Liam em tom grave. — Isso eu garanto. Não quero que o filho de Eilis seja criado em um lar hostil, tendo inimizade conosco.

— É um território muito extenso — disse Red, examinando o mapa aberto sobre a mesa. — Vocês não têm medo que Seamus, tendo controle sobre ambas as partes, volte-se contra vocês e tente ficar com tudo só para ele?

— Seamus sempre foi leal a nós e conhece nossa força — respondeu Liam. — É interessante para ele controlar as terras de Eamonn até que o menino atinja a maioridade e nos manter como aliados. Ele é avô do herdeiro. Suas decisões não serão questionadas com tanta facilidade.

Eu não queria mais ouvir. Não estava interessada, principalmente no que eles estavam planejando para Eamonn. Mesmo porque, não parecia haver lugar para ele na estrutura que descreveram. Levantei-me e fui pegar uma vela, pensando em ir para o quarto, quando vi Finbar saindo. Já era tarde e ele não vestiu o manto. Seus olhos tinham aquela aparência estranha, selvagem. Talvez só quisesse ficar um pouco sozinho, como todo mundo anseia de vez em quanto. Voltaria logo. Decidi esperar. Mas o tempo foi passando, os homens continuaram conversando e Finbar não voltava. Não consegui mais esperar. Falei discretamente com Red, pois não queria alarmar meu pai. Saímos os dois, vestimos nossos mantos, pegamos um lampião e fomos atrás de meu irmão.

Havia chovido, mas o ar agora estava limpo e úmido. Era fácil ver suas pegadas no chão, seguindo na direção da margem do lago, perto da grande bétula. Mas não o encontramos. Andamos para cima e para baixo ao longo da margem, iluminando o caminho com o lampião até a lua sair de trás das nuvens e iluminar ao redor. O lugar em que a última pegada ficou marcada na areia perto da água algo chamou minha atenção. Red levou o lampião para perto e nos aproximamos para ver melhor. Era o amuleto de minha mãe, o cordão que o prendia ainda intacto, junto com alguns pedaços esfarrapados de tecido que pareciam ser de estrela d'água. E uma pena branca.

Mas nenhum sinal de Finbar naquela noite, nem nas próximas, nem no Imbolc ou no Lugnasad. Desapareceu, como se tivesse se transformado novamente. Mas não tinha como fazer isso. E eu não acreditava que tivesse simplesmente entrado no lago e se afogado. A história dele acabou sendo a mais estranha de todas. Somente esperava que um dia tudo se explicasse.

Eles estavam partindo. Tudo estava se modificando. Não tínhamos notícias de Diarmid e Cormack. Não sabíamos se haviam encontrado Lady Oonagh ou seu filho, embora Liam tivesse enviado mensageiros e acessado seus contatos de Tara a Tirconnell. Eu temia por eles e via o mesmo temor no rosto de meu pai. E agora, Padriac estava construindo um barco. Quase não o víamos, nem os rapazes que o estavam ajudando. Dizia que era uma pena não poder mais voar. Não que se lembrasse exatamente como era, mas agora que sabia que havia terras e mares bem mais distantes para se explorar, decidiu construir a embarcação e partir em descoberta. Olhava mapas e mais mapas, traçava rotas e estudava os livros antigos. Lembrei-me do que Finbar havia dito. "Ele irá longe, bem mais longe do que qualquer um de nós." Não imaginei que fosse esse o sentido. Ele era jovem, tão jovem. Comentei com ele o que pensava de sua partida.

— Sou mais velho que você — Padriac respondeu. — E você vai ter um bebê. Isto faz de mim um tio. Portanto, já devo ter idade suficiente para partir.

E eu estava mesmo grávida. Ela nasceria perto do festival de Meán Fómhair, o equinócio de outono, e eu sabia que teria os cabelos vermelho-cobre como folhas de faia. Red estava ansioso e cuidava de mim o tempo todo como se eu fosse um broto de planta, necessitando de toda proteção. Eu ria, mas tomava os cuidados que ele pedia. A primavera chegou e os dias ficaram mais claros, mas ainda não tínhamos notícias de meus irmãos. Então, meu pai decidiu sair à sua procura.

— Meus garotos não voltaram — disse. — É hora de eu ir buscá-los e trazer os três de volta, em segurança. Este agora é o meu objetivo — afirmou, enquanto vários de seus homens se ofereciam para ir com ele. — Ao trazê-los para casa, poderei desfazer alguns dos males que causei à minha família. Deixo você em boas mãos, minha filha — disse, beijando-me no rosto e pegando o braço de Red com um movimento forte. — Minha casa está bem administrada e meu povo protegido. É hora de eu me despedir.

Encostou o rosto no de Liam, pegou sua mão, abraçou Padriac e partiu trilha afora, vestido com as roupas simples que havia escolhido para a viagem. Eu só esperava que ele estivesse em segurança enquanto os procurava, especialmente ao filho pequeno.

Então, um a um meus irmãos foram embora de Sevenwaters. Sempre dissemos que estaríamos ao lado um do outro enquanto vivêssemos. Sempre afirmamos que, assim como as sete fontes que deram nome às nossas terras, nós éramos parte de um todo e nossas vidas estariam sempre interligadas. E que nada nos separaria mesmo que a distância física entre nós fosse imensa.

No entanto, em breve seríamos apenas Liam e eu. Liam, que agora concentrava todas as suas energias em recuperar o que nosso pai quase deixou escapar por entre os dedos. O incansável e sério Liam, que trabalhava sem parar e exigia total lealdade do povo. E agora, mesmo sem querer, precisava ser grato pela presença de Lorde Hugh em sua casa. Pois era Red quem resolvia as disputas, os desentendimentos e cuidava das coisas enquanto ele passava longas horas com Seamus Redbeard, discutindo todos os detalhes de sua estratégia. Era Red quem planejava o reflorestamento da área que Lady Oonagh havia devastado, explicando ao povo como se devia plantar antes de colher e quais árvores garantiriam o melhor suprimento de madeira nos anos seguintes. Era Red que supervisionava os aldeões, que organizava os novos estoques e que ensinava ao povo como reparar os muros de pedra e os telhados de palha. Liam admitiu, após algum tempo, embora ainda relutante, que jamais conseguiria dar conta da administração das terras sem ele.

No Meán Earraigh, quando as noites e os dias se igualam e a terra se cobre com o verde da primavera depois do longo frio do inverno, levei Red para a floresta para conhecer um lugar que há muito eu não visitava: o local em que padre Brien havia passado tantos anos em uma vida solitária e ordenada. Onde as crianças de Sevenwaters aprenderam línguas estranhas e símbolos secretos. Onde eu cuidara de Simon e as sementes de uma parte de minha história foram plantadas. Disse a Red que precisava visitar aquele lugar para poder ficar em paz. Era o lugar em que meu grande amigo tinha vivido.

Red não gostou da ideia de eu cavalgar, com medo por mim e pelo bebê que eu carregava. Só concordou em ir com a condição de que eu fosse montada à frente dele em seu cavalo, pois assim poderia ficar de olho em mim. Então, cavalgamos sem pressa entre os grandes carvalhos. Ele ficou em silêncio diante da força que emanava deles e da beleza das folhas douradas em seus galhos mais altos, onde as ervas sagradas se abrigavam. O dia estava quente e tranquilo, com uma suave brisa que soprava as nuvens no céu. A caverna estava vazia, as prateleiras, empoeiradas, e a pequena casa, abandonada. Se havia sinais de doença ou de medo naquele lugar, tinham desaparecido. Agora, apenas o sol invadia suavemente a caverna e a cabana, e o lugar estava calmo e convidativo, esperando apenas que o próximo morador se instalasse na tranquila residência. Sentamo-nos nas pedras, sob as árvores, e dividimos a água, o pão e as frutas secas que trouxéramos. O cavalo se divertia com a grama verde da primavera que crescia ali.

Não havia necessidade de palavras entre nós. Quando terminamos de comer, Red veio e se sentou atrás de mim, abraçando minhas pernas com as suas para que eu pudesse me encostar nele, e as mãos imensas pousadas suavemente sobre minha barriga, que ainda mal dava sinais da gravidez.

— Este lugar lhe traz muitas lembranças — disse ele, após alguns instantes. — O que aconteceu aqui a tocou profundamente.

Concordei. Jamais conversamos sobre Simon desde que eu deixei Harrowfield. Mas eu pensava nele com frequência. Havia uma grande ironia naquela história, pois o irmão que sempre quis ser dono das terras, ter autoridade e detestava ser o segundo agora tinha tudo isso, mas desejava algo completamente diferente. Seu destino parecia ser desejar o que não podia ter. Mas Elaine era forte, sábia e o amava. Talvez isso já fosse suficiente.

— Quer falar sobre isso? — perguntou Red.

— Não — respondi.

Algumas coisas não devem ser ditas, mesmo àqueles que mais amamos.

Ficamos em silêncio durante algum tempo, ouvindo o canto de uma cotovia.

— Você não se arrepende de ter abandonado tudo? — perguntei. — Não tem vontade de voltar, às vezes?

Ele passou suavemente as mãos em minha barriga. "Esta criança será tão amada que seu caminho será amplo e cheio de luz", pensei.

— Como posso não estar feliz com o que tenho? — ele respondeu com voz suave. — Pois tenho tanto.

Voltamos tranquilamente, cavalgando próximo às águas do lago e entre os grandes pilriteiros. O cavalo andava com cuidado, como se estivesse consciente da preciosa carga que transportava. Os braços de meu marido, fortes e suaves, envolviam carinhosamente a mim e à sua filha. E se os Seres da Floresta nos observavam enquanto voltávamos para casa em Sevenwaters, planejando o capítulo seguinte de sua longa história, não ouvimos deles um sussurro sequer.

Filho das Sombras
Juliet Marillier

Filho das Sombras narra a história da jovem Liadan, que, tal como a sua mãe, Sorcha, herdou a habilidade de falar com os espíritos da floresta, os quais lhe segredam que ela deve permanecer, para sempre, em Sevenwaters, se quiser que as Ilhas Sagradas sejam retomadas dos bretões. A Irlanda está numa avassaladora guerra, onde um misterioso homem é temido e reconhecido como um mercenário feroz. E, assim como a mãe no passado, ela acaba por ser capturada. Liadan sente-se cada vez mais atraída por ele, o ser das sombras, apesar da maldição da profecia dos Seres da Floresta.

Trecho do Capítulo 1

Naquela primavera recebemos visitas. Aqui, no coração da floresta, os costumes antigos ainda eram seguidos, apesar das comunidades cristãs espalhadas por nossas terras, com suas cruzes simbolizando uma nova fé. De tempos em tempos, um viajante nos contava o que acontecia, além-mar, com aqueles que ousavam manter as velhas tradições. Eram severamente punidos ou até mesmo mortos, simplesmente por realizar uma oferenda aos deuses das colheitas, fazer um encantamento para ter boa sorte ou usar uma poção para ter de volta um amor perdido. Os druidas também foram quase todos assassinados ou banidos. Havia apenas alguns sobreviventes solitários nas montanhas ou nas florestas, e guardavam para si seu conhecimento místico em um estado semelhante a uma hibernação por cem, duzentos anos, até que a humanidade venha a despertar novamente para o poder das árvores, das pedras, das chamas e das águas. O poder da nova fé era grande. Mas como não seria, se sua base era o dinheiro e a imposição pelo poder das armas?

Mas aqui em Sevenwaters, neste cantinho de Erin, éramos um povo diferente. Os poucos padres que vinham às nossas terras eram homens silenciosos e eruditos, que discutiam sobre qualquer assunto com a mente aberta e ouviam tanto quanto falavam. Entre eles, os meninos podiam aprender a ler em diversas línguas, a escrever e a compor complexos padrões coloridos em papel ou couro. E as meninas aprendiam com as freiras a arte da cura ou a cantar como anjos. Em suas casas de contemplação sempre havia um lugar para os pobres e os desalojados. Eram, afinal, pessoas de bom coração. Porém, ninguém em nossa família estava destinado a abraçar sua fé.

Quando meu avô morreu e meu tio Liam passou a ser o governante de Sevenwaters, com todas as responsabilidades que a posição exigia, uma série de fatos pareceu concorrer para aumentar a força e a união de nossa comunidade.

Liam reuniu as famílias próximas, estabeleceu uma força de trabalho e de defesa mais sólida e se tornou o líder de que nosso povo tanto necessitava. Meu pai, a quem todos chamavam *lubdan*, com seu talento de administrador, organizou as fazendas e tornou as plantações mais produtivas. Plantou carvalhos onde havia solo vazio e esperança nos corações de um povo que já vivia à beira do desespero. Minha mãe era o símbolo da fé e da força; uma lembrança viva do mundo que existe além do nosso. Por meio dela, os aldeões vivenciavam todos os dias a realidade sobre quem eram e sobre suas origens e tradições. Ela era a mensagem curadora do mundo espiritual.

E havia também seu irmão, Conor. Segundo as histórias, eram seis irmãos. Liam, os dois mais novos que ele, que morreram na primeira batalha pelas Ilhas, e Conor, que era druida. Enquanto a antiga fé foi sendo esquecida em outras terras, ele testemunhou o fortalecimento dela em nossa floresta. Era como se cada celebração e cada registro da passagem das estações com músicas e rituais fosse aumentando a união entre nosso povo, algo que durante algum tempo quase se perdeu. A cada dia estávamos mais prontos. Prontos novamente para reclamar o que era nosso e nos havia sido tirado pelos bretões gerações antes. As Ilhas eram o coração de nosso misticismo, o berço de nossa crença. Profecia ou não, o povo começou a acreditar que Liam as conquistaria novamente, ou então meu irmão gêmeo, Sean, que seria o senhor de Sevenwaters depois dele. O dia se aproximava e o povo estava mais consciente disso até que os sábios da floresta viessem para marcar o início das estações.

Lembro-me bem daquela celebração de Imbolc, no ano em que Sean e eu completamos dezesseis anos. Foi uma data que ficou marcada para mim. Conor chegou com um grupo de homens e mulheres vestidos de branco e dourado, acompanhados dos seus que ainda estavam em treinamento, com suas túnicas puídas, e fizeram a cerimônia para abrir a festa de Brighid na floresta de Sevenwaters. Chegaram à tarde, silenciosos como sempre.

Havia vários homens de idade e uma senhora. Usavam sandálias simples e os cabelos presos em várias tranças junto com fitas coloridas. Os que estavam em treinamento eram bem mais jovens e também havia os de meia-idade, como meu tio Conor. Iniciado tardiamente no aprendizado dos grandes mistérios, ele agora era o líder; um homem de expressão séria, estatura média, longos cabelos castanhos com mechas brancas e olhos profundos e serenos. Cumprimentou a todos com tranquilidade: minha mãe, meu pai, Liam e nós três. E também os convidados que tinham vindo para as festividades. Seamus Redbeard, um homem de idade, mas vigoroso, cujas barbas brancas negavam seu nome, pois Redbeard, em nossa língua, significa barba vermelha. E sua nova esposa, uma jovem doce e delicada, não muito mais velha que eu. Niamh ficou chocada ao ver o casal.

— Como ela consegue? — sussurrou para mim, cobrindo parcialmente a boca com a mão. — Como consegue se deitar com ele? Um homem tão velho. E gordo. E que tem um nariz vermelho. Veja, ela está sorrindo para ele! Eu morreria!

Olhei para ela, irritada.

— Então é melhor você aceitar a proposta de Eamonn e ficar feliz, se o que deseja é um homem belo e jovem — respondi, sussurrando também. — Não vai encontrar coisa melhor. E além do mais, ele é rico.

— Eamonn? Nem pensar!

Esta era a resposta que eu ouvia toda vez que lhe dava essa sugestão. Imaginava o que Niamh realmente queria. Não havia como ler o que ela pensava. Já entre Sean e eu era diferente. Talvez pelo fato de sermos gêmeos, nunca tivemos problemas em nos comunicar sem palavras. Claro, às vezes era preciso fechar a mente para que o outro não lesse tudo. Era uma ferramenta ao mesmo tempo útil e inconveniente.

Olhei para Eamonn, que estava ao lado da irmã, Aisling, cumprimentando Conor e seu grupo. Não conseguia entender qual era o problema de Niamh. Eamonn tinha a idade certa, um ou dois anos a mais que ela, boa aparência e era um tanto sério demais, mas isso podia ser mudado. Era belo de corpo, tinha cabelos castanhos e brilhantes e lindos olhos escuros. E bons dentes. Deitar com ele... bem, eu não tinha muita experiência nessa coisas, mas deitar com ele não deveria ser algo repulsivo. E o casamento entre os dois seria bom para as duas famílias. Ele havia se tornado herdeiro ainda muito jovem. Seu território era bastante amplo, rodeado por pântanos perigosos a leste das terras de Seamus Redbeard e se estendendo até o norte. O pai de Eamonn, de quem ele havia herdado também o nome, morrera em circunstâncias misteriosas. Meu tio Liam e meu pai tinham pouco em comum, mas ambos se recusavam a falar sobre o assunto. A mãe de Eamonn, Eilis, morrera durante o nascimento de Aisling.

O jovem cresceu muito rico, poderoso e rodeado de pessoas para aconselhá-lo. Seamus, que era seu avô; Liam, que já havia sido noivo de sua mãe, e meu pai, que estava ligado à família. Mas, apesar de tanta influência externa, ele havia se tornado independente e, embora com pouca idade, assumiu o controle de seu feudo e de seu grande exército. Isso talvez explicasse o fato de ser tão sério. Só percebi que o havia observado demais quando olhou para mim após cumprimentar um dos jovens druidas e sorriu levemente, estranhando. Eu desviei o olhar, sentindo meu rosto ficar vermelho.

"Niamh é muito boba", pensei. Não encontraria um partido melhor e já estava com dezessete anos. Se não tomasse logo uma decisão, alguém a tomaria por ela. Seria uma união muito forte, especialmente pelo parentesco de Seamus, que era dono das terras que ficavam entre as dos dois. Quem controlasse toda essa região teria uma vantagem imensa sobre os bretões quando chegasse o momento de enfrentá-los.

Os druidas foram se enfileirando para cumprimentar a todos. O sol logo iria se por. No campo atrás de nosso celeiro, os arados, as forquilhas e os demais instrumentos de trabalho para a próxima estação já estavam prontos.

Seguimos então pela trilha ainda escorregadia com as chuvas de primavera para formar um grande círculo no campo aberto. Nossas sombras se esticavam, longas, no chão, com o resto de sol. Aisling se afastou do irmão e reapareceu ao lado de Sean, como por acaso. Se pensou que ninguém notaria sua manobra, enganou-se, pois seus cabelos castanho-avermelhados chamavam demais a atenção, mesmo trançados com fitas. Quando se colocou ao lado de meu irmão, o vento fez que uma mecha de seus cabelos escapasse do penteado, caindo sobre seu pequeno rosto. Sean esticou a mão e a colocou delicadamente no lugar. Nem precisei olhar muito tempo para ver a mão dela indo em direção à dele e seus dedos fortes a segurando com possessividade. "Bem", pensei, "pelo menos alguém aqui sabe o que quer". Já nem importava tanto a opinião de Niamh, pois a aliança seria estabelecida de uma maneira ou de outra.

Os druidas formaram um semicírculo ao redor dos instrumentos de trabalho, e Conor, com sua túnica bordada com dourado na barra, se colocou no espaço vazio entre eles. Jogou para trás o capuz e agora se via o *torc* que usava no pescoço, um símbolo de liderança em sua irmandade mística. Era jovem ainda, mas seu rosto e seus olhos transmitiam uma serenidade e uma sabedoria maiores que a de muitos anciões, adquiridas em muito mais que uma vida. Fora uma longa jornada naqueles dezoito anos que passou na floresta.

Liam, como chefe da casa, deu um passo à frente e entregou ao irmão um cálice de prata com nosso melhor hidromel, feito com o mel mais puro e a água de uma fonte cujo local era um segredo guardado a sete chaves. Conor agradeceu com um gesto sóbrio e deu início à cerimônia, caminhando entre os arados, as foices, as forquilhas de feno, as pesadas pás e as tesouras, derramando algumas gotas da bebida sagrada sobre cada ferramenta.

— Um bezerro sadio no ventre da vaca prenhe. Um rio de leite vertendo de seu úbere. Uma colheita farta resultante das chuvas da primavera.

Ele caminhava em passo ritmado e sua túnica branca o envolvia, movendo-se com o vento como se tivesse vida própria. Segurava o cálice com uma mão e o cajado de bétula com a outra. Estávamos todos em silêncio e até os pássaros pareciam ter parado de cantar nas árvores ao redor. Atrás de mim, alguns cavalos se aproximaram e vieram olhar sobre a cerca, os olhos fixos no homem de voz calma.

— Que as bênçãos de Brighid caiam sobre nossos campos nesta estação. Que sua mão esteja sobre o processo de renascimento. Que nossas terras tragam a vida e nossas sementes se desenvolvam fortes.

Continuou caminhando e despejando sobre cada ferramenta algumas gotas do precioso líquido. A luz do sol ficou mais dourada enquanto ele se escondia por trás dos carvalhos. A cerimônia estava quase no fim.

Aproximou-se então do arado de oito bois, que havia sido construído sob a orientação de meu pai. Com ele, até os terrenos mais pedregosos tornaram-se macios e férteis. Havíamos colocado sobre ele guirlandas de atanásias amarelas e urzes. Conor parou em frente a ele, erguendo a taça e o cajado.

— Que nenhuma doença atinja nossos trabalhadores — disse. — E nenhuma praga atinja nossas plantações ou nossos rebanhos. Que o trabalho deste arado e de nossas mãos traga uma colheita farta e uma estação próspera. Agradecemos a terra, que é nossa mãe, pela chuva que traz a vida. Honramos o vento, que traz as sementes dos grandes carvalhos, e o sol, que aquece as sementes e as faz se desenvolver. Honramos Brighid, que acende o fogo da primavera.

O círculo dos druidas repetiu esta última frase duas vezes, a última em nossa língua mais antiga. Então, Conor caminhou até seu irmão e lhe devolveu a taça. Liam disse que dividiria o que ainda havia sobrado nela entre todos como símbolo de boa sorte após o jantar.

Conor se virou, deu três passos para frente e estendeu a mão direita. Um dos iniciantes, alto e de cabelos ruivos e cacheados, veio rápido, pegou seu cajado e ficou ao lado dele, olhando-o de maneira tão intensa que chegou a me arrepiar. Conor levantou as mãos.

— Vida nova! Luz nova! Fogo novo! — disse, agora não com a voz calma de sempre, mas em tom bem alto e claro, que ecoou pela floresta como um sino. — Fogo novo!

Suas mãos estavam bem acima de sua cabeça, erguidas em direção ao céu. Então o espaço entre elas brilhou, fez uma espécie de zumbido e de repente uma chama se acendeu, com um brilho intenso que quase cegava. Ele foi abaixando os braços, e a chama permanecia acesa entre suas mãos. Era fogo de verdade, mas não as queimava. O jovem iniciado foi em sua direção com uma tocha apagada e, enquanto observávamos, maravilhados, Conor a tocou com seus dedos e a acendeu, com uma chama dourada. Ele afastou então as mãos e não havia mais fogo nelas. Eram simplesmente as mãos de um homem. O rosto do jovem refletia o mais puro orgulho, espanto e admiração enquanto ele caminhava na direção da casa para reacender a lareira. A cerimônia terminara. No dia seguinte, seria iniciado o trabalho da nova estação.

Ouvi trechos das conversas enquanto caminhávamos de volta para a casa, onde a festa se iniciaria ao pôr do sol.

— ... que isso foi certo? Vários outros poderiam ter sido escolhidos para essa tarefa.

— Já estava na hora. Ele não pode ficar escondido para sempre.
Eram Liam e Conor conversando.

Meu pai e minha mãe iam juntos à minha frente. Ela escorregou na lama, cambaleou e ele a segurou imediatamente, quase ao mesmo tempo em que ela escorregava. Sua agilidade era incrível. Passou o braço ao redor dela e os dois se olharam. Senti uma nuvem escura sobre eles, e tive um mau presságio. Sean passou correndo por mim, rindo. E Aisling logo atrás dele. Estavam seguindo o jovem alto que carregava a tocha. Meu irmão não precisou falar. Captei sua felicidade quando ele passou ao meu lado. Mesmo que não durasse para sempre, naquela noite ele tinha apenas dezesseis anos, estava apaixonado e tudo estava bem em seu mundo. Mas senti um calafrio novamente. O que havia de errado comigo? Como podia pensar que algo de ruim pairava sobre minha família em um dia tão lindo de primavera, com tanta alegria ao meu redor?

"Você também está pressentindo."

Gelei. Só havia uma pessoa com quem eu falava daquele jeito, sem palavras: meu irmão Sean. Mas não era a mente dele que estava falando comigo naquele instante.

"Calma, Liadan. Não vou invadir seus pensamentos. Se há uma coisa que aprendi nesses anos todos é a controlar esta habilidade. Você não está bem. Está preocupada. Mas o que irá acontecer não é culpa sua, lembre-se disso. Cada um escolhe seu caminho."

Continuei andando em direção a casa e todos ao meu redor conversavam e riam. Os rapazes carregavam juntos as foices e os implementos mais pesados sobre os ombros, e as moças levavam as pás. Mãos se tocavam e alguns retardatários entravam na floresta.

E lá na frente ia meu tio, caminhando devagar, os bordados dourados da barra de sua túnica brilhando com os últimos raios de sol.

"Não... não sei bem o que estou sentindo, tio. É uma espécie de escuridão; uma coisa terrível. E, ao mesmo tempo, parece que eu é que estou desejando que algo de mal aconteça por ficar pensando assim. Como posso fazer uma coisa dessas com tantas coisas boas acontecendo e com essas pessoas tão felizes ao meu redor?"

"Já é hora", ele virou a cabeça para trás para mostrar que estava realmente falando comigo. "Você se surpreende com minha capacidade de falar com você por pensamento? Tente falar assim com Sorcha. Quem sabe ela não responde? Ela e Finbar eram mestres em fazer isso. Mas as lembranças podem ser dolorosas para ela."

"O senhor diz que já é hora. Hora de quê?"

Ele continuou caminhando e suspirou.

"Hora de as coisas mudarem. Hora de eles começarem a se mexer e tecer a trama de suas vidas. Hora de suas vozes começarem a cantar a música de seus destinos. Não precisa se sentir culpada, Liadan. Eles nos usam a todos e não há muito que possamos fazer a respeito. Descobri isso da maneira mais dolorosa. E, infelizmente, creio que você também irá descobrir dessa maneira."

"Como assim?"

"Você logo vai saber. Mas, agora, por que não se diverte e aproveita sua juventude enquanto ainda há tempo?"

E foi só isso. Ele fechou sua mente e a selou completamente, sem me dar qualquer chance de acessá-la. Parou um pouco à frente, esperou minha mãe e meu pai o alcançarem e os três entraram na casa juntos. Quanto a mim, continuei confusa e sem entender o que ele quis dizer. Nem precisava ter se dado ao trabalho de falar comigo.

(...)